루쉰 × 정선

루쉰 × 정선

첸리췬이 가려뽑은 루쉰의 대표작

루쉰 지음 **첸리췬** 엮음
정겨울 박혜정 송연옥 신동순 고윤실 옮김

글항아리

서언

모든 국가는 늘 자기 민족의 고전과 그 작가로 국민과 후대인들을 교육한다. 예를 들면 셰익스피어, 톨스토이, 빅토르 위고, 괴테 등인데, 그들이 영국인, 러시아인, 프랑스인, 독일인이라는 것은 다 아는 사실로 어렸을 때부터 들어 익숙할 것이다. 그렇다면 중국에는 가장 기본적이고 원천적인 민족 문화의 고전으로 어떤 것이 있을까. 이에 대해 여러 전문가 및 친구와 논의한 적이 있는데, 우리는 최소 다섯 편의 고전, 즉 『논어』와 『장자』가 중국 문화의 원전이고, 당시唐詩는 청춘기 문화의 정수이며, 『홍루몽』은 '백과전서'식 총결이고, 루쉰의 저서는 중국 현대 문화의 시작이자 토대라는 것에 의견이 비교적 일치했다. 어떤 이는 또 『초사』나 도연명, 소동파의 시를 넣어야 한다고 했다. 이에 대해서는 당연히 토론할 수 있다. 다만 루쉰이 공자와 장자, 굴원, 이백, 두보, 조설근과 함께 민족 문화의 정수라는 것에는 다들 의심의 여지가 없었다. 그들이 만들어낸 작품은 모두 국민 정신 발전에 '토대'가 되었고 민족 정신을 세우는 기초 프로젝트이기도 했다.

루쉰은 '20세기 중국의 경험'을 응축한 사상가이자 문학가로 우리 중국인에게 가장 친숙했다. 루쉰의 글을 읽고서 루쉰이 역사적 깊이를 가지고 마치 지금의 중국 문제와 직면해 이야기하는 것처럼 느끼는 사람이 많을 것이다. 루쉰은 현실의 중국에 여전히 살아 있다. 사회나 인생 문제와 문학에 관해 사유하고 관심을 갖고 있으며 어느 정도 문화적 교양을 지닌 청년이나 국민이라면 모두 루쉰과 정신적으로 대화하고 교류할 수 있다.

'루쉰과 청년'이란 주제는 그 자체로 무궁무진하다. 살아생전이나 사망 이후에도 루쉰이 지속적으로 젊은 세대에게 지대한 호소력을 갖는 까닭은 결코 우연이 아니다. 가장 큰 이유는 루쉰이 '참된 인간'이기 때문이다. 그는 대담하게 다른 이들이 감히 말할 수 없고, 말하고 싶지 않고, 말할 수도 없는 모든 진실을 공개적으로 말했다. 루쉰은 사람들이 용기와 지혜가 부족해서 사고를 멈추고, 겉보기에만 그럴싸해 자신과 남을 기만하는 상태에 만족하고 있을 바로 그 순간에, 궁극까지 파고 들어가 사상을 탐색했고 '두려운' 결론을 불러일으킬까 노심초사하지 않았다. 젊은이들은 대지대용大智大勇을 지닌 대장부의 이와 같은 기개를 동경해 마지않았다. 진리를 추구하는 루쉰의 철저함은 그가 독자들(젊은이를 포함한)에게 좀처럼 자기 내면의 모순과 고통, 곤혹스러움, 결함, 부족함과 실수 등을 숨기지 않았던 점, 용감하게 자신의 한계에 맞서고 냉정하게 자신을 비판한 데서 드러난다. 그는 결코 진리의 화신으로 자처하지 않았기에 '스승'이 되기를 거절했고 진실한 자아를 젊은이들 앞에 드러내놓고, 그들과 함께 진리를 토론하고 모색했다. 그래서 청년들은 루쉰에게 모든 것을 털어놓고 논쟁했으며, 아무런 거리낌 없이 루쉰을 비판할 수 있었다. 심지어 루쉰의 생각을 거절할 수도 있었다. 루쉰은 청년의 벗이었다. 젊은 시기에 이렇듯 '진실'한 어른을 알게 된다는 것은 그야말로 인생의 큰 축복이 아닐 수 없다.

게다가 루쉰은 현대 중국어의 운용에 있어서 문학 언어의 대가라 할 수 있다. 그의 언어는 입말을 기초로 하여 옛말과 외래어 및 방언을 녹여냈고, 중국어의 표의表意적·서정적 기능을 능숙하게 활용했으며 고도의 개성과 창의성도 지니고 있었다. 루쉰의 작품을 읽으면 깨달음으로 인해 정신적인 전율이 느껴진다. 뿐만 아니라 언어에 감화되고 아름다움을 만끽할 수 있다. 처음 읽을 때 어렵게 느낄 수 있으나 계속 읽어나가면 자연스레 스스로 발견하고 깨닫는 맛이 있을 것이며 읽을수록 새롭다는 것을 알게 될 것이다. 루쉰이 세워놓은 중국어의 정신세계에 머무는 것 역시 인생의 큰 즐거움이다.

우리는 두 가지 믿음에 근거하여 『루쉰 정선』을 여러분 앞에 바친다. 하나는 루쉰이란 사람과 그 작품 고유의 매력에 대한 믿음이며, 다른 하나는 이상과 포부를 지닌 요즘 시대의 청년이라면 루쉰과 통할 것이라는 믿음이다. 이제, 책을 펼쳐 루쉰의 세계로 들어갈 차례다.

그러다보면 다음과 같은 두 가지 기본 신념이 생기게 된다. 즉 루쉰의 사람됨과 작품의 매력을 믿으며, 당대當代 중국에는 이상이 있고 이를 추구하는 청년이 있다는 것을 믿는 것이다. 그들의 마음은 루쉰과 상통한다. 이제 우리는 이 『루쉰 정선』을 여러분 앞에 삼가 내놓는다.

첸리췬

2012년 2월 4일

차례 魯迅精選

2. 사무치게 그리운 어린 시절의 고향

제2편 루쉰을 읽다 I : 사람·동물·귀신·신

1. 사람과 동물

2. 인간·귀신·신

2. 다르게 '보기'

3. 총명한 사람과 바보와 노예

제4편

루쉰을 읽다 Ⅲ : 생명의 길

1. 생명의 길

2. 스스로 주인이 되어 자신의 말을 하라

서문을 대신하며

루쉰 선생님을 추억하다

루쉰 선생님의 웃음소리는 쾌활하다. 마음에서 나오는 유쾌함이다. 누군가 우스갯소리를 하면 선생님은 궐련을 들고 있지 못할 정도로 웃으셨고 그렇게 웃다가 늘 기침을 하기 시작했다.

루쉰 선생님의 걸음걸이는 아주 경쾌하다. 특히 기억에 남는 모습은 선생님이 모자를 집어 머리에 쓰면서 왼쪽 다리를 쭉 내밀며 거침없이 걸어나가는 모습이다.

루쉰 선생님은 사람들의 옷차림에 그다지 주의하지 않았다. "누가 뭘 입든 난 눈에 들어오지 않던데……"라고 말하셨다. 병이 조금 나아졌을 때, 선생님은 침대식 의자에 앉아 담배를 피우고 계셨다. 그날 나는 소매가 넓은 붉은 빛깔의 상의를 입고 있었다.

루쉰 선생님은 "날씨가 후덥지근해지니 곧 장마가 지겠군"이라고 말하면서 상아 파이프에 담긴 궐련을 꾹꾹 눌렀다. 이어서 또 다른 말씀을 하셨다.

쉬許 여사님은 집안일에 정신이 없어 나의 옷차림에는 신경을 쓰지 못했다.

그래서 난 "저우 선생님[1], 제 옷이 예쁘지 않나요?"라고 물었다. 루쉰 선생님은 나를 아래위로 한번 훑어보고는 "그다지 예쁘지는 않은데"라고 하셨다. 잠시 후 선생님은 또 다시 "자네 치마 색과 어울리지 않다는 것이지 붉은 상의가 예쁘지 않다는 게 아니네. 모든 색은 각각의 아름다움이 있지. 붉은 상의는 붉은색이나 검은색 치마와 같이 입어야지 커피색 치마와 입으면 별로라네. 이 두 색깔은 같이 입으면 칙칙해 보여. 자네, 거리를 걷고 있는 외국인을 보지 않았나? 그들은 절대로 녹색 치마에 자색 상의를 입지는 않지, 또 붉은 치마에 하얀색 상의를 입지도 않아"라고 하셨다.

루쉰 선생님은 침대식 의자에서 나를 보면서 말씀하셨다. "자네 치마는 커피색에 격자무늬까지 있어 색이 칙칙한 것이 붉은색 옷을 잘 꾸며주지 못한다네."

"마른 사람은 검은 옷을 입지 말고 뚱뚱한 사람은 흰 옷을 입으면 안 되네. 발이 큰 여성은 검은 신발을 신어야 하고 발이 작으면 흰색 신발을 신어야 하지. 체크무늬 의상은 뚱뚱한 사람은 입어선 안 되지만 그래도 가로체크보다는 나은 것 같네. 가로체크를 뚱뚱한 사람이 입으면 그이를 양쪽으로 갈라 더 가로로 늘려놓지, 뚱뚱한 사람은 세로줄을 입어야 해, 세

---

1 루쉰의 본명은 저우수런周樹人이다. — 옮긴이

로줄은 사람을 길어 보이게 하고, 가로는 사람을 뚱뚱하게 보이게 하지."

그날 선생님은 관심이 있으셨는지 내 앵글 부츠도 지적하셨는데, 내 부츠는 군인들이 신는 것이라고 하셨다. 부츠 앞뒤에 실로 짠 고리가 있는데 선생님 말에 따르면 이런 고리는 바지 아래에 있어야 하는 것이라고 했다.

"저우 선생님, 그 부츠는 제가 예전부터 신었던 것인데 왜 그 전에는 아무 말씀도 하지 않으셨나요. 어째서 지금에서야 말씀해주시는 거예요? 지금은 그걸 신지 않고 다른 신발을 신고 있는데도요."

"자네가 신고 있지 않아서 말한 게야. 신고 있을 때 말하면 자네가 앞으로 신지 않을 것 아닌가."

그날 오후 나는 저녁모임에 가야 해서 쉬 여사님께 면이나 실크 머리끈으로 머리를 묶어달라고 부탁드렸다. 여사님이 미색, 녹색, 복숭아색 머리끈을 가져왔고, 나와 여사님은 미색 끈을 골랐다. 여사님은 내 머리를 묶은 뒤 더 예뻐 보이게 꾸며주고자 복숭아색 머리끈도 머리에 대보고는 흥이 나서 "예쁘네요, 정말 예뻐요"라고 하셨다. 나도 아주 만족해하며 장난스럽지만 공손한 태도로 선생님이 우리를 봐주기를 기다렸다. 선생님은 우리 쪽을 보고는 엄숙한 얼굴로 눈꺼풀을 아래로 내려 깔고는 쉬 여사님께 "그 아이를 그렇게 꾸며주지 말아요"라고 하셨다.

쉬 여사님은 약간 난처해하셨다.

나도 조용해졌다.

루쉰 선생님은 베이핑北平에서 가르치실 때 한 번도 화를 내신 적이 없다. 하지만 이런 눈빛으로 사람을 대한 적은 많다. 쉬 여사님은 여자사범대에서 공부할 때 수업 중에 루쉰 선생님이 화가 나면 눈을 아래로 스치면서 그들을 쳐다보았다고 하셨다. 루쉰 선생님은 이런 눈빛에 대해 판아이

아그네스 스메들리Agnes Smedley가 촬영한 50세의 루쉰.
1930년 9월 17일(저우링페이周令飛 제공)

능範愛農 선생님을 기억하는 글에서 직접 묘사한 적이 있다. 누구든 이런 눈빛을 본 적이 있는 사람은 세상에 둘도 없는 전지자의 다그침을 느낄 수 있었으리라.

나는 "저우 선생님, 여성들이 입는 의상에 대해 어떻게 그렇게 잘 알고 계신 건지요?"라고 묻기 시작했다.

"책에서 본 적이 있지, 미학에 관해서."

"언제 보셨어요?"

"아마도 일본에서 유학할 때였지."

"책을 사신 건지요?"

"사서 본 것은 아닐 걸세. 아마도 어디서 나서 본 것 같은데."

"보시고 재미가 있으셨나요?"

"아무렇게나 좀 본 거야."

"저우 선생님은 이 책을 보시고 뭘 하셨어요?"

"……." 루쉰 선생님은 대답하기 어렵다는 듯이 아무런 말씀이 없으셨다.

쉬 여사님이 옆에서 "저우 선생님은 무슨 책이든 다 보시지"라고 했다.

루쉰 선생님 댁을 방문하게 된 것은 프랑스 조계 지역에서 훙커우虹口로 온 뒤부터다. 전차를 타도 거의 1시간 정도 걸려서 그때는 방문 횟수가 비교적 적었다. 한번은 늦게까지 이야기를 나누다 12시가 넘어 전차가 끊겼다. 그날 무슨 이야기를 나누었는지는 기억나지 않는다. 다만 이야기를 하다 옆 탁자 위의 시계를 보니, 11시 반, 11시 45분이 되어 있었다. 그리고 전차는 끊어졌다.

"어쨌든 이미 12시이고 전차도 없으니 조금 더 있다 가요"라고 쉬 여사님이 권하셨다.

루쉰 선생님은 우리가 이야기한 것들 중 어떤 것에 마음이 이끌렸는지 조용히 상아 파이프를 들고는 깊은 사색으로 빠져 드셨다. 1시 이후 나(그리고 또 다른 친구)를 배웅해준 사람은 쉬 여사님이었다. 밖에는 보슬보슬 비가 내리고 있었고, 골목弄堂 안 가로등은 모두 꺼져 있었다. 루쉰 선생님은 쉬 여사님에게 택시를 불러주고 요금도 미리 지불하라고 당부하셨다.

선생님은 이후에는 베이쓰촨北四川 거리에 사셨는데, 매일 저녁 식사 후 다루신춘大陸新村으로 오셨다. 바람이 부는 날에도, 비가 오는 날에도 거의 빠지지 않고 오셨다.

루쉰 선생님은 북방식 음식을 아주 좋아하셨다. 또한, 기름에 튀긴 음식이나 딱딱한 음식도 좋아하셨다. 훗날 병이 나셨을 때에도 우유는 그다지 드시지 않았다. 계란국을 가지고 가도 한두 숟가락 뜨는 것이 다였다.

하루는 같이 만두를 빚어 먹기로 한 적이 있었다. 그때 선생님은 프랑스 조계지에 살고 계셨다. 그래서 나는 외국 배추절임과 다진 소고기를 들고 가서 여사님과 응접실 뒤 사각테이블에 앉아 만두를 만들기 시작했다. 아들 하이잉海嬰은 신이 나서 둥근 밀가루 반죽으로 배를 만들어 우리에게 보여줬는데 우리가 관심을 보이지 않자 다시 병아리를 만들었다. 여사님과 나는 가능한 일부러 그것을 보지 않으려 했고 칭찬도 일절 하지 않았다. 만약 칭찬을 하면 하이잉이 더 신이 나 흥분할 것 같아서였다.

응접실 뒤쪽은 황혼이 내리기도 전에 벌써 어두워졌다. 등 뒤로 약간의 한기가 느껴졌다. 옷을 더 입었어야 했는데 바빠서 미처 챙겨입지 못했다. 만두를 다 만들고 나서 세어보니 갯수가 많지는 않았다. 쉬 여사님과 이야기를 많이 나누다보니 만두를 많이 빚지 못한 것이었다. 여사님은 자신이 왜 집을 떠났는지, 어떻게 톈진天津에 가서 공부를 했는지, 여자사범대에서 공부할 때 어떻게 가정교사를 했는지, 가정교사 시험을 보러갔던 일 등을 아주 재미있게 묘사했다. 한 사람을 뽑는 데 수십 명이 시험을 봤고, 그녀가 뽑힌 것은 정말 쉬운 일이 아니었다. 그녀가 일을 한 것은 학비에 보탬이 되기를 바랐기 때문이었다. 겨울이 오자 베이핑은 다시 추워졌다. 그녀가 살던 집은 학교에서 멀었다. 매월 차비는 물론이고 만일 감기라도 걸리면 자기 돈으로 아스피린을 사먹어야 했다. 매월 월급 10위안을 위해 서쪽西城에서 동쪽東城으로 뛰어 다녀야만 했다.

만두를 만들어 계단을 올라가는데 선생님의 유쾌한 웃음소리가 계단 아래로 들려왔다. 알고 보니 몇몇 친구와 위층에서 재미있게 이야기를 나누고 계셨다. 그날 우리는 만두를 정말 맛있게 먹었다.

이후에 우리는 또 부추만두를 만들기도 하고 연잎 전병을 만들기도 했다. 내가 먼저 제의를 하니 루쉰 선생님은 당연히 찬성하셨다. 잘 만든 것은 아니었지만 선생님은 식탁에서 젓가락을 들더니 쉬 여사님에게 "몇 개 더 먹어도 되는가?"라고 물으셨다.

선생님은 위가 그다지 좋지 않으셔서 매번 식사 후 꼭 '피쯔메이脾自美' 위장약을 한두 알 먹어야 했다.

어느 날 오후 루쉰 선생님은 취추바이瞿秋白의 『해상술림海上述林』의 교정을 보고 계셨다. 내가 침실로 걸어 들어가니 원형 회전 의자에 앉아 있던 선생님은 나를 향해 몸을 돌리더니 일어서려 하셨다.

선생님은 내게 "오랜만이군, 오랜만이야"라고 말씀하시면서 머리를 끄덕였다.

내가 좀 전에도 오지 않았던가? 어째서 오랜만이라고 하시지? 오전에 내가 왔던 것을 저우 선생님이 잊으셨나보군. 그런데 내가 매일 방문을 하는데…… 어떻게 잊으실 수가 있지?

저우 선생님은 몸을 돌려 침대식 의자에 앉고서야 웃기 시작했다. 농담을 하신 것이다.

장마철에는 맑은 날을 보기 힘들었다. 어느 날 오전 날이 개자 나는 기쁜 나머지 루쉰 선생님 댁으로 갔다. 헉헉거리며 위층으로 뛰어 올라가자 선생님은 "왔는가"라고 하셨고 나는 "네, 왔어요"라고 대답했다.

난 차를 마실 수 없을 정도로 숨이 찼다.

선생님은 "무슨 일이 있는가"라고 물으셨다.

나는 "날이 개어 태양이 나왔어요"라고 답했다.

쉬 여사님과 루쉰 선생님은 웃으셨다. 우울한 마음을 깨고 솟아나오는 웃음이었다.

하이잉은 나를 보자마자 내 머리카락과 옷을 잡아당기며 뜰 안에 가서 놀자고 했다.

왜 하이잉은 나한테만 이러는 것일까? 저우 선생님은 "하이잉은 자네가 머리를 땋고 있어서 자기와 비슷하다고 생각하는 거야. 개의 눈에 다른 사람은 어른이지만 자네는 어려보이는 거지"라고 말씀하셨다.

여사님은 하이잉에게 "왜 그렇게 누나를 좋아하니, 다른 사람은 좋아하지 않으면서?"라고 물으셨다. 하이잉은 "머리를 땋고 있잖아요"라고 말하면서 내 머리카락을 끌어 당겼다.

루쉰 선생님 집에 낯선 손님이 찾아오는 일은 아주 드물었었다. 사실상 거의 없었다. 특히 집에 머무는 사람은 더더욱 없었다. 어느 토요일 저녁, 선생님의 2층 침실에 저녁상이 차려졌다. 매주 토요일 저녁마다 사람들은 식탁을 둘러싸고 모여 마주 앉았다. 저우젠런周建人 선생님이 가족들과 함께 방문했다. 식탁에는 중국 조끼를 입은 아주 키가 크고 마른 사람이 앉아 있었다. 루쉰 선생님은 "이 사람은 고향 사람이고 상인일세"라며 그를 소개하셨다.

그를 처음 보았을 때는 그럴듯해 보였다. 중국 바지를 입고 있었고 머리카락은 아주 짧았다. 식사할 때 그는 다른 사람에게 술을 권했고 나에게도 한 잔을 따라주었다. 성격이 아주 쾌활한 것이 그다지 상인 같아 보이지 않았다. 식사를 마치고 나서는 또 『위자유서僞自由書』와 『이심집二心集』을 논했다. 이 상인은 아주 진보적인 사람이었는데 이런 사람은 중국에서는 쉽게 보기 힘들었다. 그를 만나본 적이 없었기에 나는 내내 마음이 놓이지 않았다.

다음 번에는 아래층 응접실 뒤에 있는 사각테이블에서 저녁밥을 먹었다. 그날은 날이 아주 맑았고, 간간이 뜨거운 바람이 불고 있었다. 황혼이었지만 응접실 뒤는 아직 어두워지지 않았다. 당시 루쉰 선생님이 새로 이발을 하셨고 식탁 위에는 조기 한 접시가 있던 것을 기억한다. 선생님의 입맛에 맞게 기름에 구운 조기였다. 선생님 앞에 술잔이 하나 놓여 있었는데, 술잔은 납작해 밥을 담는 사발 같았다. 그 상인 선생도 술을 마셨고 술병은 그의 옆에 놓여 있었다. 그는 몽골 사람이 어떻고 먀오족이 어떻고, 티베트를 지날 때 어떤 남성이 티베트 여성을 쫓아다녔는데 그녀가 어떠했는지를 이야기했다.

상인은 정말 이상했다. 왜 여기저기를 돌아다니기만 하고 사업은 하지 않는걸까? 게다가 그는 선생님의 책을 전부 읽었는지 이 책 저 책에 대해 이야기했다. 하이잉은 그를 X선생님이라고 불렀다. 난 X자를 듣자마자 그가 누구인지를 알게 되었다. X선생은 늘 늦게 돌아왔는데 나는 루쉰 선생님 집에서 나오는 길에 골목에서 그를 몇 번 마주친 적이 있었다.

어느 날 저녁 X선생이 3층에서 내려왔다. 그는 긴 두루마기를 입은 채 손에는 작은 상자 하나를 들고 있었다. 그는 루쉰 선생님 앞에 서더니 이사를 가겠다고 했다. 그가 떠난다고 하자 쉬 여사님이 그를 배웅하러 내려오셨다. 이때 저우 선생님은 마루 위를 두 바퀴 돌고는 내게 "자네가 보기에 그가 상인으로 보이는가?"라고 물었다. 나는 "예"라고 답했다.

선생님은 재미있다는 듯이 마루 위를 몇 발자국 걷더니 "그는 생각을 판매하는 상인일세, 정신을 파는 것이지."

X선생은 2만5000리의 장정을 마치고 돌아온 것이었다.

루쉰 선생님은 젊은 사람들이 편지를 대충 쓰는 것을 정말 싫어하신다.

"글자를 꼭 잘 쓸 필요는 없어, 다만 다른 사람이 보고 이해할 수 있어야 하지. 지금의 젊은이들은 너무 바빠졌어. 정신없이 아무렇게나 쓰니까 사람들이 몇 번을 읽어봐도 이해하지 못하지. 상대방이 얼마나 많은 시간을 들이든 그들은 상관하지 않아. 어쨌든 시간은 그들 것이 아니니까. 이런 태도는 별로 좋지 않다네."

그래도 선생님은 각지에서 온 젊은이들의 편지를 모두 읽었다. 눈이 좋지 않을 때면 안경을 쓰고는 밤 늦게까지 편지를 읽으셨다.

선생님은 XX영화관 위층 맨 앞줄에 앉아 있었다. 영화 제목은 잊었지만 뉴스 광고에서는 소련이 5월 1일 노동절을 기념하는 붉은 광장을 보여주었다.

선생님은 주변 사람들에게 "아마 나는 볼 수 없겠지만, 앞으로 자네들은 볼 수 있을 거야"라고 하셨다.

선생님은 콜비츠Kollwitz의 그림을 가장 좋아하셨다. 동시에 그녀의 사람됨에도 감복하셨다. 선생님은 콜비츠가 히틀러의 억압을 받았다고 하셨다. 히틀러가 그녀의 교수직을 앗아갔고, 그림 그리는 것도 막았다고 했다.

스메들리Smedley에 대해서도 말씀하셨는데, 미국 여성으로 인도 독립운동을 도왔고 지금은 또 중국을 돕고 있다고 하셨다.

선생님은 사람들에게 「차파예프Chapaev」「두브로브스키Дубровский」와 그 밖에 「타잔」 같은 영화를 보라고 하셨다. 혹은 아프리카 괴수가 나오는 영화들도 늘 소개해주셨다. 선생님은 "영화가 별로 좋지는 않지만 동물들이 나오는 영화를 보면 동물에 대한 지식을 넓혀줄 수 있지"라고 하셨다.

선생님은 공원을 산책하지 않으신다. 상하이에서 10년을 지내셨지만 자오펑兆豐 공원을 가본 적이 없으셨다. 집에서 아주 가까운 훙커우 공원 역시 마찬가지였다. 봄이 되자 나는 저우 선생님께 공원의 소나무 잎 색이 옅어졌고, 공원 안의 바람이 얼마나 부드러운지를 말했다. 선생님은 하이잉이 쉬는 일요일로 날씨 좋은 날을 잡아 자동차를 타고 자오펑 공원에 가자고 하셨다. 일종의 단거리 여행인 셈이다. 하지만 생각만 할 뿐이지 실행하지는 않았고 공원에 대해서는 이렇게 정의를 내리셨다. "공원이 어떤 모습인지는 나도 잘 알고 있다네. 문을 들어서면 두 갈래로 길이 나뉘지. 하나는 좌측으로 통하고 하나는 우측으로 통해. 길을 따라서 버드나무 같은 나무가 심어져 있고 나무 아래는 몇 개의 긴 벤치가 놓여 있지. 거기서 조금 더 들어가면 연못이 하나 있고."

난 자오펑 공원을 비롯해 훙커우 공원, 프랑스 공원에도 가본 적이 있었다. 공원에 대한 선생님의 정의는 어느 나라의 공원 설계자에게도 다 적용할 수 있는 듯했다.

루쉰 선생님은 장갑을 끼지 않으셨고 목도리도 두르지 않으셨다. 겨울에는 진청색의 어두운 무명 두루마기에 머리에는 회색 중절모를 썼고 검은 캔버스 신발을 신으셨다.

밑창이 고무인 신발은 여름에는 유난히 덥고 겨울에는 차갑고 축축하다. 선생님의 건강이 그리 좋지 않으셔서 모두들 다른 신발을 신을 것을 권했다. 그러나 선생님은 아랑곳하지 않고 그저 고무 밑창 신발이 걷기에 편하다고 하셨다.

"저우 선생님 하루에 얼마나 걸으시죠? 모퉁이를 돌면 바로 XXX 서점에 가실 수 있지 않으세요?"라고 묻자 루쉰 선생님은 웃으며 답하지 않으셨다.

"선생님은 감기에 잘 걸리시잖아요, 목도리를 두르지 않으시니 바람만 불어도 감기에 걸리시잖아요?" 루쉰 선생님은 이것이 익숙하지 않으셨다. 그는 "어려서부터 장갑이나 목도리를 두르지 않아서 끼고 두르는 것이 습관이 되지 않네"라고 하셨다.

루쉰 선생님이 집 문을 밀고 나오셨을 때, 두 손은 바깥으로 나와 있었고, 넓은 옷소매로 바람을 가르며 앞으로 걸어가셨다. 겨드랑이에 꽃무늬 검은 견직물 보따리를 끼고 있었는데, 안에는 책이나 편지가 들어 있었다. 그리고는 바쯔靶子 거리의 서점으로 가셨다.

그 보따리는 외출할 때면 매번 들고 가셨다가 가지고 돌아오셨다. 나갈 때는 젊은이들에게 줄 편지를, 돌아오실 때는 서점에서 새로운 편집 일거리와 젊은이들이 봐달라고 요청한 원고를 들고 오셨다.

루쉰 선생님이 꽃무늬 보따리를 안고 집에 돌아오실 때 손에는 우산 하나가 들려 있었다. 선생님은 집에 들어서자마자 응접실에 손님이 앉아 계신 것을 보고는 우산을 옷걸이에 걸어두고 손님과 이야기를 나누기 시작하셨다. 한참 이야기를 하다보니 우산을 적신 물이 우산대를 따라 마룻바닥으로 떨어져 큰 물구덩이를 만들었다.

루쉰 선생님은 이층으로 담배를 가지러 가며 꽃무늬 보따리와 그 우산을 들고 올라가셨다.

선생님은 기억력이 아주 좋으셔서 자신의 물건은 절대 아무데나 함부로 두는 법이 없으셨다.

루쉰 선생님은 북방 음식을 좋아하셨다. 쉬 여사님은 북방 출신의 요리사를 고용하려고 했지만 루쉰 선생님은 너무 비싸다고 반대하셨다. 남자를 쓰려면 최소 15위안이 필요했기 때문이다.

그래서 쌀이나 석탄을 사오는 일은 쉬 여사님이 하셨다. 나는 여사님께 왜 나이 많은 60, 70세 보모들을 쓰시느냐고 물었다. 여사님은 그녀들을 쓰는 게 편하다고 하셨다. 하이잉의 보모는 하이잉이 태어난 지 몇 개월이 채 되지 않았을 때부터 이 집에 있었다.

우리가 이야기를 나누고 있을 때 그 키가 작고 통통한 보모가 이 층에서 걸어 내려왔다. 그녀는 정면에서 우리에게 인사했다.

"선생님, 차를 드시지 않았지요?"라며 그녀는 얼른 컵을 가져와 차를 따라주었다. 아래층으로 내려오면서 냈던 가쁜 호흡 소리가 여전히 목구멍에서 흘러 나오고 있었다. 그녀는 확실히 나이가 많이 들었다.

손님이 오셨기에 쉬 여사님이 주방에서 요리를 하셨다. 음식들은 아주 풍성했는데 생선요리, 고기요리 등이 모두 큰 그릇에 담겨 있었다. 최소 네다섯 그릇에서 많게는 일고여덟 그릇이었다. 그러나 평상시에는 세 그릇 정도다. 완두콩싹볶음, 장아찌죽순볶음, 조기요리였다. 이 요리들은 간단하기 그지 없었다.

루쉰 선생님의 원고가 라두拉都 거리의 유탸오油條 가게에서 음식을 싸는 데 사용되었다. 나도 그 종이 한 장을 얻게 되었는데 『죽은 넋』[2]의 번역 원고였다. 나는 선생님께 편지를 써서 이 사실을 알려드렸다. 선생님은 별일이 아니라고 했지만 쉬 여사님은 매우 화를 내셨다.

루쉰 선생님이 내신 책의 교정쇄는 탁자를 닦는 데 사용되거나 혹은 다른 용도로 쓰였다. 집에서 손님에게 식사 대접을 하시다가 중간 즈음 되면 선생님은 교정쇄를 가지고 오셔서 사람들에게 나눠주신다. 손님들은 원고를 받아 보고는 '어떻게 이럴 수가?'라고 하면 선생님은 "좀 닦게나, 닭요리를 들고 먹었으니 손에 기름이 묻었을 거야"라고 하신다.

---

2 고골의 작품.

화장실에 가도 교정쇄가 놓여 있었다.

쉬 여사님은 아침부터 저녁까지 바쁘시다. 아래층에서 손님을 접대할 때도 한편으로 뜨개질을 하신다. 이야기를 나눌 때에도 한편으로는 화분 꽃의 마른 잎들을 정리하신다. 쉬 여사님은 매번 손님들을 배웅할 때 아래층 입구까지 나가서 문을 열어주신다. 손님이 가면 조용히 문을 닫고 위층으로 올라오신다.

손님이 오면 생선이나 닭을 사러 나갔다 오셔서는 곧바로 주방으로 들어가 요리를 하신다.

루쉰 선생님이 편지를 보내야 하면 쉬 여사님은 신발을 바꿔 신고는 바로 우체국이나 다루신춘大陸新村 옆의 우체통으로 향했다. 비가 내리는 날에도 쉬 여사님은 우산을 받쳐 들고 가셨다.

쉬 여사님은 항상 바빴지만 웃음 소리는 매우 유쾌했다. 하지만 흰 머리가 약간씩 보이기 시작했다.

밤에 영화를 보러 갔을 때였다. 스가오타施高塔 거리에 있는 차고에는 차가 한 대뿐이었다. 선생님 본인은 한사코 타지 않으시고 항상 우리에게 차를 양보하셨다. 쉬 여사님, 저우젠런 선생님의 부인과 세 딸, 하이잉을 포함해 우리가 차에 올랐다.

루쉰 선생님은 저우젠런 선생님, 다른 친구들과 함께 뒤에 계셨다.

영화를 다 보고 나와서도 차를 한 대만 불렀다. 선생님은 차를 타지 않고 저우젠런 선생님 가족들에게 먼저 타고 가라고 하셨다.

루쉰 선생님 옆에는 하이잉이 함께 걷고 있었다. 우리는 쑤저우강 다리를 지나 전차를 기다리러 갔다. 20~30분을 기다렸는데도 전차가 오지 않자 루쉰 선생님은 쑤저우강을 따라 있는 철 난간에 기댄 채 담배를 꺼내 파이프에 눌러 담고는 유유히 담배를 피우셨다.

하이잉이 불안하게 이리저리 뛰어 다니자 루쉰 선생님은 아이에게 나란히 앉자고 하셨다.

루쉰 선생님은 시골 노인처럼 조용히 앉아계셨다.

루쉰 선생님은 우롱차만 드시고 다른 음료는 드시지 않는다. 그래서 커피, 코코아, 우유, 사이다 등은 집에 준비해놓지 않는다.

루쉰 선생님은 손님들과 늦은 밤까지 이야기를 하시고, 그들과 꼭 간식을 드셨다. 과자는 가게에서 사가지고 온 것으로 비스킷 상자에 담겨져 있었다. 한밤중이 되면 쉬 여사님이 접시에 담아서 선생님의 책상 위에 올려놓으셨다. 다 먹으면 쉬 여사님은 찬장을 열어 다시 한 접시를 꺼내오셨다. 해바라기씨도 매일 오시는 손님들에게는 꼭 필요한 것이었다. 루쉰 선생님은 담배를 피우면서 해바라기씨를 까서 드셨고 한 접시를 다 비운 후에는 쉬 여사님에게 또 한 접시를 가져오라고 하셨다.

루쉰 선생님은 두 종류의 담배를 준비해두신다. 하나는 가격이 비싼 것이고, 다른 하나는 싼 것이다. 싼 것은 녹색 통에 들어 있었는데, 어떤 상표인지는 모르겠다. 다만 필터가 노란색 종이였던 것으로 기억한다. 오십 개비의 가격이 대략 4각角에서 5각으로 선생님이 평소 피우시는 것이다. 다른 하나는 하얀색 통에 든 첸먼前門표 담배로 손님 접대용이었다.

루쉰의 50세 생일 사진. 1930년 9월 25일 춘양春陽사진관에서 촬영(저우링페이 제공)

하얀색 통의 담배는 선생님의 책상 서랍 속에 들어 있었다. 손님이 오면 선생님은 그것을 들고 아래층으로 내려오신다. 손님이 가고 나면 그것을 다시 가지고 위층으로 올라가서는 변함없이 서랍 속에 넣는다. 녹색 통의 담배는 언제나 책상 위에 놓여 있었고 선생님은 수시로 그것을 피우셨다.

루쉰 선생님은 휴식을 취할 때 축음기를 듣지도, 산책을 가지도 않았고, 침상에 누워 주무시지도 않았다. 선생님은 "의자에 앉아 책을 읽는 것이 쉬는 것이지"라고 하셨다.

루쉰 선생님은 오후 2~3시부터 손님을 만나고, 5~6시까지 이야기를 나누신다. 만약 손님이 집에서 식사를 하게 되면 식사 후 반드시 차를 함께 드신다. 차를 막 다 마셨거나 아직 다 마시지도 않았는데 다른 손님이 오시는 경우도 있었다. 그러면 다시 8시나 10시, 혹은 12시까지도 손님을 만나셨다. 오후 3시부터 밤 12시에 이르는 긴 시간 동안 루쉰 선생님은 등나무 의자에 앉아서 연이어 담배를 피우셨다.

손님이 가고 나면 한밤중이 된다. 원래는 주무셔야 할 시간이지만 루쉰 선생님은 일을 시작하셨다.

일을 시작하기 전 루쉰 선생님은 잠시 눈을 감고 담배에 불을 붙이신다. 그 담배를 다 태우기도 전에 쉬 여사님은 잠자리에 든다.(여사님이 이렇게 일찍 잠자리에 드는 것은 아침 6시나 7시부터 가사를 돌보아야 하기 때문이다.) 하이잉도 이 시간에는 3층에서 보모와 같이 잔다.

집안이 조용해지고 창밖에서 아무런 소리가 들리지 않으면 루쉰 선생님은 일어나 책상에 앉아 녹색 탁자 등 아래에서 글을 쓰기 시작하신다. 여사님 말에 따르면 루쉰 선생님은 닭이 울 때까지 의자에 앉아계셨고, 거리에서 자동차 소리가 들려오기 시작했을 때도 여전히 같은 자리에 앉아 계셨다고 한다.

어떤 때 여사님이 잠에서 깨 새하얀 유리창을 바라보면 희미한 등불 속 루쉰 선생님의 뒷모습이 전날밤과 같이 커보이지 않는다고도 하셨다.

루쉰 선생님의 회검색 뒷모습은 여전히 그자리에 앉아 있었다.

사람들이 기상하면 선생님은 그때서야 주무셨다.

하이잉이 3층에서 책가방을 메고 내려오면 보모가 그를 학교까지 데려다준다. 루쉰 선생님의 방문 앞을 지날 때면 보모는 늘 "조용히, 조용히"라고 했다.

선생님이 막 잠들면 태양은 높이 떠올라 뜰 안의 사람들을 비췄다. 아주 환하게, 선생님 정원의 협죽도까지 아주 환히 비추었다.

루쉰 선생님의 책상은 가지런히 정리되어 있고 쓰신 글도 책 아래에 놓여 있었다. 펜은 작은 거북 모양의 도자기 등에 꽂혀 있었다.

슬리퍼 한 켤레가 침대 아래에 놓여 있는 채 선생님은 베개를 베고 잠에 드셨다.

루쉰 선생님은 술 마시는 걸 좋아하지만 많이 드시지는 않고 항상 반 사발이나 한 사발 정도만 드셨다. 선생님이 드시는 술은 중국 술로 대부분은 사오싱주紹興酒였다.

바쯔 거리에는 찻집이 하나 있다. 찻집은 한 칸짜리 공간에 좌석이 많지 않고 조용했다. 햇살도 잘 들어오지 않아 약간은 쓸쓸한 느낌도 들었다. 루쉰 선생님은 늘 이 찻집에 오셨다. 약속이 있으면 대부분 이곳에서 만났다. 찻집 주인은 유대인 혹은 러시아인인 것 같았는데 뚱뚱했고 중국어를 알아듣지 못했다.

면 두루마기를 입은 루쉰 선생님은 여기에서 홍차를 시켜놓고 청년들과 함께 몇 시간 동안이나 이야기를 나누셨다.

하루는 루쉰 선생님의 뒤편에 모던한 여성이 앉아 있었는데, 그녀는 자색 치마에 황색 상의를 입고 머리에 꽃 모자를 쓰고 있었다. 그 여성이 자리에서 일어나 나가려 하자 루쉰 선생님은 눈을 고정한 채 한참동안 화가 난 듯 그녀를 쳐다보았다. 그러고는 "도대체 뭐하는 사람이지?"라고 하셨다.

루쉰 선생님은 자색 치마에 황색 상의를 입고 꽃 모자를 쓴 사람에 대해서는 이런 태도를 보이셨다.

도대체 귀신은 실재하는 것인가? 전해지는 말에 따르면 귀신을 보거나 귀신과 말을 한 사람도 있고, 심지어 어떤 사람은 귀신에게 쫓기기도 했다고 한다. 목매달아 죽은 귀신은 사람을 보면 벽에 바짝 달라붙는다고도 한다. 하지만 아무도 귀신을 잡아 사람들에게 보여준 적은 없다.

루쉰 선생님은 자신이 귀신을 봤던 일을 사람들에게 들려주셨다.

"사오싱에서……." 루쉰 선생님은 말씀하셨다. "30년 전에……."

그때 선생님은 일본에서 유학을 마치고 막 돌아온 후로 사범대인지 어디인지에서 학생들을 가르치고 있었다. 저녁에 일이 없을 때면 선생님은 늘 친구네 집에 가서 이런 저런 이야기를 나눴다. 이 친구의 집은 학교에서 가까웠지만 필히 무덤가를 지나가야만 했다. 어떤 때는 이야기가 늦게까지 이어졌고, 12시가 되어서야 학교로 돌아가는 경우도 있었다. 어느 날 루쉰 선생님은 아주 늦게서야 귀가하게 되었고 하늘에는 아주 둥근 달이 떠 있었다.

선생님이 집을 향해 힘차게 걷고 있을 때였다. 눈을 들어 먼 곳을 보니 저 멀리 하얀 그림자가 보였다.

선생님은 귀신의 존재를 믿지 않았다. 일본에서 유학하며 의학을 공부할때 늘 죽은 사람을 옮겨와 해부를 하곤 했다. 심지어 20여 구의 시체를 해부한 적도 있었다. 선생님은 귀신을 무서워하지 않을 뿐 아니라 죽은 사람도 두려워하지 않았다. 그래서 무덤을 지나는 것도 전혀 겁내지 않고 계속해서 앞으로 힘차게 나아갔다.

몇 걸음을 옮기자 멀리 보이던 하얀 그림자가 사라지더니 갑자기 다시 눈앞에 나타났다. 커졌다 작아졌다, 오르락내리락하는 모습이 정말 귀신과도 같았다. 귀신은 변화무쌍하다고 하지 않았던가?

루쉰 선생님은 잠시 주춤했다. 앞으로 가야 하나 아니면 뒤돌아 가야 하나? 사실 학교로 가는 길은 이 길만 있는 것은 아니었다. 다만 이 길이 가장 가까운 지름길이었다.

루쉰 선생님은 겁이 났지만 귀신이 어떤 모습인지 보고자 결심하고는 앞으로 나아갔다.

선생님은 그때 일본에서 돌아온 지 얼마 되지 않아 여전히 딱딱한 바닥의 가죽신발을 신고 다녔다. 그래서 선생님은 그 귀신에게 치명적인 타격을 주리라 결심했다. 그런데 선생님이 하얀 그림자로 가까이 다가가자 그림자는 점점 작아져 쪼그라들더니 아무 소리도 내지 않고는 한 봉분에 기대버리는 것이었다.

루쉰 선생님은 발을 들어 딱딱한 신발로 그림자를 힘껏 걷어찼다.

하얀 그림자는 '아악' 소리를 내면서 일어섰는데 자세히 보니 그는 사람이었다. 선생님은 사실 귀신을 발로 찰 때 겁이 났지만 그러지 않는다면 자신이 오히려 해를 입을 것 같아서 더 힘차게 전력을 다해 그것을 걷어찼다고 했다.

그는 사실 무덤 도굴꾼이었는데 한밤중에 몰래 일을 꾸미고 있었던 것이다.

루쉰 선생님은 여기까지 이야기하고는 웃기 시작하셨다.

"귀신도 걷어차이는 것을 무서워하는지 즉시 사람으로 변하지 않았는가."

나는 내가 만일 귀신이라면 선생님에게 걷어차이는 게 좋을 거라고 생각했다. 왜냐하면 사람이 될 기회를 얻을 수 있기 때문이다.

푸젠福建 음식점에는 생선으로 만든 완자 요리가 있었다.

하이잉이 그 완자를 먹어보고는 신선하지 않다고 했다. 쉬 여사님은 물론이고 다른 사람도 믿지 않았다. 사실 그 완자는 어떤 것은 신선하고 어떤 것은 신선하지 않았는데 다른 사람 완자는 마침 맛이 변하지 않은 것이었기 때문이다.

쉬 여사님이 하이잉에게 다시 하나를 주었다. 하이잉이 다시 먹어보고는 여전히 맛이 이상하다며 불평을 했다. 다른 사람은 주의하지 않았지만 루쉰 선생님은 하이잉 접시에 있는 완자를 가지고 와 맛을 보셨다. 과연 완자는 신선하지 않았다. 선생님은 "하이잉이 신선하지 않다고 하는 것에는 반드시 그 이유가 있을 것이요, 확인하지 않고 무시하고 넘어가는 것은 안 될 일이지"라고 하셨다.

나중에 이 일이 생각나서 쉬 여사님과 이야기를 나눈 적이 있었는데, 여사님은 "저우 선생님의 사람됨은 정말 우리가 배울 수가 없어요. 설사 작은 일이라 할지라도요"라고 하셨다.

루쉰 선생님은 종이포장을 할 때도 항상 가지런하게 하신다. 선생님은 책을 소포로 보내야 할 때면 여사님께 맡기지 않고 직접 포장하셨다. 여사님도 포장을 아주 잘하셨지만 선생님은 항상 그것을 직접 하려 했다.

선생님은 책을 종이로 포장한 후에 가는 끈으로 잘 묶었다. 소포는 깔끔한 정사각형 모양으로 모서리 하나라도 비뚤어지거나 납작한 곳이 없었다. 책을 묶은 끈 말미는 가위로 가지런하게 잘라냈다.

책을 싼 종이는 새 것이 아니었는데 모두 거리에서 물건을 사가지고 온 후 남은 것들이었다. 쉬 여사님은 사온 물건을 풀어서 정리할 때면 늘 물건을 싼 양피지를 잘 접어두었고 가늘고 짧은 끈들은 말아놓았다. 만일 이 끈 뭉치에 매듭이 있으면 그것을 일일이 풀어 정리하셨다. 언제든 편리하게 사용할 수 있도록 말이다.

루쉰 선생님이 사는 곳은 다루신춘大陸新村 9호였다.

골목길 어귀로 들어가면 곳곳에 큰 사각형의 시멘트 돌이 깔려 있었고 뜰 안은 조용한 편이었다. 이 뜰을 드나드는 사람 중에는 외국인도 있었다. 그래서 가끔은 외국인 어린아이들이 뜰 안에서 흩어져 놀고 있는 모습도 볼 수 있었다.

루쉰 선생님 옆집에는 큰 간판이 하나 걸려 있었는데, 그 위에 "차"라는 글자가 쓰여 있었다.

1935년 10월 1일.

루쉰 선생님의 응접실에는 검정색의 긴 테이블이 놓여 있었다. 긴 테이블은 페인트칠이 선명해 보이지 않았으나 그렇다고 낡아 보이지도 않았다. 테이블 위에는 테이블보도 깔려 있지 않았고 그저 정중앙에 녹두청색의 꽃병 하나가 놓여 있었다. 꽃병에는 큰 이파리 몇 개가 있는 만년청萬年青이 꽂혀 있었다. 긴 테이블을 둘러싸고 일고여덟 개의 나무의자가 놓여 있었다. 한밤중 골목 안은 아무 소리도 없이 조용했다.

그날 밤 나는 루쉰 선생님, 쉬 여사님과 함께 긴 테이블에 앉아 차를 마셨다. 그날 우리는 만주국에 관해 많은 이야기를 나눴는데, 식사 후 시작된 이야기는 9시, 10시를 지나 11시까지 이어졌다. 선생님의 휴식을 위해 나는 몇 번이고 이야기를 마치고 일어나려 했다. 선생님의 건강이 그다지 좋아 보이지 않았기 때문이다. 쉬 여사님 말에 따르면 선생님은 한 달 넘게 감기에 걸렸다가 이제 막 좋아졌다고 했다.

하지만 루쉰 선생님은 피곤한 기색이 없었다. 응접실에 누울 수 있는 등나무 의자가 있어서 우리는 몇 번이나 선생님께 의자에 누워 조금 쉬시라고 권해드렸지만 선생님은 이를 마다하고 계속 의자에 앉아 계셨다. 그러고는 위층에 올라가 가죽 두루마기를 두르고 다시 내려오셨다.

그날 밤 선생님이 무엇을 말씀하셨는지 지금은 기억이 나질 않는다. 어쩌면 지금 기억하는 것들은 그날 밤 이야기한 것이 아니라 나중에 말씀하신 것일지도 모르겠다. 11시가 지나자 비가 내리더니 빗방울이 유리창을 후드득 후드득 때리기 시작했다. 창에는 커튼이 쳐 있지 않아 간혹 고개를 돌리면 유리창에 흐르는 빗물을 볼 수 있었다. 밤도 깊고 비까지 내리니 마음이 조급해져서 나는 몇 번이고 자리에서 일어나려 했다. 하지만 루쉰 선생님과 쉬 여사님이 계속 조금 더 있다가 가라고 하셨다. "12시 이전까지는 차를 탈 수 있어요." 결국 12시가 다 되어서야 나는 우비를 입고 응접실 바깥의 삐걱거리는 철문을 열고 나올 수 있었다. 루쉰 선생님은 반드시 문 밖까지 나를 배웅해야 한다면서 같이 나오셨다. 선생님은 왜 꼭 손님 배웅을 해야 한다고 하시는 걸까? 나처럼 나이 어린 손님을 배웅하는 것이 당연한 일인가? 혹시라도 비에 젖거나 찬바람이 들어 감기에 걸려 계속 아프시는 것은 아닌가? 철문 바깥에 서서 루쉰 선생님은 옆집에 쓰여 있는 "차" 글자의 간판을 가리키면서 "다음번에 올 때는 이 '차'자를 기억하게나, 바로 '차'의 옆집이야"라고 하셨다. 그리고는 손을 내밀어 닫힌 문 옆에 박혀 있는 9호의 "9"자를 만질듯 가리키며 "다음번에는 차 옆집 9호라는 것을 기억하게나"라고 하셨다.

나는 사각형 시멘트의 골목길을 걸어 나온 후 몸을 돌려 선생님 집을 쳐다보았다. 선생님 집이 있는 골목 줄은 전부 깜깜했다. 만약 선생님이 그렇게 정확하게 알려주지 않으셨다면 다음번에는 아마 기억하지 못했을 것이다.

루쉰 선생님의 침실에는 큰 철제 침대가 있었다. 침대 꼭대기에는 쉬 여사님이 직접 수놓은 꽃 문양 커튼이 쳐져 있었다. 침대 한켠에는 이불 두 채가 개어져 있었는데, 모두 두툼한 사라사 이불보였다. 문에서 가까운 침대머리 쪽에는 서랍장이 놓여 있었다. 문을 들어서면 왼쪽에 네모난 탁자가 놓여 있었고 탁자 양쪽에는 등나무 의자가 각각 하나씩 놓여 있었다. 장롱이 네모난 탁자와 나란히 벽모서리에 놓여 있었다. 본래 장롱은 옷을 거는 것이었지만, 옷은 많지 않고 되레 사탕이나 비스킷 상자, 해바라기 씨통들이 가득 채워져 있었다. 한번은 XX 사장의 부인이 책 판권을 위한 도장을 받으러 찾아왔다. 루쉰 선생님은 장롱 아래 서랍에서 도장을 꺼내오셨다. 벽모서리를 따라 창문쪽으로 가면 화장대가 하나 있었다. 탁자 위에는 녹색 풀이 떠 있는 유리 어항이 있었는데 어항 안에는 금붕어가 아닌 배가 납작한 회색의 작은 물고기가 있었다. 그 밖에 둥근 시계 하나가 있었고 그 위쪽에는 책이 가득 꽂혀 있다. 창문 쪽 철제 침대 곁에 있는 책꽂이는 모두 책으로 가득했다. 선생님의 책상과 그 위도 책으로 가득 차 있었다.

루쉰 선생님의 집은 위층이나 아래층 어디에도 소파가 없었다. 선생님이 일하실 때 앉는 의자는 딱딱한 것이었고 아래층에 내려와 손님과 이야기를 하실 때 앉는 의자 역시 그랬다.

선생님의 책상은 창문을 향해 놓여 있었다. 상하이 골목 안 집들의 창문은 거의 한 벽을 다 쓸 정도로 크기가 크다. 선생님은 일을 하실 때면 꼭 창문을 닫는 습관이 있었다. 선생님은 바람이 부는 것을 싫어하셨는데 바람 때문에 종이가 날리면 그것에 신경을 쓰느라 제대로 글을 쓸 수 없었기 때문이다. 그래서 방안은 찜통과 같이 더웠다. 루쉰 선생님께 아래층으로 내려오시라고 권해도 듣질 않으셨는데 선생님은 공간을 옮겨다니지 않는 습관이 있었기 때문이었다. 어떤 때는 태양이 너무 들어 쉬 여사님이 책상을 조금 옮기자고 했지만 듣질 않으셨다. 온몸이 땀으로 흠뻑 젖었는데도 말이다.

루쉰 선생님의 책상에는 파란색 체크무늬의 광택천이 깔려 있었고 네 모서리는 압정으로 고정되어 있었다. 책상 위에는 사각 벼루 하나와 묵이 있었고 붓꽂이에는 붓이 꽂혀 있었다. 붓꽂이는 도자기로 만들어진 것이었는데 그다지 조밀해 보이지는 않았다. 거북이 모양의 붓꽂이는 등 위에 몇 개의 구멍이 나 있었고 붓을 그 구멍에 꽂아 놓는 것이었다. 루쉰 선생님은 만년필이 없는 것도 아니었는데 그것은 오히려 책상 서랍 안에 두고 대부분은 붓을 사용하셨다. 책상 위에는 큰 사각형의 하얀 도자기 재떨이와 덮개가 덮여진 찻잔이 있었다.

루쉰 선생님의 습관은 다른 사람들과는 달랐다. 글을 쓰기 위한 자료들과 편지들이 책상 위에 항상 가득했다. 선생님의 책상은 글을 쓸 공간만 남기고는 모두 책이나 종이로 가득 채워져 있었다.

책상 왼쪽 모서리에 놓인 녹색 등갓의 탁상 등은 전구를 가로로 끼워 넣는 것이었는데 이는 상하이에서 가장 일반적인 탁상 등이었다.

선생님은 겨울이 되면 위층에서 식사를 하셨다. 루쉰 선생님은 직접 전선을 끌어와 천정의 등과 탁상 등을 연결했다. 식사를 다 하면 쉬 여사님이 다시 전선을 거뒀다. 선생님의 탁상 등은 이렇게 만들어진 것으로 천정에는 아주 긴 전선이 늘어져 있었다.

루쉰 선생님의 글은 대부분 이 탁상 등 아래에서 쓰인 것이다. 선생님은 새벽 1~2시가 되어서야 글을 쓰기 시작하셨고 날이 밝아서야 휴식을 취했다.

침실 벽 위에는 하이잉 생후 한 달 때의 모습을 그린 유화 그림이 걸려 있었다.

침실과 붙어 있는 뒤쪽 공간도 모두 책으로 가득 차 있었다. 여기는 정리가 잘 되어 있지는 않았고 신문이나 잡지, 양장본 책들이 방안에 어질러져 있었다. 이곳에 들어서면 은은한 종이 냄새가 났다. 마룻바닥은 책으로 가득 차서 바닥이 거의 보이지 않았다. 커다란 그물 바구니도 책 더미 속에 끼어 있었다. 벽에는 끈이나 철사가 늘어져 있었는데 거기에는 작은 찬합이나 바구니를 걸어놓았다. 말린 올방개가 광주리에 가득 담겨 있었는데 헤진 철사가 거의 끊어질 것처럼 휘어져 있었다. 열린 서고의 창문 바깥에도 말린 올방개가 가득한 광주리가 걸려 있었다.

"먹어봐요, 아주 많아요, 바람에 말린 게 아주 달아요"라고 쉬 여사님이 말씀하셨다.

아래층 주방에서 요리를 하느라 주방도구들이 달그락대는 소리가 들려왔다. 연로한 두 아주머니가 낮은 목소리로 무언가를 이야기하고 있었다.

주방은 집안에서 가장 시끌벅적한 곳이었다. 전체 3층 건물은 아주 조용해서 아주머니를 부르는 소리도 없었고 계단을 오르내리는 소리도 없었다. 루쉰 선생님 댁에는 5, 6개의 방이 있었지만 모두 다섯 사람밖에 살지 않았다. 세 분이 선생님 댁 식구이고 나머지 두 분은 집안일을 하시는 아주머니들이다.

손님이 오면 쉬 여사님이 직접 차를 내오셨다. 설령 아주머니를 부르실 때도 여사님은 아래층으로 내려가 분부를 하셨고 계단 입구에서 큰소리로 부르는 적이 한 번도 없다. 그래서인지 집안은 아주 고요했다.

단지 주방만이 조금 시끄러웠다. 수돗물이 쏴쏴 쏟아져내리는 소리, 서양식 양동이가 시멘트 싱크대에 쓱쓱 끌리는 소리, 싹싹 쌀 씻는 소리. 루쉰 선생님이 죽순 요리를 좋아하셨기에 죽순 편을 도마 위에서 썰 때면 칼소리도 들려왔다. 사실 다른 사람들의 주방에 비하면 적막한 편이었기에 쌀 씻는 소리나 죽순 채 써는 소리가 특히나 맑게 들려왔다.

응접실 한편에는 책꽂이 두 개가 나란히 놓여 있었다. 유리장으로 된 책꽂이에는 도스토예프스키 전집과 다른 외국 작가들의 전집이 꽂혀 있었는데 대부분이 일본어로 번역된 것이었다. 마루는 양탄자가 깔려 있지 않았지만 아주 깨끗하게 닦여 있었다.

하이잉의 완구장도 응접실에 있었다. 그 안에는 원숭이인형, 고무인형, 기차와 자동차 장난감 등이 셀 수 없을 정도로 가득했지만 하이잉은 그 속에서 자기가 원하는 것을 쉽게 찾아냈다. 새해를 맞아 길거리에서 샀던 토끼 모양의 종이 등갓은 이미 먼지가 수북히 쌓여 완구장 위에 올려져 있었다.

응접실에는 전등 한 개가 있었는데 50촉짜리였다. 응접실 뒷문 맞은편에는 위층으로 가는 계단이 있었는데 앞문을 열면 네 면이 1제곱미터 정도 되는 화원이 있었다. 화원에는 볼만한 꽃은 없었고, 키가 7, 8척 높이나 되는 아주 큰 나무 하나만이 있었는데 아마도 복숭아 나무였던 것으로 기억한다. 봄이 오면 나무에 진딧물이 많아 쉬 여사님은 살충제를 뿌리느라 바쁘셨다. 여사님은 이야기를 나누면서 한편으로는 살충제를 뿌리곤 했다. 담장 밑을 따라서는 옥수수가 심어져 있었다. 여사님은 "여기 땅은 좋지 않아서 옥수수가 잘 자라지 못해요, 그런데 하이잉이 반드시 심어야 한다고 해서"라고 하셨다.

봄이 되면 하이잉은 화원에서 진흙과 모래를 파내 여러 가지를 심으며 놀았다.

3층은 특히 조용했다. 유리문 두 짝은 태양을 향해 활짝 열려 있고 문 밖에는 작은 시멘트 베란다가 튀어나와 있었다. 봄볕이 문 입구에 늘어져 있는 커튼을 따뜻하게 어루만졌고, 어떤 때는 바람에 의해 커튼이 높이 휘날렸다. 커튼이 펄럭이는 모습은 마치 대어大魚들이 거품을 내는 듯했다. 그럴 때면 옆집의 녹색나무가 유리문 안으로 비쳐들어왔다.

하이잉은 마룻바닥에서 작은 기술자가 되어 건물을 수리하는 놀이를 했다. 그 건물은 의자를 가로 눕힌 채 틀을 수리하는 것이었다. 그러고는 이불을 접어서 기와로 삼았다. 건물을 다 만들고 나자 하이잉은 손바닥을 치며 감탄했다.

이 집은 다소 텅 비고 적막하게 느껴졌다. 여공이 사는 집 같지도 않았고 아이가 있는 집 같지도 않았다. 하이잉의 침대는 방 한쪽에 놓여 있었는데 낮이 되어도 침대에 씌우는 원형 장막을 거두어들이지 않았다. 긴 장막은 마치 천장에서 마루까지 이어진 것처럼 보였다. 침대는 매우 정교했는데 꽃을 조각한 목제 침대였다. 여사님 말에 따르면 그 침대는 이 방을 빌릴 때 이전에 살던 사람이 남겨놓은 것이라고 했다. 하이잉과 그의 보모는 5, 6척 넓이의 큰 침대에서 함께 잤다.

겨울에 피웠던 화로는 3월에도 마루에 덩그러니 놓여 있었다.

하이잉은 3층에서는 잘 놀지 않았다. 학교에 가지 않을 때면 뜰 안에서 자전거를 타며 놀았다. 하이잉은 뛰어다니는 것을 특히 좋아해서 주방, 응접실, 2층을 이리저리 뛰어다니며 놀았다.

3층은 하루 종일 비어 있었다. 3층 뒷쪽 방에는 다른 여공 한 명이 살고 있었는데 올라오는 일이 별로 없어서 계단을 닦고 나면 하루 종일 아주 깨끗했다.

1936년 3월 선생님이 병이 나셨다. 선생님은 이층 침대의자에 기대어 있었는데 심장이 평상시보다 훨씬 빨리 뛰었고 얼굴색도 조금 어두워 보였다.

쉬 여사님은 이와 달리 얼굴색이 붉고 눈이 더욱 커보였다. 그러나 말하는 소리는 평상시처럼 조용한 것이 전혀 당황하지 않은 모습이었다. 아래층 응접실에 들어설 때 쉬 여사님은 “저우 선생님이 병이 나셨어요, 숨이…… 숨이 많이 차다고 하시네요. 위층 침대 의자에 누워 계세요”라고 하셨다.

곁에 가까이 가지 않았지만 루쉰 선생님의 가쁜 숨소리는 침실에 들어서자 바로 들을 수 있었다. 선생님의 코와 수염이 떨렸고 가슴은 오르락내리락 했다. 눈은 감고 계셨고 손에서 영원히 떠나지 않을 것 같았던 담배도 보이질 않았다. 루쉰 선생님의 머리는 등나무의자 뒤 베개에 기대어 약간 뒤로 기울어져 있었고 두 손은 하릴없이 늘어져 있었다. 그러나 미간은 여전히 평상시처럼 주름이 없었고 얼굴은 평온해 보이는 것이 마치 몸에 아무런 고통이 없는 듯 보였다.

“어서 오게” 루쉰 선생님은 눈을 한번 뜨고 말씀하셨다. “조심하지 않아 감기에 걸려 호흡이 힘들다네. (…) 서고에 가서 책을 봤는데 (…) 그 방은 사람이 살고 있지 않아서 특히 추웠어. (…) 돌아오니 바로……” 쉬 여사님은 선생님이 말하는 것이 힘들어 보이고 기침을 하자 선생님을 대신해 감기에 걸리게 된 이유를 얘기해주셨다.

의사가 와서 진찰하고 약도 먹었지만 선생님의 기침은 멈추질 않았다. 오후에도 의사가 왔었다 방금 막 떠났다고 했다.

황혼이 깔리자 침실은 조금씩 어두워졌고 바깥에는 바람이 불기 시작했다. 옆집 나무가 바람에 소리를 내며 흔들렸다. 다른 집의 창문이 바람에 닫히고 열리는 소리가 들렸고 집집마다 수도관에서 물이 쫄쫄 흐르는 소리도 들려왔다. 분명히 저녁 식사 후 설거지를 한 물일 것이다. 저녁식사 후 산책을 갈 사람은 산책을 가고 친구를 만날 사람은 친구를 만나러 나갔기에 골목 안에는 계속해서 간간히 사람들이 오고 갔다. 아낙네들은 여전히 앞치마를 풀지 않은 채 뒷문에 기댄 채 서로 가볍게 수다를 떨고 있었다. 아이들 서너 명은 앞문과 뒷문으로 뛰어 다녔고 골목 바깥에는 자동차가 오고 갔다.

선생님은 침대식 의자에 앉아 조용히 움직이지 않고 눈을 감고 계셨다. 어두운 얼굴이 화롯불에 조금은 붉어 보였다. 종이담배 깡통이 책상 위에 덩그러니 놓여 있었다. 찻잔도 덮개가 덮여 책상 위에 웅크린듯 놓여 있었다.

쉬 여사님은 가볍게 계단을 걸어 아래층으로 내려갔다. 이층에는 루쉰 선생님만이 홀로 의자에 앉아 계셨다. 가쁜 호흡이 선생님의 가슴을 규칙적으로 높이 들어올렸다.

"선생님은 필히 쉬셔야 해요." 쉬텅須藤 의사는 이렇게 말했다. 하지만 루쉰 선생님은 절대 쉬지 않으셨고 오히려 생각들이 더 많아진 듯했다. 그러고는 마치 해야 할 일을 즉시 하지 않으면 안 된다는 듯했다. 『해상술림』의 교정, 콜비츠의 그림 인쇄, 『죽은 넋』 후반부의 번역 작업을 같이 시작했다. 이것들을 막 끝내고 나서는 또 『삼십년집』(『루쉰 전집』)의 출판을 계획하셨다.

루쉰 선생님도 자신의 건강이 좋지 않다고 느꼈다. 그러나 글을 더 많이 쓰고 빨리 써야 했기 때문에 건강을 챙길 시간은 더욱 없었다. 당시에 사람들은 그 의미를 잘 알지 못했다. 모두가 루쉰 선생님은 반드시 쉬어야만 한다고 생각했는데 나중에 루쉰 선생님의 「죽음」이라는 글을 읽고서야 비로소 당시의 선생님을 이해할 수 있었다.

선생님은 죽는 것은 상관없지만 죽기 전 사람들에게 최대한 많은 것을 남겨줘야 한다고 생각하셨다.

얼마 지나지 않아 선생님의 책상 위에는 독일어와 일본어 사전이 놓여 있었다. 선생님은 고골의 『죽은 넋』을 다시 번역하기 시작하셨다.

루쉰 선생님의 건강이 좋지 않아 자주 감기에 걸리셨다. 그러나 감기에 걸린 후에도 평소처럼 손님을 만나고 편지와 원고를 쓰셨다. 그래서 감기는 한 달 혹은 보름 동안이나 이어졌다.

1935년 겨울, 1936년 봄 루쉰 선생님은 쉬지 않고 취추바이의 『해상술림』을 교정하셨다. 수십 만자의 교정본을 세 번이나 다시 보셨다. 인쇄소에서 보내오는 교정본은 매번 전체가 아니라 10여 쪽 정도 되는 분량이었기 때문에 루쉰 선생님은 늘 이 교정본의 독촉을 받았다. 선생님은 "보게나, 나는 자네들과 이야기를 하면서 교정본을 보고 있다네, 눈은 볼 수가 있고 귀는 들을 수 있지…"라고 하셨다.

어쩌다 손님이 오면 선생님은 우스갯소리를 하시면서 펜을 내려놓기도 했다. 그러나 어떤 때에는 "몇 글자 안 남았습니다. (…) 잠시 앉아 계시지요"라고 말하셨다.

1935년 겨울, 쉬 여사님이 "저우 선생님의 건강이 예전과 같지 않아요"라고 하셨다.

한번은 루쉰 선생님이 식당으로 손님을 초대했는데 그날 선생님의 기분은 아주 좋아 보였다. 그날 우리는 통오리구이를 먹었던 것으로 기억한다. 오리 한 마리가 삼지창에 꽂혀 올라왔는데 기름진 것이 빛깔이 아주 좋아 보였다. 루쉰 선생님 또한 미소를 지으셨다.

요리가 전부 올라오자 루쉰 선생님은 침대식 의자에 앉아 눈을 감고 담배를 피우셨다. 식사를 마치자 어떤 이들은 술을 마셨고 모두들 시끌벅적 떠들어대기 시작했다. 서로 사과를 빼앗고 장난을 치며 놀기도 했고 어떤 이는 우스갯소리를 하기도 했다. 선생님은 이때 침대식 의자에 앉아 눈을 감고 아주 장엄한 표정으로 침묵하고 계셨다. 손에 든 담배에서 나는 연기가 하늘거리며 위로 올라갔다.

다른 사람들은 선생님이 술을 많이 드신 줄로만 생각했을 것이다!

쉬 여사님은 그렇지 않다고 하셨다.

"저우 선생님의 건강이 예전만 못해요. 식사하신 후에는 늘 눈을 감고 조금 쉬셔야 해요. 예전에는 이런 습관이 없으셨는데"라고 하셨다.

선생님이 의자에서 일어나셨다. 아마도 술을 많이 드셨다고 하는 소리를 들으신 것 같았다.

"난 술을 많이 마시지 않네. 어렸을 때 우리 어머니는 아버지가 술을 드시기만 하면 성격이 고약해진다고 하시며 나보고는 커서 절대 술을 먹지 말라고, 아버지처럼 굴지 말라고 하셨었지…… 그래서 나는 술을 많이 마시지도 않고…… 술에 취해본 적도 없다네."

잠시 휴식을 취한 선생님은 일어나셔서 담배에 새로 불을 붙이고는 사과를 드시겠다고 했다. 그러나 사과는 하나도 남아 있지 않았다. 선생님은 "자네들과 경쟁할 수가 없구만, 사과가 하나도 남지 않았군"이라고 하셨다.

어떤 이가 남아 있던 사과를 가져다 선생님께 드렸지만 선생님은 그저 담배만 피우셨다.

1936년 봄, 루쉰 선생님의 건강이 그다지 좋지 않았다. 별다른 병이 있는 것은 아니었지만 선생님은 야식을 드신 후에는 반드시 침대식 의자에 앉아 눈을 감고 한동안 조용히 계시곤 했다.

쉬 여사님은 내게 저우 선생님이 베이핑에 계실 때 장난삼아 한 손으로 탁자를 집고 반대편으로 뛰어넘어 가신적이 있다고 말했다. 그러나 근래에는 이런 적이 없었다. 아마도 예전처럼 민첩하지 않아서일 것이다.

이 말은 쉬 여사님과 내가 사담으로 나눈 것으로 선생님은 듣지 못하셨다. 선생님은 여전히 의자에 앉아 침묵하고 계셨다.

여사님이 화로 문을 열고 석탄을 넣자 탁탁 소리가 났고 이 소리에 선생님은 잠에서 깨셨다. 선생님이 말하시는 모습은 평소와 다를 바가 없었다.

루쉰 선생님이 이층에 있는 침대에서 주무신 지가 이미 한 달이 넘었다. 기침은 멈추었지만 매일 열이 났고 특히 오후가 되면 열이 38도에서 39도까지 올랐다. 39도가 넘는 적도 있었다. 선생님의 얼굴에는 붉은 기가 약간 돌았고 시력도 예전 같지 않았다. 음식도 잘 드시지 못하고 잠도 잘 주무시지 못했다. 그러나 선생님은 어떠한 신음소리도 내지 않았고 마치 아무런 고통도 없는 사람처럼 보였다. 침대에 누웠을 때는 눈을 뜨고 사방을 둘러보셨고, 어떤 때에는 잠이 든 듯 아닌 듯 조용히 누워계셨다. 차도 전보다 적게 드셨다. 선생님은 원래 한시도 쉬지 않고 담배를 피셨는데 지금은 이도 그만두었다. 담배통은 침대 가에 있지 않고 저 멀리 책상 위에 놓여 있었다. 만약 어쩌다 담배 한 대를 피우고 싶다 하시면 여사님이 가져다주셨다.

쉬 여사님은 루쉰 선생님이 병이 난 이후로 더욱 바빠지셨다. 시간에 맞춰 선생님께 약을 드리고 체온을 쟀다. 체온을 재고 나서는 그것을 의사 선생님이 준 표에 기입했다. 표는 딱딱한 종이로 된 것이었는데 그 위에는 많은 선이 그어져 있었다. 쉬 여사님은 이 종이 위에 자를 대고 도수를 그렸다. 그 표에 그려진 선들은 마치 뾰족하고 작은 산등성이 모양처럼 보이기도 했고 날카로운 수정석 같기도 했다. 높고 낮은 선들이 연달아 늘어서 있었다. 여사님은 매일 이것을 새로 그려넣었지만 그것은 마치 끊어지지 않는 실과 같아 보였다. 낮은 곳에서 높은 곳으로, 높은 곳에서 낮은 곳으로, 정점이 높을수록 좋지 않은 것이었는데 이는 루쉰 선생님의 열이 점점 높아진다는 의미였기 때문이다.

루쉰 선생님을 만나러 온 사람들은 대부분 위층으로 올라가지 않았다. 선생님이 조용히 쉴 수 있도록 하기 위한 것이다. 그래서 손님과 관련된 일은 모두 쉬 여사님이 맡았다. 책이나 신문, 편지도 여사님이 먼저 보신 후 꼭 필요한 내용만 루쉰 선생님께 알렸다. 중요하지 않은 것은 먼저 한 곳에 모아두었다가 선생님의 건강이 조금 나아질 때면 다시 가져다드렸다. 하지만 집안에는 해야 할 일이 많았다. 예를 들면 연로한 아주머니가 병이 나 휴가를 청했을 때다. 하이잉이 이가 빠져 치과에 가야 했는데 같이 갈 사람이 없어서 여사님이 직접 아이를 데리고 가야만 했다. 게다가 하이잉은 유치원에 다녔기에 연필도 사야 하고 고무공도 사야 했다. 그러다 가끔 하이잉은 무슨 기발한 생각이 떠올랐는지 이층으로 뛰어 올라가서는 땅콩사탕을 먹고 싶다, 우유사탕을 먹고 싶다고 하며 큰소리를 내며 뛰어다녔다. 그럴때 쉬 여사님은 얼른 아이를 잡아 아래층으로 데리고

1936년 10월 8일, 상하이 팔선교八仙橋 청년 모임에서 촬영(저우링페이 제공)

내려왔다.

여사님은 "얘야, 아버지가 아프시단다"하고 아이를 타일렀다. 대신 보모에게 사탕 몇 개를 사주라고 돈을 주셨다. 하지만 너무 많이 사주면 안 된다고 당부했다.

전기세를 받으러 온 사람이 아래층에서 문을 두드리자 여사님은 얼른 뛰어 내려가셨다. 문을 자꾸 두드리면 그 소리에 선생님이 깰까 걱정됐기 때문이다.

하이잉은 이야기 듣는 것을 아주 좋아했는데 이 역시 꽤나 성가신 일이었다. 여사님은 하이잉에게 이야기를 들려주는 것 외에도 시간을 내 루쉰 선생님이 병 때문에 미뤄놓은 미완의 교정본을 봐야 했다.

이 기간 동안 쉬 여사님은 루쉰 선생님보다 더 많은 것을 해야만 했다.

루쉰 선생님은 위층 탁자에서 따로 식사를 하셨는데 쉬 여사님이 매번 손수 식사를 들고 올라가셨다. 음식은 매번 작은 접시에 담겨 있었고 접시는 직경 2촌도 채 안 되는 크기였다. 완두콩 싹 볶음이나 시금치 혹은 비름나물 볶음, 조기, 닭 요리 등이 담겨 있었다. 닭요리를 올리는 경우 쉬 여사님은 닭에서 가장 좋은 부위를 골랐고 생선요리 역시 가장 좋은 부위를 골라 손수 가시를 바른 후 접시에 담았다.

쉬 여사님은 아래층 식탁에 놓인 요리 접시를 젓가락으로 뒤적여 부드러운 채소를 골라 담으셨다. 채소는 줄기가 아닌 잎사귀 부분만 담았고, 생선과 고기 요리도 부드럽고 뼈나 가시가 없는 부분만 고르셨다.

쉬 여사님은 마음 속에 기대와 소망을 가지고 기도할 때보다도 더 경건한 눈빛으로 자신이 정성스레 담은 요리 접시를 보며 계단을 올랐다.

루쉰 선생님이 한 입이라도 더 맛보기를, 한 젓가락이도 더 먹기를, 닭 수프를 한 입이라도 더 마시기를 바라면서. 의사는 선생님이 닭 수프와 우유를 더 많이 드셔야 한다고 했다.

식사를 올려드린 쉬 여사님은 선생님 옆에서 시중을 들기도 하고 때로는 아래층으로 내려와 다른 일을 하다 반시간 정도 뒤에 올라가 빈 그릇을 들고 내려오시곤 했다. 손도 대지 않은 그릇이 가득찬 쟁반을 들고 내려오실 때면 쉬 여사님의 미간에 주름이 지곤 했다. 만일 옆에 누가 있는 경우에는 "저우 선생님이 열이 높아서 아무것도 드시질 못하네요. 차도 마시지 못하고 너무 힘들어 하시네요"라고 말했다.

어느 날, 쉬 여사님이 응접실 뒤 식탁에서 구불구불한 모양의 빵칼로 빵을 자르시며 내게 말했다.

"저우 선생님께 더 드시라고 했더니, 병이 나은 이후에나 보신을 해야지, 지금 억지로 먹는 것은 오히려 소용이 없다고 하시네요" 그러고는 이어서 "이것도 맞는 말이지요?"라고 물었다.

그러고는 우유와 빵을 들고 위층으로 올라가셨다. 쉬 여사님은 잘 고아낸 닭 수프 한 그릇을 사각 쟁반 위에 얹어 들고 나와서는 응접실 뒤 탁자 위에 놓아두셨다. 쉬 여사님이 우유와 빵을 들고 먼저 위층으로 올라가자 그 뜨거운 닭 수프는 테이블 위에서 유유히 뜨거운 김을 내뿜고 있었다.

쉬 여사님은 위층에서 내려오시더니 "저우 선생님은 평소에 수프 종류를 좋아하지 않으세요, 병중에는 더더욱 권할 수가 없네요"라고 하셨다. 그녀는 마치 스스로를 위로하려는 듯이 보였다. "선생님은 강한 분이라 음식도 딱딱하고 기름에 튀긴 걸 좋아하고 밥도 딱딱한 걸 좋아하시지요……." 쉬 여사님은 아래위로 오르락내리락 하느라 숨이 많이 찬 듯했다. 옆에 앉아 있자니 그녀의 심장 박동소리가 들리는 듯했다.

루쉰 선생님이 혼자 식사하기 시작한 이후부터 손님들 대부분은 위층으로 올라가지 않았다. 손님들은 여사님이 완곡하게 알려주시는 루쉰 선생님의 건강 상태와 경과를 들은 후 이내 떠났다.

루쉰 선생님은 위층에서 날마다 잠만 주무셨다. 며칠 동안 주무시기만 하니 적막하기까지 했다. 어느 날은 열이 좀 내리자 쉬 여사님에게 "누가 왔었는가"라고 물으셨다.

선생님이 좀 나아지신 것 같아보여 그동안의 소식을 하나하나씩 전해드렸다.

어느 날은 새로 온 잡지간행물이 있느냐고 물으셨다.

루쉰 선생님은 한 달 넘게 병상에 누워 있었다.

폐병에다 늑막염까지 겹쳐 쉬텅 선생님이 매일 방문해 루쉰 선생님의 늑막에 찬 물을 주사로 두세 차례 뽑아냈다.

이런 병에 대해 루쉰 선생님은 왜 조금도 알지 못하셨을까? 쉬 여사님은 선생님이 아프셔도 참고 말을 안 해서 자신도 전혀 몰랐다고 했다. 루쉰 선생님은 다른 사람이 이 사실을 알면 걱정할테고, 진찰을 받으러 가면 의사가 휴식을 취하라고 권할텐데 자신은 그러지 못할 것임을 잘 알았기 때문이었다.

푸민병원福民醫院에 있는 미국인 의사가 와서 진찰하고는 루쉰 선생님의 폐병은 이미 20여 년이나 된 것이라고 했다. 이번에 병이 재발한 것인데 상태가 심각해 걱정이 된다고도 했다.

의사는 날을 잡아 루쉰 선생님에게 푸민병원에 와서 정밀 검사를 받고

엑스레이 검사도 해야 한다고 말했다.

하지만 선생님은 당시 아래층으로 내려가는 것조차 어려웠다. 며칠이 지나서야 루쉰 선생님은 푸민병원으로 검사를 받으러 가셨다. 엑스레이 검사를 한 후 선생님은 폐 전체의 사진을 찍었다.

이 사진을 가지고 온 그날 여사님은 아래층에서 사람들에게 사진을 보여주셨는데, 오른쪽 폐 윗부분이 검었고 중간 부분 역시 검게 보였다. 폐의 아랫부분도 그다지 좋아 보이지 않았다. 그리고 왼쪽 폐의 가장자리도 절반은 검게 보였다.

이후 루쉰 선생님은 계속해서 고열에 시달렸다. 만일 열이 계속되고 떨어지지 않는다면 이겨내기가 쉽지 않을 것이라고 했다.

선생님을 진찰했던 미국인 의사는 검사만 할뿐 약은 처방하지 않았다. 약을 먹는 건 소용이 없다고 생각했기 때문이다. 쉬텅 선생님은 예전부터 잘 아는 사이여서 매일 루쉰 선생님에게 해열제를 처방해주거나 폐균의 활동을 막아주는 약을 먹도록 권하기도 했다. 그는 폐가 지금보다 더 이상 나빠지지만 않는다면 열도 자연히 떨어질 것이고 생명에도 지장이 없을 거라고 했다.

아래층 응접실에서 쉬 여사님은 울고 계셨다. 여사님은 손에 뜨개실을 들고 있었는데 하이잉의 스웨터를 풀어 세탁한 후 실을 다시 감고 있는 것이었다.

루쉰 선생님은 이미 마음을 내려놓은 상태였다. 아무것도 드시지 않고 생각하지도 않았으며 잠도 자는둥 마는둥 하셨다.

날이 더워지자 응접실 문을 활짝 열어놓았다. 햇볕이 문 밖의 정원 안으로 넘쳐 들어왔다. 참새가 협죽도 위에 앉아 짹짹거리다가 날아가고, 뜰 안에 아이들은 재잘거리며 놀고 있었다. 바람은 마치 열기를 품고 사람의 몸 위로 달려드는 것 같았다. 날씨는 새순이 돋아나는 봄날에서 금세 여름으로 변해버렸다.

위층에서 의사 선생님과 루쉰 선생님이 나누는 이야기 소리가 어렴풋이 들려왔다.

아래층에 손님이 오면 그들은 늘 "저우 선생님은 좋아지셨습니까"라고 물어봤는데 쉬 여사님은 여느 때처럼 "여전히 그저 그래요"라고 답하셨다.

하지만 오늘은 얼굴에 눈물이 가득했다. 찻잔을 들어 손님에게 차를 따라주시면서 왼손에 든 손수건으로는 콧등을 누르고 계셨다.

손님이 "저우 선생님이 또 안 좋으세요?"라고 묻자 여사님은 "아니요, 제 마음이 안 좋아서요"라고 했다.

잠시후 루쉰 선생님은 뭐가 필요하신지 여사님을 위층으로 부르셨다. 여사님은 얼른 눈을 닦으면서 다른 사람을 대신 보낸다고 말하려 했지만 주변에는 그녀를 대신할 사람이 없었다. 결국 그녀는 다 감지 못한 뜨개실 뭉치를 들고 위로 올라갔다.

위층에는 의사 선생님과 루쉰 선생님을 뵈러 온 손님 두 분도 계셨다. 여사님은 그들을 한번 얼핏 보고는 머리를 숙이며 어색하게 웃었다. 그녀는 루쉰 선생님 앞으로는 가지 않고 몸을 돌려 등을 보이며 선생님께 뭐가 필요하신지를 묻고는 또 황망하게 손에 든 실뭉치를 둘둘 감기 시작했다.

의사 선생님을 배웅하러 내려갈 때까지 쉬 여사님은 선생님에게 등을 보이며 서 있었다.

여사님은 매번 의사 선생님의 왕진가방을 대신 들고 문 밖까지 배웅하셨다. 여사님은 밝고 평온하게 웃음을 지어보이시며 철문을 열었다. 공손하게 왕진가방을 건네시고는 의사 선생님이 가는 모습을 지켜보고 나서야 문을 닫고 들어오셨다.

루쉰 선생님의 댁에 드나드는 이 의사 선생님에게 나이 드신 아주머니들도 존경을 표했다. 그가 위층에서 내려올 때 만약 아주머니들이 계단의 중간에 있으면 얼른 내려와 길을 비키거나 계단 옆에 서 있었다. 어느 날은 아주머니가 찻잔을 들고 위층으로 올라가고 있었는데 동시에 의사 선생님과 쉬 여사님이 같이 내려왔다. 아주머니는 황급히 피하려 했지만 몸이 굼떴기 때문에 찻잔의 차를 엎은 적도 있었다. 의사 선생님이 앞문으로 나가실 때까지 아주머니는 거기에서 멍하게 바라보고 계셨다.

"루쉰 선생님은 좋아지셨나요?"

하루는 쉬 여사님이 집에 계시지 않아 나는 아주머니께 선생님의 안부를 물었다. 그녀는 "누가 알겠어요, 의사 선생님이 매일 와서 보시고는 아무 말도 하지 않고 가세요"라고 말했다. 아주머니가 매번 희망의 눈길로 의사 선생님을 바라보고 있었다는 것을 알 수 있었다.

쉬 여사님은 침착하셨다. 당황하는 기색도 없었다. 비록 그날 사람들 앞에서 한 차례 울기는 했지만 해야 할 일은 하셨다. 털실을 세탁해 말렸고, 다 마른 실은 감아 실타래로 만드셨다.

"하이잉의 털스웨터를 매년 한 번씩 풀었다가 세탁 후 다시 뜨개질을 해요. 매년 자라다보니 한 해만 입으면 옷이 금방 작아지네요." 쉬 여사님은 아래층에서 가까운 손님과 이야기를 하며 대바늘을 쥔 손을 부지런히 움직였다.

여사님은 틈 날 때마다 이런 일을 했다. 여름이 되면 겨울을 준비했고, 겨울이 되면 여름을 준비했다.

쉬 여사님은 언제나 혼잣말로 "쓸데없이 바쁘기만 하네"라고 하셨다.

이는 겸손의 표현이지 실제로 여사님은 매우 바빴다. 하이잉이 이걸 달랬다 저걸 달랬다 하는 통에 한 끼도 식사를 편안하게 드신 적이 없었다. 손님이라도 오면 직접 장을 봐 요리까지 해서 대접했고 손님에게 손수 좋은 음식을 골라주시기도 했다. 식사 후에 사과라도 먹게 되면 직접 사과 껍질을 깎으셨고 올방개를 먹을 때 손님이 잘 까지 못하면 직접 까서 대접하기도 했다. 그러나 이때는 선생님이 아프지 않을 때였다.

쉬 여사님은 털스웨터를 짜는 것 외에도 재봉틀을 사용해 옷을 지으셨다. 하이잉의 옷을 재단하고 창 아래에서 재봉을 하신다.

여사님은 매일 위아래로 뛰어다니느라 자기 자신은 돌보지 않았다. 옷은 모두 낡았고 너무 자주 빨아서 단추가 떨어지고 닳은 부분도 있었다. 모두가 오래된 낡은 옷들이었다. 봄이 되면 쉬 여사님은 자홍색의 비단 두루마기를 입었는데, 그 옷감은 하이잉이 어렸을 때 선물로 받은 이불감이었다. 이불을 만들기에는 아깝다고 생각해 두루마기 하나를 만드셨다고 한다. 이때 하이잉이 들어오자 쉬 여사님은 나에게 눈짓으로 하이잉에게는 말하지 말라고 이르셨다. 만일 하이잉이 이 사실을 알게 되면 상당히 분명 자기 것을 달라고 떼를 쓸 것이 뻔하기 때문이었다.

쉬 여사님은 겨울에 손수 만든 방한화를 신었다. 2~3월에도 아침 저녁으로 추운 날에는 항상 이 방한화를 신고 계셨다.

한번은 여사님과 정원에서 함께 사진을 찍었는데 옷의 단추가 떨어졌다며 나를 당신 앞에 서게 하셨다.

쉬 여사님은 물건을 살 때 싸게 파는 곳에 가서 사거나 아니면 할인하는 곳에서 산다.

여사님은 모든 방면에서 절약을 했고 절약해서 모은 돈은 책이나 그림을 인쇄하는 데 사용했다.

지금 쉬 여사님은 창가에서 옷 바느질을 하신다. 재봉틀 소리에 유리문이 진동하며 덜덜 소리를 낸다.

창밖의 황혼, 창 안쪽에 고개를 떨구고 있는 쉬 여사님, 선생님의 기침소리는 모두 한데 뒤섞여 그 순간의 기운이 계속해서 묻어났다.

고통과 슬픔 속에서 삶에 대한 강렬한 바람이 강한 화염처럼 그렇게 굳건하게 서 있었다.

쉬 여사님의 손가락은 바느질을 하던 천을 붙잡고 있었고, 재봉틀의 움직임에 따라 머리가 한두 차례 숙여졌다.

여사님의 얼굴은 편안하고 엄숙했다. 걱정은 없어 보였다. 그녀는 담담하게 재봉틀질을 하고 있었다.

하이잉은 작은 황색 약병을 종이상자에 채워서 아래층, 위층으로 뛰어다니며 놀았다. 그 병은 햇빛에 비춰보면 금색으로 보였고 내려놓으면 갈색이 되었다. 그는 친구들을 불러와 보여주며 자랑했다. 이 장난감은 그에게만 있지 다른 아이들에게는 있을 수 없는 것이었다. 하이잉은 "이게 우리 아버지가 주사를 맞는 약병이야, 너희들 있어?"라고 했다.

다른 아이들에게 있을 리가 없었다. 그래서 그는 손바닥을 치며 자랑스럽게 큰소리를 쳤다.

쉬 여사님은 하이잉을 불러 큰 소리를 내지 말라고 하고는 아래층으로 내려갔다.

사람들은 여사님을 만나면 늘 "선생님은 좀 나아지셨는지요?"라고 묻는다. 쉬 여사님은 "늘 똑같습니다"라고 하고는 손을 뻗어 하이잉의 약병을 집고는 "이렇게 많은 약을 매일 맞고 있어요, 약병이 많이 쌓였지요"라고 하신다.

여사님이 약병 하나를 들자 하이잉이 올라와서는 재빨리 약병을 잡아채고는 소중한 것을 다루듯 종이 상자에 넣었다.

긴 탁자 위에는 여사님이 손수 만든 찻주전자 커버가 있었고, 여사님은 그 푸른색 새틴 꽃 커버에 가려진 찻주전자에서 차를 따랐다.

아래층과 위층 모두 조용했다. 하이잉만 신이 나서 친구들과 큰소리로 떠들며 태양빛 아래에서 놀고 있었다.

하이잉은 매번 잠을 자러 갈 때 아버지와 어머니에게 "내일 아침에 봐요"라고 한다.

하루는 3층으로 가는 계단 입구에서 "아버지 내일 봐요"라고 큰소리를 쳤다.

루쉰 선생님은 그때 병환이 심각해서 목에 가래가 많이 껴 말을 잘 하지 못했다. 선생님의 대답 소리가 너무 작아 하이잉은 이를 듣지 못했다. 그러자 하이잉은 또 "아빠 내일 아침에 봐요"라고 소리쳤고 기다려도 대답이 없자 "아빠, 내일 아침에 봐요, 내일 아침에 봐요, 내일 아침에 봐요"라고 연이어서 소리쳤다.

보모가 그를 잡고 위로 올라가면서 아버지가 주무시니 큰소리를 내지 말라고 했다. 그러나 그가 들을 리 없었다. 하이잉은 여전히 큰 소리로 소리쳤다.

이때 루쉰 선생님은 "내일 보자"라고 하셨는데, 목구멍이 무언가로 막

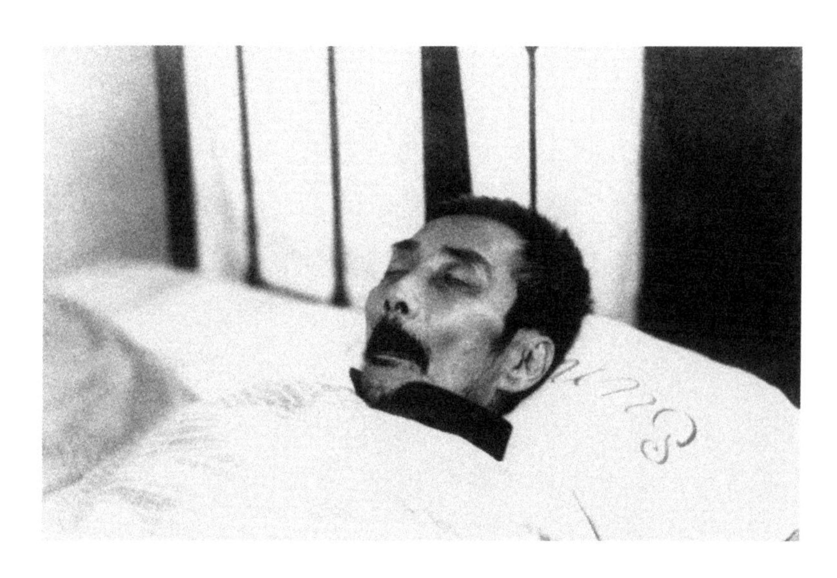

루쉰의 시신. 1936년 10월 19일 새벽, 루쉰 선생이 서거함(저우링페이 제공)

힌 것처럼 소리가 나질 않았다. 끝내 선생님이 머리를 힘겹게 들고서야 "내일 아침에 보자, 내일 아침에 보자"라고 큰 소리로 말할 수 있었다. 그러나 곧바로 기침을 하기 시작하셨다.

여사님은 놀라 아래층으로 뛰어 내려와 하이잉을 꾸짖었다.

하이잉은 울면서 위층으로 올라가며 "아빠는 귀머거리야"라고 불평을 늘어놓았다. 루쉰 선생님은 하이잉의 말을 듣지 못하고 기침을 하셨다.

4월에 루쉰 선생님의 건강이 약간 좋아지신 적이 있었다. 하루는 선생님이 아래층으로 내려오셔서 약속 모임에 간다고 하셨다. 의상을 단정하게 차려입고 손에는 검은색 꽃무늬 보따리를 드신 채 모자를 쓰고 문을 나서셨다. 쉬 여사님은 아래층에서 손님을 모시다가 루쉰 선생님이 내려오시는 걸 보고는 다급히 "걷기 힘드니시 차를 타고 가세요"라고 말했다. 그러나 루쉰 선생님은 "걱정 말게나, 걸을 수 있소"라고 하셨다.

여사님은 선생님을 재차 설득하면서 잔돈까지 챙겨드렸다.

루쉰 선생님은 괜찮다고 하면서 결국에는 정말 걸어가셨다.

"선생님의 성격은 너무 강고해요."

여사님은 어쩔 수 없다는 듯 한마디하셨다.

저녁에 집에 돌아오신 루쉰 선생님은 열이 높았다.

선생님은 "거리도 멀지 않은데 차를 타는 것이 성가셔 그냥 걸어갔소. 게다가 오랫동안 나가질 않아서 좀 걷고 싶었지 뭐요, 그저 조금 걸은 것뿐인데 이렇게 문제가 생기다니…… 아직은 돌아다니지 않는 게 좋겠소"라고 하셨다.

병세가 악화돼 선생님은 다시 몸져누우셨다.

7월, 루쉰 선생님의 건강이 다시 조금 나아졌다.

약도 매일 드셨고 온도를 재는 표에도 매일 몇 차례나 체크를 했다. 의사 선생님도 예전처럼 오셔서 루쉰 선생님이 곧 좋아지실 거라고 했다. 폐균의 활동도 이미 멈췄고 늑막도 좋아졌다고 했다.

손님들은 대부분이 선생님 댁에 방문하면 위층에 올라가서 선생님을 뵙고 싶어했다. 루쉰 선생님은 오랜 병이 나은 것 같은 마음으로 이야기를 하기 시작했다. 선생님은 수건을 두르고 침대의자에 앉아 궐련을 손에 들고는 번역에 대해 이야기하기도 했고 잡지에 대해서도 이야기했다.

나는 한 달 동안 위층에 올라가보지 못했다. 오랜만에 위층에 올라가려고 하니 마음이 불안했다. 선생님의 침실 문을 열고 들어서니 서 있을 자리는 물론 어디에 앉아야 좋을지 몰랐다.

쉬 여사님은 내게 차를 내주셨고 나는 탁자 가에 서서 차를 마셨다. 찻잔은 한 번도 보지 못한 것이었다.

루쉰 선생님은 내가 불안해하고 있다는 것을 아셨는지 나에게 "말라 보이는구만, 사람이 이렇게 마르면 안 되지, 더 많이 먹게나"라고 했다.

선생님은 이렇게 우스갯소리도 하셨다.

"많이 먹으면 살이 찌잖아요. 저우 선생님은 왜 많이 드시질 않으세요?"

선생님은 이 말을 듣고 웃으셨는데 그 웃음소리는 매우 청아했다.

7월 이후부터 루쉰 선생님의 건강은 하루가 다르게 좋아졌고 우유와 닭 수프 등 의사 선생님이 당부한 것을 잘 챙겨드셨다. 선생님의 몸은 말랐지만 정신은 매우 맑아 보였다.

루쉰 선생님은 원래 본인의 체력이 좋은 편인데 그렇지 못한 것은 병 때문이라고 하셨다.

이번에는 선생님의 병세가 오랫동안 지속되었다. 아래층에도 못 내려 가셨고 외부에는 더더욱 나갈 수가 없었다. 병환 중에 선생님은 신문이나 책을 보지 않으시고 조용히 누워 계셨다. 하지만 작은 그림은 침대 가에 두고 수시로 보셨다.

선생님은 병이 나시기 전에 다른 그림들과 함께 그 그림을 사람들에게 보여주신 적이 있다. 그 그림은 크기가 매우 작았는데 대략 궐련갑 안에 그려진 그림 정도의 크기였다. 그 위에는 긴 치마를 입고 머리카락을 흩날리는 여인이 강한 바람 속에서 걷고 있는 모습이 그려져 있었다. 그녀 옆에는 작고 붉은 장미 꽃송이가 있었다.

그 그림은 소련의 어느 화가가 그린 색을 입힌 목판화였던 것으로 기억한다.

루쉰 선생님은 그림을 많이 소장하고 계셨는데 왜 이 그림을 베개 옆에 놓고 있었을까?

쉬 여사님도 루쉰 선생님이 왜 늘상 이 작은 그림을 보는지 그 이유는 모른다고 했다.

어떤 이가 찾아와 선생님에게 이것저것을 물어보았다. 선생님은 "자네가 스스로 배우면서 알아가게나, 만약 내가 없으면 어쩌려고!"라고 하셨다.

이번에 선생님의 건강이 좋아지셨다.

이전과 한 가지 달라진 점은 선생님이 일을 많이 하고 싶어하신다는 것이었다.

루쉰 선생님은 자신의 건강이 좋아졌다고 생각했고 다른 사람들 역시 그렇게 느꼈다.

겨울에 선생님의 학술활동 30주년을 축하하는 자리를 준비하고자 했다.

3개월이 또 지나갔다.

1936년 10월 17일, 루쉰 선생님의 병이 재발했는데 또 천식이었다.

17일, 밤새 주무시지 못했다.

18일, 하루 종일 숨이 차셨다.

19일 밤, 선생님은 아주 쇠약해지셨다. 날이 밝아질 무렵 루쉰 선생님은 평소처럼 일을 다 마치고 안식하셨다.

샤오훙蕭紅[3]

1939년 10월

---

3 샤오훙蕭紅(1911~1942). 본명은 장나이잉張迺瑩. 중국 동북 지역 작가. 일제 탄압을 피해 1934년 상하이로 이동해 루쉰을 만나 사제 혹은 부녀지간과 같은 인연을 맺었다. 루쉰의 도움을 받아 『생사의 장』으로 등단했다. 이 글은 『싱타오일보·싱줘星島日報·星座』 제427호(1939년 10월 18일)에 「기억 속의 루쉰 선생님」이라는 제목으로 수록되었다.

제 1 편

루쉰을 느끼다

사람의 아들과 사람의 아버지

루쉰을 느낀다는 것은
루쉰과 우리를 같은 '사람'으로 보고 그 사이에서 생명의 공통점을 찾으며
'그'와 '나'의 관계를 사색하는 것을 의미한다.

1.
아버지와 아들

루쉰은 일찍이 "어린아이에서 건장한 성인이 되고, 건장한 성인에서 나이 들어 노인이 되고, 노인이 된 후에 죽음에 이르는 것"을 인간의 정해진 길이라고 했다.(『열풍熱風』「수감록隨感錄」49) 이러한 인생의 길에는 두 번의 중요한 시기가 있는데 첫째는 '누군가의 아들'이 되는 것이고, 둘째는 '누군가의 아버지'가 되는 것이다. 만약 당신이 현재 '누군가의 아들'인 단계에 있다면, 루쉰이 '누군가의 아버지'로서 어떻게 자신의 아들을 바라보며, 어떻게 자신의 아버지를 회고하고 있는지 보도록 하자. 또한, 이러한 '아버지와 아들의 관계'가 그가 인생에서 내린 선택들과 어떠한 관계가 있는지도 보도록 하자. 이는 매우 흥미로운 일인데 어쩌면 이것이 당신의 영혼을 두근거리게 할지도 모른다.

길잡이 글

루쉰은 한 시에서 "무정하다 하여 반드시 진정한 호걸이 아니니, 자식을 아낀다 해서 어찌 대장부가 아니라 하겠는가. 포효하는 용맹한 호랑이도 고개 돌려 어린 새끼를 살피는 것을 그대는 알지 못하는가無情未必真豪傑, 憐子如何不丈夫. 知否興風狂嘯者, 回眸時看小於菟"(『답객초答客誚』)[1]라고 했다. 이 시는 우리에게 루쉰에 대해 상상할 수 있는 공간을 제공한다. 이 외에도 "매서운 눈초리로 뭇 사람들의 질타를 받아도 그에 맞서며 기꺼이 백성을 위해 봉사하리라橫眉冷對千夫指, 俯首甘爲孺子牛"라는 시구 역시 널리 알려져 있다. 그러나 논자들은 항상 앞 구절만을 주의하여 보았고, 두 구절의 연결성은 소홀하게 여겼다. 루쉰과 강보에 싸인 어린 아들이 함께 찍은 사진이 있는데, 루쉰은 이 사진 위에 '하이잉과 루쉰, 한 살과 오십海嬰與魯迅, 壹歲與五十'이라고 직접 글을 써넣었다. 이는 보는 사람으로 하여금 큰 감동을 느끼게 한다. 그리하여 그가 친구들과의 편지를 주고받을 때 항상 끊임없이 등장하는 화제가 있었는데 그것은 바로 '우리 집 하이잉我家的海嬰'이었다.

---

1 "於菟"는 호랑이를 의미한다. — 펴낸이

우리집 하이잉海嬰[2]

광핑이 9월 26일 오후 3시부터 배가 아프기 시작해 바로 푸민福民병원에 입원했습니다. 다음날 오전 8시에 남자 아이를 하나 낳았습니다. 노산인 탓에 진통이 계속해서 충분히 오지 않아 분만이 늦어졌지만 다행히도 의사가 아주 숙련된 사람이라 지금은 모자 모두 건강합니다.

_「셰둔난謝敦南에게」, 1929년 9월 27일

우리에게 사내아이가 하나 생겼는데 이미 한 살 하고도 넉 달이 되었습니다. 아이가 태어나서 채 두 달이 되지 않았을 때 벌써 신문에서 '문학가'들에게 욕을 두어 번 얻어먹었지요. 그러나 아이는 큰 영향을 받지 않고 아주 건강하게 잘 자랐습니다.

---

2 루쉰의 서신에서 발췌한 글이며 표제는 편집자가 추가함 —펴낸이

_「웨이쑤위안韋素園에게」, 1931년 2월 2일

우리 집사람은 상하이에서 갓난아이와 함께 나를 의지하며 살아가고 있습니다. 내가 떠나는 것은 이 둘에게 큰 상처가 되니 저는 차라리 스스로 때를 기다리며 여년을 보내는 것이 나을 거라 생각합니다. 적과 혈전을 벌이더라도 절대로 굽히지 않을 것이며 함께 운명을 달리하거나 잇따라 목숨을 내놓아야 할 것입니다.

_「리빙중李秉中에게」, 1931년 2월 18일

요새 세상에서는 아이가 많은 것이 실로 큰 짐입니다. 아이를 생산하는 문제는 가볍다 해도 그보다 더 큰 문제는 바로 장래의 교육에 있습니다. 나라에 정해진 규율이 있는 것도 아니니 개인은 더욱 어찌할 바를 모릅니다. 저는 본래 후사가 없어 걱정 없이 삶을 사는 것을 목적으로 삼았는데 공교롭게도 실수로 아이가 생겼으니, 그의 장래를 생각하면 자주 슬픔에 잠깁니다. 그러나 이미 이렇게 된 일을 어찌 하겠습니까. 장길長吉은 그의 시에서 이렇게 말했지요. "이미 자식을 낳았으니 반드시 그를 양육해야 하고, 사랑하는 자식을 위하여 모든 짐을 어깨에 짊어지고 나아가야 한다.[3] 오로지 곱절로 수고할 뿐이니 무슨 말이 더 필요하겠는가."

_「리빙중에게」, 1931년 4월 15일

3 리허李賀의 「감풍오수感諷五首·기사其四」에서 읽음. —펴낸이

無情未必真豪傑憐子如何不丈
夫知否興風狂嘯者回眸時看小
於菟

達夫先生哂正

魯迅

「답객초」, 1932년 루쉰이 위다푸에게 친필로 써서 증정했다.

여기저기 피신[4]을 다닐 때 하이잉이 홍역에 걸렸습니다. 아이를 따뜻하게 해주기 위해 한 주 동안 여관에 머물렀지만 난로에 가스가 없어 방은 여전히 추웠고 돈은 오히려 더 많이 썼습니다. 하지만 하이잉은 의외로 따뜻한 곳에 머물 때와 같이 홍역 증세가 좋아져 18일에는 완전히 나아 제법 건강을 되찾았습니다. 이때부터 가스난로에 불을 지피지 않아도 위생적으로는 괜찮다는 것을 알게 되었습니다.

_「쉬서우창許壽裳에게」, 1932년 3월 21일

하이잉은 제대로 된 장난감이 하나도 없습니다. 아이가 장난감에 대해 아는 것은 '보면 바로 망가뜨리는 것'입니다.

_「마쓰다 쇼增田涉에게」, 1932년 5월 31일

집안 식구 모두는 건강한데 하이잉만 아메바 이질에 걸려 주사를 14번이나 맞았습니다. 그러나 지금은 좋아졌습니다. 하지만 장난이 심하고 말을 듣지 않습니다. 저는 아이 때문에 상당히 바쁜데 만약 내가 부모를 이렇게 극진히 대했다면 아마도 이십오효二十五孝에 오를 수 있지 않을까 생각합니다.

_「마쓰다 쇼에게」, 1932년 6월 28일

---

4 1932년 1월 28일, 상하이에서 중일전쟁이 발발했다. 폭탄 하나가 루쉰의 작업실이자 침실인 공간에 큰 구멍을 냈고 대규모 일본군이 찾아와 검열을 하기도 했다. 황급한 나머지 루쉰은 우선 가족을 데리고 우치야마內山의 서점으로 피신했고 다시 영국 조계지에 있는 지점으로 거처를 옮겼다. 열 명 정도가 땅바닥에 자리를 깔고는 한 곳에서 같이 생활했다. 그러다 하이잉이 홍역에 걸려 루쉰 가족은 다시 여관으로 거처를 옮겨야만 했다. ―펴낸이

아이는 짐과 같아서 아이가 있으면 많은 골칫거리가 있기 마련입니다. 제가 왜 이렇게 생각하냐고요? 근 일 년 동안 저는 아이 때문에 바쁘게 뛰어다니고 있습니다. 그러나 이왕 아이를 낳았으니 어쨌든 이 아이를 반드시 잘 키워야겠지요. 다시 말해서 이것은 자업자득으로 제가 달리 불평할 말이 없군요.

_「야마모토 하쓰에에게」, 1932년 11월 7일

하이잉은 아주 잘 지내고 있습니다. 얼굴도 까맣게 탔고, 몸도 작년보다 더 건강해졌습니다. 게다가 근래에는 좀 커서 그런지 비교적 말을 잘 들어 이유 없이 떼를 쓰지도 않습니다. 그러나 매일 밤 항상 제가 해주는 이야기를 듣고 싶어 합니다. 그래서 개나 곰과 같은 동물이 어떻게 생활하는지, 당근이 어떻게 자라는지 등의 이야기를 해주는데 이를 위해 적지 않은 공을 들이고 있습니다.

_「어머니께」, 1933년 11월 12일

우리 가족은 모두 다 잘 지내고 있습니다. 다만 '하이잉씨'만 말을 듣지 않고, 항상 내 일을 방해하는 탓에 지난달부터 나는 그를 나의 적으로 여기고 있습니다.

_「마쓰다 쇼에게」, 1934년 6월 7일

사내아이들은 자라면서 어머니를 괴롭히는데 우리 아이 역시 마찬가지입니다. 어머니 말을 듣지 않을 뿐만 아니라 반항도 자주 합니다. 제가 아이 엄마와 같이 뭐라고 한마디라도 하면 그는 이상하다는 듯이 여기며 오히려 나에게 "아버지는 어째서 엄마 편을 드세요?"라고 묻습니다.

_「하츠에 야마모토에게」, 1934년 7월 23일

우리 아이는 장난이 아주 심합니다. 식사 시간에는 목표를 달성하면(밥을 다 먹고는) 곧바로 일어나 나가버립니다. 게다가 남동생이 없어 외롭다며 불평불만을 늘어놓습니다. 이 녀석은 아주 위대한 불평가이지요.

_「야마모토 하쓰에山本初枝」에게, 1934년 7월 30일

하이잉 이 녀석은 다루기가 아주 까다롭습니다. 이삼일 전에는 놀랍게도 상당히 반항적인 선언을 하며 저에게 "이런 아빠가 무슨 아빠야!"라더군요. 정말 난감하기 그지없습니다.

_「마쓰다 쇼에게」, 1934년 8월 7일

하이잉은 여름을 좋아하는 아이입니다. 올여름은 아주 더워서 다른 아이들 대부분은 마르고 기운이 없거나 부스럼까지 생겼는데 하이잉은 오히려 그런 것이 하나도 없었습니다. 하지만 날씨가 추워지면서 아이는 감기에 자주 걸립니다. 요즘은 작정하고 소란을 피우거나 쓸데없이 남의 일에 참견하는 일로 매일 매일이 바쁘답니다.

_「어머니께」, 1934년 9월 16일

제 아이의 이름은 하이잉입니다. 그러나 아이가 크면 스스로 이름을 바꿔야 할 것입니다. 하이잉의 아버지는 자신의 성姓까지 바꾸지 않았습니까.

_「샤오쥔蕭軍과 샤오훙蕭紅에게」, 1934년 12월 6일

하이잉을 대신해 그대들이 보내준 작은 나무 장난감 선물에 감사를 표합니다. 나도 이런 물건은 처음 봅니다. 그러나 나에게 있어서 하이잉은 그저 뭐든지 먹으려고만 하는 녀석입니다. 작년에는 장난감을 들고서 "아빠 이거 먹어도 되나요?"라고 묻기에 내가 "먹으려면 그럴 순 있겠지만 먹지 않는 것이 좋겠다"라고 말했습니다. 올해에는 똑같은 질문을 하지 않는 것을 보니 아마도 아이는 장난감을 먹지 않기로 결심했나봅니다.

_「샤오쥔과 샤오훙에게」, 1934년 12월 20일

한해가 지나면 아이는 한 살 더 먹는데 나 역시 그러합니다. 이렇게 가다가는 더 이상 내가 그를 이길 수 없을 테고 혁명 또한 곧 눈앞에 닥쳐올 것입니다. 이것을 어찌 해야 좋을지 모르겠군요.

_「샤오쥔과 샤오훙에게」, 1935년 1월 4일

우리 집 하이잉 신사께서는 공부는 싫어하는 게으름뱅이지만 항상 군인 흉내 내는 것을 좋아합니다. 나는 아이에게 잔인한 전쟁의 참상을 보여주면 그에 놀라서 이러한 습관이 좀 잠잠해질 거라 생각했습니다. 그래서 지난 주 아이를 데리고 가 전쟁 영화를 보여주었는데 영화를 본 후 아이는 오히려 더 신이 났고 이 모습에 나는 말문이 막혔습니다. 히틀러가 그렇게도 많은 추종자를 갖고 있는 것이 이상한 일만은 아니라고 생각이 됩니다.

_「마쓰다 쇼에게」, 1935년 2월 6일

요새 아이는 더욱 말썽을 부립니다. 게다가 이번 달에는 어머니께서도 상하이에 오셔서 큰 짐을 또 하나 맡게 되었는데 한 명은 늙고 한 명은 어리니 어떻게 해야 좋을까요?

_「샤오쥔과 샤오훙에게」, 1935년 3월 13일

아이는 모든 것에 있어서 나를 모방하고 나와 비교하기를 좋아합니다. 그러나 옷 입는 것에 있어서 하이잉은 저와 같지 않고 오히려 예쁜 것을 좋아해 양복 입는 것을 좋아한답니다.

_「어머니께」, 1935년 11월 15일

아이가 처음으로 시험에서 일등을 했습니다. 보아하니 아이들 역시 자신을 뽐내는 것을 좋아하는지 시험에서 일등한 일을 여러 번 말하고 다닙니다. 동봉한 서신의 앞 부분은 하이잉 스스로 쓴 것인데 이 역시 여러 번 자랑하고 다니니 함께 보내드립니다. 아이는 대략 200개 정도의 글자를 깨우쳤는데 한번은 저에게 말하기를 만약 모르는 글자가 나온다면 자기에게 물어보라고 하더군요.

_「어머니께」, 1936년 1월 26일

하이잉은 아주 잘 지내고 있습니다. (…) 겨울에 조금 살이 올랐다가 최근에는 살이 빠지고 키가 컸습니다. 아마도 아이가 봄에 많이 자란 것 같은데 키가 크면서 살이 빠진 것 같습니다.

_「어머니께」, 1936년 5월 7일

저는 5월 16일부터 갑자기 열이 나더니 숨쉬기도 힘들어졌습니다. 그때부터 상태가 심각해지더니 그 달 말까지는 병세가 상당히 심각한 상황이었습니다. 다행히 하루 이틀이 지나자 많이 좋아졌는데 그래도 열은 아직 떨어지지 않았습니다. (…) 하이잉은 일등으로 유치원을 졸업했습니다. 그러나 이것은 실로 '맹수 없는 산에 원숭이가 왕 노릇하는 것山中無好漢, 猢猻稱霸王'에 불과한 것이었습니다.

_「어머니께」, 1936년 7월 6일

부록 1

기억 속의 아버지(부분 발췌)[1]

저우하이잉

일찍이 많은 사람은 나에게 아버지가 삼미서옥三味書屋(루쉰이 12세부터 17세까지 공부했던 사오싱의 유명한 서당)의 서우壽 선생님처럼 나를 교육시키지 않았는지에 대해 물어보았다. 예를 들어, 집에서 '특별식'[2]을 먹었는지 각종 형식의 개인 수업을 들었는지, 아버지가 친히 매일매일 내 숙제를 검사하고 감독했는지, 내 시험 성적에 대해 물어봤는지의 일이다. 그 외에도 가정교사를 모셔와 서예 연습을 하거나 악기 연주를 배웠는지, 혹은 글을 쓰거나 손님 접대 시간 외에 남는 시간에는 나에게 당시와 송사를 읽어주고 고전 동화를 들려주어 내가 지혜로운 사람이 되도록 도움

1 이 글의 작자는 루쉰 선생의 친자인 저우하이잉 선생이다. 이 글은『루쉰과 나의 칠십년魯迅與我七十年』에 수록된「나에 대한 아버지의 교육」부분을 발췌한 것이다. — 펴낸이

2 '특별식을 먹는다'는 것은 특별한 대우를 뜻하는데 아마도 여기에서는 특별한 교육 내용을 전수받는 것을 의미하는 듯하다. — 옮긴이

을 주었는지에 대해서도 묻곤 했다. 한마디로 그들은 나를 통해서 부모라면 생각할 수 있는 모든 교육 방법을 검증받고 싶어 하는 것이다. 그러나 나의 대답은 항상 상대방을 실망시켰다. 왜냐하면 어머니가 『루쉰 선생과 하이잉』에서 말했듯이 아버지의 교육 방법은 '자연스러운 것이 좋으며, 아이가 아주 심하게 말을 듣지 않거나 불합리한 정도가 아니라면 최대한 아이를 때리지 않고, 아이가 하고 싶은 대로 하도록 내버려두는 것'이었기 때문이다.

나는 어린 시절에 장난감을 많이 가지고 있었다. 그러나 나는 분해할 수 있는 장난감이라면 반드시 분해해 장난감을 망가뜨리는 것을 좋아했다. 그 목적은 두 가지가 있었는데 하나는 호기심에 내부 구조를 살펴보고자 한 것이었고, 다른 하나는 장난감을 분해한 후에 스스로 원상 복구할 자신감이 있었기 때문이다. 그 시절에 움직이는 철제 장난감은 각 모서리를 고리로 연결하여 조립한 것이었다. 그래서 분해하고 조립할 때 얇은 도금철 조각을 반복해서 구부렸다 폈다 하면 번번이 끊어지기 일쑤였고 두 번 다시는 장난감을 복원할 수 없었다. 설령 오늘날의 기술이라도 장난감 부품의 아주 얇은 톱니바퀴가 파손된 것은 수리하기가 상당히 어렵다. 그래서 1층에 있는 내 장난감 서랍에는 목재로 만들어져 분해할 수 없는 장난감을 제외하고는 제대로 작동하는 장난감이 몇 없었다. 그러나 부모님은 이런 나를 한 번도 제지하지 않으셨다. 그중에서도 나의 '분해기술'에 가장 큰 도움이 된 것은 취추바이瞿秋白 부부가 선물해준 '적철성상積鐵成象'이었는데 이것은 다양한 모양의 철 조각과 부품을 조립하며 노는 장난감이었다. 이것은 내가 간단한 것부터 복잡한 것까지 수백 종에 이르는 조립 기술을 터득하는 데 많은 도움이 되었다. 그래서 나는 원래 제시된 모형 조립 외에도 스스로의 상상력을 통해 다양한 물건을 조립했다. 이러한 기초를 쌓자 나는 대담해져 아버지가 날 위해 특별히 사주신 축음기까지도 분해하기에 이르렀다. 나는 온 손에 기름때를 묻힌 채 톱니바퀴 같은 부속품을 마치 핸들 마냥 빙빙 돌리며 노는 것이 그리 재미나지 않을 수 없었다. 어머니는 이 모습을 보고 적잖이 놀라셨지만 나를 혼내지는 않으셨고 그저 나에게 원래대로 복원해놓으라고만 하셨다. 나는 축음기를 다시 복원해냈고 이때부터 더욱 자신감이 생겼다. 그래서 축음기 분해를 통해 쌓은 기술을 토대로 나는 아버지가 어머니에게 사주신 일본 자노메JANOME 브랜드의 봉제기까지 가져다 분해하고 조립하기를 반복하곤 했다.

한번은 내가 학교 수업에 가기를 싫어하자 아버지는 신문을 원형으로 말고는 으름장을 놓으시며 내 엉덩이를 때리려고 했다. 그러나 아버지는 내가 왜 학교에 가지 않으려 하는지에 대한 이유를 듣고 나서는 오히려 어머니에게 부탁하여 선생님께 허락을 받도록 하셨다. 게다가 같은 반 친구들에게까지 내가 단순히 게을러서 수업에 가지 않는 것이 아니라 천식에 걸려 집에서 쉬어야 했다고, 길가다 내가 병원에 가는 것을 보지 않았나며 나를 위해 해명까지 해주셨다. 아버지가 이렇게 말씀해주신 덕분에 아이들이 우리 집 문 앞에 몰려와서 "저우하이잉, 수업 땡땡이치는 녀석, 선생님을 보면 부끄러워하네" 하고 놀리는 난감한 상황도 피할 수 있었고, 우리의 우정도 이전과 같을 수 있었다. 아버지는 가끔 나를 혼내셨지만 사실 그것은 그저 으름장을 놓으며 나에게 겁만 주려고 하신 것이었다. 아버지가 할머니께 보낸 편지에서도 "아이를 때리면 비록 소리는 큰 것 같지만 사실은 전혀 아프지 않습니다" "하이잉이 어떤 때는 말도 잘 듣고 제법 합리적으로 굴어 최근 1년 동안에는 크게 때리거나 혼낸 적이 없습니다"라고 말하셨다. 이때는 1936년 1월이었는데, 아버지가 돌아가시기 반년 전이었고 나는 그때 이미 일곱 살이었다.

삼촌은 상무인서관商務印書館에 근무하며 『아동문고』 『소년문고』 총서의 생물학 부분 편집을 맡았다. 이들 총서는 각각 수십 종에 이르렀는데 삼촌은 그 총서를 모두 구입해서 나에게 보내주었다. 어머니는 내용이 비교적 어려운 『소년문고』는 감추어두고 나에게 내용이 비교적 쉬운 『아동문고』를 보도록 하셨다. 나는 인내심을 가지고 반복해서 책을 여러 번 읽었지만 곧 싫증이 났고, 어머니에게 소년문고를 보고 싶다고 했다. 어머니는 나중에 좀 더 큰 후에 보라고 하셨는데, 나는 계속해서 어머니를 졸라대며 보고 싶다고 고집을 부렸다. 어머니와 내가 싸우는 소리가 아버지의 귀에까지 들어갔고, 아버지는 곧 어머니에게 소년문고 총서를 꺼내와 1층에 있는 내 전용 책장에 넣어 내가 마음대로 볼 수 있도록 하라고 했다. 이 두 총서는 문학과 역사, 동화, 상식, 위생, 과학 보급 등의 내용을 포함하고 있었는데 오늘날의 『왜 그런지 궁금해十萬個爲什麽』와 같은 것으로 인문학에 치중한 내용이 들어 있었다. 아버지는 가끔 어떤 것을 읽으면 좋을지 혹은 몇 권을 지정해주시고 그 안에서 몇 단락을 외우도록 시키기도 하셨지만 거의 '내가 자유롭게 골라 읽도록 해주셨다.'

아버지가 할머니께 편지를 쓸 때면 내가 병이 났다 완쾌된 일, 말썽을 피우고 고집을 부리던 일, 독서나 시험 성적에 관한 일들을 자주 언급했고, 어떤 때는 나에게도 편지에 몇 자 쓸 수 있도록 허락해주셨다. 아직까지 보존된 서신을 보면 편지 끝 부분에 삐뚤빼뚤한 글씨가 적힌 것을 볼 수 있다. 당시 나는 마음속에 있는 말을 길게 써서 표현하고 싶었는데 어찌된 일인지 붓만 잡았다 하면 머릿속이 온통 멍해졌다. 1935년 1월 16일에 쓴 편지에서 아버지는 "하이잉이 몇 마디 하고 싶다기에 다른 종이에 써서 같이 붙입니다"라고 적었다.

아버지가 편지를 쓸 때는 중국식 편지지를 사용했는데 여기에는 옅게 화초나 인물, 풍경 등이 인쇄되어 있었다. 아버지는 편지를 받는 친구나 친척들의 친분 관계에 따라 편지지를 골라 사용하셨다. 아버지가 편지를 쓰려고 하면 나는 항상 재빠르게 아래에서 두 번째 책상 서랍을 열어 어린아이 취향에 맞는 편지지를 골라드렸다. 어떤 때 아버지는 내가 고른 편지지를 그대로 사용하시기도 했지만 내가 고른 것이 적절치 않다고 여길 때에는 나에게 다른 것을 고르라고 하셨다. 하지만 내가 고집을 피우거나 서로간의 합의가 이루어지지 않을 때면 아버지는 항상 한숨을 쉬시고는 어쩔 수 없다는 듯이 나에게 양보해주셨다. 아주 가끔 아버지가 아주 단호하게 편지지 고른 것이 적절치 않다고 여기시면 어쩔 수 없이 내가 타협해야만 했다. 들리는 바에 따르면 일본 센다이仙臺의 중국 문학 연구자인 아베 겐야阿部兼也 선생이 최근에 전문적으로 아버지의 편지지 사용과 수신자 사이의 관계를 분석했다고 한다. 아쉽게도 그는 이 과정에 나의 '간섭'이 있었음을 몰랐을 터인데 이 때문에 그의 연구에 '불순물'이 끼어든 셈이다. 이 자리를 빌어 나는 아베 선생에게 진심으로 죄송한 마음을 전한다.

나는 어린 시절 아주 말썽꾸러기에다 놀기를 좋아했다. 그러나 나와 친구들은 골목에서는 자주 놀지 않았는데 거기에서 놀면 일본 아이들의 무시를 받았기 때문이다. 그래서 어머니는 우리에게 집안에서 놀라고 하셨는데 이러면 어머니가 집안일을 하면서 우리를 걱정해 시도 때도 없이 밖을 살펴볼 필요도 없었기 때문이다. 어느 날, 처음에는 친구들과 조용히 앉아 책을 읽으며 놀다가 장난을 치기 시작했다. 우리는 거실과 주방 사이를 오가며 서로를 쫓았고 뱅뱅 돌며 뛰어다녔다. 눈앞에 있는 친구를 거의 다 잡았을 때 그 친구가 거실과 주방 사이에 있는 유리문을 닫았는데 내가 소리를 치고 밀어도 문이 열리지 않았다. 그래서 힘을 주어 유리문을 여러 번 밀었는데 그만 손이 미끄러지며 유리문에 세게 부딪쳤다. 그러자 유리문이 '펑' 하는 소리와 함께 산산조각이 났고 나의 오른쪽 손목과 손바닥은 유리에 베어 피가 줄줄 흘렀다. 친구들은 놀라서 슬그머니 도망갔고 나는 상처 속에서 서너 조각의 유리 파편을 꺼냈다. 아마도 막 다쳐서인지 그리 아프지는 않았다. 아버지는 내가 손목을 다쳤다는 것을 듣고 이층에서 내려오셨다. 나는 아버지께 다가가며 스스로 잘못해서 다친 것이니 울 이유가 없다고 생각했다. 아버지는 무척 침착했고 나를 나무라지도 않으셨다. 그저 계단 옆에 있는 서랍장에서 약을 꺼내 발라주시고 붕대로 내 손을 감은 후에 아무 말도 안하시고는 다시 이층으로 올라가셨다.

나중에 아버지는 할머니께 쓴 편지에서 이 일에 대해 이야기했다. "그저께 하이잉이 손을 유리에 베여 피가 아주 많이 났습니다……." 이것은 1936년 9월 22일에 쓴 편지인데 이때는 아버지가 돌아가시기 겨우 23일 전이었다. 당시 어머니와 내가 만국빈의관萬國殯儀館(루쉰의 유해를 옮긴 장례식장)에서 같이 찍은 사진이 하나 있는데, 이 사진에서 내 오른쪽 손에 붕대가 감겨 있는 것을 볼 수 있으니 그때 다친 상처가 꽤 심각했음을 알 수 있다.

일찍이 어떤 이가 다른 사람의 말을 인용해서는 아버지 장례식장 무덤

루쉰이 삼미서옥三味書屋에 새긴 '早'자

앞에서 내가 다른 사람 손에 안겨 슬픔도 모른 채 과자를 먹고 있었다고 이야기했는데 그는 아마 지능이 낮은 멍청한 사람인 것 같다. 나는 그 사람에게 이 사진을 복제해 보내주며 진상을 자세히 알려주었다. 그러나 이 사람은 그렇게 여기지 않았다. 그는 자신의 주장은 어떤 유명한 사람의 말에 근거한다고 주장하며 내가 오히려 생트집을 잡는 것이라며 불쾌함을 나타냈다. 당시 일곱 살짜리 남자아이였던 나는 키와 몸이 그렇게 작지도 않았다. 심지어 내가 여덟 살이 되던 해에 학교에서 신체검사를 했는데 그때 내 키는 이미 4자, 즉 122센티미터에 달했다. 이런 내가 어떻게 여전히 어른 손에 안길 수 있단 말인가? 물론 이 문제는 이 글의 화제와 동떨어진 것이긴 하다.

부록 2

루쉰 선생과 하이잉[1]

쉬광핑

1

많은 지인과 친구는 나에게 무엇이라도 괜찮으니 루쉰 선생의 생애에 대해 써보라고 한다. 매번 이런 말을 들을 때마다 나는 지극히 부끄럽고 두려운 마음이 든다.

따져보면 나와 그가 함께한 시간은 겨우 십여 년 남짓이었고 그 시간은 정말 쏜살같이 지나갔다. 마치 한 송이 꽃과 같이 내가 그를 만났을 때 그는 한참 전성기를 보내고 있었지만 동시에 조금씩 시들어가는 길에 들어서고 있는 중이었다. 그간의 희로애락은 그렇게 홀연하게 사라져 잡

1 이 글은 작자는 쉬광핑許廣平으로 1939년 8월 20일과 9월 5일에 『루쉰풍魯迅風』 제18집과 제19집에 실린 글이다. 그러나 『루쉰풍』이 제19집을 마지막으로 폐간하면서 전문全文이 실리지 못했다. — 펴낸이

을 수 없으니 이는 나에게 돌이킬 수 없는 슬픔을 불러일으킨다. 그를 기념하는 것, 중국을 비롯해 세계적인 대문호이자 사상 지도자였던 이 위대한 인물을 기념하기 위해 내가 그동안 관찰했던 것을 조금이라도 알리는 것이 도움이 된다면 이는 쉽게 거절할 수 없는 일이었다. 그리하여 어쩔 수 없이 붓을 들었지만 나는 여전히 주저하며 두려운 마음이 앞선다. 만약 내가 무의식중에 빠뜨린 내용이나 적절치 않은 표현을 사용한 것이 사람들로 하여금 그에 대한 이해를 왜곡하거나 모호하게 하는 것은 아닌가? 그렇다면 이 책은 아마 없는 편이 더 나을 것이다! 예로부터 의사는 자기 식구들의 병을 치료하지 않는다고 했는데 그가 환자에게 지나친 관심을 쏟거나 환자와 너무 친숙한 나머지 쉽게 감정이 이입되어 객관적 판단을 하는 데 방해가 될 수 있기 때문이다. 이는 대체로 일리가 있는 말이다. 그에 대한 정이 깊고 친숙한 사람인 내가 그에 대한 이성적인 관찰을 할 수 있는지는 스스로도 감히 자신할 수 없다. 그렇기에 이 기록은 오로지 내 자신의 루쉰관을 이야기하는 것이며 루쉰을 연구하는 사람들이 그저 참고할 만한 내용인 것이다.

내 스스로가 느끼기에 우리 둘의 관계는 부부 사이가 돈독했다기보다는 무의식 속에 여전히 선생님과 학생 사이의 돈독한 우정이 있는 느낌이었다. 내 생각에는 이것이 우리의 관계를 표현하는 데 가장 적절할 것 같다. 가끔 나 자신도 왜 이런지 알 수가 없어 그에게 자주 질문하곤 했다. "왜 나는 항상 당신이 아직도 내 선생님과 같은 느낌이 들죠? 당신도 그런 느낌이 드나요?" 그럴 때면 그는 항상 웃으며 "바보 같기는" 하고 나에게 말했다.

나는 이제는 그 이유를 이해할 수 있을 것 같다. 왜냐하면 그는 너무나도 위대하고 숭고한 인물이었기 때문에 나도 모르게 항상 그를 앙모했던 것이다. 그와 가깝게 지낸 친구들이라면 그가 매우 친절하고 자상한 사람이라는 것을 잘 알고 있었다. 사람들은 자신도 모르게 그와 자주 어울려 지내기를 좋아했는데 그는 그만큼 잠재적으로 사람을 끌어당기는 흡인력을 가지고 있었다. 그 역시 사람을 좋아해서 조금만 이야기가 통하는 친구라면 오랫동안 붙잡고 이야기하는 것을 좋아했다. 그의 덕과 열정은 마치 태양은 만물을 매료하고, 만물은 태양을 반갑게 맞이하는 것과 같았다. 그래서 내 잠재의식 속에서 그는 항상 나의 선생님으로 여겨졌고, 내가 감히 어떻게 그의 학생이 될 수 있는지 말도 안 된다고도 생각했다. 나와 같은 무지하고 우매한, 사회에 아무런 도움도 되지 않는 생명은 마땅히 태양 아래에서 사라져야 한다고도 생각했다. 그러나 사라져야 할 것은 오히려 아직 건재하고, 우리가 사랑하고 아끼는 것은 되레 이미 사라져버렸으니 나는 내 존재에 대해 자주 저주를 퍼부었다. 게다가 그의 생전에 내가 온 힘을 다해 그를 본받지 못했고 그를 소멸의 길에서 되돌리지 못하게 한 것에 있어 나의 우매함을 증오했다. 그래서 내가 살아 있다는 것이 나의 고통을 더욱 가중할 뿐이었다.

루쉰 선생은 결혼할 때 술을 대접하는 풍속에 대해 해학적인 견해를 가지고 있었다. 그는 "사람들은 일을 할 때 항상 그 일을 치른 후에야 다른 사람에게 알린다오. 예를 들어 아이가 태어나서도 만 한 달이 되어야 사람들을 불러 술을 대접하는데 이것은 좋은 풍습이오. 그런데 두 사람이 아직 동거도 하지 않았는데 먼저 사람들을 불러 결혼 술을 대접하는 것은 도대체 왜인가? 이것은 뇌물이 아닐까 싶네, 손님을 대접하면 그들이 반대할 수 없으니 말일세."

우리가 특별히 손님을 대접한 적은 없었다. 그저 편할 때 친구들과 모이는 것이 전부였다. 하이잉이 태어난 후에 매번 친구들이 집으로 오면 그는 항상 아이를 안고와 친구들에게 보여주었다. 아이가 위층에서 자고 있더라도 그는 항상 아이를 안고 내려오게 하여 친구들에게 보여주었다. 그가 평소 아이에 대해 가지고 있는 기쁨과 사랑의 마음은 그가 무의식 중에 친구들에게 아이에 관한 것을 이야기하는 데서 알 수 있었다.

1929년 9월 25일 밤, 루쉰 선생은 과로한 탓에 열이 나기 시작했다. 그러나 그는 여전히 일을 손에서 놓지 못했고 잠자리에 들었을 때는 이미 늦은 시각이었다. 그가 잠들고 얼마 지나지 않았을 때(마침 26일 새벽 3시쯤이었다) 뱃속의 작은 생명이 동요하기 시작하더니 규칙적으로 통증이 오기 시작하며 "인간 세상에 올 것을" 예시했다. 나는 이를 악물고 통증을 참으며 그를 깨우지 않으려 했다. 아침 10시가 되어 더 이상은 참을 수가 없어 비로소 이 사실을 그에게 알렸다. 그는 열이 있는 채로 나를 데리고 병원에 가서 모든 입원 수속을 해주었다.

간호사는 그에게 아이가 곧 나올 것이라며, 작은 침대와 대야, 뜨거운 물을 준비하도록 했다. 한 번씩 집에 가서 밥 먹는 것을 제외하고는 그는 한시도 내 곁을 떠나지 않았다. 게다가 26일에는 밤새도록 힘없는 내 다리를 계속 붙들어 지탱해주었다. 다른 한쪽 다리는 간병인이 들고 있었는데 그녀는 졸다가 오히려 내 다리를 베고 자서 내가 다리를 지탱하기 더 힘들게 만들었다. 매번 그녀를 흔들어 깨웠지만 그녀는 조금 움직이더니 곧 다시 잠에 빠져버렸고 나는 더 이상 그녀를 깨울 힘도 없었다.

9월 27일 새벽에 27~28시간의 진통을 겪은 후 매우 곤궁한 상태에서 나는 의사가 오는 것을 보았다. 뭔가 잘못 되었다는 생각이 들긴 했지만 그들이 무엇을 이야기하는지는 알아들을 수 없었다. 무언가를 결정한 후 그는 문제를 아주 쉽게 해결해 후련함을 느낀다는 듯이 나를 위로하며 말했다. "걱정하지 말아요. 아이를 꺼내면 되오."

의사 손에 들린 집게가 아이의 머리를 끄집어냈다. 이것은 지모地母(대지의 어머니)의 품속에서 큰 나무 하나를 뽑아내는 것과 같았다. 그것은 마치 그 나무뿌리 한 가닥 한 가닥이 지모의 신경을 단단히 붙들고 있는 것과 같아서 서로 간의 신경을 끊어내는 것처럼 괴로운 듯했다. 마침내 선홍색의 작은 몸뚱이가 나오더니 '와와' 울어대며 인간 세상에 왔음을 알렸다. 그 이후에 루쉰 선생은 안도하며 "사내 녀석이군. 어쩐지 밉상스레 굴더니만" 하고 말했다.

그러나 이때부터 그는 아버지의 사랑을 아이에게 듬뿍 쏟아주었다. 나중에 그가 말해서 알게 되었는데 만약 그때 출산을 위해 병원에 있지 않았다면 아이는 아마 살지 못했을 것이라고 했다. 집게로 아이를 끄집어내기 전에 아이의 심장 소리가 겨우 16번 남짓이었고 점점 줄어들고 있었다고 한다. 게다가 사람이 죽기 직전에 몸에서 나오는 오물 찌꺼기까지도 이미 다 나온 상태여서 매우 위험한 상황이었다. 의사는 내가 난산을 겪는 정황을 지켜보며 그에게 의견을 물어보았다. "아이를 살릴 건가요? 산모를 살릴 건가요?" 그는 잠시 생각도 하지 않고 바로 "산모를 살려주세요"라고 말했다. 그러나 이 결정이 오히려 두 생명 모두를 살릴 수 있었던 것이다. 어쩌면 그는 아이가 의외의 수확이라고 생각할지도 모른다. 그리고 아이가 태어날 때 불행한 처지였으나 오히려 굴하지 않고 나왔으니, 더욱 사랑해줄 만하다고 여겼던 것이다.

우리에게 곧 들이닥친 문제는 아이의 양육 문제였다. 의사는 진찰 후에 내 모유가 부족할 것이라 생각해 유모를 한 명 고용하는 것이 좋다고 했다. 의사는 또 나에게 당분간 병원에 머무르면서 유모를 구하고 진찰을 받는 것이 좋을 거라고 거듭 권고했다. 그러나 루쉰 선생은 이에 동의하지 않았고 자신이 돌볼 것을 고집했다. 하지만 우리 둘 다 아이를 키워본 경험이 없었고, 그는 다른 사람의 경험은 그리 신뢰하지 않을 터이니 의사를 제외하고 가장 믿음이 가는 방법은 바로 아이 양육에 관한 서적들을 읽는 것이었다. 이리하여 차마 웃지 못할 일들과 애 먹은 일들이 여러 차례 발생했다. 먼저 수유 시간과 관련해서였다. 한 책에 적힌 내용에 따르면 매 3시간마다 한 번씩 아이에게 수유를 해야 했다. 그러나 다른 책에서는 그 간격이 5분이라고 쓰여 있었다. 또 어떤 책에서는 매번 수유를 할 때는 한쪽 젖으로만 먹이고 다른 쪽은 다음번 수유를 위해 남겨두어야 한다고 적혀 있었다. 이렇게 해야만 아이가 풍족하게 젖을 먹을 수 있기 때문이다. 그러나 사람은 기계가 아니기에 이렇게 규칙적일 수가 없었다. 아이 다루기도 힘이 들었는데 어떤 때는 젖을 몇 입 먹더니 그새 잠이 들어 깨워도 일어나지를 않았다. 그러나 어떤 때는 일찍 잠이 깨서는 아직 젖 먹을 시간이 되지 않았는데 울기 시작했다. 나 역시 수유한 지 2시간도 채 되지 않았는데 이미 젖이 차고 넘쳐 수건을 흠뻑 적시기가 일쑤였다. 그러고 나서 아이가 젖을 먹으려고 할 때면 이미 젖이 줄어들고 있었다. 어쩔 수 없이 아이가 배고플까봐 젖을 먹이니 그 작은 입을 좌로 우로 돌리고 움직이며 먹을 것을 찾아 헤맸다. 이러한 상태에 나는 불안하기 시작했고 그와 이 문제에 대해 상의했다. 그는 아이가 병만 없다면 좀 마른 것은 괜찮다고 생각했다. 두어 달이 좀 지난 어느 날 아이가 감기에 걸려 병원에 데려갔는데 의사가 아이의 체중을 재고는 매우 놀라며 말하기를 아이의 체중이 겨우 태어난 지 2~3주 된 아이의 체중과 비슷하다는 것이었다. 그리하여 의사는 우리가 어떻게 아이를 키우고 있는지 상황을 듣고 난 후 앞으로 신선한 우유 속에 죽이나 영양 당분을 같이 넣어 아이에게 먹이고 매달 그 양을 늘리라고 알려주었다. 이렇게 하고 난 후부터 아이는 점차 살이 오르기 시작했다. 그 다음은 목욕시키기였다. 우리가 병원에 있을 때는 항상 간호사가 아이를 안고 왔다 갔다 했기 때문에 어떻게 아이를 목욕시키는지를 잘 보지 못했다. 병원에서 12일을 머문 뒤 퇴원하고 집에 온 후 나는 조금씩 몸을 움직일 수 있었다. 그래서 우리 둘은 서로 상의한 끝에 아이에게 목욕을 시켜주기로 했다. 그는 특별히 조심스러워 절대로 끓지 않은 물은 사용하지 않았고 다른 사람의 손도 빌리려 하지 않았다. 작은 세수 대야에 따뜻한 물을 반 정도 채워넣고는 내가 아이의 몸을 잡고 있으면 그가 아이의 몸을 씻겼다. 그런데 물이 충분히 뜨겁지 않아서였던지 바람이 한번 불자 아이는 추워서 얼굴까지 파랗게 질려 몸을 바들바들 떨었고 우리는 어찌할 바를 몰라 허둥지둥 헤매다 아이의 목욕을 겨우 끝마쳤다. 그러나 목욕이 끝난 후 아이는 바로 열 감기에 걸리고 말았다. 어렵게 감기를 치료한 후 10여 일 동안은 감히 아이를 목욕시킬 수가 없었다. 게다가 아이가 여러 번 감기에 걸렸고 날씨도 추워져 또 감기에 들까 걱정이 되어 아이 옷을 잘 벗기지도 않았다. 루쉰 선생의 말에 따라 나는 매 시간마다 아이의 기저귀를 확인할 뿐이었다. 그는 어쨌든 의학을 배웠던 사람이었기에 나는 그의 뜻에 반대하지 않고 그대로 따랐다. 그런데 결국에는 아이 엉덩이가 짓물러서 살이 벗겨졌고 결국 우리는 또 어쩔 수 없이 아이를 데리고 병원에 가야만 했다. 결국 의사의 소개를 받은 보모가 매일 우리 집으로 와서 아이를 목욕시켜주기 시작했다. 이때부터 아이를 목욕시킬 때는 따뜻한 물에 아이의 몸을 눕혀야 하고 물속에 온도계를 넣어 수시로 물의 온도를 확인하며 뜨거운 물을 더 넣어야 한다는 것을 비로소 알게 되었다. 이렇게 하자 아이는 물속에서 아무 소리도 내지 않았고 아주 편안해 보였다. 그때부터 매일 이렇게 아이를 목욕시키기 시작했다.

보모도 항상 우리가 아이 목욕시키는 것을 배워서 직접 해봐야 한다고 권했다. 그러나 우리는 아이 목욕시키는 것에 겁을 내고 직접 할 엄두가 나지 않았다. 루쉰 선생도 "여전히 보모에게 아이 목욕을 맡기는 것이 좋을 것 같소. 먼젓번에 우리가 목욕을 시키다 아이가 감기에 걸렸고, 병치레 하는 돈을 더 많이 쓰지 않았소? 내가 글 두세 편을 더 쓰면 보모 비용을 충당할 수 있을 테니 이렇게 합시다"라고 했다. 그리하여 이때부터 아이가 일곱 달이 넘을 때까지 매일 보모를 불러 아이의 목욕을 부탁했다. 나는 아이 양육하는 법을 따로 배우지 않아 스스로 어떻게 해야 좋을지 몰랐는데, 이는 매우 부끄러운 일이었다. 그도 나와 마찬가지로 아이를 대하기가 너무 조심스러워 오히려 여러모로 애를 먹었다. 만약 내가 조금이라도 아이를 돌보고 양육하는 상식을 알고 있었다면 아마 내 의견을 좀 보탤 수 있었을 것이다. 그러나 나 자신도 이에 대해 전혀 몰랐기 때문에 그가 아이 양육에 너무 조심스러워 하는 태도에 대해서 감히 이렇다 저렇다 할 처지가 아니었다. 아마 다른 사람들이 우리를 보았다면 우리가 아이를 양육하는 것이 아니라 스스로를 애먹이고 있는 것처럼 보였을 것이다. '5·4' 이후에 여성 청년들에게 있어서 여학생이 아이 양육법을 배운다는 것은 합리적인 것으로 여겨지지 않았다. 아동 심리학 수업은 들었지만 이것은 교사가 되기 위해 필요한 것이지 실제로 아이 양육과는 아무런 관계가 없었고, 내가 당시 부랴부랴 아이 양육법을 공부한다 해도 이미 때가 늦은 것이었다. 결혼한 여성이라면 언젠가 어머니가 될 것이다. 그렇기에 나는 아이 양육과 관련된 방법을 연구하거나 지도하는 곳이 있다면 좋겠다고 생각하고, 이것은 어린아이들에게도 큰 혜택을 주는 것이라 생각한다.

2

여자는 연애할 때 이성의 다정다감함을 경험한다. 그녀가 결혼해서 어머니가 되었을 때 합리적인 남편이라면 자신의 아내가 출산의 고통을 겪는 모습을 보고 그녀에 대한 동정과 사랑의 마음이 더하게 된다. 이때에 받는 남편의 다정다감함은 바로 여자로서 느끼는 가장 행복한 생활의 재현이라 할 수 있다. 이것은 첫사랑과는 조금 다른 느낌으로 그때에 여자들은 좀 서투르고 어색함을 느껴 신중하고 조심스러워 한다. 그러나 그녀는 아이를 낳은 후 침대에 누워 몸을 조금씩 회복해갈 때, 자신의 눈앞에서 온힘을 다해 충실하게 그녀의 옆을 지키며 처자식의 생계를 보살펴주는 남자의 모습을 보게 된다. 이것은 그녀로 하여금 일상의 모든 것, 심지어 얼마 전 아이를 낳은 고통까지도 일종의 행복으로 느끼도록 해주기에 충분하며 고진감래와 같이 행복한 나날들을 안겨준다.

그 당시 우리의 거처는 베이쓰촨로北四川路 동헝빙로東橫濱路 징윈리景雲裏였다. 집에서 푸민병원까지는 거리가 멀지 않았는데 아이를 낳고 난 뒤로 루쉰 선생은 매일 최소 두세 번은 병원을 방문했다. 어떤 때는 친구들을 한 무리씩 데리고 와서 나를 위로해주기도 했고, 일부러 먹을 것을 챙겨오기도 했다. 그러고는 자리에 차분하게 앉아서 기뻐하며 자애로운 표정으로 아이의 얼굴을 들여다보며 자기를 닮았다고 했다. 그러나 한편으론 멋쩍은 듯 "난 이 녀석만큼 예쁘진 않지"라고 말하기도 했다. 그는 이러한 칭찬의 말이 아주 흡족했는지 나중에도 자주 이 말을 되풀이하곤 했다.

아이가 태어난 지 이틀째 되던 날, 그는 아주 신이 난 표정으로 병실로 들어왔다. 그의 손에는 작고 깜찍한 소나무 화분이 들려 있었다. 푸르고, 고아하며, 도도하고 침울해 보이기까지 한 소나무의 모습은 마치 그의 성격과 꼭 닮았다는 느낌을 주었다. 그는 이것을 내 머리맡에 내려놓았다. 사실 이전에 그는 나에게 많은 선물을 주었는데 대부분은 다른 친구들에게 선물한 것과 같은 책이었다. 아마도 그는 이번에 고민한 끝에 나에게 꽃을 사주려고 한 것 같은데 그가 고른 것은 겉보기에 화려하고 향과 색이 있는 꽃이 아니라 바늘과 같이 뾰족한 잎을 가진 소나무였다. 여기에서 그의 사소한 취향을 엿볼 수 있었다.

10월 1일 아침, 아이가 태어난 이후로 그는 매일 아침 9시 전후에 병원을 방문했는데 이는 보통 그가 일어나는 시간이 아니었다. 그는 나와 한가롭게 이야기를 나누다가 나에게 아이에게 지어줄 이름을 생각해보았냐고 물었다. 내가 없다고 대답하자 그는 "내가 두 글자를 생각해보긴 했는데 당신이 보기엔 어떻소? 아이가 상하이에서 태어났고, 영아嬰兒라는 의미로 하이잉이라고 부릅시다. 이 이름은 듣기에도 좋고 글자도 통속적이오. 그러나 절대 흔한 이름은 아니라오. 또한 이름을 외국어로 번역하기에도 간단하며, 예전에는 남자의 이름에 이 영嬰자를 많이 사용했으니 말이오. 만약 아이가 커서 이 이름이 마음에 들지 않으면 자기 마음대로 바꾸어도 되오. 어쨌든 나도 스스로 다른 이름을 짓지 않았소. 그래서 내 생각엔 아이가 이 이름을 잠시 사용하는 것도 괜찮을 것 같구려." 그는 나와 아이에게 자신의 주장만을 고집하려고는 하지 않았다. 나는 자연히 그의 세심함에 탄복했고 그 의견에 동의했다. 그때부터 하이잉은 우리 아이의 이름이 되었다.

그러나 하이잉이라는 이름은 대부분 친구들 앞에서나 사용했다. 상하이 사람들의 습관에 따라 — 누가 부르기 시작했는지 모르겠는데 아마도 보모의 입에서부터 나온 것 같다 — 아이를 "디디弟弟(남동생), 디디"라고 부르는 것이 더 일상적이었다. 사실 아이는 더 많은 별명을 가지고 있었다. 그것들은 우리가 개인적으로 아이를 부르는 말이었다. 예를 들어, 이전에 린위탕 선생이 어떤 글에서 루쉰 선생은 중국에서 얻기 힘든 보물과 같다고 칭찬했는데 이때 그는 루쉰 선생을 "흰 코끼리白象"에 비유하며 칭찬했다. 왜냐하면 대부분의 코끼리는 회색이기 때문에 어떤 나라에서는 흰 코끼리를 보는 것이 마치 보물을 얻은 것과 같이 진귀하게 여겨졌기 때문이다. 나는 일찍이 이 전고典故를 몰래 갖다 쓴 적이 있었다. 바로 『양지서兩地書』에서 외국어로 그의 이름을 지칭한 것 중 하나인데 그를 "작고 흰 코끼리小白象"라고 불렀다. 그는 이 별명을 가져다 하이잉에게 붙여주며 아이를 "작고 붉은 코끼리小紅象"라고 불렀다.

병원에 입원한 지 12일 후에 의사의 허락을 받아 우리는 집으로 돌아올 수 있었다. 물론 그는 내가 며칠 더 병원에서 쉬기를 원했고 나 역시 병원에 며칠 더 머무는 것이 편했을 것이다. 그러나 나는 그가 수시로 병원과 집을 왔다 갔다 하느라 일에 집중하지 못한다는 것을 알기에 결국 집으로 돌아가기로 결정했다. 와! 위층 침실로 들어와 보니 방이 깨끗이 정돈되어 있었다. 침대 곁에는 여전히 작은 탁자가 놓여 있었고, 탁자 위에는 찻잔과 소독약(붕산수) 등과 같은 일상용품들이 놓여 있었고 소나무 화분도 있었다. 그가 모든 가구의 위치를 바꾸어놓았는데 이는 오히려 전보다 더 많이 정돈된 모습이었다. 그는 평소에 절대로 이런 사소한 일들에 대해 관여하지 않았는데 이렇게 집을 잘 정돈해놓은 모습을 보니 나는 놀라움과 기쁨을 느꼈다. 그리하여 나는 마음속으로 사랑의 위대한 힘을 칭송했다.

무엇보다 그는 좋은 아버지였다. 그는 본래 응접실이었던 곳을 서재로 개조하여 매일 아래층으로 내려가 일을 했다. 그리하면 일할 때 더욱 집중할 수 있었고, 무엇보다 아이 때문에 행동을 조심하며 부자연스럽게 굴 필요가 없었다. 또한 아이가 담배 냄새를 맡지 않아도 되었다. 게다가 손님을 만날 때도 나의 휴식을 방해하지 않을 수 있었다. 그러나 밤 12시가 되면 그는 꼭 위층으로 올라와 자발적으로 새벽 2시까지의 아이를 돌보는 일을 도맡았다. 밤 12시 이전까지는 내가 충분히 휴식을 취할 수 있도록 여종에게 시중을 들게 했고, 새벽 2시부터 6시까지는 내가 아이를 돌보았다. 우리는 매일 이렇게 하이잉을 먹이고 재우는 일을 반복했다. 루쉰 선생이 아이를 돌볼 시간에 아이는 잠을 충분히 잔 이후였다. 그래서 그는 항상 아이를 안고 침대에 앉아 손에 담뱃갑 뚜껑 같은 것을 들고 '쨍강쨍강' 소리를 내며 아이를 기쁘게 했다. 아이는 신이 나서 곧바로 그의 다리 위에서 팔짝팔짝 뛰었다. 이것이 지겨워지면 그는 또 다른 방법을 사용했는데 두 손을 오므려 하이잉을 안고서는 방문에서부터 창문까지 왔다 갔다 하며 평성과 측성平仄으로 된 시가詩歌 가락을 불러주었다.

"샤오훙. 샤오샹, 샤오훙샹(작고 붉은, 작은 코끼리, 작고 붉은 코끼리),
샤오샹, 훙훙, 샤오샹훙(작은 코끼리, 붉고 붉다, 작은 코끼리가 붉다);
샤오샹, 샤오훙, 샤오훙샹(작은 코끼리, 작고 붉은, 작고 붉은 코끼리),
샤오훙, 샤오샹, 샤오훙훙(작고 붉은, 작은 코끼리, 작고 붉고 붉다)."

또 어떤 때는 가락을 바꾸어 부르기도 했다.

"쯔구, 쯔구, 쯔구구야 (새 소리: 짹짹 꼬꼬, 짹짹 꼬꼬, 짹짹 꼬꼬꼬)!
쯔구, 쯔구, 쯔쯔구.
쯔구, 쯔구, …… 쯔구구,
쯔구, 쯔구, 쯔구구."

계속해서 열 번, 스무 번을 반복하다 보면 아이는 그의 양손을 요람삼아 곤히 잠이 들었다. 어떤 때 그는 아주 힘들어 보이는 것 같았지만 절대 그 규칙을 바꾸는 법이 없었다. 그는 마치 어미 비둘기가 새끼 비둘기에게 먹이를 먹일 때 새끼 비둘기의 부리에 쪼여 입 주의에 상처가 나도 쉴 틈 없이 새끼를 먹이는 것 같이 책임을 소홀히 하지 않았고, 그가 할 수 있는 범위 내에서 아버지의 도리를 다하기 위해 최선을 다해 노력했다.

우리가 가장 두려워 한 것은 아이가 아픈 것이었다. 평소에도 안절부절못하며 아이를 돌보았는데 만약 아이가 열이 나거나 감기가 들면 이는 곧 그의 일에 영향을 미쳤다. 그의 일기 속에서도 하이잉이 자주 아팠던 것을 이야기하지 않았는가? 그는 이런 상황이 닥치면 거의 '먹고 자는 것을 소홀히 했다.' 아이가 아프면 그는 어쩔줄 몰라하며 신경이 곤두서 있었다. 아이가 커도 이러한 걱정은 여전했다. 그는 본인이 직접 아이를 데리고 병원에 진찰을 받으러 다녔고, 낮 시간에는 오랫동안 우리 곁에 머물며 아이를 보살폈다. 밤이 돼서야 시종에게 아이를 맡겼지만 여전히 자주 시종들 방으로 가서 아이를 살폈다. 아이가 기침이라도 한다면 그가 다른 방이나 다른 층에 있다 해도 가장 먼저 듣고 알아차렸다. 그의 걱정을 덜기 위해 나는 일부러 아이에게 너무 신경을 쓰지 않으려고 했는데 그는 나보다 더 민감해서 오히려 나를 불러다 특별히 당부하며 가서 아이를 살펴보라고 했다. 어떨 때는 기침 소리를 잘못 들은 적도 있었지만 대부분은 그가 들은 것이 맞았다. 만약 내가 깊은 잠에 들었을 때 아이의 기침 소리가 심하면 그는 나를 깨우지 않고 자기가 아이를 보살폈다. 아이 하나를 위해서 그는 이렇게도 많은 심혈을 기울였다. 아니나 다를까, 그가 일본어로 번역한 『중국소설사략』 서문을 보면 "아내와 자식을 보살피는 일은 쉬운 것이 아니다"고 말했다. 실제로 그는 나와 하이잉이 있은 후부터 어떤 일을 할 때 더 조심하게 되었고, 더 많이 고민하게 되었다고 자주 말했다. 하지만 내가 이해가 되지 않는 것이 있는데 그는 상하이에서 보낸 만년의 생활이 이전에 비해 더 안정감이 있다고 생각했단 말인가? 아니면 그는 그저 좋지 않은 시기를 만나 차라리 은둔하며 지내는 것이 낫다고 생각한 것일 수도 있다. 내가 제일 걱정하는 것은 그가 예상치 못한 재난을 당하는 것이었다. 이 문제에 있어서 우리는 약간의 기복이 있었다. 매번 그가 친구를 만나거나 손님 대접을 위해 밖에 나가서는 제 시간에 집에 돌아오지 않으면 나는 집에서 괴로움에 시달리곤 했다. 나와 같은 처지에 있는 사람은 필경 이러한 느낌을 체험할 수 있을 것이다. 특히 이러한 걱정은 주변 사람에게 이야기하지도 못하는 것이었다. 게다가 만일의 사태가 발생하는 것을 원하는 것도 아니었지만 밤만 되면 이러한 생각이 좀처럼 머릿속에서 떠나지 않았고 의외의 사고까지 생각하게 되었다. 만일 그가 사고를 당해서 피가 흥건한 채 길에 쓰러져 있는데 나는 집에 침착하게 앉아 있는 것은 아닌지 싶어 피가 끓어오르는 심정이었다. 근심 가득한 마음으로 등불을 바라보고 있는데도 그가 계속 집에 돌아오지 않으면 앉지도 못하고, 잠도 못자고, 책도 못 보며 아무것도 손에 잡히지 않았다. 그때 사람 발자국 소리가 들리면 기쁜 마음에 귀를 쫑긋 세웠고, 잠시 후 열쇠가 자물쇠에 닿는 소리가 나면 신속히 등불을 켰다. 그러면 마음속 가득했던 의혹과 근심은 그저 다 쓸데없는 혼자만의 걱정으로 금세 사라져버렸다. 섬광과 같은 짧은 순간에 우리는 서로를 보듬어주는 기쁨과 위로 섞인 눈빛 속에서 마주했고, 이때 한쪽은 기쁨 섞인 원망의 소리를 했고, 다른 한쪽은 미안한 마음에 늦게 귀가한 이유를 이래저래 설명했다.

만약 자나 깨나 일 생각을 하지 않았다면 루쉰 선생은 아마도 하루 종일 하이잉을 데리고 놀았을 것이다. 그는 설령 일이 바쁘다 하더라도 매일 최소한 두 번씩 정해진 시간에는 반드시 하이잉과 함께 시간을 보냈다. 그때는 두 번의 식사를 마친 후였는데 이때는 마침 일하는 분들이 밥을 먹을 시간이기도 했다. 한편으로는 그들이 식사하는 것을 아이가 방해하지 않게 하기 위해서이기도 했지만, 다른 한편으로는 식사 후 쉬는 시간을 이용해 하이잉이 우리와 함께 방에서 시간을 보내도록 한 것이다. 루쉰 선생은 가끔 식사 후 사탕이나 과자 같은 간식 먹는 것을 좋아했다. 그래서 그는 간식을 몇 개 골라서 책상 곁에 두고 천천히 즐기고는 했다. 하이잉은 가장 먼저 그것을 보고 달려와서 조금도 거리낌 없이 그의 간식을 다 빼앗아 먹었고 어떤 때는 오히려 부족하다고 투덜거리기까지 했다. 간식이 더 남아 있다면 그는 당연히 더 꺼내서 아이에게 주었지만 만약 간식이 하나도 남아 있지 않았으면 기꺼이 자기의 것을 아이에게 주며 오히려 만족했다. 이럴 때면 루쉰 선생은 자주 등나무로 만든 침대식 의자에 기대어 앉아 있었다. 그러면 하이잉은 그가 앉은 의자에 비집고 들어가 나란히 눕거나 말을 타듯 그의 몸 위에 앉아서 간식을 먹었고, 날씨 이야기를 하거나 수많은 유치한 질문을 쉴 새 없이 쏟아냈다.

"아빠, 아빠는 누가 키웠어요?"

"나의 아빠와 엄마가 키웠지."

"그럼 아빠의 아빠와 엄마는 누가 키웠어요?"

"아빠의 아빠와 엄마의 아빠와 엄마가 키웠지."

"그렇다면 아빠의 아빠와 엄마의 아빠와 엄마랑 그 이전의 사람들은 다 어디서 온 건가요?"

이렇게 묻다보면 만물의 기원까지 올라가게 되었다. 그는 아이에게 생물이 씨앗(단세포)을 거쳐 온 것이라고 알려주었다. 그러면 하이잉은 또 묻기를

"그럼 씨앗이 없을 때 모든 것은 다 어디에서 온 건가요?"

이 문제는 몇 마디로 간단하게 설명할 수 있는 것이 아니었다. 게다가 대여섯 살의 어린아이가 이해할 수 있는 문제가 아니었다. 하이잉은 한참을 꼬치꼬치 캐물었고 그 질문에 명확한 대답을 할 수 없을 때면 그저 "네가 나중에 커서 공부를 하면 아버지가 알려주실 거야"라고 말할 수밖에 없었다.

간혹 등나무 침대 의자에 두 사람이 끼어 앉아 있는 것이 불편하면 잠자는 침대로 자리를 옮기기도 했다. 특히 여름밤에 불을 끄고 나면 하이잉은 우리 두 사람 사이로 들어와 이야기 듣기를 원했다. 어쩌다 신이 나면 하이잉은 양쪽으로 이리저리 왔다 갔다 하며 우리에게 공평하게 돌아

가면서 입을 맞추었다. 아마도 루쉰 선생이 아프기 일 년 전쯤인 것 같은데 어느 날 밤, 우리는 평소와 같이 함께 침대에 누워 있었다. 그러나 하이잉이 갑자기 질문을 하기 시작했다.

"아빠, 사람은 어떻게 죽는 거예요?"

"늙어서 병이 났는데 치료하지 못하면 죽는 거지."

"그럼 아빠가 먼저 죽고, 엄마가 두 번째, 마지막이 나예요?"

"그래."

"그럼 아빠가 죽으면 이 책들은 다 어떻게 해요?"

"너에게 주면 어떠니? 네가 가질래?"

"그런데 이렇게 많은 책을 어떻게 다 봐요? 그리고 만약에 내가 보고 싶지 않은 책이 있으면 어떻게 하죠?"

"그럼 네 마음대로 다른 사람에게 주렴."

"네, 좋아요."

"아빠, 만약 아빠가 죽으면 아빠 옷들은 다 어떻게 하죠?"

"너에게 남겨주면 나중에 네가 커서 입는 게 어떠니?"

"네, 알겠어요."

그들은 이렇게 서로 담소를 나누곤 했다. 당시 아이의 말을 들을 때는 아이가 지나치게 먼 미래를 생각한다고 우습게 여기고 넘겼지만 이는 곧 그의 유언이었고 그것은 머지않아 사실이 되었다.

루쉰 선생은 학교 선생님이 아이들을 때려서 훈육하는 것에 반대했다. 그러나 그도 어쩌다 아이가 너무 완고하게 고집을 피우거나 옳고 그름을 확실히 알지 못할 때면 체벌을 가하기도 했다. 그러나 이런 경우는 그가 죽기 전까지 겨우 몇 번에 지나지 않았다. 그가 아이를 때린다는 것은 아무렇게나 신문 몇 장을 손에 잡고 원통으로 말아서 아이를 살살 치는 정도였다. 그러나 그 모습은 매우 엄숙했고 이에 하이잉은 곧바로 "아빠, 다시는 그러지 않을게요" 하고 소리쳤다.

그는 아들의 애처롭고 가련한 모습을 볼 때면 마음이 약해져 금방 얼굴의 주름이 펴지곤 했다. 아이는 그의 이러한 관용을 세심하게 알아채고는 곧바로 배짱이 두둑해져서 그가 손에 들고 있는 원통의 신문지를 낚아채어 "이 안에 뭐가 있어요?"라고 물었다.

아이는 아버지가 신문지 안에 어떤 물건을 숨겨놓고는 자기를 때리려 하는지 알고 싶어했다. 그러나 그 안은 텅 비어 있을 뿐이었다. 아이의 절박한 심정이 담긴 이런 모습이 오히려 루쉰 선생을 웃게 만들었다. 이렇게 부자지간에 훈계와 화해의 과정을 거치며 하이잉은 비교적 조심하고 신중하게 행동할 때도 있었다.

다른 때에는 하이잉도 자기 의견을 말할 기회를 가졌다. 그러자 그는 "내가 아빠가 되면 아들을 때리지 않을 거예요"라고 말했다.

그러자 루쉰이 물었다.

"만약에 네 아들이 아주 못되게 굴면 어떻게 할 거니?"

"저는 아이를 잘 타이를 거예요. 그리고 아이에게 먹을 것을 사줄 거예요."

그러자 루쉰 선생은 웃었다. 그는 자신이 아이를 가장 사랑하는 아버지라 생각했는데 보아하니 아들의 의견이 자신의 훈육 방법보다 더 온화하고 선량한 방법이었다. 말을 듣지 않는 아이에게 선물까지 주며 아이를 감화시키려 하는 것은 마치 예수가 오른쪽 뺨을 맞으면 왼쪽 뺨까지 내주라고 했던 인내의 마음과 더 가깝지 않은가? 물론 실제로는 이렇게 할 수 없을 것이다.

내가 하이잉을 체벌할 때도 있었다. 아이들은 똑똑하기 그지없어서 일하는 아주머니들이 나가면 특히나 심술을 부렸다. 특히 루쉰 선생이 잠을 자거나 일을 할 때 아이가 시끄럽게 굴까 걱정하는 내 모습을 보면 하이잉은 더욱 시끄럽게 굴었다. 어쩌면 내가 너무 예민하게 구는 것이 오히려 내가 아이를 계속 저지하고 아이는 계속 반항하도록 만들어 결국에는 아이를 때려서 혼낼 수밖에 없도록 만든 것일지도 모르겠다. 아이를 저지할수록 그의 반항심을 불러일으켜 아이를 혼낼 수밖에 없었다. 아버지는 아이를 혼낸 후에 아이가 그냥 나가버리면 더 이상 생각하지 않을 수 있을지도 모르겠다. 그러나 어머니는 아이와 마주하는 시간이 더 많은데 아이가 혼이 난 후 잔뜩 움츠러든 모습을 보인다면 어린아이가 모르고 저지른 잘못에 너무 혼을 낸 것 같아 마음이 흔들리니 어찌 자상하게 아이를 위로해주지 않을 수 있겠는가? 이리하여 모자지간에는 엄숙한 관계를 성립하기가 매우 힘들었다. 가끔 루쉰 선생도 이것을 이해하지 못했는데 그는 자신이 아이를 대하는 방법이 가장 옳다고 생각했다. 안타깝게도 하이잉은 나를 무서워하지 않았지만 아버지의 꾸중은 무서워했다. 한번은 루쉰 선생이 하이잉에게 물었다.

"아빠가 널 때리면 아프니 안 아프니?"

"안 아파요."

"때리려고 하면 겁나니 안 겁나니?"

"겁나요."

"엄마가 때리면 겁나니 안 겁나니?"

"안 겁나요."

한번은 내가 아이를 혼낸 후 루쉰 선생과 이야기를 나누며 매번 아이를 혼내고 나면 아이는 항상 내가 더 많이 달래줘야만 마음이 풀린다고 푸념했다. 그러자 루쉰 선생은 담담하게 말하기를

"어디 하이잉만 그렇소?"

나는 그제서 비로소 깨달은 듯이 말했다.

"아, 알고 보니 당신도 그렇군요? 이제야 알았네요. 당신은 무의식중에 마음속에 있는 비밀을 얘기했군요."

이는 그와 아이의 성격이 얼마나 비슷한지를 보여주는 것이었다. 사람들이 말하는 '갓난아이와 같은 심성'은 바로 그의 천진난만함을 묘사하는 것일 터이다. 사실 나는 그를 책망했던 적이 별로 없다. 단지 두 사람이 함께 사는 것이 습관이 되다보니 기분이 좋지 않을 때 그동안 안팎으로 크고 작은 일을 겪으며 불공평하게 느끼고 우울했던 마음을 한꺼번에 그에게 쏟아냈던 것이다. 그러나 이렇게 분위기가 좋지 않을 때 내가 말 한마디라도 잘못한다면 그 화산이 폭발해 내 머리 위로 용암이 쏟아질 것이 뻔했다. 그리하여 내가 다정하게 달래주지 않으면 일이 해결되기 어려웠다.

가끔은 나도 매우 난처했다. 예를 들어 밥을 먹은 후에 하이잉이 방으로 들어올 때가 있었는데 아이는 곧장 아버지 곁으로 달려가곤 했다. 아이는 자연스레 자기를 좋아하는 사람이 누구인지 짐작하고 그의 곁으로 가기 마련인데 그가 특별히 하이잉을 예뻐하니 아이는 신이 나서 아버지에게 달려가는 것이다. 아이가 이렇게 자기에게 달려오면 어떻게 무뚝뚝한 표정으로 아이에게 나가라고 호통 칠 수 있겠는가? 당연히 그럴 수가 없다. 그래서 그는 아무리 바쁘더라도 붓을 놓고는 아이와 몇 마디 말이

라도 주고받았고 그러고 나서야 나에게 아이를 데리고 나가서 놀라고 말했다. 한번은 그가 원고지 반 이상의 글을 썼는데 하이잉이 다가왔다. 아이는 자기가 왔는데도 아버지가 붓을 놓지 않는 모습이 의외였는지 갑자기 그 작은 손을 들어 붓 위를 탁 쳤고 종이가 까만 먹으로 번졌다. 비록 그는 자기가 심혈을 기울여 만든 것을 아끼고 소중히 여겼지만 아이에게 화를 내기는커녕 그저 붓을 놓고는 "오, 이 못된 녀석 같으니라고"라고 말했다. 그러자 하이잉은 곧바로 쏜살같이 도망쳤다.

나는 특별한 일로 자리를 비우지 않는 한 항상 그의 옆을 지키고 있었다. 특히나 하이잉이 오면 비록 그 둘이 같이 논다 하더라도 여전히 그 옆을 지키고 있었는데 아이가 7~8세가 될 때까지 항상 이렇게 했다. 그가 이것을 명령한 것은 아니지만 나 스스로가 이렇게 하는 것이 좋다고 생각했기 때문이다. 더욱이 가정부는 아이의 성격과 감정을 잘 이해하지 못했기 때문에 아이가 우리 방에 있을 때면 가정부가 와도 어쩔 줄을 몰라 했다. 하이잉은 사무용 책상에서 의자에 선 채로 붓을 꺼내 들고 여기저기 마음껏 색칠하는 것을 좋아했다. 루쉰 선생은 모든 도구를 아꼈기에 종이 한 장이라도 함부로 버리지 않았다. 그래서 물건을 싸온 신문지라 할지라도 반드시 잘 펴서 차곡차곡 쌓아두었고 물건을 포장했던 끈도 마찬가지로 잘 모아두었다. 그는 그것들을 한 묶음씩 잘 말아서 놓아두고는 필요할 때 사용했다. 그러나 하이잉이 종이를 달라고 하면 그는 가장 아끼는 것을 아이에게 주어 마음껏 색칠하도록 했는데 이는 진심으로 우러나온 행동이었다. 어떤 때는 내가 오히려 그것이 아깝다고 생각이 들기 시작해 아이가 잘 몰라서 그러니 마땅히 아이를 타일러 종이를 마음대로 낭비하지 않도록 해야 한다고 했다. 그러나 그는 어린 시절 아이들이 무엇인가를 소유하고자 하는 마음을 중요하게 여겼다. 그래서 그는 자신의 어린 시절 경험을 토대로 아이를 훈계했고, 항상 여러 면으로 아이에게 만족감을 주고자 했다. 그리하여 나는 그가 아이의 뜻에 순순히 따르는 것을 과도하게 저지하는 것이 적절치 않다고 생각했다. 그러나 이러한 습관 때문에 하이잉은 아마도 지금까지 물건을 그리 소중히 아끼지 않는 듯싶다.

아이가 그의 곁에서 충분히 놀았다 싶으면 나는 그의 일에 방해가 될까봐 하이잉에게 그만 놀고 방에서 나가라고 타일렀다. 그러나 루쉰 선생은 아이가 신나게 노는 모습을 보며 "괜찮소. 좀 더 놀게 두어요"라든지 "이제 막 흥이 올라 놀고 있으니 아마 안 나가려고 할거요. 그냥 거기 있으라고 하시오. 어쨌든 지금 난 아무것도 안하오"라고 말했다.

그러면 나는 그가 급하게 해야 할 일이 있는 것은 아닌지, 하이잉을 적당히 말릴 기회가 있는지 그 낌새를 살펴보곤 했다. 만약 아이를 말릴 기회를 놓치거나 그가 바쁘게 일을 하는 줄 몰랐을 때, 혹은 부자지간에 마침 신나게 이야기하고 있는 것을 갑자기 방해하기 어려울 때면 나는 기다리고 또 기다렸다. 그리하여 결국 루쉰 선생이 하이잉에게 다른 곳에 가서 놀라 말했고, 아이가 나간 후에 그는 감개무량한 듯이 "내가 아이와 몇 시간 동안이나 놀았구려" 하며 말했다.

그는 아이와 함께 노는 것을 좋아했고 나 또한 하이잉을 불러내 그들의 흥을 깨고 싶지 않았다. 그러나 그는 아이를 내보낸 후에는 또 시간 낭비하는 것을 아까워했다. 그는 이렇게 사랑하는 아들과 교제하는 시간도 너무 길다고 생각하여 자제하고는 했다. 이는 나로 하여금 어쩔 줄 몰라 방황하며 일상생활을 보내도록 했다.

그러나 하이잉이 있고나서부터 우리의 생활을 비교적 다채롭고 여러 면에 신경을 쓰게 되었다. 첫째는 사람을 부리는 일이었다. 예전에 우리 두 사람만 있을 때는 일하는 이를 고용하지 않았다. 젠런建人(루쉰의 동생) 선생의 가정부가 한 번씩 와서 빨래와 청소를 해주었고, 아침저녁으로 우리에게 끓인 물을 가져다주었다. 차는 내가 직접 끓였다. 밥 먹을 시간이 되면 우리에게 알려주었고, 우리가 젠런 선생 댁으로 가서 대여섯 명이 같이 밥을 먹곤 했다. 보통은 네다섯 가지 반찬을 먹었는데 음식이 부족하더라도 그런대로 끼니를 때웠고, 가끔 차샤오叉燒(살코기를 쇠꼬챙이에 꽂아 구운 것) 같은 것을 반찬으로 보탰다. 우리의 생활은 일반적인 핵가족보다도 더 간소했고, 이러한 생활은 약 2년 정도 지속되었다. 그러나 하이잉이 태어난 후에는 매일 여러 번 기저귀를 빨아야 했고, 아이도 돌봐야 해서 사람을 고용하지 않을 수 없었다. 그래서 우리도 가정부 한 명을 고용했다.

둘째는 거처였다. 우리는 항상 집의 가장 서늘한 곳에서 아이가 잠을 자도록 했다. 겨울이 되면 난로를 지피기 시작했는데 하이잉 방에 난로를 하나 두었고, 루쉰 선생도 난로 하나를 얻어 쓰게 되었다. 그러나 하이잉에게 난로는 반드시 '은혜로운 물건'만은 아니었다. 앞서 이야기했듯이, 나의 임무는 새벽 2시부터 아침 6시까지 아이를 돌보는 것이어서 6시가 되면 나는 가정부를 불러 들였다. 나는 하이잉에게 우유를 먹이면서 가정부에게는 아래층에 있는 루쉰 선생의 서재에 난롯불을 지피라고 했다. 아이에게 우유를 다 먹인 후에는 그녀에게 아이를 맡겨 아래층으로 내려가라고 했고, 나는 잠시 휴식을 취한 후 오전 9시에 다시 일어나 아이에게 우유를 먹였다. 그러나 우리의 고됨과 노력은 그녀로 인해 모두 물거품이 되었다. 방에 난로를 지피면 온도가 꽤 높아지는데 새벽녘이 되어 온도가 내려가는 시간대에 그녀는 아이를 안고서 길가에 붙은 창문을 열고 남자친구와 이야기를 한 것이다. 태어난 지 이제 6~7개월 된 불쌍한 갓난아기는 추웠다 더웠다 한 것을 견디다 못해 결국 자주 감기에 걸렸다. 그러나 이러한 사실을 어디 알 수나 있었겠는가? 마침 아이가 7개월 되던 때 집을 이사하게 되어 그 가정부를 내보냈는데 나중에 다른 사람이 이야기해주어 비로소 이러한 사실을 알게 되었던 것이다.

1930년 3월, 루쉰 선생이 자유대동맹自由大同盟, 좌련작가연맹左聯作家聯盟 등 집회에 참석했다는 이유로 국민당 저장성浙江省 당부에서는 루쉰 선생을 지명수배했다. 이는 선생이 밖에서 처음 마주친 재앙이었다. 그리하여 이때부터 그는 우치야마內山 선생 집에 숨겨진 3층 공간에서 기거하기 시작했다. 이삼일에 한 번씩 내가 하이잉을 데리고 가서 그를 만났는데, 이때 아이는 이미 생후 6개월이 되었고 통통하게 살이 올라 귀여운 모습이었다. 비록 화를 피하기 위해서였지만 사랑하는 아들을 매일 볼 수 없다는 사실에 그는 말로는 표현할 수 없을 정도로 괴로웠을 것이다. 하이잉이 만 여섯 달이 되던 어느 날, 그는 정탐자의 감시를 몰래 피해 나와서 하이잉을 데리고 사진관에 가서 사진을 찍었다. 이때 하이잉은 아직 스스로 일어서지 못했기 때문에 그는 아이를 책상 뒤쪽에 쭈그려 앉게 하고 손으로 아이를 부축하여 일으켜서는 서 있는 모습의 사진 한 장을 겨우 찍었다.

재앙의 풍파가 조금 사그라진 듯싶어 그는 다시 집으로 돌아올 수 있었다. 그러나 당시 우리 집은 자베이閘北 쪽에 있어 어느 때고 그가 체포될 수 있는 위험한 상황에 노출되어 있었다. 그리하여 우리는 베이쓰촨로에 새로운 거주지를 찾았는데 새 집은 외국인들이 모여 사는 양옥 건물이었다. 1931년 1월, 우리가 이곳에 막 안착한 지 얼마 지나지 않았던 때에 러우스柔石가 체포되는 사건이 있었다. 일찍이 러우스와 펑컹馮鏗 모두 우리 집에 온 적이 있었는데, 들리는 소문에 따르면 러우스를 체포한 사람들이 러우스에게 루쉰에 대해 물어보고 다닌다고 했다. 이렇게 직접적인 추궁을 계속 받는다면 루쉰 선생이 무고하게 체포될 수도 있는 상황이었다. 그러나 나는 그를 혼자 집에서 내보내는 것도 적절치 않다고 생각했다. 비록 환난 중이라도 가족이 함께 공생 공사하는 것이 당연한 일 아니겠는가? 그리하여 우리는 이 집에 사는 것도 안전하지 않다고 여겨 외국 여관 하나를 빌려 우리 가족 셋과 가정부까지 함께 같이 살기 시작했다. 이때 하이잉은 태어난 지 겨우 1년 하고도 석 달밖에 지나지 않아 이제 막 걸음마를 배우기 시작할 때였다. 좁은 방 하나에 놓인 비교적 부드러운 침대는 아이와 가정부가 쓰도록 했고, 우리는 문 근처에 있는 작은 침대에서 잠을 잤다. 피난을 다니면 책과 글 쓰는 도구들을 가지고 다니기 힘들 뿐 아니라, 더욱이 글을 쓰고자 하는 마음의 여유도 갖기 힘들었다. 그래서 불을 지피거나 이웃과 날씨 이야기를 하는 것 외에 우리에게 있는 유일한 위로는 하이잉의 천진난만함이었는데 이는 그를 자주 웃게 만들었다.

그러나 가족 전체가 피난을 다니는 것이 쉬운 일은 아니었다. 그래서 나중에는 그야말로 매 시각마다 찾아오는 위험에 맞서 그 혼자서만 피난을 다니게 되었다. 그러나 하이잉도 점점 커서 아빠를 찾았고 아빠가 어디 있는지도 말할 수 있었다. 부자지간에 억지로 만나지 못하게 하는 것도 사실상 어려운 일이어서 나중에는 그냥 순리에 맡기기로 했다. 루쉰 선생이 마지막으로 피난을 간 것은 1933년 8월의 일이었는데 그의 친한 친구 두 명이 체포되었기 때문이었다. 그러나 이때는 별로 피난과 같은 느낌이 없었는데 낮에는 그가 여전히 집으로 돌아왔고 단지 저녁 식사 후에만 집 밖으로 피신해 나갔기 때문이다.

1932년 '1·28'[2]의 포화가 막 사그라질 즈음에 난민 무리에 껴서 살던 하이잉이 홍역을 앓기 시작했다. 아이에게 조용하고 따뜻한 환경을 제공하기 위해 루쉰 선생은 급히 여관으로 가서 조그만 방 두 개를 얻었고, 우리는 십여 일 간 여기에 머무르며 생활했다. 하이잉의 홍역이 물러간 후 우리는 베이쓰촨로에 있는 집으로 다시 돌아왔다. 그러나 생활의 동요로 인해서 이미 가정부도 나간 상태였고, 전쟁 직후라 물질적인 어려움을 겪으며 기진맥진하다보니 세 사람 모두 차례로 병이 났다. 하이잉은 홍역을 앓은 후에 이질을 앓기 시작했는데 몇 달이 지나도 상태가 호전되지 않았다. 아이는 매일 여러 번 설사를 했는데 급할 때는 아이를 안아 요강에 변을 보게 했다. 루쉰 선생은 매번 아이가 한 설사를 반드시 자기가 직접 확인했다. 그는 아이의 변을 보고 아이의 상태가 좋아졌는지를 확인한 후에야 그것을 양변기에 갖다 버렸다. 내가 여종을 시켜서 버리라고 권해도 그는 듣지 않았는데 만약 조심하지 않아 병이 옮았더라면 어찌했단 말인가? 어떤 때는 더러워서 그렇게 하지 말라고 말했지만 그는 오히려 웃으며 "의사 눈에 깨끗한 것은 겉으로 보이는 것이 아니라 소독이 되

---

2 1932년 1월 28일 상하이 국제 공동 조계 지역에서 중국군과 일본군의 마찰이 있었던 사건이다. 흔히 이 사건을 '상하이 사변'이라 부른다. — 옮긴이

었는지를 보는 것이오. 보통 사람이 이야기하는 더러운 것은 믿을 수가 없는 것이오"라고 말했다. 그가 이렇게 대소를 막론하고 모든 것을 직접 하려고 하는 태도에 대해 아마 어떤 친구들은 그가 너무 과하다고 속으로 비난했을지도 모르겠다. 그러나 그는 항상 자신의 손으로 모든 일을 하려는 습관이 있었기 때문에 그가 이렇게 하는 것은 자연스러운 일이었다. 하물며 사랑하는 아들이 아프다는데 어찌 더 마음을 쓰지 않을 수 있었겠는가? 그래서 평소에도 하이잉이 아프면 그 기간 아이의 대소변은 반드시 그에게 보인 후에 가져다버렸는데 아이가 심한 이질을 앓고 있으니 당연히 그는 더 마음을 놓을 수 없었던 것이다. 그는 의학적으로 사람의 대소변을 통해 병을 진단하는 방법에 대해 잘 알고 있었다. 그가 이렇게 아이의 병에 마음을 쓰니 아이를 돌보고 병원에 데려가는 등의 잡다한 임무는 그에게 무거운 짐이 되었고, 심지어 글을 쓰는 데도 큰 방해가 되었는데 나는 이를 참고 볼 수가 없었다. 만약 우리에게 아이가 몇 명 더 있었더라면 아마 그는 힘들어 죽을 지경까지 내몰렸을 것이다.

매년 최소한 한 번씩, 하이잉의 생일이 되면 우리 가족은 아이에게 기억에 남는 선물을 주기 위해 사진관에 가서 같이 사진을 찍곤 했다. 어떤 때는 아이 혼자 사진을 찍기도 했고, 어떤 때는 우리 셋 모두 같이 찍기도 했는데 특별히 남을 만한 사진으로는 세장을 들 수 있다. 한 장은 하이잉이 태어난 지 반년 되었을 때 루쉰 선생이 피난 중에 몰래 나와 아이와 함께 사진관에 가서 두 손으로 하이잉을 지탱해 서 있도록 하고 찍은 사진이다. 다른 한 장은 그가 오십 세, 하이잉이 만 한 살이 되던 때에 그가 하이잉을 안고 찍은 사진이다. 이 사진을 찍은 후 그는 "하이잉과 루쉰, 한 살과 쉰 살"이라는 시 두 구절을 사진 위에 기념으로 적어두었다.

"하이잉과 루쉰, 한 살과 쉰 살", 1930년 9월 25일(저우링페이 제공)

그는 시 구절을 적은 후에 "이 두 구절을 외국어로 번역해서 읽어도 아주 듣기 좋구려"라고 말했다. 다른 한 장은 하이잉이 만 4세가 되었을 때의 사진이다. 당시 곧 폭우가 내릴 것 같은 어두침침한 하늘을 뚫고서 우리는 상하이에서 가장 유명하다는 외국 사진관을 찾아갔다. 미신을 믿는다면 이날은 정말 우리의 악운을 시험하려는 듯한 날씨였다. 사진관 문 앞에 다다르자 큰 비가 하늘에서 쏟아져 내렸는데 비가 심하게 내려 집에 돌아가기도 힘들 정도였다. 바로 이때 찍은 사진이 외부에 가장 많이 알려진 사진인데 이때 이후로는 셋이 함께 사진을 찍으러 갈 기회가 없었다. 다른 선물로는 아이에게 사탕이나 과자, 장난감 등을 사주기도 했다. 하이잉이 만 여섯 살이 될 즈음, 즉 그가 죽기 일 년 전쯤에 우리 가족은 아주 성대한 생일을 보냈다. 먼저 다광밍大光明(영화관의 이름)에 가서 영화를 보았고, 영화를 보고 나와서는 난징로南京路에 있는 신야新雅 식당에 가서 저녁을 먹었다. 하이잉은 매우 신이 났었는데, 이 모습을 본 그 또한 기분이 매우 좋아 보였다. 그러나 그의 얼굴에서는 여전히 일에 대한 조급한 마음을 떨쳐버릴 수가 없었다. 그래서 갑자기 멍하게 있거나 혹은 좌불안석으로 급히 집으로 돌아가 일을 하려는 모습이 표정에 드러났다.

우리가 같이 산 이후부터 매년 그의 생일에는 그가 좋아하는 음식을 준비하는 것으로 축하를 대신했다.

지금 이렇게 글을 쓰는 때가 마침 음력 팔월 초삼일인데, 공교롭게도 이날은 루쉰 선생과 내 어머니의 생일이기도 하다. 어머니는 일찍 돌아가셨는데 생전에 어머니가 어떻게 생일을 보내셨는지는 이미 기억하지 못한다. 그러나 어머니가 돌아가신 후에 집에서는 매년 이날이 되면 반드시 음식을 하고 종이돈을 태우면서 어머니의 제사를 지냈다. 그가 죽고 나서 이미 두 번의 생일이 지났는데 나는 이날이 되면 음식을 하고 제사를 지내거나 무덤에 가서 그를 기념하는 일 같은 것을 할 수가 없었다! 꽃을 사다가 그의 사진 앞에 놓는 일도 하지 않았다. 이는 내가 그를 잊었거나 준비하는 것들이 아까워서가 아니었고 여전히 내 마음이 어떻게 하면 좋을지 몰랐기 때문이다. 무심코 그를 생각하거나 그를 추모하다보면 갑자기 눈물을 쏟아져 멈출 수가 없었다. 특히 나에게 있어서 그를 잃은 것은 어떠한 물질적인 것으로도 보상하거나 위로할 수 없는 것이었다. 어떠한 일을 하더라도 그를 생각하면 나에게는 아무런 의미가 없는 것이었다. 그가 오늘날까지 살아 있어서 내가 느끼는 기쁨과 서로간의 화목한 모습을 상상하면 이것은 현재 내가 느끼는 심각한 고통과 더욱 대비를 이룬다. 그리고 이 고통은 영원히 지속될 것이다.

실제로 체력적인 문제 때문에 길에서는 내가 주로 하이잉을 데리고 다니거나 안고 다녔다. 그러나 이때 내 손에 물건이 들려 있으면 그는 반드시 그것을 들어주었는데 이는 그가 나의 일을 분담해주려는 책임감이 있었기 때문이다. 차를 탈 때면 항상 하이잉을 가운데 앉혀놓고 우리가 양쪽에 앉아 아이를 보살폈다. 우리는 반드시 발로 아이를 막거나 손으로 아이를 붙잡아서 그가 넘어지는 것을 방지했다. 한마디로 아이가 그의 곁에 있을 때면 그는 항상 모든 신경을 쏟아 아이의 일거수일투족을 보살폈다. 어느 때에는 아이에게 너무 신경을 쓰느라 아이가 자리를 비운 후에야 겨우 한숨을 돌릴 수 있었다. 차 안에서 우리 사이에 끼어 앉은 하이잉은 엉뚱한 이야기를 하며 차창 밖 거리를 구경했다. 아이는 동시에 수많은 질문을 쏟아냈는데 이럴 때면 그는 나를 보고 회심의 미소를 지으며 하이잉을 자신의 '분신象憂亦憂, 象喜亦喜'[3]과 같이 대했다. 사람들이 말하는 형제간의 우애는 부자지간의 애정을 이야기할 때도 통하는 말인 것 같다.

더운 여름날 저녁을 먹은 후 하이잉은 평소와 같이 우리 곁으로 다가왔다. 그가 신이 나면 같이 산책을 나가거나 친구 집을 방문해 앉았다 오곤 했다. 대부분은 우치야마 선생의 서점에 가는 것이었다. 서점에 도착하면 하이잉은 먼저 서가 옆에 있는 사다리를 차지하고는 사다리 끝까지 올라가서 서점을 한 바퀴 빙 둘러보고는 스스로 만족해했다. 그리고는 우치야마 선생 댁에서 얻은 사탕이나 과자, 책들을 한아름 안고 집으로 돌아왔다. 하루는 평소와 같이 산책을 하고 집으로 돌아오는 길에 근처에서 아이스크림을 먹었다. 그런데 하이잉은 아이스크림을 먹은 후에도 집으로 돌아가려 하지는 않고 전차 타는 것에 특별히 관심을 보이기 시작했다. 그리하여 우리 셋은 결국 전차를 타고 베이쓰촨로 끝에서 장완江灣 방향으로 가 바람을 쐬고는 체육회體育會까지 들렀다가 비로소 집으로 되돌아왔다. 그곳은 길이 넓고 사람이 적어 차가 원활하게 통행할 수 있었고 상하이에서 이렇게 전차를 타고 한가하게 바람을 쐰 것은 사실상 이때가 처음이었다. 실제로 하이잉이 있고 난 이후부터 우리의 생활에는 많은 변화가 생겼다. 예전에 우리는 하루 종일 책만 보는 책벌레였으니 어디 이렇게 바람 쐬는 일을 생각이나 할 수 있었겠는가.

---

3 "象憂亦憂, 象喜亦喜"는 『맹자孟子』에 나온다. '상이 근심하면 나 역시 근심하고, 상이 기뻐하면 나 역시 기뻐한다'는 의미로 순舜임금이 동생 상象을 매우 아꼈던 것을 의미한다. 즉, 아우에 대한 형의 사랑과 형제간의 우애를 뜻하는 말이다. 이 구절은 『홍루몽紅樓夢』에서 등불에 걸어놓은 수수께끼 문제로도 등장하는데 이에 대한 답은 바로 '거울'이다. — 옮긴이

본래 책벌레인 그는 서점을 제외한 다른 상점이라면 모두 그냥 지나치곤 했다. 그러나 하이잉이 있은 후로는 조금 먼 곳에 나간다면 반드시 그 지역에 있는 큰 회사의 장난감 상점에 들러 아이에게 장난감을 사다주었다. 그가 아주 기쁜 마음으로 사들고 온 장난감은 실을 사용해 돌려서 조였다가 손을 놓으면 빠르게 돌아가는 양철 팽이였다. 가끔은 캔에 들어있는 과자 같은 것도 사오곤 했다. 만약 친구가 간식거리를 대접했는데 그것이 처음 보는 것이라면 일부러 한두 개 정도를 남겨두었다 집으로 가지고 돌아왔다. 그리하여 그가 밖에 있는 시간이 길어질 때면 하이잉은 "아빠가 아직까지 집에 안 오시는 걸 보니 분명히 좋은 물건을 가져오실 거야"라며 말하곤 했다. 그래서 하이잉은 그가 집에 돌아오면 문 앞에 서서 기다리고 있다가 꼭 그의 손에 들린 보따리를 열어보고는 만약 그 안에 원하던 것이 있다면 기뻐서 펄펄 날뛰었다. 그러나 만약 그가 가져온 물건이 책이라면 아이는 실망했고, 그는 아이에게 사과하며 약속하기를 다음번에 원하는 물건을 꼭 사준다고 했다. 아이의 새로운 요구들 때문에 그는 책에만 신경을 쓸 수 없었고, 이제는 서점 이외에 다른 상점들에도 관심을 가지기 시작했다.

아이의 성교육에 있어서 그는 매우 평범하게 대했다. 즉, 절대로 신비한 것이 없었다. 그는 자신이 나체의 몸으로 목욕을 할 때 하이잉이 들락날락하는 것을 막지 않았다. 실제적인 관찰과 실체에 대한 연구, 의문점이 생기면 즉시 답을 해주는 것, 부모의 몸을 보는 것에 익숙해진다면 모든 인체에 대해서도 이해할 수 있는 것이다. 여기에는 이상하거나 신기한 것이 없었다. 그는 우리에게 중국 유학생이 일본의 남녀공용 목욕탕에 가서 일본 여자에게 비웃음을 받을까 두려워 물 밖에 나가기를 꺼려한 이야기를 자주 해주었다. 이 이야기는 사실상 사람의 습관이 훈련되지 않아 생긴 문제를 보여주는 자료나 다름없었다. 이는 마침 중국의 일부 사대부 계급 신사들이 입으로는 도학을 이야기하면서 이성이나 보통의 물건에 대해 이상한 상상을 하는 것을 풍자하는 것으로 이러한 변태적인 심리는 반드시 고쳐야 하는 것을 겨누어 말하고 있는 것이다. 그는 이러한 변화가 반드시 아이들의 세대에서부터 시작되어야 한다고 생각했다.

일반적인 지식의 주입은 단순히 책을 통해 아는 것에 그치지 않았다. 언제 어디서든 상식을 얻는 기회도 있는데 그중 하나가 바로 영화를 통한 교육이었다. 이것은 오락 속에서 지식을 얻는 방법으로 그는 기회가 있을 때마다 이러한 방법을 통해 아이를 교육했다. 그는 스스로가 옛날식의 외우는 교육 방식에 깊은 통절을 느꼈고, 일반 학교의 교육제도에 대해서도 그리 만족하지는 않았다. 만약 그가 좀 더 젊었을 적에 아이가 있었다면 아마도 그는 스스로 아이를 교육시키고자 했을 것이다. 아쉽게도 하이잉이 태어난 후 그는 각종 세상일에 바빠 아이의 공부 방면까지 세심하게 살필 수가 없었다. 그러나 오늘날 대학까지 졸업하고 심지어 유학을 다녀온 사람들을 보면 모두가 다 훌륭한 사람이 된다고 할 수 있는가? 이에 대해서는 여전히 많은 의문점이 있다. 그러므로 아이가 학교에 입학해 공부하는 것에 있어서 그는 크게 신경을 쓰지 않았다. 게다가 그 스스로 역시 자신이 했던 공부와 실제로 했던 일과는 일치하는 점이 없었기에 그는 스스로의 수련이 더 중요하다고 여겼다. 실제로 하이잉을 보면 그의 곁에서 항상 이것저것 많은 질문을 하며 상식을 쌓아갔다.

이제 아이는 10살이 되었고 그가 떠난 지는 3주년이 되었다. 하이잉은 초등학교를 3년도 채 다니지 않았지만 이미 알고 있는 상식의 수준이

5~6학년 학생들이 아는 것을 넘어섰다. 그러나 하이잉은 여기에 만족하지 않았고 항상 "아빠가 아직 돌아가시지 않았다면 수많은 궁금점을 모두 아빠한테 물어볼 수 있을 텐데"라며 말했다. 이 말을 듣고 나는 내 자신의 학력이 낮고 얕은 것을 부끄러워하며 내가 아이의 이러한 부족함을 채워줄 수 없음을 깨달았다. 그러나 사회는 마치 보물창고와 같은 곳으로 이곳은 변화하고, 찬란하고, 깊고, 즐겁고, 무섭기도 한 곳이다. 그래서 나는 아이를 많은 사람 속으로 내보내 그 스스로가 세상을 배우도록 하려고 한다. 어떤 때 아이의 장래에 대해 이야기할 때면 루쉰 선생은 "아이가 스스로 잘 배우기만 한다면, 부모의 좋고 나쁨은 문제가 아니오. 중국 사회는 본래부터 사람의 성취만을 중요시 하기에 영웅이 어디서 났는지도 묻지 않고, 부모의 출신도 크게 상관이 없다오"라고 말하곤 했다. 그는 어느 것 하나도 현실을 벗어나서 생각하지 않았는데 실제 사회가 어떤지에 대해 그는 대략 그 비밀의 열쇠를 소유하고 있었던 것 같다. 물론 아이를 바다로 내보내 물에 빠져 죽도록 하려는 의도는 아니다. 아이는 마치 물속에서 자신 주변의 수영복을 집어 입고 자신을 보호하거나 투명한 물안경을 쓰고 관찰하면서 스스로를 훈련시켜야 할 것이다. 그래서 세상에서 어떻게 저항하고 어떻게 생존하며, 어떻게 발전하고 어떻게 건설할지를 배워야 할 것이다. 루쉰 선생이 살아계실 때 아이를 교육했던 방법은, 아이가 아주 심하게 고집을 부리거나 합리적으로 행동하지 않은 경우를 제외하고는 아이를 혼내거나 억압하지 않고 원하는 대로 하도록 자연스럽게 내버려두는 것이었다. 그는 자신이 대가족의 틈에서 자랐기 때문에 아이의 순수함을 해치는 모든 행동에 있어서 가장 깊고도 또렷한 인상을 가지고 있었다. 그리하여 그는 다음 세대의 아이들은 절대로 이러한

일을 반복해서 겪도록 하지 않으려고 애썼다. 특히 어린아이들을 아무 감정이 없는 목석과 같이 여기며, 사람을 보고도 짖지 않는 개가 의롭고 어질다 여기는 것을 절대로 하이잉이 배우도록 허락하지 않았다. 그는 오히려 항상 아이가 '대담하게 말하고, 대담하게 웃고, 대담하게 욕하고, 대담하게 때리는' 사람이 되기를 원했다. 만약 우리가 잘못한 것이 있어 하이잉이 우리를 반박한다 해도 그는 웃으면서 이를 받아들였을 것이다. 그래서인지 하이잉은 지금도 보통 아이들과 함께 있을 때면 너무 활동적이고 호기심이 많은 성격 탓에 단정하지 않은 아이로 보일 때가 많다. 그러나 이것이 바로 우리 아이의 진정한 모습인 것이다.

덧붙이는 말

루쉰이 '아이들의 세계'에 대해 이야기하다

무릇 사람이 중년이나 노년에 이르러 아이들과 가깝게 지내다보면 오래전 잊고 지내던 아이들 세계의 주변으로 들어서게 된다. 그리하여 달이 어떻게 사람을 쫓아가고, 별들이 어떻게 공중에 떠 있는지 등을 생각할 것이다. 아이들은 그들의 세상에서 마치 물고기가 그 자신은 까맣게 잊고 물에서 자유롭게 헤엄을 치는 것과 같지만, 어른은 사람이 헤엄치는 것과 같아서 비록 물이 부드럽고 상쾌하다는 것은 느끼지만 헤엄치는 것이 힘들다는 생각에서 벗어나지 못해 결국에는 난감해하며 뭍으로 올라오고 만다.

_『차개정잡문且介亭雜文』「그림을 보고 글을 알다」

나의 아들

나는 실로 아들을 원하지 않았건만
아들은 스스로 나에게 왔다.
이제 '무자식주의'의 간판은
더 이상 걸 수 없겠구나!

나무에 꽃이 피듯이
꽃이 떨어지는 것도 우연한 결과다.
그 열매는 바로 너이고
그 나무는 바로 나다.
나무는 본래 열매를 맺으려는 마음이 없었고
나 역시 너에게 은혜를 베풀려는 마음은 없었다.

그러나 네가 왔으니
나는 너를 키우고 가르치지 않을 수 없다.
그것은 인간의 도리에 대한 나의 의무이고
결코 너의 은혜와 정을 바라는 것이 아니다.

장래에 네가 컸을 때
내가 아들을 어떻게 교육시켰는지 잊지 말거라.
나는 네가 당당한 사람이 되기를 원하지
효성이 지극한 나의 아들이 되기를 원하지 않는다.

_『후스好適』「나의 아들」

루쉰의 유언

첫째, 장례 일로 어떤 사람의 돈도 절대 받지 마시오—오랜 친구는 예외.

둘째, 시신을 빨리 거두어 묻으시오. 그것으로 끝이오.

셋째, 나를 기념하는 어떠한 일도 하지 마시오.

넷째, 나를 잊고 스스로의 생활을 잘 돌보시오—만약 그렇지 않다면 그것은 정말 바보 같은 짓이오.

다섯째, 아이가 커서 만약 재능이 없다면 작은 일거리를 찾아 생활을 이어가게 하되, 절대 이름뿐인 문학가나 미술가가 되도록 하지 마시오.

여섯째, 다른 사람이 당신에게 이유 없이 베풀어준 것에 대해 절대 진심으로 여기지 마시오.

일곱 번째, 자신이 다른 사람에게 해를 끼치고는 복수를 반대하며 관용을 주장하는 사람과는 절대로 가까이 지내지 마시오.

_『차개정잡문말편且介亭雜文末編』「죽음」

길잡이 글

「오창묘의 신맞이 축제五猖會」와 「아버지의 병父親的病」은 루쉰이 자신의 아버지에 대한 기억을 이야기한 것이다. 일찍이 루쉰은 회상回憶이라는 것은 "정신의 가느다란 실 가닥이 이미 지나버린 고독의 시간과 연결되어 있는 것"으로 이것은 스스로 "잊으려 해도 잊을 수 없는 것"이라고 말했다. 바로 '잊으려 해도 잊을 수 없는 것'이 사실상 그가 이 글을 쓰게 된 가장 큰 '이유'인 것이다.(『외침』 「자서」) 여기에서 루쉰이 말하고자 한 것은 바로 자신과 아버지 사이에 있는 정신적 유대관계에 대한 내용이다. 여기에는 두 사람이 영원히 떨쳐버릴 수 없는 '감정적 유대'가 존재한다.

"지금 생각해도 왜 그때 아버지가 나에게 책을 외우라고 시키셨는지 아직도 의아할 따름이다."(「오창묘의 신맞이 축제」) — 이것은 그가 아버지와의 관계에서 느끼는 깊은 단절과 억압감을 보여주는데, 이로 인해 그는 억제하기 힘든 '아버지의 권위에서 벗어나려는 소망'을 가지게 되었다.(카프카의 말)

"나는 지금도 그때의 내 목소리가 귓가에 들리는 듯하다. 매번 이 소리를 들을 때마다 나는 이것이 내가 아버지에게 저지른 가장 큰 불효라고 생각한다."(「아버지의 병」) — 이것은 또한 루쉰의 가슴 깊이 새겨진 죄책감을 보여주는데 그의 아버지는 영원히 루쉰의 생명 속에 자리 잡고 있는 것이다.

이렇듯 아버지와 아들 사이에 존재하는 생명의 얽힘을 이해한다면, 하이잉에 대한 루쉰의 특별한 애정과 그가 남긴 유언에서 우리는 아마도 더 깊은 감동을 받을 수 있을 것이다. 게다가 이를 통해서 우리는 앞으로 읽게 될 글에서와 같이 루쉰이 왜 이러한 인생의 선택을 내렸는지에 대해서도 더 잘 알 수 있을 것이다.

어떤 학자는 루쉰의 문학 작품 속에서 아버지의 형상은 오로지 회고적 성격의 산문에서만 출현하고 소설에서는 등장하지 않는다는 점에 주목했다. 그러나 그의 소설에서는 큰형(「광인일기狂人日記」), 넷째 숙부(「축복祝福」), 큰아버지(「장명등長明燈」) 등과 같은 인물이 등장하는데 이들은 사실상 아버지의 형상을 대신하는 것으로 음미해볼 가치가 충분히 있다.

오창묘의 신맞이 축제五猖會

아이들이 설이나 명절 외에 기다리는 것은 대체로 '신맞이 축제'[1] 시기일 것이다. 그러나 우리 집은 외딴 곳에 있다보니 축제의 행렬이 지나갈 때면 이미 오후 시간이 되어버렸고 의장대는 그 수가 줄고 또 줄어 남은 이들이 매우 적었다. 목을 빼고 한참을 기다려야 고작 십여 명 남짓의 사람들이 금색 혹은 파랑, 빨강 칠을 한 신상을 들고 바삐 뛰어가는 것만 볼 수 있었고, 축제는 이렇게 해서 끝이 났다.

나는 항상 이번에 보는 축제가 전보다 더 성대하기를 희망했지만 결국엔 다 '비슷비슷'했다. 기념품도 항상 똑같았는데 신상神像을 옮기기 전에 1문文을 주고 산 진흙과 색종이, 대나무 가지 하나와 닭털 두세 개로 만

1 영신새회迎神賽會는 고대에 민간에서 유행하던 종교·문화 활동으로 신상을 사당에서 들고 나와 제사를 지내는데 의장대가 악기를 연주하고 연극 따위를 하며 거리 행렬을 한다. 이로써 화를 없애고 복을 빌었다. — 옮긴이

든 피리였다. 불면 귀에 거슬리는 소리가 나던 그 피리를 가지고 이삼일 동안 '삑삑삑' 불며 놀았다.

지금 『도암몽억陶庵夢憶』(명나라 장대張岱의 산문집)을 보니 명나라 사람의 글이라 그 속에 과장된 면이 없지 않지만, 그 시절의 신맞이 축제는 실로 호화스럽기 그지없다. 사실 비가 내리길 기원하며 용왕을 맞이하는 것은 지금도 여전하지만 그 방법이 매우 간소해져서 그저 열댓 명의 사람이 용을 둘러싸고 빙빙 돌고 마을 어린이들이 바다괴물 역할을 할 뿐이다. 그러나 그 시절에는 이야기를 만들어 연극 공연을 했을 뿐 아니라 그 기발한 모습이 실로 가관이었다. 작가는 『수호전水滸傳』에 나오는 인물들로 분장한 사람들의 모습을 다음과 같이 기록했다. "……그리하여 사방으로 흩어져서 검고 키가 작은 남자, 마르고 키가 큰 남자, 행각승, 뚱뚱한 승려, 기골이 장대한 여장부, 예쁘고 키가 큰 여자, 시퍼런 얼굴, 삐뚤어진 머리, 붉은 수염을 가진 남자, 아름다운 턱수염을 기른 미염공美髥公, 검고 덩치가 큰 남자, 붉은 얼굴에 긴 수염이 있는 사람 등을 찾는다. 만약 성 안에서 찾지 못한다면 성 밖과 주변 마을, 인근 지역의 부府, 주州, 현縣까지 찾아다닌다. 비싼 값을 주고 모집한 사람들은 서른여섯 명이나 되었고 이렇게 양산박梁山泊의 호걸들은 각각 생생한 모습으로 구색을 맞추어 촘촘하게 대열을 만들어 행진했다.……" 이렇게 묘사된 생생한 옛사람들의 모습을 누군들 보고 싶지 않겠는가? 그러나 아쉽게도 이런 성대한 행렬은 이미 명대와 함께 사라지고 말았다.

비록 신맞이 축제가 현재 상하이의 치파오나 베이징의 국사 논의 같이 금지된 것은 아니었다. 그러나 이는 젊은 여인들이나 어린아이들이 보아서는 안 되는 것이었으며 소위 유생이라 하는 공부하는 사람들도 감히 구경하지 못하는 것이었다. 그저 하는 일 없이 빈둥거리는 한량들만 사당이나 관청 앞에 가서 그 떠들썩한 모습을 구경할 뿐이었다. 내가 신맞이 축제에 대해 알고 있는 대부분의 지식은 바로 이런 사람들의 이야기를 통해 얻은 것으로 소위 고증학자들이 중요히 여기는 '직접 눈으로 보고 배운' 학문은 아니었다. 그러나 한번은 내 눈으로 직접 제법 성대한 신맞이 축제를 구경한 적이 있었다. 처음 시작 부분에서는 '탕바오塘報'라고 하는 한 아이가 말을 타고 등장하고, 한참 후에 '가오자오高照'가 나타났다. 그는 땀에 등이 흠뻑 젖은 뚱뚱한 남자였는데 양 손에 대나무 장대를 높이 들어 올렸고 그 위에 깃발이 꽂혀 있었다. 그는 흥이 나면 그 장대를 자기 정수리나 이빨 위에 올리기도 했고, 심지어 코 위에 올리기도 했다. 그 다음에는 소위 '장대 타는 사람' '가마' '말머리'가 등장했다. 여기에는 범죄자로 분장한 사람들도 있었는데 빨간 옷을 입고 목에 칼을 썼으며 그 중에는 어린아이도 몇몇 있었다. 나는 그때만 해도 이런 역할이 모두 다 영광스러운 것이라 생각해서 그 행사에 참여한 사람들은 운이 좋다고 여겼다. — 아마도 그들이 다른 사람의 이목을 끄는 것이 부러웠기 때문일 것이다. 그리하여 나는 내가 왜 큰 병이 나지 않았을까? 그랬다면 어머니가 기꺼이 사당에 가서 내가 '범인역'을 해보고자 하는 소원을 빌어주었을 텐데 하고 생각했다. 하지만 나는 결국 지금까지 신맞이 축제와 특별한 인연이 닿지 못했다.

한번은 오창묘의 신맞이 축제를 구경하러 지금의 안후이에 있는 둥관東關에 가게 되었다. 내 어린 시절에 이것은 아주 보기 드문 일이었다. 왜냐하면 그 축제는 전체 현縣에서 가장 성대한 것이었고, 둥관은 우리 집에서 아주 먼 곳이어서 성을 나와서 물길로도 60리가 넘는 길을 가야 했기 때문이다. 그곳에는 특별한 사당이 두 채 있었다. 하나는 매고묘梅姑廟로 『요재지이聊齋志異』에서는 어떤 한 처녀가 수절하다 죽은 후에 신이 되어서는 다른 사람의 남편을 빼앗는다고 하는데 이곳이 바로 그 신을 모시는 사당이었다. 현재는 신을 모시는 자리에 한 쌍의 젊은 남녀 상이 있는데 몹시 좋아서 싱글벙글 웃는 그들의 표정이 '예교'에 상당히 어긋나 보인다. 다른 하나는 바로 오창묘인데 이곳은 그 이름 자체가 매우 특이했다. 고증에 집착하는 사람들에 따르면 이것이 바로 오통五通신이다. 그러나 그에 대한 근거는 사실 불분명하다. 여기의 신상은 다섯 명의 남자로서 그들의 모습은 그다지 기세등등해 보이지 않았다. 그 뒤쪽에는 나란히 앉은 다섯 부인이 있었는데 이들은 서로 '자리를 구별'하여 앉지 않은 것이 베이징 극장의 엄숙한 분위기와는 거리가 멀었고 이 역시 '예교'에 어긋나는 것이었다.—그러나 그들이 오창신인 이상 어쩔 수 없이 자연스럽게 '달리 논해야' 할 것이다. 둥관은 우리 성에서 아주 멀었기 때문에 다들 아침 일찍부터 일어나 준비를 했다. 지난밤에 미리 삯을 걸어둔 반투명 유리 기와 창이 있는 배는 이미 부두에 정박해 있었고, 배에는 신맞이 축제에 필요한 의자와 음식, 차, 간식 상자들이 계속해서 실리고 있었다. 나는 신이 나서 팔짝팔짝 뛰어다니며 일꾼들에게 재촉했다. 그때 갑자기 일꾼의 얼굴이 굳어졌고 나는 뭔가 잘못되었다는 것을 깨달았다. 주위를 둘러보니 아버지께서 내 뒤에 서 계셨다.

"가서 네 책을 가져오거라."

아버지가 느릿느릿 말하셨다.

그것은 내가 글을 깨우칠 때 읽기 시작한 『감략鑑略』이란 책으로 이것은 내가 가진 유일한 책이었다. 당시 우리 마을에서는 나이가 홀수 해일 때 학교에 가기 시작했으므로 내 기억으로는 그 당시 내가 일곱 살이었던 것 같다.

나는 두근거리는 마음으로 책을 들고 왔다. 아버지는 나를 거실 중앙 탁자 앞에 앉게 하고는 나에게 한 구절씩 읽으라고 하셨다. 나는 걱정스런 마음으로 한 구절 한 구절을 읽어나갔다.

두 구절을 한 행으로 대략 이삼십 행쯤 읽었을 때, 갑자기 아버지가 말씀하셨다.

"유창하게 읽도록 해. 외우지 못하면 축제를 보러 가지 못한다."

아버지는 말을 마치고 자리에서 일어나 방으로 들어갔다.

나는 마치 머리에 찬물을 뒤집어 쓴 느낌이었다. 그러나 달리 무슨 방법이 있겠는가? 그저 읽고 또 읽어서 외우고 억지로 암송까지 해야만 했다.

"반고가 아주 오래전에 태어나
최초로 세상을 다스리고 혼돈의 세계를 개척했도다."

바로 이러한 내용의 책이었다. 지금은 앞의 네 구절만을 기억하고 다른 부분은 모두 잊어버렸다. 그 시절에 억지로 외웠던 이삼십 행의 내용도 자연스레 다 잊고말았다. 그 당시 사람들은 『감략』을 읽는 것이 『천자문』이나 『백가성百家姓』을 읽는 것보다 더 유용하다고 했다. 이는 고대부터 현재까지 일어난 일의 대략적인 내용을 알 수 있기 때문이라는 이유에서였다. 예부터 지금까지의 일을 아는 것은 당연히 좋은 것이었지만 나는 당시 한 글자도 이해할 수 없었다. "태초에 반고가" 하면 그냥 "태초에 반고가"인 줄 알았고, "태초에 반고가"로 외우기 시작하여 "아주 오래전에 태어났다"로 끝이 날 뿐이었다.

축제에 필요한 물건이 배로 다 옮겨지자 시끌벅적하던 집안이 다시 조용해졌다. 태양이 서쪽 담을 비추고 있었고 날씨는 매우 맑았다. 어머니와 일꾼들, 키다리 어멈까지 모두들 나를 구해줄 방법이 없었다. 그리하여 그들은 그저 묵묵히 내가 책을 읽고 외우는 것을 기다릴 뿐이었다. 적막 가운데 나는 내 머리 속에서 마치 수많은 쇠집게가 튀어나와 "태고에 태어났기를" 따위를 물어 집어넣는 것 같았고, 급히 암송하는 내 목소리가 늦가을 매미가 한밤중에 우는 것처럼 떨리고 있음을 스스로 느끼고 있었다.

그들은 모두 나를 기다리고 있었다. 태양도 어느새 하늘 높이 솟아올랐다.

불현듯 자신 있다고 생각한 순간 나는 자리를 박차고 일어나 책을 들고 아버지의 서재로 갔다. 그리고는 암기한 내용을 마치 꿈과 같이 술술 외워 내려갔다.

"좋다. 가도 된다."

아버지가 고개를 끄덕이시며 말했다.

모두들 다시 활기를 띠며 움직이기 시작했다. 얼굴에 웃음꽃이 핀 채로 모두들 부지런히 부두로 걸어갔다. 일꾼들은 나를 높이 들어서 안고는 마치 나의 성공을 축하하듯이 빠른 걸음으로 맨 앞으로 걸어나갔다.

그러나 어찌된 영문인지 나는 그들과 같이 기쁘지만은 않았다. 배가 움직이기 시작한 뒤로는 물길의 풍경과 상자 속에 있는 과자들 그리고 둥관 오창묘에서 본 떠들썩한 축제도 별다른 의미가 없었다.

다른 것은 모두 흔적도 없이 잊었지만 여태까지 『감략』을 외우던 그

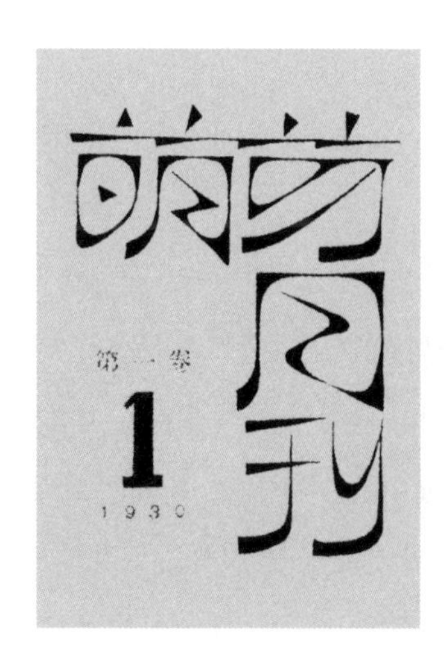

『맹아월간萌芽月刊』, 책임편집 및 디자인: 루쉰, 1930년대 중요한 문학 간행물

일은 마치 어제 일처럼 또렷이 기억하고 있다.

그리하여 나는 지금도 그때를 생각하면 왜 아버지가 나에게 그 책을 외우라고 하셨는지 아직도 의아할 따름이다.

5월 25일

_『루쉰 전집』 제2권 『아침 꽃 저녁에 줍다』

아버지의 병

대략 10여 년 전의 일일 것이다. S성에는 일찍이 한 명의名醫에 관한 이야기가 자자하게 떠돌고 있었다.

그는 왕진을 한 번 하는 데 1원 40전을 받았고 특진은 10원을 받았다. 만약 밤늦게 왕진을 가거나 성 밖으로 나가야 하면 그는 그 곱절의 왕진비를 받았다. 어느 날 밤 성 밖의 어느 집 딸이 중병이 들어 그 의사를 청했다. 당시에 그는 일하기 귀찮아 할 정도로 살림이 넉넉한 상태여서, 100원을 내야만 간다고 말했다. 그 집 사람들은 어쩔 수 없이 의사의 말에 따를 수밖에 없었다. 그는 그 집에 도착해서 환자를 대충 진찰하고 "별일 아니오" 하고는 처방전 한 장을 달랑 써주고 100원 왕진비를 들고 가버렸다. 그 집은 아마 돈이 많았던 것 같은데 이튿날 또 그 의사를 찾아와 왕진을 청했다. 의사가 도착하니 그 집 주인이 얼굴에 웃음을 띠고 반갑게 그를 맞이하며 말하기를 "어젯밤 선생님이 주신 약을 먹고 많이 좋아진 것 같습니다. 그래서 한 번 더 이렇게 모시게 되었습니다"라고 했다. 그리고는 의사를 방으로 데리고 가니 어머니가 환자의 손을 휘장 밖으로 꺼내 보였다. 의사가 맥을 짚어보니 손은 얼음장 같이 차가왔고, 맥박도 뛰지 않았다. 그는 고개를 끄덕이며 "흠, 이 병은 내가 잘 아오"라고 말했다. 그리고는 책상 앞으로 가더니 종이를 꺼내 붓을 들고 처방전을 써내려갔다.

그러고는 '처방전 대로 은전 100원을 지불할 것'이라고 쓰고 그 아래 서명을 하고 도장을 찍었다.

"선생님, 보아하니 이 병은 그리 쉽게 치료할 수 있을 것 같지 않은데 약을 좀 더 쓰는 게 좋지 않을까요?"

주인이 뒤에서 말했다.

"그렇게 하지요."

그가 말했다. 그리하여 또 다른 종이 한 장에 처방전을 더 쓰더니 '처방전대로 은전 200원을 지불할 것'이라고 쓰고 그 아래 또 서명을 하고 도장을 찍었다.

주인은 그 처방전을 받고는 아주 공손한 태도로 의사를 문밖까지 배웅했다.

나는 일찍이 이 명의와 2년 동안이나 왕래한 적이 있다. 그가 거의 하루 걸러 우리 아버지의 병을 진찰하러 왔기 때문이다. 당시 그 의사는 제법 이름이 나 있긴 했으나 일하기 귀찮아 할 정도로 살림이 넉넉하지는 않았다. 그러나 그때에도 진료비는 이미 1원 40전이었다. 오늘날 도시에서는 진료 한 번에 10원을 내야 한다 해도 이상할 것이 없겠지만 그 당시 1원 40전이란 돈은 큰돈이라서 쉽게 마련할 수 없었다. 게다가 하루 걸러 한 번씩 진료를 받았으니 말이다. 그는 확실히 좀 특이한 사람이었다.

사람들 말에 의하면 그가 약 쓰는 방법이 다른 이들과 다르다고 했다. 나는 약에 대해서는 잘 몰랐지만 흔히 '보조약재'라는 것이 구하기 어렵다는 사실은 잘 알고 있었다. 그래서 새로운 처방전으로 바꿀 때면 바쁘게 이것을 찾아 헤매야 했다. 먼저 약을 사고 그다음으로 보조약재를 찾아다녔다. 보조약재로는 '생강' 두 쪽이나 끝을 자른 대나무 잎 열 개 같은 재료는 쓰지도 않았다. 가장 기본적인 것이 갈대 뿌리였는데 이것도 반드시 물가에서 캐와야만 했다. 혹은 3년간 서리를 맞은 사탕수수였는데 이것을 얻으려면 최소 2~3일간을 찾아다녀야 했다. 하지만 신기하게도 결국에는 대부분의 재료를 구할 수 있었다.

떠도는 말에 따르면 약의 신묘한 부분이 바로 여기에 있다는 것이다. 일전에 어떤 환자가 백방으로 약을 써도 소용이 없다가 섭천사葉天士인가 뭔가 하는 사람을 만난 후 본래의 처방전에 한 가지 보조약재를 첨가했다고 하는데, 이것이 바로 오동잎이다. 신기하게도 이 약을 단 한 번만 복용했는데도 바로 병이 차도를 보였다고 한다. 자고로 "의사는 병을 잘 치료하기 위해 그 뜻을 잘 헤아려야 한다醫者, 意也"고 했다. 그때가 가을이었으니 오동이 먼저 가을의 기운/뜻을 알고 있었다는 것이다. 허다한 약을 써봐도 소용이 없었지만, 가을의 기운이 움직이고 그 기운을 느껴…… 그래서 병이 나은 것이다. 나는 비록 이것이 이해가 가지 않았지만 그 신통함에 몹시 탄복했다. 그리고 영험한 약이라는 것은 반드시 구하기가 아주 어렵다는 것, 신선이 되고 싶은 사람들은 목숨을 걸고 깊은 산속까지 가서 약초를 구한다는 사실을 알게 되었다.

이렇게 2년 동안 그와 차츰 익숙해져서 이제는 거의 친구와 같았다. 그러나 아버지의 수종水腫은 날이 갈수록 심해졌고 곧 자리에서 일어나지도 못했다. 나는 3년 동안 서리를 맞은 사탕수수 같은 것에 점차 믿음을 잃어갔고 여기저기 보조약재를 찾으러 다니는 것에도 곧 흥미를 잃었다. 하루는 그가 왕진을 와서 아버지의 병세를 보고 아주 간곡하게 말했다.

"제가 배운 의술은 이미 다 써보았습니다. 우리 마을에 천롄허陳蓮河라는 선생님이 계시는데 저보다 의술이 뛰어난 분입니다. 그분을 모셔와 진찰해보시지요. 제가 편지를 써드릴 수 있습니다. 허나 이 병은 너무 걱정하지 않으셔도 됩니다. 그 선생님의 손을 거치면 병세가 아주 빠르게 회복될 것입니다……."

이날 우리 가족 모두 기분이 좋지 않았지만 나는 여전히 그를 공손하게 가마까지 배웅했다. 집으로 들어와보니 아버지가 안색이 달라진 채 사람들과 의논을 하고 있었다. 아버지의 이야기는 대체로 그 자신의 병은 희망이 없는 것 같다는 것이었다. 진찰을 2년 동안이나 받았는데 아무런 효험도 없고, 또 의사가 오랜 시간 진찰하며 너무 친숙한 사이가 되자 그 정을 뿌리치기는 힘드니 병이 위독해지자 오히려 새로운 사람을 추천하며 자기의 책임을 피하려 한다는 것이었다. 그러나 그의 입장에서는 달리 무슨 방도가 있겠는가? 실제로 우리 마을에서 그를 제외하고 나면 명의라고는 천롄허 선생뿐이었다. 그리하여 우리는 이튿날 즉시 천롄허 선생을 모셔오기로 결정했다.

천롄허 선생의 진찰비 역시 1원 40전이었다. 이 둘의 다른 점은 이전의 의사는 얼굴이 둥글고 통통했지만 천롄허 선생은 그와 달리 얼굴이 길고 통통하다는 것이었다. 약을 처방하는 방법에 있어서도 차이가 났다. 이전의 명의가 내어준 처방전의 약은 혼자서 다 구할 수 있는 것이었지만 이번에는 도저히 혼자서는 감당할 수 없는 것들이었다. 왜냐하면 그의 처방전에는 매우 특별한 알약과 가루약 그리고 기이한 보조약재들이 포함되어 있었기 때문이다.

그는 갈대뿌리나 3년간 서리 맞은 사탕수수 같은 것은 단 한 번도 쓰지 않았다. 그나마 가장 평범한 것이 '귀뚜라미 한 쌍'이었는데 그 옆에는 작은 글씨로 '처음 짝을 지은 한 쌍, 즉 한 둥지에 있던 것'이라고 주註까지 달아놓았다. 마치 곤충조차도 정조를 지키는 것이 중요해 재취나 재가를 하면 약으로 쓰일 자격조차 없다는 것이었다. 그러나 나에게 있어 이러한 임무는 그다지 어려운 것이 아니었다. 백초원百草園에 가면 귀뚜라미 열 쌍도 쉽게 얻을 수 있었는데 그것들을 실 하나에 꿰어 매고는 팔팔 끓는 탕약에 넣고 끓이면 쉽게 끝나는 일이었다. 그 외에도 '평지목平地木 10주'라는 것이 있었는데, 처음에는 아무도 이것이 무엇인지를 알지 못했다. 약방에도 묻고, 마을사람들에게도 묻고, 심지어 약초 파는 사람, 노인들, 서생들, 목수들에게까지 물어보았지만 모두 고개만 저을 뿐이었다. 결국에는 화초를 잘 가꾸는 먼 친척 할아버지가 생각이 나 찾아가 물어보니 과연 그는 알고 있었다. 그것은 산호구슬과 같은 빨간 열매를 맺고 산속 나무 아래에서 자라는 작은 나무인데 보통은 그것을 '노불대老佛大'라고 부른다는 것이다.

"찾으려 할 때는 어디서도 찾을 수 없다가 오히려 우연히 발견하게 된다"는 말과 같이 결국에는 이 보조약재도 찾아냈다. 그러나 이 외에 한 가지 더 특별한 환약이 있었는데 그것은 바로 '패고피환敗鼓皮丸'이었다. 이 패고피환은 낡고 찢어진 북 가죽을 사용해 만든 것이었다. 수종은 배가 북처럼 팽팽하게 불어난다고 해서 고창鼓脹이라는 이름으로도 불렸는데, 찢어진 북 가죽을 사용하는 것은 자연히 고창과 상극이 되는 것이니 이로써 수종을 다스릴 수 있다는 것이다. 청나라 때의 강의剛毅는 '서양 도깨비洋鬼子(18세기 중후반부터 중국인이 서양인을 부르던 명칭, 여기에는 서양인에 대한 부정적인 의미가 있다 — 옮긴이)'를 증오하여 그들을 치기 위해 병사들을 훈련시켰는데 그 군대를 '호신영虎神營'이라고 불렀다. 이는 호랑이虎가 양羊(서양의 洋과 발음이 같음 — 옮긴이)을 잡아먹고 신神이 귀신鬼子을 물리친다는 의미로 위와 같이 상극되는 것을 사용하여 병이나 적을 물리친다는 이치인 것이다. 아쉽게도 이 신비한 약은 도시 전체에서 오직 한 약방에서만 팔았는데, 이 약방은 우리 집과의 거리가 오 리나 되었다. 하지만 이것은 천롄허 선생이 약 처방을 줄 때 자세히 설명을 해주었기 때문에 평지목을 찾을 때와 같이 헤매지는 않아도 되었다.

한번은 천롄허 선생이 이렇게 말했다.

"저에게 한 가지 단약이 있는데 제 생각엔 그것을 혀에 대면 반드시 효험이 있을 것 같습니다. 혀는 마음의 신령한 싹과 같으니 말입니다……. 가격도 별로 비싸지 않습니다. 한 통에 2원밖에 안하는 걸요."

아버지는 깊은 생각에 잠겼다 곧 머리를 흔들었다.

한 번은 천롄허 선생이 이런 말을 꺼냈다.

"제가 이렇게 처방을 해서 약을 쓴다 해도 큰 효과가 없을 듯합니다. 제 생각엔 사람을 불러 무슨 원한을 샀는지 살펴보는 게 어떨까 싶습니다. 의사는 병을 치료할 수 있지만 사람의 운명을 치료할 수는 없으니까요. 그렇지 않나요? 이것은 어쩌면 전생의 일과 연관이……."

아버지는 깊은 생각에 잠겼다 머리를 흔들었다.

무릇 명의라 하면 환자를 기사회생시키는 능력을 가지고 있기 마련이다. 이것은 우리가 의사의 집 문 앞을 지나갈 때 걸려 있는 편액에서도 자주 볼 수 있는 구절이다. 지금은 여기서 한 발 양보하여 의사 스스로도 "서양 의사는 외과에 능하고, 중국 의사는 내과에 능하다"라고 말한다. 그러나 S성에는 그 당시 서양 의사가 없었을 뿐 아니라 아무도 서양 의사라는 게 있는 줄 몰랐다. 그리하여 무슨 병이든지 모두 헌원軒轅과 기백岐伯[2]의 직계 제자들이 도맡아 치료했다. 헌원 때에는 주술사와 의원의 구별이 없었는데 그들의 제자들은 지금까지도 귀신을 볼 줄 알고, '혀가 마음의 신령한 싹'과 같다고 생각하는 것이다. 이것이 바로 중국인들의 '운명命'으로 명의조차도 이를 치료하지 못한다.

아버지는 단약도 혀에 대지 않으려 했고, '원한을 살 일이나 잘못된 일'도 생각해내지 못했다. 그리하여 남은 건 그저 백여 일 동안 '패고피환'만 먹을 수밖에 없었으니 그게 무슨 소용이 있었겠는가? 수종은 여전히 나아지지 않았고 아버지는 마침내 병상에서 거친 숨을 몰아쉬었다. 다시 한 번 천롄허 선생을 모셔왔는데 이번엔 특진이라며 10원이나 진찰비를 지불했다. 그는 여전히 태연하게 처방전 한 장을 써주었는데 이번엔 패고피환은 없었고 보조약재도 그리 이상한 것들은 아니었다. 그래서 반나절 만에 약을 구해다 달여 아버지께 드렸는데 아버지가 되레 약을 다 토해냈다.

이때부터 나는 두 번 다시 천롄허 선생과 왕래하지 않았다. 이따금 길에서 그가 세 사람이 끄는 가마에 앉아 스쳐 지나가는 것을 보았을 뿐이다. 듣자하니 그는 아직도 건강하여 환자를 치료하고, 무슨 중의학보 같은 것을 만들어서는 이를 통해 외과에 능한 서양 의사들과 경쟁을 하고

---

2 삼황오제 전설에 나오는 인물들로 기백은 황제 헌원의 스승이자 신하였던 인물이며 천하의 명의로도 잘 알려진 인물이다. — 옮긴이

있다고 했다.

중국과 서양의 사상은 확실히 다른 점이 있다. 듣자하니 중국의 효자들은 '죄가 깊어 부모에게 화가 미치게' 되면 인삼 몇 근을 사서 부모에게 탕을 끓여드리고 그들이 며칠, 아니 반나절이라도 숨이 더 붙어 있게 한다. 나에게 의학을 가르쳐주었던 선생은 의사로서의 의무와 도리에 대해 말하길, 고칠 수 있는 병은 마땅히 고쳐주어야 하지만 고칠 수 없는 병은 그가 죽을 때 고통 없이 죽게 해주는 것이라고 했다.— 물론 그 선생은 당연히 서양 의사였다.

아버지의 기침은 꽤 오랫동안 지속되었고 내가 듣기에도 매우 괴로웠다. 그러나 아무도 그를 도울 수가 없었다. 어떤 때는 머릿속에서 아버지가 '그냥 얼른 숨을 거두었으면'이라는 생각이 섬광처럼 스쳐지나가기도 했다. 그러나 나는 금세 이는 옳지 못한 생각임을 깨닫고 죄의식을 느끼곤 했다. 하지만 한편으로 이러한 생각도 마땅한 것이라고 여겼다. 나는 우리 아버지를 많이 사랑했고 지금도 그러하다.

아침 일찍 같은 부지에 사는 연부인이 찾아왔다. 그녀는 예의범절에 정통한 부인으로 우리가 그냥 이대로 손 놓고 기다릴 수만은 없다고 했다. 그래서 우리는 아버지에게 새 옷을 입혀주고, 종이돈과 『고왕경高王經』[3]인가 뭔가 하는 책을 태워 재로 만든 후 종이로 싸서 그것을 아버지의 손에 쥐어주었다.

---

3 고환국高歡國의 관료였던 손경덕孫敬德이 누명을 쓰고 죽을 위기에 처했을 때 꿈에 관세음보살이 노승으로 나타나 그에게 고왕경高王經을 읽을 것을 권했다. 그는 간절한 마음으로 노승의 말대로 고왕경을 외웠고 형장에 끌려가는 동안 무려 천 번을 외웠다. 형장에서 망나니가 손경덕의 머리를 치려 하자 갑자기 칼이 부러졌고 다른 죄인 역시 고왕경을 천 번 외우자 칼이 부러지고 사람은 죽지 않았다. — 옮긴이

불새, 루쉰이 1911년 즈음 만든 식물표본 위에 그렸다.

"불러라! 너희 아버지의 숨이 곧 끊어질 것 같으니 어서 그를 불러라!"

연부인이 말했다.

"아버지! 아버지!"

나는 아버지를 부르기 시작했다.

"더 크게! 아버지가 못 들으시잖니. 어서 안 부르고 뭐하니?!"

"아버지! 아버지!!"

평온해 보였던 아버지의 얼굴에 다시 긴장이 가득해지면서 눈을 살며시 뜨는데 매우 고통스러워 보였다.

"불러라! 어서 불러!"

그녀가 나를 재촉했다.

"아버지!!"

"무슨 일이냐?…… 소란 피우지 말거라…… 말거라……."

아버지는 낮은 목소리로 말하더니 또 갑자기 거친 숨을 몰아쉬었다. 한참 후에 겨우 다시 원래같이 평온한 상태로 돌아왔다.

"아버지!!"

나는 아버지가 숨을 거둘 때까지 여전히 그 이름을 불렀다.

나는 아직까지도 그때의 내 목소리가 귓가에 들리는 듯하다. 그리고 매번 그 소리를 들을 때마다 나는 이것이 내가 아버지에게 저지른 가장 큰 불효라고 생각한다.

7월 7일

_『루쉰 전집』 제2권 『아침 꽃 저녁에 줍다』

덧붙이는 말

저우쭤런 글 속의 아버지

아버지는 겉으로는 매우 엄해 보였지만 사실 무서운 분이 아니셨다. 아버지는 한 번도 아이들을 때려서 훈계한 적이 없었다.

어린 시절 루쉰은 창가에 있는 네모난 책상에 앉아 만화를 많이 그리곤 했다. 그 당시 어린아이들은 자기 전용의 서랍이 없었기 때문에 그는 자신이 그린 그림들을 베개 밑에 집어넣어 보관하곤 했다. 하루는 어떻게 된 일인지 아버지가 이를 발견하고는 그 그림들을 들추어 보았다. 여러 장의 그림 중 한 장에는 어떤 사람이 땅에 드러누워 가슴에 활이 꽂혀 있었는데 그 위에는 '바진을 쏘아 죽이다射死八斤'[1]이라는 제목이 붙어 있었

---

1 어린 시절 루쉰의 이웃에 살던 바진은 항상 대나무로 된 총을 들고는 마을 아이들을 괴롭히던 아이였다. 루쉰의 소년 시절 저항정신을 보여주는 대목이다. 펑딩안, 『세계의 해안가에서: 루쉰의 소년시절在世界的海邊: 魯迅的少年時代』, 랴오닝인민출판사, 1980 참조. — 옮긴이

다. 아버지는 루쉰을 불러 이 그림이 무엇이냐고 물어보았다. 아버지는 그를 혼내려기보다 오히려 얼굴에 웃음을 띠고 있었다. 아마도 아버지는 당시 아이들의 반항 심리를 잘 이해했기 때문이리라. 그래서 아버지는 루쉰을 꾸짖지 않았고 그저 그 그림 한 장만을 뜯어서 가져갈 뿐이었다. 그 밖에도 제목이 없는 이상한 그림이 많이 있었지만 아버지는 이에 대해 별로 캐묻지 않으셨다.

(아버지는) 평소에 술을 마시기 시작할 때엔 기분이 좋아져 어떨 때는 아이들에게 이야기를 들려주거나 술안주로 내온 과일을 나눠주기도 했다. 그러나 아버지가 술을 많이 마시면 곧 얼굴이 창백하게 변했고 말이 없어졌다. 그러면 아이들도 하나 둘 흩어졌는데 아버지가 술에 취하면 기분이 좋지 않았기 때문이다. 그 당시 아버지가 들려준 이야기의 대부분은 모두 『요재지이』에 나오는 내용이었다.

_ 저우쭤런, 『루쉰의 옛집』

저우젠런 기억 속의 아버지

아버지는 우리를 때리고 욕하거나 어머니와 말다툼을 하신 적이 없다. 화가 나도 혼자 속으로 삭혔다. 그러나 어떤 때는 아무런 이유 없이 갑자기 화를 내며 도자기며 밥그릇, 접시, 술잔 등을 창밖으로 집어 내던지기도 했다. 아버지의 안색이 그토록 어둡고 우울하며 짓눌리고 슬픈 것은 아마도 이미 인생을 꿰뚫어 보고 이 세상을 증오했기 때문인 듯했다. 그러나 아버지는 그 어느 누구도 책망하지 않았고 오로지 자기 자신을 탓하는 것 같았다. 임종 전에 아버지는 자신의 몸 위에 올려놓은 그 손을 살며시 들어 올렸다 내려놓기를 반복하면서 입으로 중얼거렸다. "미욱한 후손이야, 미욱한 후손이야."

_ 저우젠런, 「루쉰 집안의 몰락」

"꿈속에서 자상한 어머니가 나를 걱정하며 눈물을 흘리네"— 어머니와 모성애에 대한 루쉰의 말

어머니는 성이 루씨이며 시골 사람이다. 어머니는 독학으로 문학작품을 읽을 수 있을 정도의 글을 배웠다.

_ 『집외집』 「자전」

지난달 중순 이곳에서는 청년 수십 명이 잡혀 들어갔는데 그들 가운데 나의 학생(러우스柔石)도 한 명 있었습니다. (그중에 스스로를 성이 루씨라고 하는 사람이 하나 있었다는데) 이런 탓에 헛소문을 퍼트리기 좋아하는 사람들은 내가 체포되었다고 떠들고 다닌 것입니다. (…) 문인들은 그저 그들의 붓대를 약간 놀린 것이었지만 이는 나에게 막대한 해를 끼쳤습니다. 늙으신 어머니께서는 아들의 체포 소식에 눈물을 삼켜야 했고 나의 친구들 역시 심한 충격을 받았습니다. 근 십여 일 동안은 이를 정정하는 편지를 쓰느라 여념이 없으니 이 또한 슬픈 일이 아닐 수 없습니다. 그러나 이제는 무사하니 걱정하지 않으셔도 될 것입니다. 옛말에 거짓이라도 여럿이 말하면 참말이 된다고 했듯이 이번 일이 바로 이런 경우일 것입니다.

_ 「리빙중에게」, 1931년 2월 4일

러우스가 연말에 고향에 돌아가 오래 머물다 상하이로 돌아오자 친구들이 이를 질타한 일을 나는 기억하고 있다. 러우스는 화를 내며 나에게 말하기를 눈 먼 어머니가 자식에게 며칠만 더 있으라고 붙잡는데 어떻게 이를 뿌리치고 올 수 있겠느냐고 했다. 나는 눈 먼 어머니가 자식을 생각하는 마음과 러우스가 그의 어머니를 그리워하는 마음을 잘 알고 있다. 본래 『베이더우北斗』가 창간되었을 때 나는 러우스에 관한 글을 쓰고 싶었지만 그러지 못했고, 대신에 콜비츠 부인의 「희생」이라는 목판화 한 점을 골랐다. 이 작품은 어머니가 슬픔에 가득 찬 모습으로 자식을 바치고(헌신하고) 있는 것인데 이것은 내 개인의 마음속에 있는 러우스에 대한 일종의 기념인 것이다.

_『남강북조집』「망각을 위한 기념」

때때로 나는 모험하고 싶고 파괴하고자 하는 충동을 참을 수 없다네. 그러나 나는 자식을 사랑하고 평안하게 지내길 바라는 어머니가 계시네. 나는 그분의 사랑에 감사하는 마음으로 내가 하고 싶은 대로 하지 않고 베이징에서 입에 풀칠을 할 만한 작은 생계거리를 얻어 그럭저럭 재미없는 인생을 살아가고 있다네. 다른 사람에게 감사하는 사람은 타인을 위로하지 않을 수 없고 심지어 종종 자신을 희생한다네.

_「자오치원趙其文에게」, 1925년 4월 11일

만약 여든이 된 어머니가 내게 천국이 정말 존재하는가 묻는다면 나는 아무런 주저 없이 천국이 정말 존재한다고 말할 것이다.
(…) 장자는 일찍이 이런 말을 했다. "수레바퀴에 파였다가 말라버린 자리(원래 물이 고여 있던 자리)에 붕어들이 있는데 거품을 뿜어서 서로를 적셔준다." 그는 또 이렇게도 말했다. "차라리 큰물에서 놀며 서로를 잊고 사

는 편이 낫다."

비극적인 것은 우리는 타인을 외면할 수 없다는 것이다. 그러나 나는 더욱 제멋대로 남을 속이고자 한다.

_『차개정잡문말편』「나는 남을 속이려 한다」

이것은 '모욕 받고 상처받은' 모든 어머니의 마음을 형상화한 것이다. 이런 어머니들의 모습은 형편이 좋지 않은 중국의 시골에서도 흔히 볼 수 있다. 그런데 사람들은 그녀가 쓸모없는 자식만 사랑한다고 비웃는다. 그러나 나는 그녀가 쓸모 있는 아들도 사랑한다고 생각한다. 이는 단지 그 아들이 건장하고 능력이 있기에 안심하여 걱정을 덜 하는 것이고, '모욕 받고 상처받은' 자식에게 더 마음을 쓰는 것뿐이다.

_『차개정잡문말편』「깊은 밤에 쓰다」

루쉰이 세상을 뜨기 한 달 전 「목매달아 죽은 여인女吊」을 완성한 후 펑쉐펑馮雪峰에게 말했다.

나는 이제부터 어머니의 사랑에 관하여 글을 쓸 것이네. 모성애는 무서울 정도로 대단한 것이지. 이는 거의 맹목적인 거라네.

—펑쉐펑, 「루쉰 선생의 계획과 미완성의 작품들」

쉬광핑 기억 속의 루쉰 어머니

어머니의 머리는 그리 희지 않았고, 얼굴은 오밀조밀하며, 희고 동글동글했다. 어머니는 파란색 안경을 끼고 옥빛이 도는 푸른 치파오를 입었다. 새하얀 신발을 신고서는 손에 파란색 양산(어머니는 파란색을 좋아했다)을 든 채 인력거 위에 앉아 있었는데 이 모습은 기력이 넘쳐 보였다. 그래서 어쩌다 외출이라도 하면 사람들은 어머니와 그 아들을 동년배라고 여기기까지 했다.

어머니가 가진 다른 장점 하나는 미신을 믿지 않아서 귀신 따위도 믿지 않았다. 그녀는 매우 자연스러운 삶을 사셨다. 또한 단 한 번도 잔소리를 하거나 쓸데없는 말을 하지 않으셨다. 어머니는 젊은 사람들과 아주 잘 어울렸고, 항상 기운이 넘치고 건강하셨다.

한번은 젊은 사람들이 뜨개질 하고 있는 것을 보시고는 흥미롭게 여겨 본인도 그를 배우고자 했다. 뜨개질에 필요한 모든 준비물을 완벽히 갖춘 다음 처음부터 차근차근 배워갔고, 혹여 잘 뜨지 못한 부분은 다시 풀어서 뜨기를 한 번 또 한 번, 이것을 밤낮으로 반복했다. 어머니는 앉아 있기만 하면 손에는 바늘을 들고 계셨는데 한밤중에 잠에서 깨어 앉아도 바늘을 손에서 놓지 않으셨다. 그래서 나중에는 아주 복잡한 꽃 문양도 다 떠냈고, 옷까지도 다 떠낼 정도로 성공적이었다. 어머니는 일흔의 고령에도 불구하고 마치 열대여섯 살의 어린 소녀같이 얼굴을 파묻고 열심히 뜨개질을 배웠으며 조금도 힘든 기색을 보이지 않았다. 아들까지도 이에 탄복하여 "우리 어머니가 이삼십 년만 젊었다면 아마도 여자 영웅이 되었을 텐데"라고 말했다.

이번에 가장 사랑하던 아들이 세상을 떠나자 사람들은 그 소식을 어머니께 전해드렸다. 어머니는 의외로 침착했고 크게 소리 내어 울지도 않으셨다. 그러나 아들의 소식을 들은 후 어머니는 걸음을 제대로 걸을 수 없었고 사람들의 부축을 받아야만 했다. 나중에 어머니는 "내가 그 소식을 듣고서 눈물이 나지는 않았지만 두 다리가 심하게 풀려서 한 발자국도 내딛을 수가 없더구나"라고 하셨다. (…)

그래서 어머니는 아들이 죽은 후에 그와 관련된 모든 기록을 널리 찾아다녔다. 온 힘을 다해서 찾아다닌 끝에 침대 절반을 차지할 정도의 기록들을 가득 모을 수 있었다. (…) 어머니는 사람들에게 말했다. "어떤 사람들은 나에게 감추려고 하는데 어디 감히 날 속일 수 있겠어. 나도 책을 읽을 수 있는데 말이야."

_ 쉬광핑, 『흐뭇한 기념』 「어머니」

길잡이 글

중국의 전통은 예로부터 '우리가 어떻게 자식의 역할을 할 것인가'만을 논했는데 이것은 곧 아랫세대가 윗세대에게 어떻게 복종해야 하는가다. 그러나 '오사五四' 세대는 '우리가 어떻게 아버지의 역할을 할 것인가'를 논하고 있다. 이렇게 새로운 명제가 나오게 된 것은 그 사회의 사상과 관념, 윤리와 도덕, 가치 판단상의 근본적인 변화를 반영하고 있다. 즉 어른 중심의 사회에서 어린이, 약자를 중심으로 하는 사회로의 전환인 것이다.

루쉰은 다음과 같은 점을 반복적으로 강조했다. "중국의 깨어 있는 사람들은 예전의 빚을 청산하고 새로운 길을 개척해야 한다." "스스로가 인습의 무거운 짐을 지고, 어깨에는 어둠의 철문을 짊어져 그들이 넓고 밝은 곳으로 갈 수 있도록 인도해야 한다. 그들이 행복한 나날을 보내며 합리적인 사람이 되도록 해야 한다." 이것은 바로 루쉰이 선택한 인생이었다. 후대를 위하여 '어깨에 어둠의 철문을 짊어지고 가는' 사람, 이것은 바로 루쉰이 자신의 모습을 형상화한 것이다. 그러므로 루쉰이 세상을 떠난 후에 어떤 이는 그를 애도하며 "루쉰이 어깨에 짊어졌던 그 철문이 내려앉았다 (…) 그러므로 우리는 또다시 어둠 속에 갇혔다"고 말했다. 게다가 이 문제는 스스로 직면해야 하는 것이다.

사범대학교 부속중학교에 다니는 한 학생은 '우리가 어떻게 루쉰을 대해야 그의 염원에 부합하는 것일까?'라고 고심했다. 그는 결국 「수감록·63 어린아이들과 함께」에서 그 해답을 찾아냈다. "너희는 과감하게 나를 발판으로 삼고 더 높은 곳으로 올라야 한다. 그렇지 않으면 그것은 오히려 잘못된 것이다." "마치 부모의 시체를 먹고 힘을 비축한 새끼 사자와 같이 강하고 용맹해야 하며, 나(루쉰)를 버리고 자신의 인생의 길을 걸어가면 된다." "너희는 내가 쓰러져 죽은 곳에서 새로운 발걸음을 내딛어야 한다." "가라. 용감하게, 아이들이여!"

우리는 지금 어떻게 아버지 역할을 해야 하는가

사실 내가 이 글을 쓰는 의도는 어떻게 가정을 개혁할 것인지 연구하기 위해서다. 중국은 친권親權을 중시하고 부권父權은 그보다 더 중요시 여기는데 그리하여 부자父子에 관한 문제는 항상 신성불가침한 것으로 여겨왔다. 그러나 나는 오늘 이에 대해 나의 의견을 제시하고자 한다. 요컨대, 제대로 된 가정 혁명을 위해서는 아버지를 개혁해야 한다는 것이다. 그런데 어찌하여 내가 이렇게 대담하고 직설적인 제목을 사용했는가? 여기에는 두 가지 이유가 있다.

첫째로, 중국의 '성인聖人의 무리'는 그들이 고수하는 두 가지 것이 사람들에 의해 흔들리는 것을 아주 싫어한다. 한 가지는 사실상 우리와 별 상관이 없기에 말할 필요가 없으며, 다른 한 가지가 바로 그들이 주장하는 오륜五倫이다. 우리가 우연히 몇 마디 논쟁을 하다가 그들의 오륜을 저촉하면 우리는 그들로부터 '오륜을 해치는 자' '금수의 무리'라는 악명을 얻게 된다. 그들은 아버지가 자식에게 있어 절대적인 권력을 지닌다고 여겨 아버지가 무슨 말을 하면 그것은 당연히 옳은 것이고 아들의 말은 그것이 입 밖으로 나오기도 전에 이미 잘못된 것이라고 생각한다. 그러나 할아버지와 아버지, 손자는 본래 모두가 각각 생명의 연결선상에 있는 존재이며 절대 불변하는 존재가 아니다. 현재의 아들은 미래의 아버지가 될 것이고 더 나아가 할아버지가 될 것이다. 나와 독자들이 지금 당장은 아버지가 아니더라도 우리는 사실상 미래의 아버지가 될 후보자들이며 또 언젠가는 할아버지가 되고 싶은 희망을 가지고 있을 것이다. 여기에는 단순히 시간상의 차이만 있을 뿐이다. 원치 않는 번거로움을 줄이기 위해서는 예의는 접어두고 우선 유리한 위치를 차지해야 할 것이다. 그리하여 아버지의 존엄을 내세우면서 우리와 우리 자녀들의 일을 이야기해보자. 이는 앞으로 이 일을 실행함에 있어서 어려움을 줄여줄 뿐만 아니라 중국의 이치에도 들어맞는 것이라 '성인의 무리'들도 듣고 겁내지 않을 것이니 결국엔 일거양득인 셈이다. 그리하여 나는 '우리가 어떻게 아버지 역할을 해야 하는가'라고 말하는 것이다.

둘째로, 가정과 관련한 문제에 대해 나는 『신청년』에 발표한 「수감록 25, 40, 49」에서 이미 간략하게 이야기한 바 있다. 그 대략적인 내용은 우리 세대로부터 시작하여 다음 세대를 해방시키자는 것이다. 자녀들을 해방시키는 것은 본래 지극히 평범한 일로 별다른 논의가 필요하지 않지만 중국에서는 노인들, 특히 옛 관습과 사상에 심각하게 중독된 사람들은 이 이치를 절대 깨닫지 못하고 있다. 예를 들어 이른 아침 까마귀가 우는 소리를 들으면 젊은 사람들은 전혀 개의치 않지만 미신에 심취한 노인들은 항상 반나절은 맥이 빠져 기운 없이 있다. 비록 그들이 불쌍하긴 하지만 이를 구제할 방법은 없으니 우선은 의식이 깨어 있는 사람들부터 시작하여 그들의 자녀들을 해방시키는 수밖에 없을 것이다. 스스로가 인습의 무거운 짐을 지고, 어깨에는 어둠의 철문을 짊어져 자녀들이 넓고 밝은 곳으로 갈 수 있도록 인도해야 한다. 그리하여 그들이 행복한 삶을 살고 합리적인 사람이 되도록 해야 한다.

일전에 나는 내가 원작자가 아니라고 말했지만 상하이 신문에 실린 「신교훈」에서 한 차례 욕을 얻어먹은 적이 있다. 그러나 나는 어떤 일을 평론할 때 우리가 우선 자신을 되돌아보고 거짓을 벗어 던져야만 그럴싸한 평론을 낼 수 있으며 자신과 타인에게도 비로소 면목이 서는 것이라 생각한다. 나는 내 자신이 원작자도 아니며 그렇다고 진리를 발견한 자도 아니라는 것을 잘 알고 있다. 내가 말하고 쓴 것들은 단순히 내가 평소에 보고 들은 일들에서 나온 것이고, 나는 여기에 사람의 마땅한 도리라고 여기는 생각들을 조금씩 보탰을 뿐이지 궁극적인 일에 대해서는 나 자신도 잘 알지 못하는 바다. 수년이 지난 후에 생겨날 진보적 학설이나 변화 과정에 대해, 혹은 그것이 어떤 지경에 이르게 될지는 아무도 말할 수 없다. 단지 그것이 현재보다는 더욱 진보하고 변화될 것이라고 믿을 뿐이다. 그리하여 나는 '우리는 현재 어떻게 아버지 역할을 해야 하나'에 대해서 말하고자 하는 것이다.

내가 지금 옳다고 생각하는 이치는 지극히 간단하다. 즉 우리가 생물계의 자연적 현상을 따르는 것이다. 첫째로 우리는 생명을 보존해야 하고, 둘째로 이 생명을 연장시켜야 하며, 셋째로 이 생명을 발전시키는(즉 진화시키는) 것이다. 모든 생물이 이렇게 행하니 아버지 역시 이러한 이치를 실행하자는 것이다.

지금 여기서는 생명의 가치와 그 높고 낮음에 대해서 논하지는 않겠다. 상식적인 판단에 비추어 볼 때, 생물이라면 무엇보다 생명을 가장 중요시 여겨야 한다. 왜냐하면 생물이 생물인 것은 바로 생명을 가지고 있기 때문이다. 만약 생물이 생명을 잃으면 그 본연의 존재 의의를 잃는 것과 마찬가지다. 생물은 생명을 보존하기 위해 여러 가지 본능을 가지고 있는데 그중 가장 두드러지는 것이 식욕이다. 식욕이 있기에 음식물을 섭취하고 식품을 섭취하고 이로써 에너지를 내어 그 생명을 보존할 수 있는 것이다. 그러나 각각의 생물 객체는 언젠가는 노쇠하고 사망하는 과정을 피할 수 없다. 그리하여 생물은 그 생명을 지속하기 위해 또 다른 본능을 가지고 있는데 그것이 바로 성욕이다. 생물은 성욕이 있기 때문에 성교를 하고 성교를 통해서 그 후손을 생산하여 자신의 생명을 지속한다. 다시 말해 식욕이 스스로를 보호하여 현재의 생명을 보존한다면, 성욕은 후손을 만들어 영원한 생명을 유지하도록 하는 것이다. 먹고 마시는 것은 결코 죄악이나 더러운 일이 아니며 성교 역시 결코 추하거나 죄악이 아니다. 생물이 먹고 마심으로써 자신의 생명을 살리는 것이 본인에게 은혜를 베푸는 것이 아닌 것처럼, 성교를 통해서 자녀를 낳은 것이 자녀에게 은혜를 베푼 것이라고 볼 수 없다. 이는 생명이 긴 여정을 향해 가는 것으로 여기에는 단지 시간의 전후 차이만 있을 뿐 누가 누구에게 은혜를 베푸는 것은 아니다.

안타까운 점은 중국의 옛 견해가 이러한 이치와 완전히 상반된다는 것이다. 본래 부부는 '인륜의 중심'에 있는 것인데 중국의 옛 견해는 이를 오히려 '인륜의 시작점'으로 여긴다. 성교는 자연스러운 일인데도 오히려 더러운 것으로 치부한다. 게다가 아이를 낳고 기르는 일 역시 평범한 일인데 이것을 되레 엄청난 공을 세운 것처럼 여긴다. 혼인에 있어서 사람들은 가장 먼저 불결한 것을 연상하고, 심지어 친척이나 친구들까지도 이를 놀림감으로 여겨 스스로 매우 부끄럽다고 생각한다. 그래서 만약 아이를 가졌어도 아이를 낳을 때까지 숨기기에만 바쁘고 감히 그 사실을 드러내려 하지 않는다. 오로지 태어난 아이에 있어서만 대단히 위엄이 있다고 여기는데 이러한 행동은 마치 어떤 사람이 남의 돈을 훔쳐 갑자기 부자가 된 것과 별반 다르지 않다. 나는 결코 — 저 공격자들이 생각한 것처럼 — 인간의 성교행위를 다른 동물과 마찬가지로 아무렇게나 해도 된다고 말하는 것이 아니다. 혹은 부끄러움을 모르는 망나니 같이 저급한 행동을 하고 득의양양해도 된다고 말하는 것도 아니다. 오히려 앞으로 의식이 깨어 있는 자들은 먼저 동방 고유의 불결한 사상을 씻어버리고 부부는 반려자요, 공동의 노동자요, 또한 새로운 생명을 창조하는 자라는 의미를 명백히 인식해야 한다는 것을 말하는 것이다. 그들의 자녀들은 새로운 생명을 이어받은 자들이지만 그들 또한 영원하지는 않으며 언젠가는 그들 역시 마치 그들의 부모가 그리했듯이 그들의 자녀에게 자신의 생명을 물려줄 것이다. 여기에는 다만 시간의 전후만 있을 뿐 우리 모두는 생명을 연결하는 중개인이나 다를 바 없는 것이다.

그렇다면 생명은 왜 반드시 이어져야 하는가? 그 이유는 생물이 발전하고 진화해야 하기 때문이다. 모든 생물 개체는 죽음을 피할 수 없고, 진화는 절대 멈추지 않고 계속해서 그 길을 지속할 뿐이다. 진화의 길에는 반드시 내적인 노력이 필요한데, 예를 들어 단세포 동물의 내적인 노력을 통해 그것이 누적되고 오래되어 비로소 복잡한 세포가 되는 것, 혹은 무척추 동물이 내적인 노력을 쌓고 쌓아 척추를 생성해내는 것과 마찬가지인 것이다. 그리하여 나중의 생명은 언제나 그 이전의 생명보다 더 의미가 있고 더 완전하며, 이는 더 가치 있고 고귀한 것이다. 그러므로 전자의 생명은 반드시 후자를 위해 희생해야 하는 것이다.

안타까운 점은 중국의 옛 견해가 이러한 이치와 완전히 상반된다는 것이다. 그래서 그 중심이 어린아이들에게 있어야 하는데 오히려 어른에게 있고, 미래를 중시해야 할 것인데 오히려 과거를 중시하고 있다. 그리하여 전자는 그 이전 세대를 위해 희생했고, 스스로 생존할 힘이 없어 결국 후자를 박해하며 그들의 희생을 요구하며 그들의 발전 가능성을 파괴하는 것이다. 나는 — 그 공격자들이 생각하는 것과 같이 — 손자가 그의 조부를 온종일 호되게 두들겨 패고, 딸이 그의 어머니를 욕하고 저주해야 한다고 말하고 있는 것이 아니다. 생각이 깨인 자들은 먼저 오랜 전통의 잘못된 생각을 깨끗이 씻어버리고, 자녀에 대한 의무사상은 더하되 권리사상은 줄이고, 어린아이 중심의 도덕으로 바뀔 준비를 해야 하는 것이다. 물론 어린아이들이 권위를 이어받았다고 해서 그들의 권위가 영원히 지속되는 것은 아니다. 그들 역시 언젠가는 그 권위를 그들의 어린 자녀들에게 전달해야 할 의무를 다해야 할 것이다. 여기에도 시간의 차이만 있을 뿐이며, 그들 모두 중개인의 역할을 할 뿐이다.

'부자지간에는 은혜라는 게 없다'는 결론은 사실상 소위 '성인의 무리들'이 낯을 붉히는 가장 큰 이유다. 그들의 오점은 어른 중심 사상과 이기적인 사상에 있다. 그들은 권리를 중요하게 여기고 의무와 책임감은 가볍게 여긴다. 그래서 부자관계에 있어 '아버지가 나를 낳았다'는 한 가지 사실만으로도 아이들의 모든 것은 어른의 소유라 생각하는 것이다. 가장 타락한 논리는 이러한 연유로 그들은 보상을 따지며 어린아이들의 전부는 마땅히 어른을 위해 희생되어야 하는 것으로 여기는 것이다. 우리는 자연계의 질서를 전혀 모르고 오히려 이와 반대로 천명을 거스르는 행동을 오랫동안 지속해온 것이다. 그리하여 인간의 능력은 점점 축소하고 사회의 진보 역시 멈췄다. 비록 이러한 멈춤이 사회의 멸망과 직결된다고는 할 수 없지만, 진보와 비교해보았을 때 멈춤은 멸망과 더 가까운 선상에 있는 것이다.

비록 자연계의 질서에도 결함이 있기는 하지만 어른과 아이를 결합시키는 방법에 있어서는 아무런 오류가 없다. 그것은 생물에 부여된 천성과 같은 것으로 우리는 이를 '은혜'라 부르지 않고, '사랑'이라고 부른다. 동물계에서도 물고기와 같이 새끼를 너무 많이 낳아 그들을 일일이 세심하게 보살피지 못하는 경우를 제외하고는 모두들 제 새끼를 지극히 사랑한다. 여기에는 이기심은커녕 오히려 자신을 희생할 각오가 있으며 부모들은 그들의 미래의 생명들(어린 새끼들)이 긴 인생의 여정을 시작할 수 있도록 돕는 것이다.

인류 또한 이와 다르지 않다. 유럽이나 미국의 가정들은 대부분 어리고 약한 자들을 중요하게 여기는데 이는 바로 이러한 생물학적 진리의 방법과 이치에 맞는 것이다. 만약 조금이라도 순수한 마음이 남아 있고 아직까지 그 '성인의 무리들'에 짓밟히지 않은 사람이 있다면, 그는 중국 사회에서도 이러한 인간의 천성을 쉽게 발견할 수 있을 것이다. 예를 들어, 시골 여인이 아이에게 젖을 먹일 때 그녀는 절대로 자기가 지금 아이에게 은혜를 베풀고 있다고 생각하지 않는다. 어떤 농부가 아내를 얻을 때에도 그는 절대로 이것이 빚을 얻는 것이라고 생각하지 않는다. 마찬가지로 부모는 자녀가 생기면 자연스레 그들을 사랑하고 그들이 잘 살기를 바랄

뿐이다. 게다가 그들이 자기보다 더 나은 삶을 살기를, 즉 진화하기를 바라는 것이다. 상호교환이나 이해관계를 떠난 사랑이 바로 인륜의 끈이며 소위 말하는 '벼리綱'인 것이다. 옛 주장처럼 '사랑'을 말살하고 '은혜'만을 이야기하는 것은 책임을 강요하고 보상을 바라는 것이다. 그것은 부모와 자식 간의 도덕 관계를 해치며 부모의 실제적 입장과는 맞지 않아 모순의 씨앗을 뿌리는 것과 같다. 어떤 사람이 악부樂府를 만들어 '효를 권면한다'고 했는데, 그 의미는 대략 "아들이 학교를 가자, 어머니가 집에서 살구 씨를 갈아, 아들이 돌아오면 먹이려고 준비하니, 그대는 이래도 부모에게 효를 다하지 않을 것인가"와 같은 식으로 본인 스스로 '필사적으로 도를 지킨다'고 생각한다. 부자의 살구 씨 즙이나 가난한 자의 콩 즙은 그 속에 담긴 애정에 있어서는 동등한 가치를 지니고 있다는 것을 모르는 것이다. 그 가치는 오히려 부모가 이를 통해 아무런 보답을 받기 원하는 마음이 없다는 데 있다. 만약 그렇지 않다면 이것은 장사 행위로 변질하여 비록 살구 씨 즙을 먹었다 한들 '인간의 젖을 돼지에게 먹여' 돼지를 살찌우는 것과 다르지 않고, 인륜 도덕상으로 아무런 가치도 없는 것이다.

그러므로 내가 지금 마음속에 마땅하다고 여기는 것은 오직 '사랑'뿐이다.

국가와 인종을 불문하고 '자신을 사랑하는 것'은 모두들 인정하는 바다. 이는 생명을 보존하는 중요한 이치이며 생명을 지속하는 것의 근원이기 때문이다. 미래의 운명은 이미 현재에서 정해지는 것이기 때문에 부모의 결점은 자손 멸망의 복선이자 생명의 위기와 연결된다. 헨리크 입센의 『유령』은 비록 그 핵심이 남녀 간의 문제에 있지만, 그 속에서 유전의 무서움을 발견할 수 있다. 오스왈드는 본래 온전한 생활을 영위하고 뛰어난 창작을 할 수 있는 사람이었다. 그러나 그 아버지의 무절제한 생활로 선천적인 병을 얻었고, 결국 이로 인해 제대로 된 삶을 살 수 없었다. 그는 또 어머니를 매우 사랑했기 때문에 차마 어머니로 하여금 병든 자신을 돌보게 할 수 없었다. 그리하여 모르핀을 몰래 숨겨두고는 하녀 레지네에게 자신이 발작할 때 모르핀을 놓아 편안한 죽음을 맞게 해달라고 부탁했다. 그러나 레지네는 떠나버렸고 결국 그는 이 부탁을 어머니에게 맡길 수밖에 없었다.

오스왈드: 어머니, 지금은 절 좀 도와주셔야겠어요.

어머니: 내가?

오스왈드: 누가 어머니만 하겠어요.

어머니: 난, 너의 어머니란다.

오스왈드: 바로 그 때문이지요.

어머니: 난, 너를 낳아준 사람이야.

오스왈드: 전 당신더러 날 낳아달라고 하지 않았어요. 게다가 저에게 준 시간들은 다 무엇이었나요? 전 이런 날들을 원하지 않아요. 도로 가져가주세요.

이 단락의 묘사를 통해 아버지 노릇을 하고 있는 우리는 놀라고 경계하며 탄복해야 할 것이다. 양심을 저버리고 아들이 벌을 받아 마땅하다고 말해서는 안 될 것이다. 이러한 일들은 중국에서도 비일비재하게 발생한다. 병원에서 일하다보면 선천적 매독에 걸려온 처참한 어린 환자들을 자주 보는데 그들을 아무렇지 않게 병원으로 데리고 오는 사람들은 대부분 그들의 부모다. 무서운 유전은 비단 매독에만 해당하는 것이 아니다. 그 외에 수많은 정신적 결점이 자녀들에게 유전되기도 하는데 이는 긴 시간이 지나면서 사회에도 영향을 끼치게 된다. 인류 전체를 논하는 고상함 따위는 접어두고 그저 그 자녀를 위해 말한다면, 자기 자신을 사랑하지 않는 사람은 아버지가 될 자격이 없다고 할 수 있겠다. 만약 억지로 아버지가 되었다 하더라도 이는 옛날 도적들이 스스로를 왕으로 칭하는 것과 같이 정통성이 없는 것이다. 미래에 학문이 발달하고 사회가 변했을 때 그들이 간신히 남겨놓은 후예들은 아마 우생학자Eugenics들의 처분을 받아야 할 것이다.

만약 지금의 부모가 아무런 정신적·체질적 결함을 자녀에게 물려주지 않았다면 특별한 경우를 제외하고 그 자녀는 당연히 건강할 것이다. 이것은 생명을 지속하는 최소한의 목적을 달성한 셈이다. 그러나 부모의 책임은 아직 끝나지 않았다. 비록 생명이 지속되었다 하더라도 멈추어서는 안 되기 때문에 그들이 어떻게 새로운 생명을 발전시켜야 할지를 가르쳐줘야 한다. 고등동물들은 새끼에게 양육과 보호 외에도 생존에 필요한 능력을 가르친다. 예를 들어 날짐승은 나는 법을 가르치고 맹수는 공격하는 법을 가르친다. 인류는 이러한 동물보다 몇 등급이나 더 높으며 자손들이 한 단계 더 진화하기를 원하는 천성도 가지고 있는데 이것 또한 사랑인 것이다. 위에서 언급한 것이 현재에 대한 것이라면 이것은 미래에 관한 것이다. 사상이 꽉 막힌 사람이 아니고서야 누구나 자녀가 자신보다 더 강하고, 건강하고, 똑똑하고 고상하기를—더 행복하길 바랄 것이다. 이는 자신을 초월하는 것이며 과거를 초월하는 것이기 때문이다. 이러한 초월을 위해서는 변화가 필요하므로 자손들은 조상의 일들을 변화시켜 나가야 한다. "3년 동안 아버지의 도를 고치지 않는 것을 효라 일컬을 수 있다"(『논어』「학이」)는 말은 당연히 왜곡된 것이며 이는 퇴영退嬰의 근원이다. 만약 고대의 단세포 동물들이 이러한 법칙을 고수하여 영원히 분열을 감행하지 않았다면 아마 인류는 지금까지 존재하지 못했을 것이다.

이러한 가르침들이 많은 사람에게 해를 끼치긴 했지만 다행히 아직까지는 인간의 본성을 모두 쓸어버리지는 못했다. '성현의 책'을 읽지 않은 사람들은 유가가 정한 명분과 교훈인 명교名教의 도끼 아래에서도 이러한 천성을 자주 드러내고 움트게 했다. 이것은 중국인이 비록 시들고 위축되었다지만 완전히 멸절하지 않은 원인인 것이다.

그리하여 의식이 깨인 사람들은 이러한 사랑을 더욱 확대하고 순화시켜 무아無我의 사랑으로 후대를 위하여 자기 자신을 희생해야 한다. 이것을 실현하기 위한 첫째는 바로 이해하는 것이다. 옛날 유럽인들은 어린아이들이 성인의 예비 단계라고 오해했고, 중국인들은 어린아이가 성인의 축소판이라고 오해했다. 많은 학자의 연구를 통해 오늘날에 이르러 우리는 비로소 어린아이들의 세계와 어른의 세계가 현저히 다르다는 것을 알게 되었다. 우리가 만약 이러한 차이를 이해하지 못하고 단순히 어린아이들을 강하게 훈육한다면 이것은 아이들의 발달을 해치는 것이다. 그러므로 모든 시설은 아이들을 중심으로 해야 한다. 근래 일본에서는 의식이 깨인 사람이 많아져 어린아이들을 위한 시설과 아이들을 연구하는 사업이 아주 번성하고 있다. 둘째는 지도하는 것이다. 시대와 상황이 변하는 것과 같이 생활도 반드시 진화해야만 한다. 후대의 사람들은 이전 세대와는 다르므로 더 이상 같은 틀에 이들을 끼워맞추려고 하면 안 된다.

어른은 지도자이자 협상자이지 명령하는 사람이 아니다. 어린 사람에게 봉양의 책임을 강요하는 것이 아니라 오히려 전심을 다해 그들이 힘든 일을 견딜 수 있는 체력, 순결하고 고상한 도덕심, 새로운 사상을 받아들이는 광대하고 자유로운 정신을 가질 수 있도록 해야 한다. 즉 이들이 새로운 조류에서도 능히 유영하며 침몰하지 않는 능력을 배양할 수 있도록 도와주어야 한다. 셋째로 해방시키는 것이다. 자녀는 나 자신인 동시에 내가 아닌 사람들이다. 그들은 나로부터 분리된 인류 중 한 개인이자 나 자신이기도 하므로 더욱 마땅히 교육의 의무를 다하여 그들의 자립 능력을 길러줘야 한다. 또한 동시에 그들은 나 자신이 아니기에 그들을 해방시키고 모든 것을 그들 소유가 되도록 하여 하나의 독립적 인격체가 되도록 만들어야 한다.

이렇듯 부모는 자녀를 건강하게 낳고 최선을 다해 교육하며 완전하게 해방시켜야 한다.

그러나 어떤 이들은 이 때문에 부모는 나중에 아무것도 남지 않고 무료하게 될 것을 걱정한다. 그러나 이러한 공허함에 대한 공포나 무료하다는 느낌은 그릇된 옛 사상에서 발생한 것들일 뿐이다. 만약 생물학의 진리를 이해한다면 이런 걱정은 자연스럽게 없어질 것이다. 하지만 자녀를 해방시키고자 하는 부모들은 한 가지 능력을 갖추어야 한다. 즉, 스스로가 과거의 색채를 가지고 있더라도 독립적인 능력과 정신, 광범위한 취미와 고상한 오락생활을 영유하고 있어야 한다. 행복하고자 하는가? 당신의 미래의 생명 또한 행복해질 것이다. '나이 들어서 기력이 더욱 왕성해지고' '더 장성해지고' 싶은가? 자녀들이 바로 당신을 대신해 '왕성하게 된 것'이니 모두가 이미 독립적이 되었고 더욱 좋아진 것이다. 이것이 비로소 어른으로서의 의무를 다한 것이며 인생의 위안을 얻은 것이다. 만약 사상과 능력이 이전과 같아 오로지 '집안싸움'만 하고 서열을 따지며 우쭐하고자 하면 당연히 공허와 무료함의 고통을 피할 수 없게 될 것이다.

어떤 이는 자녀가 독립한 이후에 부모와 자식 사이가 소원해질까 걱정한다. 유럽이나 미국의 가정에서는 가장의 독재가 중국만 못하다는 것을 이미 모두가 알고 있다. '도를 지키는' 성인 무리들도 이전에는 그들을 금수에 비교했지만 현재는 도리어 그들을 변호하며 그들 중 '불효자'가 없다고 말한 바 있다. 이로써 알 수 있듯이 우리가 자녀를 해방시켜야만 서로가 가까워질 수 있고 부모와 형제의 '구속'이 없어야만 '구속'에 반항하는 '불효자'가 없어지는 것이다. 만약 강경책과 회유책만을 사용하면 절대로 "도가 영원히 유지될 수" 없는 것이다. 예를 들어 중국에서는 한나라 때 거효擧孝가 있었고, 당나라 때는 효제역전과孝悌力田科, 청나라 말기에는 효렴방정孝廉方正이 있었는데 모두들 이를 통해 관직에 나갔다. 어버이의 은혜는 군주의 은혜보다도 먼저되는 것이었지만 실제로 자신의 허벅지살을 떼어내 부모를 봉양하는 지극한 효자는 극히 드물었다. 이는 중국의 옛 학설과 방법이 사실은 여태껏 아무런 효력이 없었다는 것을 충분히 증명하는 것이다. 이는 오히려 나쁜 사람으로 하여금 이러한 거짓을 더 키우게 했고 좋은 사람으로 하여금 이유 없이 타인과 자신 모두에게 아무런 이익이 되지 않는 큰 고통을 받도록 한 것이다.

그러므로 오직 '사랑'만이 진실한 것이라 할 수 있다. 노수路粹는 공융孔融의 말을 인용하여 다음과 같이 말했다. "아버지가 자식에게 당연히 어떤 정이 있겠는가? 그 본의를 논하면 사실상 그것은 정욕에 불과하다. 어머니에 대해서도 자식은 마찬가지다. 예를 들어 병 속에 있던 물건이 밖으로 나오면 곧 서로 갈라지는 것과 같은 것이다." 한나라 말기 공자 집안에는 실로 기이한 인물들이 몇몇 나왔는데 오늘날과 같이 푸대접을 받지는 않았다. 이 말은 아마도 북해北海 선생(공융)이 한 것일 텐데 공교롭게도 그를 공격한 것은 노수路粹와 조조曹操였다. 이는 실로 웃음을 자아내는 일이다.[1] 물론 이것은 옛 주장에 대한 공격이지만 실제로는 사리에 부합하지 않는다. 왜냐하면 부모는 자식을 낳는 동시에 본능적으로 자식을 사랑하기 때문이다. 이 사랑은 크고 넓으며 그리 쉽게 없어지는 것이 아니다. 지금 세상에는 대동大同이 없고 서로 사랑하는 것에도 차등이 존재한다. 자녀들도 부모를 가장 사랑하고 관심을 가지기에 이는 그리 쉽게 갈라지는 것이 아니다. 그러므로 그들의 사이가 조금 벌어진다 해도 크게 걱정할 것이 없다. 그러나 예외적인 사람의 경우라면 아무리 큰 사랑으로도 그 사이를 연결시킬 수는 없을 것이다. 만약 사랑의 힘으로도 연결시킬 수 없다면 '은혜와 위엄, 명분, 천지의 대의' 등으로도 결코 그 관계를 연결시킬 수 없는 것이다.

어떤 이는 자녀를 해방시킨 후에 어른들이 고생하지 않을까 걱정한다. 이것은 두 가지 이유로 나눠볼 수 있다. 첫째, 중국 사회는 비록 '도덕이 좋은 것'이라고 말하지만 사실상 서로 사랑하고 도와주는 마음이 부족하다. '효' '열'과 같은 이런 도덕은 사실상 아무도 책임을 지지 않고 그저 어리고 젊은 사람들을 훈육하는 방법으로 사용하는 것이다. 이러한 사회

1 노수는 조조의 군모좨주軍謀祭酒로 당시 공융과 사이가 좋지 않아 조조에게 그를 고발했는데 조조는 이를 듣고 불효라는 죄명을 씌어 공융을 처형했다. 그러나 조조는 산문 작품 「구현령求賢令」에서 재능이 있다면 어질지 않고 불효한 자도 등용할 수 있다고 했으니 이는 스스로 모순되는 것이다. 이에 대해 루쉰이 "실로 웃음이 난다"고 한 것이다. — 옮긴이

속에서는 노인들만 생활이 어려운 것이 아니라 해방된 젊은 세대도 생활하기 어렵기는 마찬가지다. 둘째, 중국의 남녀는 사실은 아직 늙지도 않았는데 스무 살이 되기도 전에 벌써 노쇠한 기운이 만연하니 실제로 나이가 들었을 때는 더욱 다른 사람의 도움을 받아야 한다. 그러므로 나는 주장하기를 자녀를 해방시킨 부모는 이러한 사회를 반드시 개혁해야 하고 그들이 합리적인 생활을 할 수 있도록 먼저 준비해야 할 것이다. 많은 사람이 준비하고 바꿔간다면, 언젠가는 자연스럽게 이러한 사회가 실현될 것이다. 외국의 경우만 보더라도 스펜서는 결혼을 하지 않았지만 그가 실의에 빠져 인생이 지루했다는 소리는 전혀 들어보지 못했다. 와트는 일찍이 자녀를 잃었으나 여전히 '천수를 다했으니' 하물며 앞으로는 어떨 것이며 아들딸이 있는 사람은 더욱이 무슨 말이 필요하겠는가?

어떤 이는 해방 이후에 자녀들이 고생할 것을 걱정한다. 여기에도 두 가지 이유가 있다. 한 가지는 앞서 말한 것 같이 나이들어 능력이 없기 때문이고, 다른 하나는 그들이 어려서 경험이 부족하고 세상 물정에 어둡다고 생각하기 때문이다. 그러므로 의식이 깨어 있는 사람들은 더욱이 사회를 개혁해야 하는 임무를 깨달아야 한다. 중국에서 전해 내려오는 법들은 사실 잘못된 점이 아주 많다. 첫째는 법이 매우 폐쇄적이어서 사회와 단절되어 아무런 영향을 받지 않는 것이다. 둘째는 법이 사람들에게 나쁜 능력을 가르치는 건데 이래야만 사회에서 살아남을 수 있다고 여긴다. 이러한 방법을 사용하는 어른들은 비록 그 속에 그들의 생명을 지속하고자 하는 좋은 뜻을 담고 있다 하더라도 사리에 비춰보면 잘못된 점이 오히려 많다. 그 외에도 이들은 사회생활에 필요한 교묘한 방법을 전수하고 어떻게 사회에 순응할지를 가르친다. 이것은 수년 전에 '실용주의'

를 주장하던 사람들이 시장에 가짜 은화가 유통되고 있으니 학교에서 학생들에게 가짜 은화를 가려내는 방법을 가르쳐야 한다고 주장했던 것과 같이 어리석은 것이다. 물론 우리가 가끔 사회에 순응하지 않을 수는 없지만 그렇다고 그것이 정당한 방법만은 아니다. 사회는 점점 타락하기 때문에 악한 현상이 많아져 우리가 일일이 순응할 수도 없을 것이고, 만약 이에 모두 순응한다면 합리적인 생활에 어긋나 진화의 길에서 퇴보하는 것과 마찬가지이기 때문이다. 그러므로 근본적인 해결 방법은 오로지 사회의 변화에 있다.

사실상 중국에서는 예전에 이상적으로 여겼던 가족관계, 부자관계는 이미 오래전에 붕괴되었다고 할 수 있다. 이것은 '오늘날 더 심해졌다'가 아니라 바로 '이미 그렇게 된' 일인 것이다. 예로부터 '오세동당五世同堂'을 극도로 칭송했던 것은 사실 여러 세대가 같이 사는 것이 그만큼 어렵다는 것을 보여주는 대목이다. 필사적으로 효를 권하는 것도 그만큼 효자가 드물다는 것을 말한다. 그 원인은 우리 사회가 전부 공허한 도덕을 외치며 진정한 인정을 멸시했기 때문이다. 우리가 명문가의 족보를 펼쳐보면 그 시조들은 대부분 혼자 이주해 가업을 일으켰고, 무리가 모여 살다 족보를 출판할 때쯤이면 이미 쇠락의 길에 들어서고 있다는 것을 알 수 있다. 하물며 장래에는 미신이 사라지고, 대나무 밭에서 울거나[2] 얼음에 눕지도[3] 않을 것이며 의술이 발달하여 대변을 맛보거나 자신의 살을 떼

2 곡죽생순哭竹生筍. 맹종孟宗의 모친은 죽순을 매우 좋아했는데 어느 겨울날 그의 모친이 문득 죽순 생각을 떠올렸고 이에 맹종은 가까운 산을 누비며 죽순을 찾았지만 모두 허사였다. 그가 지쳐서 눈밭에 주저앉아 통곡하니 그 옆에서 죽순이 솟아올랐고 맹종은 이것을 가져다 어머니께 드렸다. — 옮긴이

3 와빙구리臥冰求鯉. 왕희지王羲之의 종증조부인 왕상王祥은 효성이 지극하여 어머니를 위해서 얼음 위에 누워서 얼음을 깨고 잉어를 구했다. — 옮긴이

어낼 필요도 없을 것이다. 게다가 경제적 이유 때문에 결혼은 어쩔 수 없이 늦어질 것이고 출산도 늦어져 자녀가 겨우 자립할 수 있을 때 부모는 이미 노쇠하여 그들의 공양을 받지 못할지도 모른다. 그러나 사실상 이는 부모가 이미 그 의무를 다한 것이다. 이렇듯 호되게 몰아붙이는 세계의 조류 속에서 우리는 이렇게 해야만 생존할 수 있고 그렇지 않으면 모두 쇠락할 것이다. 의식이 깨인 사람이 많아지고 노력을 기울이다보면 이러한 위기는 현저히 줄어들 것이다.

그런데 앞서 이야기했듯이 중국의 가정이 이미 오래전에 붕괴되었고, '성인의 무리'가 종이 위에서 헛되이 했던 말과 전혀 상황이 다르다면 어찌 오늘날의 중국의 가정은 여전히 과거와 같고 조금도 진보하지 않은 것일까? 이에 대한 대답은 아주 간단하다. 첫째, 파멸하는 자는 스스로 파멸하고, 불평하는 자는 스스로 불평하고, 무언가를 세우는 사람은 스스로 그것을 세우려 하지만 이들은 경계심이 없고 개혁은 생각하지도 않기 때문에 이러한 문제가 발생하는 것이다. 둘째, 이전의 가정에서는 본래 늘 다툼이 있었지만 새로운 말들이 유행한 이후에는 모두 그것을 '혁명'이라고 불렀다. 그러나 사실 그것은 여전히 기생과 놀기 위해 돈을 구걸하며 서로를 욕하거나, 도박을 위해 서로 다투는 것과 같은 것이며 의식이 깨어 있는 자들의 개혁과는 전혀 다른 것이다. 스스로 '혁명'이라 부르며 집안싸움을 하는 자들은 여전히 옛것에 속한 자들로 그들은 자녀가 생겨도 절대로 그들을 해방하여 놓아주려 하지 않는다. 아니면 자녀를 전혀 돌보지 않으면서 『효경』을 찾아 억지로 소리 내어 읽기를 시키며 자녀들이 '옛 교훈을 배우길' 바라고 자신을 위해 희생하기를 원한다. 이것의 모든 원인은 옛 도덕, 옛 습관, 옛 방법 탓으로 돌릴 수 있을 뿐, 생물학적 진리는 함부로 그 과실을 탓할 수 없다.

위에서 말한 것 같이 생물은 진화하기 위해 생명을 지속해야 한다고 했다. 자고로 "불효에는 세 가지가 있는데 가장 큰 불효는 후손이 없는 것이다"라고 했으니 이는 마치 여러 아내와 첩을 거느리는 것이 매우 합리적인 일로 보이도록 한다. 그러나 이 문제에 대해서도 아주 쉽게 답할 수 있다. 인류가 후손이 없어 미래의 생명이 끊기는 것은 불행한 일이다. 그러나 만약 정당하지 않은 방법과 수단을 사용하여 구차하게 생명을 이어가고 심지어 남을 해친다면 이것은 사실 후손이 없는 것보다 더 '불효'한 일인 것이다. 그러므로 지금의 사회는 일부일처제가 합리적인 것이고 일부다처제는 사실상 인류를 타락하게 만드는 것이다. 타락은 퇴화와 가깝고 생명을 지속하려는 목적과 완전히 상반되는 것이다. 후손이 없는 것은 단순히 자신의 생명이 소멸하는 것이지만 퇴화 과정에 들어서면 설령 후손이 있다 해도 되레 타인을 멸망시킨다. 인류는 언제나 타인을 위해 자신을 희생하는 정신을 가지고 있다. 더욱이 생물이 발생한 이후로 이들은 서로 상호 관계를 맺었고, 그러기에 어떤 이의 혈통은 타인과 관계를 가지며 완전히 사라지지 않게 된 것이다. 그러므로 생물학의 진리는 절대로 다처주의를 보호하지 않는다.

요컨대 의식이 깨어 있는 부모는 자녀들을 위해 전적으로 그들의 의무를 다해야 한다. 이타적이며 희생을 감수하는 것은 결코 쉬운 일이 아니며 특히 중국에서는 더욱 그러하다. 중국의 깨어 있는 자들은 어른에게 순종하되 어린아이들을 해방하기 위해서 옛것을 청산하고 새로운 길을 모색해야 한다. 앞서 말한 것과 같이 "스스로가 인습의 무거운 짐을 지고, 어깨에 어둠의 철문을 짊어져 그들이 넓고 밝은 곳으로 갈 수 있도록 인도하고 행복한 삶을 살며 합리적인 사람이 되도록 해야 하는 것이다." 이는 아주 위대하고도 중요한 일이며 매우 힘든 일이기도 하다.

그러나 세상에는 또 다른 부류의 어른들이 있다. 그들은 자녀들을 해방시키려 하지 않을뿐더러 자녀들이 그들의 자녀를 해방시키는 것 또한 허락하지 않는다. 그렇기에 그들의 손자와 증손자 모두가 의미 없는 희생을 감수해야 하는데 이 또한 큰 문제다. 나는 평화를 원하는 사람이기에 이 문제에 대해서는 지금 답을 할 수 없다.

1919년 10월

_『루쉰 전집』 제1권 『무덤』

수감록63: 어린아이와 함께

「우리는 지금 어떻게 아버지 역할을 해야 하는가」를 쓰고 이틀 뒤, 아리시마 다케오有島武郎의 『작품집』에서 「어린이와 함께」라는 소설을 발견했는데 그 안에는 좋은 글귀가 아주 많았다.

"시간은 쉬지 않고 흘러간다. 너희의 아버지인 내가 그때가 되면 너희의 눈 속에 어떻게 보일지 상상할 수가 없구나. 아마도 지금의 내가 과거를 비웃고 가엾어 하는 것과 같이 너희도 나의 고로古老한 마음을 비웃고 가엾게 여길지 모르겠구나. 나는 너희를 위하여 이와 같기를 바라는 바다. 너희가 과감히 나를 짓밟고 발판으로 삼아 나를 초월하여 더 높은 곳으로 향하지 않는다면 그것은 잘못된 것이다."

"인간세상은 아주 고독하다. 나는 그저 이렇게 말하고 말 것인가? 너희와 나는 피를 맛본 짐승과 같이 사랑을 맛보았다. 가거라. 우리의 주위를 고독으로부터 구해내기 위해 온 힘을 쏟아라. 나는 너희를 사랑했고 영원히 사랑할 것이다. 이는 결코 아버지로서 너희에게 보답을 받으려는 것이 아니다. '내게 너희를 사랑하도록 가르쳐준 너희'에 대한 나의 요구는 단지 나의 감사한 마음을 받으라는 것이다……. 부모의 시체를 먹고 오히려 힘을 비축한 새끼 사자와 같이 강하고 용맹하게 나를 버리고 인생의 길을 걸으면 된다."

"나의 인생은 실패도 하고 유혹을 이겨내지 못한 적도 있다. 그러나 어찌하든 간에 너희로 하여금 나의 발자취에서 더러운 것을 찾지 못하도록 하는 것이 내가 반드시 해야 하는 일이다. 너희는 내가 쓰러져 죽은 곳에서 새로운 발걸음을 내딛어야 한다. 그러나 너희는 나의 발자취에서 어디로 가야 할지, 어떻게 가야 할지도 찾아낼 수 있을 것이다."

"아이들아! 불행하고도 행복했던 너희 부모의 축복을 가슴속에 품고 인생의 여정을 떠나라. 앞길은 멀고 어둡지만 두려워하지 말라. 두려워하지 않는 자의 앞에 비로소 길이 있는 것이다."

"가라. 용감하게, 어린이들이여!"

아리시마는 시라카바하파白樺派(근대 일본의 문학 유파)의 일원인데 그는 의식이 깨어 있는 사람으로서 이러한 말들을 남겼다. 그러나 그 속에는 약간의 아쉬움과 처량한 기운이 없지 않아 있다.

이것 역시 시대적 상황과 관련이 있는데 앞으로는 해방이라는 말이 다

루쉰, 첸다오쑨錢稻孫, 쉬서우창許壽裳이 함께 디자인한
국가의 휘장 도안인데 채택되지는 않았다.

시는 없을 뿐만 아니라 해방하고자 하는 마음도 생기지 않을 것이다. 더욱이 아쉬움이나 처량함도 없을 것이다. 거기에는 오로지 사랑만이 계속 존재할 것이다—모든 어린아이에 대한 사랑만이.

_『루쉰 전집』 제1권 『열풍』

『24효도二十四孝圖』

나는 온 사방을 찾아다니며 가장 악랄하고 지독한 저주의 글을 가져다 먼저 백화문에 반대하고 이를 방해하는 사람들을 저주하고자 한다. 설령 사람이 죽은 뒤에 정말 영혼이 있어 이와 같은 악한 마음으로 인해 지옥에 떨어진다고 해도 나는 결코 후회하지 않을 것이며 반드시 백화문에 반대하고 이를 방해하는 사람들을 저주하고자 한다.

이른바 '문학혁명' 이후에 나온 어린이들을 위한 책이 여전히 유럽이나 미국, 일본 등과 비교해서는 가련하기 짝이 없다. 하지만 그래도 책 속에 그림과 이야기들이 있어 아이들이 쉽게 읽고 이해할 수 있었다. 그러나 일부 다른 속셈을 가진 사람들은 온 힘을 다해서 그것을 막고, 아이들 세계의 작은 기쁨마저 빼앗아가려고 하고 있다. 베이징에서는 지금도 늘 '마호자馬虎子'란 말로 아이들에게 겁을 준다. 어떤 이들은 '마호자'가 『개하기開河記』에 나오는 인물이라고 하는데 이는 수나라 양제가 운하를 팔 때 아이들을 잡아다 삶아 죽였다는 마숙모痲叔謀로 추정되는데 그 정확한 이름은 '마호자痲胡子'일 것이다. 그렇다면 그 마호자는 바로 호인胡人(오랑캐)인 것이다. 그러나 그가 어떤 사람이든지 간에 아이들을 잡아먹는 데는 한계가 있었을 테니 그저 그의 생애에 지나지 않았을 것이다. 하지만 백화문을 방해하는 자들이 끼치는 해로움은 홍수나 맹수보다도 심해 그 범위가 아주 넓고 그 시간 또한 매우 길다. 그것은 중국 전체를 마호자로 변하게 하여 아이들이란 아이들은 죄다 그 뱃속에서 죽게 할 수도 있는 것이기 때문이다.

그러므로 백화문을 해치는 자들은 모두 다 사라져야 마땅하다!

이런 말에 대해 봉건적 신사紳士들은 자연히 귀를 틀어막지 않을 수 없을 것인데 '펄펄 뛰며 만신창이가 되도록 욕을 퍼부어도 포기하지 않을 것이기' 때문이다.[1] 그리고 문인들도 역시 욕을 할 것인데, 그들은 이것이 '문장의 품격'을 크게 어겼고 '인격'을 매우 손상시킨 것이라 여기기 때문이다. '말이란 마음의 소리'가 아니던가? 물론 '글'과 '사람'은 서로 긴밀한 관련이 있다. 그런데 인간세상이란 아주 괴상하여 교수教授들 중에서도 작가의 인격은 '존중하지 않으면서'도 '그의 소설은 훌륭하다고 말하지 않을 수 없다'고 하는 그런 족속들이 있기도 하다. 그러나 나는 이런 것에 대해서는 일절 관여하지 않는데 다행히도 내가 아직 속세를 떠나 상아탑에 올라가지 않았기에 별로 조심할 필요가 없기 때문이다. 만약 나도 모르게 상아탑에 올라갔다 하더라도 나는 얼른 그곳에서 굴러 떨어

1 이것은 천시잉陳西瀅이 1926년 1월 30일에 『신보부간晨報副刊』에 발표한 「쉬즈모에게致志摩」라는 공개 서신에서 루쉰을 공격하며 사용한 말이다. 루쉰은 작품 속에 이 말을 인용하며 천시잉을 반박하고 풍자하고 있다. — 옮긴이

져 내려오면 그만인 것이다. 하지만 나는 떨어져 내려올 때 내 몸이 땅에 닿기 전에 다시 한 번 이렇게 말하고자 한다.

백화문을 해치는 자들은 모두 다 사라져야 마땅하다!

나는 아이들이 조악한 『아동세계』 같은 책을 보면서도 좋아서 어쩔 줄 모르는 것을 볼 때마다, 늘 다른 나라 아동도서의 정교함을 떠올리며 자연스레 중국 아이들에 대한 동정심을 느끼게 된다. 물론 나와 내 동창생들의 유년시절을 돌이켜 보면 그래도 오늘날의 어린이들은 행복하다고 할 수 있으며, 영영 흘러가버린 우리의 그 아름다운 어린 시절에 대하여 깊은 애도의 뜻을 보내지 않을 수 없다. 그 시절 우리에겐 볼 만한 책이라고는 아무것도 없었다. 만약 그림이 조금이라도 있는 책을 보다가는 훈장님, 즉 당시에 '청년들을 지도하는 선배'들에게 금지당하거나 꾸지람을 들었고 심지어 손바닥을 맞기까지 했다. 나의 어린 동창들은 『삼자경三字經』의 "사람은 나면서부터 성품이 선했다"라는 문장만 읽다보니 무척 따분하고 지루해했다. 그래서 가끔 몰래 책의 첫 장을 펼치고 '문성고조文星高照(문성이 높이 비치다)'라는 그림의 괴성魁星[2]을 들여다보는 것으로 그 어린 시절의 유치하고도 아름다운 천성을 만족시킬 수밖에 없었다. 어제도 그 그림, 오늘도 그 그림이건만 그들의 눈 속에는 생기와 기쁨의 빛이 반짝였다.

서당 밖에서는 이러한 금지령이 비교적 느슨했다. 그러나 이것은 어디까지나 내 개인적 경험을 말하는 것일뿐 아마 사람마다 다 달랐을 것이

---

2 옛날 서당의 초급독본 속표지에 인쇄된 모양. 붓으로 점을 찍어 누가 과거에 합격했는지 정하는 모양과 같다. — 옮긴이

다. 그 당시 내가 사람들 앞에서 떳떳이 내놓고 읽을 수 있었던 책은 오로지 『문창제군음즐문도설文昌帝君文陰騭文圖說(인과응보와 미신사상을 선전하는 화집)』과 『옥력초전玉曆鈔傳(미신을 선전하는 책)』 뿐이었다. 이 책들은 모두 저승에서 착한 것을 표창하고 악한 것을 징벌하는 이야기를 그린 그림책이었다. 우레의 신과 번개의 여신이 구름 가운데 서 있고, 소머리 귀신과 말머리 귀신이 사방에 가득 있었다. 여기서는 '펄펄 날뛰는 것'이 하늘의 법을 어기는 것이며 말을 조금만 잘못하거나 생각을 조금만 잘못 먹어도 그에 응하는 대가를 치러야 한다. 여기에서 치러야 할 대가는 '하찮은 원한' 정도가 아니었다. 그곳에서는 귀신을 군주로 여기고 '공리公理'를 재상으로 삼고 있으므로, 술을 따르고 무릎을 꿇는 것 따위는 소용이 없고 그야말로 어찌해야 할지 상상조차 할 수 없는 것이다. 중국의 천지간에서는 사람 노릇뿐만 아니라 귀신노릇을 하는 것도 쉬운 일이 아니다. 하지만 저승에는 소위 '신사紳士들'이나 '유언비어'가 없으니 이는 그나마 이승보다 낫다고 할 수 있겠다.

저승이 아무리 온당하다 해도 이를 찬양해서는 안 될 것이다. 특히 늘 필묵을 다루는 사람으로서 현재의 중국, 즉 유언비어가 판을 치며 '언행일치'를 강조하는 이때에는 더욱 그러하리라. 여기에는 교훈으로 삼을 만한 이야기가 하나 있는데 듣자하니 그것은 러시아 소설가, 아르치바셰프가 일찍이 한 소녀의 질문에 대답한 말이다. "오직 인생의 사실 그 자체 속에서 기쁨을 찾아내는 사람만이 삶을 살아갈 수 있다. 만일 그곳에서 아무것도 보지 못한다면 그들은 차라리 죽느니만 못하다." 그러자 이에 대해 미하일로프란 사람이 그에게 편지를 보내 이렇게 비웃었다. "……그러므로 나는 온전히 진심으로 당신이 자살로 스스로의 목숨을 끝마칠 것을 권고하는 바입니다. 왜냐하면 첫째로 이것이야말로 논리에 들어맞는 것이며, 둘째로 당신의 말과 행동이 어긋나지 않기 때문입니다."

사실 이런 논법은 모살謀殺과 마찬가지다. 그러나 미하일로프는 이것을 통해서 자신의 인생에서 기쁨을 찾았다. 아르치바셰프도 그저 한바탕 큰 소란을 일으켰을 뿐 자살하지는 않았다. 그 후 미하일로프 선생이 어떻게 되었는지는 알 수 없으나 아마 이러한 기쁨을 잃어버렸거나 혹은 또 다른 '무엇'을 찾았을 수도 있겠다. 정말로 '이러한 때에 용감함은 안정적인 것이며 열정은 전혀 위험하지 않은 것이다.'

하지만 나는 결국 저승에 대한 찬양을 한 셈이라 이제 와서 그 말을 취소할 수 없게 되었다. 비록 이 때문에 내가 '언행이 일치하지 않는다'는 혐의를 받을 수도 있겠지만 염라대왕이나 그 나졸로부터 한 푼의 수당금도 받지 않았으니 이로써 자기변호는 할 수 있을 것이다. 어쨌든 쓰던 글이나 계속 쓰기로 하자.

내가 본 저승에 관한 그림책들은 우리 집에서 소장해온 오래된 책들로 내 개인 소유는 아니었다. 내가 맨 처음 가지게 된 그림책은 어떤 어른이 준 『24효도二十四孝圖』였다. 이 책은 두께가 아주 얇았지만 아래에는 그림이, 위로는 이야기가 적혀 있었고 귀신보다 사람이 더 많이 등장했다. 게다가 이 책은 내 소유였는데 나는 이 사실에 매우 기뻐했다. 책에 나오는 이야기들은 누구나 거의 다 알고 있는 것이었는데 글을 모르는 사람, 예를 들면 키다리어멈阿長 같은 사람도 책에 있는 그림을 보면 그 이야기를 줄줄 말할 수 있었다. 하지만 이러한 기쁨도 잠시였고 이내 흥이 깨지고 말았다. 왜냐하면 내가 다른 사람에게 부탁하여 스물네 가지의 이야기를 다 듣고 나니 비로소 '효'라는 것이 이렇게 어렵다는 것을 깨달았으며, 일전에 효자가 되고자 했던 어리석은 계획은 완전히 희망을 잃었기 때문이다.

'사람은 태어났을 때 본래 착한 성품인가?' 이것은 지금 다루고자 하는 문제는 아니다. 그러나 아직까지 어렴풋이 기억하기로는 내가 어린 시절에 고의로 부모님께 불효한 적이 없었고, 오히려 부모님께 효를 다하고자 했다는 것이다. 하지만 그때는 나이가 어리고 무지해서 '효를 행하는' 것을 제멋대로 해석하여 그저 부모님의 '말을 잘 듣고' '명령에 복종하며' 커서는 늙으신 부모님을 잘 봉양하면 되는 것이라고 생각했다. 그러나 효자에 관한 이 교과서를 얻은 후로는 비로소 그렇지 않다는 것을 알게 되었고, 효자가 되는 것은 그보다 수십 배, 수백 배 더 어렵다는 것을 깨닫게 되었다. 물론 그중에는 '자로가 쌀을 지고 운반한다'[3]나 '황향이 베개맡에서 부채질하다'[4] 등과 같은 일들은 노력한다면 모방할 수 있는 것들이었다. 또한 '육적이 귤을 품속에 넣다'[5]와 같은 일도 부잣집에서 나를 식사에 초대하기만 한다면 어려운 일이 아니었다. 만약 주인이 "루쉰 선생은 손님으로 오셔서 어찌 귤을 품속에 넣으셨습니까?"라고 묻는다면 나는 곧 꿇어 엎드려 "어머님께서 좋아하시는 것으로 집으로 가지고 가

---

3 자로부미子路負米. 공자의 제자인 자로는 가난하여 매일 쌀을 등짐으로 져서 백 리 밖까지 운반했고 그 운임을 받아 부모님을 봉양했다. — 옮긴이

4 황향선침黃香扇枕. 황향은 아버지를 섬기는 자세가 극진했는데 여름에는 베갯머리에서 부채질을 하고 겨울에는 몸으로 이불을 따뜻하게 했다고 한다. — 옮긴이

5 육적회귤陸績懷橘. 육적이 6세 때 주장九江에서 원술袁述을 만났는데 원술은 육적에게 귤을 대접했다. 육적은 원술이 자리를 비운 사이 귤 세 개를 품에 넣었는데 집으로 돌아갈 때 원술이 이를 발견하고 그 영문을 물으니 육적은 어머니께 귤을 드리려고 했다고 했다. 이에 원술은 육적의 효심에 크게 감동했다. — 옮긴이

서 어머니께 드리려고 합니다"라고 대답하면 될 것이다. 그러면 그 부자는 크게 탄복할 것이고 내가 효자가 되는 것은 이미 따놓은 당상일 것이다. 하지만 '대나무를 붙들고 통곡하니 대순이 돋아났다哭竹生筍'는 것은 좀 의심스러운데 나의 정성이 그만큼 천지를 감동시킬 것 같지는 않기 때문이다. 그런데 통곡해도 대순이 돋아나지 않는 것은 고작 당혹스러울 뿐이겠지만 '얼음 위에 누워 잉어를 구한다臥冰求鯉'는 것은 생명의 위협을 받을 수도 있는 것이다. 나의 고향은 날씨가 따뜻하여 한겨울에도 수면에 얇은 살얼음이 얼 뿐이다. 아무리 가벼운 아이라도 그 위에 눕는다면 틀림없이 '빠직' 소리와 함께 얼음이 깨지며 잉어가 미처 오기도 전에 물속에 빠져버리고 말 것이다. 물론 생명을 아끼지 않아 하늘을 감동시켜 뜻밖의 기적이 나타날 수도 있겠지만 그 당시 나는 아직 어렸기에 이러한 것을 이해하지 못했다.

그 가운데서도 내가 제일 이해할 수 없고 심지어 반감까지 들게 하는 것은 '내 노인이 부모를 즐겁게 하다老萊娛親'와 '곽거가 아들을 묻다郭巨埋兒'라는 두 이야기였다.

나는 오늘날까지도 부모 앞에 누워 있는 노인과 어머니의 팔에 안겨 있는 어린아이의 모습이 나에게 얼마나 다른 감상을 불러일으켰는지를 기억하고 있다. 그들은 모두 손에 '딸랑북'을 들고 있었다. 이 장난감은 아주 귀여운데 베이징에서는 이를 작은 북이라고 불렀다. 이는 아마도 타오鞀(양 옆에 방울이 달린 작은 북)일 것인데 주희朱熹의 해석에 따르면 "타오, 작은 북은 양쪽에 방울이 달려 있고 손잡이를 잡고 흔들면 그 양쪽 방울이 스스로 북을 때리며" 쿵당쿵당 소리를 내는 것이다. 그런데 본래 내 노인의 손에는 지팡이가 들려 있어야 마땅할 것인데 오히려 이러한 물건이 들려 있는 것이었다. 이런 모습은 그야말로 거짓된 것으로 아이들을 모욕하는 것이었다. 그래서 나는 두 번 다시 이 그림을 보지 않았고, 해당 페이지에 이르면 재빨리 다른 페이지로 넘겨버렸다.

그때의 『24효도』는 이미 오래전에 잃어버렸고 현재는 일본인 오다 가이센小田海僊이 그림을 그린 책을 가지고 있다. 여기서 내 노인에 대하여 말하기를 "향년 칠십에 늙었다 말하지 않고, 항상 알록달록한 옷을 입고 손에 북을 들고 어린아이처럼 장난을 치며 부모를 기쁘게 했다. 물을 떠서 부모님께 드리러 방으로 올라와서는 일부러 넘어져 아이와 같은 울음소리로 울며 부모님을 즐겁게 했다"고 쓰여 있다. 이는 옛 책과 별반 다를 것이 없는데 내가 반감을 가지는 대목은 바로 '일부러 넘어졌다'는 것이다. 부모에게 불효하거나 효를 다하는 것과 상관없이 아이들이 가장 싫어하는 것이 바로 '일부러 꾸미는' 것이다. 그래서 아이들은 이야기를 들을 때도 지어낸 이야기는 좋아하지 않는데 이는 어린아이의 심리를 조금이라도 이해하는 사람이라면 모두 알 수 있는 것이다.

그러나 좀 더 오래된 책을 찾아보면, 사실 내 노인에 대한 이야기가 이렇게 허무맹랑하지만은 않다. 사각수師覺授의 『효자전』에서는 "내 노인은 (…) 항상 다채로운 색의 옷을 입고, 부모님을 위해 손수 물을 떠갔다. 방으로 가다 넘어졌을 때 부모님이 속상해 하실까봐 엎어진 채로 어린아이 같은 울음소리를 냈다.(『태평어람太平禦覽』 권413에서 인용)"고 전해진다. 오늘날 전해지는 이야기와 비교해볼 때 이것이 조금 더 인지상정에 부합한다고 본다. 무슨 연유인지 모르겠지만 후대 사람들은 그가 '일부러 꾸민 것'으로 바꿔야만 마음이 편안했나보다. 등백도鄧伯道가 자식을 버리고 조카를 구한 것을 생각해보면 그가 그냥 아들을 '버린' 것뿐인데 어리석은 사람들은 반드시 그가 아들을 나무에 매달아 묶어놓고 따라오지 못하게 했다고 말해야 비로소 끝이 났다. 이는 마치 '진절머리 나는 것을 재미로 삼는 것'처럼 정서에 맞지 않는 것을 윤리 기강으로 삼아 옛사람을 모욕하고 후대 사람들에게 나쁜 것을 가르치는 것이다. 내 노인의 이야기가 바로 그런 사례인데 도학선생道學先生(사상이나 학풍이 매우 진부한 사람)이 그를 티끌 한 점 없는 사람으로 여길 때 그는 되레 어린아이들의 마음속에서 이미 죽은 사람이 되었다.

'딸랑북'을 가지고 노는 곽거郭巨의 아들은 실로 동정할 만하다. 아이는 어머니의 팔 안에서 좋아하며 웃고 있는데 그의 아버지는 아이를 묻으려고 땅을 파고 있으니 말이다. 이에 대한 설명은 이러하다. "한나라 때 곽거라는 사람이 있었는데 집이 몹시 가난했다. 그에게는 세 살짜리 아들이 있었는데 그의 어머니는 자신이 먹을 식량을 아껴 손자에게 먹이곤 했다. 곽거가 아내에게 물었다. 집이 가난하여 어머니를 제대로 공양할 수 없는데 아들놈은 또 어머니의 식량을 취하니 이 아이를 묻는 것이 어떻겠소?" 그러나 유향劉向의 『효자전』에서는 그 이야기가 조금 다르다. 곽거는 매우 부유했는데 재산을 모두 두 아우에게 나누어주었다. 그의 아이는 태어난 지 얼마 지나지 않아 아직 세 살도 되기 전이었다. 그러나 결말은 대략 비슷하다. "구덩이를 두 자쯤 파자 황금 한 솥이 나왔다. 그 위에는 '하늘이 곽거에게 하사하는 것이니 관리들은 취하지 못하고 백성도 빼앗지 못한다!'라고 쓰여 있었다."

처음에 나는 그 아이를 대신해 손에 진땀이 났다가 곽거가 금 한 솥을 캐내는 대목에서야 비로소 마음이 놓였다. 그리고 나는 다시는 효자가 되고 싶다는 생각을 할 수 없었고 혹시나 우리 아버지가 효자 노릇을 할까봐 두렵기까지 했다. 마침 가세가 기우는 탓에 부모님이 끼니 걱정을 하는 소리를 자주 들었고 할머니도 늙으셨는데 만약 우리 아버지가 곽거를 본받는다면 내가 땅에 묻히는 것이 아니겠는가? 만약에 이야기가 꼭 들어맞아 우리 아버지도 구덩이에서 황금 한 솥을 파낸다면 이는 하늘이 주시는 복일 것이다. 그러나 당시에 나는 어렸어도 세상에 이러한 우연의 일치는 발생하지 않는다는 것을 이미 잘 알고 있었다.

지금 생각해보면 정말 바보 같은 일이다. 왜냐하면 지금은 이런 바보 같은 장난들을 실제로는 아무도 실행하지 않는다는 것을 잘 알고 있기 때문이다. 윤리 기강을 바로 잡으려는 이야기들은 여전히 있지만 소위 신사紳士들이 알몸으로 얼음 위에 누워 있거나 장군들이 차에서 내려 쌀을 짊어지고 가는 내용은 보기 힘들다. 하물며 이제는 어른이 되어서 오래된 책도 몇 권 읽었고, 『태평어람』 『고효자전古孝子傳』 『인구문제』 『산아제한節制生育』 『20세기는 어린이들의 세계인가二十世紀是兒童的世界』와 같은 새로운 책도 몇 권 사 읽어보았으니 생매장 당하는 것에 저항할 이유는 충분히 찾을 수 있었다. 그러나 그때는 그때고, 지금은 지금이다. 당시에는 아닌 게 아니라 정말 겁이 났다. 만약 아버지가 깊은 구덩이를 팠는데 황금이 나오지 않는다면 '딸랑북'과 함께 땅에 꽁꽁 묻혀버릴 테니 달리 무슨 방도가 있겠는가. 그런 일이 정말 일어날 것이라고 생각하지는 않았으나 그때부터 나는 부모님이 가난을 걱정하는 소리를 듣거나 할머니의 흰머리를 보는 것이 두려웠다. 심지어 할머니는 나와 대립하는 존재로 내 생명에 방해가 되는 사람으로까지 여겨졌다. 나중에 이러한 인상은 차츰 희미해졌지만 할머니가 돌아가실 때까지도 이런 여운이 줄곧 남아 있었다. 나에게 그 『24효도』 책을 준 유학자儒者는 아마 이런 일은 생각하지도 못했을 것이다.

5월 10일

_『루쉰 전집』 제2권 『아침 꽃 저녁에 줍다』

아이의 사진을 보며 이야기하다

일찍이 어떤 이는 내가 사람 됨됨이가 좋지 않아 그 인과응보로 오랫동안 아이가 없는 것이며 곧 대가 끊길 거라고 말했다. 집주인 아주머니는 내가 미울 때면 아이들이 내 방에 와서 놀지 못하게 하며 "저 이에게 친근하게 굴지 말거라, 아주 죽을 만큼 쓸쓸해봐야 해" 하곤 했다. 그러나 이제는 나도 아이가 하나 생겼다. 비록 이 아이를 잘 키울 수 있을지 없을지는 말하기 어렵지만 지금은 이 녀석이 말도 제법 할 줄 알고 자기 의사 표현도 할 줄 안다. 하지만 말을 못하는 것이 차라리 더 나은 것 같기도 하다. 아이가 말하기 시작하면서부터 이 녀석 역시 나의 적과 같이 느껴질 때가 있기 때문이다.

아이는 가끔 나에게 불평을 하는데 한번은 내 앞에서 "내가 아빠가 되면 더 잘할 거야"라며 말하기도 했고, 심지어는 '반항'을 하듯 "이런 아빠가 무슨 아빠야"라며 나에게 호된 비평을 했다.

나는 아이의 말을 믿지 않는다. 아이일 때는 장래에 좋은 아버지가 될 것을 자신의 사명으로 여기겠지만 실제로 자기에게도 아들이 생길 때쯤 되면 이전에 했던 선언들을 일찌감치 깨끗이 잊어버릴 것이다. 게다가 나 스스로도 내가 그리 나쁜 아버지는 아니라고 생각한다. 비록 어떤 때는 아이를 혼내고 때리기도 하지만 이는 사실 아이를 사랑하기 때문이다. 그래서 우리 아이는 건강하고 활발하며 장난기 가득하다. 기를 못 펴 생기 없이 풀이 죽어 있는 적이 없다. 만약 정말로 그런 '무슨 아빠'였다면 아이가 감히 내 앞에서 이렇게 반항하는 말을 할 수나 있었겠는가?

그러나 그 건강하고 활발한 성격 때문에 아이가 손해를 본 적도 있다. 9·18사건 이후에 우리 아이는 일본인으로 오해를 받아 사람들에게 욕을 얻어 먹기도 했고 한 번은 맞기까지도 했다.—물론 심하지는 않았다. 여기에서 말하기에도 듣기에도 모두 달갑지 않은 말을 한마디 덧붙이자면 최근 1년여 동안에는 이러한 일이 한 번도 일어나지 않았다는 것이다.

만약 중국과 일본의 아이들이 모두 똑같이 양복을 입는다면 사실상 구분하기가 쉽지 않다. 그런데 일부 사람들은 잘못된 속단을 내린다. 사람들은 아이가 온화하고 얌전하며 말수가 적으며 웃지 않는데다 활동이 적으면 중국인이라고 여기고, 건장하고 활발하며 낯을 안 가리고 떠들며 뛰어다니면 일본인이라고 여기는 것이다.

그런데 이상한 것은 일찍이 일본 사진관에서 아이에게 사진 한 장을 찍어준 적이 있었는데 장난기 가득한 얼굴이 꼭 진짜 일본 아이와 같았다. 나중에 중국 사진관에서 아이 사진을 찍었을 때 비슷한 옷을 입었는데도 얼굴 표정이 딱딱하고 얌전한 것이 꼭 전형적인 중국 아이와 같았다.

이에 대해 나는 생각을 좀 해보았다.

아이의 사진이 이렇게 다른 이유는 바로 사진사 때문이었다. 양국의 사진사는 아이에게 서 있거나 앉아 있는 자세를 지시하는 것이 모두 달랐다. 사진사는 아이를 세워두고는 두 눈을 부릅뜨고 사진기를 들여다보며 그가 생각했을 때 가장 좋은 순간의 아이 모습을 찍기 때문이다. 카메라 렌즈에 비춰지는 아이의 표정은 항상 변한다. 활발하고 장난기 가득한 표정이 되기도 하고, 얌전하고 딱딱한 표정을 짓기도 하며, 짜증스러운 모습과 의심하는 표정도 지어보이고, 겁먹은 얼굴과 피곤한 모습을 보이기도 한다. 그리하여 아이의 온순하고 얌전한 순간을 찍으면 중국 아이의 사진이 되는 것이고 활달하고 장난스러운 순간을 찍으면 바로 일본 아이의 사진이 되는 것이다.

온순하다는 것이 악덕惡德은 아니다. 그러나 좀 더 확대해서 생각해보면 모든 일에 온순하기만 한 것 역시 미덕은 아니며 어쩌면 장래성이 없는 변변치 못한 것이라고도 할 수 있다. '아버지'와 선배의 말은 당연히 잘 들어야 하는 것이지만 그 말은 반드시 합리적인 것이어야 한다. 나는 모든 일에 자신 없이 기가 죽어 뒤로 물러나는 아이나 얼굴에는 웃음을 짓고 있지만 마음속에서 음모를 꾸미는 아이보다는, 오히려 내 앞에서 대놓고 나에게 '무슨 놈'이냐고 통쾌하게 욕을 하는 아이가 더 낫다고 생각한다. 게다가 나는 우리 아이가 바로 이런 녀석이기를 원하는 바다.

그러나 중국의 일반적인 추세는 아이가 온순한 유형, 즉 '정靜'적인 성격으로 발전하는 것에 초점을 두고 있다. 그래서 고분고분하고 무조건 순종하는 아이가 비로소 착한 아이이며 이를 아이 키우는 "재미가 있다"라고 말한다. 활발하고 건강하며 고집스럽고 고개를 꼿꼿이 들고 다니는 '동動'적인 아이들에 대해 어떤 이들은 고개를 젓는다. 심지어 이를 '서양 스타일洋氣'이라고 부른다. 오랜 시간 서양의 침략을 받은 탓에 어떤 이들은 '서양 스타일'을 원수와 같이 여긴다. 심지어 일부러 이 '서양 스타일'에 반하는 행동을 하는 사람도 많이 있다. 그리하여 그들이 활동적이라면 우리는 일부러 가만히 앉아 있고, 그들이 과학을 이야기하면 우리는 일부러 점을 치고, 그들이 짧은 옷을 입으면 우리는 일부러 긴 옷을 입고, 그들이 위생을 중요시 여기면 우리는 일부러 파리를 먹으며, 그들의 몸이 건장하면 우리는 일부러라도 병이 나야 한다는 것이다. 이렇게 해야만 진정으로 중국 고유의 문화를 보전하는 것이고 애국하는 것이며 비로소 노예근성이 없는 것이라고 여긴다.

그러나 내가 보기에 사실 '서양 스타일' 중에 좋은 점도 꽤 많은데, 여기에는 중국인이 본래 가지고 있던 성격도 있다. 그러나 역대 왕조들의 억압 속에서 이러한 장점이 위축되어 지금은 자신도 모르게 이 모든 장점을 서양인들에게 넘겨준 것이다. 물론 신중한 선택을 내려야겠지만 이것은 반드시 되가져오고 회복시켜야 하는 것이다.

중국 고유의 것이 아니라 하더라도 좋은 점이 있다면 우리는 그것을 배워야 한다. 설령 그 선생이 우리의 원수라 해도 우리는 그에게서 좋은 점을 본받아야 하는 것이다. 여기에서 나는 모두가 듣기 싫어하겠지만 일본에 대해 몇 마디 하고자 한다. 중국의 많은 논자는 일본이 모방을 잘하지만 창작은 잘 못한다며 그들을 경멸한다. 그러나 그들의 출판물과 공예품을 보면 중국이 따라잡을 수 없는 수준에 도달했다. '모방을 잘하는 것'은 절대로 단점이 아니며 우리는 오히려 이렇게 '모방을 잘하는 것'을 배워야 한다. '모방을 잘하는 것'에 창작까지 잘 한다면 오히려 더 좋지 않겠는가? 그렇지 않다면 그저 '한'을 품고 죽을 수밖에 없다.

여기에서 사족 한마디를 덧붙이자면, 나의 주장은 절대로 '제국주의의 사주를 받고' 중국인들을 유혹해 노예가 되도록 하는 것이 아니다. 입만 열면 애국을 부르짖고 온몸을 국수주의로 치장하더라도 제국주의의 노예로 전락시키기엔 실제로 전혀 지장이 없다.

8월 7일

_『루쉰 전집』 제6권 『차개정잡문』

덧붙이는 말

아이들을 구해주시오!

1918년 4월, 루쉰은 『광인일기』에서 그의 첫 외침을 토했다. 그는 "혹여 사람을 먹어보지 않은 아이가 아직 있다면, 부디 그 아이들을 구해주시오……"라며 부르짖었다.

1936년 9월 27일, 루쉰은 병상에서까지 온 힘을 다해, "참으로 '아이들을 구해야 한다.' 이것은 '우리 민족의 앞날과 깊은 관계가 있는 것이다!' 게다가 이것은 우리 자손들의 운명과도 관계된 일이다. 어른 여러분, 우리가 사람의 머리를 하고 태어났으니 열심히 사람 같은 말을 하도록 합시다!"(『차개정잡문말편』「후일의 증거로 삼기 위하여 보존하다立此存照 7」)

22일 후에 루쉰은 세상을 떠났고 끝내 이 글이 발표되는 것을 보지 못했다.

루쉰이 아이들의 교육을 말하다

중국의 중류층 가정에서 아이를 교육하는 방법에는 대략 두 가지가 있다. 첫째는 멋대로 날뛰도록 방임하고 조금도 관여하지 않는 것이다. 남을 욕하고 때리는 것도 가능하여 집 안과 주변에서는 폭군이요 패왕이다. 그러나 밖으로 나가기만 하면 거미줄을 잃은 거미처럼 금세 아무 힘도 쓰지 못한다. 둘째는 온종일 냉대하거나 질책하고 심지어 매질을 하는 것이다. 그래서 아이들은 기가 죽어 눈치를 살피는데 이 모습이 마치 영락없는 노예, 꼭두각시와 같다. 하지만 부모들은 이를 미화하여 '말을 잘 듣는다'고 하며 자신의 교육이 성공했다고 여긴다. 이런 아이들은 밖에 내놓으면 잠시 새장을 나온 새처럼 날지도 지저귀지도 못하고 뛰어오르지도 못한다.

완고함, 악랄함, 멍청함, 답답함 이 모든 것은 사람을 몰락하고 멸망시키기에 충분하다. 유년기의 모습이 곧 미래의 운명을 결정한다. 우리의 새로운 세대는 연애담을 이야기하고, 가정에 대해 이야기하고, 자립을 이야기하고, 즐거움을 이야기하지만 정작 자녀를 위한 가정교육의 문제, 학교 교육의 문제, 사회 개혁의 문제를 이야기하는 사람은 매우 드물다. 예전 사람들은 단순히 '자손을 위해 소나 말이 되는' 것밖에 몰랐는데 이는 아주 잘못된 것이다. 그러나 현재만 생각하고 미래를 생각하지 않으며 '자손들이 소나 말이 되도록 내버려두는 것'은 더 큰 잘못이라고 말할 수 있다.

_『남강북조집南腔北調集』「상하이의 어린이」

루쉰의 '간곡한 충고'

개인적인 이익을 위해서가 아니라 원대한 목적을 위해 나를 공격하는 사람에 대해서 나는 그 공격이 어떤 방법으로 이루어지던 간에 일평생 그 사람을 원망하지 않을 것이다. 그러나 필묵으로 출세하기만을 바라는 청년들에 대해서는 근 몇 년간 나의 경험을 바탕으로 진심으로 간곡한 충고를 하고 싶다. 그것은 이러하다.—끊임없이(!) 노력하라. 그리 길지도 짧지도 않은 시간 동안 몇 편의 글을 쓰거나 몇 권의 잡지를 낸 정도를 가지고 마치 전대미문의 대업적을 이룬 것처럼 생각하지 말라. 다른 한 가지는 남을 해치는 일에만 열중하여 나와 남이 함께 망하는 일은 하지 말라. 또한 반드시 앞 세대를 넘어 그 사람들보다 더 높은 곳으로 올라가라. 첫 출발이 미숙하고 미미하더라도 걱정하지 말고 반드시 끊임없이(!) 성장해야 하는 것이다.

_『삼한집三閑集』「루쉰 저서 및 번역서 목록」

루쉰이 1917년 8월 7일 차이위안페이蔡元培에게 보낸 '베이징대학 배지' 설계도

2.
사무치게 그리운 어린 시절의 고향

루쉰은 "어린 시절 고향에서 먹던 마름씨, 나한콩, 교백참외와 같은 채소와 과실이 종종 기억나곤" 했다. 루쉰은 이것들 전부가 "고향을 그리워하게 하는 것들"로, "나를 일생동안 기만하면서 수시로 돌이켜 보게 할 것이다"라고 했다.(『아침꽃 저녁에 줍다』, 「머리말」)

만일 지금 매우 절실하게 어린 시절과 '이별'하기를 원한다 해도(어느 면에서 이런 "이별"은 사람이 성숙해지는 데 반드시 거쳐야 하는 단계다. 하지만 그렇다 해도 어린 시절의 고향을 그리워하는 마음에서 빠져나올 수는 없다), '정신적인 고향'은 영원히 존재하므로 '평생' 사무치게 그리워하게 되는 것이다.

길잡이 글

여기에 수록된 작품에는 아름다운 언어와 영혼이 깃들어 있다. 혹은 영혼 때문에 언어가 아름다워졌고 그 의미가 보존된다고 말할 수도 있겠다. 그러므로 그것에는 생명의 영험성과 소리가 존재하고 색이 있으며 맛과 느낌이 있고 두께와 힘, 질감이 존재한다. 작품을 찬찬히 음미하며 낮게 읊조려 감상하다보면 루쉰 고향에 있는 '산음도山陰道'[1]로 걸어 들어가게 된다. 그곳의 사람과 산천은 "서로를 비추고 어울려 사람을 황홀케 한다."

루쉰은 모친을 회상하는 글을 쓴 적은 없지만(이는 참으로 이상한 일이다) "어멈阿媽"이라 불렀던 보모에 대해 쓴 글은 있다. 루쉰은 「키다리 어멈과 『산해경』」이라는 글 첫 부분에서 그 어멈을 어떻게 해서 '증오'하게 되었는지 늘어놓았다. 그런데 폄하로 가득한 말 뒤에 숨겨진 따스하면서도 애정 어린 속뜻을 읽어낼 수 있겠는가? 그리고 마지막 절, "너그럽고 캄캄한 어머니 대지여, 당신의 품에서 어멈의 넋이 고이 잠들게 해주소서!"라고 외치는 하늘을 향한 탄식에서는 더한 감동이 느껴진다. 이와 같은 언어 감각은 곰곰이 음미해볼 만하다.

「지신제 연극社戱」의 언어는 또 우리를 몽환적인 세계로 안내한다. 처음에 노를 저어 들어가면서는 "자오좡趙莊이 어렴풋이 보이는 듯했고, 악기 소리도 들리는 듯했다. 무대인지 고깃배 불빛인지 몇몇 켜진 불빛도 있었다." 더 저어 들어가며 "구성지면서도 은은하게 들려오는 피리와 같은 소리"를 들었는데 더 다가가니 "생각대로 고깃배의 불빛이었다." 그리고 더 나아가서야 "자오좡 마을이 바로 눈앞에서 보였다." 하지만 무대를 "아련한 달밤에 바라보니 공간의 경계를 구분하기 어려웠고" 그저 "먼발치에서 볼" 수밖에 없었다. 그렇게 보다가 "무대 위 배우들의 얼굴이 점점 일그러져 눈, 코, 입이 점점 흐릿해지면서 하나의 형태로 뒤엉켜 보였다." 그리고 우리는 그 자리를 떠났는데 다시 "환한 무대 쪽을 돌아보니 올 때 봤던 신선계의 누각처럼 아득히 떠서 온통 붉은 안개에 휩싸여 있었다." 이 묘사는 백거이白居易의 "꽃이나 꽃이 아니고, 안개이나 안개가 아니라네花非花, 霧非霧"라는 시구를 떠올리게 한다. 분명한 것 같으면서도 변화무쌍하며 몽롱한 듯하고, 마치 본 것 같은데 또 본 것 같지 않고. 모든 것이 다 상상이나 느낌으로 실제라 여겼

---

1 지금의 중국 저장성 사오싱시紹興市 서남쪽 콰이지산會稽山 아래에 있는 정자 난정蘭亭을 가리킨다. 『세설신어世說新語』「언어言語」에 '산음도'에 관한 짤막한 기록이 있다. "왕자경이 이르기를, 산음도를 따라 걸어가면 산천경계가 서로를 비추고 어울려 사람을 황홀케 한다. 만일 늦가을에 간다면 그 풍경은 특히나 잊기 어렵다王子敬曰: '從山陰道上行, 山川自相映發, 使人應接不暇, 若秋冬之際, 尤難爲懷'"고 했다. — 옮긴이

는데 모두 사라져버리는.

「나의 첫 번째 스승我的第一個師父」은 잊혀서는 안 되는, 그러나 잊힌 묘문妙文이다. 담담하게 서술된 글에는 루쉰 특유의 유머가 스며 있다. 본문에서 셋째 사형이 "중한테 마누라가 없으면 보살은 어디에서 나왔게?"라고 했던 '호통'은 웃음을 금치 못하게 한다. 하지만 맨 마지막 부분에서 "그런데 내 생각에 그들에게는 틀림없이 저마다 작은 보살들이 이미 있을 것이고, 몇몇 작은 보살에게도 작은 보살이 생겼을 것이다"라고 갑자기 끝을 내며 그 내용을 곱씹어보게 한다.

「나의 천연두 예방접종 이야기我的種痘」 곳곳에서는 소설과 잡문의 필법이 엿보인다. 아무도 알아듣지 못하는 '관료 말투'의 '의원'과 늘 잊고 있었던 '학교 양호 선생'을 루쉰이 어떻게 묘사했는지 보자. 그리고 루쉰이 수시로 몰고 다니는 각종 의론들과 천연두를 접종했던 경험과 거의 관련 없어 보이는 '만화경' 이야기를 끼워 넣은 것도 보도록 하자. 이렇듯 루쉰은 자유자재로 말을 운용해 자신만의 생각의 공간을 개척했으며 사람들에게 자유로움을 주었다. 이것이야말로 소위 말하는 '루쉰 필법'의 매력이라 할 수 있겠다.

「연風箏」은 독특하게도 어릴 적 기억인 '봄날의 따스함' 속에 '추운 겨울날의 스산한 냉기'를 주입시켰다. "20년을 까맣게 잊고 있던 어린 시절이, 정신적으로 짓밟았던 그 장면이 눈앞에 펼쳐졌다." 루쉰뿐 아니라 우리 독자의 마음, 모두의 심장이 "납덩어리처럼 무겁게 내려앉았다". 하지만 가장 음미해야 할 부분은 결말의 한 구절이다. "차라리 스산한 한겨울 추위 속으로 숨어버리면 나을까"란 이 부분은 루쉰이 감정을 드러내는 가장 전형적인 방식이다.

키다리 어멈과 『산해경』[1]

키다리 어멈에 대해서는 이미 말한 적이 있다. 내 시중을 들었던 여자 하인으로, 좀 번지르르하게 말하면 나의 보모였다. 내 어머니를 포함한 많은 이들이 예의를 갖추어 어멈이라 불렀고, 할머니만 키다리라고 불렀다. 나는 평소에는 키다리라는 글자를 빼고 '어멈'이라 불렀다. 하지만 어멈이 미워질 때, 예를 들어서 내 생쥐를 죽인 것이 어멈이라는 것을 알게 되었을 때는 키다리라고 불렀다.

우리 고장에는 창長씨 성을 가진 사람이 없는 데다 어멈은 피부가 누렇고 몸집이 똥똥하며 키가 작달막해서 '길쭉하다'고 말할 수도 없었다. 그렇다고 또 어멈의 이름도 아니었던 것이, 언젠가 자신의 이름을 무엇 무

1 『산해경山海經』(기원전 3~4세기로 추정). 총 18권. 지리서地理書나 신화 소설 등으로 분류되며, 루쉰은 『중국소설사략』에서 '옛무당의 책巫書'으로 분류하기도 했다. — 옮긴이

엇이라고 말한 적이 있었다. 뭐라고 했는지 지금은 잊어버렸는데 어쨌든 창씨는 확실히 아니었고 진짜 성이 무엇이었는지는 끝내 알아내지 못했다. 남들이 자신을 왜 키다리 어멈이라 부르게 되었는지 그 내력을 나에게 말해준 것은 기억이 난다. 아주 오래전, 우리 집에 몸집이 큰 여자 하인이 한 명 있었는데 그 여자 하인이 바로 진짜 키다리 어멈이었다. 나중에 그 여자 하인이 다시 고향으로 가게 되면서 지금의 어멈이 대신 들어오게 되었는데 다들 전에 부르던 이름이 입에 익어서 달리 고쳐 부르지 않았다가 그렇게 '키다리 어멈'이 되었다.

뒤에서 이러쿵저러쿵 좋다 나쁘다 하는 것이 좋지는 않지만 내 진심을 말하라고 한다면, 나는 사실 어멈을 그다지 따르지 않았다고 말할 수밖에 없다. 어멈의 제일 밉살스러운 점은 늘 툭하면 재잘재잘 남들과 수군덕거리는 것이었다. 수군덕거릴 때마다 두 번째 손가락을 세워서 아래위로 흔들거나 상대방이나 자기 코끝에 삿대질을 했다. 나는 우리 집에 풍파가 조금이라도 생기면 그 '수군거림'과 관련이 조금이라도 있을지 모른다고 늘 의심했다. 어멈은 또 나를 움직이지도 못하게 했는데 내가 풀을 한 포기라도 뽑거나 돌멩이 한 개라도 뒤집어놓으면 나를 짓궂다며 어머니께 일러바쳤다. 그리고 여름이 오면 잘 적마다 침대 한복판에서 사지를 큰 대자로 쩍 벌리고 자서 나는 돌아눕지 못할 정도로 한쪽 구석으로 밀려나 자야 했다. 그렇게 오래 자다보면 침대 바닥이 뜨거워져서 후끈거렸다. 있는 힘껏 떠밀어도 어멈은 꿈쩍도 하지 않았고, 소리쳐 불러봤자 들은 척도 안 했다.

"키다리 어멈, 그렇게 몸이 뚱뚱하면 많이 덥지 않은가? 밤에 자는 모습이 그다지 보기가 좋지 않던데?"

어머니께서 내 푸념을 여러 차례 들으시고는 어멈에게 이렇게 물으신 적이 있다. 잘 때 나한테 자리를 좀 더 내주라는 어머니의 뜻이었다. 어멈은 말없이 잠자코 있었다. 하지만 그날 밤에도 더위에 깨어 보니 어멈은 똑같이 '큰 대' 자로 누워서 자고 있었고 한쪽 팔을 내 목에 걸쳐놓고 있었다. 도저히 더는 어쩔 도리가 없는 노릇이었다.

그런 어멈이 규율은 많이도 알고 있었다. 이 규율이 대개는 내가 성가셔하는 것들이었지만, 일 년 중 가장 즐거운 날로는 섣달 그믐날을 꼽을 수 있었다. 그날 밤 자정이 지난 뒤 어른들에게서 받은 세뱃돈을 붉은 봉투에 싸서 머리맡에 두었다가 하룻밤만 지나면 그 돈을 마음대로 쓸 수 있었기 때문이다. 베개를 베고 누워서도 한참 동안 봉투 꾸러미를 보면서 내일 작은 북이며 칼과 총, 진흙 인형, 부처 모습의 사탕을 살 생각에 잠겨 있었다. 그런데 어멈이 방에 들어와서 복귤 한 개를 내 침대머리에 가져다놓고는 자못 진지하게 말하는 것이었다.

"도련님, 단단히 기억해요! 내일은 정월 초하룻날이니까 새벽에 눈을 뜨면 맨 먼저 나한테 '아줌마, 복 많이 받으세요!'라는 말부터 하는 거예요. 알겠어요? 이건 일 년 신수랑 관련된 일이니까 꼭 기억해둬야 해요. 다른 말은 하면 안 돼요! 그러고 나면 이 복귤을 꼭 먹어야 하구요." 그녀는 귤을 내 눈앞에서 두어 번 흔들어 보이고는 말을 이었다.

"그러면 일 년 내내 일이 잘 풀린다고요."

나는 꿈결에도 설날을 잊지 않고 있었기 때문에 이튿날 아침에는 전에 없이 일찍 깨어났다. 나는 깨자마자 일어나 앉으려 하는데, 어멈이 얼른 팔을 뻗어서 나를 일어나지 못하게 꾹 눌렀다. 내가 깜짝 놀라 바라보니 어멈이 다급한 눈길로 나를 보고 있었다.

어멈은 바라는 게 있는 듯 내 어깨를 흔들었다. 나는 순간 기억이 나서, "아줌마, 복 받으세요"라고 말했다.

"복 많이 받아요! 모두가 복 받아야죠! 참말로 총명도 하시지! 복 많이 받아요!"

이렇게 해서 어멈은 아주 기쁜 듯 히죽히죽 웃으며 얼음같이 찬 뭔가를 내 입안에 밀어 넣었다. 나는 화들짝 놀랐지만 이내 그것이 그놈의 복귤이란 것을 바로 기억해냈다. 이렇게 해서 새해 꼭두새벽부터 시달리던 일이 끝나자 나는 침대를 빠져나와 놀 수 있었다.

그녀는 나에게 또 다른 규율을 많이 가르쳐주었다. 예를 들면, 사람이 죽으면 '죽었다'고 하는 것이 아니라 '가버렸다'라고 말해야 하고, 초상난 집이나 해산한 집 안에는 들어가지 말아야 하며, 땅에 떨어진 밥알은 반드시 줍고 그걸 먹어버리는 것이 가장 좋다는 것, 그리고 바지를 널어 말리는 대나무 장대 밑으로는 절대로 지나다니지 말아야 한다는 것 등이었다. 이것 말고도 많았지만 이젠 다 잊어버렸고 그나마 설날의 그 이상한 의식만큼은 분명히 기억난다. 한마디로 죄다 어찌나 번거로운지 지금 생각해도 번잡하기 그지없는 일들이었다.

그런데 나는 잠시나마 어멈에게 전에 없던 경외심을 가진 일이 있었다. 어멈은 종종 태평천국의 봉기군인 '장발적長髮賊'에 대한 이야기를 들려주고는 했다. 어멈이 말하는 '장발적'에는 우두머리 홍수전洪秀全[2] 군대뿐만 아니라 토비들이나 강도들까지도 다 포함되어 있었다. 그런데 당시에

---

2 홍수전(1814~1864). 광둥성 출신. 태평천국의 창시자. 1851년 평등한 국가를 수립하기 위해 군사를 일으켜 태평천국을 세웠으나 청나라 정부와 외국의 진압으로 실패했다. 홍수전이 통솔하는 봉기군은 변발하지 않고 머리를 기른 까닭으로, '장발적'이라 불렸다.—옮긴이

는 아직 혁명당이란 것이 없었기 때문에 혁명당은 그 속에 포함되어 있지 않았다. 어멈의 말에 따르면 장발적은 아주 무서웠으며 장발적이 하는 말은 알아들을 수 없었다고 했다. 예전 언젠가 장발적이 성안에 들어왔을 때, 우리 집 사람들 전부가 바닷가로 피난 가고 문지기와 밥 하는 늙은 할멈만 남아서 집을 지켰다고 한다. 나중에 장발적들이 정말로 집 안으로 뛰어들었는데 할멈은 그들을 '대왕님'이라고 부르면서(장발적들을 반드시 그렇게 불러야 했다고 한다) 굶주리고 있는 자신의 신세를 하소연했다고 한다. 그러자 장발적들이 히죽히죽 웃으면서 "옜다, 그럼 이거나 먹어라!" 하고 무언가 둥글둥글한 것을 홱 던져주는 걸 보았더니 변발까지 그대로 달린 그 문지기의 머리였다는 것이다. 그때 겁을 먹은 할멈은 이때부터 간이 콩알만 해져서는 그 말만 나와도 얼굴색이 흙빛으로 변해서 자신의 가슴을 두드리며, "어이구, 무서워 죽겠네, 무서워 죽겠어……" 하고 중얼거렸다고 한다.

나는 그때 그 말을 듣고도 별로 겁이 나지 않았다. 왜냐하면 나는 문지기가 아니기 때문에 나랑은 아무런 상관도 없는 일이라 생각했기 때문이다. 그러면 어멈은 눈치를 채고 이렇게 말했다.

"장발적들은 도련님 같은 어린애들도 붙잡아가요. 붙잡아다간 꼬맹이 장발적을 만든단 말이에요. 그리고 예쁜 처녀들도 붙잡아가고요."

"그럼 어멈은 괜찮겠네."

나는 어멈이 제일 안전할 거라고 생각했다. 문지기도 아니고, 어린애도 아니며, 생김새도 못생긴 데다 목에는 뜸 자국까지 많이 있었기 때문이다.

"무슨 그런 말씀을요!" 그녀가 진지하게 말했다. "우리라고 쓸데없는 줄 아나요? 우리 같은 것들도 붙들어가요. 성 밖에서 군사들이 쳐들어올 때 장발적들은 우리더러 바지를 벗게 하고는 성벽 위에 쭉 세워놓는단 말이에요. 그러면 성 밖에서 대포를 쏘지 못하니까요. 그래도 쏘려고 하다가 대포가 터지고 말지요!"

이는 실로 생각지도 못했던 일이라 놀라지 않을 수 없었다. 나는 여태껏 어멈의 머릿속에 번잡한 예절만 가득 차 있다고 생각했는데, 뜻밖에도 이처럼 위대한 신통력이 있었다니. 이때부터 어멈은 나에게 있어 헤아리기 힘든 인물이 되었고, 어멈에게 각별한 경외심마저 생겼다. 어멈이 한밤중 사지를 쩍 벌리고 온 침대를 다 차지하는 것도 이해가 되었고, 그러다 보니 내가 자리를 비켜줘야 마땅했던 것이다.

이런 경외심은 이후 차츰 없어지기는 했으나 완전히 없어진 것은 아마 어멈이 내 생쥐를 죽였다는 사실을 알게 된 뒤부터인 듯했다. 나는 그때 어멈에게 사정없이 따져들었고, 면전에서 '키다리 어멈'이라고 불렀다. 내가 진짜 꼬마 장발적이 될 것도 아니었고, 성 안으로 들이칠 것도 아니었으며, 대포를 쏘려는 것도 아닌지라 대포가 터질까 걱정할 것도 없었으니 뭘 두려워할 게 없다고 생각했다.

그런데 내가 생쥐를 애도하며 복수를 벼르고 있을 무렵, 나는 또 삽화가 실린 『산해경』을 간절히 흠모하고 있었다. 그 흠모는 먼 친척 할아버지로부터 시작된 일이었다. 친척 할아버지는 몸집이 뚱뚱하고 마음씨가 너그러운 노인이었다. 그는 주란이나 재스민, 북쪽 지방에서 가지고 온 아주 보기 드문 자귀꽃 같은 화초를 잘 가꾸었다. 그러나 그 부인은 할아버지와는 달리 괴상한 사람이었다. 어느 땐가 한번은 옷을 말리는 대나무 장대를 주란 가지에 걸쳐놓았다가 꽃가지가 부러졌는데, 오히려 화를 내며 "에잇, 망할 것!" 하고 욕을 퍼붓는 것이었다. 그 할아버지는 외로운 사람이었다. 그는 말동무가 별로 없었기 때문에 아이들과 잘 사귀었고 때로는 우리를 '꼬마 친구들'이라고 불러주었다. 그 할아버지는 모여 사는 우리 친척 중 책이 가장 많았고, 모두 유별난 것들이었다. 팔고문八股文나 시첩시試帖詩[3]는 당연히 있었고, 육기陸璣의 『모시초목조수충어소毛詩草木鳥獸蟲魚疏』[4]도 그의 서재에서만 볼 수 있었다. 이 밖에도 제목이 생소한 책도 많았다. 그때 내가 가장 즐겨본 것은 삽화가 많은 『화경花鏡』[5] 이었다. 할아버지는 나에게 예전에는 삽화가 들어 있던 『산해경』도 있었다고 말씀해주셨다. 거기에는 사람의 얼굴을 한 짐승, 대가리가 아홉 개 달린 뱀, 세 발 달린 새, 날개 가진 사람, 젖꼭지로 눈을 대신하는 대가리 없는 괴물들이 그려져 있었는데, 아쉽게도 지금은 그 책을 어디에 두었는지 알 수 없다고 했다.

나는 그런 그림들이 무척 보고 싶었지만 할아버지는 좀 게으른 데가 있기도 해서 그 책을 찾아달라고 조르기가 좀 죄송했다. 다른 사람들에게 물어보면 아무도 진지하게 대답해주지 않았다. 세뱃돈 받은 것이 아직 몇 백 닢 남아 있어서 그것으로 사려고 해도 기회가 없었다. 책 파는 거리는 우리 집에서 아주 멀었기 때문에 나는 일 년 중 정월에나 한 번 정도 놀러갈 수 있기는 했지만 그때가 되면 두 집밖에 없는 책방도 문이 단

3 팔고문은 중국 명·청대 과거시험 과목으로 채택된 문체이고, 시첩시는 옛사람의 시구를 명제로 하여 짓게 하던 시체詩體다. 모두 과거시험의 규정에 따른 공식적인 시와 문장이라고 이해하면 된다. 여기에서는 그 규범이 될 만한 명필들을 모은 서첩을 일컫는다. — 옮긴이

4 『모시초목조수충어소』는 총 두 권으로, 『모시』(시경을 일컫는다) 에 나오는 동식물의 명칭을 해석한 책이다. 저자 육기는 삼국시대 오나라 오군 출신이다. — 옮긴이

5 『비전화경秘傳花鏡』. 청나라 사람 진호자陣淏子가 짓고, 강희 27년(1688)에 인쇄된 총 여섯 권의 책. 화초와 나무에 관해 서술했다. — 옮긴이

단히 닫혀 있었다.

노는 것에 정신이 팔려 있을 때는 아무렇지 않았다가 자리에 앉기만 하면 이내 삽화가 든『산해경』이 생각났다.

내가 너무 사무치게 잊지 못해 하자 나중에는 키다리 어멈까지도『산해경』이 어떤 것인지 물었다. 나는 학자가 아닌 어멈에게 설명해봤자 아무 소용이 없을 줄 알고 말한 적이 없었는데 직접 물어보기에 알려줬다.

그렇게 열흘 남짓, 아니 한 달쯤 지났을 때였다. 나는 지금도 그때 일이 생생하게 기억난다. 휴가를 얻어 집에 갔던 어멈이 사오일이 지나 돌아왔다. 남색의 새 무명 적삼을 입은 어멈이 나를 보자마자 책 꾸러미 하나를 내밀며 신이 나서 하는 말이,

"도련님, 여기 그림이 들어 있는『삼형경三哼經』6이에요. 내가 도련님을 주려고 사왔지요!"

나는 벼락을 맞은 것처럼 온몸이 떨려왔다. 얼른 다가가서 그 종이 꾸러미를 펼쳐보니 소책자 네 권이 있었다. 책장을 대충 살펴보니 과연 사람의 얼굴을 한 야수며 대가리가 아홉 달린 뱀 같은 것들이 정말로 있었다.

이 일로 나는 또 한 번 새로운 경외심을 가졌다. 다른 사람들은 하려고 하지 않거나 할 수 없는 일들을 어멈이 해냈다. 어멈에게는 확실히 위대한 신통력이 있었다. 내 생쥐를 죽였던 일로 생겼던 원한이 이때부터 말끔히 사라졌다.

이 책 네 권이 내가 제일 처음으로 얻은, 가장 아끼는 보물이 되었다.

지금까지도 눈앞에 있는 것처럼 책의 모양이 선하다. 그런데 눈앞에 선

---

6 『산해경』의 제목을 잘못 발음한 것이다. — 옮긴이

한 그 모양이라는 것이 아닌 게 아니라 각판이나 인쇄가 조잡하기 이를 데 없는 것이었다. 종이는 누렇게 절었고 그림들도 매우 조잡했다. 게다가 거의 다 직선들로 그려서 동물들의 눈까지도 직사각형 모양이었다. 그래도 어쨌든 그 책은 내가 가장 아끼는 보물이었다. 책을 펼치면 거기에는 사람의 얼굴을 한 짐승, 대가리가 아홉 달린 뱀, 외발 가진 소, 자루 모양으로 생긴 제강帝江[7], 대가리는 없고 '젖꼭지로 눈을 대신하고 배꼽으로 입을 대신'하며 손에 '도끼와 방패를 들고 춤을 추는' 형천刑天[8]이 확실히 있었다.

그 후로 나는 더욱 더 삽화가 든 책들을 수집했다. 그렇게 해서 석판본으로 된 『이아음도爾雅音圖』와 『모시품물도고毛詩品物圖考』[9] 그리고 『점석재총화點石齋叢畫』[10]와 『시화방詩畫舫』[11]과 같은 책들을 보유하게 되었다. 이 밖에 또 『산해경』도 석판본으로 된 것을 한 질 샀는데 매 권마다 그림이 있었다. 푸른색 그림에 붉은색 글씨로 된 그 책은 목각본보다 훨씬 정교했다. 이 책은 학의행郝懿行[12]이 주를 단 축소판으로 재작년까지만 해도 나한테 있었다. 목각본은 언제 잃어버렸는지 기억이 나질 않는다.

나의 보모인 키다리 어멈이 세상을 떠난 지도 어언 30년은 된 것 같다.

---

7 『산해경』에 나오는 춤을 잘 추는 신조神鳥. — 옮긴이

8 『산해경』에 나오는 신화 인물. — 옮긴이

9 작자미상의 『이아음도』(한나라 초기의 저작)는 전3권이다. 『모시품물도고』(1784)는 전7권으로 저자는 일본의 오카겐 호岡元鳳이며 『모시』 중의 동식물 등의 도상을 그리고 간단하게 고증한 책이다.

10 중국 화가의 작품을 모아놓은 일종의 화보이며 일본 화가의 그림도 들어있다. 1885년(광서 11)에 석인했다. 총 10권이고 편찬인은 존문각주인尊聞閣主人이다. — 옮긴이

11 1879년(광서 5)에 인쇄했다. 명대 융경 시기의 화가 작품집. 산수, 인물, 화조, 초충, 사우四友, 선보扇譜 등을 수록했으며 총 6권으로 이뤄져 있다. — 옮긴이

12 학의행(1757~1825). 청나라 시기 학자. 박학다식해 경학, 사학, 농학, 지리학 등 넓은 분야를 다뤘으며, 특히 꿀벌의 생활이나 제비의 생태를 다룬 글이 있다. — 옮긴이

나는 끝내 어멈의 이름과 내력을 알지 못했다. 내가 아는 것이라고는 어멈에게는 양아들이 하나 있었고 젊었을 때 수절한 청상과부였던 것 같다는 것뿐이다.

"너그럽고 캄캄한 어머니 대지여, 당신의 품에서 어멈의 넋이 고이 잠들게 해주소서!"

1926년 3월 10일

_『루쉰 전집』 제2권 『아침 꽃 저녁에 줍다』

지신제 연극社戲[1]

내가 살던 루전魯鎭에는 출가한 여자가 시집 살림을 맡기 전에는 여름 한철 친정에 가 지내는 것이 상례였다. 당시 친할머니께서는 아직 정정하시긴 했지만 어머니가 살림 일부를 도맡아 꾸리고 있었던 터라, 여름이 되어도 오랫동안 친정에 있을 수 없어 성묘가 끝난 뒤 잠시 짬을 내어 며칠만 묵고 올 뿐이었다. 그때 나는 해마다 어머니를 따라 외할머니 댁으로 갔다. 그곳은 핑차오촌平橋村이라 하고, 해변에서 멀지 않은 시골 냇가의 외진 작은 마을이었다. 채 삼십 호가 못 되는 가구 수에, 마을 사람들은 농사를 짓거나 물고기를 잡으면서 살았고, 작은 구멍가게가 한 집밖에 없는 마을이었다. 그래도 나에겐 천국이었다. 대접도 대접이려니와 "질질

---

1 「지신제 연극社戲」 전문에는 루쉰이 연극을 봤던 세 번의 일을 담고 있다. 신해혁명 이후 베이징에서 봤던 경극 두 차례와 어린 시절 자오좡趙庄에서 봤던 지신제 연극이다. 여기에서는 루쉰이 소년 시절 자오좡에서 봤던 지신제 연극의 이야기만 발췌했다. — 옮긴이

사간, 유유남산秩秩斯幹, 幽幽南山" 따위의 『시경』 구절을 암송하지 않아도 되었으니까.

내 놀이동무는 수많은 아이들이었는데 내가 멀리서 온 손님이라고 각자 부모에게 일을 조금만 해도 좋다는 허락을 받고 나와 놀아주었다. 작은 마을이다보니 어느 한 집 손님이 모두의 손님이었던 셈이다. 우리는 또래였지만 온 마을이 한 조상 아래 같은 성씨였기 때문에 항렬로 따지면 최소한 삼촌과 조카거나 더러는 할아버지와 손자 사이이기도 했다. 하지만 우리는 동무였다. 어쩌다 싸움이 나서 할아버지뻘 되는 아이를 때렸다 해도 동네의 노인이나 젊은이 중에 '하극상'이란 단어를 떠올리는 사람은 아무도 없었다. 마을 사람들은 백에 아흔아홉이 까막눈이었다.

우리가 매일같이 하는 일이란 지렁이를 잡아다 구리철사로 만든 작은 낚시에 꿰어 강가에 엎드려 새우를 잡는 것이었다. 수중계의 바보라 할 수 있는 새우는 아무 거리낌 없이 두 집게발로 낚시 끝을 붙잡아 그냥 입으로 가져가버리기 때문에 한나절도 못 되어 한 사발 정도는 잡을 수 있었다. 이 새우는 보통 내 차지였다. 그 다음으로는 함께 소에게 풀을 먹이러 가는 일을 했다. 그런데 소는 고등동물인 까닭에 황소건 물소건 낯선 사람을 얼씬도 못하게 했다. 때문에 나도 가까이 갈 엄두가 나지 않아 멀찍이 떨어져 따라갈 수밖에 없었다. 그럴 때면 동무들은 내가 아무리 '질질사간'과 같은 말을 외울 수 있다 해도 봐주는 법 없이 그저 놀려대는 것이었다.

그곳에서 내가 가장 바라던 일은 자오좡趙莊에 연극을 보러 가는 것이었다. 자오좡은 핑차오촌에서 오 리쯤 떨어진 꽤 큰 마을이다. 핑차오촌은 너무 작아서 단독으로 연극을 할 수가 없었기 때문에 해마다 자오좡에

돈을 얼마씩을 내고 합작을 하고 있었다. 그때는 그들이 왜 해마다 연극을 해야 했는지 생각해본 적이 없었는데 지금 와서 보니 아마도 그때가 봄 제사 철이어서 하는 지신제地神祭 연극이었던 것 같다.

열한 살인가 열두 살이 되던 해에 기다리고 기다리던 그날이 왔다. 그런데 뜻밖에 아쉽게도 그해 아침에 배를 부를 수가 없었다. 핑차오촌에는 아침에 나갔다가 저녁에 돌아오는 큰 배가 한 척밖에 없었는데 자리가 남아 있을 리 만무했다. 그 나머지는 모두 작은 배여서 쓸 수가 없었다. 이웃마을까지 사람을 보내 알아봤지만 이미 다른 사람들이 예약을 해 자리가 없었다. 외할머니께서는 노발대발하시며 미리 예약을 하지 않아 이렇게 되었다고 집안사람들을 야단치셨다. 어머니는 루전에서 하는 연극이 여기보다 더 재미있고 일 년에 몇 번씩 공연을 하니 오늘은 그만 되었다고 외할머니를 위로했다. 나만 마음이 달아 울음이 터질 것 같았는데 어머니는 애써 나를 달래며 섭섭한 티를 내다 외할머니의 화를 돋워선 안 된다고 타이르셨다. 그리고 다른 사람들과 함께 가는 건 외할머니께서 걱정하실 거란 이유로 허락하지 않으셨다.

결국 모든 게 끝장나고 말았다. 오후가 되자 동무들은 모두 가버렸고, 연극은 이미 시작되었다. 징소리 북소리가 들리는 듯했다. 게다가 동무들은 객석에 앉아 콩국을 마시고 있을 터였다.

그날 나는 새우 낚시도 하지 않고 밥도 별로 먹지 않았다. 어머니는 난처해하셨지만 별다른 도리가 없었다. 저녁 식사 시간에 외할머니께서도 이를 눈치 채시고는 내가 기분이 안 좋은 것도 당연하다며 저들이 너무 게을러서 손님 대접이 말이 아니게 되었노라고 위로하셨다. 저녁을 먹고 나자 연극을 보러 갔던 아이들이 모여들어 신나게 연극에 대해 떠들어댔다. 나만 입을 다물고 있자 모두 한숨을 지으며 나를 동정했다. 그런데 갑자기 그중 가장 똘똘한 솽시雙喜가 뭔가를 생각해낸 듯 제안을 하고 나섰다. "큰 배? 바八 아저씨 배가 벌써 돌아와 있잖아?" 열댓 명의 소년들도 생각이 났는지 맞장구를 치며 그 배에 나와 함께 탈 수 있다고 했다. 나는 기뻤다. 하지만 외할머니께서는 모두 아이들이라 마음이 놓이지 않는다고 하셨다. 또 어머니는 어머니대로 어른이 함께 간다면 모르겠지만 하루 종일 일한 사람을 밤에 잠도 못 자게 고생시키는 건 도리가 아니라고 하셨다. 이렇게 옥신각신하고 있는 와중에 솽시가 속사정을 알아채고는 크게 소리쳤다. "제가 책임질게요. 배도 크고요. 쉰迅 형은 여태껏 함부로 나댄 적이 없어요. 저희는 또 물에도 익숙하거든요!"

정말이었다! 십여 명이 되는 아이들 중 헤엄을 칠 줄 모르는 아이는 하나도 없었던 데다 두세 명은 파도타기의 명수였다.

외할머니와 어머니께서도 미더웠는지 더 이상 반대하지 않고 웃으셨다. 우리는 와아 소리를 지르며 문을 나섰다.

나는 무거웠던 마음이 홀연 가벼워지고 몸도 편안해지면서 말할 수 없을 정도로 부풀어오르는 것 같았다. 문을 나서자마자 달빛 아래 핑차오 다리 안으로 흰 지붕을 한 배가 정박해 있는 것이 보였다. 모두 그 배에 뛰어올랐다. 솽시는 이물의 삿대를 빼어들었고, 아파阿發는 고물의 삿대를 빼어들었다. 어린아이들은 나와 같이 선실 안에 앉았고, 제법 나이가 든 아이들은 뱃고물로 모였다. 어머니가 전송을 나와 "조심하거라"라고 했을 때 배는 이미 움직이기 시작해 교각에 부딪혔다가 몇 자 물러난 뒤 이내 앞으로 다리를 빠져나갔다. 그리하여 노 두 개를 걸고 하나당 두 사람씩, 일 리마다 교대로 노를 젓기로 했다. 웃음소리, 떠드는 소리는 뱃전의 철썩이는 소리와 어우러졌고, 좌우로 푸른 콩밭과 보리밭으로 둘러싸인 강물을 헤치며 배는 날듯이 자오좡으로 나아갔다.

양쪽 기슭의 콩, 보리와 강바닥의 수초가 내는 은은한 향기가 물기를 머금은 공기 속에 섞여 불어왔다. 달빛은 이 공기 안에서 어슴푸레했다. 시커멓게 굽이치는 산들은 마치 용수철로 만든 짐승의 등줄기처럼 아득히 뱃고물 쪽으로 달음질쳤다. 하지만 나는 배가 너무 느리게 느껴졌다. 노젓기를 네 번 교대하고 나서야 자오좡이 어렴풋이 보이는 듯했고, 악기소리도 들리는 듯했다. 무대인지 고깃배 불빛인지 몇몇 켜진 불빛도 있었다.

그 소리는 아마 피리소리인 듯했는데 구성지면서도 은은하게 들려오는 소리가 내 마음을 잔잔하게 가라앉혀주었는데 나도 모르게 그 소리와 함께 콩과 보리, 수초 향기의 그윽한 밤기운 속으로 젖어드는 느낌이 들었다.

불빛에 다가가니 생각대로 고깃배의 불빛이었고, 조금 전 그 불빛은 자오좡이 아니었다. 그건 뱃머리 맞은편의 소나무 숲이었다. 작년에 거기에 놀러간 적이 있었는데 돌로 만든 말이 여전히 부서진 채 땅에 쓰러져 있었고, 똑같이 돌로 만든 양 한 마리가 풀밭에 쭈그리고 있었다. 숲을 지나 방향을 틀어 기슭으로 들어서자 자오좡이 바로 눈앞에 보였다.

가장 눈에 띈 것은 마을 밖 강가 공터에 우뚝 서 있는 무대였다. 아련한 달밤에 공간의 경계를 구분하기 어려웠지만 그림에서나 본 것 같은 신선 세계가 여기 나타난 게 아닌가 싶었다. 배가 더욱 속도를 내자 얼마 뒤 무대 위로 사람이 나타나 울긋불긋 움직이는 모습이 보였다. 무대 근처 강변을 새까맣게 메우고 있는 것은 연극을 보러 온 사람들이 타고 온 배의 지붕들이었다.

“무대 근처에 빈자리가 없네. 우리 멀찍이서 보자.” 아파가 말했다.

「지신제」, 딩충丁聰 작품(선쥔沈峻 여사 제공)

이때 배의 속도가 느려졌다가 얼마 뒤 멈춰 섰다. 과연 무대 근처로는 다가갈 수 없었다. 우리는 무대 맞은편의 신전보다 더 먼 곳에 삿대를 내릴 수밖에 없었다. 실은 우리 배의 지붕이 흰색이라 검은 지붕의 배와 한데 있는 것이 별로이기도 했다. 빈자리가 없기도 했지만…….

배를 정박하느라 바쁜 와중에 무대에서는 검고 긴 턱수염을 한 사람이 등에 깃발 네 개를 꽂고 긴 창을 든 채 웃통을 벗은 사내들과 한바탕 싸움을 벌이고 있었다. 솽시의 설명에 따르면, 저 사람이 그 유명한 남자 주인공 라오성老生 쇠대가리인데 한 번에 여든 네 바퀴나 공중제비를 돌 수 있다는 거였다. 낮에 직접 세어봤다고 했다.

우리는 뱃머리에 비집고 서서 싸움을 구경했다. 하지만 쇠대가리는 공중제비를 돌지 않았고, 웃통을 벗은 몇 사람만 한바탕 돌다 들어가버렸다. 이어서 소녀 역의 샤오단小旦이 나와 앵앵거리며 노래를 불렀다. 솽시가 말했다. "밤엔 구경꾼이 적어서 쇠대가리도 적당히 하는 거야. 묘기를 누가 아무 때나 보여주겠어?" 나는 그 말이 옳다고 믿었다. 그때 무대 아래에 사람이 얼마 없었기 때문이다. 시골 사람들은 다음 날 일 때문에 밤을 샐 수 없어 일찍 자러 갔는데 드문드문 서 있는 사람이라고 해야 이 마을과 이웃마을 한량들 수십 명에 불과했다. 검은 지붕의 배 안에 이 지방 유지의 가족들이 있긴 했지만 그들은 연극에는 관심 없고 대부분 무대 아래에서 과자며 과일이며 수박을 먹는 데 여념이 없었다. 그러니 관객은 없는 것이나 마찬가지였다.

하지만 나는 공중제비에 관심이 있지 않았다. 나는 흰 헝겊을 머리에 두르고 머리 위에 작대기 같이 생긴 뱀 대가리를 두 손으로 받쳐 든 뱀의 요정이 가장 보고 싶었고, 그 다음으로 누런 천으로 된 옷을 입고 날뛰는 호랑이가 보고 싶었다. 그런데 한참을 기다려도 나타나지 않았다. 소녀가 들어가고 뒤이어 남자 조역인 늙은 샤오성小生 한 사람이 나왔다. 나는 좀 피곤해서 구이성桂生에게 콩국을 좀 사달라고 부탁했다. 잠시 후 구이성이 돌아와서 말했다. "없어. 콩국 파는 귀머거리도 돌아갔어. 낮엔 있어서 나도 두 그릇이나 마셨는데…… 가서 물 한 바가지라도 떠다 줄까?"

물은 마시지 않았다. 꾹 참고 연극을 보고 있는데도 무얼 보고 있는지 알 수 없었다. 배우의 얼굴이 점점 일그러져 눈, 코, 입이 점점 흐릿해지면서 하나의 형태로 뒤엉켜 보였다. 어린 애들 중 몇 명은 하품을 했고, 나이 든 애들도 저희끼리 이야기를 했다. 그런데 갑자기 붉은 저고리를 입은 광대 역의 샤오처우小醜가 무대 기둥에 꽁꽁 묶인 채 수염이 희끗한 사내에게 매를 맞기 시작했다. 그제서야 다시 정신을 차려 낄낄대며 구경을 계속했다. 이날 밤 연극에서 제일 볼 만한 대목이었다.

그런데 끝내 노파 역의 라오단老旦이 등장을 하고 말았다. 라오단은 원래 내가 제일 싫어하는 역이었는데 특히 앉아서 노래하는 것이 질색이었다. 다들 김이 샌 듯한 표정을 보니 다른 애들도 나와 같은 생각임에 분명했다. 라오단은 초반에 무대를 왔다 갔다 하며 노래하다가 나중에는 결국 무대 한복판에 놓인 의자에 앉았다. 나는 걱정이 되었다. 솽시나 다른 아이들은 투덜대며 욕을 해대고 있었다. 나는 참고 기다렸다. 꽤 시간이 지나 라오단이 손을 들어서 나는 노파가 일어서려는 줄 알았는데 다시 천천히 손을 내리더니 제자리에 주저앉아 계속 노래를 불렀다. 배 안에 있는 몇몇은 연방 한숨을 내리쉬었고, 나머지도 하품을 해댔다. 솽시는 끝내 참지 못하고 저 노래는 내일이 와도 끝나지 않을 테니 돌아가는 게 좋겠다고 말했다. 모두들 즉각 찬성했다. 그러자 떠나올 때처럼 펄떡거리면서 몇몇은 뱃고물로 뛰어가 삿대를 뽑아 들어 몇 길을 뒤로 물리더니 뱃머리를 돌려 노를 걸었다. 그러고는 라오단에게 욕을 퍼부으며 소나무 숲을 향해 나아갔다.

달이 아직 떨어지지 않은 걸 보니 연극을 구경한 시간은 그리 오래되지 않았던 모양이다. 자오좡을 떠나자 달빛은 더욱 환해졌다. 환한 무대 쪽을 돌아보니 올 때 봤던 신선계의 누각처럼 아득히 떠서 온통 붉은 안개에 휩싸여 있었다. 귓전으로 다시 피리소리가 길고도 높게 들려왔다. 라오단이 이미 들어간 게 아닐까 했지만 다시 돌아가 구경하자는 말을 차마 꺼낼 수 없었다.

잠시 후 소나무 숲은 벌써 배 뒷전으로 밀려났고, 배의 속도도 빨라졌다. 하지만 주변의 어둠이 하도 짙어서 이미 밤이 깊었음을 알 수 있었다. 그들은 배우에 대해 평을 하기도 하고, 욕을 하거나 웃어대면서 더 힘차게 노질을 했다. 뱃머리에 부딪히는 물소리는 더욱 높아졌고, 배는 마치 희고 커다란 물고기 한 마리가 아이들을 등에 업고 물살을 헤치고 나아가는 것 같았다. 밤일을 하러 나온 늙은 어부들조차 배를 멈춘 채 우리를 바라보며 박수를 쳤다.

핑차오촌이 일 리 남은 지점에서 배가 느려졌다. 노를 젓던 아이들은 너무 힘을 쓴데다 한참동안 아무것도 먹지 못했기 때문에 피곤을 호소했다. 이번에는 구이성이 마침 콩이 제철이고 배에는 장작도 있으니 콩서리를 해다 익혀 먹자고 꾀를 냈다. 모두가 찬성해서 즉시 배를 가까운 언덕에 댔다. 언덕 위 밭에는 실하게 알이 꽉 찬 콩이 까맣게 반들거렸다.

"이봐, 아파, 이쪽은 너희 밭이고 이쪽은 류이六一 아저씨네 밭인데 어느 쪽 걸 서리할까?" 먼저 뛰어내린 솽시가 언덕 위에서 말했다.

우리도 모두 언덕 위로 뛰어 올라갔다. 아파가 뛰어오며 말했다. "잠깐만. 내가 좀 보고." 그는 이리저리 한번 더듬어보더니 몸을 일으키며 말했다. "우리 집 걸로 하자. 우리 게 더 굵어." 모두들 와아 하며 아파네 콩밭으로 흩어져 한 아름씩 뽑아 배 위로 집어던졌다. 솽시가 더 이상 뽑았다간 아파네 엄마한테 혼이 날 거라 하자 아이들은 또 류이 아저씨네 밭으로 가서 한 아름 서리해왔다.

우리 가운데 나이가 있는 몇몇이 전처럼 천천히 노를 저었고, 나머지 몇 명은 뱃고물의 선실에서 불을 피웠다. 나는 어린애들과 콩깍지를 깠다. 얼마 뒤 콩이 익자 배를 물살에 내맡긴 채 둘러 앉아 콩을 집어 먹었다.

콩을 다 먹고 나서 다시 노를 저었고, 다른 한편에서는 그릇을 씻고 콩깍지를 버려 흔적을 싹 없앴다. 솽시는 바八 아저씨 배에 있는 소금과 장작을 쓴 것이 걱정이었다. 이 노친네는 눈썰미가 귀신같아서 화를 낼 게 틀림없었다. 하지만 우리는 의논을 한 뒤 걱정할 것 없다는 쪽으로 결론을 내렸다. 그가 뭐라고 하면 작년에 강가에서 주워다준 박달나무를 돌려달라고 하면 될 일이었다. 그리고 아저씨에게 "야, 이 문둥아!" 한마디면 충분했다.

솽시가 뱃머리에서 갑자기 큰소리를 질렀다. "돌아왔어요! 모두 탈 없잖아요. 제가 장담한다고 했잖아요!"

뱃머리 쪽을 바라보니 바로 앞이 다리였다. 교각 위에 누군가가 서 있었는데 어머니였다. 솽시는 어머니를 향해 소리를 지르고 있던 것이었다. 나는 앞 선실로 뛰쳐나갔다. 배가 다리로 들어가 멈추자 우리는 연달아 뭍으로 올랐다. 어머니는 화가 잔뜩 나 삼경이 지났는데 어찌 이리 늦었냐고 타박을 하셨다. 그래도 금세 기분이 풀려 다들 와서 볶은 쌀을 먹으라고 하셨다.

모두들 주전부리는 이미 했고 졸려서 일찍 자는 게 좋겠다고 하면서 각자 집으로 돌아갔다.

이튿날 나는 한낮이 되어서야 일어났다. 바 아저씨네 소금이나 장작과 관련하여 무슨 말썽이 있었단 말은 들리지도 않았고, 오후에는 예전처럼 새우 낚시를 하러 갔다.

"솽시, 요 꼬맹이들, 어제 우리 밭에 있는 콩 서리했지? 따 먹으려면 조심해 따 먹을 일이지 온통 짓밟아놓았으니." 고개를 들어 보니 류이 아저씨가 작은 배를 젓고 있었다. 콩을 팔고 돌아오는 길인지 배 위엔 남은 콩

한 무더기가 실려 있었다.

"네. 우리가 손님 대접을 했어요. 처음엔 아저씨네 콩은 손대지 않으려 했어요. 좀 보세요. 제가 잡은 새우가 놀라서 도망가버렸잖아요!" 솽시가 말했다.

류이 아저씨는 나를 보자 노질을 멈추고는 웃으며 말했다. "손님을 접대했다고? 그럼, 그래야지." 그러고는 내게 말했다. "쉰 도령, 어제 연극은 재미있었나?"

나는 고개를 끄덕이며 말했다. "재미있었어요."

"콩은 먹을 만하던가?"

나는 거듭 고개를 끄덕이며 말했다. "아주 맛있었어요."

그러자 의외로 류이 아저씨가 몹시 감격해하며 엄지를 척 올리더니 의기양양하게 떠들어댔다. "확실히 대처大處에서 공부를 한 도령이라 물건을 알아보시는구먼! 우리 콩으로 말하자면 고르고 골라서 심은 거니까 말이야. 촌놈들은 그것도 모르면서 다른 콩보다 못하다느니 어쩌니 하거든. 오늘 아씨한테도 맛을 좀 보시라고 보내드려야겠군……" 그러고는 노를 저어 가버리는 거였다.

어머니께서 부르셔서 저녁을 먹으러 와보니 상 위에 삶은 콩이 한 대접 수북하게 놓여 있었다. 류이 아저씨가 어머니와 나더러 먹으라고 보내온 것이었다. 아저씨는 어머니에게 내 칭찬을 침이 마르도록 했노라고 했다. "나이는 어려도 식견이 있어요. 머잖아 분명 장원급제할 겁니다. 아씨, 아씨의 복은 내가 장담하지요." 그런데 콩은 어젯밤처럼 그리 맛있지가 않았다.

정말로 그랬다. 그 이후로 지금까지도 나는 그날 밤처럼 맛있는 콩을 먹어보지 못했고, 그날 밤처럼 재미있는 연극도 다시는 보지 못했다.

1922년 10월

_『루쉰 전집』 제1권 『외침』

나의 첫 번째 스승

기억이 나지 않는 어느 오래된 책에서 보았는데 내용은 대략 이러했다. 어느 유명한 도학道學선생이 일생 기를 쓰고 불교를 기피했는데 도리어 자기 아들의 이름을 '중'이라고 지었다. 어느 날 누군가 이 일을 가지고 그 도학 선생에게 물었다. 그 선생은 "그것이 바로 비천하게 여긴다는 뜻이오!"라 대답했고, 물어본 이는 할 말을 잃고 돌아갔다.

사실 이 도학선생의 말은 궤변이었다. 아이의 이름을 '중'이라 지은 데에는 미신의 뜻이 있었다. 중국에는 많은 요귀妖鬼가 있는데 그것들은 앞길이 창창한 사람, 그중에서도 어린아이들을 많이 해코지했고 비천한 사람들은 가만히 내버려두어 안심케 했다. 중이라는 부류를 중의 입장에서 보면 성불成佛할 수 있어(꼭 그런 것도 아니지만) 당연히 매우 대단하게 보았지만, 책 읽는 선비의 입장에서 보기엔 결혼도 하지 않아 가정도 없고 벼슬아치가 될 리도 없으니 미천한 부류로 보았다. 선비들 마음속의 요귀들도 당연히 그들과 뜻이 상통할 테니 '중'이라 해놓으면 해코지를 당하지 않게 될 거라 생각했다. 이는 아이의 이름을 개똥이나 말똥이로 짓는 것과 완전히 같은 이치다. 이렇게 하면 탈 없이 자랄 거라는.

요귀를 기피하는 또 다른 방법이 하나 더 있다. 중을 스승으로 삼는 방법이다. 아이를 절에 바친다는 뜻인데 그렇다고 절에 맡기는 것은 아니다. 나는 저우周씨 가문의 장남으로 태어났는데 "적을수록 귀하다" 했다고 부친께서는 내 앞길이 창창할까 저어되어 한 살이 채 되기도 전에 나를 창칭사長慶寺에 데려가 어느 중을 스승으로 삼게 했다. 예물을 지니고 뵈었는지 아니면 무엇을 보시했는지 나는 아무것도 모른다. 내가 아는 것이라고는 그렇게 해서 '창경長庚'이라는 법명을 얻었다는 것뿐이었다. 후에 나는 그 법명을 가끔씩 필명으로 사용하기도 했고, 「술집에서在酒樓上」란 글에서 자기 조카에게 으름장을 놓는 무뢰한에게 그 법명을 선사하기도 했다. 그리고 여러 집에서 천 조각을 얻어 꿰매 만든 백가의百家衣, 그러니까 '누더기'는 본래 여기저기에서 얻어온 헌 헝겊을 합쳐서 만들어야 했지만 내 것은 타원형으로 된 색색의 비단 조각을 꿰매어 만든 것으로 잔칫날이 아니면 입히지 않았다. 또 "소 노끈牛繩"이라 하는 것에 역서歷本, 거울, 은사銀篩[1]와 같은 자질구레한 물건들을 걸었는데 이 또한 액막이를 한다고 전해졌다.

위의 액막이들이 정말로 어떤 작용을 한 것인지, 나는 지금까지도 죽지 않고 살아 있다.

하지만 아직까지 법명은 그대로 남아 있으나 두 가지 법보法寶는 없어

---

1 은으로 된 원형의 액막이 장식품. — 옮긴이

진 지 오래였다. 몇 년 전 베이핑北平에 갔을 때 어머니께서 내 아깃적 시절의 은사를 되돌려주신 것이 유일한 기념물이었다. 그것을 자세히 보면 지름이 1촌을 넘지 못했고, 중앙에는 태극문양이 있으며 위쪽에는 책 한 권, 아래쪽에는 그림 두루마리, 좌우에는 자, 가위, 주판, 저울 따위의 물건이 엮여 있었다. 이를 보고 나는 별안간 깨닫게 된 바가 있었는데 중국의 사악한 귀신들은 딱 부러지는 것, 애매하지 않은 것을 무서워한다는 점이었다. 작년에는 호기심 때문에 상하이의 금은방에 가서 결국 은사를 두 개 샀던 적이 있는데 안에 엮여 있는 물건들이 조금씩 달랐을 뿐 내 것과 거의 같은 모양이었다. 참 이상한 것이, 반세기나 지났는데도 사악한 귀신들은 기질이 여전했고, 액막이 법보도 여전했다. 하지만 또 드는 생각이 이 법보들을 성인들은 사용할 수 없다는 점이었는데 사용했다가는 도리어 매우 위험해진다는 것이다.

그런데 이로 인해 반세기 전 내 최초의 스승이 생각났다. 나는 지금도 그의 법명을 모르는데 모두들 그를 "룽龍 사부"라 불렀다. 빼빼 마른 몸에 마르고 긴 얼굴, 광대가 높이 솟아 있었고 눈매는 가늘었다. 중이라면 기르지 말아야 할 수염이 양쪽으로 두 갈래 있었다. 사부는 사람들에게도 나에게도 상냥했다. 그리고 나에게 경 외우기를 가르치지 않았고 불가의 계율도 가르쳐주지 않았다. 그 자신은 가사를 입고 큰스님 노릇을 하기도 했고, 방염구放焰口[2] 때가 되면 비로모毘盧帽[3]를 갖추어 쓰고 "제사상을 받지 못한 고독한 혼령이여, 와서 단비 같은 제사상을 받으시오"라고 시주할 때는 지극히 엄숙했다. 사부는 평소에 불경을 외지 않았는데 그 이유는 주지승이었으므로 절 안의 사소한 일을 맡아 했기 때문이었다. 사실 사부는(물론 내가 보기에 그렇다는 것으로) 단지 머리를 박박 깎은 세속인이었을 뿐이었다.

이렇게 해서 또 나에게는 사모師母 한 분이 계셨는데 바로 사부의 부인이었다. 본래 승려는 부인이 있어서는 안 되었지만 사부에게는 있었다. 우리 집 본채 중앙에는 위패가 모셔져 있었고 절대적으로 존경과 복종을 해야 하는 다섯 분이 금가루로 새겨져 있었다. "하늘·땅·임금·어버이·스승天地君親師". 나는 제자였고 그는 스승이었으므로 절대로 반항할 수 없었으며 그때 나는 반항할 생각도 없었다. 그런데 좀 이상하다는 생각은 했었다. 하지만 나는 내 사모를 무척 좋아했다. 내 기억으로 처음 보았을 때 사모는 이미 40세 정도였다. 통통한 체격에 검정색 적삼과 바지 차림으로 자신의 집 정원에서 시원한 바람을 쐬고 있었고, 그녀의 아이들이 나와 놀아주었다. 때로는 과일과 간식도 주었다. 당연히 이것이 내가 사모를 좋아하는 큰 이유 중 하나였다. 고상한 천위안陳源[4] 교수의 말을 빌리자면 "젖을 주는 사람이 제 어미"였던 격이라, 인격적으로 논할 만하지는 않았다.

그런데 우리 사모의 연애 스토리가 좀 비범했다. '연애'라는 말은 요즘 쓰는 용어이고, 그때 우리가 살던 외진 마을에서는 '서로 좋아 지낸다相好'는 말밖에 없었다. 『시경』에서 "서로 좋아 지내야지 미워해서는 안 된다式相好矣, 無相尤矣"라는 구절을 보면 그 말의 기원이 매우 오래됐다. 문·무·주공文武周公 시기에서 그리 멀지 않은 때부터 있었는데도 이후에는

2 음식을 진설하여 지옥에 떨어진 귀신에게 제를 올리던 의식. — 옮긴이

3 비로자나불 모양을 수놓은 승려가 쓰는 모자. — 옮긴이

4 천위안(1896~1970). 중국 문학평론가이자 번역가. 사회현실에 관심을 두기보다는 생활 주변을 논하는 편이어서 루쉰을 비롯한 문학 혁명가들의 공격을 받았다. — 옮긴이

아마 번지르르한 말 축에도 들지 못했던 듯하다. 그건 그렇고 아무튼, 룽 사부는 젊었을 때 잘 생기고 능력도 있는 중으로 사람들과 널리 교류하여 사귀는 사람도 각양각색이었다. 하루는 시골 마을에서 지신제 연극이 있었다. 연극배우와 서로 알던 사이인 룽 사부는 그들을 대신해서 징을 쳤는데 반들반들한 민머리에 최신식 승복을 입고 노는 꼴이 실로 볼만했다. 시골 사람들이란 대체로 보수적인 편이어서 중은 반드시 불경을 외고 염불로 참회해야 한다고 생각했기 때문에 무대 아래 사람들이 욕을 하기 시작했다. 사부도 질세라 그들에게 욕을 퍼부었다고 한다. 이렇게 전쟁이 시작되었고, 사탕수수, 나뭇가지 같은 것들이 비처럼 날아다녔다. 몇몇 용사의 공격적인 기세로 인해 "상대는 많고 내 편은 적었기에" 그는 후퇴할 수밖에 없었다고 한다. 한 쪽이 후퇴하면 다른 한 쪽은 쫓게 되어 있다. 사부는 허둥대다가 어느 집안으로 들어가 숨었다. 그리고 이 집에는 젊은 과부 한 사람만 있었다. 이다음의 이야기는 나도 잘 모르지만 결론적으로 그녀가 바로 지금의 사모였다.

『우주풍宇宙風』5이 출간된 이래 줄곧 읽어볼 인연이 없었다가 며칠 전에야 '봄철 특대호'를 보았다. 그중 「성패로써 영웅을 논하지 않는다不以成敗論英雄」라는 주탕鉄堂 선생의 글이 있었는데 흥미로워 보였다. 주탕 선생의 생각은 다음과 같다. 중국인이 "성패로써 영웅을 논하지 않는" "이상은 숭고하다고 하지 않을 수 없다" "그러나 인간 집단의 조직이라는 면에서 보면 그래서는 안 된다. 강자를 누르고 약자를 도우면 영원히 강자를

5 1935년 9월 상하이에서 창간된 잡지. 항일전쟁 당시 광저우, 충칭 등에서 출간된 『논어論語』 『인간人間』에 뒤이은 부르주아 계급의 문예지로 1947년 폐간됐다. — 옮긴이

원치 않게 된다. 실패한 영웅을 숭배하면 성공한 영웅을 영웅으로 인정하지 않게 된다." "요즘 유행하는 말로 중국 민족은 동화력이 뛰어나기 때문에 요·금·원·청은 결코 중국을 정복한 적이 없다고들 한다. 사실 이것은 새로운 제도를 쉽게 받아들이지 않는 타성에 지나지 않는다." 우리가 어떻게 이 '타성'을 바로잡을 것인지 지금은 잠시 내버려두어도 우리 대신 방도를 생각할 사람은 아주 많다. 나는 그저 그 과부가 내 사모로 된 것이 바로 이 "성패로써 영웅을 논하지 않은" 폐단 때문이었다는 것만 지적하고자 한다. 시골에는 살아 있는 악비岳飛[6]나 문천상文天祥[7]은 없다. 그러니 사탕수수나 나뭇가지 같은 것들이 비 오듯 날아다니는 가운데 잘 생긴 중이 무대 아래로 뛰어내려왔다면 그야말로 진짜배기 실패한 영웅이었다. 그녀에게 조상으로부터 물려받은 '타성'이 발현되어 숭배하는 마음이 생겼던 것이고, 추격병에 대해서는 선조들이 요·금·원·청의 대군을 상대할 때와 마찬가지로 '영웅으로 인정하지 않았다'. 역사에서 그 결과는 주탕 선생이 다음과 같이 말한 바와 같다. "중국 사회는 위엄을 세우지 않으면 복종시킬 수 없다"고 하니 "양저우 10일揚州十日[8]"과 "자딩 3도嘉定三屠[9]"는 자업자득이었다. 하지만 당시 시골 사람들은 "위엄을 세우지"도 않고 흩어졌다. 물론 거기에 숨어 있을 줄은 생각지도 못해서 그랬을 것이다.

이렇게 해서 내게 사형 세 명과 사제 두 명이 생겼다. 맏사형은 집이 가

---

6 악비(1103~1141). 남송 초기 무장이자 학자이며 서예가. — 옮긴이
7 문천상(1236~1282). 남송 시기 정치가이자 시인. — 옮긴이
8 1645년 청군이 양저우 함락 후 열흘에 걸쳐 저지른 대학살. — 옮긴이
9 양저우 10일과 같은 해 청군이 자딩을 점령한 후 세 차례에 걸쳐 행한 학살행위. — 옮긴이

난해서 절에 바쳐졌거나 팔려온 경우였고, 나머지 넷은 다 사부의 자식들이었다. 큰 중의 아들이 작은 중이 되는 것은 그 시절 전혀 이상할 게 없었다. 맏사형은 독신이었고, 둘째 사형은 딸린 식구가 있었으나 내게 숨겼다. 이걸 보면 그의 도행道行이 내 사부, 그러니까 자기 아버지보다 훨씬 못했음을 알 수 있었다. 게다가 그들은 나하고 나이 차도 많이 나서 나와 교류가 거의 없었다.

셋째 사형은 아마 나보다 열 살 더 많았을 것이다. 그래도 우리는 사이가 좋았고 나는 항상 그 사형 때문에 걱정이 많았다. 셋째 사형이 대수계大受戒를 받을 때의 일이다. 셋째 사형은 불경을 읽지 않는 편이었고, 아마 대승 불교의 교리를 제대로 알지도 못했을 것이다. 수계라는 게, 반질거리는 정수리에 뜸쑥 두 줄을 얹어놓고 한꺼번에 태울 텐데 아픔을 참아내지 못할 게 뻔했다. 이때 신도가 많이 참여할 듯한데 보기에도 그다지 좋지 못할 것이고 사제인 내 체면도 깎일 참이었다. 이걸 어찌하나. 마치 내가 수계를 받는 것처럼 생각만 해도 조바심이 났다. 그러나 내 사부는 과연 도력이 깊었다. 사부는 계율이나 교리에 대해서는 아무 말도 하지 않고, 당일 새벽에 셋째 사형을 불러 엄하게 분부했을 뿐이었다. "기를 쓰고 견뎌라. 울어도 안 되고, 소리를 질러서도 안 된다. 울거나 소리 지르면 머리통이 터진다. 그러면 넌, 죽어!" 사부의 호통 한마디는 『묘법연화경妙法蓮花經』이니 『대승기신론大乘起信論』[10]이니 하는 것보다 훨씬 위력이 있었다. 누군들 죽고 싶겠는가. 이리하여 의식은 아주 장엄하게 진행되었다. 평소보다 두 눈에 눈물이 가득 고이기는 했지만 뜸쑥 두 줄이 정수리 위

---

10 각각 불교 경전과 대승 불교의 개론서다. — 옮긴이

에서 다 탈 때까지 분명 아무 소리도 내지 않았다. 나는 안도의 숨을 쉬었다. 정말이지 '무거운 짐을 내려놓은 듯' 홀가분했다. 신도들도 "저마다 합장하고 찬탄하며 기쁜 마음으로 시주를 하고 부처님께 절을 올리고 흩어져" 돌아갔다.

출가한 사람이 대수계를 받으면 우리 재가인在家人들이 관례를 통해 소년에서 성인이 되는 것과 마찬가지로 사미승에서 정식 승려가 된다. 성인이 되면 '가정 이루기'를 바라게 마련인데, 중이라고 여자 생각을 하지 않을 수 없다. 중이 석가모니와 미륵보살만 생각한다는 것은 중을 스승으로 모시지 않았거나 중을 벗해본 일이 없는 세속인의 잘못된 견해다. 물론 절에도 수행을 하고 마누라가 없으며 고기를 먹지 않는 중이 없었던 건 아니다. 예컨대 내 맏사형이 그중 하나였는데 그런 이들은 괴팍하고 냉혹하고 오만했고 늘 우울해 보였다. 자기 부채나 책에 손만 대도 버럭 화를 내는 바람에 친해질 엄두가 나지 않았다. 그래서 내가 잘 아는 중은 모두 마누라가 있거나 있어야겠다고 내놓고 말하는 중들이나, 고기를 먹거나 먹고 싶다고 내놓고 말하는 중들뿐이었다.

나는 그때 셋째 사형이 여자 생각을 하는 걸 전혀 이상하게 생각하지 않았고, 게다가 어떤 여자를 이상형으로 생각하는지도 알고 있었다. 사람들은 어쩌면 그가 비구니를 마음에 두고 있을지 모른다고 생각했으나 그건 아니었다. 비구와 비구니가 '서로 좋아지내'면 곱절로 불편해진다. 셋째 사형이 마음에 두고 있던 사람은 부잣집 아씨나 며느리였다. 그런데 이 '서로 간의 사모' 혹은 '혼자만의 사모(요즘 말로 하면 짝사랑)'를 이어주는 매개물이 '매듭結'이었다. 우리 고장의 부잣집에서는 초상이 나면 매 이레마다 불사佛事를 했는데 이렛날에 '매듭을 풀어주는解結' 의식을 거행했다. 죽은 사람은 생전에 남에게 지은 죄가 있게 마련이었으므로 그가 맺어놓은 원한을 누군가 풀어줘야 한다. 방법은 이러했다. 첫 이렛날 독경과 예불을 마친 저녁 무렵, 영전에 먹을 것과 꽃 같은 것을 담은 쟁반을 몇 개 놓았는데 그중 한 쟁반에는 삼실이나 흰 실로 꼰 노끈에 열 푼 정도 되는 동전을 꿰어 넣고는 양 끝을 풀기 어려운 나비 모양의 매듭으로 묶어 올려두었다. 중들은 위패를 둔 탁자 주변에 둘러앉아 노래를 부르며 매듭을 풀었다. 매듭이 풀리면 돈은 중들 차지가 되었고, 죽은 사람의 모든 원한 또한 깨끗하게 풀렸다. 좀 이상한 방법이기는 했으나 다들 그렇게 했기 때문에 아무도 이상하다고 생각하지 않았다. 하긴 이것도 일종의 '타성'이었을 것이다. 그런데 매듭풀기는 세속 사람들이 생각하는 것처럼 열이면 열 다 푸는 게 아니었다. 중이 보기에 정교하게 만들어져 마음에 들었거나 만들 때 일부러 꼼꼼하게 지어놓아 풀기 힘든 매듭은 승복의 소매 속으로 슬쩍 들어갔다. 죽은 사람이 맺은 원한이야 어찌 되건, 그가 지옥에 떨어져 고생을 하건 말건. 그리고 그 매듭을 절 안으로 가지고 가 잘 간수해놓고 보물이나 되는 양 수시로 감상했다. 마치 우리가 여성 작가의 작품을 편애하며 보는 것처럼 감상할 때면 자연스럽게 작가를 떠올리게 마련이었다. 매듭을 만든 사람이 누구일까. 남자나 노비가 했을 리 만무하니 말할 것도 없이 아씨나 며느리가 만들었을 것이다. 중들은 문학계 사람들처럼 고상하지 않았으므로 물건을 보면 사람을 떠올릴 수밖에 없었다. 이른바 '상상의 나래를 편다'는 것이었는데 내 비록 중을 스승으로 모시기는 했으나 결국에는 재가인인지라 그 심리 상태까지는 상세히 알지 못했다. 다만 셋째 사형이 마지못해 내게 몇 개를 준 일이 생각나는데 그중 어떤 것은 아주 정교하게 만들어져 있었고, 어떤 것은 물에 담갔다가 가위 손잡이 따위로 내리쳐도 중이 풀 수 없게 해둔 것도 있었다. 죽은 이를 위해 만들어진 매듭 풀기를 오히려 풀기 어렵게 해놓았다니, 나는 정말 아씨 혹은 며느님들의 심사를 알 길이 없었다. 이 의문은 20년 뒤 의학을 좀 공부한 뒤에야 풀렸다. 알고 보니 그것은 이성을 학대하는 병적인 현상이었다. 깊은 규방 속 원한이 마치 무선라디오 전파처럼 절간에 있는 중에게 전해졌던 것인데, 내 생각에 도학선생들은 이런 면을 짐작하지도 못했을 것이다.

나중에 셋째 사형에게도 마누라가 생겼다. 아씨 출신인지 비구니인지 아니면 '가난한 집 귀한 딸'인지는 나도 모른다. 그 역시 이걸 비밀에 부쳤는데, 도행이 자기 아버지에게 훨씬 못 미쳤던 것이다. 그때는 나도 나이가 좀 들어서 어디서인지는 모르겠지만 중은 계율을 반드시 지켜야 한다는 말을 들었다. 내가 셋째 사형을 난처하게 할 생각에서 그걸 가지고 놀렸더니 뜻밖에 그는 조금도 꿀리지 않고 내게 바로 '금강이 눈을 부릅뜬金剛怒目' 식으로 부라리며 호통을 쳤다.

"중한테 마누라가 없으면 보살은 어디에서 나왔게?"

이건 정말이지 내게 진리를 깨닫게 해주는 '사자후獅子吼'였다. 말문이 막혔다. 나는 분명 열 자 남짓한 큰 불상과 몇 자 또는 몇 치 크기의 작은 보살들이 절 안에 있다는 것을 보아서 알고 있었지만 왜 크고 작은가는 몰랐었다. 그런데 그의 호통 한 마디에 비로소 중에게 마누라가 왜 필요한지, 작은 보살들은 어디에서 왔는지 확실히 알게 되어 다시는 의문이 생기지 않게 되었다. 하지만 이때부터 셋째 사형을 만나기가 힘들어졌다. 이 출가인에게 집이 셋이나 생겼기 때문이었다. 하나는 절간이었고, 다른 하나는 자기 부모 집이었고, 세 번째 집은 자기와 마누라가 사는 집이었다.

나의 사부는 40년쯤 전에 이미 세상을 떠났고, 사형제들 대부분 절의 주지가 되었다. 우리의 우정은 여전했지만 오랫동안 서로 소식이 없었다. 하지만 그들에게는 틀림없이 저마다의 작은 보살들이 이미 있을 터였고, 몇몇 작은 보살들에게도 작은 보살이 생겼을 것이라 생각한다.

1922년 10월

_『루쉰 전집』 제6권 『차개정잡문말편·부집』

나의 천연두 예방접종 이야기

상하이는 아마 중국에서 '가장 문명화'된 지역일 것이다. 전봇대와 벽을 보면, 여름에는 얼음과자를 함부로 먹지 말라는 경고문이 붙고, 봄에는 자녀들에게 천연두 예방 주사를 어서 맞히라는, 빨간 적삼을 입은 아이의 그림이 그려진 경고문이 붙는다. 나는 이 그림을 볼 때마다 예전에 내가 어떻게 천연두에 걸리지 않았는지 의아해진다. 참 슬프게도, 내 목숨이라는 것이 이렇게 길에서 주운 것처럼 귀하지 않았으니, 죽어 마땅한 '블랙리스트'에 이름이 올라가 있어도 조금도 공포에 떨지 않게 되었다. 하지만 당연히 어느 정도는 어쩔 수 없는 일이기도 하다.

듣기로 지금 상하이의 아이들은 생후 6개월쯤에 천연두 예방주사를 맞아야 가장 안전하다고 한다. 천연두 예방접종국 앞에 가본 사람들은 중산층이나 저소득층 할 것 없이 한 살 안팎 정도 되는 아이를 안은 엄마들이 줄을 서서 기다리는 장면을 볼 수 있다. 예방접종하는 일은 지식계층이 아니어도 모두가 너무나도 잘 알게 되었다. 나는 적어도 두세 살이 되고 나서야 아주 늦게 예방접종을 받았던 기억이 분명히 난다.

사는 곳이 외지고 다른 지역과 교류가 적으면 전염병이 적게 유입된다고는 하지만 매년 천연두 유행으로 죽었다는 건 늘 듣는 이야기다. 나는 그 불행을 지나칠 수 있었기에 그야말로 하늘에서 복을 받아 매년 축하연을 연다 해도 지나치지 않을 일이었다. 그러지 않았다면 죽는 게 차라리 그만이었을지도 모른다. 만에 하나 죽지 않고 살았는데 얼굴에 흉터가 지면 이게 큰 죄가 되어서는, 연세가 많은 어르신들을 제외하고 얼굴이 깨끗한 청년 문예비평가들의 비웃음을 사게 될 일이었다. 그러니 운이 좋기는커녕 그야말로 큰 짐을 지게 되는 일이었던 것이다.

예전에는 아이들에게 천연두 접종을 하는 세 가지 방법이 있었다. 하나는 무심히 보내는 것이었다. 집집마다 천연두 귀신이 들었다는 이야기가 퍼지면 의원을 부르고 부처께 빌었다. 죽는 아이도 많았지만 사는 아이들도 있었다. 산 아이들에게는 흉터가 남았는데 흉터가 없는 아이들을 찾지 못하는 것도 아니었다. 다른 하나는 두창 딱지를 갈아 가루로 만들어 아이들의 코에 주입시키는 중국의 고전적인 방법이었다. 일정한 곳에 생기지는 않았지만 알갱이 수가 적어서 위험하지는 않았다. 명말에 발명된 것이라고 하는데 확실한지는 잘 모르겠다.

세 번째는 '우두牛痘'라 불리는 방법이다. 이는 서양에서 들여왔다고 해서 예전에는 '양두洋痘'라 불렀다. 초기에는 중국인들이 믿지를 못해서 이를 설명하고 알리는 데 무척 힘을 들였다. 지금도 남아 있는 『험방신편驗方新編』[1]이라는 대단한 문헌에서 거듭되는 충고는 감동적이기는 해도 그 설명이 굉장히 이상하다. 예를 들어, 천연두 면역에 관한 이치를 설명할 때 그러했다.

"천연두는 아이에게 큰 병이라 유행 시 멀리 피해야 하는데, 지금 아무 이유 없이 갓난아이를 데려와 병에 걸리게 하라는 것인가?"라는 질문에 다음과 같이 답했다. "그렇지 않다. 도둑 잡는 일에 비유한다면, 도둑이 조력자의 도움을 받지 못할 때 뛰쳐나가야 쉽게 사로잡을 수 있다. 잡초를 제거하는 일에 비유한다면, 넝쿨이 아직 뻗어나가지 않을 때 잘라 없애주어야 아주 쉽게 제거된다"라고 한다.

하지만 더 이상한 것은 '양두'가 중국에 유입되어 들어온 원인을 설명하는 부분이었다.

> 의서에 기재된 내용을 살펴봤더니, 아이가 태어난 지 수일 후 팔뚝에 오혈污血을 찌르면 평생 천연두에 걸리지 않게 된다고 한다. 후에 천연두를 없애는 여섯 가지 치료법이 전승되지 않아 전부 사라졌고, 지금 행하는 방법은 그 여섯 가지 중에서 남겨진 방법인 듯하다. 대저 천연두를 없애는 온전한 방식이 사라진 지 오래되었는데 천연두가 이제 다시 유행하고 있다. 아마도 이는 이전에 그로 인했던 재앙이 다 차지 못해서인 듯하다. 그런데 오늘날 서양에서 온 아편이 중국 사람에게 입히는 피해가 천연두로 인한 그 재앙에 필적하고 있다. 그러하니 이 우두

1 청대 관리 겸 의학자 포상오鮑相璈가 저술한 통속 의약서. 당시에 유행을 탔다. 총 8권으로 이루어져 있다. — 옮긴이

법 또한 서양에서 들여와 아이들의 수명을 보전케 해야할 따름이다.[2] 만일 이 우두법을 믿을 수 없어 따르지 않는다면, 이는 하늘을 거스르고 스스로 살고자 하는 이치에서 벗어나는 일이 된다!

내가 접종한 것이 바로 이 아편으로 인한 피해를 메꾸는 우두다. 지금으로부터 50년 전, 내 부친께서는 신학문을 공부한 학자도 아니었다. 그런데 내게 '양두'를 맞히는 데 의연했던 것은 아무래도 이 학설의 영향을 받아서인 듯했다. 말하기에도 참 부끄러운 것이, 내가 나중에 우리집 장서를 살펴봤더니 "자부子部 의가류醫家類"[3]에 있는 내용에는 사실 『달생편達生篇』[4]과 이 대단한 『험방신편』 뿐이었다.

그때는 우두를 맞는 사람도 적었지만 맞기도 어려워서 한참을 기다려 성 안에 임시 우두예방접종국이 세워져야 예방접종을 할 수 있었다. 내 경우에는 의원을 집으로 모셔와 접종했는데, 아마 의원을 정중히 대한다는 의미였던 것 같다. 그때가 언제였는지 정확히는 모르겠지만 봄이었을 것으로 추측된다. 이날 천연두 예방접종의 의식이 거행되었는데 방 한가운데에 네모난 탁자를 놓았고 그 위에 붉은 탁자보를 묶고는 향과 촛불을 켰다. 내 부친께서는 나를 안고 탁자 옆에 앉았다. 상석은 측면이었는

2 아편으로 인해 죽어나가는 중국인들의 피해를 메우기 위해 아편과 마찬가지로 서양에서 수입한 양두 접종으로 중국인의 생명을 보전하여 사망한 사람의 수와 살리는 사람의 수를 똑같이 하자는 말이다. 루쉰은 이와 같은 논리가 궤변이라는 견해로 이 부분을 삽입했다. — 옮긴이

3 중국 청대 건륭 연간에 칙명으로 만들어진 총서叢書인 『사고전서四庫全書』의 분류다. 진맥과 『본초강목本草綱目』 처방, 그리고 수의獸醫까지 포함한다. — 옮긴이

4 『달생편達生篇』은 1715년 극제거사亟齊居士가 저술한 산부인과 저서로 내용은 후생厚生, 임산臨産, 진결조변眞訣條辨 등 14편으로 이뤄져 있고 그 외에 격언, 방약方藥 등을 다루고 있다. — 옮긴이

데 지금은 조금도 기억이 나지 않는다. 이 의식의 출처는 지금까지도 찾아볼 수 없다.

나는 그때 의관醫官을 보았다. 의관이 어떤 차림새였는지 인상에는 없지만, 그 얼굴만은 기억난다. 불그스름한 피부에 뚱뚱하고 동글동글했으며 크고 검은 안경을 쓰고 있었다. 유난히 특이한 점은 그 의관의 말을 하나도 못 알아듣겠다는 것이었다. 이처럼 알아듣지 못하는 말을 하는 사람은 우리 마을의 관리 나으리 말고도 전당포와 찻집 주인인 안후이 사람과 대나무 공예가인 동양東陽 지역 사람, 그리고 마술사 장베이江北 지역 사내뿐이었다. 관에서 쓰는 말을 '관화官話'라 하고, 그 외에는 모두 '알아듣기 힘든 지방어'라고 말한다. 의관의 모습이 관리에 가까웠고 모두들 '의관 나으리'라고 불렀기에 그가 쓰는 말이 '관화'임을 알 수 있었다. 관화가 내 고막을 두드린 건 그때가 처음이었다.

접종 절차라는 게 도착하자마자 칼로 째서 접종액을 넣는 거였는데, 사실 어렸을 때라 기억이 하나도 나지 않는다. 20년이 지난 후 팔에 있는 자국을 보고 나서야 여섯 군데에 접종했고, 그중 네 군데에 발진이 났었다는 것을 알았다. 그때 나는 아프지 않아 울지도 않아서 그 의관이 미소를 머금고 머리를 쓰다듬으며 "착하다, 착해!"라고 했던 말이 정확히 기억난다.

"착하다, 착해"라고 한 그 말을 알아듣지 못했지만, 의관이 나를 칭찬한 말이라고 나중에 부친께서 설명해주었다. 하지만 그 말이 나를 기쁘게 한 것 같지는 않다. 나를 신나게 한 것은 부친께서 나에게 준 사랑스러운 장난감 두 개였다. 지금 생각해보니 나는 두세 살쯤 되었을 때부터 실리주의자였던 것 같은데 이 나쁜 성질은 늙어서도 고쳐지지 않았다. 지금도 원고료나 인세를 받는 게 비평가의 '관화'를 듣는 것보다 훨씬 기쁘니 말이다.

장난감 한 개는 주희朱熹가 "그 자루를 잡고 흔들면, 두 귀가 돌아가며 스스로를 친다"[5]고 말하던 소고였다. 내가 구하기에 힘든 물건이었지만 이미 갖고 놀아본 경험이 있었기 때문에 귀하다는 생각은 들지 않았다. 가장 애지중지했던 것은 함께 받은 '만화경'이라는 장난감이었다. 그것은 자그마한 원형의 긴 통으로 겉에는 무늬가 있는 종이가 붙어 있었고 양 끝에는 유리가 끼워져 있었다. 한 쪽에 난 작은 구멍으로 밝은 곳을 향해 안쪽을 들여다보면 정말 재미있게도 형형색색의 신기한 꽃모양이 만들어졌는데 실제 꽃들에게서는 볼 수 없는, 죄다 가지런하고 신기한 모양들이었다. 게다가 그 기적은 끝이 없었다. 만약에 싫증이 나서 원통을 손으로 움직이면 안에 있는 꽃 모양이 계속 달라졌다. 움직일 때마다 달라져서는 비슷한 모양이 하나도 없었다. 옛말에서 "꼬리에 꼬리를 물고 새록새록 등장한다"는 말이 아마도 "이러한 경지를 이르는" 말 같다.

그런데 나도 다른 모든 아이(천재는 빼고)와 같아서 이 신기한 통을 탐구해보고 싶어졌다. 나는 어른들이 없는 구석진 곳으로 가서 겉의 알록달록한 종이를 떼어냈다. 그러자 보기 싫은 종이판이 드러났다. 그리고 양 끝의 유리를 빼내어보니 가는 줄기와 그 조각들이 떨어져 나왔다. 마지막으로 원통을 잡아 뜯자 거울 세 조각을 합쳐 만들어 가운데가 뻥 뚫린 삼각 막대가 보였다. 안에는 꽃도, 아무 것도 없었다. 다시 원래대로 해놓고 싶었지만 그렇게 할 수가 없었다. 만화경은 이대로 끝이 나버렸다.

---

5 『논어집주論語集註』「미자편微子篇」 9장 — 옮긴이

나는 정말 아주 오랫동안 아쉬워했다. 나이 쉰 살이 지나서도 가지고 놀고 싶었지만 어릴 때만큼의 용기가 없었기에 결국 일부러 사러 나가지는 못했다. 만일 샀다면, 다른 진형의 '문학가들'이 나를 보고 또 다른 트집을 잡았을 것임이 틀림없다.

지금의 방법대로라면, 태어난 지 6개월 혹은 한 살 때 접종을 하고 네다섯 살에 반드시 한 차례 더 접종해야 한다. 하지만 나는 구시대 사람이라 그렇게 주도면밀하지 않아 2차, 3차 접종은 스무 살이 넘어 일본 도쿄에 있을 때 했다. 2차 때에는 좀 부어올랐지만 3차 때는 아무렇지도 않았다.

가장 마지막에 받은 예방접종은 10년 전으로 베이징에서 지냈을 때였다. 당시 내가 세계어 전문학교에서 수업을 하고 있을 때 마침 천연두가 유행하고 있었다. 그리고 때마침 내가 강의하고 있는 시간에 학교 보건소에서 예방접종을 하러 왔었다. 나는 그동안 사람들에게 계속해서 접종을 권해온 사람이었기에, 이 학교 학생들을 보고 깜짝 놀라고 말았다. 다들 20세 안팎이었는데, 학생들에게 물어보니 아직 천연두에 걸려본 적도 없던 데다가, 우두 접종을 받아본 사람도 많지 않았던 것이다. 게다가 작년에는 천연두 때문에 생긴 안 좋은 사례도 있었다. 꽤나 예쁘게 생긴 한 학생이 두 달간 학교를 결석했다가 다시 돌아왔는데 그 예뻤던 얼굴이 부은 데다 마마 자국도 생겨 거의 못 알아볼 지경이 되었던 것이다. 그 학생은 거기에다 의심도 많아지고 화도 잘 내게 되어서 그 학생과 대화를 하려 하면 비웃는다고 의심할까 두려워 미소도 함부로 지을 수 없었다. 그래서 나는 늘 매우 조심조심 근엄하고 신중하게 행동했다. 물론 이 상황을 보고 어떤 사람은 내가 냉정한 방식으로 여학생을 공격한다고 지적할지도 모르겠다. 하지만 그렇지는 않았다. 솔직히 내 아내였다 해도 나는 이러지도 저러지도 못했을 것이다. 왜냐하면 나는 플라토닉한 정신적 연애론을 볼 수 있고 말할 수는 있어도 실행할 수는 없었을 테니 말이다.

하지만 분명히 합당한 방법이 있는데도 멀쩡한 사람 몸에 굳이 세균을 주입해 번식시켜야 하느냐는 말은, 정말 고집에 가까운 말이라는 생각이 든다. 그렇다고 다들 예쁘게 생겼다는 생각도 들지 않아서 나는 차분하게 공격을 취할 수 있었다. 하여간 나는 교실에서 학생들을 필사적으로 부추겼지만 다들 예방접종이 아프다며 무서워했기 때문에 설득하기가 매우 힘들었다. 몇 차례의 교섭을 거쳐 마침내 내가 먼저 접종을 해서 청년들의 본보기가 되는 것으로 의견이 추려졌다. 나는 군중이 추대한 지도자가 되어 청년군을 이끌고 위풍당당하게 학교 양호실을 향해 달려갔다.

봄이었지만 베이징은 여전히 싸늘했다. 옷을 벗어 우두 네 알을 바른 다음 바로 옷을 입었는데도 꽤 긴 시간이 흘렀다. 그런데 내가 옷깃을 여미면서 얼굴을 돌렸을 때 나의 청년군은 이미 한 명도 남지 않고 내뺀 뒤였다.

당연히 내 몸에는 우두로 인한 발진도 나지 않았다.

하지만 내가 우두에 이미 반응하지 않게 되었다고 할 수 없는 것이, 사실 학교 양호실 선생이 사용한 우두가 나는 좀 의심스러웠기 때문이다. 양호 선생이 무정부주의자이자 박애주의자라고는 하지만 사실 그 양호 선생에게 병을 맡기기에 매우 불안한 면이 있었다. 역시 같은 해였다. 강의 중에 열이 나는 것 같아 양호 선생에게 진찰을 받게 되었다. 양호 선생이 친절하게 말해주었다.

"늑막염입니다. 어서 돌아가 쉬세요. 약을 보내도록 하겠습니다."

나는 이 병이 일시에 나아지지 않으리라는 것을 알고 생계에 방해될까 걱정되어 급히 돌아가 누워 약이 오기만을 기다렸다. 하지만 밤이 되어도 약은 오지 않았다. 다음날도 하루 종일 애타게 기다렸으나 여전히 소식이 없다가 밤 10시가 되어서야 양호 선생이 집으로 와 매우 공손하게 말했다.

"정말 죄송합니다. 어제 약 보내는 것을 잊어버려 사죄드릴 겸 직접 왔습니다."

"괜찮습니다. 지금이라도 먹지요."

"아이고! 약을 가지고 오지 않았네요……."

그가 돌아간 후에 혼자 누워 생각해보니 이렇게 있다가는 늑막염이 더 나빠질 것 같았다. 다음 날 오전에 바로 외국계 병원으로 달려가 그곳 의사에게 상세하게 진찰을 받았다. 의사의 진찰 결과 늑막염에 걸린 것이 아니라 그저 감기일 뿐이라는 진단을 받았다. 나는 그제야 안심하고 집에 돌아와 더이상 눕지 않았다. 이러한 연유로 내가 그 양호 선생의 우두 접종액이 정말 효과가 있는 것인지 의심하게 된 것이다. 아무튼 나와 우두의 인연은 이때가 마지막이었던 셈이다.

1932년 1월, 나는 또 한 차례 천연두 예방접종을 할 기회가 있었다. 당시 우리는 자베이閘北의 전장에서 영국 조계지의 오래된 서양식 아파트로 도피해왔다.[6] 층계와 복도가 사람으로 붐볐지만, 주변의 호금소리와 마작하는 소리 덕분에 지옥에서 천국으로 온 것 같았다. 며칠이 지나 나으리 두 분이 조사차 나와 우리에게 사람 수를 묻고 그것을 장부에 적더니 우쭐거리며 나갔다. 내가 보기에 그 사람들이 난민표를 만들어 위에 보

---

6 1932년 1월, 일본이 상하이를 침략한 '1.28사변'이 발생했다. 이에 루쉰은 가족과 함께 영국 조계지로 잠시 피했다가 3월 중순 귀가했다. — 옮긴이

고했을 것 같고, 지금쯤이면 무슨 기관의 공식 문서로 들어가 있을 것이었다. 나중에 외국인 공무원이 또 한 차례 왔는데 유창한 중국어로 지방에서 온 사람들에게 하루 빨리 우두를 접종하도록 권했다.

이렇게 돈이 들지 않는 예방접종은 일부러라도 찾아가 맞아도 괜찮지만, 나는 아직 잠이 덜 깨기도 했고 날도 추워서 일어나기 귀찮아 몇 마디 덧붙이며 거절했다. 그 외국인 공무원은 잠시 생각하더니 머리를 숙여 바닥을 보면서 내 말에 동의하며 말했다.

"당신은 배운 사람 같아 보이니 당신의 말을 믿겠습니다."

동서고금을 막론하고 의관의 입에서 두 번 다 좋은 평판을 들으니 나도 매우 기뻤다.

그런데 '난민'이 된 기회로 거리를 돌아볼 틈이 생겼는데 뜻밖에 만화경을 다시 보게 되었다. 이도 그 모회사의 제조품이라고 했다. 우리 아이는 태어난 지 6개월이 되었을 때 이미 예방접종을 받아서 누에처럼 작았기 때문에 당시 장난감 같은 뇌물은 필요치 않았다. 지금은 좀 자라서 내 조공을 받을 자격이 되었던 터라 즉시 만화경을 아이에게 사주었다. 하지만 이상하게도 이 만화경은 예전의 내 것과 많이 달랐다. 들여다보면 온통 흐릿할 뿐 아니라 꽃모양도 선명하지 않았고, 좌우간 예쁘게 만들어진 모양도 볼 수 없었다.

나는 간혹 어릴 적 먹었던 음식이 갑자기 생각날 때가 있다. 그게 정말 맛있었던 것 같은데 환경이 변하면서 나중에는 영원히 같은 것을 맛볼 수 없게 되었다. 하지만 더러는 기회가 생겨서 예기치 않게 먹게 된 것도 있었다. 이상한 점은 다시 만나 먹게 되어도 그 맛이 내가 기억했던 것만큼 좋지 않아, 아름다운 꿈이 깨져버린 것 같아서 차라리 계속 그리워하는 게 나을뻔 했다는 사실이다. 나는 이때마다 그 맛이 변한 게 아니라 내가 늙어 기관들이 약해지면서 당연히 미각도 약해졌을 것이니, 이런 미각의 둔화가 차라리 내가 실망한 원인이라고 생각하고는 했다.

나는 내가 만화경에서 느낀 실망감도 이와 똑같은 것이라 해석했다.

다행히 내 아이도 나랑 성격이 같아서(하지만 커서는 나와 다르기를 바란다) 그 만화경을 탐구해보고 싶어했다. 먼저 바깥쪽의 알록달록한 종이를 떼어내자 19세기에나 있을 법한 보기 싫은 종이판이 드러났다. 한쪽 유리를 떼어내자 쏟아져 나온 것은 가는 조각들이 아니라 오색 유리 조각이었다. 삼각형으로 둘러싼 유리 세 조각도 모양이 달랐고, 뒷면은 주석이 아닌 옻칠만 해놓았다.

나는 이때 내 자책이 틀렸음을 깨달았다. 옻칠한 검은 유리도 반사는 가능하지만 거울유리에는 훨씬 미치지 못했다. 예전의 조각들은 가벼워서 커다란 꽃모양을 만들기 쉬웠는데 지금 사용하는 유리조각은 어찌 되었든 움직여봤자 모래알갱이처럼 가장자리에 모일 수밖에 없었다. 이런 만화경이 어떻게 예쁜 모양을 만들어낼 수 있었겠는가?

꼬박 50년이란 시간은 지구의 나이에 비하면 지극히 미미하다. 그러나 인류 역사에 있어서 반세기란 시간은 러우스柔石[7]와 딩링丁玲[8]이 살아보지 못한 긴 세월이다. 뜻밖에도, 나는 다행히 50년이라는 세월을 지내왔다. 그 세월 속에서 나는 천연두 예방접종의 보급이 19세기보다는 진보했

---

7 러우스(1902~1931). 중국의 혁명가이자 작가. — 옮긴이

8 딩링(1904~1986). 중국의 사회운동가이자 작가. 이 글은 루쉰이 51세였던 1933년에 발표된 글이다. 반면 1933년은 러우스가 미처 살아보지 못한 해였고, 딩링은 아직 30세가 되기도 전인 해였다. — 옮긴이

지만, 만화경 제조법은 오히려 크게 퇴보했다는 점을 알게 되었다.

6월 30일

_『루쉰 전집』 제8권 『집외집습유보편』

연

베이징의 겨울에 눈이 군데군데 쌓여 있고, 거무스름하게 벌거벗은 나뭇가지가 쾌청한 하늘로 앙상하게 솟구쳐 있으며 먼 곳에 연이 한둘 떠 있고는 했다. 이 풍경은 나를 경이로우면서도 서글프게 했다.

고향에서는 2월이 연 날리는 철이었다. '샤샤샤' 하는 바람개비 소리에 고개를 들면 연한 먹빛의 게蟹연이나 연푸른색의 지네연을 볼 수 있었다. 또 외로운 방패연은 바람개비도 없이 초췌하고 짠한 모습으로 나지막이 떠 있었다. 하지만 그 무렵 땅에서는 벌써부터 버드나무에 싹이 터 있고 일찍 핀 소귀나무도 꽃망울을 머금어 아이들이 하늘 위에 벌여놓은 장식들과 한데 어우러져 봄날의 따스함을 연출했다. 그런데 나는 지금 어디에 있는 것일까? 사방은 여전히 스산하니 몹시도 춥건만, 오래전에 작별해 이미 흘러간 고향의 봄이 이곳 하늘에서 맴돌고 있으니 말이다.

나는 여태껏 연날리기를 좋아해본 적이 없었다. 좋아하기는커녕 혐오했었다. 싹수없는 아이들의 놀이라 여겼기 때문이다. 하지만 아우는 나와 달랐다. 그때 아우는 열 살 안팎이었는데 병치레가 잦아서 비쩍 말랐었다. 연을 가장 좋아했는데도 스스로 연을 살 돈이 없었고, 내가 허락하지 않았기 때문에 그저 작은 입만 벌리고 멍하니 하늘을 보는 수밖에 없었다. 어떤 때는 반나절이나 그러고 있기도 했다. 멀리 떠 있는 게연이 갑자기 곤두박질치면 깜짝 놀라서 소리쳤고, 방패연 둘이 얽혔던 게 풀리면 깡충깡충 뛰어다니며 좋아했다. 나는 아우의 그런 모습들이 그렇게 우습고 못나 보였다.

어느 날 아우가 며칠 동안 눈에 띄지 않는다는 생각이 들자, 뒤뜰에서 마른 댓가지를 줍던 아우의 모습이 기억났다. 그리고 사람이 거의 드나들지 않는 잡동사니를 쌓아두는 헛간으로 달려갔다. 문을 열어보니 아니나 다를까 먼지가 잔뜩 쌓인 집물 더미 속에 아우가 있었다. 큰 걸상을 향해 작은 걸상에 앉아 있던 아우가 얼굴이 새파랗게 질린 채 움츠러들어서는 황급히 일어섰다. 큰 걸상 옆에는 아직 종이를 바르지 않은 나비연의 뼈대가 비스듬히 놓여 있었고, 걸상 위에는 나비연의 두 눈이 될 바람개비의 길고 붉은 종이 한 쌍이 거의 다 만들어져 가고 있었다. 나는 비밀을 적발했다는 만족감을 느끼면서도 아우가 내 눈을 속여 가면서 이렇게까지 심혈을 기울여 싹수없는 애들이나 만드는 노리갯감을 몰래 만들고 있었다는 데에 화가 났다. 나는 당장 나비의 두 날개를 부러뜨리고, 바람개비를 땅바닥에 내동댕이쳐 짓밟았다. 나이로 보나 힘으로 보나 아우는 내 적수가 되지 못했다. 나는 완벽하게 승리를 거두고 절망한 채 서 있는 아우를 헛간에 남겨 둔 채 거만하게 나왔다. 나중에 아우가 어땠는지 알 길이 없었고, 마음에 두지도 않았다.

1928년 3월 16일, 징윈리景雲里 집에서의 루쉰(저우링페이 제공)

그러나 나는 결국 벌을 받고야 말았다. 시간이 오래, 나는 벌써 중년이 되어 있다. 불행하게도, 우연찮게 어린이에 관한 외국 서적을 한 권 읽고 나서야 놀이가 어린이에게 가장 합당한 행위이며 장남감은 아이들의 천사라는 것을 알게 되었다. 갑자기 20년 동안 까맣게 잊고 있었던 어린 시절의 정신적 학살 장면이 눈앞에 펼쳐지면서 마음이 납덩어리처럼 무겁게 내려앉았다.

심장이 뚝 떨어져 끊어지지는 않았고, 무겁게 내려앉기만 했다.

나도 잘못을 바로잡을 방법은 알고 있었다. 아우에게 연을 선물해서 함께 연을 날리면 된다. 소리치고, 달리고, 웃어대면서. 하지만 아우도 이미 나처럼 수염이 난 중년이 되어 있었다.

나는 또 잘못을 바로잡을 다른 방법도 알고 있다. 아우가 "나는 형을 조금도 원망하지 않아요"라고 말할 때까지 용서를 비는 것이다. 그러면 내 마음은 가뿐해질 것이니 이는 확실히 해볼 만한 방법이었다. 어느 날인가 아우를 보았을 때, '삶'의 고단함으로 얼굴에 짙게 새겨진 주름을 보자 내 마음이 무거워졌다. 나는 이래저래 어릴 적 이야기를 하면서 그때의 그 일을 이야기했다. 철없던 때의 어리석은 짓이었다고. "나는 형을 조금도 원망하지 않아요"라고 아우가 이렇게 말해준다면 나는 용서를 받고 마음이 홀가분해질 터였다.

"그런 일이 있었어요?" 아우가 놀랍다는 듯 웃으며 말했다. 옆에서 남의 이야기를 듣는 것처럼 아우는 아무것도 기억하지 못하고 있었다.

전부 잊어버려서 털끝만 한 원한도 없다는데 용서고 뭐고 할 게 있겠는가? 원한 없는 용서는 거짓일 뿐이다.

그런 터에 무엇을 바랄 수 있겠는가? 마음이 무겁기만 했다.

이제 고향의 봄은 이 타향의 하늘에서 오래전에 지나가버린 내 어릴 적 추억과 함께 알 수 없는 서글픔을 안고 있다. 차라리 스산한 한겨울 추위 속으로 숨어버리면 나을까. 하지만 사방이 너무 추워서 내게 엄청난 냉기를 뿜어내고 있었다.

1925년 1월 24일

_『루쉰 전집』 제2권 『들풀』

덧붙이는 말

현실의 고향과 기억 속의 고향

한겨울이었다. 고향이 가까워지면서 날씨가 흐려지고 찬바람이 윙윙 하고 배 안을 덮쳤다. 덮개 사이로 밖을 내다보니 누르스름한 하늘 아래 스산하고 황량한 마을이 생기 없이 띄엄띄엄 늘어서 있었다. 슬프고 처량한 마음이 울컥하고 치밀어 올랐다.

아! 이건 내가 이십여 년 동안 한시도 잊지 못했던 고향이 아닌데?

(…) 갑자기 신비로운 그림 한 폭이 머릿속에 떠올랐다. 검푸른 하늘에 금빛 보름달이 걸려 있고, 그 아래 바닷가 백사장에는 새파란 수박밭이 끝없이 펼쳐져 있었다. 그 사이로 열한두 살이나 되어 보이는, 목에 은 목걸이를 한 소년이 손에 작살을 들고 오소리를 향해 힘껏 던지고 있었다. 놈은 잽싸게 방향을 틀더니 외려 그 소년의 가랑이 사이로 쏙 빠져 줄행랑을 쳐버렸다.

_ 루쉰, 『외침, 고향』

루쉰 글 속의 '백초원百草園'[1]

푸르른 채소밭이며, 매끄러운 돌우물, 키 큰 쥐엄나무와 자줏빛 오디는 물론이고, 나뭇잎 위에 앉아 길게 울어대는 매미랑 채소 꽃 위에 앉아 있는 통통한 벌, 풀숲에서 높은 하늘로 불쑥불쑥 솟아오르는 종달새도 있었다. 주변에 둘러친 나지막한 토담 근처만 해도 끝없는 정취를 자아냈다. 방울벌레들은 낮게 노래하고, 귀뚜라미들은 여기에 거문고 소리를 더했다. 부서진 벽돌을 들추면 가끔 지네들을 만나기도 했고, 가뢰도 있었는데 손가락으로 잔등을 꾹 누르면 뽕 하고 방귀를 뀌면서 뒷구멍으로 연기를 뿜어댔다. 하수오 덩굴과 목련 덩굴이 뒤얽힌 채로, 목련에는 연밥송이 같은 열매가 달려 있었고, 하수오 덩굴에는 울퉁불퉁한 뿌리가 달려 있었다. 하수오 뿌리는 사람 모양으로 생겨서 그것을 먹으면 신선이 될 수 있다고 하여, 나는 종종 그 뿌리를 캐고는 했다. 그랬다가 끊어지지 않게 쭉 뻗은 대로 파 들어갔다가 담장까지 무너뜨린 일도 있었지만, 사람 모양으로 생긴 것은 끝내 보지도 못했다. 만일 가시만 겁내지 않았다면 복분자도 딸 수 있었을 것이다. 아주 작은 산호구슬들을 뭉쳐놓은 듯 자그마한 공 같은 그 열매는 새콤달콤하니 색깔이나 맛 전부 오디보다 훨씬 나았다.

_ 『아침 꽃 저녁에 줍다』 「종백초원에서 삼미서옥으로」

---

1 루쉰이 유년시절 살았던 사오싱 옛집에 있던 마당이다. 나무와 덩굴 잡초가 무성했고 각종 새와 벌레, 동물들이 있어 동무들과 뛰어놀기 좋았던 곳으로 묘사되는 장소다. — 옮긴이

저우쭤런이 말하는 백초원의 귀뚜라미와 방울벌레

실솔蟋蟀은 귀뚜라미를 부르는 정식 명칭이다. 암컷과 수컷이 짝을 지을 때 나는 낮은 노랫소리가 꼭 거문고를 타는 것 같다고들 한다. 사람들이 사마상여司馬相如가 거문고로 문군文君이라는 여성의 마음을 얻었다는 이야기를 알지는 못하지만, 귀뚜라미의 이름을 이렇게 지은 것은 참으로 절묘하다 할 수 있겠다. 나도 전문가의 거문고 소리를 들은 적이 있는데, 그 소리가 귀뚜라미의 소리를 능가할 것 같지는 않아 보였다. 일반적인 귀뚜라미 말고 머리모양이 매화 꽃잎처럼 생긴 게 또 있다. 속칭 관머리모양귀뚜라미라 한다. 잡히면 바로 죽어서 그것들이 우는지 아닌지는 알 수 없다. 또 유즉령油唧蛉이란 것이 있는데 북방에서는 유호로油壺盧라 부른다. 그것은 귀뚜라미 같으면서도 더 뚱뚱하고 큰데, 싫지도 않지만 기르고 싶지도 않다. 그저 '쉬쉬'하는 소리만 낼 줄 아는 것이, 확실히 거문고 소리를 낼 줄 모르는 게 분명하기 때문이다. 사오싱紹興에서 유령油蛉이라 부르는 방울벌레를 다른 지역에서는 무엇이라 부르는지 모르겠다. 그것은 큰 개미처럼 생겨서 소리를 내는 곤충이라 설명할 수 있겠다. 몇 년 전에 다음과 같은 타유시打油詩를 지은 적이 있다.

> "고추 무더기 속에서 방울벌레 소리가 들려, 작은 덮개로 잡아 손바닥 위에 올려놓았네. 긴 수염에 붉은 목이 얼핏 보였는데, 과연 금방울의 진귀함을 넘어서는구나."

설명하자면, "방울벌레의 모양은 금방울과 같고 가늘고 길며 그 색은 까맣고, 구구거리는 울음소리는 가늘고 낮다. 수염과 목이 붉을수록 수명이 더욱 길다고 한다. 이것을 기르는 자는 뿔 부위를 덮어 명주실로 묶어 옷자락에 매달아놓으면 겨울을 함께 지낼 수 있다. 하지만 입춘 후에는 계속 기르기 힘들고 혹은 청명절까지는 키울 수는 있으나 성묘하러 가는 길에 그 소리를 듣는 일이란 매우 드물다."

_저우쭤런周作人, 『루쉰의 고향』「백초원6, 정원 속 동물」

샤오훙蕭紅[2]의 '뒷마당'

(샤오훙은 루쉰보다 젊은 연배의 "친구"다. 매우 당차서 이전부터 "『아큐정전』과 『쿵이지孔乙己』와 같은 작품을 쓸 테다! 적어도 글의 길이만이라도 루쉰 선생을 넘으리라!"라고 말한 바 있다. 또 이런 말도 했다. "각양각색의 작가가 있는 만큼, 각양각색의 소설이 존재한다." 샤오훙은 확실히 루쉰과는 다른 소설과 산문을 써내어 그녀만의 "뒷마당"을 만들어냈다.)

마당에서 보는 태양은 유난히 컸고, 하늘은 특히 높았다. 사방에 뿌려진 햇빛이 너무 밝아 눈을 뜨지 못할 정도였다. 지렁이도 차마 땅 위로 올라오지 못했고, 박쥐도 어두운 곳에서 날아오지 못할 정도로 밝았다. 태양 아래 모든 게 튼실하고 아름다웠다. 두드려보면 커다란 나무에서도 소리가 났고, 소리를 질러보면 맞은편의 흙담이 대답하는 것 같았다.

꽃이 마치 잠에서 깨어난 것처럼 활짝 피었다. 새는 승천하듯 날아올랐고, 벌레는 말하는 것처럼 울어댔다. 모든 것이 살아 있었다. 다들 끝없는

---

2 샤오훙(1911~1942). 본명은 장나이잉. 중국 동북지역 작가. 일제 탄압을 피해 1934년 상하이로 이동해 루쉰을 만나 사제 혹은 부녀지간과 같은 교류를 맺었다. 루쉰의 도움을 받아 『생사의 장』으로 등단했다. — 옮긴이

삼미서옥은 청대 말기, 사오싱 부府에서 이름난 사숙이었다. 루쉰은 12세에서 17세까지 이 곳에서 수학했다.

재주가 있어 하고 싶은 것은 무엇이든 다 했다. 마음 가는 대로. 모든 것이 자유로웠다. 호박은 받침대에 올라가고 싶으면 올라갔고, 방으로 올라가고 싶으면 올라갔다. 오이는 꽃을 피우고 싶으면 피웠고, 오이를 맺고 싶으면 맺었다. 만일 다 원치 않으면 오이를 한 개도 맺지 않았고 꽃 한 송이도 피우지 않았으며 누구도 그 이유를 묻지 않았다. 옥수수는 높이 자라고 싶으면 그렇게 자랐고, 하늘로 높이 올라가고 싶다 해서 간섭하는 사람도 없었다. 나비는 마음껏 날아다녔다. 담에서 날아오는 노란 나비가 있는가 하면, 담에서 날아가는 흰 나비도 있었다. 그 나비들은 어느 집에서 왔고 또 누구네 집으로 가는 것일까? 태양도 그것은 몰랐다.

그저 하늘만이 높이 저 멀리에서 푸르디, 푸르렀다.

_ 샤오훙, 『호란하전』

제 2 편

루쉰을 읽다 I

사람·동물·귀신·신

———×———

루쉰을 읽는다는 것은 루쉰의 세계로 들어간다는 의미다.
루쉰의 목소리에 귀 기울여보고 그와 영혼의 대화를 나눠보자.

1 결론 자체가 전제의 일부로 사용되는 이 순환논증의 논리. '순환논증의 오류'라는 말로 더 유명하다. 순환논증에 따르면 "그놈은 나쁜 놈이므로 감옥에 가야 한다. 감옥에 간 걸 보면 분명 나쁜 놈인 것이 맞았다"라는 말이 성립되는데, 전제와 결론이 되풀이되며 순환하고 있는 것을 볼 수 있다. 대표적으로 진화론의 적자생존이 순환논증의 오류를 지니고 있다. 루쉰은 1907년에 순환논증을 이용해 「사람의 역사」라는 글을 썼다. — 옮긴이

2 중국의 사상가이자 교육가. 유학시절인 1917년, 잡지 『신청년新青年』에 구어체의 글을 쓰자는 취지의 내용이 담긴 「문학 개량에 관한 소견文學改良芻議」을 발표하며 문학혁명의 계기를 만들었다. — 옮긴이

3 중국의 사상가이자 교육가 및 문학가. 루쉰의 동생. 1918년 발표한 『사람의 문학』은 후스를 비롯한 좌익작가들의 환영을 받으며 혁명적 기운에 기름을 부었던 글이다. — 옮긴이

1. 사람과 동물

'사람과 자연(동식물)'의 관계는 루쉰의 기본 명제다. 루쉰은 과거 20세기 초반에 쓴 「사람의 역사人的歷史」 등의 논문에서 과학 연구의 최신 성과인 순환논증[1]을 이용했다. 즉, 사람과 자연(동식물)은 내재적으로 일치하므로 인간은 자연의 일부라는 것이다. 사람과 자연(동식물)은 본바탕이 공통적이다. 인간은 원시동물이 오랜 시간 진화한 결과일 뿐만 아니라 인간 개체가 태어나서 성장하는 과정은 동물이 진화하는 역사 과정 단계와 상응한다. 전자는 후자가 되는 '발생적 반복'으로 인간과 동물, 생물과 비非생물 사이에 넘지 못할 경계선이 없다는 결론을 도출해냈다.

5·4시기에 이르러 루쉰은 '생물학적 진리'를 더욱 강조했다. 이 또한 대체로 그 시대 사람들이 공통적으로 지녔던 인식이었다. 후스胡適[2]가 5·4문학 혁명의 이론적 선언이라 말했던 저우쭤런周作人[3]의 『사람의 문학人的文學』도 그러했다. 저우쭤런은 이 글에서 사람은 "진화하는 동물"이고 "야만성獸性과 신성神性을 합친 것이 인간성人性"임을 재차 강조했다. 이것으로 중국의 국민성을 돌이켜보면, 봉건시대 구예교의 참형 아래 사람의 천성이 상실된 비극을 발견하게 된다. 그 비극이란 사랑이라는 본성을 상실하고, 인간의 생명이 지닌 활력을 잃었으며, 인간이 노예화되고 길들여진 것을 말한다. 이와 함께 "문명이 야만성으로 타락하고" 피를 좋아하고 서로 살육하는 등 인간이 "원시 상태로 돌아가는" 현상과 인간이 동물화되는 현상이 일어났다. 문학가 루쉰의 붓 아래 '동물'은 어떤 '은유성'을 지니고 있다. 루쉰은 줄곧 인간성과 사람의 운명과 같은 의미의 '사람' 자체를 중요하게 생각했다.

길잡이 글

따뜻함으로 가득 찬 글을 읽다보면, 마치 아이들 사이에서 미소 지으며 흐뭇한 눈으로 새끼 토끼들과 오리, 아이들을 가만히 지켜보는 루쉰을 보는 듯하다. 루쉰은 별안간 그의 마음 속 가장 부드러운 일면을 우리에게 보여준다.

어린 것에 대한 이런 남다른 관심은 앞서 논했던 루쉰의 "아이 중심, 약자 중심幼者本位, 弱子本位" 사상이 동물로 확대되었을 뿐 아니라 루쉰의 "대생명大生命" 관념을 보여준다. 루쉰은 다음과 같이 말했다. "아이는 감탄을 잘한다. 아이는 늘 별과 달 위의 세계를 상상하고, 땅속 세상을 궁금해하며, 화초가 어디에 쓰일지 곰곰이 생각해보고, 곤충의 언어를 상상하기도 한다. 그리고 아이는 하늘을 날아다니고 싶어 하고, 개미집에 들어가 보고 싶어 한다……."(『차개정잡문』, 「그림을 보며 글자 익히기」) 루쉰은 "꾸밈없는 마음赤子之心"을 지녀서 자기 생명이라는 좁은 범위를 넘고 국가와 민족, 인류의 범위를 초월해 자아 정신과 우주 만물(생물, 비생물)이 하나가 되는 데까지 그 생명의식을 승화시켰다. 루쉰이 제창하고 몸소 실천한 '생명 사랑'은 "자신의 마음을 미루어 타인과 만물을 헤아리고, 타인과 만물의 마음을 미루어 자신의 마음을 헤아리는" 일종의 박애정신이었다. 즉, 모든 (인간세상과 우주만물의) 생명의 기쁨과 고통이 모두 나 자신과 깊게 관련되어 있으므로 "다른 사람이 잡히거나 죽임을 당하는 일을 보는 것은 나에게 있어 나 자신이 죽임을 당하는 것만큼 괴롭다"(『역문서발집譯文序跋集』, 「물고기의 비애·역자부기魚的悲哀·譯者附記」)는 것이다. 루쉰은 또한 삶의 마지막 순간에 이르러 "끝없이 먼 곳과 무수히 많은 사람이 모두 나와 관련되어 있음"(『차개정잡문말편』, 「부집·이것도 삶이다」)을 느꼈다.

이로써 루쉰이 토끼와 강아지의 죽음에 왜 이토록 강하게 반응했는지 그 원인을 알게 된다. 그는 재차 "한 생명을 여기에서 보내버릴 줄 일찍이 누가 알았겠는가?"라고 물었다. 그리고 그는 같은 생명을 지닌 파리가 "길게 찍찍대며" 발버둥치는 울음소리를 어째서 들은 척도 않고 "조금도 마음에 두지 않는" 것인지를 물으며 고통스럽게 자책했다. 이처럼 생명을 대하는 기본적인 감응력感應力과 동정심을 상실하는 것이야말로 자신의 생명에 위기가 닥쳤음을 알리는 징조가 아닐까? 그래서 루쉰이 마지막에 "생명을 마구잡이로 만들고, 마구잡이로 없앤다"고 한 대목의 감회는 더 놀랍기만 하다. 이 냉혹한 부분에서는 또 루쉰 내면의 황량한 일면이 드러난다.

토끼와 고양이

우리 집 후원에 사는 셋째 댁이 여름에 흰 토끼 한 쌍을 샀다. 아이들에게 보여주려던 것이었다.

놈들은 젖을 뗀 지 얼마 되지 않아 보였다. 짐승이라도 그것들만의 천진난만함이 있었다. 그런데 작고 새빨간 귀를 쫑긋 세우고 코를 벌름거리며 눈동자에 놀란 기색을 드러내는 것을 보니 생면부지의 장소에 끌려오느라 본래 있던 제 집과는 달리 불안해보였다. 이런 놈들은 장날 사당 앞 장터에 나가 이십 전 정도면 충분히 살 수 있을 텐데 일 원이나 주었다고 했다. 심부름꾼을 시켜 가게에 가서 샀기 때문이다.

아이들은 당연히 크게 기뻐하며 둘러 앉아 떠들썩하게 구경했다. 어른들도 마찬가지였다. S라 불리는 강아지도 달려와서 코를 킁킁대더니 한바탕 재채기를 하고는 몇 걸음 뒤로 물러섰다. 셋째 댁이 "S, 잘 들어, 물면 안 돼"라고 으름장을 놓으며 머리를 한 대 쥐어박자 S는 물러나 더 이상 물려고 하지 않았다.

그놈들은 뒷마당에 갇혀 있을 때가 많았다. 걸핏 하면 벽지를 물어뜯거나 상다리 같은 것을 갉아대서 그랬다고 했다. 이 마당에는 야생 뽕나무 한 그루가 있었는데 오디가 떨어지면 그걸 좋아해서 먹이인 시금치는 아예 거들떠보지도 않았다. 까마귀나 까치가 내려앉으려 하면 잔뜩 몸을 웅크렸다가 뒷발을 걷어차며 펄쩍 뛰어오르는 게, 마치 새하얀 눈덩이가 날아오르는 것 같았다. 그러면 까마귀나 까치는 놀라서 황급히 달아나버리는 거였다. 몇 번을 그러자 까치나 까마귀가 더 이상 다가오려 하지 않았다. 셋째 댁이 말하기를, 까마귀나 까치는 기껏해야 먹이를 낚아채는 정도였지만 몸집이 큰 검은 고양이는 항상 낮은 담에 엎드려서 사납게 노려보는 게 영 밉살스럽고 조심해야 한다고 했다. S가 고양이랑 앙숙이라는 점이 그나마 다행이었지, 아니었으면 무슨 일이 일어났을지도 모른다는 것이다.

꼬마들은 늘 토끼들을 붙들고 살았다. 토끼들은 아주 온순해서 귀를 쫑긋 세우고 코를 벌름거리며 꼬마들 손바닥 위에 얌전히 있다가도 틈만 보이면 폴짝 뛰어내려 빠져나갔다. 토끼들의 잠자리는 자그만 나무상자였는데, 안에 짚을 깔아서 뒤쪽 창문 처마 아래 놓아두었다.

이렇게 몇 달이 지났다. 그런데 어느 날 갑자기 토끼들이 땅을 파기 시작하는 거였다. 파는 속도가 아주 빨라서 앞발로 긁고 뒷발로 차 내는데 반나절도 못 되어 깊은 굴 하나를 만들어냈다. 모두 이상하게 여겼지만 나중에 자세히 살펴보니 한 놈의 배가 다른 놈보다 훨씬 불러 있었다. 다음 날 그놈들은 마른풀과 나뭇잎을 굴속으로 물어다 나르며 한나절 동안 부산을 떨었다.

모두들 새끼를 볼 수 있다는 기대감에 매우 기뻐했다. 셋째 댁은 아이들에게 이제부터는 더 이상 손을 대선 안 된다고 엄명을 내렸다. 어머니도 기뻐하시며 놈들이 젖을 떼면 두어 마리 얻어다가 창밖에 놓고 기르자고 하셨다.

토끼들은 그때부터 직접 판 굴속에 살면서 이따금 나와 먹이를 먹곤 하더니 나중에는 아예 보이질 않았다. 미리 식량을 저장해둔 것인지 아니면 먹지 않고 있는 것인지 알 길이 없었다. 열흘 정도 지났을까, 그 토끼 두 마리는 다시 나왔는데 새끼는 태어나자마자 모두 죽어버린 것 같다고 셋째 댁이 말해주었다. 암컷 젖은 퉁퉁 불어 있는데 젖을 먹인 흔적이 보이지 않았기 때문이라는 것이다. 말투에 화가 좀 묻어났지만 어쩔 수 없는 일이었다.

햇살이 따스하고 바람도 없어 나뭇잎이 미동도 하지 않는 어느 날이었다. 갑자기 어디선가 사람들이 웃고 떠드는 소리가 들려와 소리 나는 곳을 보니 사람들이 셋째 댁 뒤쪽 창에 기대어 무언가를 바라보고 있었다. 새끼 토끼 한 마리가 마당을 폴짝거리며 뛰어다니고 있었다. 이놈은 제 부모가 팔려왔을 때보다 훨씬 작았지만 벌써 뒷발을 차며 깡충거리고 있었다. 아이들이 앞 다투어 내게 알려주길, 또 한 마리가 굴 밖으로 고개를 내밀었다가 숨어버렸는데 틀림없이 이놈의 동생일 것이라고 했다.

그 작은 것이 풀잎을 주워 먹으려 했지만 큰 놈은 이를 허락지 않는 듯 계속해서 입으로 뺏어버리곤 했다. 그렇다고 자기가 먹지도 않았다. 아이들이 소리 내어 웃자 작은 놈이 놀라 굴속으로 들어가버렸다. 큰 놈도 굴 입구까지 뒤따라가 앞발로 새끼 등을 밀어넣은 다음 흙을 긁어 굴을 막아버렸다.

「토끼와 고양이」, 딩충 작품(선펀 여사 제공)

그 후로 마당이 더욱 소란스러워졌고, 누군가는 항상 창문에서 수시로 내다보았다.

그런데 언제부턴가 큰 놈 작은 놈 할 것 없이 한 놈도 그 모습을 보이지 않았다. 당시 연이어 날이 흐렸었는데, 셋째 댁은 그 검은 고양이에게 당한 게 아닐까 걱정이 이만저만 아니었다. 나는 그렇지는 않을 거라며 날이 추워 숨어 있는 게 당연하고 햇볕이 들면 꼭 나올 거라고 이야기해주었다.

그런데 햇볕이 들어도 토끼들은 보이지 않았다. 그렇게 다들 까맣게 잊게 되었다.

항상 토끼들에게 시금치를 먹이던 셋째 댁만이 놈들을 잊지 못하고 있었다. 한번은 셋째 댁이 정원에 갔다가 담벼락 모퉁이에 있는 다른 구멍 하나를 발견했다. 다시 예전 굴을 살펴보았더니 입구에 수많은 발톱자국이 희미하게 나 있었다. 이 발톱자국이 큰 토끼 것이라 하기에는 너무 컸기 때문에 그녀는 항상 담장 위에 웅크리고 있던 검은 고양이를 의심했다. 그래서 셋째 댁은 굴을 파봐야겠다는 결심을 하게 되었고, 마침내 괭이를 들고 나와 굴을 파들어 갔다. 미심쩍기는 해도 어쩌면 새끼 토끼를 볼 수 있을지도 모른다고 생각했다. 하지만 끝까지 파들어 가도 썩은 풀더미 위에 토끼털이 조금 있었을 뿐이었다. 아마도 새끼를 낳을 때 깔아두었던 것이었을 게다. 그 밖엔 썰렁하기만 할 뿐, 새하얀 새끼는커녕 굴 밖으로 고개를 내밀었던 동생조차 보이지 않았다.

분노와 실망, 슬픔에 가득 찬 셋째 댁은 담 모퉁이에 새롭게 자리 잡은 굴을 파보지 않을 수 없었다. 괭이가 닿자마자 큰 토끼 두 마리가 먼저 굴 밖으로 뛰쳐나왔다. 여기로 이사를 왔다는 생각에 그녀는 무척 기뻐하며 계속 파들어갔다. 바닥까지 파들어가자 이곳에도 풀잎과 토끼털이 깔려 있었고, 그 위로 아주 작은 새끼 토끼 일곱 마리가 잠을 자고 있었다. 온몸이 발그스름한 것이 자세히 보니 아직 눈도 뜨지 못했다.

모든 것이 분명해졌다. 셋째 댁의 생각이 틀리지 않았던 것이다. 그녀는 위험을 예방하기 위해 새끼 일곱 마리를 모두 나무상자에 넣어 자기 방으로 데리고 갔다. 큰 토끼도 상자 속에 밀어 넣어 억지로 젖을 빨리게 했다.

그 뒤 셋째 댁은 검은 고양이를 더 증오하게 되었을 뿐 아니라 어미 토끼의 처사도 마음에 들어하지 않았다. 그녀는 애초 두 마리가 봉변을 당하기 전에 작은 새끼들이 더 있었을 것이라고 말했다. 두 마리만 낳았을 리가 없었을 것이고, 젖을 골고루 먹이지 않아서 경쟁에 밀린 놈들이 먼저 죽었을 거라는 거였다. 아마 틀리지 않을 것이다. 지금 일곱 마리 중 두 마리는 깡말라 있으니 말이다. 그래서 셋째댁은 틈만 나면 모두 모자라지 않게 먹도록 어미 토끼를 붙잡아 새끼에게 한 마리씩 돌아가며 젖을 빨게 했다.

어머니는 내게 저렇게 번거로운 양육법을 듣도 보도 못했다고 하시며 아마 『무쌍보無雙譜』[1]에 수록될 수 있는 일이라고 말씀하셨다.

흰 토끼 가족이 더욱 번성하자 모두 다시 기뻐했다.

하지만 나는 이 일이 있고서 내내 슬펐다. 깊은 밤 등잔 아래에 앉아 쥐도 새도 모르게, S가 한 번 짖지도 못해보고 생물의 역사에 아무런 흔적도 남기지 못한 채 사라진 두 마리의 작은 생명을 조용히 생각했다. 그러다가 옛날 일이 떠올랐다. 예전에 회관에 살았을 때, 아침 일찍 일어나 보니 큰 홰나무 아래 비둘기 털이 어지럽게 흩어져 있었다. 매의 밥이 되었던 것이 분명했는데 오전에 사환이 와서 청소를 해버리고 나니 아무것도 보이지 않았다. 거기서 한 생명이 사라졌다는 것을 누가 알겠는가? 또 한번은 시쓰파이러우西四牌樓를 지나다가 강아지 한 마리가 마차에 깔려 죽는 것을 본 적이 있었는데 돌아올 때 보니 아무것도 보이지 않았다. 누가 치워버린 것이리라. 총총히 오가는 행인들 가운데 거기서 한 생명이

---

1 청나라 금고량金古良이 편찬한 그림책. 여기서는 유일무이하다는 의미로 쓰임. — 옮긴이

끊어졌다는 걸 누가 알겠는가? 여름밤 창밖에서는 항상 파리들이 윙윙대는 소리를 듣고는 했는데 그것들도 분명 도마뱀에게 잡아먹혔을 것이다. 하지만 나는 여태 그런 일에 마음을 써본 적이 없다. 다른 사람들도 그랬을 것이다.

조물주를 비난할 수 있다면, 그건 너무 함부로 생명을 만들고 너무 함부로 훼멸한다는 점이다.

야옹 하는 소리가 나면서 고양이 두 마리가 창밖에서 싸움을 또 시작했다.

"쉰迅아! 네가 또 고양이를 괴롭히고 있구나!"

"아니에요. 저희들끼리 싸우고 있는 거예요. 저한테 맞을 놈이 어디 있다고요."

평소 어머니는 내가 고양이를 괴롭히는 것을 못마땅하게 여기셨다. 지금은 내가 새끼 토끼를 대신해서 해코지를 하는 줄 알고 물어보셨던 것이다. 온 집안 식구들은 내가 고양이와 앙숙인 줄 알고 있었다. 내가 고양이를 죽인 적도 있었고, 평소에도 걸핏하면 때렸기 때문이다. 특히 그것들이 교미할 때. 하지만 내가 때렸던 이유는 놈들이 교미를 해서가 아니라 교미를 할 때 내는 소리로 인해 잠을 잘 수가 없어서였다. 교미를 하면 했지 그렇게 시끄럽게 법석을 피울 일은 아니지 않은가.

게다가 검은 고양이가 새끼 토끼를 잡아먹었으니 '대의명분'이 없지는 않았다. 나는 어머니가 너무 고양이만 감싼다는 생각이 들어서 엉겁결에 애매하게 투덜거리는 것 같은 대답을 하고 말았다.

조물주는 너무 엉터리다. 나는 조물주에게 반항하지 않을 수 없다. 비록 도움을 받기는 했지만…….

저 검은 고양이가 언제까지나 담장 위를 거만하게 활보하지는 못할 것이다. 그런 마음을 갖자 저절로 책장 속에 감추어 둔 청산가리 병으로 눈길이 갔다.

1922년 10월

_『루쉰 전집』 제1권 『외침』

오리의 희극

러시아의 맹인 시인 예로센코 군이 기타를 메고 베이징에 온 지 얼마 되지 않아 나에게 고통을 툭 털어놓고 말했다.

"적막해도 너무 적막해요. 사막에 있는 것처럼 적막하다고요!"

정말로 그랬겠지만, 나는 그렇게 느껴본 적은 없었다. 오래 살아서 "난향 그윽한 방에 오래 살다보니 그 향을 느끼지 못하게 되었네如入芝蘭之室, 久而不聞其香"(『공자가어孔子家語』「육본六本」)와 같이 된 것이다. 나에게 베이징은 그저 소란스러울 뿐이다. 하기야 내가 말하는 소란이 어쩌면 예로센코 군이 말하는 적막일지도 모르지만.

내 느낌에는 베이징에 봄가을이 없는 듯하다. 베이징 토박이들은 지구가 북쪽으로 기울었는지 이렇게 따뜻한 적이 없다고들 했다. 그저 나만 봄가을이 없다고 여기는 모양인지 늦겨울과 초여름이 붙어 있어서 여름이 지났다 싶으면 바로 겨울이 시작되었다.

늦겨울과 초여름 사이의 어느 날 밤, 어쩌다 시간이 나서 예로센코 군을 방문했다. 그는 내내 내 동생 중미仲密[1] 군의 집에서 머물고 있었다. 마침 모두가 잠이 들어 세상이 적막강산일 무렵이었다. 예로센코 군은 혼자 침상에 기댄 채 길게 드리운 금발 사이로 높이 솟아 있는 눈썹을 찌푸리고 있었다. 그는 한때 떠돌아다녔던 땅 미얀마의 여름밤을 생각하고 있었다.

예로센코 군이 말했다. "이런 날 밤에, 미얀마에서는 어디를 가도 음악이 있었어요. 집 안, 풀숲, 나무 위 어디나 벌레들 울음소리였지요. 그 소리가 만들어내는 합주가 정말 환상적이었어요. 그 사이로 이따금 '스스' 하고 뱀 울음이 끼어들기도 했는데 그 소리도 벌레소리와 어우러져서……." 그는 그때의 풍경을 떠올리는 듯 깊은 생각에 잠겨 들었다.

나는 입을 열 수가 없었다. 그런 신비한 음악을 베이징에서는 들어본 적이 없었기 때문에 그 어떤 애국심으로도 변호할 길이 없었다. 예로센코 군이 앞은 볼 수 없어도 귀는 먹지 않았으니 말이다.

"베이징에선 개구리 울음조차 들리지 않다니……." 그가 또 탄식하며 말했다.

"개구리 울음소리야 있지!" 그 탄식이 내게 용기를 주어 불쑥 항변하려 나섰다. "여름에 큰비가 온 뒤에 두꺼비 울음소리를 사방에서 들을 수 있을 거요. 그놈은 도랑에 사는데 베이징엔 도랑이 천지니까."

"오, 그렇군요……."

며칠이 지나자 아니나 다를까, 예로센코 군이 열댓 마리의 올챙이를 사오면서 내 말이 여실히 증명되었다. 예로센코 군은 그것들을 마당 한가운

1 저우쭤런의 필명 중 하나 — 옮긴이

데에 있는 작은 연못에 풀어놓았다. 길이 석 자, 너비 두 자 정도의 이 연못은 동생 중미가 파놓은 것으로 연꽃을 심으려던 연못이었다. 이 연못에서 연꽃이 피는 것을 본 적은 한 번도 없지만 개구리를 기르기엔 안성맞춤이었다.

올챙이들은 대오를 지어 물속을 헤엄치고 다녔다. 예로센코 군도 늘 올챙이들을 찾았다. 한번은 아이들이 "예로센코 선생님, 얘네들 다리가 나왔어요" 하니, 그는 기뻐서 "오, 그래!"라며 미소를 지었다.

그런데 연못에서 음악가를 기르는 것은 예로센코 군이 벌인 사업 중 하나에 지나지 않았다. 그는 줄곧 자급자족해야 한다는 지론을 펼쳐왔기에 항상 여자는 가축을 길러야 하고 남자는 밭을 갈아야 한다고 말했다. 그래서 친한 친구만 만나면 정원에 배추를 심으라 권하고는 했다. 중미의 부인에게도 벌을 쳐라, 닭을 길러라, 돼지를 길러라, 소를 길러라, 낙타를 길러라 라며 계속 닦달했다. 나중에 중미네 집 안에 수많은 병아리가 마당을 뛰어다니며 채송화 순을 죄다 쪼아 먹게 된 것도 어쩌면 그가 권했기 때문이었을 것이다.

그때부터 병아리를 파는 시골 사람이 자주 왔는데, 올 때마다 몇 마리씩 사고는 했다. 병아리들은 곧잘 체하거나 설사를 해서 오래 살지 못했기 때문이었다. 게다가 그중 한 마리는 예로센코 군이 베이징에 머물면서 유일하게 쓴 소설 「병아리의 비극」의 주인공이 되기도 했다. 하루는 오전에 그 시골 사람이 빽빽 울어대는 새끼오리를 가지고 왔지만 중미의 부인은 손사래를 쳤다. 예로센코 군도 나왔는데 그 시골 사람이 예로센코에게 한 마리를 덥석 쥐어주자 새끼오리가 손 위에서 빽빽 울어댔다. 그는 이놈이 너무 귀여워 사지 않을 수 없었다. 도합 네 마리, 마리당 팔십 문文

이었다.

새끼오리도 귀엽기는 마찬가지였다. 온몸이 계란빛으로 땅바닥에 놓아 주면 뒤뚱뒤뚱 걸어다니며 서로를 불러가며 늘 한데 모였다. 내일 미꾸라지를 사다가 먹여주자는 데 모두 동의했다. 예로센코 군은 "그 돈도 제가 내지요"라고 했다.

그가 수업하러 가자 다들 흩어졌다. 조금 뒤 중미 부인이 그 새끼 오리들에게 찬밥을 먹이러 갔을 때, 멀리서 첨벙대는 소리가 들려왔다. 달려가 보니 새끼오리 네 마리가 연못에서 연신 물속으로 자맥질을 하며 뭔가를 먹어 대고 있었다. 그것들이 땅으로 올라왔을 때는 이미 온 연못이 흙탕물이 된 상태였다. 한참 지나 물이 가라앉은 다음에 보니 가느다란 연뿌리 몇 줄기만 삐죽 솟아 있었고 이제 막 다리가 나온 올챙이는 보이지 않았다.

"예로센코 선생님, 없어졌어요. 개구리 새끼들이." 저녁 무렵 그가 돌아오자 막내 꼬맹이가 서둘러 이 일을 알렸다.

"뭐? 개구리가?"

중미 부인도 나와서 새끼오리들이 올챙이를 먹어버린 이야기를 해주었다.

"저런, 저런!……" 그가 말했다.

새끼오리의 털이 노란 빛을 띨 무렵, 예로센코 군은 자신의 '어머니 러시아'가 갑자기 그립다며 황급히 치타Chita로 떠났다.

사방이 개구리 울음소리로 시끄러워질 무렵, 새끼오리도 잘 자라났다. 두 마리는 하얗고 두 마리는 얼룩박이였는데 이젠 빽빽거리지 않고 제법 '꽥꽥'거리며 울었다. 연못도 오리들이 휘젓고 다니기엔 너무 좁아졌는데

루쉰(뒷줄 왼쪽에서 첫 번째)과 저우쭤런(앞줄 왼쪽에서 첫 번째), 예로센코Vasili Eroshenko(뒷줄 왼쪽에서 세 번째) 등의 단체사진. 1922년(저우링페이 제공)

다행히 중미의 집은 지대가 낮아서 장마철이 되면 마당 안이 온통 물바다가 되었다. 오리들은 신이 나서 헤엄을 치고 자맥질을 하고 날개를 퍼덕이며 '꽥꽥' 울어댔다.

이제 다시 늦여름이 끝나고 초겨울이 시작되려 한다. 예로센코 군에게서는 아무 소식이 없고, 도무지 어디에 있는지도 모르겠다.

오리 네 마리만이 아직도 사막 같은 마당에서 '꽥꽥' 울어댈 뿐이다.

1922년 10월

_『루쉰 전집』 제1권 『외침』

길잡이 글

「몇 가지 비유一點比喩」와 「중국인의 얼굴略論中國人的臉」, 두 편에서는 전부 동물로 사람을 '비유'했다. 루쉰은 "목에 작은 방울을 단 산양"을 "지식계급의 휘장"으로 보았다. 전제정권 체제에서 지식인이 행하는 특수한 역할은 바로 통치자를 도와 군중의 영혼을 마비시키는 것으로, 그중에서도 청년들이 "고분고분하게 규율을 잘 지키도록" 만드는 것이었다. 이에 루쉰은 나중에 쓴 잡문에서 그런 지식인들을 '심부름꾼' '아첨꾼' 내지는 '악당의 공모자'라 했다. 또한 "사람+가축성=어떤 부류의 사람"이라는 '계산식'은 분명 몇몇 사람의 노예성을 향해 비판의 칼끝을 겨눈 것이었다. 주목할 만한 부분은 루쉰이 노예성을 인성이 '길들여진' 것으로 생각해서 야만성이 소실된 결과로 봤다는 점이다. 마치 "들소가 집소로 길들여지고, 멧돼지가 집돼지가 되며, 승냥이가 집개가 되듯" 말이다. 그리하여 야만성을 부르짖는 루쉰식의 부르짖음이 존재하게 된 것이다. "그대는 멧돼지를 보지 못했는가! 멧돼지는 이빨 두 개로 노련한 사냥꾼마저 물러서지 않을 수 없게 한다. 돼지의 이빨은 우리에서 탈출해서 산으로 들어가면 금방 돋아나게 된다." 루쉰은 맹수에 대한 그만의 특별한 관심과 감정을 조금도 숨기지 않았다. 이는 자연스러운 일로 인성의 자유와 광활함, 위대한 아름다움이라는 생명력의 발견과 확산이었으며 더욱이 루쉰 자아의 발견이기도 했다. 사람들이 루쉰을 '상처 받은 늑대' '부엉이' '흰 코끼리'라로 명명한 것은 절대 우연이 아니었다.

몇 가지 비유

내 고향에서는 양고기를 잘 먹지 않아 고향 전체를 통틀어도 하루에 산양 몇 마리만 도살할 뿐이었다. 반면에 베이징은 사람도 많고 상황도 많이 달라서 양고기 가게만 해도 곳곳에 눈에 띈다. 새하얀 양떼가 거리를 가득 메우며 지나가는 일도 종종 있다. 그러나 죄다 호양胡羊들로 우리 고향에서는 면양이라 부르는 것들뿐이다. 산양은 보기도 힘들고, 듣기로는 베이징에서 산양은 꽤 비싸다고 한다. 산양은 호양보다 똑똑하고 양떼를 통솔해서 움직이고 멈추게 할 수 있다. 그래서 목축업자들은 산양을 호양의 우두머리로 삼으려 몇 마리 기르지, 도살하지는 않는다고 한다.

이런 산양을 나는 딱 한 번 본 적이 있는데 정말로 호양의 무리를 앞서 가고 있었고, 목에는 지식계급의 휘장과 같은 작은 방울까지 달고 있었다. 대개는 양치기가 무리를 이끌거나 몰고 갔고, 호양 떼는 빽빽하고 거대한 무리의 긴 줄을 지어 유순한 눈길로 양치기의 뒤를 쫓아 앞으로 바삐 갔다. 이렇게 진지하면서도 급박한 장면을 볼 때마다, 나는 바보 같은 질문 하나가 하고 싶어졌다.

"어디로 가는 걸까?!"

사람 중에도 이런 산양과 같이 군중을 잘 이끌어서 차분하고 안정되게 그들이 가야 하는 곳까지 갈 수 있게 하는 사람이 있다. 위안스카이袁世凱는 이 점을 잘 알고 있었지만 애석하게도 그렇게 하지는 못했다. 아마도 공부가 많이 부족해서 그 오묘한 이치를 운용하는 데 충분하지 않았던 모양이다. 나중에 등장한 무인은 더 어리석어서 아무렇게나 때리고 벨 줄만 알아 온통 통곡소리가 들릴 정도였고, 결국에는 백성을 학살하는 것 말고도 학문을 경시하고 교육을 황폐하게 만들었다는 악명까지 더해졌다. 하지만 옛말에 '일을 하나 겪으면 그만큼 지혜가 는다'고 하지 않는가. 20세기가 벌써 4분의 1이나 지났다. 목에 작은 방울을 단 똑똑한 사람들은 아직 겉으로는 자잘한 좌절에 부딪히고 있는 것처럼 보이겠지만 결국 좋은 날을 만나게 될 것이었다.

그때가 되면 사람들, 특히 젊은이들은 요란하게 떠들거나 동요 없이 고분고분 일사불란하게 한마음으로 '바른길'을 향해 나아갈 것이다. '어디로 가는 것인가' 하고 묻는 사람만 만나지 않는다면 말이다.

군자는 다음과 같이 말할지도 모른다. "양은 양일 뿐, 길게 줄을 지어 순순히 걸어가지 않는다면 달리 무슨 방도가 있단 말인가? 그대는 돼지를 보지 못했는가? 끌탕을 치며 도망가고, 소리 지르고 날뛰어도 결국 붙잡혀 갈 텐데 그런 반란은 괜한 힘을 빼는 것일 따름이다."

이는 죽는다 해도 양처럼 행동해야 태평성대하고 피차 힘을 아끼는 것이라는 말씀이시겠다.

이는 아주 지당하며 감탄이 절로 나오는 계획이다. 그러나 그대는 멧돼지를 보지 못했는가! 멧돼지는 이빨 두 개로 노련한 사냥꾼마저 물러서지 않을 수 없게 한다. 돼지의 이빨은 하인이 지어준 우리에서 탈출해 나와 산으로 들어가면 금방 돋아나게 된다.

쇼펜하우어 선생이 신사들을 고슴도치豪豬에 비유한 적이 있는데 체면이 좀 구겨지는 비유인 것 같기는 하다. 하지만 이게 특별한 악의를 품고 쓴 것이 아니라 하나의 비유에 불과했다. 『소품과 단편집Parerga und Paralipomena』에는 다음과 같은 이야기가 나온다. "겨울에 고슴도치 한 무리가 서로의 체온을 이용해 추위를 없애려고 바짝 붙어 있으려 했다. 하지만 서로의 가시가 따가워 다시 흩어져버렸다. 추워지면 다시 붙으려 했으나 마찬가지로 똑같은 고통을 맛봐야 했다. 그런데 이 두 고통 속에서 마침내 적당한 간격을 발견했고, 그 간격으로 고슴도치들은 평안하게 지낼 수 있었다. 사람들은 교류가 필요해서 한곳에 모이지만 또 각자 싫어하는 성격과 참기 어려운 결점 때문에 다시 헤어지기도 한다. 그들이 마지막으로 발견한 거리, 즉 사람들을 한곳에 모일 수 있게 한 중용의 거리가 바로 '예의'와 '상류의 풍습'이다. 영국에서는 이 거리를 지키지 않으면 'Keep your distance!'라고 외친다."

그런데 이렇게 외치는 것도 아마 고슴도치와 고슴도치 사이인 경우에만 효력이 있는 것일 테다. 왜냐하면 그것들이 서로 간격을 지키는 것은 외치는 소리 때문이 아니라 아프기 때문이다. 만일 고슴도치들 사이에 가시가 없는 다른 것이 끼게 된다면 남이 뭐라고 외치든지 간에 그것들은 반드시 바싹 붙어 있으려 할 것이다. 공자는 "예는 서민들에게 미치지 않는다" (『예기禮記』의 「곡례曲禮」)라고 했다. 지금은 서민들이 고슴도치에게

『어린 요한』의 표지로 루쉰이 디자인했다.
네덜란드 작가 반 에덴Van Eeden의 동화이며 루쉰이 번역했다.

접근하지 못하는 것이 아니라 고슴도치가 제멋대로 서민을 찔러 온기를 취하고 있다. 당연히 상처를 입히는데도 이는 너 혼자만 가시가 없어서 적당한 거리를 지키기에 부족하다는 탓만 한다. 공자는 이어서 "형벌은 사대부에게 미치지 않는다"고 했다. 이러니 사람들이 신사가 되려는 것을 나무랄 수 없는 노릇이다.

물론 이빨과 뿔 혹은 방망이로 이런 고슴도치들을 저지할 수는 있다. 하지만 그럴 경우에는 적어도 고슴도치 사회가 만든 '천하다'거나 '무례하다'는 죄명 하나는 뒤집어쓸 각오를 해두어야 한다.

1월 25일

_『루쉰 전집』 제3권 『화개집속편』

중국인의 얼굴

사람은 대개 낯선 것을 만나면 그것이 기괴하다는 생각을 하게 된다. 내가 처음 서양인을 봤을 때가 기억난다. 서양인들의 얼굴은 너무 하얗고 머리털은 너무 노랬으며 또 눈동자 색은 너무 옅고 코는 너무 높다고 느껴졌다. 이유를 분명하게 말할 수 없지만 한마디로 말해 얼굴 생김새가 이래서는 안 된다고 생각했다. 중국인의 얼굴에 대해서는 조금도 이의가 없다. 잘생기고 못생긴 것의 구별은 있지만 모두 괜찮게 생겼다고 생각한다.

중국의 옛사람들은 중국인의 얼굴 생김새에 소홀하지 않았던 듯하다. 주周나라의 맹가孟軻는 눈동자를 보고 속내가 바른지 아닌지를 판단했고, 또 한漢나라 때에는 『관상相人』이란 책이 24권이나 있었다. 나중에는 이런 걸 즐기는 사람이 더 많아져서, 두 유파로 나누게 되었다. 하나는 얼굴을 보고 지혜로운지 어리석은지 그리고 현명한지 아닌지를 알아내는 유파고, 다른 하나는 얼굴을 통해 과거·현재·미래의 영고성쇠를 알아내는 유파다. 그러다가 천하가 어수선해지고 시끄러운 일이 많아지면서 사람들이 자신의 얼굴을 연구하는 데 전전긍긍하게 되었다. 아마도 이런 사람들과 아가씨들 덕분에 거울이 발명되지 않았나 싶다. 그런데 요즘에는 전자에 대해 연구하는 사람은 그리 많지 않고, 베이징과 상하이 등지에서 농간을 부리고 있는 것들은 죄다 후자에 해당하는 일파뿐이다.

나는 여태껏 서양인만 신경 써왔다. 신경 쓴 결과는 다음과 같다. 서양인들의 피부는 아무래도 좀 거칠고, 솜털도 하얀색이어서 마음에 들지 않는다. 피부에 난 붉은 반점도 피부색이 너무 하얗기 때문인데 우리 황색 피부보다 못하다는 생각이 든다. 특히 빨간 코가 마음에 들지 않는다. 이제 막 녹아서 곧 떨어질 것 같은 양초의 촛농처럼 아슬아슬해 보이는 것이, 역시 뚜렷하지는 않아도 비교적 안전해 보이는 황색 인종의 코만 못해 보인다. 한마디로 말해서, 얼굴 생김새는 아무래도 이래서는 안 된다는 생각이 든다.

나는 나중에 서양인이 그린 중국인을 보고서야 그들도 우리의 얼굴 생김새에 대해 아주 무례하다는 것을 알았다. 지금은 잘 기억나지 않는데 『천일야화』 또는 『안데르센 동화』에 나오는 삽화였던 것 같다. 머리에는 꽃 깃털을 드리운 붉은 술 모자를 쓰고 있었고, 외가닥 변발을 공중에 휘날리며 조회朝會 때 신는 신발朝靴의 하얀 바닥이 대단히 두꺼웠다. 그런데 이것들은 모두 만주인에게서 온 우리의 모습이었다. 그래도 눈꼬리가 올라가고 입을 벌려 이를 드러내고 있는 것은 우리 본래의 얼굴이기는 했다. 하지만 그때 나는 실제로는 전혀 그렇지 않은데 외국인들이 일부러 우리를 우롱하려고 유달리 과하게 묘사했다고 생각했다.

그런데 이때부터 나도 중국 사람들의 일부 얼굴 생김새에 대해 점점 불만을 느끼게 되었다. 그러니까, 흔치 않은 구경거리나 화려한 여인을 보거나 혹은 마음을 홀리는 말을 들을 때마다 중국인들은 아래턱이 천천히 축 하고 늘어지면서 입을 떡 하고 벌리는 생김새가 된다. 이는 꼭 정신적으로 나사가 빠진 것처럼 정말 보기가 흉하다. 인체를 연구하는 학자들의 말에 따르면, 위턱뼈와 아래턱뼈를 연결하는 '교근咬筋'이라는 것의 힘이 대단히 세다고 한다. 우리는 어렸을 때 호두를 먹고 싶으면 반드시 그 껍질을 문틈에 끼어 깨뜨려 먹었다. 그러나 어른들은 치아만 좋다면 교근을 사용해서 호두를 물어 깨뜨릴 수 있다. 이렇게 센 힘을 가진 근육이 이따금 무겁지도 않은 자기 아래턱조차 건사하지 못하다니. 구경하는 데 정신이 팔렸을 때는 어쩔 수 없다 해도 어쨌든 나는 도대체가 체면이 서지 않는 일이라고 생각했다.

일본의 하세가와 뇨제칸長谷川如是閑[1]은 풍자적인 글을 잘 썼다. 나는 지난해에 그의 수필집인 『고양이·개·사람』을 본 적이 있는데 그중 중국인의 얼굴에 대해 쓴 글이 한 편 있었다. 내용은 대충 이러했다. 처음에 중국인을 보면 일본인 또는 서양인에 비해 얼굴에 뭔가 좀 빠져 있는 듯이 느껴지는데, 오래 보아 익숙해지면 전혀 부족한 것 없이 그 모습만으로도 이미 매우 충분하다고 느끼게 된다는 것이다. 오히려 서양인의 얼굴을 보면서 뭔가 좀 과해 보인다는 생각을 한다고 했다. 그는 이 과해 보이는 부분에 대해 그다지 아름답지 않은 이름, 즉 야만성獸性이라는 이름을 부여했다. 중국인의 얼굴에는 이런 부분이 없어 그저 사람 얼굴인데, 만일 과한 부분을 합치면 아래와 같은 수식이 성립된다.

---

1 하세가와 뇨제칸(1875~1969). 일본의 사회비평가이자 문인 — 옮긴이

사람 + 야만성 = 서양인

하세가와 뇨제칸은 중국인을 높이 평가하고 서양인을 낮게 평가함으로써 일본인을 비웃으려는 목적을 달성했다. 물론 중국인의 얼굴에서 이 야수성이 보이지 않는 것은 본래 없었기 때문인지 아니면 이젠 없어졌기 때문인지는 더 말할 필요가 없다. 그런데 만일 나중에 없어진 것이라면 야만성이 점점 없어지고 인간성만 남게 된 것일까, 아니면 점점 길들여지게 된 것일까? 들소는 집소가 되고 멧돼지는 집돼지가 되고 승냥이는 집개가 되어 야만성이 사라졌지만, 이는 키우는 사람에게만 좋을 뿐이지 그것들 자신에게 좋을 건 하나 없다. 사람은 그저 사람일 뿐이니, 잡다한 것이 끼어들지 않는 것이 물론 더할 나위 없이 이상적이다. 하지만 부득이하다면 차라리 어느 정도 야만성을 띠는 것이 낫다고 생각한다. 그런데 만일 아래의 수식에 부합하게 되면 그렇게 재미있을 것 같지는 않다.

사람 + 가축성 = 어떤 부류의 사람

중국인의 얼굴에 정말로 야만성의 흔적이 있는지 없는지에 관한 토론은 잠시 그만두기로 하자. 나는 단지 요즘 중국인들이 이상적으로 생각하는 고금의 얼굴에 있는 과한 부분 두 가지에 대해 말하려 한다. 나는 광저우에 도착하자마자 내가 살다 온 샤먼厦門보다 훨씬 풍성하다는 것을 느꼈다. 영화만 해도 대부분이 '국산영화'였는데, 시대극 영화도 있었고 현대물 영화도 있었다. 영화는 '예술'의 영역이기에 영화 예술가는 시대극과 현대물이라는 이 두 가지를 과하게 합쳐놓았다.

시대극 영화도 창극보다는 볼만했다. 적어도 꽹과리와 북소리가 사람의 귀를 먹게 하지는 않으니 말이다. '스크린'에서는 언제 어느 시대인지 알 수 없는 옷차림을 한 인물들이 천천히 움직이는데 표정은 옛날 사람처럼 죽을상이었다. 이를 생동감 있게 보이려 하다보니 구식 배우의 우둔한 모습이 더해질 수밖에 없었다.

현대극 인물들의 얼굴은, 청나라 광서光緖 연간에 상하이 오우여吳友如[2]의 『화보』를 본 적이 있는 사람이라면 그 자태가 굉장히 비슷하게 느껴질 것이다. 『화보』에 그려진 것은 대체로 재물을 갈취하는 건달들 아니면 시기 질투하는 기녀들이기 때문에 얼굴 생김새가 모두 교활했다. 이 정신이 지금까지도 변하지 않은 듯, 국내 영화에 나오는 인물들은 작가가 선한 사람이나 호걸로 묘사해놓아도 어쩐 일인지 미간에는 상하이 바닥의 교활함이 드러났다. 그렇게 하지 않으면 착한 사람이나 호걸조차도 될 수 없는 모양이다.

듣자 하니, 국내 영화가 많은 것은 화교들이 좋아해서 이익을 볼 수 있기 때문이라고 한다. 새로운 영화가 나올 때마다 노인들이 아이들을 데리고 가서 화면을 가리키며 이렇게 말한다고 한다. "봐라, 우리 조국의 사람들은 저렇단다." 광저우에서도 환영을 받는 것이, 밤낮으로 네 차례 돌리는 상영에도 자리는 항상 관객들로 가득 찬다.

광저우는 지금도 상하이와 마찬가지로 사람들의 취미를 이렇게 길러주고 있다. 애석하게도 영화가 상영되면 꼭 전등을 꺼버리니 사람들의 아래

---

2 청대 말기 화가. 여기에서 말하는 『화보』는 1884년부터 창간한 최초의 그림 신문 『점석재화보點石齋畫報』를 뜻한다. 오우여가 주편을 맡았으며 1898년 폐간될 때까지 15년간 528호가 나왔다. — 옮긴이

턱을 볼 수가 없다.

4월 6일

_『루쉰 전집』 제5권 『이이집』

길잡이 글

다음 작품에서는 고양이, 개, 모기, 파리 같은 것들이 나온다. 이것들은 모두 어린 새끼와 맹수 사이에 자리하며 사람과의 관계가 더 돈독해서 '인간 냄새'(물론 '어떤 부류의 사람')를 더 풍긴다. 루쉰은 그 동물들을 논할 때마다 마음속 분노와 경멸을 참지 못했다. 등장하는 동물 모두 사람과 연관되어 있으므로 루쉰은 그것들로부터 인간의 타락을 보았다. 그래서 역사의 심판대 위에 놓고 보면 어떤 부류의 사람이 된다.

「개·고양이·쥐狗·貓·鼠」라는 이 한 편도 전형적인 '수필'이다. 핵심은 이러하다. 자신이 왜 고양이를 싫어하게 되었는지 이야기하다가 고양이에서 개로 또 쥐로 붓 가는대로 늘어놓았다. 그리고 자연스럽게 고양이, 개, 쥐의 동서고금의 여러 이야기도 하면서 민간전설에서 문인들의 작품까지 이야기하지 않는 것이 없으며 수시로 현실세계와도 연결해서 '정인군자'[1] 이야기도 했다. 루쉰은 이렇게 자유롭게 붓 가는 대로 쓰면서 지식과 재미 그리고 사변思辨을 한데 모았다. 이러한 작품을 읽는다는 것은 더할 나위 없이 즐거운, 진정 '정신적으로 즐길 수 있는 잔치'라 할 수 있다.

---

1 천시잉陳西瀅 등을 풍자한 표현이다. 천시잉은 1925년 베이징여자사범대학 사건이 일어났을 때 베이양 정부 편에 서서 루쉰과 사범대학의 진보적인 학생들을 공격했는데, 당시 베이양 군벌을 지지한 신문 『다퉁석간大同晚報』에서 천시잉 등을 '정인군자'라고 칭찬했다. 루쉰은 「개·고양이·쥐」 등에서 천시잉을 겨냥해 글을 썼다. — 옮긴이

개·고양이·쥐

작년부터 내가 고양이를 싫어한다고 누군가 말하고 다니는 걸 들은 것 같다. 당연히 내가 쓴 「토끼와 고양이」라는 글 때문일 것이다. 하긴 나 자신에 관한 글이니 구태여 변명할 필요도 없었고, 또 그런 말에 개의치 않았다. 그런데 올해가 되면서 조금씩 걱정이 되었다. 나는 항상 글쟁이 노릇을 면치 못하는 처지인지라 뭘 좀 써서 내면 사람들의 가려운 곳을 긁어주기보다는 아픈 데를 건드릴 때가 더 많았다. 혹여 조심성 없이 명인이나 명교수들[1]의 노여움을 사든가 그보다 더 나아가 '청년들을 지도할 책임을 진 선배'[2] 무리의 노여움을 사게 되면 그 위험이 극도에 달했다. 어째서 그런가 하면, 그런 큰 인물들을 '건드리면 좋을 리 없기' 때문이

1 당시 현대평론파現代評論派 천시잉 등을 가리킨다. — 옮긴이

2 쉬즈모徐志摩와 천시잉 등을 지칭한다. — 옮긴이

다. 어째서 '건드리면 좋을 리가 없는가' 하면, 그 무리가 온몸에 열이 올라 다음과 같이 신문에 편지를 보내 널리 광고할 수 있기 때문이다. "보아라! 개가 고양이를 싫어하지 않는가? 그런데 루쉰 선생은 고양이를 싫어한다고 인정하면서도, 또 '물에 빠진 개'는 패버려야 한다고 말하고 있다!"라고. 그 '논리'의 심오함이 내가 한 말을 가지고 내가 개라는 것을 증명해내는 데에 있다. 그러면서 내가 한 평범한 말들을 전부 뒤집어서 내가 2 곱하기 2는 4, 3 곱하기 3은 9라고 해도 다 틀렸다고 말할 것이었다. 기왕에 다 틀렸다고 한다면, 저 신사들이 2 곱하기 2는 7, 3 곱하기 3은 1000이라 말한들 당연히 옳다 할 수밖에 없게 된다.

그래서 나는 개와 고양이가 원수진 '동기'를 틈틈이 알아보았다. 이게 그렇다고 요즘 학자들이 동기를 따져서 작품의 호불호를 평가하는 유행을 따르겠다고 감히 나서겠다는 말이 아니라 그저 내가 쓴 억울함을 벗기 위해서일 뿐이다. 생각해보면, 이게 동물심리학자들한테는 크게 힘든 일이 아니겠지만, 안타깝게도 나에게는 그런 지식이 없다. 나는 나중에 덴하르트 박사Dr. Dähnhardt[3]가 쓴 『자연사의 국민동화』란 책에서 그 원인이 되는 경우를 겨우 찾아냈다. 그 책에서는 다음과 같이 이야기한다. 동물들이 중요한 일을 의논하기 위해 회의를 하게 되었는데 새와 물고기, 야수들은 다 모였으나 코끼리만 오지 않았다. 누군가를 파견해서 코끼리를 맞이하자는 의견이 모아졌고, 제비뽑기를 한 결과 개가 심부름을 가게 되었다. 개가 "내가 어떻게 그 코끼리를 찾을 수 있겠습니까? 난 코끼리를 본 적도 없고, 또 알지도 못하는데요?" 하고 물었다. 여러 짐승이 대답

3 오스카 덴하르트Oskar Dähnhardt(1870~1915). 독일의 문학가, 민속학자. — 옮긴이

했다. "그거야 쉬운 일이지요. 코끼리는 낙타처럼 등이 구부정합니다." 개는 출발했다. 가다가 길에서 고양이를 만났는데 활처럼 등을 구부린 고양이를 보고 바로 고양이에게 함께 가자고 했다. 개는 등이 활처럼 굽은 고양이를 모든 짐승에게 소개했다. "코끼리가 여기 있습니다!" 이를 본 여러 짐승이 개를 비웃었다. 이때부터 개와 고양이는 원수가 되었다.

게르만인이 산속에서 나온 지는 그리 오래되지 않았으나 학문과 문학 예술의 수준이 대단해서 책을 표구하는 기술부터 장난감을 만드는 정교함까지 어느 하나 사람들의 환심을 끌지 않는 것이 없다. 그런데 유독 이 동화만큼은 사실상 보잘 것도 없고, 개와 고양이가 서로 원수가 된 까닭도 재미가 없다. 고양이가 등을 구부린 것은 속이려고 일부러 허세를 부린 것이 전혀 아니다. 그 잘못은 오히려 개에게 눈치가 없는 데 있었다. 하기야 이것도 원인이라면 원인이라고 할 수는 있을 것이다. 그러나 내가 고양이를 싫어하는 이유는 이와는 전혀 다르다.

사실 사람과 짐승을 그렇게까지 엄격하게 구분할 필요는 없다. 동물의 세계는 옛날 사람들이 상상한 것처럼 그렇게 편안하고 자유롭지 않지만 어쨌든 번거롭고 가식적인 부분은 인간세상보다 덜하다. 동물은 본성에 충실하고 옳은 것은 옳고 그른 것은 그르다 하며 변명 같은 것은 한마디도 하지 않는다. 벌레나 구더기는 어쩌면 더럽다 할 수 있는 것들이지만 스스로 자기들이 고결하다며 으스대지는 않는다. 사나운 날짐승이나 맹수들이 약한 동물들을 먹이로 삼기 때문에 잔인하다고 할 수 있다. 하지만 그 사나운 맹수는 한 번도 '공리'니 '정의'니[4] 하는 깃발을 내세워 희

---

4 '공리公理' '정의正義' 등은 천시잉 등이 즐겨 쓰던 단어다. — 옮긴이

생자가 잡아먹히는 순간에도 자신들에게 존경과 찬탄을 보내게 하지는 않는다. 사람은 어떠한가? 두 발로 설 수 있으니 커다란 진보이고, 말을 할 수 있으니 이 또한 커다란 진보이며, 글자를 쓸 줄 알고 글을 지을 줄 알게 되었으니 더할 나위 없이 커다란 진보다. 그러나 더불어 타락도 했다. 이때부터 빈말을 하기 시작했던 것이다. 빈말을 하는 것쯤이야 안 될 것도 없지만 저도 모르게 마음에 없는 말을 하면서도 의식조차 못하고 있으니, 이는 으르렁거릴 줄만 아는 동물들 보기에도 참 '낯가죽 두꺼운 부끄러운 일'이 아닐 수 없다. 가령 정말 모든 것을 골고루 보살피는 조물주가 높은 곳에서 보고 있다면, 조물주도 인류의 이런 잔꾀를 쓸모 없다 여길지도 모른다. 이는 마치 우리가 만생원萬生園[5]에서 원숭이가 공중제비를 하거나 코끼리가 하는 인사를 보고 한바탕 웃으면서도 동시에 어쩐지 마음이 개운치 않고 서글퍼지면서 그런 잔재주는 차라리 없느니만 못하다고 생각하는 것과 같다. 그러나 사람으로 태어난 이상 "의견이 같으면 한 편이고, 의견이 다르면 칠"[6] 수밖에 없으니, 사람에게서 배운 대로 세속을 좇아 말할 수밖에, 다시 말해서 변명할 수밖에 없게 되었다.

이제는 내가 고양이를 미워하게 된 원인을 말해도 그 이유가 충분하고 떳떳할 듯하다. 첫째, 고양이란 놈은 그 성미가 다른 맹수들과는 달라서 새나 쥐를 잡아먹을 때 항상 한 번에 물어 죽이지 않고 잡았다가 놓아주고 놓았다가 다시 덮치면서 싫증 날 때까지 한참을 희롱하다가 먹어버린다. 이는 남의 불행을 보고 기뻐하고, 약자들을 두고두고 못살게 구

---

5 청나라 말 설립된 동물원으로, 지금의 베이징 동물원이다. — 옮긴이

6 천시잉은 1925년 12월 12일 『현대평론』 제3권 제53기의 「한담閑談」에서 "같은 무리면 무엇이든 좋고, 다른 무리면 무엇이든 나쁘다"라고 말한 바 있다. — 옮긴이

는 사람들의 못된 성깔과 아주 비슷하다. 둘째, 고양이는 사자나 범과 한 족속 아니던가? 그런데 이처럼 교태가 심하다니! 이는 어쩌면 타고난 자질일 텐데 만일 그놈의 몸집이 지금보다 열 배나 더 컸다면 그때는 어찌 굴었을지 도무지 상상이 가지 않는다. 그런데 위의 이유가 그 당시에 떠오른 이유였던 듯도 하고, 또 지금 쓰면서 생각난 이유인 것 같기도 하다. 좀 더 믿음이 가는 이유를 말하자면, 차라리 그놈들이 교미할 때 내는 요란스러운 소리와 행위들이 하도 번잡해서 짜증나게 하기 때문이라고 하는 편이 나을지도 모르겠다. 특히 한밤중에 책을 보거나 잠을 잘 때면 더욱 그렇다. 그럴 때면 나는 기다란 대나무 장대를 들고 가서 그놈들을 위협한다. 개들이 큰길에서 교미를 하면 보통 한량들이 나와서 몽둥이로 그놈들을 두들겨 패고는 한다. 예전에 피터 브뤼헐P. Bruegel d. Ä[7]의 「정욕의 비유Allegorie der Wollust」라는 동판화에서도 그런 그림이 그려져 있는 것을 본 적이 있다. 그런 걸로 보아 이런 행동은 중국이나 외국, 예나 지금이나 똑같다는 것을 알 수 있다. 그 집요한 오스트리아 학자 프로이트S. Freud가 정신분석설Psychoanalysis(장스자오 선생[8]이 이를 번역한 '심해心解'라는 말은 간결하고 옛 맛은 있지만 알아듣기 매우 어렵다)을 제기한 이래 우리의 명교수들도 그 학설을 은근히 응용해서는, 그런 행동은 또 결국 성욕이라는 문제로 귀결되고 만다는 것이다. 개를 때리는 일에 대해서는 말고라도 내가 고양이를 때리는 것에 대해 말하자면, 다만 그놈들이 시끄럽게 소리를 질러대서이기 때문이지 그 밖에 다른 악의가 있어 그런 것은 결

7 르네상스 시기 네덜란드 프랑드르의 풍자화가. — 옮긴이
8 교육가이자 정치가. 『프로이트전弗羅乙德敍傳』과 『심해학心解學』을 번역했다. — 옮긴이

코 아니다. 나는 내 질투심이 그렇게까지 크지는 않다고 자신한다. 요즘 '걸핏하면 비난받는' 상황이니 미리 밝혀 두는 바다. 사람만 하더라도 짝을 이루는데 그 절차가 꽤나 번거롭기는 하다. 신식으로는 연애편지를 적어도 한 묶음, 많으면 한 뭉치나 쓴다. 구식으로는 '문명問名'[9]을 하고 '납채納采'[10]를 보내며 절을 한다. 지난해 해창海昌 장蔣씨가 베이징에서 혼례를 치렀는데 꼬박 사흘간 절을 하며 돌아다녔다. 그리고 『혼례절문婚禮節文』까지 붉은 종이에 인쇄까지 해서 '서문'에 다음과 같은 말을 장황하게 늘어놓았다. "마음을 가라앉히고 논하노니, 예절이라 함은 그렇게 명명된 이상 으레 복잡해야 한다. 오직 간단하기만 바란다면 어찌 예절이라 하겠는가? (…) 그러니 세상에서 예절에 뜻을 둔 사람이라면 마땅히 분발해야 한다! 예절이 제대로 미치지 못하는 서민으로 퇴보해서는 안 된다!" 나는 이 말에는 일절 화가 나지 않았다. 내가 거기에 갈 필요가 없었기 때문이다. 이만 보더라도 내가 고양이를 싫어하는 이유가 사실은 단지 내 옆에서 시끄럽게 울어대기 때문이라는 매우 단순한 연유라는 것을 알 수 있다. 제삼자가 사람들의 여러 예식에 대해 관여하지 않아도 된다면 나는 전혀 상관하지 않겠다. 그러나 내가 책을 보거나 자려고 할 때 누군가 와서 연애편지를 읽어달라고 하거나 절을 받으라고 한다면 나는 나를 지키기 위해 대나무 장대를 들고 방어할 것이다. 그리고 평소에 별로 친하지 않은 사람이 갑자기 "여동생이 출가하오니"나 "자식이 혼례를 치르오니" "삼가 참례하시기를 바랍니다"라든가 "귀하의 왕림을 희망합니다"라는 등

9 중국 전통 결혼식의 절차 중 하나. 중매인을 통해 여자 쪽 이름과 출생일 등을 묻는 과정. — 옮긴이

10 혼담할 때의 의식. 여자 측에게 보내는 정혼 예물. — 옮긴이

의 '음험한 암시'의 말들이 씌어 있는 붉은 청첩장을 보내서 내가 돈을 쓰지 않으면 체면이 서지 못하는 경우가 나는 그리 반갑지 않다.

그런데 이게 죄다 최근의 이야기다. 기억을 더 더듬어보면 내가 고양이를 싫어하게 된 것은 위의 이유보다 훨씬 전, 아마 내가 열 살 무렵이 되던 때일 것이다. 지금도 분명히 기억나는데 그 이유가 아주 단순했다. 그것은 그놈이 내가 기르던 작고 귀여운 생쥐를 잡아먹었기 때문이었다.

확실치는 않으나 서양에서는 검은 고양이를 그리 좋아하지 않는다고 한다. 에드거 앨런 포Edgar Allan Poe의 소설에서 검은 고양이는 아닌 게 아니라 정말 무섭게 나온다. 일본 고양이들은 곧잘 요괴로 변하는데 전설 속 '고양이 할미'가 사람을 잡아먹는 참혹한 모습은 소름이 끼칠 지경이다. 중국에도 옛날에는 '고양이 귀신'이란 것이 있었지만 근래는 고양이가 둔갑한다는 소리가 별로 없는 것으로 보아 그 전통이 끊어져 잠잠해진 듯싶다. 나는 다만 어릴 때 고양이에게서 요기妖氣가 좀 느껴져서 그놈을 좋아하지 않았을 뿐이다. 어릴 적 어느 여름밤이었다. 나는 큰 계수나무 밑에 놓인 평상에 누워 바람을 쐬고 있었고, 할머니는 파초부채를 부치며 상 옆에 앉아 나에게 수수께끼를 내기도 하고 옛날이야기를 들려주기도 하셨다. 갑자기 계수나무 위에서 짐승의 발톱으로 나무를 바드득바드득 긁어대는 소리가 나더니, 번쩍이는 파란 불 한 쌍이 어둠 속에서 그 소리를 따라 내려와 나를 깜짝 놀라게 했다. 할머니께서도 하던 이야기를 그만두시고 고양이에 관한 이야기를 하셨다.

"얘야, 고양이가 범의 선생이었다는 걸 아니?" 할머니께서 계속 이야기해주셨다. "아무렴 애들이 그걸 알 리 없지. 범은 본시 아무것도 할 줄 몰랐단다. 그래서 범이 고양이를 찾아와 제자가 되었거든. 고양이는 범에게 자기가 쥐를 잡을 때처럼 먹이를 덮쳐서 붙잡아 먹는 방법을 가르쳐주었단다. 범이 다 배우고 나자 제 딴에는 이제 기량을 다 배웠으니 아무도 자기를 당할 놈이 없으리라고 생각했지. 자기보다 센 것은 고양이밖에 없으니, 그 고양이만 죽이면 자기가 제일 강할 거라 생각했단다. 이런 생각을 하자 범이 고양이를 와락 덮쳤지. 그런데 고양이는 벌써 범의 심보를 간파하고 있던 터라 훌쩍 몸을 날려 나무 위로 올라가지 않았겠니. 범은 그만 나무 밑에서 멀뚱멀뚱 있을 수밖에 없었단다. 고양이가 능력을 다 가르쳐주지는 않았거든. 말하자면 나무에 오르는 재간은 가르치지 않았던 게야."

천만다행으로 범의 성질이 매우 급했기에 망정이었지, 그렇지 않았더라면 계수나무 위에서 범이 내려왔을 것이란 생각이 들었다. 어쨌든 머리끝이 쭈뼛해지는 이야기여서 나는 집에 들어가 자고 싶어졌다. 어둠이 더욱 짙어졌다. 계수나무 잎새들이 살랑거리고 실바람이 솔솔 불어왔다. 돗자리도 이제 제법 식었을 테니 자리에 누워도 더워서 뒤척이지는 않을 듯했다.

지은 지 수백 년이나 되는 집안의 어슴푸레한 콩기름 등잔불 밑은 쥐들이 찍찍거리며 뛰노는 세계였다. 그런데 그 쥐들의 태도가 '명인들이나 명교수들'보다 더 위풍당당해 보였다. 고양이를 기르고는 있었지만 그놈은 밥이나 축냈지 아무 쓸모가 없었다. 할머니들은 쥐들이 궤를 쏠고 음식을 몰래 훔쳐 먹는다고 늘 야단쳤으나 나는 그것을 큰 죄로 생각하지 않았고 나와는 상관없는 일이라 여겼다. 더구나 그런 못된 짓은 대개 큰 쥐들의 소행이었으므로 내가 귀여워하는 생쥐를 모함해서는 안 된다고 생각했다. 이런 자그마한 쥐들은 대체로 바닥에서 기어다니는데 겨우 엄지손가락만 한 크기였고 사람을 겁내지 않았다. 우리 고장에서는 그것을 '새앙쥐'라 했는데 천정에서만 사는 커다란 놈과는 다른 종류였다. 내 침대 머리말에는 그림[11] 두 장이 붙어 있었다. 한 장은 「저팔계를 데릴사위로 들이다」라는 그림으로, 종이 한가득 차지한 그 큰 주둥이와 축 드리운 귀가 그리 우아해 보이지 않았다. 또 다른 한 장은 「쥐들이 결혼을 하다」[12]로 아주 귀엽게 그려진 그림이었다. 신랑, 신부로부터 들러리, 손님, 주례에 이르기까지 모두 턱이 뾰족하고 다리가 가느다란 것이 신통하게도 서생들 같았는데, 입고 있는 옷은 전부 다홍색 저고리에 초록색 바지였다. 나는 이처럼 성대한 예식을 치를 수 있는 건 오직 내가 귀여워하는 생쥐들밖에 없으리라고 생각했다. 지금은 내가 거칠어져서 길에서 사람들의 혼례행렬을 보고도 그것을 성교의 광고로나 여겨서 달리 눈여겨보지 않지만, 그때는 '쥐가 결혼하는' 걸 어찌나 간절하게 보고 싶었는지 해창장씨처럼 연사흘 밤이나 절을 한다 해도 짜증이 날 것 같지는 않았다. 정월 열 나흗날 밤에 나는 쥐들의 혼례행렬이 침대 밑에서 나오기만을 기다리느라 잠을 쉽게 못 이루고 있었다. 하지만 알몸인 생쥐 몇 마리가 땅바닥에서 기어다닐 뿐 혼례를 치르는 것 같지는 않았다. 나는 기다리다 못해 불만을 품은 채 잠이 들고 말았다. 그러다 눈을 떠보니 어느새 날이 밝아 보름 명절이 되어 있었다. 아마 쥐들은 잔치할 때 청첩장을 보내서 축의금을 거두어들이지도 않거니와 정식으로 '참례'하는 것도 환영하지 않는 모양이었다. 이는 생쥐들이 지켜온 습관이므로 항의할 도리는 없겠다고 생각했다.

사실 쥐들의 가장 큰 적은 고양이가 아니다. 봄이 되면 쥐들이 '찌-익!

---

11 연화年畫. 정월에 실내에 붙이는 채색 목판화를 말한다. — 옮긴이

12 '쥐의 결혼'은 옛날 장시성과 저장성 일대의 민간 전설이다. — 옮긴이

「신부 쥐를 맞으러 가는 신랑 쥐」. 후난 탄터우灘頭의 민간 목판 세화歲畫로 루쉰이 어린 시절에 좋아하던 세화 중 하나였다.

찌찌찌-익!' 하고 우는 소리가 들린다. 사람들은 그게 '쥐가 동전을 세는' 소리라고들 하는데 사실은 그들에게 도살자가 나타났다는 것을 의미한다. 그 소리는 쥐가 공포에 질려 내는 절망적인 비명으로, 고양이를 만나도 그런 소리를 지르지는 않는다. 물론 고양이도 무섭기는 할 것이다. 하지만 쥐들이 작은 구멍 속으로 숨어들기만 하면 고양이도 어쩔 수 없기 때문에 살 기회는 얼마든지 있다. 그런데 유독 무서운 도살자인 뱀만은 몸뚱이가 가늘고 긴 데다 몸의 굵기가 쥐와 거의 비슷해서 쥐가 갈 수 있는 곳은 그놈도 갈 수 있었다. 게다가 오랫동안 쫓아다닐 수 있어 도저히 피할 수가 없다. '동전을 세는' 소리가 날 때쯤이면 대체로 쥐들에게 다른 방도가 없게 된 경우다.

한 번은 빈 방에서 이런 '동전을 세는' 소리가 들려왔다. 문을 열고 들어가 보니 대들보에 뱀 한 마리가 도사리고 있었고, 땅바닥에는 생쥐 한 마리가 쓰러진 채 입에서 피를 흘리며 양 옆구리를 할딱거리고 있었다. 그 생쥐를 가져다 종이갑 안에 뉘어놓았다. 반나절쯤 지나 생쥐가 깨어나 먹이를 조금씩 먹고 걸어다니기 시작했으며 이튿날에는 완전히 원기를 회복한 듯했다. 하지만 그놈은 도망칠 생각은 하지 않고 땅바닥에 내려놓아도 가끔 사람들 앞으로 쪼르르 달려와서는 다리를 타고 무릎까지 기어 올라왔다. 식탁 위에 올려놓으면 음식 찌꺼기를 주워 먹거나 그릇 가장자리를 핥았고, 내 책상 위에서는 여유롭게 다니다가 벼루를 보면 갈아 놓은 먹물을 핥아먹었다. 이는 나를 무척 기쁘게 했다. 나는 아버지에게서 중국에 엄지손가락만한 크기에 온몸에는 새까맣고 반지르르한 털이 나 있다는 먹물 원숭이라는 것에 대해 들은 적이 있다. 그놈은 필통 안에서 자다가 먹을 가는 소리가 나기만 하면 곧 뛰어나와서 사람이 글씨를 다 쓰고 붓 뚜껑을 닫아놓기만을 기다렸다가 벼루에 남은 먹물을 말끔히 핥아먹고는 도로 필통 안으로 뛰어들어간다는 것이었다. 나는 이런 먹물원숭이를 한 마리 얻기를 간절히 원했지만 도저히 구할 수 없었다. 어딜 가면 그런 원숭이를 살 수 있는지 물어보고 다녔으나 아는 사람이 없었다. 그래서 "마음을 위로하기에는 없는 것보다는 낫다"는 말이 있듯, 이 생쥐가 글씨를 다 쓸 때까지 기다리지 않고 먹물을 핥아먹기는 해도 나는 그런대로 그 생쥐를 내 먹물원숭이로 삼았다.

이제는 기억이 분명하지 않지만 아마 생쥐를 기른 지 한두 달쯤 지났을 때였던 것 같다. 어느 날 나는 느닷없이 '뭔가 잃어버린 것'처럼 적적한 생각이 들었다. 내 생쥐는 늘 책상 위나 땅 위를 돌아다니면서 내 눈앞에서 떠나질 않았는데 그날따라 한참동안 눈에 뜨이지 않는 거였다. 평소 점심 무렵이면 어김없이 나타났으련만 오늘은 다들 점심을 먹고 난 뒤에도 나타나지 않았다. 반나절을 더 기다려봤지만, 생쥐는 여전히 나타나지 않았다.

내가 어렸을 때부터 내 시중을 들던 키다리 어멈은 내가 생쥐를 기다리는 것이 너무도 애처로워 보였는지 조용히 나한테 다가와서 알려주었다. 어멈의 말을 듣고 나는 그만 분하고 슬퍼서 고양이를 원수 삼기로 했다. 어멈의 말인즉, 어제 저녁에 고양이가 생쥐를 잡아먹었다는 것이다.

나는 내가 귀여워하던 것을 잃고 마음이 허전해지자 복수심으로 그 허전함을 채우려 했다.

내 복수심은 우리 집에서 기르는 얼룩 고양이에서 시작해 나중에는 눈에 뜨이는 모든 고양이한테까지 그 범위가 넓어졌다. 맨 처음에는 그저 그놈들을 쫓아가서 때리는 정도였는데 나중에는 그 수단이 더 교묘해져서 돌팔매질로 대가리를 맞추거나 빈 방으로 끌어들여 늘어지도록 패주기까지 했다. 이 싸움은 아주 오랫동안 계속되었고, 이때부터 고양이들은 내 곁에 다가오지도 못했다. 하지만 아무리 그놈들과의 전투에서 이겼다고 한들 내가 영웅이 되는 건 아니었다. 게다가 중국에는 평생 고양이와 싸운 사람도 많지 않을 것이므로 그 모든 전략과 전과들에 대해서는 전부 생략하기로 하겠다.

그런데 여러 날이 지난 뒤, 아마 반년은 지났을 때였다. 나는 우연히 뜻밖의 이야기를 들었다. 사실 그 생쥐는 고양이한테 죽은 것이 아니라 키다리 어멈의 다리를 타고 올라가다가 밟혀 죽었다는 것이었다.

이는 전혀 상상도 못했던 일이었다. 그때 기분이 어땠는지 지금은 잘 기억나지 않는다. 하지만 고양이와는 끝까지 감정이 좋지 못했다. 게다가 베이징에 온 이후로 고양이가 새끼 토끼들을 해쳤기 때문에 이전의 증오

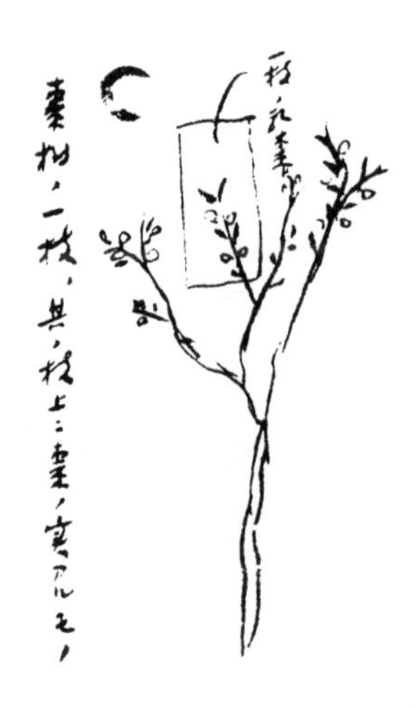

「어린 대추나무 가지 하나」, 루쉰이 그린 삽화

심에다 새로운 혐오감까지 더해져 그놈들한테 더 지독한 수단을 쓰게 되었다. 이때부터 내가 '고양이를 싫어한다'는 소문이 퍼져나갔다. 하지만 이런 것들은 모두 지나간 일이 되어서 고양이를 가만 두게 되었고 부득이한 경우에도 그저 쫓아버릴 뿐 이제는 절대로 때리지는 않는다. 더군다나 죽이는 일은 더욱이 없다. 이것이 내가 최근 몇 년간 나아진 점이다. 경험이 쌓일 때마다 나는 크게 깨달은 바가 있었다. 고양이가 고기를 훔쳐 먹거나 병아리를 물어 죽이거나 아니면 깊은 밤에 요란스럽게 울어 댈 때면, 사람들 열에 아홉은 당연히 고양이를 증오한다. 그런데 내가 만약 사람들의 그 증오를 없애고자 고양이를 때리거나 죽인다면 고양이가 외려 불쌍해지면서 그 대신 그 미움이 나에게 쏠리게 된다. 그래서 나는 이제 고양이들이 소란을 피워 사람들이 진저리를 칠 때면 문 앞에서 "쉬이! 물럿거라!" 하고 소리를 질러 쫓아버리고 좀 조용해지면 서재로 돌아가는 방법을 취한다. 이렇게 하면 외부로부터 계속 내 집을 지킬 수 있는 자격을 가질 수 있게 된다. 사실 이는 중국의 관병들이 늘 쓰는 방법이다. 관병들은 어쨌든 토비들을 소탕하거나 적들을 소멸하려 하지는 않는다. 그렇게 해버리면 관병의 업무가 경시되거나 심지어 쓸모가 없어져 도태되어 버릴 수 있기 때문이다. 만일 내가 이 방법을 널리 응용할 수 있으면 나도 소위 '청년들을 지도하는' '선배'가 될 가망성이 생긴다. 하지만 나는 아직도 실천에 옮기지 못하고 한창 연구하면서 따져보는 중이다.

1926년 2월 21일

_『루쉰 전집』 제2권 『아침 꽃 저녁에 줍다』

가을밤의
한가로운 산책

이미 가을이 왔지만 무더위는 여름 못지않아서 나는 아직도 전등이 햇빛을 대신할 즈음에 거리로 나와 어슬렁거린다.

위험하다고? 위험은 긴장하게 만들고, 긴장은 내 생명의 힘을 느끼게 한다. 위험 속에서 어슬렁거리는 것도 괜찮은 일이다.

조계지에도 여유롭게 거닐 곳이 있는데, 주택지구가 그렇다. 하지만 중산층 중국인의 소굴은 먹거리 봇짐, 호금胡琴, 마작, 유성기, 쓰레기통, 맨살을 드러낸 몸과 다리들로 후텁지근하다. 상류층 중국인이나 등급이 없는 서양인이 거주하는 집 앞이 거닐기 좋다. 널찍한 길, 푸른 나무, 옅은색 커튼, 서늘한 바람, 달빛이 있지만 개 짖는 소리도 들린다.

나는 촌에서 자라서인지 개 짖는 소리를 좋아한다. 깊은 밤 먼 곳에서 들리는 개 짖는 소리에 기분이 상쾌해진다. 옛사람들이 '표범처럼 개 짖는 소리'라고 말한 것이 바로 이것이다. 간혹 낯선 마을을 지나가다 미친 듯이 짖어대는 맹견이 튀어나오면 전투에라도 임하는 것처럼 긴장되는 것이 아주 재미지다.

그런데 안타깝게도 여기서 들리는 것은 발바리 소리다. 발바리는 요리조리 피하며 앙칼진 소리로 짖는다. 앙앙! 나는 이 소리가 듣기 싫다.

나는 한가로이 거닐며 냉소를 짓는다. 주둥이를 막아버릴 방법을 잘 알고 있기 때문이다. 개주인의 문지기에게 몇 마디 하거나 뼈다귀를 하나 던져주면 된다. 이 두 가지 모두 할 수 있지만 나는 하지 않았다.

발바리는 늘 멍멍 짖는다.

나는 이 소리가 듣기 싫다.

나는 한가로이 거닐며 사악한 미소를 짓는다. 손에 짱돌을 들고 있기 때문이다. 사악한 미소를 거두고 손을 들고 던져서 개의 코에 명중시켰다.

깨갱 하더니 사라졌다. 나는 드물게 맛보는 고요 속에서 아주 한가롭게 거닐었다.

가을이 이미 왔지만 나는 한가롭게 길을 거닌다. 짖어대는 발바리도 아직 있지만 요리조리 더 잘 피해 다닌다. 소리도 예전 같지 않고 거리도 멀찍이 떨어져서 코빼기조차 보이지 않는다.

나는 더 이상 냉소도, 사악한 미소도 짓지 않는다. 나는 편안한 마음으로 발바리의 앙칼진 소리를 들으며 한가롭게 거닐고 있다.

8월 14일

_『루쉰 전집』 제5권 『준풍월담』

여름 벌레 세 가지

여름이 가까워지면 벌레 세 가지가 등장할 것이다. 벼룩, 모기, 파리.

만일 누군가 내게 이 셋 가운데 무엇을 좋아하는지 물었다고 해보자. 이때 하나는 반드시 좋아해야 한다고, '청년필독서'처럼 백지 답안을 내서는 안 된다고 한다면, 나는 어쩔 수 없이 벼룩이라고 대답하는 수밖에 없다.

벼룩이 피를 빨아먹는 것은 괘씸하지만 소리 없이 딱 한 입이니, 얼마나 솔직하고 시원시원한가. 모기는 그렇지 못하다. 침을 살갗에 푹 찔러넣는 게 물론 조금 철저한 면이 있다고 볼 수 있지만 찌르기 전에 앵앵거리며 한바탕 법석을 피우니 밉살스러운 느낌이 든다. 만약 앵앵거리는 소리가 사람의 피로 자신의 허기를 채워야 할 이유를 설명하는 것이라면 더욱 질색일 텐데, 나는 다행히 알아듣지 못한다.

야생의 참새와 사슴은 일단 사람의 손에 잡히면 한시도 쉬지 않고 도망칠 궁리만 한다. 사실 산속에 가면 하늘에는 매가 있고 땅에는 호랑이와 늑대가 있으니 사람 손에 잡힌 것보다 안전하지는 못하다. 그런데 어째서 애당초 사람 사는 쪽으로 도망쳐오지 않고, 오히려 지금은 매와 호랑이, 늑대 쪽으로 달아나려 하는 걸까? 어쩌면 매와 호랑이, 늑대와 그들의 관계는 벼룩과 우리의 관계와 같을지도 모르겠다. 배가 고파지면 잡아다가 한 입에 냉큼 먹어치우기만 하지, 절대로 따지거나 수를 쓰지 않는다. 잡아먹히는 쪽도 먹히기 전에 자신이 마땅히 먹혀야 하므로 마음속으로 기꺼이 받아들이겠으며 죽어도 딴마음을 품지 않겠다고 먼저 맹세할 필요는 없다. 인간 역시 앵앵거리는 데에 일가견이 있다. 참새와 사슴이 가능한 한 피해를 적게 당하려고 사람을 날쌔게 피하는 것은 참으로 총명한 짓이다.

파리는 한참 앵앵거리다 내려앉아서 기름땀이나 좀 핥기만 하는데, 만약 상처나 부스럼 자국이 있으면 당연히 좀 더 큰 실속을 차리게 된다. 그리고 아무리 멋지고 깨끗한 물건이라도 결국에는 꼭 마구잡이로 파리똥을 갈겨놓는다. 그렇지만 기름땀이나 살짝 핥고 약간만 더럽히기 때문에 둔한 사람들은 따끔한 아픔을 느끼지 못하니 그냥 내버려 두는 것이다. 중국인은 파리가 병균을 전염시킬 수 있다는 것을 아직 잘 모르고 있어서 파리잡기 운동이 왕성하지 않은 듯하다. 그놈들의 운명은 장구할 것이며 더 번식해나갈 것이다.

그런데 파리는 멋지고 깨끗한 물건 위에 파리똥을 갈기고 나서 적어도 흐뭇해하며 되돌아와 그것이 불결하다고 비웃지는 않는 것 같다. 어쨌든 약간의 양심은 그래도 지니고 있는 셈이다.

고금의 군자는 매번 사람을 금수에 빗대어 꾸짖지만, 벌레에게서도 본

「한 사람의 수난」 22, 프란스 마세릴Frans Masereel 작품인데 루쉰이 인용하여 소개했다.

보기로 삼을 만한 점이 많다는 것을 전혀 모르고 있다.

4월 4일

_『루쉰 전집』 제3권 『화개집』

전사와 파리

쇼펜하우어는 다음과 같은 말을 한 적이 있다. "사람의 위대함을 평가할 때, 정신적인 크기와 육체적인 크기는 그 법칙이 완전히 상반된다. 후자는 거리가 멀면 멀수록 작아지고, 전자는 오히려 멀수록 점점 커진다"라고.

가까워질수록 더 작아 보이는 데다 결함과 상처가 눈에 더 잘 띄기 때문에 그 사람은 우리와 마찬가지로 신도 아니요, 요괴도 아니며 괴수도 아니다. 그 사람은 그저 사람일 따름이다. 하지만 그렇기 때문에 그 사람은 위대한 사람이다.

전사戰士가 전사戰死했을 때, 파리떼가 제일 먼저 발견하는 것은 그 전사의 결함과 상처 자국이다. 파리들은 빨고 앵앵거리면서 자신들이 죽은 전사보다 더 영웅이라 여기며 의기양양해 한다. 그러나 전사는 이미 전사해서 더 이상 그들을 내쫓지 못한다. 이에 파리들은 더욱 앵앵거리면서 스스로 불멸의 소리를 낸다고 생각한다. 그것들이 전사보다 훨씬 완벽하기 때문이다.

확실히 그 누구도 파리의 결함과 상처를 발견한 적이 없다.

하지만 결함을 지녀도 전사는 결국 전사이고, 완벽한 파리 역시 어디까지나 파리에 지나지 않는다.

꺼져라, 파리 떼야! 비록 날개가 있어 앵앵거릴 수는 있겠지만 결국 전사를 뛰어 넘지는 못할 것이다. 이 벌레들아!

3월 21일

_『루쉰 전집』 제3권 『화개집』

덧붙이는 말

루쉰: 상처 입은 늑대

루쉰의 일본 친구인 마스다 와타루增田涉[1]는 루쉰의 '마지막 모습'을 다음과 기억했다. "그는 이미 병든 사람이었다. 겉모습은 험해졌지만, 정신만큼은 단정했다. 전투적이었지만 '상처 입은 늑대'마냥 가련함이 묻어나왔다."(「루쉰의 인상」)

취추바이瞿秋白[2]는 『루쉰잡감선집』 「서문」에서 루쉰을 "야생 짐승의 젖을 먹고 자란" 로마 신화 속의 "레무스Remus"라 칭하며 "루쉰은 그 자신만의 길을 걷고 걷다가 늑대의 품으로 돌아왔다"고 말했다.

---

1 마스다 와타루(1903~1977). 일본에서 중문과를 졸업한 후, 루쉰이 있는 상하이에 직접 와서 루쉰의 제자가 되어 『중국소설사략』 수업을 받았다. 일본으로 돌아가 1935년 『중국소설사략』을 일어로 완역했다. 1986년, 두 사람 사이에 오갔던 편지를 모아 『루쉰·마스다 와타루 사제 답문집魯迅·增田涉師弟答問集』이라는 책을 출간했다. — 옮긴이

2 중국의 정치가이자 문예평론가. — 옮긴이

쉬광핑許廣平 또한 다음과 같이 기억했다. "루쉰은 기분이 나쁘면 내가 볼 수 없는 한밤중에 술을 많이 마셨다. 그리고 야생 짐승의 젖을 먹고 자란 레무스처럼(취추바이 선생의 비유를 들어) 빈자리에 뛰어 들어가 드러누웠다. 적어도 그 사람의 말대로 상처 입은 양이 풀밭으로 달려가 자신의 상처를 핥는 것처럼, 아무도 없는 빈공간으로 가서 쪼그려 앉거나 잠을 잤다. (…) 한번은 저녁식사를 마치고 컴컴한 발코니 바닥에서 잠들었다가 서너 살 난 하이잉에게 발견되고는, 아무 말 없이 나란히 누워 잠들었다."
(『위안이 되는 기념 · 루쉰 선생의 일상생활』)

루쉰은 이미 「고독한 사람孤獨者」이란 소설에서 "상처 입은 늑대"의 이미지를 만들어냈다. "나는 묵직한 압박감 속에서 빠져나오려고 걸음을 재촉했지만 아무리 해도 빠져나올 수 없었다. 내 귓속에서는 뭔가가 오랫동안 몸부림치다가 마침내 발악하듯 몸부림쳐 빠져나왔다. 길게 울부짖는 소리 같기도 했는데, 마치 상처 입은 늑대가 깊은 밤 광야에서 울부짖는 것 같았다. 그 가냘픈 소리에는 슬픔과 분노가 뒤섞여 있었다."

루쉰과 부엉이와 구렁이

다음은 루쉰의 친구인 선인모沈尹默[3]의 회상이다. "그는 대중이 모인 자리에서 때로는 단정하게 가만히 앉아 말도 없이 웃지도 않았다. 옷차림은 잘 꾸미지 않았고, 머리카락은 헝클어져 있었기 때문에 어떤 이들은 그에게 부엉이라는 별명을 지어주었다."(「루쉰 생활의 한 부분」)

루쉰이 큰소리로 외쳤다. "울기만 하면 깜짝 놀라게 하는 부엉이의 진짜

3 학자, 시인, 서예가, 교육가. — 옮긴이

이것은 루쉰이 직접 그린 부엉이다.

흉한 소리는 어디에 있을까?"(『집외집』「음악?」)

루쉰은 「나의 실연」이라는 타유시 작품에서 부엉이와 구렁이를 '아내'에게 선사했다.

루쉰은 어릴 적 '동산'인 백초원에 "큰 구렁이 한 마리가 있던" 것과 키다리 어멈이 들려주었던 "아름다운 뱀美女蛇"이란 신비한 이야기를 평생 잊지 못했다.(『아침 꽃 저녁에 줍다』「백초원에서 삼미서점까지」)

구렁이에게는 독이 없었지만, 루쉰의 붓 아래에서는 '독사'가 더 많이 등장했다.

"이 적막함은 나날이 커져 큰 독사처럼 내 영혼을 친친 감았다."(『외침』「서문」)

"우리는 신음과 탄식, 흐느낌, 애걸을 들어도 놀랄 필요 없다. 가혹한 침묵을 만나면 조심해야 한다. 독사처럼 주검의 숲속을 꿈틀꿈틀 기어다니고 원귀처럼 어둠 속을 질주하는 뭔가가 보이면 더욱 조심해야 한다. 이는 '진짜 분노'가 곧 다가오리라는 것을 예고하고 있다."(『화개집』「잡감」)

「새끼 흰 코끼리」, 루쉰이 그린 삽화

흰 코끼리와 두더지

루쉰과 쉬광핑이 주고받은 편지에 적힌 서명을 보는 것은 매우 재미있다. 루쉰은 자신을 '흰 코끼리'라 했고 직접 그림도 그려넣었는데, 긴 코를 갑자기 치솟게 그리거나 아래로 축 늘어뜨리게 그려서 크게 웃거나 몹시 슬퍼하며 흐느껴 우는 모습을 표현했다. 쉬광핑은 스스로를 '고슴도치'라 했다.(『「양지서」연구』)

이렇게 된 데에는 배경이 있었다.

처음에는 린위탕林語堂[4] 선생이 루쉰을 "걱정되는 흰 코끼리"(『루쉰』)라 불렀던 것에서 시작했는데, 쉬광핑은 이를 다음과 같이 해석했다. 코끼리 중에는 회색 빛깔이 많은데 흰 코끼리를 만나면 "보기 힘든 것이라 귀한 것"(「루쉰 선생과 하이잉」)처럼 보이고, 또 특별해서 자연스럽게 불안해진다는 것이다. 루쉰은 편지에서 막 태어난 아들 하이잉에게도 '흰 코끼리'라 불렀고, '붉은 코끼리'라 부르기도 했으며 어디로 가야 "흰 코끼리를 기를 수 있는 드넓은 삼림"을 찾을 수 있는지 걱정하며 토론했다.

---

4 중국의 작가, 문학 비평가. — 옮긴이

쉬광핑은 다음과 같은 이야기를 회상했다. 베이핑 푸네이阜內 대로에 위치한 거처(지금의 루쉰 고거魯迅故居) 정원에서 고슴도치 두 마리를 잡은 적이 있었다. 루쉰의 어머니가 정성껏 키웠고, 루쉰과 쉬광핑은 매번 그것들과 재미있게 놀았다. "두 마리가 부딪히면 한데 움츠려 커다란 밤송이처럼 동그랗게 귀여운 모양이 되었다. 기어다닐라 치면 그 작은 손과 다리가……." 그런데 어떻게 탈출했는지 모르게 찾을 수 없었다. 비가 오는 어느 날 쉬광핑이 우산을 들고 루쉰의 거처에 온 적이 있었다. 다음 날 루쉰으로부터 편지를 받았는데 그 안에는 우산을 들고 있는 새끼 고슴도치 한 마리가 있는 그림이 있었다. 멋진 그림이었다. 아쉽게도 나중에 이 그림은 찾을 수 없었다.(『흐뭇한 기념』「루쉰 선생과 청년들 일상생활」)

루쉰의 또 다른 '유언'

장생莊生(장자)은 "위에서는 새에게 먹히고 아래에서는 벌레에게 먹힌다"고 했다. 어찌 되었든 결과는 마찬가지이니 죽은 뒤의 몸은 대충 처리해도 된다는 말이다.

하지만 나는 그렇게 통이 크지 못하다. 만약 내 육신이 동물에게 먹혀야 한다면 나는 사자, 범, 매, 수리에게 먹혔으면 하지, 비루먹은 개에게는 조금도 내주고 싶지 않다.

사자, 범, 매, 수리를 살찌우면 그들은 하늘에서 바위 모서리, 사막, 수풀에서 장관을 연출할 것이고, 생포되어 동물원에 갇히거나 죽임을 당해 박제가 되더라도 보는 이들 마음을 들뜨게 하여 너절한 생각을 없애줄 것이다. 반면에 비루먹은 개떼를 살찌운다면 놈들은 아무 데에서나 설치고 짖어댈 것이니 얼마나 혐오스러운 일인가!

_『차개정잡문말편부집』「반하소집」

루쉰 글 속의 '개떼 묘사'

루쉰은 다음과 같이 말한 바 있다. "내 잡문으로 말할 것 같으면 코 한 개, 입 한 개, 터럭 한 올을 쓴 것이지만, 합치면 전체적으로 하나의 이미지를 갖춘다."(『준풍월담』「후기」) 루쉰은 사회 속의 전형적인 '개'의 이미지도 이렇게 그려냈다.

개의 본성은 어쨌든 크게 변하지 않는다. (…) 그 개들이 언제 진짜로 물에 빠진 적이나 있었겠는가. 그놈들은 벌써부터 소굴을 다 만들어놓고 식량도 충분히 저장해둔 데다가 그것들 전부 조계지에 저장해두었다. 이따금 부상을 당하는 것도 같지만 사실은 그런 게 아니라 절룩거리는 시늉을 해서 잠시 사람들의 측은지심惻隱之心을 불러일으켜 조용히 피해 숨으려는 것이다. 그랬다가 다른 날 다시 나타나서 먼젓번처럼 어리숙해 보이는 사람을 무는 일부터 시작하여 "우물에 빠진 사람에게 돌을 던지는投井下石" 등 못하는 짓이 없다.

_『무덤』「"페어플레이"를 하기에는 아직 이르다」

발바리는 일명 땅개라고 하며, (…) 의외로 중국 특산이고, (…) 개는 고양이와 원수가 아니던가? 그런데 발바리가 비록 개라고는 하지만 고양이를 매우 닮아 타협적이고 공평하며 조화롭고 공정한 모습을 만면에 풍기고 있으며, 다른 것들은 극단적이지 않은 게 없는데, 오로지 자신만이 '중용의 도'를 깨달은 듯한 모습을 태연하게 드러낸다. 이 때문에 부자, 태감 나리, 마님, 아가씨들로부터 총애를 받아 그 종자가 끊어지지 않고 이어져왔다. 발바리가 하는 일이란 그저 영리해 보이는 겉모습 덕에 귀인들로부터 비호를 받거나 중국이나 외국 여인들이 길에서 개줄을 끌고 다닐 때, 쇠사슬에 목을 매여 발꿈치를 졸졸 따라다니는 게 다다.

_『무덤』「"페어플레이"를 하기에는 아직 이르다」

남루한 옷을 입은 사람이 지나갈 때마다 발바리가 짖어대는데 사실 발바리 주인이 의도하거나 시킨 일은 아니다.
발바리는 종종 주인보다 더 사납다.

_『이이집』「소잡감」

금방 과격해지는 사람은 누그러지기도 금방이고, 퇴폐해지기는 더 금방입니다.
(…) 샹페이량向培良[5] 선생은 예전에 젊은이는 울부짖어야 할 뿐만 아니라 이리처럼 이빨을 드러내야 한다고 말한 적이 있었습니다. 물론 나쁠 건 없지만 그래도 조심하지 않으면 안 됩니다. 늑대는 개의 조상이기 때문에 사람에게 길들여지면 금방 개로 변해버리기 때문이지요.

_『이심집』「상하이 문예의 일별」(1931년 사회과학연구회에서의 강연)

---

5 극작가, 미학가, 번역가. 루쉰과 사제지간이다. 1926년, 루쉰의 「고독한 사람」을 보고 영감을 받아 「「고독한 사람」에 관하여」라는 글을 발표했다. 여기에서 "젊은이는 울부짖어야 할 뿐만 아니라 늑대처럼 이빨을 드러내야 한다"며 혁명문학을 옹호했다. 하지만 이후 '민족주의문학'과 '인류의 예술'을 제창하며 혁명문학과 다른 방향으로 나아갔다. 루쉰은 1931년 사회과학연구회에서 했던 본 강연에서 금세 달아올랐다가 금세 식는 혁명문학 변절자들을 비판했다. 그중 일례로 샹페이량을 들어 논한 부분이다. — 옮긴이

무릇 앞잡이走狗란 어느 한 자본가가 길러냈다 해도 사실 모든 자본가에게 길들여져서 부자들만 보면 온순해지다가도 가난뱅이만 보면 미친 듯이 짖어대는 법이다. (…) 길러주는 사람이 없어 앙상하게 여윈 채 들개가 되어서도 여전히 부자들만 보면 꼬리를 치고 가난뱅이만 보면 미친 듯이 짖어댄다. 그렇지만 이쯤 되면 누가 제 주인인지 점점 알아보지 못한다.

_『이심집』「'집 잃은' '자본가의 힘없는 앞잡이'」

식민정책은 어김없이 건달을 보호하고 길러내기 마련이다. 제국주의의 눈으로 본다면, 오직 건달만이 가장 요긴한 노예이자 쓸모 있는 앞잡이로, (…) 제국주의의 폭력에 의지하는 한편 본국 전통의 힘을 이용해서 '무리를 해치는 말馬'과 본분을 지키지 않는 '불순분자'를 제거하는 임무를 수행한다. 그러므로 건달은 식민지에 와 있는 외국 나리의 총아, 아니 충견이며, 그 지위는 상전 아래에 있지만 어쨌든 다른 피통치자보다는 위에 있다.

_『이심집』「'민족주의 문학'의 임무와 운명」

이미 사태가 매우 위태로워져서 발바리들도 하루를 버티기 힘들어진 사회 현황을 보도록 하자. 그 발바리 놈들은 어디에서 자신감이 나오는지 개노릇하는 것조차 제대로 하지 않는다. 상황이 변하면 그놈들은 즉시 다른 모습으로 바뀐다.

_「양지원에게」 1934년 6월 3일

2.
인간·귀신·신

대부분은 어린 시절 할머니나 어머니 혹은 유모로부터 귀신 이야기나 전설을 듣곤 하던 기억이 있을 것이다. 이야기에 너무 매료되어 그 속에 푹 빠지기도 했고 등골을 오싹하게 만들어 계속 듣고는 싶지만 무서운 마음에 듣기를 꺼리기도 했었다. 그리고 결국에는 이러한 이야기 때문에 별의별 꿈을 다 꾸고는 했다.

그런데 이것이 무엇을 의미하는지 생각해본 적이 있는가?

루쉰은 이미 20세기 초에 사람의 이러한 정신현상에 주목했고 이와 같은 결론을 내렸다. "사람이 천지간에 있으면서 (…) 만약 물질생활로 삶의 만족을 느끼지 못한다면, 자연스레 형이상학적인 요구가 생겨나는 것이다." (『집외집습유』「파악성론破惡聲論」) 사람이 땅 위에 살면서 현실을 직면해야 하는 것은 당연한 일이다. 그러나 인간은 본래 높이 날아올라 현실을 초월하여 신비하고 이상한 미지의 세계로 자유롭게 나래를 펼치고 싶어 한다. 이로써 현실에서는 실현할 수 없는 숨겨진 정신적인 욕구를 만족시키고자 하는 것이다. 그리하여, '인간의 세계' 외에도 '귀신의 세계' '신의 세계'가 있고 이들은 서로 상통한다. 이에 대해 저우쭤런은 매우 적절할 해석을 했다. 그는 "우리는 괴이한 전설 속에서 인류 공통의 비애와 공포를 엿볼 수 있다"(『자신의 세계自己的園地』「문예상의 기물文藝上的異物」), "평소에 쉽게 알지 못하는 사람의 감정을 조금이나마 이해한다"(『고죽잡기苦竹雜記』「설귀說鬼」), "사람들이 하는 귀신이야기를 듣는 것은 사실상 그 사람의 마음을 듣는 것이다"(『야독초夜讀抄』「귀신의 생장鬼的生」)라고 말했다.

그렇다면 이제는 루쉰의 마음속 이야기를 들어보도록 하자.

길잡이 글

이것은 루쉰의 생명에 있어 가장 신성한 순간이자 그의 정신에 있어 영원히 빛나는 부분이기도 하다. "나는 아직까지도 확실히 기억한다. 고향에 있을 적에 나는 늘 '하등인'들과 함께 흥이 나서 귀신이면서 사람이고, 이성적이면서 감성적이며, 무섭고도 사랑스러운 모습의 무상無常을 바라보았다. 그리고는 그의 얼굴에 나타나는 울음과 웃음, 입에서 나오는 무뚝뚝한 말과 익살스러운 말들을 감상하곤 했다."

바로 이런 민간의 광적인 축제 속에서 인간, 귀신, 신이 함께 제를 지내는 자리를 통해 소년 루쉰은 자신도 모르게 고향 '하등인'들의 마음 속 깊이 숨겨진 곳으로 들어갔다. 거기서 루쉰은 사회 하층민과 그들의 민간 상상이 완전히 융합하는 생명의 체험을 경험했다. 이로써 루쉰은 이들과 떼려야 뗄 수 없는 정신적 관계를 맺었으며, 이것은 루쉰 일생의 선택과 운명을 결정짓게 되었다. 그러므로 이것은 루쉰 생명의 근원이자 루쉰 문학의 근원인 것이다.

바로 이런 어린 시절의 신성한 기억들이 루쉰의 산문으로 변했고, 중국 현대 산문에 있어서 최고의 두 가지 형상을 만들어냈다. 루쉰은 입신의 경지에 들 만한 글 솜씨로 고향 사오싱의 "두 종류의 특별한 귀신"을 묘사했다. 그는 "'죽음'에 대해 속절없고 별로 신경을 쓰지 않는 '무상'과 "다른 귀신에 비해 더 아름답고 더 강한 귀신, 여조"를 표현했다. 여기에서 무상의 통달과 여조의 강직함 및 언어의 해학과 웅장함은 모두 사오싱 사람들의 특성을 잘 드러낸다. 이것은 루쉰에게도 깊은 영향을 미쳤고 그의 정신과 문학의 근원으로 발전했다.

한 가지 더 주목할 점은 루쉰은 큰 병을 겪고 난 후였던 1926년 6월에 「무상」을 썼고, 「여조」는 그 생명의 마지막 순간 고통의 몸부림 속에서 완성한 것이다. 이는 루쉰이 '죽음에 가까운 순간'에 도달했을 때, 어린 시절 민간의 기억 속으로 들어가 생명의 빛을 찾고자 한 것을 말해주고 있다. 이는 매우 중요한 깨우침인데 사람은 응당 자기의 근원이 있으며 자신만의 세계가 있기 때문이다. 그래서 우리는 이곳에서부터 출발하여 끊임없이 다시 그곳으로 되돌아가고자 하는 것이다.

무상無常

신맞이 축제 행사 날 순행하는 신이 만약 사람의 생사여탈권을 장악한 신이라면, 아니, 사실 생사여탈권이라는 말은 적절치 않은데 중국에서는 무릇 신이라면 모두 제멋대로 사람을 죽이는 권리를 가지고 있는 것 같기 때문이다. 그래서 성황신이나 동악대제 같이 사람들의 생사 대사를 맡아본다고 하는 편이 나을지도 모르겠다. 그런데 그의 노부鹵薄(임금이 거동할 때 따르는 의장대) 중에는 특별한 무리들이 있는데 여기에는 귀졸鬼卒, 귀왕鬼王, 활무상活無常이 있다.

이런 귀신들의 배역은 대체로 덜렁거리는 사람이나 시골 사람들이 맡았다. 귀졸과 귀왕들은 울긋불긋한 의상에 맨발 차림이었고 시퍼런 얼굴에는 비늘을 그려넣었다. 그것이 용의 비늘인지 아닌지는 나도 잘 모르겠다. 귀졸은 삼지창을 들고 있는데 삼지창의 고리들이 쨍강쨍강 소리를 냈으며 귀왕은 자그마한 호패를 들고 있었다. 전설에 따르면 귀왕들은 한발로 걷는다 했는데 비록 얼굴에 물고기 비늘인지 무슨 비늘인지를 그렸지만 어쨌든 시골 사람들인 그들은 여전히 두 발로 걸었다. 그래서 구경꾼들은 그들을 별로 두려워하거나 존경하지 않았고 주목하지도 않았다. 오로지 염불을 외는 노파들이나 그들의 손주들만 모든 일이 잘 되기를 기원하며 '매우 황공히 명을 기다립니다'와 같은 형식적인 예의를 갖추었다.

사실 우리가 — 나 외에 다른 사람들 역시 그러했으리라 생각한다. — 가장 보고 싶은 것은 활무상이었다. 활무상은 활달하고 익살스러울 뿐만 아니라 온몸이 눈같이 새하얗기 때문에 그 알록달록한 무리들 속에서 단연 '군계일학群鷄一鶴'과 같은 인상을 주었다. 흰 종이로 만든 높은 고깔모자와 그의 손에 들린 낡은 파초부채만 보였다 하면, 사람들은 모두들 홍미진진해 하며 기뻐했다.

귀신 중에서도, 사람들이 유독 그들과 가장 낯익고 친밀하다 여기며 평소에 자주 볼 수 있던 것이 바로 활무상이다. 예를 들어 성황묘나 동악묘의 대전 뒤쪽으로는 암실이 하나 있는데 사람들은 이것을 '저승간'이라고 불렀다. 색을 겨우 구분할 수 있을 정도의 어둠속에는 목매고 죽은 귀신, 넘어져 죽은 귀신, 호랑이에게 물려 죽은 귀신, 과거에 낙제한 귀신 등 각종 다양한 귀신의 형상이 세워져 있었는데 문을 들어서자마자 보이는 키가 크고 새하얀 형상이 바로 이 활무상이다. 나도 어렸을 적에 그 '저승간'을 한 번 둘러볼 기회가 있었지만 당시에는 겁이 많아서 자세히 보지는 못했다. 들은 바에 따르면 활무상은 한손에 쇠사슬을 쥐고 있는데 이는 그가 살아 있는 혼을 끌어가는 사자이기 때문이라고 한다. 전해지는 이야기로는 판장樊江 지방에 있는 동악묘의 '저승간' 구조가 아주 특이하다고 한다. 여기에는 문 입구에 움직이는 널빤지가 깔려 있었는데 사람이 문을 들어서며 그 널빤지의 한쪽을 발로 밟으면 다른 한쪽에 있는 활무상 형상이 돌진하여 덮쳐들어서는 문을 들어서는 사람의 목에 그 쇠사슬을 씌운다는 것이다. 나중에 누군가 이로 인해 놀라 죽은 일이 있어 결국 이를 고정시켜놓았고 그래서 내가 어렸을 때에는 이미 더 이상 널빤지가 움직이지 않는다고 했다.

만약 활무상의 모습을 분명히 알고 싶으면 『옥력초전玉曆鈔傳』에 그려진 그림을 보면 된다. 그러나 『옥력초전』도 복잡한 것과 간단한 것의 여러 판본이 있는데 복잡한 것에는 반드시 그 그림이 있을 것이다. 활무상은 몸에 굵은 삼베 상복凶服을 입고, 허리춤에는 새끼줄을 매고 짚신을 신었으며, 목에는 제를 지낼 때 태우는 가짜 돈인 지정紙錠을 걸고 있다. 손에는 낡은 파초 부채, 쇠사슬과 주판을 들고 있고, 어깨는 쑥 올라가고 머리는 축 내려뜨렸으며 눈썹과 눈이 모두 아래로 처져 팔八자 모양과 같다. 머리에는 높고 네모난 고깔모자를 썼는데 아래가 넓고 위가 좁은 형태로 비례를 계산하면 대략 2자 정도는 되는 높이일 것이다. 정면에는 즉 전조前朝에 충성을 지킨 신하와 젊은이들이 쓰는 수박 껍질 같은 모자에 구슬이나 보석을 달던 자리에는 '만나면 기쁜 일이 있다一見有喜'는 글귀가 세로로 쓰여 있다. 어떤 책에서는 '당신도 왔구려你也來了'라고 쓰여 있기도 하다. 이 글귀는 어떤 때는 포공전包公殿[1]의 현판에서도 볼 수 있는데 누가 그의 모자에 이 글귀를 썼는지에 관해서는 활무상 자신이 썼는지 혹은 염라대왕이 썼는지 나로서도 알 도리가 없다.

---

1 북송 시대의 명신인 포증包拯의 신전. 포증은 중국에서 포공包公, 포청천包淸天으로도 불린다. — 옮긴이

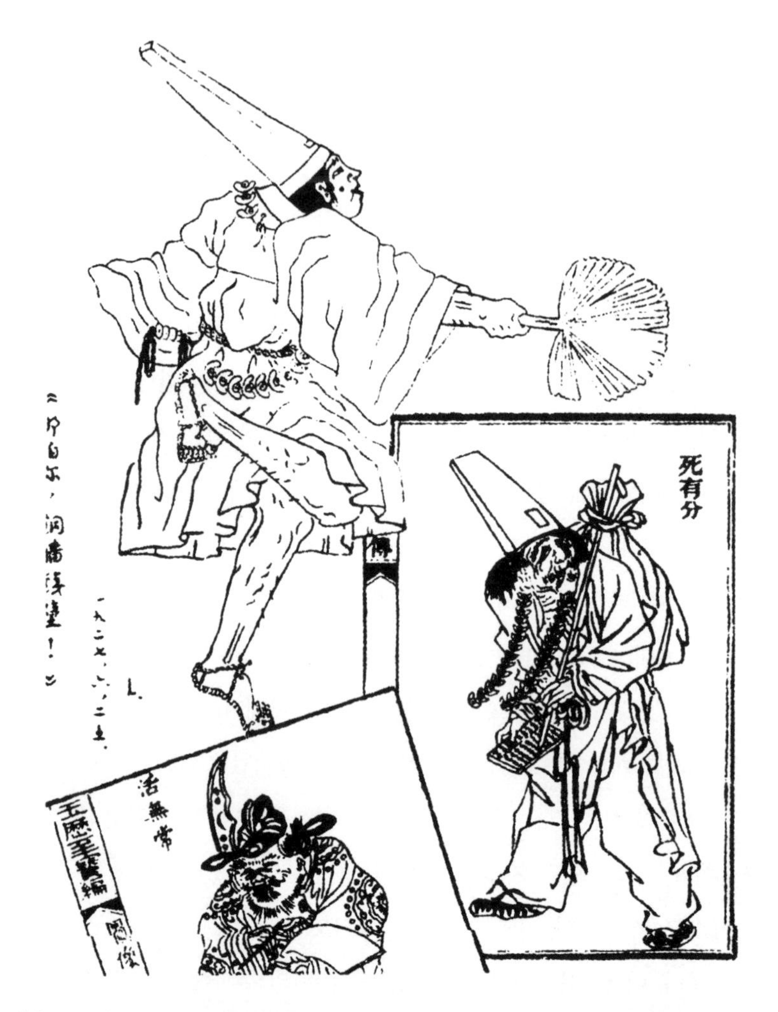

「사유분, 활무상」. 위쪽의 '활무상'은 루쉰이 사오싱 지방의 신맞이 축제에 등장하는 활무상의 형상을 기억에 의존하여 직접 그린 삽화다. 아래 오른쪽의 그림은 난징 이광명장본李光明莊本 『옥력초전玉曆鈔傳』에서 루쉰이 모사한 사유분이며, 왼쪽 그림은 광저우의 보경각본寶經閣本 『옥력玉曆』에서 모사한 활무상이다.

『옥력초전』에는 활무상과 비슷한 차림의 귀신인 '사유분死有分'이 등장한다. 신맞이 축제 때에도 이 귀신이 등장하는데 그 이름이 잘못 전해져 사무상死無常이라고 불린다. 사무상은 검은 얼굴에 검은 옷을 입고 있는데 사람들은 모두 그를 보기 꺼려한다. 그는 '저승간'에도 있는데 벽에 가슴을 대고 음침하게 서 있다. 이것이야말로 정말 '벽에 부딪친碰牆' 모습이다. 무릇 그 안에 들어가 분향하는 사람들은 반드시 그의 등을 쓰다듬는데 그렇게 하면 액막이를 할 수 있다고 한다. 나도 어렸을 적에 그의 등을 쓰다듬은 적이 있었는데 액운을 막지는 못한 것 같다. 그러나 아마도 그때 그의 등을 쓰다듬지 않았다면 어쩌면 지금 더 큰 액운을 만났을지 모르겠다. 하지만 이것에 대해서는 아직 확인해보지는 않았다.

나 역시 소승불교의 경전에 대해서는 연구해보지 않았는데 주위에서 듣기로는 인도의 불경에는 염마천閻魔天도 있고 소의 머리와 다리를 한 귀신도 있는데 이들은 모두 지옥의 주인 노릇을 하고 있다고 한다. 그러나 살아 있는 혼을 끌어가는 사자使者인 무상 선생에 대해서는 옛 책에서도 찾아볼 수 없고 그저 '인생이 무상하다'는 따위의 말만 들어보았다. 아마 이 말이 중국에 전해진 이후에 사람들이 이를 구체적으로 형상화한 것 같은데 이는 실로 우리 중국인들의 창작물인 것이다.

그런데 사람들은 왜 그를 보고 흥미진진해하며 기뻐하는 것인가?

만약 문인이나 학자, 명인들이 어떤 지역을 언급하면 그곳은 곧 '모범현模範縣'으로 되기 마련이다. 나의 고향도 일찍이 한나라 말기에 우중상虞仲翔(우번虞翻) 선생에게 찬양을 받은 적이 있었다. 물론 이것은 아주 오래전의 일이기는 하지만 나중에 와서 소위 '사오싱 관료'라는 말단 관리들이 나오게 된 것과 연관이 없지는 않다. 하지만 그렇다고 해서 남녀노소가 모두 '사오싱 관료'인 것은 아니며 여전히 '하등인(지위가 비천한 사람)'들도 적지 않았다. 그런데 이런 '하등인'들은 비록 '우리는 지금 좁고도 험한 길을 걷고 있다. 왼편에는 광활하고 끝이 없는 진흙 펄이고 오른편에도 광활하고 끝이 없는 사막이 있다. 우리 앞에는 아득히 멀고 옅은 안개 속에 숨겨진 목적지가 있다'와 같이 넋이 나갈만한 명언은 하지 못하나 무의식중에서 그 '안개 속에 있는 목적지'로 향하는 길은 매우 잘 알고 있었다. 이것은 바로 구혼, 결혼, 양육, 죽음이다. 물론 이는 나의 고향에 국한된 이야기일 뿐 만약 '모범현'의 사람이라면 당연히 그 이야기가 달라질 것이다. 그들—나의 동향인 '하등인'들—가운데 많은 사람은 삶을 살아가며 고통 받기도 하고, 남에게 중상모략을 당하고 모함을 받기도 한다. 그들은 오랜 시간 쌓아온 경험을 통해서 이승에서 '공리'를 지키는 방법은 오직 하나뿐인데 이것은 본래 '아득하고 막막한' 것임을 깨닫고는 자연스레 저승을 사모하는 마음이 생겨난 것이다. 대부분의 사람들은 자신이 억울함을 당했다고 생각한다. 소위 살아 있는 '정인군자正人君子(여기서 말하는 정인군자는 사실상 위군자, 위선자를 풍자한 것)'들이 미물은 속일 수 있을지 모르겠지만 우매한 백성에게 묻는다면 그들은 조금도 주저하지 않고 '공정한 재판은 저승에서 있을 거요!'라고 대답할 것이다.

삶의 즐거움을 생각한다면 삶은 미련이 남는 것이지만, 삶의 고통을 생각한다면 무상 역시 나쁜 손님만은 아니다. 귀천과 빈부를 가릴 것 없이 결국 모두 '빈손으로 염라대왕을 만나니' 원한이 있다면 밝히고, 죄를 지었으면 벌을 받아야 하는 것이다. '하등인'이라고 해서 어찌 반성할 일이 없겠는가? 사람으로 태어나 한평생을 살았으니 그 또한 어떠했겠는가? 생전에 '펄펄 날뛰지'는 않았던가? 혹은 '남을 해코지하지는' 않았던가?

이러한 잣대는 모든 사람에게 평등한 것이다. 그리하여 무상의 손에는 큰 주판이 들려 있는데 그 앞에서는 아무리 거드름을 피워봤자 소용이 없는 것이다. 사람들은 타인에 대해서는 물 한 방울 샐 틈 없는 엄격한 기준으로 그들을 판단하지만 자기 자신에 대해서는 저승에서도 약간의 사정을 봐주길 원한다. 그러나 그곳은 어디까지나 저승일 뿐이기에 비록 신문에 대단한 글을 발표하지 않았지만 염라천자, 소머리 귀신 그리고 중국인들이 만들어낸 말머리 귀신들은 겸직은 절대 하지 않은 채 오로지 공리만을 주재하는 인물들이다. 스스로를 기만하지 않는 사람들은 귀신이 되기 전에 먼 미래를 생각하며 공리에 걸맞은 것 중에서 인정상 봐줄만한 부분을 찾고자 한다. 이때에 우리의 활무상 선생은 무척 사랑스러워 보이는데 그는 이로운 것에서는 큰 부분을 취하고, 해로운 것에서는 작은 부분을 취하기 때문이다. 이것은 우리의 고대 철학가 묵적墨翟 선생이 「소취小取」에서 언급한 것이기도 하다.

사당의 진흙상이나 책 속의 시커멓게 인쇄된 모습에서는 활무상의 사랑스러운 모습을 찾기 힘들다. 사실 가장 좋은 방법은 바로 연극을 보는 것이다. 그러나 보통의 극을 보는 것이 아니라 반드시 '대형극'[2] 혹은 '목련극目連劇'을 보아야 할 것이다. 목련극은 아주 시끌벅적한데 장대張岱는 『도암몽억陶庵夢憶』에서 극이 이삼일 동안 계속해서 이어진다고 과장되게 묘사하기까지 했다. 그러나 내가 어린 시절에는 이미 예전같지 않아, 목련극도 다른 대형극과 마찬가지로 황혼 무렵에 시작해서는 다음날 날이 밝으면 끝이 났다. 이는 모두 신을 모시고 재앙을 쫓아내는 연극이었

2 여기서 말하는 연극은 굿놀이라고 볼 수 있다. — 옮긴이

는데 그 속에는 반드시 악인 한 명이 등장했다. 이튿날 동틀 무렵이 바로 이 악인이 끝장나는 순간이었는데 염라대왕이 활무상에게 호패를 내주며 이 '극악무도'한 악인을 체포하라고 명령했기 때문이다. 그리하여 살아 있는 활무상이 드디어 무대에 등장하게 되었다.

나는 무대 아래 배 모양처럼 생긴 자리에 앉아서 연극을 구경하던 때가 아직도 생생하다. 이때 구경꾼의 심정은 평소와는 사뭇 다르다. 평상시라면 밤이 깊을수록 지루해하고 산만했겠지만 이때만큼은 오히려 신명이 났다. 활무상이 쓰는 종이고깔은 본래 무대 한쪽 구석에 걸려 있는데 이것을 걷어가는 것은 곧 그가 등장한다는 의미였다. 게다가 이때 등장하는 특별한 악기도 그 요란스러운 소리를 낼 준비를 하는 것이다. 이 악기는 나팔과 비슷하게 가늘고 긴 것이 대략 7~8자쯤 돼 보였다. 이것은 아마 귀신들이 좋아하는 소리인 것 같은데 귀신과 관련이 없을 때에는 사용하지 않는다. 이 악기를 불면 nhatu, nhatu, nhatututuu 하는 소리를 냈고 우리는 이것을 '목련나팔嗐頭(호통號筒의 방언)'이라고 불렀다.

수많은 관중이 악인의 몰락을 뚫어지게 바라보는 와중에 활무상이 나타난다. 그의 옷차림은 그림보다 더 간단하고 쇠사슬이나 주판도 손에 들고 있지 않았다. 그는 그저 새하얀 옷을 입은 방정맞은 사내였는데 분을 바른 얼굴에 빨간 입술을 하고는 먹처럼 시꺼먼 눈썹을 찌푸린 모습이 웃고 있는지 울고 있는지 분간할 수가 없었다. 그러나 그는 무대에 등장하면 반드시 재채기를 108번 하고 방귀도 108번이나 뀌어야 했다. 그리고 난 후에야 비로소 자신의 경력을 말하는 것이다. 아쉽게도 기억이 잘 나지는 않지만 거기에는 대충 이러한 부분이 있었다.

대왕이 체포증을 내주시며 나에게 옆집에 있는 문둥이를 잡아오라 하셨다.

알고 보니 그는 원래 내 사촌조카인 것이다.

그는 무슨 병을 앓고 있는가? 염병(장티푸스)에 이질을 앓고 있다.

어떤 의사에게 보였는고? 하방교의 진념의陳念義의 la 아들이었다.

무슨 약을 지었는가? 투구꽃, 계수나무, 우슬牛膝(소의 무릎)이었다.

첫 첩을 먹으니 식은땀이 비 오듯 흐르고,

둘째 첩을 먹으니 두 다리가 뻣뻣해졌다.

나는 nga 아주머니가 슬피 우는 모습이 불쌍해 그를 이승에 잠시나마 돌려보냈다.

대왕은 내가 뇌물을 먹어 그를 봐주는 거라며 나를 묶어 곤장 40대를 때리라고 명했다!

여기에 나오는 '자子'는 모두 입성入聲으로 읽어야 한다. 진념의는 사오싱 일대의 유명한 의사인데 위중화俞仲華[3]는 일찍이 비적 소탕 기록인 『탕구지蕩寇志』에서 그를 신선으로 묘사하기도 했다. 그러나 그의 아들 세대에 이르러서는 의술이 그리 고명하지 못한 듯하다. la는 '-의'라는 표현이고 '얼兒'자는 '얼倪'로 읽어야 하는데 고음古音이기 때문이다. nga는 '나의' 혹은 '우리의'의 의미다.

그가 말하는 염라천자 역시 그리 고명하지는 못한 듯한데 그의 인격을 오해했기 때문이다. 아니, 귀신의 품격이겠다. 그러나 그는 '잠시 이승에

---

3 본명은 위만춘俞萬春이고 자가 중화仲華다. 청대의 소설가이며 사오싱 사람이다.

돌려보낸' 일까지 꿰뚫고 있으니 그래도 '총명하고 정직한 신'의 면모를 잃지 않은 듯하다. 그러나 이러한 징벌은 우리 활무상에게 잊을 수 없는 억울함을 안겨주었다. 그래서 이 일만 언급하면 그는 눈썹을 더욱 찌푸리고 낡은 파초부채를 으스러지게 쥐고는 얼굴은 땅을 쳐다보며 오리가 헤엄치듯이 춤을 추기 시작했다.

Nhatu, nhatu, nhatu-nhatu-nhatututuu! 목련나팔도 억울함을 토하듯 소리를 냈다.

그리고는 마침내 그가 결심을 했다.

> 오늘부터는 절대로 놓아주지 않으리!
>
> 네 아무리 철옹성이라 할지라도!
>
> 네 아무리 임금의 친척이라 할지라도!

문자 그대로를 해석하면 '난難'은 '금今(오늘)'이고, '자개者個'는 '-것이다的了'라는 의미다. 비록 활무상은 염라천자에게 혼이 난 것이 억울했지만 '분한 마음이 있지만 날아온 기왓장을 원망하지 않는다雖有忮心, 不怨飄瓦'고 했듯이 우선 그 일은 묻어두고 이제부터는 누구의 사정도 봐주지 않기로 한 것이다. 이것은 물론 염라천자의 책망을 들은 까닭일 것이다. 모든 귀신 중 오직 활무상만이 약간의 인정을 지니고 있다. 그래서 우리가 귀신으로 변하지 않으면 상관없지만 만약 귀신으로 변한다면 자연스레 활무상만이 비교적 가깝게 지낼 수 있는 존재일 것이다.

나는 아직도 똑똑히 기억하는데 고향에 있을 적에 이런 '하등인'들과 함께 늘 흥이 나서는 귀신이면서 사람이기도 하고, 이성적이면서도 감성적이며 무섭고도 사랑스러운 무상의 모습을 바라보았다. 그리고는 그의 얼굴에 나타나는 울음과 웃음, 입에서 나오는 무뚝뚝한 말과 익살스러운 말들을 감상했다.

신맞이 축제 때의 무상은 연극 무대에 나오는 무상과는 좀 달랐다. 그때의 무상은 동작만 있을 뿐 말이 없었고 밥상을 들고 다니는 어릿광대와 같은 배역을 쫓아다니기만 했다. 무상은 밥을 먹으려 하지만 상대방은 그것을 무상에게 주지 않았다. 그 외에도 두 명의 배역이 더 나오는데 바로 '정인군자'의 '마누라와 자식'이었다. 그런데 '하등인'에게는 공통적인 병이 있는데 이는 바로 자기가 원하는 바를 남에게 강요한다는 것이다. 그리하여 그들은 비록 귀신이라 할지라도 그들이 외롭지 않기를 원해 모든 신에게 다 한 쌍씩 짝을 지어주었고 무상 역시 예외가 아니었다. 그래서 얼굴이 예쁘면서도 시골 여자의 분위기가 있는 처자라면 모두가 그녀를 무상 아주머니라고 불렀다. 이렇게 보니 무상은 우리와 비슷한 것 같은데 그래서인지 그는 교수 선생들과 같은 허세를 내세우지 않는다. 여기에는 아이 한 명도 등장하는데 그 아이는 조그만 고깔모자를 쓰고 흰 옷을 입고 있다. 아이는 비록 몸집이 작지만 두 어깨를 쑥 올리고 눈과 눈썹을 아래로 축 늘어뜨리고 있다. 이는 무상 도련님으로 모두들 그를 무상 아령阿領(여자가 재가할 때 데리고 온 전 남편과의 사이에서 낳은 아이)이라고 불렀지만 그에게 경의를 표하지는 않았다. 추측건대 이 아이는 아마도 무상 아주머니와 전 남편 사이에서 나온 아들일 것이다. 그러나 그의 모습이 어쩜 그리 무상과 똑같단 말인가? 쉿! 귀신의 일은 말하기가 어려운 것이므로 이에 대해서는 이쯤에서 그만 논하는 것이 좋을 듯하다. 왜 무상이 친자식이 없는지에 대해서는 오늘날에 와서는 설명하기가 매우 쉽다. 귀신들은 앞을 내다볼 수 있기에 그는 아마 자식이 많으면 쓸데없이 남의 말하기를 좋아하는 사람들이 말을 빙빙 돌려서는 그가 루블을 많이 받아먹었다고 비난하는 것이 두려웠기 때문이라. 그래서 오래전부터 이를 염두에 두었거나 아니면 일찍부터 '산아제한'을 실행한 까닭일 것이다.

밥상을 받쳐드는 그 대목이 바로 '무상 보내기'다. 왜냐하면 그는 혼을 끌어가는 사자이기 때문에 민간에서는 사람이 죽으면 술과 밥으로 그를 대접해야 한다. 그에게 음식을 주지 않는 것은 신맞이 축제 때의 장난일 뿐이고 실제로는 이와 다르다. 그러나 무상과 장난을 칠 수 있는 것은 그가 솔직하고 말하기를 좋아하고 인정이 있기 때문인 것이다.—만약 진정한 친구를 찾는다면 아마도 무상이 가장 적절할 것이다.

어떤 사람은 무상은 살아 있는 사람이 저승으로 간 것이라고 말한다. 즉, 그는 본래 사람인데 꿈속에서 저승의 일을 돌보는 것이며 그렇기에 그에게 인정이 있다는 것이다. 나는 우리 집에서 멀지 않은 곳에 살던 한 남자를 기억하는데 그는 항상 자기가 '무상의 길을 간다'고 하며 문밖에서 향을 피웠다. 하지만 내가 보기에 그의 얼굴에는 귀신의 기색이 더 짙어 보였다. 설마 그는 죽어서 귀신이 된다면 오히려 사람의 기색이 더 나는 것이 아닐까? 쉿! 귀신의 일은 말하기가 어려우니 이에 대해서는 이쯤에서 그만 논하는 것이 좋을 듯하다.

6월 23일

_『루쉰 전집』 제2권 『아침 꽃 저녁에 줍다』

여조女吊

“회계會稽(사오싱의 옛 이름)는 본디 복수와 설욕의 고장이며 더러운 것을 절대로 용납하지 않는다!” 이것은 아마도 명나라 말기에 왕사임王思任이 말한 것이리라. 사오싱 사람에게 있어 이것은 아주 영광스러운 일이며 나 역시 이 구절을 듣기 좋아하여 간혹 인용하기도 한다. 그러나 사실 이러한 구절은 사오싱에만 해당하는 말이 아니며 어디에나 적용할 수 있다.

실제로 보편적인 사오싱 사람은 상하이의 ‘진보 작가’와 같이 누군가를 증오해 복수하려 들지 않는다. 문예만 보더라도 그들은 연극 무대에서 비록 원한에 사무쳤지만 다른 어떤 귀신보다 아름답고 강한 귀신 형상을 창조했는데 이것이 바로 ‘여조女吊(목매 죽은 여자귀신)’다. 내 생각에 사오싱에는 두 가지 특색 있는 귀신 형상이 존재하는데 그중 하나가 바로 죽음에 속수무책이고 별로 신경을 쓰지 않는 ‘무상’이다. 나는 이미 『아침 꽃 저녁에 줍다』를 통해 독자에게 무상에 대한 소개를 할 수 있는 영광을 얻었으니 이번에는 다른 한 가지에 대해 써보고자 한다.

'여조'는 아마도 방언일 것인데 이를 백화문으로 번역하면 '목매 죽은 여성의 혼' 정도가 될 것이다. 사실 평소에 '목매 죽은 귀신'을 말하면 여기에는 이미 '여성'의 의미가 함축되어 있다. 왜냐하면 목매달아 죽는 사람의 대부분이 부녀자이기 때문이다. 간혹 거미는 실 한 오라기로 제 몸을 공중에 매달아놓는데 『이아爾雅』에서는 이런 거미를 "현蜆, 액녀縊女(목을 매 죽은 여자)"라고 불렀다. 주나라와 한나라 때에도 스스로 목매 죽은 사람의 대부분이 여성이었기 때문에 이것을 남성의 의미가 들어간 '액부縊夫'라든지 중성적인 의미의 '액자縊者'라고 부르지 않았다. 그러나 '대형극'이나 '목련극'을 연출할 때에는 관중의 입에서 '여조'라고 부르는 말을 들을 수 있는데 이는 '조신吊神'이라고도 부른다. 횡사한 귀신이 '신'의 칭호를 받는 것을 다른 데서는 보지 못했는데 이는 백성이 그를 섬겼다는 것을 증명하는 것이다. 그런데 왜 유독 그를 '여조'라고 부르는 것인가? 그 이유는 간단하다. 왜냐하면 연극 무대 위에는 '남조男吊'도 출연하기 때문이다.

내가 알기로는 40년 전 사오싱에는 큰 벼슬을 한 사람이 없어서 사람을 위해 올리던 연극은 거의 없었다. 그래서 무릇 연극이라 함은 언제나 굿과 같은 종교적인 성격을 가지는 것으로 사람들이 모셔놓은 신위神位가 연극을 감상하는 주체였고, 연극을 구경하러 온 사람들은 그저 남의 덕에 굿을 구경하는 꼴이었다. 그러나 '대형극'이나 '목련극'에서 초청한 관중의 범주는 매우 넓었는데 여기에는 신神도 초대했고, 귀신도 초대했으며 특별히 횡사한 원귀까지도 초대했다. 그리하여 그 의식은 더욱 긴장감을 고조시켰고 엄숙한 분위기에서 진행되었다. 특히 원귀를 불러들일 때면 긴장감과 엄숙함이 더해졌는데 나는 이러한 점이 참으로 흥미롭다고 생각했다.

내가 다른 곳에서도 언급한 적이 있는 것 같은데, 대형극과 목련극은 모두 신과 인간 그리고 귀신에게 보여주는 전통극이라는 점에서 공통점이 있지만 서로 다른 점도 있다. 이 둘의 다른 점은 첫째로 배우에 있다. 전자는 전문적인 연극배우가 극을 연기하지만 후자는 임시로 모인 아마추어들로 농민이나 노동자가 대부분이었다. 두 번째 차이점은 바로 극본에 있다. 전자는 여러 종류의 극본이 있지만 후자는 오로지 「목련이 어머니를 구하다目連救母記」(부처의 제자인 목련이 죽은 어머니를 지옥에서 구해내는 이야기) 한 가지였다. 그러나 연극 도입부에 나오는 '기상起殤(옛날에 제를 지내며 귀신을 불러들일 때 행하는 미신 행위)'과 연극 중간에 수시로 귀신이 출현하는 것, 연극 마지막 장면에서 착한 사람은 하늘로 올라가고 악인은 지옥으로 떨어지는 내용은 두 연극이 모두 동일하다.

무대 양쪽에 가득 걸려 있는 종이 모자를 보면 이것이 평범한 굿놀이가 아니라는 점은 쉽게 알 수 있다. 이는 가오창훙高長虹이 말했던 "종이로 만든 가짜 왕관"과 같은 것인데 바로 귀신과 혼령들을 위해 준비한 것이다. 그래서 이 분야에 능숙한 사람이라면 느긋하게 저녁밥을 먹고 차를 마신 후 어슬렁어슬렁 걸어가서는 무대에 걸린 모자만 보고서도 어떤 귀신이 이미 등장했었는지를 알 수 있다. 연극이 시작하는 시간은 비교적 이르지만 '기상起殤'은 보통 해질 무렵 시작한다. 그래서 저녁을 먹은 후 연극을 보러 가면 이미 시작한 지 한참이 지난 후지만 가장 흥미로운 부분은 아직 시작되지도 않았다. 사오싱 사람들은 흔히 '기상起殤'을 혼을 불러들인다는 뜻의 '기상起喪'이라고 오해하는데 사실 이것은 횡사한 자들을 부르는 것이다. '구가九歌'(굴원이 지은 초사楚辭의 편명으로 국상은 여기에 포함되어 있다)의 「국상國殤」에서는 "몸은 이미 죽었으나 그 혼은 영원히 불멸하네. 그대의 강한 영혼은 귀신 중에서도 영웅이 될 만하다身既死兮神以靈, 魂魄毅兮爲鬼雄"라고 했는데 여기에는 당연히 전쟁터에서 죽은 사람도 포함된다. 명나라가 멸망할 때 월越 지방에서 봉기가 일어나 적지 않은 사람이 죽었는데 이들은 청나라 왕조 때까지도 반역자로 여겨졌다. 그러나 이 자리에는 그들의 영령英靈 역시 초대되었다. 날이 차츰 저물기 시작하면 말 10여 마리가 무대 아래에 서기 시작한다. 이때 푸른 얼굴에 비늘무늬를 그린 배우 한 명이 귀왕으로 분장하고는 손에 삼지창을 들고 등장한다. 이 외에도 귀졸 10여 명이 나오는데 귀졸들은 보통의 아이라면 누구라도 그 역할을 할 수 있었다. 나도 십대 때 이런 의용귀 역할을 맡아 했던 적이 있었는데 무대 위로 올라가서 지원 의사를 밝히면 그들은 바로 내 얼굴에 색을 칠해주었고 삼지창 한 자루를 건네주었다. 열댓 명의 귀졸 수가 다 차면 한데 모여 말을 타고 외곽에 있는 주인 없는 무덤들이 모여 있는 곳으로 가서 무덤 주위를 세 바퀴 빙빙 돌고 말에서 내려 큰소리로 외친 뒤 삼지창으로 무덤을 힘껏 찌른다. 그런 다음에 무덤에 꽂았던 삼지창을 뽑아들고 다시 무대로 돌아와서는 모두가 함성을 한차례 지른 후 삼지창을 무대 바닥에 내리 꽂는다. 이렇게 하면 우리의 임무는 끝나는 것이었고 다들 얼굴을 닦고 무대를 내려가 집으로 돌아가면 끝이 났다. 하지만 만약 부모님이 이 사실을 알게 된다면 대나무 회초리(이는 사오싱에서 아이들을 때릴 때 사용하는 가장 흔한 물건이다)를 맞는 것을 피할 수 없었다. 이것은 우리가 부모님 몰래 귀기鬼氣를 끌어들이고 온 것에 대한 징벌이자, 한편으로는 말에서 떨어져 죽지 않은 것에 대한 축하의 의미가 있다. 그러나 다행히도 나는 여태껏 부모님께 이 사실이 발각된 적이 없는데 아마도 악귀의 보호를 받은 탓인지도 모르겠다.

이러한 의식은 사실상 떠돌아다니던 온갖 귀신들이 이미 귀왕과 귀졸을 따라와서 우리와 함께 연극을 본다는 것을 의미한다. 그렇지만 아무도 이것을 걱정하지는 않는데 이날 밤에는 귀신들이 절대로 사람을 해코지하지 않는다는 것을 누구나 다 알고 있기 때문이다. 그러고 나서는 연극이 시작되는데 여기에는 인간세상 속 귀신의 이야기가 등장한다. 불에 타 죽은 귀신, 물에 빠져 죽은 귀신, 과거시험을 보다 시험장에서 죽은 귀신, 호랑이에 물려 죽은 귀신 등등……. 사실 이런 귀신 역할들은 아이들도 자유롭게 맡아 할 수 있었지만 이런 시시한 역할을 맡고 싶어 하는 아이는 매우 드물었다. 관중들 역시 이러한 귀신들을 별로 대수롭게 여기지 않았다. 그러다가 '도조跳吊' 대목에 이르면—이때 도跳는 동사로 도가관跳加官(중국 전통극에서 공연 시작이나 중간에 추가적으로 공연하는 춤)의 도跳와 같은 의미다—연극의 분위기가 확 바뀐다. 무대 위에서 구슬픈 나팔 소리가 울리기 시작하면 무대 중앙 대들보에 놓여 있던 천이 내려오는데 그 길이가 대략 무대 높이의 5분의 2쯤 된다. 관중이 모두 숨을 죽이고 있으면 무대 위에서 얼굴을 검게 칠한 사내가 잠방이犢鼻褌만 걸친 채 뛰쳐나오는데 그가 바로 '남조男吊'다. 남조는 무대에 등장하자마자 대들보에 늘어진 천이 있는 곳으로 달려가 그물을 엮듯이 천을 몸에 꿰고 걸고 하는데 그 모습은 마치 거미가 거미줄을 사수하려는 모습과 흡사하다. 그는 허리, 옆구리, 허벅지, 팔꿈치, 발목, 뒷덜미 등 총 마흔아홉 군데에 천을 걸쳐 맨다. 그리고 맨 마지막으로 목 부분에 이른다. 하지만 정말로 목을 매는 것은 아닌데 그는 두 손으로 천을 잡고 그 속에 목을 넣었다가 빼고는 달아나버린다. '남조' 역할은 연극에서도 연기하기가 가장 어렵기 때문에 이 배역만큼은 전문 배우를 초청한다. 당시 어른들이 나에게 이야기해준 것에 따르면 사실 이때는 가장 위험한 순간인데, 진짜 '남조'를 불러낼 수도 있기 때문이다. 그래서 무대 뒤에는 반드시 왕령관 역할을 맡은 사람이 서 있었다. 그는 한 손에는 부적을, 다른 한 손에는 채찍을 들고 서서는 무대 앞을 비추고 있는 거울을 뚫어지게 쳐다보고 있었다. 만약 거울 속에 두 명의 사람 모습이 비치면 그중 하나는 진짜 '남조'인 것인데 이때 왕령관은 즉시 무대로 뛰쳐나가 가짜 귀신을 채찍질하여 무대 아래로 쫓아낸다. 가짜 남조는 무대에서 내려오자마자 곧바로 강가로 달려가 얼굴을 씻은 뒤 관객들 틈에 끼어 앉아 연극을 구경한 후 천천히 집으로 돌아간다. 그러나 만약 왕령관의 채찍질이 조금이라도 늦어지면 가짜 남조는 무대 위에서 목이 졸려 죽고 만다. 또한 가짜 남조가 무대에서 내려와 얼굴을 늦게 씻기라도 하면 진짜 남조에게 발각되어 그 혼이 그에게 들러붙는다. 가짜 남조가 무대에서 내려와 관중 틈에 끼어 연극을 구경하는 것은 마치 요인要人들이 하야했을 때 불경을 읽으며 시간을 보내거나 외국으로 나가 돌아다니는 것과 같은 것으로 빠질 수 없는 의식인 것이다.

그 다음 대목이 바로 '여조를 노는 것'이었다. 구슬픈 나팔소리가 먼저 울리면 잠시 후 문에 걸린 천막이 젖혀지고 그녀가 무대에 등장한다. 그녀는 붉은 저고리에 긴 검정 조끼 차림으로 머리를 흐트러뜨린 채 목에는 두 갈래의 종이돈을 걸고 있었다. 그리고는 머리와 손을 축 늘어뜨린 채로 무대 전체를 구불구불하게 걸어다녔다. 이 분야에 정통한 사람들 말에 따르면 그녀는 '심心'자 모양으로 걸음을 걷는 것이라고 했다. 그런데 왜 그녀는 '심'자로 걸음을 걷는 것인가? 나도 이것은 잘 모르겠지만 왜 그녀가 붉은 옷을 입는지에 대해서는 알고 있다. 왕충王充(후한後漢 시대의 사상가)의 『논형論衡』을 보면 한나라 때의 귀신은 붉은색이었다. 물론 후대의 글과 그림을 보면 꼭 그런 것은 아니고 특정한 색이 정해져 있지도 않다. 그러나 연극에서 붉은색 옷을 입은 역할은 오로지 '조신吊神'밖에 없었다. 이러한 이유는 사실 매우 간단하다. 그녀는 목매 죽을 때 악귀가 되어 복수할 것을 준비하는데 빨간색 옷은 양기가 많아서 살아 있는 사람에게 접근하기가 쉽기 때문이다……. 그리하여 오늘날에도 사오싱의 부녀자들은 간혹 얼굴에 하얀 분을 칠하고 붉은 옷을 입은 후에 목을 맨다. 물론 자살은 비겁한 행위이며 귀신이 복수를 하는 것 따위는 전혀 과학적이지 않은 사실이다. 그러나 그들은 글조차 모르는 우매한 부녀자들이니 나는 '진보적' 작가들과 '전투적'인 용사들에게 이에 대해 화를 내지 말 것을 청하는 바다. 나는 진심으로 그대들이 멍청이로 변할까 염려스럽다.

그녀가 늘어뜨린 머리카락을 뒤로 젖히자 비로소 그 얼굴을 자세히 볼 수 있었다. 그녀의 모습은 석회처럼 하얗고 동그란 얼굴, 칠흑 같은 눈썹, 시커먼 눈언저리, 새빨간 입술을 하고 있었다. 듣자하니 사오싱과 달리 저장성浙江省 동부 지역의 연극에서는 목매달아 죽은 귀신이 몇 치나 하는 긴 가짜 혀를 축 늘어뜨린다고 한다. 우리 고향을 두둔하는 것은 아니지만 나는 그런 모습을 연출하지 않는 편이 낫다고 생각한다. 눈 화장 역시 요새 유행하는 것처럼 그 언저리를 옅은 회색으로 칠하기보다는 시커멓게 칠하는 것이 더 확실하게 보이고 귀여워 보이기까지 한다. 하지만 아랫입술 가장자리는 살짝 위로 향하게 하여 입술을 삼각형 모양으로 그려야 하는데 그렇다고 추한 모양새는 아니다. 만약 지금의 나라면 한밤중 옅은 어둠 속에서 얼굴에 분칠을 하고 빨간 입술을 그린 사람이 저 멀리 어슬렁거린다면 당장 달려나가 구경을 할 것이다. 물론 그렇다고 해서 내가 거기에 현혹되어 목을 매다는 일은 없을 것이다. 그녀는 두 어깨를 살짝 들어 올린 후 사방을 둘러보며 귀를 기울인다. 놀란 듯, 기쁜 듯, 화가 난듯하더니 마침내 서글픈 목소리로 천천히 노래를 부르기 시작한다.

소인은 본래 양씨 집안의 여인으로,

아아, 괴로워라, 하늘이시여!……

그 다음 대목은 나도 잘 모르겠다. 이 구절도 커스克士에게서 들어 알게 된 것이다. 하지만 이 노래의 내용은 대충 이러한데 나중에 그녀가 민며느리가 되어 온갖 학대를 받다가 끝내 목매어 자살한다는 것이다. 그녀가 노래를 마치면 멀리서 우는 소리가 들려오는데 이는 한 여인이 원한에 사무쳐 슬피 울면서 자살을 하려는 것이다. 그러자 여조는 매우 기뻐하면서 '자기를 대신할 사람을 얻고자' 하는데 이때 갑자기 남조가 뛰쳐나와 그 여인은 자기가 차지할 거라고 주장한다. 둘은 말다툼 끝에 서로 때리기 시작하는데 당연히 여조는 남조의 적수가 되지 않는다. 그러나 이때 다행히도 왕령관이 나타난다. 그는 비록 얼굴은 못생겼지만 아주 열렬한 여권 옹호자여서 위기의 순간에 채찍을 휘둘러 남조를 때려죽이고 여조를 살려준다. 어른들 말에 따르면 본래 옛날에는 남녀 모두 목을 매어 죽었는데 왕령관이 남조신을 때려죽인 뒤부터는 남자들이 목매 죽는 경우가 현저하게 줄었다고 한다. 게다가 예전에는 연극에서 본 남조와 같이 사람이 몸의 마흔아홉 군데 중 한 곳을 매달아 죽을 수 있었는데 왕령관이 남조신을 때려죽인 뒤로는 목 부분만 치명적인 곳이 되었다고 한다. 중국의 귀신은 참 이상한 것이 귀신이 된 후에도 다시 죽어야 하는 것 같다. 당시 사오싱에서는 이런 경우를 '귀신 속의 귀신'이라고 일컬었다. 그런데 왜 사람들은 지금 '목매는 시늉'까지 하면서 일찍이 왕령관에게 맞아 죽은 남조를 진짜로 불러내려고 하는 것인가? 나는 그 까닭을 알 수 없어 어른들에게도 물어보았지만 그들 역시 그 이유에 대해서는 잘 알지 못했다.

게다가 중국의 귀신은 좋지 못한 성격이 하나 있는데 바로 '자신을 대신할 사람을 잡아오는' 것이다. 이것이야말로 완전한 이기주의라고 볼 수 있다. 만약 이들이 이렇게 굴지만 않는다면 사람들은 아주 담담한 마음으로 그들과 잘 어울릴 수 있을 것이다. 여조도 이러한 오래된 관습을 따르는데 어떤 때는 그저 '자신을 대신할 사람을 잡으려' 하는 것에 혈안이 되어 오히려 복수하는 것을 까맣게 잊기도 한다. 사오싱에서는 밥을 지을 때 쇠로 된 가마솥을 많이 사용한다. 이때 장작이나 풀을 사용해 불을 지피는데 숯 찌꺼기가 두껍게 쌓이면 화력이 떨어진다. 그래서 땅바닥에는 솥에서 긁어낸 숯 찌꺼기자 널려 있는 모습을 자주 볼 수 있다. 그런데 이때 긁어낸 숯 찌꺼기는 반드시 흩뿌려 버려야 한다. 그래서 무릇 시골 부녀자라면 아무리 힘이 들더라도 절대로 솥을 땅바닥에 두고 숯 찌꺼기를 긁어내 검은 원 모양을 만들지 않는데 그 이유는 여조가 사람을 유혹하는 올가미를 만들 때 바로 이 검은 숯 찌꺼기 고리를 사용하기 때문이다. 사실 여인들이 숯 찌꺼기를 흩뿌리는 것은 여조에 대한 소극적인 저항이라고 볼 수 있다. 그러나 그들이 이렇게 하는 것은 여조가 '자신을 대신할 사람을 잡으려' 하는 것에 반항하는 것이지 그녀가 복수를 할까 두려워서 그러는 것은 아니다. 억압받는 자는 설령 남에게 복수를 하고자 하는 독한 마음이 없다 할지언정 절대로 남에게 복수를 당할까 두려워하는 마음은 가지고 있지 않다. 오히려 암암리에 남의 피와 살을 착취하는 악한 자들과 그 조력자들만이 사람들에게 "실수를 따지지 말라" "과거의 잘못을 들추지 말라"는 격언을 말하고 다닌다.—그리하여 나는 올해 들어서 이렇게 사람의 가면을 쓴 자들의 비밀을 더 잘 꿰뚫어보게 되었다.

9월 19~20일

_『루쉰 전집』 제6권 『차개정잡문말편·부집』

길잡이 글

「하늘을 메운 이야기」「달로 달아난 이야기」「검을 주조한 이야기」는 모두 루쉰의『고사신편』에 수록되어 있다. 이들은 고대의 '이야기'인 신화, 전설, 역사 기록에 '새롭게 편집'을 가해 쓴 것으로 루쉰과 고대 사람들과의 만남이자 이견을 드러내는 지점이기도 하다. 만약에 중국 전통 속의 영웅, 성인, 현인들을 신성하고 높은 곳에서부터 일상생활로 끌어내려와 그들을 보통의 평범한 사람으로 환원한다면 어떻겠는가? 그렇다면 여기에는 수많은 기이한 일과 만남의 기회가 생겨날 것이다.

「하늘을 메운 이야기」는 여와女媧가 세상과 인간을 창조한 이야기인데 여기에는 신비한 색채가 비교적 많이 담겨 있다. 소설 첫머리에 등장하는 묘사 부분은 강렬한 색채성을 지니고 있는데 이는 루쉰 작품 중에서도 극히 드문 경우라고 할 수 있다. '화려한 악장'이라고도 말할 수 있는 이 부분은 여와로 대표되는 인류와 민족의 창세 정신에 대한 루쉰의 찬란한 상상의 산물이라고 할 수 있겠다. 그런데 루쉰은 이렇게 신비한 장면 속에 여와가 드러내는 무료한 감정을 일부러 끼워넣었다. 이는 사실 그가 의도적으로 완벽한 이야기에 흠집을 내어 일종의 내재적 긴장감을 만들어낸 것이라고 볼 수 있겠다. 게다가 여와의 사타구니 사이에서는 '기괴한 형상'의 어떤 것으로 몸을 감싸고 있는 '작은 것들' 과 고대의 의관을 갖춘 졸렬한 자들이 등장한다. 이는 인류와 민족의 어머니인 여와가 그녀의 창조물들—위축되고, 이기적이며 서로 살생하는 것밖에 모르는 '인간'들—을 만나는 순간이다. 이 순간 여와는 "'헉' 하고 놀라" 어쩔 줄 모른다. 여와가 결국 무료함과 권태 속에서 쓰러지자 한 무리의 '영리한' 사람들이 우르르 몰려와 스스로를 "여와의 직계" 자손이라고 말한다. 그러고는 "죽은 시신의 뱃가죽 위에 올라 진을 치는데 그곳이 가장 비옥한 곳"이기 때문이다. 이 마지막 장면은 소설 첫머리의 창조신화를 완전히 전복시키는 것으로 겉보기엔 터무니없는 이야기 같지만 그 속에서 사실상 개척자(혹은 루쉰 스스로를 포함하여)의 비극적 운명을 잘 보여주고 있다.

「달로 달아난 이야기」의 소재 역시 일반적이지 않고 심오한 의미를 지니고 있다. 여기에서 루쉰은 '기이하고 이상하며 신과 같은 능력을 가진, 보통 사람이 감히 범접할 수 없는' 신화 속 영웅의 이야기는 쓰지 않았다. 그리하여 루쉰은 젊은 시절 아홉 개의 태양을 활로 쏘아 떨어뜨리고 큰 뱀을 쏘아 죽이며 민중을 위해 혁혁한 공을 세운 영웅 후예後羿의 모습 대신에, 이러한 역사적 업적을 달성한 이후 영웅적 모습이 퇴색하여 오히려 보통 사람과 같은 후예의 모습을 묘사하며 그의 고난과 복잡한 심경을 그려냈다. 이제 그의 붉은 활은 그저 벽에 덩그러니 걸려 있을 뿐이고, 그를 찾아오는 사람도 없다. 그는 이미 오래전 사람들의 기억에서 잊혀져버린 것이다. 그런 그가 자신의 용맹했던 젊은 시절을 한 노파에게 이야기할 때 그녀는 오히려 그를 '사기꾼'으로 치부한다. 게다가 그는 자기 학생의 배신과 음해, 아내가 달로 도망치는 등 갖가지 역경에 직면하는데 이를 통해 루쉰은 이 선각자의 운명이 보여주는 무정함을 여실히 드러낸다. 이것은 한편으로 루쉰 스타일의 '잔혹함'을 보여주는 것으로도 이해할 수 있다.

「검을 주조한 이야기」의 중심인물은 옛 협객인 '검은 사내'다. 그는 「이수理水」의 하우夏禹, 「비공非攻」의 묵자, 「나그네過客」의 나그네, 「고독자孤獨者」의 웨이롄슈와 같이 루쉰 작품 속에 등장한 '어두운 가족' 계열에 속하는 인물로 루쉰의 정신과 마음 속 깊은 곳에 스며들어 있다. 이 소설에서 가장 매력적인 것은 당연히 '검을 주조하기 위해 가마를 여는 것'과 '세 개의 머리가 서로 싸우는' 장면의 묘사다. 이러한 장면의 묘사는 루쉰의 글솜씨와 그 속에 담긴 깊은 내공을 보여준다. 그러나 여기에서 더욱 주목해야 할 점은 복수를 마친 후에 갑자기 '머리들끼리 격렬한 싸움을 벌이는' 비장한 장면에서 '머리를 구별'하고 '세 개의 머리를 같이 묻게 되는' 다소 우습고 황당한 장면으로의 전환이다. 그리하여 신성한 '복수'는 온 백성이 마음껏 즐기는 '대출상大出喪(성대한 장례식)'으로 변해버리고 만다. 게다가 복수를 하려는 자와 복수를 당한 자, 심지어 복수 그 자체는 오히려 사람들에게 잊히고 외면당했으며, 오로지 '구경꾼'들만이 그 자리를 차지하고는 유일하고도 영원한 승리자가 되는 것이다. 사실 복수 이야기에 대한 묘사는 상상력을 극도로 발휘한다면 다른 작가들 역시 루쉰과 같이 써내려갈 수 있을 것이다. 그러나 유독 '복수 이후'에 대한 사색과 묘사는 루쉰이 아니라면 결코 표현할 수 없는 부분일 것이다. 그리하여 이것이야말로 루쉰의 진정한 특별함이라고 할 수 있겠다.

하늘을 메운 이야기

1.

여와는 갑자기 잠에서 깨어났다.

그녀는 마치 꿈을 꾸다 놀라 깨어난 것 같았다. 그러나 무슨 꿈을 꾸었는지는 기억나지 않았다. 그녀는 그저 가슴이 답답하고 무엇인가 부족한 느낌 혹은 무엇인가 너무 많은 느낌을 받았다. 훈훈한 산들바람이 그녀의 에너지를 온 우주로 퍼뜨렸다.

그녀는 눈을 비볐다.

분홍빛 하늘에 구불구불한 암록색의 구름이 떠 있고, 별들은 구름 뒤에 나타났다 사라지기를 반복하면서 깜빡거렸다. 하늘 가장자리에 있는 선홍색 구름 속에는 사방으로 광선을 쏘아대는 태양이 있는데 마치 태고의 용암 속에 둘러싸여 움직이는 황금빛 공과 같았다. 그 반대편에는 무쇠와 같이 차갑고 새하얀 달이 있었다. 그러나 어느 쪽이 지고 어느 쪽이 솟아오르는지 알지 못했다.

지상은 온통 파르스름한 색으로 덮여 있었고, 잎색을 자주 바꾸지 않는 송백도 유난히 여려 보였다. 눈앞에서 선명하게 보이던 복숭아색과 청백색의 갖가지 큰 꽃들을 먼 곳에서 바라보니 그저 알록달록한 아지랑이로 변해버렸다.

"아아, 이렇게 지루한 적이 없었는데!"

여와는 생각에 잠겨 있다 갑자기 자리에서 일어났다. 그리고는 통통하고 힘이 넘치는 팔을 들고 하늘을 향해 하품을 했다. 그러자 하늘이 갑자기 색을 잃고는 신비한 연홍색으로 변하더니 순간 그녀가 어디 있는지 분간할 수가 없게 되었다.

여와는 이 연홍빛의 하늘과 땅 사이를 걸어 해변으로 갔다. 그녀의 몸 곡선은 연한 장밋빛 같은 바다 속으로 녹아들어갔고 몸 중앙에 이르자 진한 순백색이 되었다. 파도는 경이로움에 질서 있게 오르락내리락 했고, 그녀의 몸 위로 물보라가 일었다. 이 순백의 그림자는 바닷물 속에서 요동치며 마치 몸 전체가 사방팔방으로 잠겼다 흩어지는 듯했다. 그러나 여와 자신은 이것을 보지 못하고 무심하게 한쪽 무릎을 꿇고 앉아서는 손을 뻗어 물기가 있는 부드러운 흙을 집어들었다. 그리고는 그것을 몇 번 비비자 곧 그녀와 비슷한 작은 형상들이 양손에 생겨났다.

"아, 아!"

여와는 자기가 만들었지만 혹시 이것들이 고구마처럼 원래는 진흙 속에 파묻혀 있었던 것은 아닌지 의아해했다.

그러나 이러한 의아함은 그녀를 기쁘게 했다. 이전에는 없었던 이러한

「하늘을 메운 이야기」, 딩충 작품(선쥔 여사 제공)

의욕과 기쁨은 여와로 하여금 계속해서 그 작업을 하도록 만들었고, 그녀는 숨을 깊게 내쉬며 땀에 젖은 채로 계속해서 일을 해나갔다.

"Nga! nga!"

그런데 그 작은 것들이 소리치기 시작했다.

"아, 아!"

그녀는 깜짝 놀랐다. 온몸의 땀구멍에서 무엇인가가 날려 흩어진다고 느껴졌다. 그러자 지상에는 젖빛의 운무가 가득 차기 시작했다. 그녀가 겨우 정신을 차리자 그 작은 것들도 입을 다물었다.

"Akon, Agon!"

그들 중 몇몇이 그녀를 향해 소리쳤다.

"아아, 귀여운 녀석들."

그녀는 그들을 바라보며 진흙이 묻은 손가락을 내밀어 그 통통하고 하얀 얼굴을 잡아당겼다.

"Uvu, Ahaha!"

그들은 웃었다. 이것은 그녀가 천지간에서 웃음이라는 것을 처음 보는 순간이었다. 그녀 역시 처음으로 입이 다물어지지 못할 정도로 웃었다.

그녀는 그들을 쓰다듬으면서도 만들기를 계속했고 그녀가 만든 것들은 그녀의 주위를 에워싸기 시작했다. 그러나 그것들은 그녀에게서 점점 멀어져 갔고 말도 더 많이 하기 시작했다. 그녀는 점점 그들이 하는 말을 알아들을 수 없었고, 귓가에 시끄럽게 떠드는 소리만 가득했다. 그 떠드는 소리 때문에 그녀의 머리가 멍해졌다.

그녀는 오랜 환희 속에서 피로감을 느끼고 있었다. 숨도 거의 다 내쉬었고, 땀도 다 흘렸더니 머리까지 멍해지고 두 눈이 흐릿해지며 두 볼에서는 열까지 나기 시작했다. 그래서 그녀는 이것들이 다 귀찮다고 생각했다. 그러나 무의식중에서도 그녀는 손을 쉬지 않고 만들기를 계속했다.

결국 그녀는 허리가 쑤시고 다리가 아파 자리에서 일어났다. 그녀가 완만하고 높은 산에 몸을 기댄 채 고개를 들어보니 하늘은 온통 물고기 비늘 같은 하얀 구름으로 덮여 있었고 아래쪽은 진초록색으로 가득 차 있었다. 그녀는 웬일인지 몸이 뜻대로 움직이지 않는다고 느껴 초조한 마음에 손을 뻗었다. 손 가는 대로 무언가를 잡은 그녀는 산 위에서부터 하늘까지 자라 있던 등나무를 뿌리째 뽑아버렸다. 이 등나무에는 형용할 수 없이 큰 꽃들이 한 무더기씩 갓 피어나 있었다. 그녀가 손을 한번 휘젓자 등나무가 땅 위로 떨어지며 보라색과 흰색으로 어우러진 꽃잎들이 땅바닥에 가득 흩뿌려졌다.

그녀가 계속해서 손을 휘젓자, 진흙과 물 속에서 등나무가 뒤집혔다. 물에 젖은 진흙이 공중에 튀었다 땅에 떨어지며 그녀가 만들었던 것과 같은 작은 것들을 무수히 만들어냈다. 그들 대부분은 바보같은 얼굴에 생긴 것이 못났고 쥐와 같은 눈을 가진 모습이 참 밉상스러웠다. 그러나 그녀는 이것에는 신경도 쓰지 않고 그저 신이 나 장난기 가득한 손을 휘두르며 빠른 속도로 등나무를 뒤집었다. 등나무는 마치 뜨거운 물을 뒤집어 쓴 뱀과 같이 흙과 물이 뒤섞인 땅을 굴러다녔다. 마치 폭우와 같이 등나무의 몸에서 흙방울이 흩어져 날아갔고, 이곳저곳이 공중에서 와와하고 울어대는 작은 것들로 변하여 여기저기 오르락내리락하며 온 땅을 가득 메웠다.

그녀는 거의 넋을 잃을 지경이었지만 계속해서 팔을 휘저었고 이제는 허리와 다리만 아픈 것이 아니라 두 팔까지 아프고 힘이 빠져버렸다. 그래서 그녀는 자신도 모르게 주저앉아 높은 산에 머리를 기대고 칠흑 같은 머리카락은 산봉우리 위에 올려두었다. 그녀는 숨을 잠깐 돌린 후 크게 한숨을 내쉬더니 곧 두 눈을 감았다. 등나무는 그녀의 손에서 떨어져 피곤한 듯 축 늘어진 모습으로 땅 위에 누워 있었다.

2.

쾅!!!

천지가 무너지는 듯한 소리에 놀라 잠에서 깬 여와는 동남쪽을 향하여 미끄러져 내려가기 시작했다. 그녀는 발을 뻗어 멈추려 했지만 아무것도 걸리지 않았고 다급하게 팔을 뻗어 산봉우리를 잡자 더 이상 미끄러지지 않았다.

그러나 그녀는 물과 모래가 등 뒤에서 그녀의 머리와 몸을 향해 굴러내려오는 것을 느꼈다. 살짝 뒤를 돌아보자 곧바로 입과 귀에 물이 가득 들어왔다. 그녀가 머리를 숙이자 지표면이 멈추지 않고 동요하는 것이 눈에 들어왔다. 다행히도 이 흔들림은 점점 평정을 되찾아 갔고 그녀는 뒤쪽으로 몸을 움직여 앉았다. 그리고는 간신히 손을 내밀어 이마와 눈가에 있는 물을 닦아내며 어찌된 영문인지 자세히 살펴보았다.

무슨 일인지 모르겠지만 사방에서는 물이 폭포수처럼 흘러내렸다. 이는 아마 바닷물일텐데 몇몇 군데에서는 파도가 아주 뾰족하게 일고 있었다. 그녀는 그저 멍하니 기다릴 수밖에 없었다.

마침내 평정을 되찾자 파도는 이전의 높이와 비슷해졌고 육지는 마치 울퉁불퉁한 모서리를 드러낸 석골石骨과 같았다. 그녀가 바다를 바라보니 산 몇 개가 바다로 흘러 들어와 파도 속에서 소용돌이 치고 있었다. 그녀는 그 산들이 자기의 발에 부딪힐까 걱정되어 손을 내밀어 그것들을 물속에서 건져냈다. 그러자 산과 산이 연결되는 곳에 지금까지 본 적이 없는 수많은 형상들이 숨겨져 있었다.

그녀가 손을 모아 산을 자세히 들여다보니 그것들이 옆에 있는 땅 위에 토를 한 흔적이 낭자했다. 이는 마치 금이나 옥의 분말 같았고 거기에는 씹어서 잘게 부서진 송백나무 잎과 물고기 같은 것이 섞여 있었다. 그것들도 하나둘씩 천천히 고개를 들기 시작하자 여와는 놀라서 눈을 동그랗게 떴고 그제야 겨우 이것들이 자신이 이전에 만들었던 그 작은 것들임을 깨달았다. 그것들은 모양이 이상한 것이 모두 무언가로 몸을 감싸고 있었다. 그것들 중 몇몇은 얼굴 아래쪽에 새하얀 털이 나 있었는데 그 모습은 바닷물에 젖어 들러붙은 뾰족한 백양나무 잎과 같았다.

"아, 아!"

그녀는 놀랍고 무서워서 소리쳤다. 그녀는 마치 송충이라도 만진 듯 피부에 소름이 돋았다.

"신선이시여, 살려주십시오……."

얼굴 아래쪽에 흰 털이 난 것이 고개를 들고 토를 하며 숨넘어가는 소리로 말했다.

"살려주세요…… 신臣들은…… 신선이 되는 법을 배우고 있습니다. 그러나 악운이 닥쳐 천지가 무너질 줄 누가 알았겠습니까…… 지금 다행히도…… 신선을 만났으니…… 미천한 목숨을 살려주십시오…… 또한 은혜를 베풀어 주십시오…… 선인의 약을 베풀어 주시옵소서……."

그는 머리를 들었다 내렸다 하며 이상한 동작을 반복했다.

"뭐라고?"

그녀는 어쩔 줄 몰라 하며 말했다.

그러자 그들 중 여럿이 역시 입을 열어 말하기 시작했다. 그들은 똑같이 토를 하며 "신선이시여, 신선이시여"를 외쳤고, 그 이상한 동작도 똑같이 따라했다. 그녀는 그들 때문에 마음이 심란해졌고 괜히 자기가 나무를 잡아당겨 영문 모를 재앙을 불러들인 것에 대해 후회했다. 그녀가 어쩔 줄 몰라 하며 사방을 둘러보니 커다란 거북 떼가 바다 위에서 헤엄치며 놀고 있는 것이 보였다. 그녀는 자기도 모르게 기뻐하며 그 산들을 거북이 등 위에 올려놓으며 거북이에게 부탁했다.

"이들을 안전한 곳으로 태우고 가다오!"

거대한 거북이들은 마치 그녀의 말을 알아들은 듯 고개를 끄덕이는 듯하더니 떼를 지어 그것들을 태우고 멀리 가버렸다. 그런데 아까 산을 세게 잡아당길 때 얼굴에 흰 털 난 놈 하나가 산에서 떨어져버려 무리를 제때에 쫓아가지 못했다. 그는 헤엄을 치지도 못했는데 해변에 엎드려 자기 뺨을 때렸다. 여와는 그것이 불쌍하다고 생각했으나 그냥 모른 척 하기로 했다. 그녀는 그런 것까지 신경 쓸 겨를이 없었기 때문이다.

숨을 크게 내쉬자 그녀는 마음이 다소 가벼워지는 것을 느꼈다. 그러고는 다시 눈을 돌려 주변을 바라보니 흐르던 물은 이미 멀리 빠져나갔고 여기저기에 광활한 땅과 돌들이 드러났다. 돌 틈 사이에는 많은 것들이 끼어 있었는데 어떤 것은 쭉 뻗어 있었고 어떤 것은 여전히 움직이고 있었다. 그녀가 힐끔 보니 눈을 하얗게 뜬 놈이 그녀를 멍하니 바라보고 있었다. 그는 온몸을 수많은 쇳조각으로 감싸고 있었고 얼굴에는 마치 실망스러우면서도 두려운 기색이 역력했다.

"이게 도대체 무슨 일이지?"

그녀가 물어보았다.

"아아, 하늘이 재앙을 내리셨다."

그것은 처량하고 불쌍하게 말했다.

"전욱顓頊[1]이 부덕하여 우리 임금을 거역했도다. 우리 임금께서는 몸소 천벌을 행하고자 벌판으로 나가 싸웠는데 하늘은 덕 있는 자를 보우하지

1 중국 전설에 나오는 삼황오제의 하나. 기록에 따르면 전욱은 공공共工이라는 자와 제위를 놓고 다투었다고 하는데 그때 공공의 힘이 넘쳐 불주산不周山에 서 있던 천주天柱를 부러뜨렸다고 한다. 이 때문에 하늘은 서북으로 기울고 일월성신은 서북을 향해 운행하게 되었다고 전해진다. — 옮긴이

않아 도리어 우리 군사가 패했거늘……"

"뭐라고?"

그녀는 여태까지 이런 말을 들어 본 적이 없었으므로 매우 기이하게 여겼다.

"도리어 우리 군사가 패했고 우리 임금께서 이에 머리를 부주산不周山에 부딪혔다. 이로 인해 하늘 기둥이 부러지고 땅이 갈라졌으며 우리 임금 또한 붕어하셨다. 오오, 실로……"

"됐어, 그만해. 난 네 뜻을 모르겠어."

그녀는 얼굴을 돌려버렸다. 그러자 즐거워하며 거만해 보이는 또 다른 한 놈의 얼굴이 보였다. 이것 역시 온몸을 쇳조각으로 감싸고 있었다.

"도대체 무슨 일이야?"

그녀는 그때서야 비로소 그 작은 것들이 이런저런 다른 얼굴로 변할 수 있다는 것을 알아챘다. 그래서 그녀는 자신이 이해할 수 있는 대답을 들으려 그것들에게 다른 질문을 하려 했다.

"인심이 예전과 같지 않으니 강회康回[2]가 짐승의 마음을 먹고 천위를 넘보았다. 우리 임금께서 친히 천벌을 내리려 벌판으로 나가 싸우셨다. 하늘은 실로 덕이 있는 자를 도우니 우리 군사의 공격에 대적할 자가 없고 강회를 불주산에서 물리쳤다."

"뭐라고?"

그녀는 여전히 알아듣지 못했다.

"인심이 예전과 같지 않아……"

---

2 공공의 이름 — 옮긴이

"됐어, 됐어. 또 이런 수작을 부리다니!"

그녀는 화가 나서 양 볼이 귀밑까지 빨개졌다. 신속히 등을 돌려 다른 곳을 살펴보니 가까스로 쇳조각을 몸에 감싸지 않은 놈이 눈에 띄었다. 그는 벌거벗은 채로 몸에 난 상처에서는 아직 피가 흐르고 있었는데 순간 다급하게 허리춤에 천 조각 하나를 둘러댔다. 그는 방금 뻗어버린 다른 놈의 허리춤에서 그 천 조각을 풀어다 자기의 허리에 황급히 둘렀는데 표정은 오히려 매우 평온해 보였다. 그녀는 이놈이 쇳조각을 두른 것들과는 다르다고 생각해 뭔가를 알아낼 수 있지 않을까 여겨 물어보았다.

"이게 어떻게 된 일이야?"

"이게 어떻게 된 일이지요."

그는 고개를 약간 들고 말했다.

"그럼 방금 그 소란스럽던 것은?……"

"방금 그 소란스럽던 것이요?"

"전쟁이지?"

그녀는 어쩔 수 없이 스스로 추측해보았다.

"전쟁이라고요?"

그러자 그도 물어보았다.

여와는 질겁하며 고개를 들어 하늘을 쳐다봤다. 하늘에는 아주 크고 깊은 균열 하나가 나 있었다. 그녀가 몸을 일으켜 손톱으로 그 균열이 난 곳을 살짝 퉁겨보니 낭랑한 소리가 나지 않고 오히려 그릇 깨지는 것 같은 소리가 났다. 그녀는 눈썹을 찌푸린 채 사방을 둘러보았다. 그녀는 잠시 생각을 하더니 머리카락의 물을 짜낸 후 어깨 위에 양 갈래로 올려두었다. 그녀는 정신을 차리고 사방에서 갈대 줄기를 뽑아대기 시작했다. 그녀는 '우선 하늘을 보수하고 다시 생각해보자'라고 결심을 한 것이었다.

그녀는 그날부터 밤낮 가리지 않고 갈대 줄기를 쌓아올렸다. 땔감으로 쓸 갈대 줄기가 점점 올라갈수록 그녀도 점점 야위어 갔다 상황이 예전과 같지 않았기 때문이다. 위를 올려다보면 기울어져 균열이 생긴 하늘뿐이고, 아래를 내려다보면 엉망진창이 된 땅뿐이라 여와의 눈과 마음을 즐겁게 해주는 것은 아무것도 없었다.

갈대 줄기를 하늘의 구멍 난 곳까지 쌓아 올린 후 그녀는 푸른 돌을 찾아 나섰다. 본래 하늘색과 같은 순청색의 돌을 사용하려 했지만 땅에는 그런 것이 없었고 큰 산은 뽑아다 쓰기가 아까웠다. 어떤 때 그녀가 시끌벅적한 곳으로 가서 작은 돌 부스러기를 찾고 있으면 이를 보고 그것들은 냉소했고 욕을 하거나 돌을 다시 빼앗아갔다. 심지어는 그녀의 손을 물어뜯기까지 했다. 그녀는 어쩔 수 없이 여기에 하얀 돌들을 섞었고 그래도 부족하면 붉고 누르스름하거나 회검색의 돌까지도 주워 모았다. 그리하여 마침내 그녀는 찢어진 구멍을 거의 메꾸었고 이제 불을 붙여 이것을 녹이기만 하면 모든 일이 끝나는 것이었다. 그러나 그녀는 너무 피곤하여 눈앞이 핑 돌며 귀가 울렸고, 더 이상 몸을 지탱할 수가 없었다.

"아아, 이렇게 지루했던 적이 없었는데."

그녀는 산봉우리에 앉아서 두 손으로 머리를 움켜쥐고 숨을 헐떡거리며 말했다.

이때 곤륜산崑崙山 위 원시 삼림에서 일어난 불은 아직까지도 꺼지지 않았고 서쪽 하늘은 온통 빨간빛으로 물들어 있었다. 그녀는 서쪽을 힐끗 쳐다보고는 거기에서 불타고 있는 큰 나무 하나를 가져와 갈대 장작에 불을 붙이려고 했다. 그녀가 막 손을 뻗었을 때 갑자기 무엇인가가 발가락을 찌르는 느낌을 받았다.

그녀가 아래를 내려보니 과연 아까 만들었던 그 작은 것이었다. 그런데 그것은 아까보다 더 이상한 모습으로 변해 있었고 무슨 천 같은 물건을 온몸에 겹겹이 두르고 있었다. 특히 허리에는 10여 개의 천을 두르고 있었고 머리에는 무슨 물건인지 알 수 없는 것을 쓰고 있었다. 그의 머리 맨 꼭대기에는 까맣고 작은 장방형의 판자가 놓여 있었고 손에는 납작한 물건 조각을 들고 있었는데 바로 이 물건이 그녀의 발을 찌른 것이었다.

머리에 장방형 판자를 쓴 놈은 그는 여와의 두 다리 사이에 서서는 위를 올려다보았다. 그는 그녀가 눈을 돌리려 하자 황급히 그 작은 물건 조각을 내밀었다. 그녀가 그것을 받아보니 윤이 반짝반짝 나는 청죽淸竹 조각이었다. 그 위에는 검고 고운 점들이 두 줄로 이어져 있었는데 이 점들은 떡갈나무 잎의 검은 반점보다도 훨씬 작았다.

“이게 뭐야?”

그녀는 호기심을 참지 못하고 물어보았다.

그 장방형의 판자를 쓴 놈은 청죽을 가리키며 청산유수처럼 암송했다.

“벌거벗고 음탕한 것에 빠지는 것은 덕을 잃고 예를 무시하는 것으로 금수의 행위다. 일국의 형벌로 반드시 금해야 한다!”

여와는 그 네모난 판자를 향해 눈을 흘겼고, 자기가 괜히 물어보았다고 생각하며 씁쓸히 웃었다. 그녀는 이런 것들과 말을 해봤자 통하지 않는다는 것을 알았고 그래서 그만 입을 다물고는 그 청죽을 그것이 쓰고 있는 네모난 판자 위에 올려놓았다. 그리고는 손을 돌려 삼림에서 불타고 있는 큰 나무 하나를 뽑아 갈대 장작에 불을 붙였다.

이때 갑자기 훌쩍이는 소리가 들려왔다. 여태껏 듣지 못한 소리에 그녀는 다시 아래쪽을 살펴보았다. 네모난 판자 아래 있는 놈의 작은 눈 속엔 겨자씨보다도 작은 눈물이 맺혀 있었다. 이것은 이전에 익히 들었던 'nga nga'의 울음소리와 달랐기 때문에 그녀는 이것이 우는 것임을 알아채지 못했다.

그녀는 여러 군데에 불을 붙였다.

그 갈대 장작이 잘 마르지 않은 상태여서 화력이 그리 세지 않았기 때문이다. 그러나 불은 활활 소리를 내며 타오르더니 한참이 지나자 마침내 무수한 불꽃의 혓바닥들을 날름대며 불길을 뻗었다 움츠렸다 하며 하늘 위를 핥고 올라갔다. 한참이 지나자 화염이 합쳐져 불꽃이 되었고 거대한 불기둥을 만들며 곤륜산의 붉은 빛을 눈부시게 압도했다. 그런데 갑자기 바람이 불어왔고 불기둥은 큰 소리를 내며 선회했다. 푸른 색과 각양각색의 돌들이 모두 빨갛게 변했고 엿가락처럼 늘어지더니 그 구멍 난 곳으로 퍼져나갔다. 이 모습은 흡사 꺼지지 않는 번개와 같아 보였다.

바람과 불의 기세에 말려 그녀의 머리카락은 사방으로 흩어져 소용돌이쳤고 땀은 폭포수처럼 흘러내렸다. 커다란 화염이 그녀 몸의 윤곽을 부각시키며 우주 가운데 최후의 선홍색을 드러내도록 만들었다.

화염기둥은 점점 위로 올라갔고 갈대 장작 잿더미만 남았다. 그녀는 하늘이 파란색으로 변하자 비로소 손을 뻗어 그곳을 만져보았는데 손끝에는 여전히 그 부분이 들쭉날쭉한 것이 느껴졌다.

"힘을 회복한 후에 다시 해야겠다……"

그녀는 마음속으로 생각했다.

그녀는 허리를 구부려 갈대 잿더미를 한 움큼씩 쥐어다가 지상의 큰 물속을 메워갔다. 아직 채 식지 않은 갈대 재가 물에 떨어지자 수증기가 용솟음쳤고 회색빛의 잿물이 그녀의 몸에 가득 튀어 올랐다. 큰 바람은 좀처럼 멎을 기세가 보이지 않았고 바람 속에 실린 회색 재는 그녀를 회색빛으로 변하게 했다.

"으윽!……"

그녀는 마지막 숨을 토해냈다.

하늘 가장자리에 있는 선홍색 구름 속에는 사방으로 광선을 쏘아대는 태양이 있는데 마치 태고의 용암 속에 둘러싸여 움직이는 황금빛 공과 같았다. 그 반대편에는 무쇠와 같이 차갑고 새하얀 달이 있었다. 그러나 어느 쪽이 지고 어느 쪽이 솟아오르는지 알지 못했다. 그녀는 모든 기력을 다 소진한 몸뚱이를 해와 달 사이에 눕혔다. 그리고 다시는 숨을 쉬지 않았다.

온 세상에는 죽음보다 더한 적막만이 감돌았다.

3.

어느 추운 날, 소란한 소리가 들려왔다. 금군禁軍이 마침내 도착한 것이었다. 그들은 불빛이나 연기나 보이지 않을 때까지 기다렸다가 오느라 늦게 도착한 것이었다. 그들 왼편에는 노란 도끼가, 오른편에는 검은 도끼가 들려 있었고 뒤로는 아주 오래되고 큰 군기가 하나 걸려 있었다. 그들은 주저하면서 여와의 시신 근처로 다가갔다. 그러나 아무런 움직임이 없자 그들은 여와 시신의 뱃가죽 위에 진을 쳤다. 그곳이 가장 비옥한 부분이었기 때문이다. 그들의 선택은 실로 영리한 것이었다. 그러더니 그들은 갑자기 말투를 바꾸어서는 그들이 여와의 유일한 직계 자손이라고 주장했다. 동시에 큰 깃발 위에 썼던 글자를 '여와씨의 창자腸'라고 바꾸어 적었다.

해안가에 홀로 남겨졌던 늙은 도사 역시 자신의 대를 무수하게 이어나갔다. 그는 임종 때 선산仙山이 거북이 등에 업혀 바다로 나갔다는 중요한 소식을 제자들에게 전했고 그들은 다시 자신의 제자들에게 이 소식을 전했다. 그들은 진시황의 환심을 사기 위해 이 소식을 다시 전했고, 진시황은 방사에게 명하여 그것을 찾아보도록 했다.

결국 방사는 선산을 찾지 못했고 진시황도 죽고 말았다. 한나라 무제 역시 이것을 찾아 헤맸지만 지금은 그림자도 남아 있지 않다.

어쩌면 그 큰 거북이는 여와의 말을 알아들은 것이 아니라 그때 우연히 고개를 끄덕인 것일지도 모르겠다. 그리고는 그것을 등에 싣고 가다 다들 아무렇게나 흩어져 잠이 들었고 등에 태우고 가던 선산 역시 이들과 같이 물속에 가라앉았을지도 모르는 일이다. 그리하여 사람들은 지금까지도 아무도 그 선산의 흔적을 본 적이 없고, 기껏해야 몇몇의 미개의 섬만을 발견한 것에 불과하다.

1922년 11월 지음

_『루쉰 전집』 제2권 『고사신편』

달나라로 달아난 이야기

1.

영리한 짐승은 사람의 뜻을 잘 헤아리는 법이다. 집 대문이 보이기 시작하자 말은 발걸음을 늦추었고 등 뒤에 탄 주인과 같이 고개를 떨어뜨린 채 터벅터벅 걷는 모습은 마치 쌀을 찧는 절구와 같아 보였다.

저녁노을이 대저택을 감싸고 있었고 이웃집에서 밥 짓는 연기가 새까맣게 솟아오르는 것을 보니 벌써 저녁시간이 다 되어 있었다. 식솔들은 말발굽 소리를 듣고 이미 모두들 대문으로 나와서 손을 내린 채로 꼿꼿하게 서 있었다. 예羿는 쓰레기더미 옆에 말을 세우고는 풀이 죽은 채로 말에서 내려왔다. 식솔들은 그에게서 말고삐와 채찍을 받아들었다. 그는 집 문턱을 들어서며 허리춤에 메인 화살 통에 가득 차 있는 새 화살촉과 그물 안에 있는 서너 마리의 까마귀, 활에 맞아 몸이 부서진 참새 한 마리를 내려다 보고는 매우 망설였다. 그러나 그는 눈을 딱 감고 결심한 듯이 성큼성큼 안으로 걸어들어갔고 화살은 통 안에서 짤랑짤랑 소리를 내며 울렸다.

막 안 뜰에 들어서자 항아嫦娥가 둥근 창문 너머로 머리를 내밀고 살피고 있는 것이 눈에 들어왔다. 눈치 빠른 그녀가 벌써 자기가 잡아온 까마귀 몇 마리를 보았다는 것을 알아챈 그는 놀란 나머지 자신도 모르게 순간 걸음을 멈추었다. 그러나 안으로 들어가는 수밖에 없었다. 하녀들이 달려나와 그의 몸에서 화살과 그물주머니를 벗겨주었다. 그는 하녀들이 모두 자기를 비웃고 있는 것은 아닌지 하고 생각했다.

"여보……."

그는 세수를 하고 방 안으로 들어가 아내를 불렀다.

항아는 창밖의 노을을 바라보다 천천히 머리를 돌리더니 그를 거들떠보지도 않았고 그의 부름에 대답도 하지 않았다.

예는 벌써 일 년 남짓 그녀의 이런 모습에 익숙해져 있었다. 그러나 그는 여전히 그녀의 곁으로 다가가 맞은편 쪽에 있는 털 빠진 낡은 표범 가죽이 깔린 나무 평상 위에 앉았다. 그리고는 머리를 긁적이며 더듬더듬 말했다.

"오늘도 운이 좋지 않았소, 그래서 또 까마귀만……."

"흥!"

상아는 버들잎 같은 눈썹을 치켜 올리더니 갑자기 벌떡 일어나서는 바람과 같이 밖으로 나가며 투덜거렸다.

"또 까마귀 짜장면, 또 까마귀 짜장면! 도대체 어느 집에서 일 년 내내 까마귀 짜장면만 먹는단 말이에요? 내가 정말 무슨 팔자인지 당신에게 시집와서는 일 년 내내 까마귀 짜장면만 먹고 있다니!"

"여보."

예가 황급히 일어나 그녀의 뒤를 따라가며 작은 소리로 말했다.

"그래도 오늘은 나은 편이오. 까마귀 말고도 참새 한 마리를 잡았으니 당신에게 반찬을 만들어줄 수 있소. 여신아!"

그는 큰소리로 하녀를 불렀다.

"어서 그 참새를 가지고 와서 마님에게 보여드리렴."

시종들은 잡아온 날짐승들을 이미 주방에 가져다놓은 터였다. 여신은 주방으로 뛰어가서 두 손으로 참새를 들고 나와 상아의 눈앞에 대령했다.

"흥!"

상아가 참새를 힐끗 쳐다보며 천천히 손을 내밀어 집어보고는 화를 내기 시작했다.

"엉망진창이잖아요! 다 으스러진 것이잖아요? 어디 먹을 살이 있단 말이에요?"

"그렇긴 하지만."

예는 매우 당황했다.

"내 화살에 맞아 몸이 부서진 것이오. 내 활이 너무 세고 활촉이 너무 커서 그랬을 것이오."

"그렇다면 좀 작은 활촉을 쓰면 될 거 아니에요?"

"나에게는 작은 것이 없다오. 큰 멧돼지나 뱀을 잡기 시작한 후로부터는……."

"그럼 지금 이게 큰 멧돼지나 뱀이란 말이에요?"

상아는 고개를 돌려 여신에게 말했다.

「달나라로 달아난 이야기」, 딩충 작품(선쥔 여사 제공)

"가서 국이나 한 그릇 끓이도록 해라."

그러고는 다시 방으로 쏙 들어가버렸다.

혼자 덩그러니 대청에 남겨진 예는 벽에 등을 기대고 앉았다. 장작 타는 소리를 들으며 과거를 회상했다. 당시에는 멧돼지가 얼마나 크던지 멀리서 보면 마치 작은 산처럼 보이기도 했다. 만약 그때 그 멧돼지를 쏘아 죽이지 않고 지금까지 놔두었더라면 아마 반년 동안은 충분히 먹을 만큼 자랐을 테고 그렇다면 지금처럼 끼니 걱정을 할 필요가 없었을 것이다. 큰 뱀 역시 국을 끓여 먹을 수 있었을 것이다.

이때 하녀 여을이 들어와 등불을 켜자 맞은편 벽에 걸려 있는 붉은 활, 붉은 화살, 검은 활, 검은 화살, 쇠뇌(활에 기계장치를 부착하여 만든 무기), 장검, 단검들이 모두 희미한 불빛 속에서 모습을 드러냈다. 예는 그것들을 바라보다 고개를 숙이고는 깊은 한숨을 쉬었다. 여신이 저녁 식사를 들고 와 방 한가운데 있는 상에 올려놓고 있는 모습이 보였다. 상 왼편에는 하얀 국수가 다섯 그릇이 있었고, 오른편에는 국수 두 그릇과 국 한 그릇이, 중앙에는 까마귀 고기로 만든 큰 짜장면 한 그릇이 있었다.

예는 짜장면을 먹기는 했지만 자신이 생각해도 맛이 없었다. 그가 상아를 몰래 쳐다보니 그녀는 짜장면을 쳐다보지도 않고 국에 면만 말아 먹더니 반 그릇만 먹고 이내 수저를 내려놓았다. 그는 그녀의 얼굴이 전보다 누렇게 뜨고 수척해진 것 같아 보여 혹시 그녀가 병이라도 날까 겁이 났다.

저녁 아홉시가 되었을 즈음, 화가 풀린듯 보이는 항아가 침대맡에 앉아 말없이 물을 마시고 있었다. 예는 그 옆 평상에 앉아서 손으로 털이 빠진 표범 가죽을 만지작거렸다.

"항아."

그가 부드럽게 말했다.

"이 서산의 표범은 우리가 결혼하기 전에 내가 잡은 거요. 그때는 이것이 얼마나 아름다웠는지 온몸이 다 황금빛이었소."

그러고 나서 그는 예전에 자기가 먹고 마시던 것들을 회상했다. 당시 그는 잡아온 곰은 발바닥 네 개만, 낙타는 혹만 먹었고 나머지 부분은 모두 시종들이나 식솔들에게 나눠주었다. 큰 동물들을 모두 사냥해버린 후부터는 멧돼지나 토끼, 꿩 등을 잡아먹기 시작했다. 그의 궁술은 매우 뛰어나서 잡고 싶은 것은 무엇이든지 다 잡을 수 있었다.

"아아."

그는 자기도 모르게 탄식했다.

"나의 궁술이 정말 뛰어나긴 하지요. 결국 땅에 있는 것들은 다 쏴버렸으니 말이오. 그때는 누가 이렇게 까마귀 반찬만 먹을지 상상이나 했겠소……."

"흥."

항아는 살며시 웃었다.

"오늘은 그래도 운이 좋은 편이오."

예도 기분이 좋아졌다.

"뜻밖에 참새 한 마리를 잡았으니 말이오. 내가 30리 길을 돌아 겨우 잡아온 것이라오."

"그럼 좀 더 멀리 가보지 그래요?"

"맞소. 부인. 나도 그럴 생각이라 내일은 일찍 일어나야겠소. 만약 당신이 일찍 일어나면 나를 좀 깨워주시오. 내일은 50리 되는 길을 나가보아 노루나 토끼 같은 것이 있는지 볼 계획이오……. 그러나 쉽지는 않을 것이오. 내가 예전에 멧돼지나 뱀을 잡을 때에는 짐승들이 그리도 많았는데 말이오. 당신도 아직 기억하겠지만 장모님 댁 문 앞으로 곰들이 자주 출몰해 내가 여러 번 쏘아 죽이지 않았소."

"그랬나요?"

항아는 기억이 잘 나지 않는 모양이었다.

"그렇게 많던 동물이 하나도 남지 않고 사라질 줄 누가 생각이나 했겠소. 앞으로 어떻게 살아야 할지 걱정이오. 정 안되면 나는 그 도사가 준 금단을 먹고 하늘로 올라가면 되겠지만 당신이 가장 걱정이오. 그래서 내일은 좀 더 멀리 나갈 계획이라오……."

"흥."

상아는 벌써 물을 다 마시고는 천천히 몸을 누이고 눈을 감았다.

남아 있는 등잔불이 화장기가 남은 그녀의 얼굴을 비추었다. 그녀의 얼굴을 보니 분가루는 지워져 있었고, 눈 가장자리가 약간 누렇게 보이며 눈썹의 검푸른 색도 마치 양쪽이 달라보였다. 그러나 입술은 여전히 양볼과 같이 붉었다. 비록 그녀가 웃고 있지는 않았지만 볼 위에 살짝 패인 보조개가 보였다.

"아아. 이이에게 나는 일 년 내내 까마귀 짜장면만 먹게 했으니……."

예는 수치스러운 마음에 양 볼부터 귀까지 얼굴이 새빨개졌다.

2.

밤이 지나고 이튿날이 되었다.

눈을 번쩍 뜬 예는 태양이 서쪽 벽을 비추는 것을 보고 시간이 이르지 않다는 것을 알아챘다. 항아를 보니 아직 몸을 늘어뜨린 채 깊게 잠들어 있었다. 그는 조용히 옷을 입고 표범 가죽을 깔아놓은 침대에서 내려와 비틀거리며 대청 앞으로 걸어나왔다. 세수를 하고는 여경을 불러 왕승에게 말을 준비할 것을 전하라고 일렀다.

그는 일이 바쁜 탓에 오래전부터 아침을 먹지 않았다. 그래서 여을은 구운 떡 다섯 개와 파 뿌리 다섯 개, 고추장 한 봉지를 그의 그물주머니에 넣고는 화살과 함께 그의 허리에 매어주었다. 예는 허리띠를 졸라매고 살며시 대청 밖으로 나와 마주 오는 여경에게 말했다.

"내 오늘은 멀리까지 식량을 찾으러 갈 것이니 아마 좀 늦게 집에 올 것이야. 마님이 일어나셔서 아침을 드신 후 기분이 좋아 보일 때 미안하지만 저녁식사 하는 것을 좀 기다려달라고 아뢰어라. 기억하겠느냐? 내가 아주 미안하다고 꼭 전해야 한다."

그러고 나서 그는 빠른 걸음으로 대문을 나가 말에 올랐다. 그는 서 있는 식솔들을 뒤로 한 채 금세 마을을 빠져나갔다. 그의 앞에는 날마다 지나다녀 눈에 익숙한 수수밭이 펼쳐져 있었다. 그러나 이제 여기에는 아무것도 없다는 것을 알기에 그는 별로 관심을 두지 않았다. 말은 채찍질 두 번에 나는 듯이 뛰어 단숨에 60여 리를 달려갔다. 그러자 저 멀리 무성한 숲이 보였다. 이제는 말도 숨이 차고 온몸에 땀을 흘렸기 때문에 자연스레 달리는 속도가 느려졌다. 약 10리 정도를 더 달리니 숲 근처에 다다랐다. 그러나 그의 눈에 보이는 것은 말벌, 분홍나비, 개미, 메뚜기뿐이었고 짐승의 그림자는 하나도 보이지 않았다. 멀리서 이 새로운 장소를 보았을 때 그는 최소한 여기에 여우나 토끼 한두 마리쯤은 있을 줄로 생각했다. 그러나 모두 헛된 꿈이었다. 그는 하는 수 없이 숲을 돌아 나왔다. 그러자 그 뒤편에 새파란 수수밭이 보였다. 저 멀리에는 작은 토옥들 몇몇이 흩어져 있었다. 바람과 해는 따뜻했고, 사방은 쥐 죽은 듯이 조용했다.

"운도 지지리 없군!"

그는 힘껏 소리를 지르며 답답한 심정을 표출했다.

그러나 앞으로 몇 발자국 걸음을 옮기자 그의 분노는 사그러들었다. 멀리 보이는 한 토옥 밖 평지 위에 날짐승 한마리가 걸어다니며 모이를 쪼아 먹고 있었기 때문이다. 보아하니 큰 비둘기 같았다. 그는 재빨리 활을 꺼내 활촉을 끼워넣고 활시위를 있는 힘껏 잡아당겼다 놓았다. 화살은 마치 유성과 같이 날아갔다.

그의 활은 의심할 여지없이 백발백중이었다. 이제 말을 몰아 활이 날아간 방향으로 달려가기만 하면 그 사냥감을 손에 넣을 수 있었다. 그런데 누가 알았겠는가. 갑자기 어떤 노파 하나가 활에 맞은 비둘기를 손에 들고 큰소리를 치며 그의 말이 있는 쪽으로 달려왔다.

"당신 도대체 누구요? 왜 우리 집에서 제일 좋은 검은 암탉을 쏘아 죽였소? 그렇게도 할 짓이 없소?"

예는 자기도 모르게 심장이 쿵쿵 뛰었고, 급히 말을 세웠다.

"아니! 닭이라고요? 전 비둘기인 줄 알았습니다."

그는 당황하며 말했다.

"자네 눈이 멀었구먼! 보아하니 마흔은 넘은 나이인 것 같은데."

"맞습니다. 노부인. 작년에 마흔 다섯이었습니다."

"정말 나이를 헛먹었군! 암탉도 알아보지 못하고 비둘기인 줄 알았다니? 당신 도대체 누구요?"

"저는 이예입니다."

그는 말하면서 자신이 쏜 화살이 암탉의 심장을 관통한 것을 보았다. 닭은 벌써 죽어 있었다. 그는 마지막 말을 웅얼거리며 말에서 내려왔다.

"이예……?누구라고? 난 모르겠는데."

그녀는 그의 얼굴을 보며 말했다.

"어떤 이들은 제 이름을 들으면 누군지 바로 알 것입니다. 예전에 요[1] 어른이 계실 적에 저는 들짐승과 뱀들을 쏘아 죽인 적이 있습니다만……"

---

1 요堯 임금을 의미한다. — 옮긴이

"하하, 이런 사기꾼 같으니라고! 그건 봉몽[2] 어른이 다른 사람들과 힘을 합쳐 쏴 죽인거야. 설령 당신이 그 자리에 있었다 해도 자신이 쏴 죽였다고 말할 수는 없는 것이지, 부끄러운 줄도 모르는구먼."

"아아, 노부인. 봉몽 그 사람은 일전에 저와 왕래한 적은 있지만 제가 그들 패거리와 같이 다닌 적은 없었습니다. 그러므로 그와 저는 전혀 상관이 없습니다."

"미친 소리 같으니라고. 최근에 사람들이 그렇게 말하는 것을 내가 한 달 새에 네다섯 번이나 들었다고."

"그건 그렇다 치고, 이제 본론으로 들어가도록 하죠. 이 닭을 어떻게 하는 게 좋겠습니까?"

"물어내야지. 이건 우리 집에서 가장 좋은 암탉이라 매일매일 알을 낳았었다고. 그러니 나에게 호미 두 자루와 방추 세 개로 이것을 보상하도록 하시오."

"노부인. 제 꼴을 좀 보십시오. 저는 농사도 짓지 않고 베를 짜지도 않으니 어디서 호미와 방추가 나겠습니다. 저는 돈도 없으며 오로지 구운 떡 다섯 개만 가지고 있습니다. 이것은 밀가루로 만든 것인데 이것으로 죽은 닭을 보상해드리겠습니다. 그리고 파뿌리 다섯 개와 고추장 한 봉지까지도 다 드리겠습니다. 어떠십니까?……"

그의 한손은 그물주머니 안에서 떡을 꺼냈고 다른 한쪽 손은 닭을 움켜쥐었다.

노파는 하얀 밀가루로 만든 구운 떡을 보고 마음이 동했다. 그러나 그

---

2 봉몽逢蒙은 고대의 뛰어난 궁사弓師로 예羿를 죽인 인물이다. — 옮긴이

런 떡이라면 열다섯 개를 받아야 마땅하다고 생각했다. 그들은 실랑이 끝에 떡 열개로 겨우 합의로 보았다. 약속한 시간은 늦어도 내일 정오였고 약속의 담보는 바로 닭을 죽인 화살이었다. 예는 그제야 마음을 놓고는 죽은 닭을 그물주머니 안에 집어넣고는 안장 위에 뛰어올라 말머리를 돌렸다. 그는 비록 배가 몹시 고팠지만 마음만은 기뻤다. 그들이 마지막으로 고깃국을 먹어본 지는 벌써 일 년이 지났다.

그가 숲을 돌아 나왔을 때는 아직까지 오후였기에 그는 말을 빠르게 몰아 집으로 가는 길을 재촉했다. 그러나 말은 이내 지쳐버렸고 수수밭 근처에 도착했을 때는 이미 해가 지기 시작했다. 그때 맞은편 먼 곳에서 사람의 그림자가 보이더니 곧이어 화살 하나가 갑자기 그를 향해 날아왔다.

그러나 예는 말고삐를 늦추지 않고 말이 달리는 대로 몸을 맡기며 활을 장전해 쏘았다. 쨍하는 소리와 함께 화살촉이 서로 공중에서 부딪쳐 불꽃이 튀었다. 두 화살은 마치 사람 '인人'의 모양과 같이 합해져 바닥으로 곤두박질쳤다. 첫 화살이 부딪힌 후 양쪽에서 또 두 번째 화살이 날아왔다. 여전히 쨍하는 소리와 함께 화살촉이 공중에서 부딪쳤다. 그렇게 화살을 아홉 발이나 쏘고 나니 예의 화살이 다 떨어져버렸다. 그러나 이 순간 예는 봉몽이 득의양양한 모습으로 맞은편에 서서 이미 화살 한발을 더 장전하고 자신의 목을 노리고 있는 모습을 똑똑히 보았다.

"하하, 저놈이 오래 전 바닷가로 가 물고기나 잡고 있을 줄 알았더니 아직까지 이런 곳에서 저런 수작을 벌이는군. 어쩐지 노파가 그런 말을 하더라니……" 하고 예는 생각했다.

그때 맞은편에 있는 활이 둥근 달처럼 당겨지더니 곧 유성과 같은 화살이 날아왔다. 화살은 '쌔앵' 하는 소리와 함께 예의 목을 향해 날아왔는데 겨냥을 잘못해서인지 예의 입 쪽으로 날아왔다. 예는 공중제비를 돌며 화살을 입으로 받아 물고는 말에서 떨어져버렸다. 이에 말도 걸음을 멈추었다.

봉몽은 예가 죽은 줄 알고 절룩거리는 다리를 끌고 천천히 다가와 회심의 미소를 지으며 승리의 축배를 드는 양 그의 죽은 얼굴을 물끄러미 쳐다보았다.

그가 예의 얼굴에 시선을 고정시키려는 순간, 예가 갑자기 눈을 번쩍 뜨고는 홀연히 일어나 앉았다.

"자넨 정말 허투루 배웠구만."

그는 화살을 토해내며 웃었다.

"설마 나의 '이로 화살을 무는 궁법'을 모른단 말인가? 자네 이런 식으로 장난을 치면 안 되네. 도둑질해서 배운 권법으로는 상대를 죽일 수 없는 법이지. 가서 연습이나 더 하게."

"이에는 이, 눈에는 눈이라 했거늘……."

봉몽은 낮은 목소리로 말했다.

"하하하!"

예는 웃으면서 일어났다.

"또 경전을 인용하는구먼. 그런 소리는 늙은이한테는 통할지 몰라도 내 앞에서는 씨알도 안 먹히는 소리야. 난 지금껏 사냥만 해왔지 자네같이 쓸데없는 짓거리는 한 적이 없네……."

그는 이렇게 말하면서 그물 안의 닭이 눌려 상하지 않았는지 살펴보고는 말을 타고 가던 길을 재촉했다.

"……자네는 죽은 목숨이나 마찬가지야!……"

"정말 저리도 못난 놈이 있는 줄은 몰랐군. 나이도 젊은 놈이 남을 저주하는 것만 배워가지고는. 그래서 그 노파가 저놈을 그렇게 믿었던 거였군."

예는 이렇게 생각하며 말 위에서 자기도 모르게 절망스러운 듯 머리를 설레설레 흔들었다.

3.

아직 수수밭을 다 지나지도 않았는데 해는 이미 저물어 날이 컴컴해졌다. 검푸른 하늘에 별들이 모습을 드러냈고 서쪽 하늘의 금성(장경성)은 유난히 찬란하게 빛나고 있었다. 말은 흰색의 밭두렁을 따라 걸어갔는데 이미 체력을 소진하여 걸음이 점점 느려졌다. 다행히도 달이 은백색의 빛을 토해내며 하늘 가장자리에서 서서히 떠올랐다.

"제기랄!"

예는 자신의 배에서 꾸룩꾸룩 소리가 나는 것을 듣고는 말 위에서 초조해지기 시작했다.

"가뜩이나 먹고 살기도 바쁜데 쓸데없는 일들 때문에 시간만 낭비했어!"

그는 두 다리로 말의 옆구리를 차며 길을 재촉했다. 그러나 말은 엉덩이만 한번 움찔할 뿐 여전히 느린 걸음으로 터벅터벅 걸어갔다.

"오늘 이렇게 늦게 가니 항아는 분명히 화가 단단히 났을 거야."

그는 생각했다.

"그녀가 어떤 얼굴로 나를 대할지 모르겠군. 그래도 다행히 오늘은 이 암탉이 있어서 항아를 기쁘게 해줄 수 있을 거야. '부인, 이것은 내가 이 백 리 길을 오가며 겨우 잡아온 것이오'라고 말해줘야지. 아니, 아니야, 이 말은 좀 잘난 체하는 것 같잖아."

저 멀리 인가에서 흘러나오는 빛을 보자 그는 기쁜 마음에 더 이상 쓸데없는 생각은 하지 않았다. 말도 불빛을 보고는 채찍질을 하지도 않았는데 나는 듯이 집을 향해 달리고 있었다. 동그랗고 새하얀 달이 그들의 앞길을 비춰주었고 시원한 바람이 예의 얼굴로 불어왔다. 예는 큰 짐승을 잡아 돌아올 때보다 더 기쁜 마음이었다.

말은 알아서 쓰레기더미 옆에 멈춰 섰다. 그러나 예는 갑자기 이상한 느낌이 들었다. 어쩐지 집안이 뭔가 소란스러웠다. 자신을 마중 나온 식솔도 조부 하나뿐이었다.

"무슨 일이냐, 왕승은?"

그는 이상해서 물었다.

"왕승은 요씨댁으로 마님을 찾으러 갔습니다."

"뭐라고? 마님이 요씨댁에 갔다고?"

예는 여전히 멍하니 말 위에 앉아 물었다.

"예에……."

그는 대답하면서 말고삐와 채찍을 받아들었다.

예는 그제야 말에서 내려오더니 문안으로 들어갔다. 잠시 생각을 하더니 고개를 돌려 다시 물어보았다.

"기다리다 못해 혼자 식당으로 간 것은 아니고?"

"예. 식당 세 곳을 모두 찾아보았지만 안 계셨습니다."

예는 고개를 숙이고 생각하며 집 안으로 들어갔다. 세 하녀가 모두 당혹스러운 기색으로 대청 앞에 모여 있었다. 그는 의아하다는 듯이 큰소리로 물었다.

"너희 다 집에 있었던 것 아니냐? 여태까지 마님이 요씨 댁에 혼자서 간 적이 없지 않느냐?"

하녀들은 대답을 못하고 서로의 얼굴만 바라보았다. 그러고는 예의 활 주머니와 활 통 그리고 닭이 담긴 그물주머니를 벗겨주었다. 예는 갑자기 몸이 덜덜 떨리며 혹시 항아가 화가 나서 자살한 것이 아닌가 하는 생각이 들었다. 그래서 여경더러 조부에게 가서 뒤뜰 연못과 나무를 살펴보라고 했다. 그러나 그는 방에 들어서자마자 이러한 추측이 틀렸다는 것을 알았다. 방안은 엉망이었고 옷장도 열려져 있었다. 그가 침대를 보니 맨 먼저 상아의 장신구 상자가 없어진 것이 눈에 띄었다. 그는 갑자기 머리에 찬물을 뒤집어 쓴 것 같았다. 금이나 보석은 대수롭지 않지만 문제는 그 도사가 예에게 준 선약인데 예는 이것을 이 장신구함에 같이 넣어두었던 것이다.

예는 방을 두 바퀴나 돌고나서야 왕승이 문밖에 서 있는 것을 알아차렸다.

"아뢰옵니다."

왕승이 말했다.

"마님은 요씨 댁에 가지 않으셨다고 합니다. 그분들도 오늘은 마작을 하지 않았다고 합니다."

예는 그를 한번 쳐다보고는 입을 다물었다. 그러자 왕승은 곧 물러갔다.

"어르신, 부르셨……?"

조부가 와서 물었다.

예는 고개를 저으며 손을 흔들어 조부를 물러가게 했다.

예는 방안에서 몇 바퀴를 빙빙 돌다 대청 앞으로 나와 앉았다. 고개를 들어 보니 맞은편 벽에 걸린 붉은 활, 붉은 화살, 검은 활, 검은 화살, 쇠뇌, 장검, 단검이 눈에 보였다. 그는 잠깐 동안 생각에 잠겼다가 멍하니 대청 아래쪽에 서 있는 시종들을 보고 물었다.

"마님이 언제부터 보이지 않았더냐?"

"불을 켤 때쯤부터 보이지 않았습니다."

여을이 말했다.

"그러나 아무도 마님이 나가시는 것을 보지 못했습니다."

"너희는 마님이 그 상자 안에 있던 약을 먹는 것을 보았느냐?"

"그건 보지 못했습니다. 그러나 마님이 오후에 물을 떠오라고 하신 일은 있습니다."

예는 급하게 자리에서 일어났다. 그는 자신만 혼자 땅에 남겨졌다는 것을 알아차렸다.

"너희는 무엇인가가 하늘 위로 올라가는 것을 보았느냐?"

그가 물었다.

"아!"

여신이 생각을 하더니 깨달은 듯이 말했다.

"제가 불을 붙여 나갈 때 어떤 검은 그림자가 하늘을 향해 날아간 것을 확실히 보았습니다. 그러나 그때는 그것이 마님인 줄은 전혀 생각지도 못했습니다……."

여신의 얼굴이 창백해졌다.

"틀림없어!"

예는 무릎을 탁 치며 벌떡 일어나 방 밖으로 나갔다. 뒤를 돌아보며 여신에게 물었다.

"어느 방향이냐?"

예가 여신이 손으로 가리킨 곳을 보자 그곳에는 하얗고 둥근 달이 공중에 걸려 있었고 그 안에는 누각과 숲의 모습이 어렴풋이 보였다. 예는 그가 어린아이였을 때 할머니가 들려준 달나라 궁전의 아름다운 이야기가 머릿속에 희미하게 떠오르기 시작했다. 그는 푸른 바다 위에 떠 있는 듯한 달을 보며 자신의 몸이 너무 무겁다고 느껴졌다.

그는 순간 분노가 치밀어 올랐다. 그 속에는 살기까지 느껴졌다. 그는 눈을 동그랗게 뜨고 큰소리로 하녀들을 향해 호통을 쳤다.

"가서 내 사일궁射日弓을 가져오너라. 화살 세 개도 같이!"

여을과 여경이 대청 안에서 벽 중앙에 걸려 있던 큰 활을 꺼내 먼지를 털고는 활 세 개와 함께 예에게 건네주었다.

그는 한 손으로 활을 당기고 한 손으로는 세 개의 화살을 한꺼번에 잡아 올려놓고는 달을 향해 활시위를 힘껏 잡아당겼다. 그의 몸은 바위처럼 꼿꼿하게 서 있었고 쏘아보는 눈빛은 마치 바위를 내려치는 번개와 같이 번쩍였다. 그의 수염과 흩날리는 머리는 마치 검은 불길과도 같았다. 이 순간 예의 모습에서는 마치 과거에 활로 해를 쏘던 위풍당당한 자태를 보는듯 했다.

쓩 하는 소리가 났다. 소리는 한 번만 들렸지만 사실은 활 세 발을 모두 쏜 것이었다. 첫 활을 쏘자마자 다음 활을 올려 쏘기를 계속 반복했는데 그 솜씨는 사람의 눈으로는 따라잡을 수 없었고, 귀로도 그 소리를 분간할 수가 없었다. 화살은 한 치의 오차도 없이 연달아 꼬리를 물고 날아갔다. 그렇기에 세 화살은 모두 같은 지점을 맞추는 것이 마땅해 보였다. 그러나 활을 쏠 때 예의 마음속에 잡념이 들어가 손이 약간 흔들렸기 때문에 화살 세 개는 각기 다른 곳으로 떨어져 각기 다른 세 개의 상처를 남겼다.

하녀들은 일제히 탄성을 질렀다. 달이 부르르 떠는 것을 보니 모두들 달이 이내 떨어질 것이라 생각했다. 그러나 달은 여전히 태연하게 공중에 걸려서는 마치 아무런 상처도 입지 않은 듯이 더 환한 빛을 비추었다.

"에잇!"

예는 하늘을 향해 소리를 지르며 한동안 달을 바라보았다. 그러나 달은 그를 거들떠보지도 않았다. 그가 앞으로 세 걸음을 걸으면 달은 세 걸음을 물러나고, 그가 세 걸음을 물러나면 달이 그만큼 또 앞으로 나왔다.

그들은 모두 침묵하며 서로의 얼굴을 바라보았다.

예는 마지못해 사일궁을 대청 문에 세워두고 방안으로 들어갔다. 하녀들도 일제히 그를 따라갔다.

"후우."

예는 앉아서 한숨을 쉬었다.

"그러니깐 너희 마님은 영원히 혼자서만 행복하겠다는 거구나. 어찌 그리 모질게 나를 버리고 혼자 갈 수 있단 말인가? 내가 늙어가기 시작해서? 그녀는 지난달까지만 해도 나에게 사람이 늙지도 않았는데 늙었다고 생각하는 것은 정신이 타락해서라고 말하지 않았던가."

"분명히 어르신이 늙으신 것 때문은 아닙니다."

여을이 말했다.

"어떤 사람들은 어르신이 아직도 전사戰士와 같다고 말합니다."

"어떤 때는 그야말로 예술가와 같이 보이십니다."

여신이 말했다.

"쓸데없는 소리 말거라! 까마귀 짜장면이 맛이 없긴 했지, 그래서 저리 참지를 못하고는……."

"저 털 빠진 표범 가죽은 보기가 좋지 않으니 벽에 걸어둔 다리 가죽 부분을 잘라 덧붙여 수선하겠습니다."

여신은 방으로 들어갔다.

"잠깐."

예는 잠깐 생각을 하더니 말했다.

"그건 급한 일이 아니다. 배가 몹시 고프구나. 어서 닭고기 고추볶음 한 접시와 구운 떡 다섯 개를 만들어 오거라. 우선 먹고 푹 잔 다음에 내일 그 도사를 다시 찾아가 선약을 구해서는 그것을 먹고 항아를 쫓아가야겠어. 여경아, 너는 왕승에게 가서 하얀 콩 넉 되를 말에게 먹이라고 일러라."

1926년 12월

_『루쉰 전집』 제2권 『고사신편』

검을 주조한 이야기

1.

미간척과 어머니가 막 잠자리에 들자 쥐 한 마리가 나와 솥뚜껑을 갉아먹기 시작했다. 미간척은 그 소리가 매우 거슬렸다. 그래서 그는 슬그머니 소리를 내어 쥐를 쫓아버렸다. 이 방법이 처음 몇 번은 효과가 있었지만 나중에는 아무 소용이 없었고, 쥐는 아랑곳하지 않고 다시 나와 사각사각 소리를 내며 솥뚜껑을 계속해서 갉아먹었다. 그는 낮에 힘들게 일하느라 피곤하신 어머니가 곤히 잠든 것을 방해할 수 없어서 큰 소리도 내지 못했다.

한참이 지난 후 그 소리가 잠잠해지자 그도 잠을 청하기 시작했다. 그러자 갑자기 '풍덩' 하는 소리가 나 그는 놀라서 눈을 떴다. 그리고는 발톱으로 질그릇을 긁는 듯한 사각사각 거리는 소리가 들려왔다.

"제기랄! 죽일 놈!"

그는 이렇게 생각하자 기분이 좋아졌다. 그리고는 살며시 일어났다.

그는 침대를 지나 달빛에 의지해 문 뒤쪽으로 나갔다. 부싯돌을 찾아 들어 관솔(송진이 많이 엉긴 소나무의 가지)에 불을 붙이고 물독을 들여다 보았다. 과연 물독 안에는 큰 쥐 한마리가 떨어져 있었다. 그러나 쥐는 독 안에 남아 있는 물이 부족해서 기어 올라오지 못했고 물독 내벽을 뱅뱅 돌며 발로 발톱으로 긁어대고 있었다.

"꼴 좋구나!"

밤마다 집에 있는 가구를 갉아먹으며 시끄럽게 굴어 잠을 못 자게 한 녀석이 이놈이구나 생각하니 그는 속이 후련해졌다. 그는 관솔불을 흙벽에 난 작은 구멍에 꽂아놓고는 재미로 쥐의 모습을 구경하기 시작했다. 그런데 쥐의 그 동그랗게 뜬 눈을 보고 있자니 미간척은 갑자기 화가 치밀어 올랐다. 그리하여 그는 손을 뻗어 장작 나무 하나를 뽑아 들고 와서는 그것을 사용해 쥐를 물 밑으로 눌러 버렸다. 잠시 후에 그가 손을 놓으니 쥐는 다시 떠올라서는 여전히 물독 안을 빙글빙글 돌았다. 그러나 쥐는 이전과 달리 힘이 없었고 눈도 물속에 잠긴 채 뾰족하고 빨간 코만 물 밖으로 내밀고는 씩씩 거친 숨을 몰아쉬었다.

최근에 그는 코가 빨간 사람을 굉장히 싫어했다. 그러나 이 작고 뾰족한 빨간 코를 보니 갑자기 불쌍하다는 생각이 들어 그 장작 나무를 쥐의 배 아래로 넣어줬다. 그러자 쥐는 그것을 잡고 한동안 숨을 돌리더니 이내 장작 나무를 타고 기어 올라오기 시작했다. 그러나 검고 축축한 털, 커다란 배, 지렁이 같은 꼬리를 가진 쥐의 몸을 보자 미간척은 이내 그 쥐가 괘씸하고 미운 마음이 들어 황급히 장작 나무를 흔들었다. 풍덩 소리와 함께 쥐가 다시 물독으로 떨어지자 그는 곧장 장작 나무를 손에 쥐고 쥐의 머리를 여러 번 눌렀고 쥐는 다시 물속으로 가라앉았다.

여섯 번이나 관솔불을 갈고 보니 쥐는 이미 아무런 움직임도 없이 물 한가운데 둥둥 떠서는 가끔씩 물 위에서 몸을 움찔거렸다. 미간척은 또 이 모습이 불쌍해 보여서 장작 나무를 부러뜨려 쥐를 겨우 잡아 꺼내서는 땅 위에 올려놓았다. 처음에 쥐는 아무런 움직임이 없다가 시간이 조금 지나자 비로소 숨을 쉬기 시작했다. 시간이 더 지나자 쥐는 서서히 네 발을 움직이기 시작했고 몸을 한번 뒤틀더니 마치 일어나 달아날 것처럼 보였다. 이 모습에 미간척은 매우 놀라서 자기도 모르게 왼발을 들어 한 번에 쥐를 짓밟아버렸다. 찍 하는 쥐의 비명소리가 들렸다. 그가 쪼그리고 앉아 자세히 쥐를 살펴보았다. 쥐의 입 주변에 약간의 피가 보이는 것이 아마도 쥐가 죽은 것 같았다.

그는 또 쥐가 불쌍하다는 생각이 들었고 자기가 쥐에게 너무 못된 장난을 쳤다는 생각에 마음이 불편했다. 그래서 한참을 쪼그리고 앉아서 멍하니 죽을 쥐를 바라보며 차마 일어날 수가 없었다.

"척아, 뭐하고 있느냐?"

잠에서 깬 어머니가 침대 위에서 물어보았다.

그는 황급히 일어나 뒤를 돌아보았다.

"쥐가……."

그는 이 말밖에 하지 못했다.

"그래, 그게 쥐라는 건 나도 알고 있다. 그런데 넌 뭐를 하고 있는 게냐? 쥐를 죽이는 거냐 아니면 살리는 거냐?"

그는 대답을 하지 못했고 이내 관솔불도 다 타버렸다. 그가 어둠속에

묵묵히 서 있자 밝은 달빛이 서서히 보이기 시작했다.

"아아!"

그의 어머니는 탄식했다.

"곧 자정이 지나면 너도 열여섯이 되는데 성격이 아직도 이렇게 우유부단한 것이 이전과 조금도 변한 것이 없구나. 보아하니 네 아버지의 원한을 갚을 사람이 없을 것 같구나."

그는 어머니가 회백색의 달빛 속에 앉아서 마치 몸을 떨고 있는 것처럼 보였다. 어머니의 나직한 목소리에는 한없는 슬픔이 담겨 있었는데 이로 인해 그는 오싹함을 느꼈다. 그러나 곧 뜨거운 피가 전신에서 끓어오르는 것을 느낄 수 있었다.

"아버지의 원한이라니요? 아버지가 무슨 원한이 있었나요?"

그는 앞으로 걸어나가며 놀란 듯 물었다.

"그렇단다. 네가 갚아야 할 원수란다. 너에게 진작 알려주고 싶었지만 네가 아직 너무 어려서 말하지 않았단다. 그런데 성인이 되어서도 이 모양이니 어찌 한단 말이냐? 너 같은 성격으로 어디 큰일을 해낼 수 있겠단 말이냐?"

"할 수 있습니다. 말씀해보세요 어머니. 제가 고치겠습니다……."

"당연히 그래야 할 것이야. 반드시 너의 그 성격을 고쳐야 한다……. 그럼 이리로 오거라."

그가 어머니 곁으로 갔다. 어머니는 침대에 단정히 앉아 있었고 어슴푸레한 달빛 속에서 어머니의 두 눈은 반짝이고 있었다.

"그럼 들어보거라!"

그녀는 엄숙하게 말했다.

"너의 아버지는 천하제일의 검을 만드는 명인이었다. 아버지가 쓰던 공구는 가난 때문에 진작 다 팔아버려서 너는 아마 그 흔적을 찾아볼 수 없을게야. 그러나 그는 세상에 둘도 없는 검을 만드는 장인이었단다. 20년 전에 왕비가 쇳덩어리 하나를 낳았는데 듣자하니 그녀가 쇠기둥을 끌어안은 후에 잉태하여 낳은 것이라 하더구나. 그것은 푸르고 투명한 쇳덩어리였다. 왕은 그것을 기이한 보물로 여겼고 그 쇳덩어리로 검을 만들어 나라도 지키고, 적도 죽이고, 자신의 몸을 보호하는 데 쓰고 싶어 했지. 그러나 불행하게도 너희 아버지가 그때 검을 만드는 자로 선택이 되어 그 쇳덩이를 안고 집으로 돌아왔다. 그는 밤낮으로 무쇠를 단련했고 3년 동안의 정성을 쏟아서 마침내 검 두 자루를 완성했지.

마지막으로 가마의 문을 열던 그날은 얼마나 놀라운 광경이었는지! 하얀 증기가 '쐐액' 하고 날아오를 때는 마치 땅이 흔들리는 것과 같았단다. 그 하얀 증기는 공중으로 날아가 흰 구름으로 변하더니 이곳을 자욱하게 덮었단다. 그러더니 그 안에서 점점 새빨간 것이 보이더니 모든 것을 복숭아색으로 비추었다. 우리 집의 시커먼 가마 속에는 새빨간 검 두 자루가 놓여 있었다. 너희 아버지가 정화수를 천천히 떨어뜨리니 그 검이 '칙칙' 소리를 내며 천천히 청색으로 변했단다. 칠일 밤낮을 이렇게 반복하니 마침내 검이 눈에 보이지 않았다. 그러나 가마 안을 자세히 들여다보니 검은 여전히 가마 속에 놓여 있었는데 검의 푸르고 투명한 색이 마치 두 개의 긴 얼음덩어리와 같았단다.

그 순간 너의 아버지의 눈에서는 기쁨의 광채가 사방으로 내비쳤단다. 그는 검을 집어 들고는 닦고 또 닦았단다. 그런데 곧 그의 미간과 입가에서는 비참한 표정이 흘러나왔다. 그는 두 검을 각각 다른 함 속에 담고서는 나에게 말했다.

'요 며칠 동안의 상황을 본다면 누구라도 검이 이미 완성되었다는 것을 알 것이요. 내일이면 나는 이 검을 왕에게 바치러 가야 하오. 그러나 검을 바치는 그날이 바로 내가 죽는 날이 될 것이오. 그러니 나는 이제 당신과 긴 이별을 해야 할 것 같소.'

'당신…….' 나는 너무 놀라서 그의 말을 이해하지도 못했고 무슨 말을 해야할지도 몰랐단다. 그래서 그저 이렇게 말했지.

'당신은 큰 공을 세운걸요…….'

그러자 아버지가 말했단다.

'아아! 당신이 어찌 알겠소! 왕은 본래 의심을 잘하고 잔인한 사람이오. 이번에 내가 세상에 둘도 없는 검을 그에게 만들어주었으니 그는 분명히 나를 죽일 것이오. 왜냐하면 그는 내가 또다시 누군가에게 같은 검을 만들어줘 그와 필적하거나 그를 능가하는 사람이 나타나는 것을 막으려 할 것이기 때문이오.'

나는 눈물을 흘렸다.

'여보, 슬퍼하지 말아요. 이것은 피할 수 없는 운명이라오. 눈물이 운명을 씻어버릴 수는 없다오. 그러나 난 벌써부터 이렇게 준비를 해놓았소.'

그의 눈이 갑자기 번개와 같이 빛났다. 그러더니 검이 담긴 상자 하나를 내 무릎에 올려놓으며 말했다.

'받으시오. 이것은 수검이오. 내일 나는 이 암검만 왕에게 갖다 바칠 거요. 그리고 만약 내가 돌아오지 않는다면 그것은 내가 이미 이 세상 사람이 아니라는 뜻이라오. 당신은 임신한 지 대여섯 달이 되었지 않소? 너무 슬퍼하지 마시오. 아이가 태어나면 잘 키워주고 그 아이가 자라서 성인이 되면 이 수검을 아이에게 주어 왕의 목을 베고 내 복수를 해달라고 부디 전해주시오."

"그래서 그날 아버지가 돌아오셨나요?"

미간척이 급히 물었다.

"아니 돌아오지 않으셨다."

어머니는 냉정하게 말했다.

"나는 사방을 돌아다녔지만 아무 소식도 듣지 못했지. 나중에 사람들 얘기로는 네 아버지가 만든 검에 처음으로 묻은 피가 바로 너희 아버지의 피였다고 하더구나. 게다가 왕은 아버지의 혼이 나타날까 무서워 그의 몸과 머리를 분리해 앞문과 후원에 묻었다고 하더구나!"

미간척은 갑자기 온몸이 불에 휩싸인 것 같았다. 그는 머리카락 한 올 한 올에서 마치 불꽃이 나오는 것 같은 느낌이 들었다. 그의 불끈 쥔 두 주먹은 어둠속에서 '부드득' 소리를 냈다.

그의 어머니는 자리에서 일어나 침대 머리맡에 있는 목판을 떼어냈다. 그리고는 침대에서 내려와 관솔불을 붙이고는 문 뒤로 가서 곡괭이 하나를 가져와 미간척에게 주었다.

"여기를 파보거라!"

미간척은 심장이 뛰기 시작했다. 그러나 계속해서 침착하게 땅을 파내려 갔다. 파낸 흙은 모두 황토였는데 대략 오 척 깊이로 땅을 파자 흙의 색이 조금 달라졌고 마치 썩은 나무와 같은 것이 보였다.

"잘 보거라! 조심해야 해!"

어머니가 말했다.

미간척은 파낸 구덩이 옆에 엎드려 조심스레 손을 뻗어 썩은 나무를 열어젖혔다. 잠시 후 손끝이 마치 얼음에 닿은 것처럼 차갑더니 곧 그 푸르고 투명한 검이 모습을 드러냈다. 그는 칼자루 부분을 정확하게 찾아 움켜쥐고는 칼을 집어 들어올렸다.

마치 창밖의 별과 달, 방안의 관솔불까지도 갑자기 그 빛을 잃는 것 같았다. 검의 푸르른 빛만이 온 집안을 가득 채웠다. 그 검은 이 푸른빛에 녹아들어 마치 존재하지 않는 것처럼 보였다. 미간척이 정신을 차리고 자세히 살펴보니 그제야 다섯 자 남짓한 길이의 검이 보였다. 그런데 검은 그렇게 예리해 보이지 않고 칼끝이 부추 잎과 같이 둥그런 모양이었다.

"너는 이제부터 그 유약한 성격을 고치고 이 검으로 아버지의 복수를 해야 할 것이야!"

그의 어머니가 말했다.

"저는 벌써 제 유약한 성격을 고쳤습니다. 그리고 이 검으로 아버지의 복수를 할 것입니다!"

"꼭 그러길 바란다. 네가 푸른 옷을 입고 이 검을 매면 옷과 색깔이 같아 아무도 알아차리지 못할 것이다. 옷은 내가 이미 준비해두었으니 내일 이 옷을 입고 길을 떠나거라. 어미는 그리워할 필요가 없다!"

어머니는 침대 뒤의 낡은 옷상자를 가리키며 말했다.

미간척이 새 옷을 꺼내 입어보니 길이가 꼭 맞았다. 그는 옷을 벗어 다시 잘 정돈하고 검도 잘 싸서 베개 옆에 두고는 조용히 잠자리에 누웠다. 그는 자신의 유약한 성격을 이미 고친 것 같았다. 그는 아무 일도 없다는 듯이 잠을 자고 아침 일찍 일어나 여느 때와 같이 담담하게 그 불구대천의 원수를 찾아가 복수하리라 결심했다.

그러나 미간척은 잠에 들지 못한 채 몸을 이리저리 뒤척였다. 어머니의 실망스러운 긴 한숨 소리가 들렸다. 그는 첫 닭이 우는 소리를 듣고 자정이 넘은 것을 알았다. 이제 그는 정말 열여섯 살이 된 것이다.

2.

미간척의 두 눈은 부어 있었다. 그는 푸른 옷을 입고 푸른 검을 매고는 뒤도 돌아보지 않고 집 문을 나서서 성큼성큼 발걸음을 내딛었다. 그가 성을 향하여 갈 때 동쪽에는 아직 해가 뜨지 않았다. 삼나무 잎 끝마다 이슬이 맺혀 있었고, 그 속에는 밤기운이 숨겨져 있었다. 그러나 숲에 다다르자 이슬방울은 오히려 다양한 광채를 뿜어내고 있었고 점차 새벽빛으로 물들어갔다. 저 멀리 앞을 보니 희미하게 회검색의 성벽과 성첩雉堞이 보였다.

채소 파는 사람들과 함께 섞여 성 안으로 들어서자 거리에는 이미 활기가 넘쳐나고 있었다. 남자들은 일렬로 멍하니 서 있었고, 여자들도 계속해서 문 밖으로 얼굴을 내밀어 밖을 살폈다. 그녀들 대부분은 눈덩이가 부어 있었고 머리는 헝클어져 있었다. 얼굴이 누렇게 떠 있는 걸 보니 화장할 시간도 없었던 것 같았다.

미간척은 곧 거대한 변화가 다가올 것을 예감했다. 사람들 모두 초조하지만 참을성 있게 그 거대한 변화를 기다리고 있는 것이라고 생각했다.

미간척은 계속 앞을 향해 걸어갔다. 그 순간 한 아이가 갑자기 뛰어나와 그가 등 뒤에 매고 있는 칼끝에 부딪힐 뻔했다. 미간척은 놀라서 식은땀을 흘렸다. 그는 북쪽 방향으로 돌아 왕궁에서 멀지 않은 곳에 다다랐다. 그곳에는 사람들이 빼곡히 몰려들어 모두 고개를 빼고 있었고 여자들과 아이들이 울고 떠드는 소리가 들렸다. 그는 눈에 보이지 않는 칼에 사람들이 다칠까 걱정되어 감히 사람들 속을 비집고 들어갈 수가 없었다. 그러나 사람들은 그의 등 뒤쪽으로도 몰려들기 시작했다. 미간척은 조심스레 사람들을 피해갔다. 그의 눈앞에는 사람들의 등과 길게 뺀 목만 보였다.

갑자기 앞에 있던 사람들이 모두 무릎을 꿇었다. 그는 저 멀리서 말 두 마리가 달려오는 것을 보았다. 그 뒤로 곤장, 창, 칼, 활, 깃발을 들고 있는 무인들이 누런 먼지를 일으키며 다가오고 있었다. 그 뒤로는 네 필의 말이 끄는 큰 마차가 따라왔는데 그 위에는 한 무리의 사람들이 앉아 있었다. 그들 중 어떤 사람들은 종을 치거나 북을 두드리고, 어떤 사람들은 이름 모를 꼴사나운 것을 입으로 불고 있었다. 그 뒤로 또 마차가 오는데 그 안에 있는 사람들은 모두 화려한 옷을 입고 있었고 나이는 어려 보였다. 그들은 키가 작고 뚱뚱했으며 얼굴에는 기름기가 흘렀다. 그 뒤로 칼과 총을 든 기사들이 따라왔다. 꿇어앉았던 사람들이 모두 엎드렸다. 이때 미간척은 누런 덮개가 덮인 큰 마차가 오는 것을 보았다. 마차의 정중앙에는 화려한 옷을 입은 뚱보 한 명이 앉아 있었는데 머리가 작고 흰 수염을 가진 자였다. 미간척은 그가 자신의 등에 매고 있는 것과 같은 푸른 검을 허리춤에 차고 있는 모습을 어렴풋이 보았다.

그는 자신도 모르게 온몸이 오싹해졌다. 그러나 곧 온몸이 맹렬한 불길에 활활 타오르는 것 같이 뜨거워지는 것을 느꼈다. 그는 손을 뻗어 어깨 너머에 있는 칼을 움켜쥐고는 엎드려 있는 사람들 머리 사이사이의 공간으로 걸음을 내디뎠다.

그러나 그가 대여섯 걸음을 옮겼을 때 어떤 사람이 갑자기 그의 발을 잡는 바람에 그만 곤두박질치며 넘어지고 말았다. 하필이면 그는 말라깽이 소년의 몸 위로 넘어졌다. 칼끝에 소년이 다칠세라 놀라서 그가 벌떡 일어나는 순간 그 소년은 그의 옆구리 아래쪽을 두어 대 주먹으로 세게 쳤다. 미간척을 이를 따질 새도 없이 다시 길을 쳐다봤지만 누런 덮개가 덮인 마차는 이미 지나가버렸고 호위병사들 역시 모두 다 지나간 후였다.

길가의 사람들도 모두 일어났다. 말라깽이 소년은 여전히 미간척의 멱살을 쥐고는 손을 놓지 않았다. 소년은 그가 자신의 귀중한 단전丹田을 눌렀기에 반드시 책임을 져야 한다고 하며 만약 자기가 80세까지 살지 못하고 죽는다면 목숨을 물어내야 한다고 소리쳤다. 사람들이 그들 주위로 몰려들었지만 구경만 할 뿐 아무도 입을 열지 않았다. 나중에 몇몇 사람이 비웃으며 욕을 했는데 모두 말라깽이 소년의 편을 드는 것이었다. 미간척은 이러한 적을 만난 것에 대해 화를 내지도 웃지도 못하는 상황에 그저 답답한 마음이 들었다. 그러나 그의 손에서 몸을 뺄 수도 없는 상황이었다. 이런 상태로 거의 밥을 짓고도 남을 만큼의 시간이 흘러버렸다. 미간척은 초조함에 온몸이 불타오르는 것 같았다. 그러나 구경꾼들은 줄어들지 않았고 오히려 그들의 모습을 보며 재미있어했다.

그때 앞쪽에 있던 사람들이 웅성거리더니 갑자기 검은 옷을 입은 사내가 그들 사이를 비집고 들어섰다. 그는 검은 수염에 검은 눈을 가졌고 쇠꼬챙이 같이 마른 사람이었다. 그 남자는 아무 말도 하지 않더니 미간척을 보고는 냉랭한 웃음을 지었다. 그리고는 한 손을 들어 살며시 말라깽이 소년의 턱을 받쳐 들고는 그를 지긋이 쳐다보았다. 소년도 그를 한참 쳐다보더니 미간척을 잡고 있던 손을 천천히 풀고는 그 자리를 떠나버렸다. 그 검은 사내 역시 그 자리를 빠져 나갔다. 구경하던 사람들도 흥미를 잃었는지 뿔뿔이 흩어졌다. 몇몇 사람은 미간척에게 다가오더니 그가 몇 살인지, 어디에 사는지, 여동생이 있는지와 같은 것을 물었다. 미간척은 그들을 모두 무시했다.

그는 남쪽을 향해 걸으며 속으로 성 안이 이렇게 붐비고 사람들이 다칠 수도 있으니 남문 밖으로 나가서 왕이 돌아올 때까지 기다렸다가 아버지의 복수를 하는 것이 좋겠다고 생각했다. 게다가 그곳은 인적도 드문 곳이어서 복수하기에도 편할 것이라 여겼다. 이때 온 성에서는 사람들이 왕의 산 나들이, 의장대의 위엄함 등을 논하고 있었다. 그들은 자기가 왕을 뵙게 된 것이 큰 영광이라든지, 땅에 얼마나 낮게 엎드려야 하는지, 어떻게 백성으로서 모범을 갖춰야 하는지 등에 대해 떠들었는데 마치 벌떼의 행렬과도 같았다. 남문에 가까이 다다르자 떠드는 소리가 점점 줄어들었다.

그는 성 밖으로 나와 큰 뽕나무 아래 앉아서는 만두 두 개를 꺼내 허기를 채웠다. 만두를 먹던 중 갑자기 어머니 생각이 나 코끝이 찡해졌다. 그러나 금방 아무렇지도 않았다. 자기 숨소리까지 분명히 들을 수 있을 만큼 주위는 점점 고요해졌다.

날이 어두워질수록 그의 마음은 더 불안해졌다. 시선을 집중하여 앞을 바라보았지만 왕이 돌아오는 모습이 보이지 않았다. 성 안에서 채소를 팔던 사람들도 다들 하나 둘씩 빈 광주리를 들고는 집으로 돌아갔다.

인적이 끊긴 지 한참 후에 갑자기 성 안에서 그 검은 사내가 튀어나왔다.

"가자, 미간척! 국왕이 너를 잡으려 하고 있다!"

그의 목소리는 마치 올빼미와 같았다.

미간척은 온몸을 부르르 떨고 마치 귀신에 홀린 듯이 곧바로 그를 따라 걸어갔다. 나중에는 날아가듯 힘껏 달렸다. 그는 한참을 서서 숨을 고른 후에야 비로소 자신이 삼나무 숲 주변에 있다는 것을 깨달았다. 그 뒤 먼 곳에는 은백색의 줄무늬가 있었는데 달이 그쪽에서 떠오른 것이었다. 앞에 서 있는 그 검은 사내의 눈은 마치 반짝이는 두 점과 같아 보였다.

"어떻게 저를 아시죠……?"

미간척이 깜짝 놀라서 물었다.

"하하! 난 줄곧 너를 알고 있었다."

그 사람이 말했다.

"나는 네가 수검을 매고 너희 아버지의 복수를 하려는 것을 알고 있다. 하지만 네가 복수를 성공하지 못할 것이라는 것도 알고 있지. 어디 복수를 성공하지 못하는 것뿐이겠는가. 오늘 벌써 어떤 사람이 왕에게 밀고하여 너의 원수는 일찌감치 동문을 통해 궁으로 돌아갔고 너를 잡으라는 명령을 내렸다."

미간척은 자기도 모르게 상심했다.

"아아, 어머니께서 탄식할 만도 하시군요."

그가 낮은 목소리로 말했다.

"그러나 그녀는 절반만 알고 있지. 그녀는 내가 너의 복수를 해주려는 것을 모르고 있다."

"당신이요? 정녕 당신이 내 원수를 갚아준단 말입니까. 의로운 분이시여?"

"아, 나를 그렇게 불러 욕되게 하지 말거라."

"그럼, 당신은 우리 같은 고아나 과부를 동정하는 건가요?"

"오, 얘야. 다시는 이런 수치스러운 이름으로 날 부르지 말거라."

그는 엄숙하게 말했다.

"의리나 동정 같은 것들은 예전에는 깨끗한 것이었지만 지금은 모두 돈놀이를 하기 위한 자본과 같은 것이 되었지. 내 마음 속엔 네가 말한 그런 것들이 전혀 없다. 난 단지 네 원수를 갚아주려는 것뿐이야!"

"좋아요. 그런데 어떻게 제 원수를 갚는단 말인가요?"

"네가 나한테 두 가지 물건만 주면 된다."

두 점의 빛나는 불빛 아래서 목소리가 말했다.

"그 두 가지란 무엇인가? 잘 들어라. 첫째는 너의 검이고 둘째는 너의 머리다!"

미간척은 이상하다고 생각하고 의심도 갔지만 놀라지는 않았다. 그는 잠시 입을 열지 못했다.

"너는 내가 너를 속여 너의 생명과 보검을 뺏는 것이라고 의심하면 안 된다."

어둠속의 목소리가 엄숙하게 말했다.

"이 일은 모두 너에게 달려 있다. 네가 나를 믿는다면 나는 너의 원수를 갚으러 갈 것이다. 하지만 네가 나를 믿지 않는다면 난 여기서 그만둘 것이다."

"그런데 왜 제 원수를 갚아주려 하는 거죠? 저희 아버지를 아시나요?"

"난 예전부터 네 아버지를 알고 있었단다. 내가 너를 줄곧 알고 있었던 것처럼 말이야. 그러나 내가 원수를 갚아준다는 것은 단지 이 때문만은 아니다. 영리한 아이야 잘 들어라. 넌 아직 내가 얼마나 원수를 잘 갚는 사람인지 모를 것이야. 네 원수가 곧 나의 원수이고 다른 사람의 원수 역시 나의 원수다. 내 영혼은 나와 다른 사람 때문에 수많은 상처를 입었다.

나는 오래전부터 나 자신을 증오하고 있지."

어둠 속에서 말소리가 끝나자마자 미간척은 손을 뻗어 어깨 너머의 푸른 칼을 뽑더니 자신의 뒷덜미를 향해 내리쳤다. 그의 머리가 땅의 푸른 이끼 위에 떨어지는 동시에 칼은 그 검은 사내의 손으로 넘겨졌다.

"허허!"

그는 한 손으로 검을 받고 한 손으로는 머리카락을 움켜쥐어 미간척의 머리를 집어들었다. 그는 여전히 뜨거운 미간척의 입술에 입을 두 번 맞추고는 차갑고 날카롭게 웃었다.

웃음소리가 순식간에 삼나무 숲으로 퍼져나갔다. 숲 깊은 곳에서 불꽃 같은 눈들이 번쩍이더니 곧 그에게로 다가왔다. "쉭쉭"거리는 굶주린 이리 떼의 거친 숨소리가 들려왔다. 그들은 한입에 미간척의 푸른 옷을 갈기갈기 찢었다. 이리 떼는 순식간의 그의 몸뚱이와 핏자국까지 다 핥아먹어버렸고 뼈를 씹는 소리만이 희미하게 들렸다.

제일 앞에 있던 큰 이리 한 마리가 검은 사내에게 달려들었다. 그가 푸른 검을 한 번 휘두르자 이리의 머리가 푸른 이끼 위에 떨어졌다. 다른 이리들은 한 입에 그것의 가죽을 찢더니 몸뚱이와 핏자국까지 말끔히 핥아 먹었다. 뼈를 씹는 소리만이 희미하게 들려왔다.

그는 땅 위에 푸른 옷을 주워 미간척의 머리를 싸맨 후 푸른 검과 함께 등에 매고서는 몸을 돌려 어둠 속에서 왕궁이 있는 곳으로 걸어갔다.

이리들은 우두커니 서서 어깨를 추켜올리고 혀를 내민 채 "쉭쉭" 거친 숨을 몰아쉬었다. 그것들은 시퍼런 눈으로 그가 걸어가는 모습을 지켜보았다.

그는 어둠속에서 왕궁을 향해 성큼성큼 걸어가며 날카로운 목소리로 노래를 부르기 시작했다.

하하, 사랑이여, 사랑이여, 사랑이여!

푸른 검을 사랑한 한 사내가 복수를 위해 목숨을 버렸도다.

천하에 일부一夫[1]는 많고 많아

일부는 푸른 검을 사랑하여 외롭지 않네.(폭군이 보검을 차지하려는 욕심이 끝이 없다.)

머리와 머리를 바꾸어 두 원수가 서로를 죽이도다.

일부도 사라지니, 사랑이여 오호라!

사랑이여 오호라 오호라 아하,

아하 오호라 오호라 오호라!

3.

국왕은 산놀이에 더 이상 흥미를 느끼지 못했다. 게다가 길에서 자신을 죽이려는 자객이 있다는 밀고를 들은 후였기에 그는 더욱 흥을 잃었다. 그날 밤 그는 매우 화가 나서 아홉 번째 후궁의 머리카락이 어제처럼 검고 예쁘지 않다며 트집을 잡았다. 다행히도 그녀가 왕의 무릎에 앉아 애교를 부리며 일흔 번이 넘게 몸을 배배 꼬았기 때문에 비로소 왕의 미간에 있던 주름이 조금씩 펴졌다.

---

1 여기서 일부는 폭군인 초왕楚王을 의미한다. — 옮긴이

오후에 왕은 일어나자마자 또 기분이 좋지 않았고 점심을 먹고 난 후부터는 얼굴에 성난 빛이 그대로 드러났다.

"아아! 무료하구나!"

그는 하품을 길게 하고 큰 소리로 말했다.

위로는 왕후부터 아래로는 신하들까지 이 모습을 보고 모두 몸 둘 바를 몰랐다. 왕은 백발의 노신이 도를 이야기하는 것도, 작고 뚱뚱한 난쟁이가 익살을 부리는 것도 이미 모두 지겨워졌다. 최근 들어 줄타기, 장대오르기, 투환, 물구나무서기, 칼 삼키기, 입에서 불 뿜기 등 기묘한 재주들을 보아도 아무런 재미가 없었다. 그는 자주 화를 냈고 한번 화가 나면 푸른 칼을 어루만지며 작은 꼬투리라도 잡아내 몇 사람을 죽이고 싶기까지 했다.

몰래 궁 밖에서 한가롭게 놀다 온 환관 둘이 막 궁으로 돌아왔다. 그들은 궁 안 사람들의 근심스러운 모습을 보고는 또 이전과 같은 화가 닥쳐올 것이라 예상했다. 한 사람은 무서워 얼굴이 흙빛이 되었는데 다른 한 사람은 오히려 대단한 자신감이라도 있다는 듯이 침착하게 국왕 앞으로 달려가 엎드려 말했다.

"소인이 방금 매우 이상한 사람을 만났는데 그에게는 기묘한 재주가 있어 폐하의 무료함을 풀어드릴 수 있는 것 같아 이렇게 아뢰옵니다."

"뭐라고?"

왕이 말했다. 그의 말은 늘 짧았다.

"그는 검고 바짝 마른 거지같은 행색의 사내입니다. 푸른 옷을 입고 등에는 둥그런 푸른 보자기를 메고 다니는데 입으로는 이상한 노래를 부르고 다닙니다. 사람들이 물어보면 그는 자기가 이전에는 전혀 보지 못했던 재주를 부릴 줄 안다고 하는데 그 재주를 한번 보기만 하면 근심이 사라지고 천하가 태평해진다고 합니다. 그러나 사람들이 그에게 재주를 부려보라고 하면 그는 싫다고 합니다. 그는 재주를 부리기 위해서는 첫째로 금룡이 있어야 하고 둘째로 금솥이 있어야 한다고 말합니다."

"금룡? 그것은 나를 의미하는 거잖아. 금솥? 그것은 내가 가지고 있지."

"소인도 그리 생각하고 있습니다……."

"그자를 불러들여라."

말이 끝나기도 전에 네 명의 무사가 그 환관을 따라 쏜살같이 달려나갔다. 위로는 왕후부터 아래로는 신하까지 모두들 얼굴에 기쁜 기색이 돌았다. 그들은 모두 이 재주를 통해 왕의 근심도 풀어주고 천하가 태평해지길 바랐다. 설령 재주를 잘 못부린다 하더라도 이번에는 그 거지같은 검고 마른 남자가 왕의 화를 입을 것이니 모두들 그가 올 때까지 버티기만 하면 되는 것이었다.

얼마 지나지 않아 멀리서 여섯 명의 사람이 금 계단 쪽으로 걸어오는 것이 보였다. 맨 앞에는 환관이 서 있었고 뒤로는 네 명의 무사가, 그 중간에 검은 사내가 끼어 있었다. 가까이에서 보니 그 남자의 옷은 푸른색이었고 수염과 눈썹, 머리는 모두 시커먼 색이었다. 너무 말라서 그의 광대뼈와 눈 가장자리의 뼈, 눈썹 뼈는 매우 도드라져 보였다. 그가 왕 앞에서 공손하게 무릎을 꿇고 엎드려 절을 하자 과연 그 등 뒤에는 둥그런 보따리 하나가 있었다. 그것은 푸른 천으로 감싸져 있었고 그 위에는 검붉은 빛의 꽃무늬가 그려져 있었다.

"고하여라."

왕은 난폭하게 말했다. 그는 검은 사내의 행색이 초라한 것을 보고는 대단한 재주가 있을 것 같지 않다고 생각했다.

"소인의 이름은 연지오자宴之敖者[2]이며 고향은 문문향汶汶鄉입니다. 젊어서 직업이 없었으나 나중에 훌륭한 스승을 만나 어린아이 머리 하나를 가지고 노는 특별한 재주를 배웠습니다. 그러나 이 재주는 혼자서는 할 수 없습니다. 반드시 금룡의 앞에 금솥을 놓고 그 안에 물을 가득 채운 후 수탄獸炭[3]으로 그 물을 끓여야 합니다. 아이의 머리를 솥 안에 넣고 물이 끓기 시작하면 이 머리는 끓는 물을 따라 오르락내리락 하며 여러 가지 춤을 추고 기묘한 소리를 내어 노래를 부릅니다. 어떤 사람이든 그 춤과 노래를 보면 세상 모든 근심을 잊을 수 있고 만민이 이를 보면 태평천하를 이룰 수 있습니다."

"놀아보거라!"

왕이 큰소리로 명령했다.

오래 지나지 않아서 소를 삶는 커다란 금솥이 대전 밖에 놓여졌다. 솥에 물을 가득 채운 다음 그 밑에 수탄을 쌓고 불을 지폈다. 검은 사내는 그 옆에 서서 수탄불이 시뻘겋게 피어오르는 것을 보고는 보따리를 풀어 두 손으로 아이의 머리를 높이 들어올렸다. 그 머리는 이목이 수려하고 하얀 이에 붉은 입술을 가지고 있었다. 얼굴에는 웃음을 띠고 있었으며 머리카락은 마치 푸른 연기처럼 헝클어져 있었다. 검은 사내는 머리를 받쳐 들고 사방을 한 바퀴 돌더니 솥 위로 손을 죽 뻗고는 입술을 움직이며 무슨 말인지 알 수 없는 말을 몇 마디 중얼거렸고 이내 두 손을 놓았

---

2 이 이름은 루쉰이 일찍이 『사당전문잡집俟堂磚文雜集』에서 사용했던 필명이다.

3 동물의 피, 고기, 뼈, 털 따위를 고열로 가열해 얻어낸 검은색 활성탄.

다. 풍덩하는 소리와 함께 아이의 머리가 물속으로 떨어졌다. 족히 다섯 자 이상 높이에 다다르는 물보라가 동시에 튀어 올랐다가 잠시 후에 모든 것이 평온해졌다.

시간이 한참 흘렀지만 아무런 움직임이 없었다. 국왕은 조급해하기 시작했고 뒤이어 왕후와 후궁, 대신과 환관들도 모두 초조해했다. 뚱뚱한 난쟁이 광대들은 벌써부터 비웃기 시작했다. 왕은 광대들이 비웃는 것을 보자 자기가 우롱을 당하고 있다고 생각되었다. 왕은 뒤돌아 무사들을 보며 왕을 기만하는 저 나쁜 놈을 당장 소를 넣는 솥에 처넣어 삶아 죽이라고 명령하고 싶었다.

그런데 그때 물이 끓어오르는 소리가 들렸다. 숯불도 활활 타올라 그 검은 사내의 얼굴을 붉게 달궈진 쇠와 같은 검붉은 색으로 비추었다. 왕이 다시 얼굴을 돌리자 그는 벌써 하늘을 향해 두 손을 뻗쳐 들고 눈은 허공을 응시한 채 춤을 추고 있었고 갑자기 날카로운 목소리로 노래를 부르기 시작했다.

하하 사랑이여, 사랑이로구나, 사랑이로구나!

사랑이여, 피여, 누구도 혼자가 아니다.(복수를 위해서는 반드시 피를 흘려야 한다.)

백성의 저승길에 일부는 큰 소리로 웃는다.

그는 백 개의 머리, 천 개의 머리, 만 개의 머리를 가지고 논다.(백성을 괴롭히고 농락하는 폭군을 이야기함)

나는 하나의 머리를 사용하니 여러 개의 머리는 필요 없도다.

머리 하나를 사랑함이여, 피여. 오호라!(미간척의 머리를 사용하여 복수를

「검을 주조한 이야기」, 딩충 작품(선쥔 여사 제공)

하고자 함)

피로다 오호라, 오호라, 아하,

아하 오호라, 오호라, 오호라!

노랫소리를 따라 솥 입구에서 물이 솟구쳐 올랐다. 그 모양은 위가 뾰족하고 아래가 넓어서 마치 작은 산과 같았다. 그러나 물은 뾰족한 꼭대기부터 솥 밑바닥까지 멈추지 않고 선회 운동을 계속했다. 그 머리는 물을 따라 오르락내리락 하며 원을 그렸고 빙글빙글 돌다가 스스로 곤두박질쳤다. 사람들은 그 머리가 즐거워하며 웃고 있는 모습을 어렴풋이 볼 수 있었다. 얼마가 지나서 머리는 갑자기 물결을 거슬러 헤엄치더니 베틀북 사이를 지나다니듯이 회전했다. 머리는 흥분한 듯이 물방울을 사방으로 튀기며 마당 한 가득 뜨거운 비를 뿌렸다. 갑자기 난쟁이 하나가 비명을 지르며 손으로 자기의 코를 문질렀다. 불행하게도 그는 뜨거운 물에 코를 데어 참을 수 없는 아픔 때문에 고통의 비명을 지른 것이었다.

검은 사내의 노랫소리가 멈추자 그 머리는 물 중앙에 멈추어 서더니 머리를 왕이 있는 방향으로 향했다. 그 얼굴빛은 매우 단정하고 장엄하게 변했다. 이렇게 10여 초 정도의 시간이 지나자 머리는 다시 위아래로 천천히 움직이며 전율했다. 머리는 전율하며 속도가 빨라지더니 물속에 가라앉았다 올랐다 하며 헤엄을 쳤다. 그러나 그 속도는 그렇게 빠르지 않았으며 태도는 온화하고 점잖았다. 머리는 물 주변을 돌아 오르락내리락을 반복하며 세 바퀴 헤엄을 쳤다. 그러더니 갑자기 커다란 눈을 부릅뜨고는 칠흑 같은 눈망울을 유난히 반짝이더니 입을 벌려 노래를 부르기 시작했다.

왕의 은혜가 광대하여

원수를 이겼도다. 이겼도다 원수를. 혁혁한 강대함이여!

우주는 유한하나 왕의 수명은 무궁하다.

다행히 내가 왔네, 푸르른 그 빛을 지니고!

푸르른 그 빛을 서로 잊지 못하네.

서로 다른 곳에 있으며(미간척은 솥 안에, 왕은 밖에서 그 모습을 보고 있다) 기세가 웅장하도다!

기세가 웅장하도다. 어허허.

푸르른 그 빛이 돌아와 왕을 모시려고 하네!

그러더니 갑자기 머리가 물 끝으로 올라가 멈추더니 몇 번을 곤두박질 친 후 위아래로 오르내리기 시작했다. 눈동자가 좌우를 힐끗 쳐다보는데 그 눈매가 매우 아름다웠고 입에서는 여전히 노래가 흘러나왔다.

아하 오호라, 오호, 오호.
사랑이여 오호라, 오호라 아호!
피로 물든 머리여 사랑이여 오호라.
나는 한 개의 머리를 사용하니 많은 장정이 필요 없다!
상대는 백 개의 머리, 천개의 머릴 쓴다네……

여기까지 노랠 하더니 머리는 가라앉아서 다시는 떠오르지 않았다. 노래 가사도 분별할 수가 없었다. 솟구쳐 오르던 물도 노랫소리가 약해짐에 따라 점점 낮아지더니 마치 썰물처럼 솥단지 밑으로 사라졌다. 먼 곳에서는 아무것도 보이지 않았다.

"어찌 된 일이냐?"

잠시 기다리던 왕은 참지 못하고 물었다.

"대왕."

그 검은 사내가 반쯤 꿇어앉아서 말했다.

"그는 지금 솥 바닥에서 가장 신기한 원무를 추고 있는 중이라 가까이 오지 않으시면 볼 수 없습니다. 원무는 반드시 솥 밑에서 추는 것이기 때문에 소인 또한 그를 올라오게 할 방도가 없습니다."

왕은 일어나서 계단을 내려왔다. 왕은 뜨거운 열기를 무릅쓴 채 솥 옆에 서서 머리를 내밀어 솥 안을 들여다보았다. 거울처럼 잔잔한 물만 보였다. 그 머리는 물 한가운데서 얼굴을 위로 향한 채 누워 있었고 두 눈은 왕의 얼굴을 쳐다보고 있었다. 잠시 후 왕의 눈빛이 그의 얼굴을 쏘아보자 그 머리가 우아하게 생긋 웃었다. 왕은 이 웃음을 보고 일전에 어디선가 본 듯한 느낌이 들었지만 그것이 누구였는지는 단번에 생각나지 않았다. 놀라움과 의아한 생각이 든 바로 그때, 검은 사내가 등에서 푸른 검을 뽑아 휘둘러 번개처럼 왕의 뒷덜미를 내리쳤다. 그러자 풍덩하는 소리와 함께 왕의 머리가 솥 안으로 떨어졌다.

원수끼리 마주치면 누구보다 먼저 알아보는 법인데 하물며 외나무다리에서 만났으니 어떠하겠는가. 왕의 머리가 물에 떨어지자마자 미간척의 머리가 올라와 한입에 왕의 귀를 필사적으로 깨물었다. 곧바로 솥 안의 물이 끓기 시작하더니 부글부글 끓는 소리를 냈다. 두 머리는 물속에서 필사적으로 싸웠다. 스무 번 가량 서로 싸우고 나니 왕의 머리는 다섯 군데의 상처를 입었고 미간척의 머리는 일곱 군데의 상처를 입었다. 왕은 매우 교활했기 때문에 항상 적의 뒤쪽으로 돌아갈 궁리만 했다. 미간척이 잠깐 방심한 사이 왕은 결국 미간척의 뒷덜미를 물었고 미간척은 머리를 돌릴 수가 없었다. 왕의 머리는 미간척을 물고 놓아줄 기미가 보이지 않았다. 왕의 머리는 미간척의 머리를 야금야금 먹어 들어갔고 솥 밖에까지 아파서 절규하는 아이의 울음소리가 들리는 듯했다.

위로는 왕후부터 아래로는 신하에 이르기까지 모두들 겁에 질려 옴짝달싹 못하다가 소리를 듣고는 술렁이기 시작했다. 마치 빛이 없는 어둠의 비애를 느끼는 것 같이 그들의 피부에는 한 톨 한 톨 소름이 돋아났다. 그러나 그들은 또 비밀스러운 환희에 휩싸인 듯 눈을 부릅뜨고 마치 무엇인가를 기다리는 것 같았다.

검은 사내도 약간 놀라 당황해하는 것 같았지만 그의 얼굴빛은 변하지 않았다. 그는 보이지 않는 푸른 검을 쥐고 있는 마른 나뭇가지 같은 자신의 팔을 침착하게 뻗고는 솥 밑을 자세히 보려는 듯 목을 길게 뻗었다. 그런데 갑자기 팔이 굽어지더니 푸른 검이 날렵하게 그의 뒷덜미를 내리쳤다. 검이 닿자마자 그의 머리는 잘려 솥 안으로 떨어졌다. 첨벙 소리와 함께 흰 눈과 같은 물보라가 공중을 향해 사방으로 튀어 올랐다.

그의 머리는 물에 떨어지자마자 왕의 머리로 달려들어 한 입에 왕의 코를 물었다. 그는 거의 왕의 코를 물어 뜯어낼 기세였다. 왕이 고통을 참지 못해 "아악" 비명을 지르며 입을 벌리자 미간척의 머리는 이 기회를 틈타 빠져나와 얼굴을 돌려 왕의 아래턱을 죽을힘을 다해 물었다. 그들은 왕을 놓아주지 않았을 뿐 아니라 온 힘을 다해 위아래로 왕의 머리를 찢어놓았다. 왕의 머리는 찢어져 다시는 입을 다물지 못했다. 그리하여 그들은 마치 굶주린 닭이 모이를 쪼아 먹듯이 왕의 머리를 마구 물어뜯었다. 왕의 머리는 물려서 눈이 찌그러지고 코가 납작해졌으며 온 얼굴이 상처투성이였다. 왕의 머리는 처음에는 솥 안에서 사방으로 이리저리 뒹굴더니 조금 지나자 누워서 신음 소리만 낼 뿐이었다. 나중에는 아무 소리도 내지 못하고 숨도 내쉬기만 할 뿐 들이쉬지도 못했다.

검은 사내와 미간척의 머리도 천천히 입을 다물었다. 그들은 왕의 머리에서 떨어져 솥 안벽을 따라 한 바퀴 돌며 왕이 정말 죽었는지 아니면 죽은 척하는 것인지를 확인했다. 잠시 후 왕의 머리가 확실하게 숨이 끊어진 것을 알자 네 개의 눈은 서로를 마주보며 미소를 지었다. 그리고는 눈을 감고 얼굴을 하늘로 향한 채 물속으로 가라앉았다.

4.

연기와 불이 사라지고 물결도 잠잠해졌다. 대전 위아래에 있던 사람들은 이상한 적막감에 문득 정신이 들었다. 그들 중 한 명이 먼저 소리를 지르자 모두들 겁에 질려 소리를 지르기 시작했다. 한 사람이 금솥을 향해 발을 내딛자 모두들 앞을 다투어 그쪽으로 몰려갔다. 무리의 뒤편으로 밀린 사람들은 사람들 목 사이의 틈새로 안을 엿볼 수 있었다.

솥 안의 열기는 아직도 뜨거워 사람들은 얼굴에서 열이 나는 것 같이 느껴졌다. 그러나 솥 안의 물은 거울처럼 잔잔했고 물 위에 떠 있는 기름층에는 그저 왕후, 후궁, 무사, 노신, 난쟁이, 환관 등 수많은 사람의 얼굴이 반사되어 보일 뿐이었다.

"아이고, 하늘이시여! 우리 대왕님의 머리가 아직도 안에 계시는구나, 아이고, 아이고!"

여섯 번째 후궁이 갑자기 미친 듯이 울부짖었다.

왕후부터 신하들에 이르기까지 모두들 제정신이 들더니 황망하게 흩어져 어찌할 바를 몰라 하며 네다섯 번을 뱅뱅 돌았다. 그때 모략에 제일 능한 늙은 신하 하나가 홀로 앞으로 나오더니 손을 뻗어 솥 주변을 만져보았다. 그러나 온몸을 벌벌 떨며 즉시 물러서서는 두 손가락을 입가에 대고 연신 불어대었다.

모두들 정신을 차리고 대전 문밖에 모여서 왕의 머리를 건져내는 방법을 상의했다. 대략 밥을 세 솥이나 짓고도 남을 만큼의 시간이 지나고 나서야 비로소 한 가지 결론에 도달했다. 그것은 큰 주방에 가서 철사로 된 국자를 모아다가 무사들을 시켜 힘을 합쳐 머리를 건져 내는 것이었다.

얼마 지나지 않아 도구들이 갖추어졌다. 철사국자, 쇠조리, 금쟁반, 행주들이 솥 옆에 놓여졌다. 무사들은 옷소매를 걷어 올리고 어떤 이는 철사국자로, 어떤 이는 쇠조리로 사용하여 일제히 공손하게 왕의 머리를 건지기 시작했다. 국자가 서로 부딪치는 소리, 솥을 긁는 소리가 들렸고 물은 국자를 젓는 방향에 따라 회전했다. 한참 후에 한 무사의 얼굴이 갑자기 엄숙해지더니 아주 조심스럽게 두 손으로 국자를 천천히 들어올렸다. 물방울이 국자 구멍으로 구슬처럼 흘러내리자 국자 안에는 눈과 같이 새하얀 머리뼈가 나타났다. 모두들 놀라서 소리를 질렀고 무사는 그 머리뼈를 금쟁반 위에 올려놓았다.

"아이고! 우리 대왕님!"

왕후, 후궁, 노신에서 환관에 이르기까지 모두들 목 놓아 울기 시작했다. 그러나 얼마 지나지 않아 그들은 잇따라 울음을 그쳤다. 왜냐하면 무사가 똑같은 머리뼈를 또 건져냈기 때문이다.

그들은 눈물이 글썽한 채로 사방을 둘러보았다. 무사들이 얼굴에 땀을 흘리며 여전히 솥에서 뼈를 건져내고 있는 모습이 보였다. 그 후에 그들이 건져낸 것은 흰 머리카락과 검은 머리카락이 엉킨 뭉치였고, 그 외에도 흰 수염과 검은 수염과 같이 보이니 짧은 것들은 몇 국자 건져 올렸다. 그 후에 또 머리뼈 하나를 건져냈고 뒤이어 비녀 세 개를 건져냈다.

무사들은 솥 안에 물만 남자 비로소 국자를 젓던 손을 멈추었다. 그들은 물속에서 건져낸 물건들을 금쟁반 세 개에 나누어 담았다. 한 쟁반에는 머리뼈를, 다른 한 쟁반에는 머리카락과 수염, 나머지 한 쟁반에는 비녀를 올려담았다.

"우리 대왕님의 머리는 하나뿐인데 어느 것이 우리 대왕님의 것인가요?"

아홉 번째 후궁이 초조해하며 물었다.

"그렇습니다만……."

늙은 신하들은 서로의 얼굴만 쳐다보았다.

"만약 살가죽이 너무 삶아져 풀어지지 않았다면 쉽게 판단할 수 있었을 것입니다."

한 난쟁이가 꿇어앉으며 말했다.

그들은 침착하게 마음을 가라앉히고 머리뼈를 자세히 살펴보는 수밖에 없었다. 그러나 머리뼈들은 색과 크기가 비슷하여 아이의 머리뼈가 어느 것인지조차 가려낼 수가 없었다. 왕후는 왕이 태자였을 때 당시 넘어져 다친 상처가 오른쪽 이마에 있다고 하며 어쩌면 뼈에도 그 흔적이 남아 있을지 모른다고 말했다. 과연 난쟁이가 한 머리뼈에서 그 흔적을 발견했다. 모두들 기뻐하고 있을 때 다른 난쟁이 하나가 약간 누런색의 다른 머리뼈에서 오른쪽 이마 부분에 비슷한 상처가 있는 흔적을 발견했다.

"저에게 방법이 있습니다. 우리 대왕님은 코가 매우 높으셨지요."

세 번째 후궁이 득의양양하게 말했다.

환관들은 곧바로 코뼈 연구에 착수했다. 그중 머리뼈 하나가 확실히 비교적 높은 코를 가진 것 같아 보였다. 그러나 결국에는 다른 것들과 별로 큰 차이가 없어 보였고 가장 아쉬운 점은 바로 오른쪽 이마 위에 넘어져 다친 상처의 흔적이 없는 것이었다.

"그런데, 대왕의 후두골이 이렇게 뾰족했었느냐?"

늙은 신하들이 환관에게 물었다.

"소인들은 여태껏 대왕의 후두골을 유심히 살핀 적이 없어서……"

왕후와 후궁들도 제각기 그것을 기억해내려 애를 썼다. 어떤 이는 왕의 후두부가 뾰족하다고 하고, 어떤 이들은 평평하다고 했다. 그래서 왕의 머리를 빗어주던 환관을 불러다가 물어보았지만 그는 오히려 한마디도 하지 못했다.

그날 밤 왕공 대신들이 회의를 열어 어느 것이 왕의 머리인지 결정하고자 했지만 낮과 마찬가지로 결론이 나지 않았다. 게다가 수염과 머리카락에도 문제가 발생했다. 흰 것은 물론 왕의 것이었지만 희끗희끗한 것도 있어 처리하기가 매우 곤란했다. 밤늦게까지 상의한 결과 겨우 붉은 수염 몇 가닥만을 제외시켰다. 그런데 아홉 번째 후궁이 이에 항의했다. 그녀는 자신이 일전에 왕이 샛노란 수염 몇 가닥을 가지고 있는 것을 분명히 보았다고 하며 어떻게 왕이 붉은 수염을 한 가닥도 가지고 있지 않다고 단정지을 수 있냐고 했다. 그래서 이 문제 역시 원점으로 돌아가 해결하지 못한 채로 남겨졌다.

한밤중이 되어도 아무런 결과를 얻지 못했다. 그들은 하품을 하면서도 계속해서 토론을 이어갔다. 닭이 두 번이나 울고 나서야 가장 신중하고도 타당한 방법을 결정했다. 그것은 세 개의 머리뼈를 왕의 몸과 함께 금관에 넣어 매장하는 것이었다.

칠일 후 장사 지내는 날이 되자 온 성안이 시끌벅적했다. 성안은 물론 먼 곳에 사는 백성들은 모두 국왕의 '대출상大出喪'을 보러 몰려들었다. 날이 밝자 길에는 이미 남녀노소들로 가득 찼고, 그 사이에는 많은 제사상이 차려져 있었다. 오전이 되자 길을 정리하는 기사들이 천천히 모습을 드러냈다. 한참이 지난 후 깃발과 곤봉, 창과 활, 도끼 같은 것을 든 의장대가 나타났다. 그 뒤로는 북을 치고 나팔을 부는 네 대의 수레가 따랐다. 또 그 뒤로는 누런 천이 덮인 마차가 울퉁불퉁한 길을 따라 오르락내리락하면서 점점 가까이 다가왔다. 이어서 영구차가 나타났다. 그 위에는 금관이 실려 있었는데 그 관 속에는 머리 세 개와 몸뚱이 하나가 누워 있었다.

백성이 모두 꿇어앉자 차려놓은 제사상들이 줄줄이 사람들 사이에서 모습을 드러냈다. 의롭고 충성스런 몇몇 사람은 눈물을 삼키며 그 대역무도한 두 역적의 혼백이 왕과 함께 제사를 받는 것을 걱정했다. 그러나 달리 방도가 없었다.

그 뒤로는 왕후와 수많은 후궁이 탄 수레가 따라왔다. 백성이 그녀들을 쳐다보았고, 그녀들 역시 백성을 쳐다보았지만 그저 울기만 했다. 그 뒤로는 대신, 환관, 난쟁이의 무리가 따랐는데 모두 얼굴에 슬픈 표정을 짓고 있었다. 백성은 더 이상 그들을 쳐다보지 않았고 그 행렬도 엉망진창이 되어 그 꼴이 말이 아니었다.

1926년 10월 지음

_『루쉰 전집』 제2권 『고사신편』

덧붙이는 말

루쉰 생전의 최후의 담화

1936년 10월 17일 오후, 루쉰은 갑자기 상하이에 있는 일본인 작가 가지 와타루 부부의 집을 방문했다. 루쉰은 그들을 만나자마자 막 출판한 『중류中流』 잡지를 건네주면서 "이번에 「여조」라는 글을 썼습니다……"라고 말했다. 가지 와타루의 부인 이케타 사치고는 루쉰이 이 말을 하는 순간 그가 "얼굴에 주름이 가득하게 웃던 모습"에 주목했다.— 루쉰의 찬란한 웃음은 훗날 그들의 영원한 기억 속에 남았다.

사치고는 루쉰에게 "선생님, 지난달에 「죽음」을 썼고, 이번에는 목매 죽은 귀신 이야기를 썼으니 다음에는 어떤 것을 쓰실 건가요?"라고 물었다. 그러자 루쉰은 웃기만 할 뿐 대답은 하지 않았다. 그러더니 갑자기 질문을 하기 시작했다. "일본에도 머리가 없는 귀신이 있나요?" 그러자 가지 와타루가 대답했다. "머리 없는 귀신은 들어보지 못했습니다만 다리가 없는 귀신은 들어보았습니다." 루쉰이 말했다. "중국의 귀신도 다리가 없지요. 보아하니 어느 나라의 귀신이든지 모두 다리가 없는 것 같군요……."
그러고 나서 그들은 고금동서를 막론하고 문학 중에 기록된 귀신 형상에 대한 이야기를 시작했다. 루쉰은 아주 흥미진진해 하며 그가 일본에서 돌아와 사오싱으로 돌아갔을 때 하루는 늦은 밤 무덤 근처를 걸어가다가 갑자기 '귀신'을 만났는데 나중에 알고 보니 그것은 그저 좀도둑에 지나지 않았던 일화를 이야기했다.

루쉰은 그날 집으로 돌아와 이튿날 새벽 세시 반쯤부터 갑자기 병세가 악화되었고 꼬박 하루를 고통 속에 괴로워하다 1936년 10월 19일 새벽 5시 25분에 이 세상을 떠났다.

하수귀河水鬼: 사오싱의 또 다른 특별한 귀신

우리 고향에서는 그것을 Ghosychiu라고 부르고 이를 글자로 쓰면 바로 '하수귀'가 된다. 그것은 물에 빠져 죽은 사람의 원혼이다. 이는 오상五傷[1]의 하나다. 오상은 대략 물, 불, 칼, 끈, 독을 말하는데 내 기억으로는 호랑이도 이 안에 들어가는 것 같지만 확실치는 않다. 어쨌든 물에 빠져 죽은 귀신은 오상의 하나로 의심할 여지없이 관례에 따라 "대신 죽을 사람"을 구하려 한다. (…) 하수귀는 매번 각종 물건으로 변신하여 해안가에 떠다닌다. 만약 어떤 사람이 손을 뻗어 그것을 낚아 올리려 하면, 그 모습은 마치 스스로가 물속으로 들어가는 것처럼 보이나 사실은 하수귀가 그를 물속으로 끌어내리고 있는 것이다. 목매 죽은 귀신은 색色으로 사람을 유

---

1 죽은 뒤 살아 있는 사람을 유혹하는 귀신이 되는 다섯 가지 큰 원인—옮긴이

혹하나 하수귀는 사람의 욕심利을 이용해 유혹하는 것이다.
하수귀는 매우 아름답고 사랑스러운 모습을 하고 있다. (···) 늙거나 어리거나 촌스럽거나 잘생기거나를 막론하고 일단 사람이 물에 빠져 죽으면 모두 똑같은 모습으로 변한다고 한다. 사람들 말에 따르면 그 모습이 마치 어린아이와 같고 삼삼오오 모여서는 물가 버드나무 아래에서 개구쟁이처럼 "동전 굴리기"를 하며 논다고 한다. 게다가 깜짝 놀라 물속으로 뛰어 들어가는 모습은 마치 청개구리와 같다고 한다. 한 가지 차이점은 청개구리는 물속에 뛰어 들어갈 때 풍덩 소리를 내며 물보라를 일으키지만 하수귀는 그렇지 않다는 것이다. 그런데 왜 나이든 하수귀 역시 물가에서 동전 놀이 하는 것을 좋아하는 것일까? 사리 분별에 능한 마을 어른들도 여기에 대해서는 나에게 설명해준 적이 없다. 나 스스로도 그 이유를 찾을 만한 능력은 없는 것 같다.

_ 저우쭤런, 『간운집看雲集』「물속의 물건」

화중유귀話中有鬼(말 속에 귀신이 있다)

'귀신鬼'은 보통 좋은 말이 아니다. "이 귀신같은 놈!"이라고 말하는 것은 사람을 욕하는 것이고 "죽을 놈의 귀신" 역시 그러한 의미다. 그 외에도 "담배 귀신" "술 귀신" "아귀(식충이)" 등이 있는데 모두 좋은 의미는 아니다. 그러나 욕에도 분노가 가득한 욕이 있는 반면 우스운 농담과 같은 욕도 있기 마련이다. 화가 나서 욕을 퍼붓는 것은 그 사람을 증오하는 것이겠지만 농담으로 하는 욕에는 나름 애정이 들어 있기 때문이다. "때리는 것은 그저 아프게 하려는 것이지만, 욕하는 것은 그 속에 사랑이 있기 때문이다"라는 말이 바로 이를 증명해준다고 할 수 있다. 이러한 욕은 욕을 하는 사람이 화가 나 이를 부득부득 가는 것처럼 보여도 정작 욕을 듣는 사람은 마음이 근질근질해 웃음이 나는 것이다. 여자들이 "귀신같은 놈" "죽일 놈의 귀신"과 같은 욕을 하기 좋아하는 것은 대략 이러한 이치 때문이다. 나이에 따라 "늙은 귀신"과 "어린 귀신"으로 나누기도 하는데 이들은 얄미우면서도 사랑스럽다.—"귀신 같은 녀석(꼬맹이 녀석)"과 같은 말은 그야말로 다정스럽고 따뜻하다…….
여태껏 "귀신 같이 멍청하다"라는 말은 한 번도 들어보지 못했지만 "귀신 같이 총명하다"라는 말은 들어봤다. 귀신은 대개 총명하기 때문이다. "귀신 같이 총명하다"는 말은 비록 일을 진지하게 하지 않고 잔머리를 잘 굴리는 것을 의미하지만 나름 감탄할 만한 부분도 있다. "이 무슨 귀신같은 수작이야(말 같지도 않은 일이야)!"라는 말은 비록 본인의 마음에 들지는 않지만 상대방은 그저 장난을 친 것에 불과하다. 당신이 웃거나 욕을 하거나 아니면 웃지도 울지도 못하는 것은 모두 그 "못된 장난"에 호되게 당한 연유다. "귀신 같이 총명하다"는 말은 진지한 의미도 있는데 책에 나오는 "귀재鬼才"가 바로 그 의미를 담고 있다. 이하李賀는 유일하게 귀재로 불린 시인인데 그의 시는 농염하고 아름다우며, 은밀하고도 음험해 실로 귀기가 충만했다. "귀신과 같이 총명하다"는 의미보다 한 단계 더 높은 것을 책에서는 "귀공鬼工"이라고 부른다. 귀공은 음험하고 기이하며 인간의 힘으로 감히 닿을 수 없는 경지에 이른 것이라 할 수 있다. 그 외에도 "귀부신공鬼斧神工(기교가 귀신이 만든 것처럼 뛰어나다)"과 같은 표현 역시 비슷한 찬사의 표현이라 할 수 있다. "귀鬼"는 "신神"의 빛과 결합해야지만 비로소 이러한 "자연기묘"한 경지에 이를 수 있다. 만약 그렇지 않다면 단순히 "음산하고 기이한" 것에 그칠 뿐이다. 그러나 빛의 덕을 보아도 최고가 되기가 쉽지만은 않다. 예를 들어 서화를 논할 때 "신품神品"이라 일컬음은 최고의 작품을 말하는 것이지만 절대로 "귀품鬼品"이란 말은 사용하지 않는다. 그렇기 때문에 "귀鬼"는 아무리 해도 최상품이 되지 못하는 것인데 이는 정말로 안타까운 일이다.

_ 저우쯔칭, 『어문영語文影(말과 글의 그림자)』「화중유귀」

3.
생명의 근원에 대한 상상

루쉰이 20세기 초에 쓴 『과학사교편科學史教篇』의 첫머리는 '탈레스는 물을 세상 모든 사물의 근원으로 생각했고, 아낙시메네스는 공기가 세상의 근원이라고 여겼으며 헤라클레이토스는 불이 세상의 근원이라고 말했다'라는 고대 그리스인의 우주 형성의 기본 원소에 대한 인식과 상상에 대한 언급으로 시작된다.

우리가 생활하고 있는 우주에는 근원이 되는 물질과 생명의 원소가 있다. 이에 대해 인류는 대개 비슷한 생각을 갖고 있지만 서로 다른 민족, 지역, 다양한 문화와 전통 사이에서 어느 정도의 다른 견해를 갖기도 한다. 특히 중국인들이 이해하고 있는 우주의 기본이 되는 물질과 생명의 원소는 주로 금(광물), 나무(식물), 물, 불, 토양이다.

그래서 금, 목, 수, 화, 토에 관한 문학적 상상을 갖고 있다. 어떤 이는 이를 두고 '고도의 우주적 형상'에 대한 상상이라고 말한다.

이것은 가장 도전적인 문학적 과제이며 동시에 상상력과 생명에 관한 과제다. 창조적 상상력이 풍부한 작가들은 모두 타인과 이전 사람들과는 다른 자기만의 새로운 형상을 창조하고자 노력한다.

루쉰이 운명적으로 이런 도전을 받아들이고 타인과 전혀 다른 세계를 창조하게 된 것은 그 무엇에도 구속되지 않는 자유롭게 약동하는 생명력 덕분이다.

길잡이 글

「죽은 불死火」은 루쉰의 작품 중에서도 기이함을 가진 글奇文이다. '기이함'은 본래 루쉰의 사고가 갖고 있는 독특함이다.

사람들이 상상하는 불의 관념은 가지각색이지만 대개 뜨겁고 맹렬히 타오르는 생명의 상징이다. 그러나 루쉰의 불은 오히려 뜨겁게 타오르기를 멈춘 '죽은 불'이다. 이는 단순히 '생명'의 시각이 아니라 '삶'과 '죽음'이라는 두 가지 측면에서 바라보고 생각하는 불이다. 이것이 바로 첫 번째 기이한 점이다.

그다음으로는 딱 한번 마주치는 '나'와 '죽은 불'의 기이한 만남이다. 불은 '끊임없이 변화하고 영원히 고정된 모양을 가질 수 없는 것'이며 언어와 문자로 기록하고 묘사할 수 없는 것임에도 마치 유동하고 움직이며 움켜쥘 수 있을 것처럼 '죽은 불'을 묘사하고 있다. "죽은 불을 손에 넣다니!" 이 얼마나 기쁜 일인가! 이것이 바로 두 번째 기이한 점이다.

그리하여 불에 관한 또 다른 독특한 감상을 갖게 된다. '나는 죽은 불을 주워들고 자세히 들여다보려 했지만, 그 냉기로 인해 손이 타는 것 같았다' 이것은 얼음과 불이며 차디찬 것과 뜨거운 것의 뒤섞임이다. '뜨거운 불꽃이 흐른다…… (죽은 불은) 얼어붙은 땅 위로 마치 물처럼 흐른다.' 이것이 바로 세 번째 기이한 점이다.

그리고 놀랍게도 '얼어서 없어질 것인지' '전소되어 소멸할 것인지' 선택하기 어려운 철학적 토론을 전개한다. 이것이 바로 네 번째 기이한 점이다.

'나'와 '죽은 불'과 '달려오는 트럭'의 결말은 사람들의 상식을 뛰어넘는 것이다. 그리고 "하하" 하고 웃는다. 남은 것은 '붉은 웃음'이다. 이것이 바로 다섯 번째 기이한 점이다.

죽은 불死火

나는 얼음 산 사이로 마구 내닫는 꿈을 꾸었다.

이것은 높고 큰 얼음산이다. 얼음 하늘을 머리에 이고 있다. 그 하늘은 마치 물고기 비늘 같은 모양의 얼음 구름으로 가득하다. 산기슭에는 얼음 삼림이 있다. 나뭇가지와 잎은 마치 소나무처럼 뾰족하다. 모든 것이 얼음처럼 차갑고 창백하다.

그러다 나는 홀연 얼음 골짜기로 곤두박질쳤다.

위아래 사방 어느 것 하나 얼음으로 뒤덮여 있지 않은 것이 없었다. 생기 없이 새하얗다. 이 창백한 얼음 위로 무수히 많은 붉은 그림자가 마치 산호 그늘처럼 어른거렸다. 발아래를 내려다보니 붉은 화염이 거기 있었다.

이것은 죽은 불이다. 몹시 뜨거워 보였지만 조금도 움직이지 않고 마치 산호 가지처럼 전체가 얼음 결정으로 된 것 같았다. 불꽃의 뾰족한 끝에 검은 연기가 응고되어 있다. 아마 불덩어리에서 나와 바싹 말라버린 모양이다. 불이 얼음의 사방을 비추고 그것들끼리 서로 반사되어 무수히 많은 그림자를 만들어내어 이 얼음 골짜기는 붉은 산호색으로 물들게 되었다.

하하!

내가 어렸을 적에 쾌속정이 달릴 때 일어나는 거친 물보라와 용광로에서 뿜어내는 뜨거운 불꽃을 보는 것을 좋아했다. 그냥 보기만 할 뿐 아니라 그것들을 하나하나 정확하게 보고 싶어 했다. 애석하게도 그 모양은 시시각각 변화하는 것이라서 고정된 모양은 영원히 존재하지 않았다. 응시하고 또 응시해봐도 좀처럼 어떤 일정한 형상의 흔적조차 보이지 않았다.

내가 지금 이 죽은 불꽃을 손에 넣었구나!

죽은 불을 주워들고 자세히 들여다보려 하니 그 냉기로 이미 나의 손은 타는 것 같았지만 나는 꾹 참고 그것을 주머니 속에 넣었다. 얼음 골짜기 사방을 딛고 서니 모든 것이 창백했다. 나는 한편 이 얼음골을 빠져나갈 방법을 생각했다.

내 몸에서는 철사로 만든 실뱀 같은 검은 연기가 뿜어 나왔다. 얼음골 사방을 내닫으니 흐르는 붉은 불꽃으로 가득했다. 마치 큰 불이 모여들어 나를 포위하는 것 같았다. 고개를 숙여보니 죽은 불이 연소되어 내 옷을 태우고 나와 언 땅 위로 흘러갔다.

"이봐, 친구! 자네의 체온으로 내가 깨어났다네." 불이 말했다.

나는 불에게 인사를 건네야 한다는 것도 잊은 채 그의 이름을 물었다.

"사람들이 나를 이 골짜기에 버렸다네." 불은 동문서답 하듯 이렇게 말했다. "나를 버린 사람들은 이미 죽었고 다 사라졌다네. 나도 꽁꽁 얼어서 죽을 지경이었지. 자네의 온기가 아니었다면 다시 타오르지 못한 채 곧 죽어버렸을거야."

"깨어나서 반갑군. 나는 얼음 골짜기를 나갈 방법을 생각하고 있었다네. 내가 자네를 데리고 나가겠네. 그러면 영원히 얼지 않고 뜨겁게 타오를 수 있을 거야."

"아이고! 그럼 나는 꽁꽁 얼어붙어버릴 거야!"

"자네가 다 타버리면 나로서는 좀 애석한 일인데. 그럼 내가 자네를 여기다 두고 갈 테니 그냥 여기 있게."

"아이고! 그럼 나는 꽁꽁 얼어붙어버릴거야!"

"그럼 어떻게 해야 하지?"

"그러는 자네는 어찌할 셈인가?" 불이 반문했다.

"나는 이 얼음 골짜기를 나가겠다고 말했네……"

"그렇다면 나도 전소되는 편이 낫겠군!"

불은 붉은 혜성처럼 갑자기 솟구쳤고, 나도 그 얼음골 밖으로 나와 있었다. 큰 돌을 실은 차가 갑자기 달려왔다. 나는 결국 차바퀴 아래 깔려죽으면서 그 차가 얼음 골짜기로 떨어지는 것을 보았다.

"하하! 너희는 다시는 죽은 불과 마주치지 못할 걸!" 나는 득의양양하게 웃으며 마치 그렇게 되기를 바라는 것처럼 말했다.

1925년 4월 23일

_『루쉰 전집』 제2권 『들풀』

길잡이 글

남쪽 지역에서 내리는 눈에는 물기가 많아 '촉촉하고' '영롱하게 빛이 나서' 물이 뚝뚝 흐르는 듯한 느낌이 난다는 점을 기억하자. 북쪽의 눈은 건조하여 '흙'과 같은 느낌이다. "영원히 가루처럼, 모래처럼…… 지붕에 땅에 마른 풀 위에 흩뿌려진다." 그리고 '불'과 같은 느낌이다. "햇빛 속에 찬란하게 빛을 발하는 것이 마치 불꽃을 품은 것과 같은 짙은 안개"다. 비, 눈, 물, 흙, 불이, 모든 생명의 '영혼'은 이렇게 서로 통하고 있다. 그 가운데 더욱이 '인간'의 영혼을 그리고 루쉰의 영혼을 포함하고 있다.

「아름다운 이야기好的故事」는 독특한 관점으로 '강물'을 관찰하고 묘사한다. '물' 속에는 '물 표면에 거꾸로 비친 그림자'가 있다. "물 가운데의 푸른 하늘" "양쪽의 물가에 오구나무, 새로 나온 벼의 싹, 야생화, 닭, 개, 수풀과 고목, 탑, 불교 사원, 농부와 촌부, 시골 소녀, 햇빛에 빛나는 옷, 승려, 도롱이와 삿갓, 하늘, 구름, 대나무…… 모두 맑고 푸른 강물 위에 거꾸로 그림자를 드리우고 있다." 이 역시 생명의 어우러짐이다.

루쉰의 눈에 비친 세상과 글 속에 담긴 우주와 생명은 생동감으로 넘쳐나고 무한한 활력을 품고 있다. 눈은 "소용돌이를 그리며 하늘로 날아오르고" 물 가운데 비친 "그림자는 모든 사물을 한 곳에 모아 비추고 있다. 그리고 잔잔히 움직이고 크게 퍼지면서 서로 어우러지고 있다. 방금 이렇게 어우러진 그림자는 또 한곳에 모여 축소되어 보이기도 하고 다시 잔잔히 본래의 모습으로 돌아가기도 한다." 그리고 "수없이 아름다운 사람들과 아름다운 일들"은 "흩뿌려놓은 수많은 별처럼 빠르게 움직이며 펼쳐진다. 영원히."

루쉰은 여기에 생명의 에너지를 담아냈다.

눈

남국의 비는 차갑고 견고한 결정이 있는 빛나는 눈꽃으로 변한 적이 없었다. 박식한 사람들이 이를 무료하다 생각한다지만 비는 스스로 그것을 불행이라 여길까? 강남의 눈은 그래도 촉촉하게 물기를 머금어 아름답기 그지없다. 그것은 마치 어렴풋이 피어나는 청춘에 대한 소식과 같으며 건강한 처자의 눈부신 살결과 같다. 눈 덮인 벌판에는 핏빛처럼 붉게 타오르는 동백꽃의 봉오리가 있고 연둣빛 잎에 흰 꽃잎이 어우러진 매화, 종 모양으로 생긴 납매화가 피었다. 눈 덮인 벌판 아래로는 퍼렇게 언 잡풀이 있다. 나비는 없었다. 꿀벌이 동백과 매화 사이를 날아다니며 꿀을 채집하러 다녔는지는 정확히 기억하지 못한다. 그렇지만 나는 눈 앞 설원에 펼쳐진 겨울 꽃을 보니 수많은 꿀벌이 분주히 날아다니는 것이 보이는 것 같고 붕붕 날개소리마저 들리는 듯했다.

아이들 일고여덟이 모여 자줏빛 생강처럼 얼어터진 손을 호호 불어가며 눈사람을 만든다. 눈사람이 잘 만들어지지 않자 누군가의 아버지가 와서 도와주었다. 눈사람의 키는 아이들보다 훨씬 커졌다. 원래 눈사람은 몸통은 크고 머리를 작게 만든다 하지만 결국 조롱박인지 눈사람인지 구분이 가지 않았다. 깨끗하고 새하얀 것이 마치 촉촉한 물기를 머금은 칠을 한 것인 양 전체가 반짝반짝 빛이 났다. 아이들은 룽옌[1]으로 눈사람의 눈을 만들어주고 어느 아이 어머니의 경대서랍에서 가져온 연지를 발라 붉은 입술을 그려주었다. 그러자 제법 그럴싸한 눈사람이 되었다. 이글이글한 눈에 붉은 입술의 눈사람이 눈밭에 서 있었다.

다음날 아이들 몇이 눈사람을 찾아왔다. 눈사람을 보며 손뼉을 치고 고개를 끄덕이며 히드득 웃어댔다. 그러나 결국 눈사람은 홀로 남겨졌다. 눈사람 표면은 낮에는 녹고 밤에는 한 겹의 얼음층이 생기면서 반투명의 수정처럼 변했다. 눈이 내리지 않는 낮과 밤이 연일 지속되자 눈사람의 형체는 알아볼 수 없었고 입술의 연지도 지워지고 말았다.

북방에서는 눈꽃이 펄펄 흩날리고 나면 가루나 모래처럼 깔깔하여 좀처럼 한데 뭉쳐지지 않는다. 지붕, 땅, 마른 풀에 내린 눈도 다 그렇다. 지붕에 내린 눈은 집의 온기 때문에 금방 녹아 없어진다. 그런데 다른 곳에 내린 눈은 맑은 날 불어오는 회오리바람에 마구 흩날린다. 이 눈가루가 만들어내는 연무는 햇빛을 받아 반짝이며 휘돌아쳐 온 하늘을 뒤덮는다. 하늘도 소용돌이치며 반짝인다.

넓디넓은 들판 위와 차디찬 하늘 아래서 반짝거리며 날아다니고 선회

---

1 나무껍질 같은 딱딱한 표피에 둘러싸인 달콤한 맛이 나는 열매. 안에는 흰 과육과 딱딱하고 검은 씨가 들어 있다. — 옮긴이

「들제비꽃」, 일본 화가 후키아 고지蕗谷虹兒의 작품으로 루쉰이 인용하여 소개했다.

하는 것은 비의 넋이다.

그렇다, 그것은 고독한 눈이고, 죽어버린 비다. 비의 넋이다.

1925년 1월 18일

_『루쉰 전집』 제2권 『들풀』

아름다운 이야기

등불이 점점 잦아든다. 기름이 다 되었다는 뜻이다. 싸구려 기름 때문에 등갓은 이미 시커멓게 그을었다. 사방에서 폭죽 터지는 소리가 요란하고 궐련에서 피어나는 연기로 자욱해진, 어둑어둑한 밤.

나는 몸을 뒤로 젖히며 의자 등받이에 등을 기대며 눈을 감는다. 『초학기初學記』를 쥔 손을 무릎 위로 내려놓았다.

나는 몽롱해진 가운데 아름다운 이야기를 본다.

실로 아름답고 고요한 정취가 있으며 즐거운 이야기였다. 무수히 많은 아름다운 사람과 일들이 교차하고 뒤섞인다. 마치 꽃구름처럼 온 하늘을 뒤덮는 듯, 총총한 별들이 날아다니며 무궁무진한 별자리를 그려내는 듯.

나는 쪽배를 타고 산음도山陰道(사오싱현 서남쪽 풍경이 아름다운 곳)를 지나던 일이 생각났다. 강 양쪽 기슭의 옻나무, 파릇파릇한 곡식, 들꽃, 닭, 개, 관목과 고목, 오막살이, 탑, 절, 농부와 시골 아낙네, 시골처녀, 널어놓은 빨래, 중, 도롱이, 하늘, 구름, 대나무…… 맑고 푸른 강물 속에 거꾸로 비친 그림자는 노를 저을 때마다 햇빛에 반짝이며 물속의 하늘거리는 부평초와 물고기들과 더불어 일렁거리고 있었다. 온갖 그림자와 물체가 흐트러져 일렁거리며 퍼져나가다가 한데 어우러지고, 그러는가 싶다가 또다시 한데 뭉쳐지다 이내 잔잔해지며 제 모습을 되찾곤 했다. 가장자리가 뭉게뭉게 피어오르는 한여름의 구름은 햇빛이 투과하자 수은과 같은 눈부신 빛을 쏟아내고 있었다. 내가 거닐어본 강의 풍경은 대개 이러했다.

지금 내가 봤던 이야기도 그랬다. 수면 위 일렁대는 푸른 하늘 위로 모든 물체가 한데 어우러져 끊임없이 움직이고 전개되는 한편의 이야기를, 그래서 영원히 못 다 읽을 것 같은 이야기를 만들어냈다.

강가의 늙은 버드나무 아래에 사람 키만큼 자란 접시꽃이 여리여리하게 피어 있었다. 아마도 시골 처녀들이 심었으리라. 붉은 꽃과 붉은색에 얼룽얼룽 점이 박힌 꽃들이 수면 위에 비쳐 아른거린다. 흐트러져버리기도 하고 길쭉해지기도 하면서 붉은 연지가 수면에 아지랑이처럼 풀어지는 듯. 그러나 붉게 뒤엉켜 울렁이지 않는다. 오막살이 집, 개, 탑, 시골처녀, 구름…… 이 역시도 수면 위에서 아른거린다. 핏빛같이 빨간 꽃들이 송이송이 기다랗게 늘어나서 이번에는 붉은 비단 띠로 변하여 너풀거리며 흘러내린다. 비단 띠는 개를 휘감고 개는 흰 구름 속에 말려들어가며 흰 구름은 시골 처녀를 감싼다. 그 순간 그것들은 물결 따라 또다시 한데 뭉쳐진다. 알록달록 점이 박힌 꽃 그림자는 부서져 길게 늘어나 탑과 시골 처녀와 개와 오막살이집과 구름 속으로 말려들어갔다.

지금 내가 보고 있는 이야기가 또렷이 떠올랐다. 아름답고 그윽한 정취를 담은 눈을 떼지 못하는 이야기. 게다가 분명했다. 푸른 하늘이 담긴 수면 위로 무수히 많은 아름다운 사람과 아름다운 일들을, 나는 일일이 보았고 하나하나 기억했다.

나는 이들을 응시하려 했다.

그것들을 지켜보려는 순간 나는 깜짝 놀라 눈을 떴다. 꽃구름은 어느덧 구겨지고 헝클어졌다. 누군가 큰 돌을 강물에 던진 듯 갑자기 파문이 일며 모든 그림자가 조각조각 부서졌다. 나는 얼떨결에 거의 땅에 떨어지려는 『초학기』를 꽉 쥐었다. 눈앞에는 부서진 무지갯빛 그림자들이 아직 몇 남아 있었다.

나는 이 아름다운 이야기를 무척이나 사랑한다. 그 부서진 그림자라도 남아 있을 때 그것을 붙잡아서 완성시켜 남겨두려 한다. 나는 책을 내던지고 허리를 굽혀 붓을 찾아들었다. 그 부서진 그림자는 어디 있는가, 그저 어둠침침한 등불만 보일 뿐 나는 쪽배에 앉아 있지 않았다.

그러나 이 아름다운 이야기를 보았다는 것만은 나는 언제나 잊지 않을 것이다. 이 어두운 밤에…….

1925년 2월 24일

_『루쉰 전집』 제2권 『들풀』

길잡이 글

「책갈피 속 빛바랜 나뭇잎臘葉」은 1925년부터 1926년 초에 이르기까지 루쉰이 병상에서 쓴 '나를 사랑하고 지키고자 하는 사람을 위한 글'이다. 이 작품은 죽음과 생명의 가치에 대한 생각이 고스란히 녹아 있다. 이토록 생명에 관한 묵직한 주제는 오히려 루쉰의 글 속에서 시의詩意 가득한 독특한 생각으로 변화한다. 루쉰은 자신을 시든 잎사귀로 비유하여 인간 생명의 역정을 자연과 계절에 따라 싹이 자라고 바람에 잎이 떨어지는 나뭇잎의 생명사로 전환시킨다. 생명의 빛깔 역시 나뭇잎의 색처럼 변화한다. 자신의 생명과 자연의 생명(나뭇잎)을 하나로 보는 것이 매우 인상적이다. 그리고 깊은 가을이 되면 "둘레에 까만 테를 두른 것 같은, 벌레가 파먹은 구멍은 붉고 누렇고 푸른 반점들 속에서 맑은 눈동자처럼 나를 응시하고 있었다." 이 검은 죽음의 빛깔은 붉은색, 노란색, 녹색의 찬란한 생명의 빛깔과 한데 어우러져 기묘한 느낌을 주고 오싹한 생각이 들게 한다.

"내 후원에는 창밖에 나무 두 그루가 있다. 하나는 대추나무이고 다른 하나도 대추나무다." 「가을 밤秋夜」의 대추나무는 루쉰이다. 그 나무는 봄이 가고나면 또다시 가을이 올 것이라는 낙엽의 꿈을 알고 있다. 나무는 잎을 다 떨궈내고 앙상한 가지뿐이지만 "가장 곧고 긴 가지들은 말없이 쇠막대처럼 기괴하고도 높은 하늘을 찌르고 있었다. 그 바람에 하늘은 눈을 껌벅이고 있었고, 허공에 걸린 둥근 달도 가지에 찔려 어쩔 줄 모르고 새하얗게 질렸다."

책갈피 속 빛바랜 나뭇잎

등불 밑에서 『안문집雁門集』을 읽고 있었는데 문득 책갈피 속에 끼워두었던 단풍나무 잎이 나왔다.

이것을 보는 순간 나는 지난해 늦가을 일이 생각났다. 밤새 된서리가 내리자 나뭇잎은 대부분 떨어졌고 앞뜰에 있는 작은 단풍나무 잎도 색이 붉게 변했다. 나는 나무 주변을 돌아다니며 단풍잎의 색을 자세히 살펴보았다. 잎이 푸르렀을 때에는 이렇게 눈여겨보지 않았었다. 단풍나무는 잎 전체가 붉게 물든 것은 아니었다. 대부분 나뭇잎이 불그스레하게 물들었고 몇 장은 아주 빨갛게 물든 가운데 아직 짙푸른 부분도 군데군데 있었다. 그 가운데 한 이파리에만은 벌레 먹은 구멍이 하나 있었다. 둘레에 까만 테를 두른 것 같은 그 구멍은 붉고 누렇고 푸른 반점들 속에서 맑은 눈동자처럼 나를 응시하고 있었다.

병든 잎이구나! 나는 이렇게 중얼거리면서 그것을 따다 방금 사온 『안

문집』 갈피에 끼워두었었다. 벌레 먹고 얼룩이 생겨 곧 떨어질 것 같은 나뭇잎의 색을 보존해두고 싶었다. 그렇지 않았다면 그 나뭇잎은 다른 잎과 함께 흩날려 떨어져버렸을 것이다.

그런데 오늘밤 그 나뭇잎이 밀랍과 같은 빛깔이 되어 내 눈앞에 다시 나타났다. 그 눈동자도 작년처럼 번뜩이지 않았다. 이제 몇 해만 더 지나면 옛날의 빛깔은 내 기억에서 사라질 것이며 무엇 때문에 그것을 책갈피 속에 끼워두었던가 하는 까닭조차 잊게 될 것이다. 곧 낙엽이 될 병든 잎사귀의 무늬도 극히 짧은 순간밖에 볼 수 없거늘 하물며 푸르른 녹음은 오죽하랴. 창밖을 내다보니 추위에 잘 견디는 나무들도 벌써 벌거숭이가 되어버렸다. 그러니 단풍나무야 더 말해 무엇하랴. 올해도 가을이 깊어지면 아마 지난해의 것과 비슷한 병든 잎이 생겨날 테지만 유감스럽게도 나는 가을나무들을 감상할 겨를이 없구나.

1925년 12월 26일

_『루쉰 전집』 제2권 『들풀』

가을밤

창밖으로 보이는 내 후원에는 나무 두 그루가 있다. 하나는 대추나무이고 다른 하나도 대추나무다.

그 나무 위로는 기괴하고도 높은 밤하늘이다. 이처럼 기괴하고 높은 하늘을 지금껏 본 적이 없다. 하늘은 마치 사람들이 더 이상 올려다볼 수 없도록 인간 세상을 떠나가려는 듯했다. 그럼에도 하늘은 유난히 퍼렇다. 수십 개의 별의 눈이 번쩍이며 껌벅거린다. 차가운 눈이다. 하늘은 입가에 미소를 띤다. 마치 무슨 깊은 뜻이라도 품고 있는 듯. 우리 집 뜰의 들꽃에 된서리를 뿌릴 것 같다.

나는 그 들꽃의 실제 이름이 무엇인지, 또 사람들은 그것을 뭐라고 부르는지 모른다. 그저 아주 작은 분홍 꽃을 피운다는 것만 알고 있다. 지금도 꽃을 피우지만 이전보다 더욱 작아졌다. 그 꽃은 쌀쌀한 밤기운에 몸을 움츠리고 꿈을 꾸고 있다. 봄이 오고 가을이 오는 꿈, 여윈 시인이 다가와 마지막 남은 꽃잎에 눈물을 떨구며 비록 가을과 겨울이 오지만 이어 봄이 온다고, 나비들이 춤추고 꿀벌들이 노래하는 봄이 올 것이라고 속삭여주는 꿈이다. 비록 얼어서 불그스레해지고 몸을 잔뜩 움츠리고 있지만 그 꽃은 빙긋이 웃어보였다.

대추나무는 잎이 말끔히 떨어졌다. 일전에 아이 몇몇이 와서 남들이 따다 남은 대추를 따서 대추는 한 알도 남아 있지 않았고 나뭇잎도 모두 떨어졌다. 대추나무는 가을 뒤에는 반드시 봄이 올 것이라는 작은 분홍 꽃의 꿈을 알고 있다. 또한 봄 뒤에 가을을 기다리는 낙엽의 꿈도 알고 있다. 대추나무는 잎이 다 지고 빈 가지만 남았지만 주렁주렁 열렸던 열매와 무성한 잎이 있던 시절 활처럼 굽었던 몸을 편안하게 쭉 펴고 있었다. 그러나 가지 몇 개는 대추를 딸 때 장대 끝에 다친 상처를 보호하려는 듯 아래로 늘어져 있었고, 가장 곧고 긴 가지들은 말없이 쇠막대처럼 기괴하고도 높은 하늘을 찌르고 있었다. 그 바람에 하늘은 눈을 껌벅이고 있었고, 허공에 걸린 둥근 달도 가지에 찔려 어쩔 줄 모르고 새하얗게 질렸다.

눈을 껌벅이던 하늘은 점점 짙푸른 빛을 띠며 불안해했다. 마치 달만 남겨놓고 대추나무를 피해 인간 세상을 떠나려는 것 같았다. 그러자 달도 조용히 동쪽으로 숨어버렸다. 텅 빈 나뭇가지는 하늘이 아무리 매혹적으로 눈을 깜박여도 여전히 쇠막대처럼 묵묵히 그 기이하리만치 높은 하늘을 혼신의 힘을 다해 찔러대고 있었다.

밤에 나온 뜸부기가 까욱 하고 울며 날아갔다.

별안간 한밤의 웃음소리를 들었다. 키득키득, 잠든 사람들을 깨우지 않으려 숨죽여 웃는 소리에 사방의 공기가 이에 화답이라도 하는 듯 따라 웃었다. 깊은 밤 아무도 없었다. 나는 그 소리가 내 입에서 새어나갔다는 것을 알고 그 웃음소리에 쫓겨 얼른 방으로 돌아왔다. 나는 즉시 등에 달린 끈을 돌려 환하게 불을 켰다.

뒤쪽 창문 유리에 날벌레가 날아들어 타닥타닥 부딪치는 소리가 났다. 조금 뒤에 날벌레 몇 마리가 날아들어왔다. 아마도 찢어진 창호지 틈바구니로 들어온 모양이다. 그것들은 들어오자마자 유리 등갓에 날아들며 톡톡 소리를 냈다. 그러다가 벌레 한 마리가 불에 뛰어들기 위해 등갓 위의 틈으로 맹렬히 날아들어갔다. 내가 보기에도 전등불은 정말 불 같았으니까. 그리고 다른 두세 마리는 종이 등갓 위에 앉아서 할딱거리며 쉬고 있었다. 그 등갓은 어젯밤 새로 바꾼 것이다. 눈처럼 흰 종이를 접어 물결 모양의 주름을 잡고 한쪽 귀퉁이에 선홍빛 치자꽃을 그려넣은 것이다.

붉은 치자나무에 꽃이 필 때면 대추나무는 또 작은 분홍 꽃의 꿈을 꿀 것이며 무성한 푸른 잎사귀 무게에 활 등처럼 가지가 휠 것이다. 나는 또 한밤의 웃음소리를 듣는다. 나는 이제 떠오르는 생각들을 접고 흰 종이 등갓에 한참이나 앉아 있는 작은 벌레를 바라보았다. 해바라기씨처럼 머리는 크고 꼬리는 작았으며 크기는 밀알 반개만 했다. 온 몸뚱이가 생기 도는 짙푸른 색의 그 벌레들은 사랑스러우면서도 가여웠다.

나는 하품을 하고 나서 담배를 한 대 붙여 물었다. 연기를 내뿜으면서 등불을 마주하고 앉아 이 푸른색의 정교하게 만들어진 작은 영웅들에게 경의를 표했다.

1924년 9월 15일

_『루쉰 전집』 제2권 『들풀』

길잡이 글

소리 내어 읽을 지어다, 곧 생명이라는 놀라운 경지에 들어설 수 있나니.

하늘·땅·사람:
『들풀』 집장[1]

그러나 나는 태연하고도 기쁘다. 나는 크게 웃고, 노래할 것이다.

하늘과 땅이 이렇게 고요하니 나는 크게 웃을 수도 노래를 부를 수도 없다. 하기야 세상이 이처럼 고요하지 않았다면 나도 그렇게 할 수 없을 테지.

_「머리말題辭」

그녀는 깊은 밤 걷고 또 걸어 끝없이 넓은 황야에 이르렀다. 사방은 황량한 벌판이었다. 머리 위는 그저 높은 하늘만 있을 뿐 날아다니는 새나 벌레조차 없었다. 그녀는 알몸으로 석상처럼 황무지 벌판 가운데 섰다. 순간 과거에 일어났던 모든 일이 눈앞에 스쳐갔다. 굶주림, 괴로움, 놀라

1 이 제목은 이 책의 엮은이(첸리췬)가 붙인 것이다. — 옮긴이

움, 치욕스러움, 기쁨 등의 감정으로 전율했고, 학대의 고통, 억울함, 어떤 일에 연루된 것 등으로 부들부들 떨었다. 살해, 그리하여 얻어낸 마음의 평온. ……또 한순간 모든 것이 겹쳐졌다. 그리움과 이별, 사랑과 복수, 양육과 배척, 축복과 저주. ……그녀는 두 손을 하늘을 향해 한껏 치켜들었다. 그 입술 사이에서 사람과 짐승의, 인간 세상에는 존재하지 않는 말로는 표현할 수 없는 언어들이 흘러나왔다.

이 이상한 언어를 내뱉자 석상처럼 위대한, 그러나 이미 황폐해지고 쇠락한 이 여인의 몸은 전율했다. 그 전율은 고기비늘 같았고, 비늘 조각들은 세찬 불길 위에서 끓어 넘치는 물과 같이 출렁거렸다. 갑자기 허공에서도 진동이 일어났다. 그것은 마치 폭풍우 속에서 몰아치는 거친 바다의 파도와 같았다.

그녀는 고개를 들어 하늘을 바라보았다. 이상한 그 언어들도 침묵 속에 끊겨버렸다. 그저 전율만이 태양광처럼 복사되고 있었다. 그러자 공중의 파도는 태풍이라도 만난 것처럼 소용돌이치며 끝없이 넓은 쓸쓸한 벌판으로 사납게 번져나갔다.

_「무너진 선의 전율頹敗線的顫動」

반역의 용사가 인간 세상에 나타났다. 그는 의연히 서서 이미 개변된 그리고 지금 있는 모든 폐허와 쓸쓸한 무덤들을 환히 꿰뚫어 보고 장구하고 심원한 고통을 기억하며, 떨어진 피 위로 또 떨어져 엉겨버린 피를 똑바로 바라보고 있다. 그리고 이미 죽은 것과 방금 태어난 것, 이제 곧 태어날 것과 아직 태어나지 않은 것들에 대해 잘 알고 있다. 그는 조화의 농간을 간파했다. 그는 이제 떨쳐 일어나 조물주의 어진 백성인 인류를 소생시키거나 아니면 전멸시킬 것이다.

주물주, 비겁한 자, 부끄러움에 숨어버렸다. 용사의 눈에 비친 천지는 그리하여 색이 변했다.

_「담담한 핏자국 속에서—죽은 자와 죽지 않은 자 그리고 아직 태어나지 않은 자를 기념하며淡淡的血痕中一幾年幾個死者和生者和未生者」

넓디넓은 들판 위와 차디찬 하늘 아래서 반짝거리며 날아다니고 선회하는 것은 비의 넋이다.

_「눈雪」

덧붙이는 말

난롯불의 노래

밝게 빛나는 불꽃은 영원히 나를 거절하지 않는다
너의 그 사랑스런 생명의 그림자와 친밀한 정과
위로 솟구쳐오르는 밝은 빛은 나의 희망인가?
깊은 밤 나락 없는 곳으로 빠져드는 것은 나의 운명인가?
(…)
그렇다, 우리는 안전하고 강건하다. 왜냐하면 지금
우리는 난롯가에 앉아 있으며, 그 불 속에는 어떤 어둠의 그림자도 없기 때문이다.
희로애락이 없다면 단 하나의 불이 있었을 것이다.
우리의 손과 발을 따스히 데워주겠지—더 많은 것을 바라지도 않는다.
굳건하고 쓰임 많은 불이 있다면

그 앞에 사람이 앉을 수 있고 편안히 잠들 수 있다.
어두컴컴함 속의 떠도는 유령과 영혼을 두려워할 필요도 없다.
오래된 나무의 불빛은 번쩍거리며 우리와 함께 재잘댄다.

_ **헨리 데이비드 소로**Henry David Thoreau, **「월든 호수」**

선충원沈從文과 물

오늘 강물은 이미 아주 맑고 투명했다. 물가의 크고 작은 돌들은 하나하나 셀 수 있는 바둑돌 같다. 조금 큰 돌에는 늘 옅은 녹색의 이끼가 끼어 있다. 그것은 물속에서 하늘거린다. 이 넓고 평평한 물가와 수중생명들은 모두 맑고 고운 것이 정말 아름답다. 양안의 산수는 그림과 같이 빼어나고 아름답다.
배가 멈췄다. 정말 고요했다. 모든 소리가 얼어붙어버린 것 같았다. 배 밑으로 찰랑찰랑대는 소리가 난다. 강물이 흐르고 있음을 느낀다. 소리로 들어서가 아니라 생각으로만 느껴지는 것 같다. 그러나 실제로 정말 찰랑거리는 소리가 난다. 사공이 불을 쬔다. 묵묵히 말이 없다.
강물이 잔잔해지고 유속이 느려졌다. 양안의 작은 산들은 염주알을 꿰어 놓은 것 같이 나란하다. 푸르고 싱그러운 강남의 오월이다. 대나무, 소나무와 삼나무 그리고 갖가지 상록수가 간밤의 지나간 비에 씻겨 선명하고 깨끗하게 푸르다. 산골짜기 어딘가에서 닭이 홰를 치고 송아지가 음메 하고 운다. 강변에 있는 인가에서는 집 마당 가득히 연한 녹색의 배춧잎을 널어놓았다.
싼싼, 오늘은 날씨가 너무도 좋은 탓에 배에 올라 선창에 서서 한동안 강물을 바라보았다. 그러다 갑자기 무언가를 깨달은 것 같다. 또한 이 강물을 통해 수많은 지혜를 터득한 것 같다. 싼싼, 그것은 분명 지식이 아니라 수많은 지혜다. 나는 몇 번이나 가벼운 한숨을 내쉬었다. 산머리에 물든 석양은 감동적이었다. 물속에 잠겨 있는 동글동글한 갖가지 색의 돌도 내게 감동을 주었다. 내 마음속에는 티끌만한 불순물도 없었으며 투명하고 명료했다. 강물과 석양과 배를 타는 사람들을 모두 그렇게 사랑한다, 아주 따스한 마음으로!

_ 선충원, 「샹장강 유람 필기湘行水簡」

설국의 폐허 속에 피어난 매화

매화 몇 그루가 눈과 싸우며 나무 가득 꽃을 피워내는 것이 마치 엄동설한을 개의치 않는 듯했다. 무너진 정자 옆에 서 있는 동백은 짙은 녹색의 무성한 잎 속에서 10여 개의 붉은 꽃을 틔워냈다. 분노한 듯 오만스러운 꽃송이는 눈 속에서 선명한 불꽃처럼 타오르며, 멀리 떠돌아다니는 여행자의 마음을 비웃는 것 같았다.

_ 루쉰, 『방황』「술집에서」

처참하게 짓밟힌 엉겅퀴가 자그마한 꽃을 피워내는 것을 보고 톨스토이가 감격하여 소설을 한 편 썼다. 메마른 사막에서 초목이 안간힘을 다해 뿌리내리고 땅속 물을 빨아들여 푸른 숲을 이루는 것은 물론 제 자신의 '생'을 위해서이나, 지치고 목마른 나그네는 잠시나마 어깨를 쉬일 처소를 만난 것에 기뻐한다. 이 얼마나 감동적이고도 슬픈 일인가!?

_ 루쉰, 『들풀』「일각一覺」

4.
시와 그림

궈모뤄郭沫若가 루쉰에 대해 내린 다음과 같은 재미있는 평이 있다. "루쉰 선생은 순수한 마음으로 시를 짓는 사람이다. 우연히 지은 작품은 매번 아름다운 절창이며 무소의 뿔처럼 독보적이거나 진정성을 느낄 수 있다." "루쉰 선생은 역시 순수한 마음으로 글을 쓰는 사람이다. 손끝이 스친 자리마다 자기만의 스타일을 드러낸다. 전서篆書와 예서隸書를 융합하여 쓰며 마음과 손에 맡기는 대로 쓰며 솔직담백하면서도 구속됨이 없고 시원스러우면서도 나름의 법도가 있다." 우리는 여기에 다음과 같이 한마디 덧붙이고자 한다. '루쉰 선생은 미술가는 아니지만 미술작품에 대한 이해와 감상에 있어 독특한 통찰력을 갖고 있으며 이는 여느 미술가나 전공자도 도달할 수 없는 경지다. 그리고 그의 작품 또한 여느 작가도 갖추지 못한 특별한 회화예술의 운치와 기품을 갖고 있다.'

궈모뤄는 『순자荀子』「권학勸學」 편에 나오는 "배움은 그 사람을 가까이 하는 것보다 더 좋은 것은 없으며 배움의 지름길은 그 사람을 좋아하는 것보다 빠른 것이 없다學莫便乎近其人, 學之經莫速乎好其人"는 말을 인용하면서 "루쉰 선생은 훌륭한 점이 많으므로 그 시와 글을 좋아하여 나날이 그것을 가까이하라"고 당부했다. 그렇다면 그의 시를 읽고, 그의 서예작품을 감상하며 그의 화론畫論을 듣는 것은 모두 그 사람을 가까이 하는 좋은 방법이라 할 수 있을 것이다. 이는 '마치 기침하는 것까지 경청하는 듯, 봄과 가을을 지내면서 저도 모르게 감화되며 몸과 마음이 아름다운 경지를 얻어 문필에 화려함과 전망을 더하는 것'(「루쉰 시고魯迅詩稿」 서序)과 같다.

길잡이 글

루쉰의 신시新詩는 본래 루쉰 본인이 편찬한 문집에 수록되어 있지 않았지만 한 젊은 친구가 이를 위해 『집외집集外集』을 펴내어 이를 수록했다. 루쉰은 이를 두고 다음과 같이 말했다. "이것은 마치 내가 50년 전 어린 시절에 엉덩이를 드러내고 긁적이고 있는 사진을 표구하여 나와 다른 이들에게 감상하라고 보이는 것 같은 느낌이다." 그러나 루쉰은 이런 사진이 "당연히 다른 사람에게 웃음을 유발할 것이지만 청년과 노년의 시절에는 결코 있을 수 없는 어린 시절의 천진난만함이 있다. 게다가 일찍이 그 시절의 작품은 노년이 되어서도 결코 짓지 못했을 것이다"라고 말했다. 그렇기 때문에 루쉰은 그것을 "부끄러움 없는" 젊은 시절의 작품이라 말했으며 "심지어 좋아하기까지 한다"라고 밝혔다. 오늘날 독자 역시 이 계기를 빌어 '손으로 엉덩이를 긁적이고 있는' 루쉰을 바라보길 바란다. 이 역시 매우 재미있는 일이다.

자신이 쓴 시에 대해 루쉰은 다음과 같이 말했다. "나는 사실 신시를 쓰는 것을 좋아하지 않는다. 그렇다고 해서 고시 짓는 것을 좋아하는 것도 아니다. 신시를 쓰는 것은 단지 당시의 시계詩界가 매우 적막해서 기세를 돋우고 분위기를 조성하기 위해서였다. 시인이라 부를 수 있는 사람들이 출현한 이후에는 시를 쓰지 않았다."(『집외집』「서언」)

루쉰은 또한 이런 말도 했다. "내가 느끼기에 모든 좋은 시는 이미 당唐대에 모두 다 만들어져서 이후에는 손바닥을 마음대로 뒤집을 수 있는 '제천대성'이 아니라면 손을 댈 수 없다고 생각했다. 그러나 언행이 일치되지 못하여 몇 마디 끄적였는데 스스로 생각해도 웃음이 나는 일이다."(「양지윈에게致楊霽雲」, 1934년 12월 20일) 그리고 이후 다시 이를 읽고 가끔 구체시를 썼는데 이는 오히려 당시의 심경과 풍경의 한 자락을 엿볼 수 있게 했고 수많은 감상과 상상을 이끌어냈다. 사람들이 자주 인용하는 '나의 피를 헌원에 바치리' '노기어린 눈으로 냉정히 바라보다' '고개를 숙이고 (인민을 위해) 기꺼이 복종하다'라는 구절 외에도 '작은 건물에 숨어들어 외부의 변화에 상관없이 자신의 입장을 관철시키다' '서로 의지하고 돕는 것 또한 애달프구나' '꽃이 피고지는 것은 다 저마다의 뜻이 있어서다' '소리 없는 곳에서 우레소리를 듣다' '온 세상 이미 짙은 가을 색으로 물들었어도 감히 붓 끝에 봄의 온기를 담아본다' 등의 구절은 모두 루쉰의 심장이 약동함을 느낄 수 있는 부분이다.

봄날의 따스함을 실은 시를 선별하다: 루쉰의 신시와 구체시선(8수)[1]

꿈

수많은 꿈, 황혼에 떠들썩하게 들끓는다.

지난 꿈은 옛 꿈을 밀쳐내고, 미래의 꿈은 또다시 지난 꿈을 내쫓는다.

가버린 지난 꿈 까맣기는 먹과 같고, 남아 있는 앞날의 꿈 먹인 양 까맣다.

가버린 것, 남아 있는 것 죄다 '내 고운 색깔 좀 봐달라'고 말하는 듯

색깔이야 곱겠지만, 어둠 속이라 알 수 없네.

또한 알 수 없나니, 말하는 이 누구인가?

---

1 제목은 엮은이(첸리췬)가 붙인 것임.

어둠 속이라 알 수 없어, 몸에 열이 나고 머리가 지끈거린다.

오라 오라, 생생한 꿈이여!

_『루쉰 전집』 제7권 『집외집』

자화상

내 마음 큐피드 화살을 피하지 못했어라

바위 같은 비바람 고향 땅을 어둡게 어둡게

겨울 하늘 차가운 별 향한 이 마음

고운 님 몰라준다 해도

뜨거운 나의 피를 헌원軒轅[2]에 바치리라

_루쉰 전집』 제7권 『집외집』「습유」

자조

화개운[3]이 씌웠으니 무엇을 바라겠소만

이 운을 벗어나고 싶어도 도리어 벗어날 길 없어라.

해진 모자로 얼굴 가린 채 떠들썩한 저자거리 지나고

---

2 헌원은 중국 전설 속 고대 제왕의 이름으로 한족의 시조라 불리는 황제黃帝다. 여기서는 조상 혹은 조국을 의미한다. — 옮긴이

3 화개운과 만나면 불길한 운명에 휩싸인다는 옛 말이 있다고 한다. — 옮긴이

구멍 뚫린 배에 술을 싣고서 강물을 떠다닌다오.

사람들 손가락질에 사나운 눈초리로 노려보지만

고개 숙여 기꺼이 아이들의 놀이 소가 되어주려오.

좁은 다락에 숨어 있어도 마음 한결같으니

봄 여름 가을 겨울 무슨 상관있겠소.

10월12일

_『루쉰 전집』 제7권 『집외집』

화가에게

백하에 바람 불자 온 숲이 어두워지고

창천蒼天을 막아선 안개에 온갖 풀이 시든다

화가에게 새로운 구상을 부탁해보건만

그저 붉은 먹 갈아 봄 산만을 그리네

2월 26일

_『루쉰 전집』 제7권 『집외집습유』

양취안楊銓을 애도하며

호방한 마음 어찌 옛날 같겠는가
꽃 피고 지는 일은 저마다의 이유가 있음에
뿌리는 눈물이 강남비 될 줄을 어찌 알았으랴
이 백성 위하여 또 다시 투사에게 곡을 하노라

6월 20일

_『루쉰 전집』 제7권 「집외집습유」

『개자원화보삼집芥子園畫譜三集』을 쉬광핑에게 보내며

이것은 상하이의 유정서국有正書局의 개정판이다. 그 광고에서는 목각을 10여 년 연구한 끝에 이 책을 찍어내기 시작했다고 한다. 실제로 목판, 석판, 유리판을 같이 사용하여 사람이 직접 색을 입혔는데 이는 일본식 방법으로 목각에만 적용되는 것이 아니다. 광고란 참으로 대단한 것이다! 그러나 원본 목각판을 얻기는 매우 어렵고, 개정판이 그것을 능가하는 것 역시 어려운 일이다. 그래서 이 한 부를 시와 함께 광핑에게 보낸다.

십 년 동안 손잡고 어려움을 함께 했는데 서로 의지하고 돕는 것 또한 애달프구나.
그림을 빌어 지친 눈을 쉬게 하니 이 가운데 고락苦樂을 두 마음은 알고 있도다.

술해戌年 겨울 12월 9일 밤에 루쉰

運交華蓋欲何求未敢翻身已碰頭舊帽遮顏過鬧
市破船載酒泛中流橫眉冷對千夫指俯首甘為孺
子牛躲進小樓成一統管他冬夏與春秋
達夫賞飯閑人打油偷得半聯湊成一律以請
亞子先生教正
魯迅

「자조시」, 1932년 10월 13일, 루쉰이 친필로 써서 류야쯔柳亞子에게 증정했다.

_『루쉰 전집』 제8권 『집외집습유보편』

무제

집집마다 검고 초췌한 얼굴로 잡초더미에 묻혀 사니
어찌 감히 노래를 읊조려 대지를 슬프게 하리
마음은 끝없이 광활한 우주와 이어지고
소리 없는 곳에서도 우레 소릴 듣노라

5월

_『루쉰 전집』 제7권 『집외집습유』

해년亥年 늦가을에 우연히 짓다

어느새 온 천하에 가을빛이 내렸어도
내 붓끝은 감히 봄기운을 실어 노닌다네.
숱한 일들로 만감이 교차하고
가을바람 소슬하니 천관千官이 흩어지는구나.
늙어서 돌아온 호숫가엔 잡초는 간데없고
꿈이 무너져버린 텅 빈 하늘, 이가 시리구나.
한밤 닭 울음소리 듣노라니 주변은 더욱 고요해지고
하늘 올려다보니 별이 지고 있구나.

12월

_『루쉰 전집』 제7권 『집외집습유』

길잡이 글

중국과 서양의 두 화가에 대한 루쉰의 묘사와 서술에 대해 자세히 읽어보기 바란다. 이는 회화적 언어를 문학적 언어로 전환시키는 절묘함을 맛보는 것이다. 만약 그림 원작을 살펴볼 기회가 있다면 더 재미있을 것이다. 특히 케테 콜비츠의 21폭의 판화에 대한 해설은 『들풀』 이후 루쉰의 놀라운 감동의 필력을 느낄 수 있다.

루쉰이 특별히 관심을 갖고 있는 두 명의 화가는 모두 기층 민중에 대한 깊은 관심과 애정을 갖고 있다는 것을 어렵지 않게 발견할 수 있다. 이 두 화가는 '옛 사찰, 토산, 낡은 집, 가난한 사람, 거지' 등을 그렸고 희생양이 된 인민들의 침묵의 목소리를 화면에 옮겨 담아 그 '불굴의 영혼'을 표현했다. 이는 루쉰에게 깊은 감동을 주었다. 콜비츠의 어머니의 자애로움과 연민의 정은 '강하면서도 모든 것을 포용하는 모성'(『집외집·습유·보편』「케테 콜비츠 목각 '희생'에 대한 설명」)이며 노년의 루쉰에게 무한한 동경의 마음을 심어주었다. 이런 의미에서 루쉰의 판화 해설은 자기 자신에 대한 해독이라고 할 수 있다. 루쉰은 콜비츠에 대해 "짓밟히고 상처받은 인민과 아이들을 위해 슬퍼하고 부르짖으며 맞서 싸우는 예술가"라고 평했다.(『차개정잡문말편』「깊은 밤에 쓰다寫於深夜裏」) 이 역시 루쉰 자신의 이미지인 것이다.

쓰투차오 군의 그림을 보고

내가 쓰투차오司徒喬 군의 이름을 알게 된 것은 4~5년 전이었다. 그때 베이징에서 그가 학업도 마다하고 스승도 구하지 않은 채 자신의 힘으로 온종일 옛 사당, 흙산, 파손된 집, 가난한 사람, 거지…… 등을 그린다는 것을 알고 있었으니까.

이러한 것들은 자연히 남쪽에서 온 방랑자의 마음을 움직이는 것이었으리라. 누런 먼지 가득한 인간 세상에서는 모든 것이 흙색으로 보인다. 그래서인지 인간은 자연과 투쟁을 벌인다. 진홍색과 진청색을 띤 처마, 백색의 난간, 금색의 불상, 두툼한 솜옷, 검붉은 색의 얼굴, 깊게 패인 얼굴의 주름……. 이 모든 것은 인간이 자연에 굴복하지 않고 아직도 투쟁하고 있는 것을 보여준다.

베이징의 전시회에서 자연에 굴복하지 않는 중국인의 고집스런 영혼을 표현한 작가의 작품을 본 적이 있다. 그리고 그의 「네 명의 경찰과 한 여

「융마서생」. 루쉰이 난징에서 수학할 때 새긴 인장

자」라는 작품 한 점을 얻었다. 한 여자가 예수의 가시 면류관에 입을 맞추고 있는 「예수 그리스도」라는 그림을 기억하고 있다.

이번에 상하이에서 그를 만나 이렇게 물었다.

"그 여성은 누구입니까?"

"천사"라고 그는 대답했다.

이 대답에 부족함을 느꼈다.

그는 때때로 자신만의 밝음과 아름다움으로 누런 먼지를 없애버리는데, 이번에도 작가가 북방의 경치와 사물들 - 인간과 자연이 서로 싸워 형성해내는 그것들 - 에 투쟁을 덧입혔다는 것을 발견할 수 있었기 때문이었다. 최소한, 옆구리에서 창에 찔린 상처에서 피가 흘러도 면류관에 천사의 입술이 닿아 있는 것과 같은 - 그의 표현에 따르자면 - 그 "환희Joy"의 맹아를 느낄 수 있게 한다. 어쨌든 이것은 승리를 의미한다.

그 후 창작한 작품, 청량한 장쑤江蘇와 저장浙江 지역의 풍경, 열렬한 광둥의 풍경 등은 오히려 작가 본연의 모습이다. 북부 지역의 경치와 대조해보면 그가 남쪽 지방의 풍경을 그릴 때 마치 오랜만에 옛 친구를 만나는 것과 같이 더욱 익숙하고 즐거워한다는 것을 알 수 있다. 하지만 나는 이 누런 먼지를 바라보는 것을 좋아한다. 왜냐하면 여기서 아름다운 마음씨의 작가가 어떻게 인간과 자연의 힘겨운 투쟁에 놀라움을 느끼고 스스로 그 전투에 참여하고 있는지를 들여다볼 수 있기 때문이다.

전 중국은 반드시 하나가 되어야 한다. 미래에 분할되지 않으려면 청년이 역사를 짊어지고서 누런 먼지가 낀 중국 색채를 있는 힘껏 털어버려야 한다. 내 생각에 가장 먼저 그렇게 해야 한다.

1928년 3월 14일 밤 상하이에서

_『루쉰 전집』 제4권 『삼한집三閑集』

『케테 콜비츠 판화선집』 머리말 및 목록

케테 슈미트Kaethe Schmidt는 1867년 7월 8일 동프러시아의 쾨니히스베르크에서 태어났다. 그녀의 외할아버지 루프Julius Rupp는 그곳의 자유종교협회 창립자였다. 그 아버지는 원래 법관 후보였으나 종교적·정치적 견해 때문에 법관이 될 가능성이 없자, 이에 이 가난한 법학자는 러시아인들이 제창한 대로 '민중 속으로' 들어가 목수가 되었고 그녀의 외할아버지가 작고한 뒤에서야 비로소 그 교구의 수령 겸 교사가 되었다. 그에게는 네 명의 자녀가 있었고 열심히 그들을 가르쳤지만 케테의 예술적 재능을 알아차리지는 못했다. 케테는 처음에 동판화를 배우다가 1885년 겨울 오빠가 문학을 연구하고 있던 베를린으로 가서 스타우퍼 베른Stauffer Bern에게 그림 그리는 것을 배웠다. 훗날 고향에 돌아가 나이데Neide에게 그림을 배웠으나 '싫증이 나서' 나중에는 뮌헨의 헤르테리히Herterich에게 배웠다.

1891년 그녀 형제들과 친했던 유년시절의 친구 칼 콜비츠Karl Kollwitz

와 결혼했다. 그는 개업 의사였고, 케테도 베를린의 '소시민들'과 함께 생활하게 되었으며, 이때 회화를 그만두고 판화를 시작했다. 아이들이 장성하고 나자 조각에 몰두했다. 1898년 저 유명한 판화인 「방직공의 봉기」 여섯 점을 제작했다. 그것은 1844년의 역사적 사건을 소재로 한 것으로 앞서 나온 하우프트만Gerhart Hauptmann의 희곡 작품과 작품명이 같다. 1899년 「그레이트헨Gretchen」을, 1901년 「단두대 주위에서의 춤」을 제작했다. 1904년 파리를 여행했고 1904년부터 1908년 사이에 일곱 폭짜리 시리즈 「농민전쟁」을 제작하여 명성을 얻었다. 빌라로마나Villa-Romana 상과 장학금을 수여받아 이탈리아 유학길에 오르기도 했다. 이때 친구와 함께 피렌체에서 로마까지 걸어서 갔다. 그녀의 말에 따르면 이런 여행이 자신의 예술세계에 별다른 영향을 미친 것 같지는 않다고 했다. 1909년 「실업」을, 1910년에는 「부인, 죽음에 사로잡히다」와 '죽음'을 주제로 한 소품을 창작했다.

제1차 세계대전이 발발하고 나서 그녀의 창작은 거의 이루어지지 않았다. 1914년 10월 말 그녀의 큰 아들이 젊은 나이로 플란데른/플랑드르Flandern 전선에서 전사했다. 1918년 11월 프러시아 예술원 회원으로 선발되었다. 여성으로서는 최초였다. 1919년 이후 그녀는 마치 긴 잠에서 깨어난 듯 다시 판화 작업을 시작했다. 유명한 작품으로 그해에 리프크네히트Liebknecht를 기념하는 목판과 석판화가 있고, 1902년에서 1903년 사이에 낸 목판 시리즈 「전쟁」이 있다. 훗날 또 세 폭으로 된 「프롤레타리아」가 있는데 이 또한 목판 시리즈다. 당시 전투적 작가였던 하우프트만은 1927년 그녀의 60세 생일을 기념하여 보내온 편지에서 이렇게 말했다. "당신이 표현한 소리 없는 선은 마치 참혹한 외침으로 마음속 깊이 새겨집니다. 그리스 로마 때에도 들어볼 수 없었던 외침입니다." 프랑스의 로맹 롤랑Romain Rolland은 말했다. "케테 콜비츠의 작품은 현대 독일의 가장 위대한 시다. 그것은 가난한 사람, 보통 사람들의 고통과 비애를 그려냈다. 대장부의 기질을 가진 이 여인은 음울하고 진한 동정심으로 이 모든 것을 자신의 눈으로 담아냈고, 자상한 어머니의 품으로 끌어안았다. 이것은 자신을 희생한 인민의 침묵의 소리다." 그러나 그녀는 지금, 가르칠 수도, 창작할 수도 없다. 그저 조용히 자신의 아들과 함께 베를린에 머물고 있다. 그 아들도 남편처럼 의사다.

여성 예술가 중 예술계를 뒤흔든 사람으로 케테 콜비츠 만한 사람이 없는 듯하다. 누군가는 그녀를 찬미했고 누군가는 공격했으며, 또 누군가는 공격에 맞서 그녀를 변호했다. 정말이지 아베나리우스Ferdinand Avenarius가 말했던 것처럼 "신세기를 몇 해 앞두고 그녀의 첫 번째 전시회가 열렸는데 신문과 잡지에 선전이 되었다. 그 뒤로 어떤 이는 '위대한 판화가'라 했고, 또 어떤 이는 '케테 콜비츠는 멤버라고는 남자 한 명밖에 없는 신파新派 판화계에 속한 사람'이라는 무료하기 짝이 없는 말을 했다. 또 다른 사람은 '사회민주주의의 선전가'라고 했고, 세 번째 사람은 '비관과 고통을 그린 화공'이라 했다. 네 번째 사람은 또 '종교적 예술가'라 했다. 요컨대, 사람들이 이 예술에 대해 각자 어떻게 느끼고 생각하고 해석하든, 어떤 의미를 발견하든 여기서 공통적인 것이 있다. 그것은 사람들이 그녀를 잊지 않는다는 것이다. 누구든지 케테 콜비츠라는 이름을 들으면 마치 예술작품을 보는 것 같은 느낌을 받는다. 그녀의 예술은 음울하다. 강인한 힘 가운데 역동성이 살아 있고, 그것으로 공통적인 하나의 느낌을 준다—아주 박력 있다."

그러나 중국에는 거의 소개되지 않았다. 내가 이미 정간된 『현대』와 『역문』에서 각각 그녀의 목판화 한 폭을 소개한 적이 있을 뿐이다. 당연히 원화는 더욱 보기 어려웠다. 4~5년 전 상하이에서 그녀의 작품을 몇 점 전시했었지만, 관심을 가진 사람이 많지 않았던 모양이다. 내가 봤던 그녀의 본국에서 복제한 작품집은 『케테 콜비츠 화첩Kaethe Kollwitz Mappe, Herausgegeben von Kunstwart, Kunstwart-Verlag』(Muenchen, 1927)이 가장 훌륭했다. 그러나 이후 판본에서는 내용이 좀 바뀌었는데 음울한 것이 전투적인 것보다 많아졌다. 인쇄 질이 떨어지기는 하나 많은 작품을 수록한 것으로는 『케테 콜비츠 작품집Das Kaethe Kollwitz Werk, Carl Reisner Verlag』(Dresden, 1930)이 있는데 이것을 펼쳐보면 어떻게 그녀가 모성애로 모든 모욕과 학대받는 사람들을 위해 슬퍼하고 항의하고 분노하고 투쟁했는가를 알 수 있을 것이다. 작품 소재는 대부분 고난, 기아, 이별, 질병, 죽음이지만 외침, 몸부림, 연대, 궐기도 있다. 그 뒤에 나온 새 작품집(*Das Neue K. Kollwitz Werk*, 1933)은 밝은 느낌의 작품이 많아졌다. 하우젠슈타인Wilhelm hausenstein은 그녀의 중기 작품에 대해 다음과 같은 평을 했다. 고무적이고 남성적인 판화, 간혹 폭력적 위협이 보이기는 하지만 근본적으로 삶과 아주 깊이 연계되어 있고 형식 또한 격렬한 갈등에서 나온 것인 만큼 세상사의 모습을 깊이 파악하고 있다. 나가타 잇슈는 그녀의 중기 작품을 후기의 작품과 함께 논하면서 하우젠슈타인의 논평이 미흡하다고 보았다. 그는 케테 콜비츠의 작품은 리버만Max Libermann의 작품과 달리 그저 소재가 흥미롭다는 것만으로 하층민의 세계를 그린 것은 아니라고 말했다. 케테 콜비츠는 주위의 비참한 삶에 마음이 움직여 그림으로 표현하지 않을 수 없었는데, 그것은 세상의 착취자에 대한 끝없는 "분노"였다. 나가타 잇슈는 다음과 같이 말했다. "콜비츠는 당시의 느낌을 통해 토지에서 살아가는 대중을 묘사했다. 그녀는 형식으로 현상을 한정짓지 않았다. 때로 비극적이고 때로 영웅화하는 경향이 있는 건 어쩔 수 없지만 그녀가 아무리 음울하고 아무리 아파한다 해도 그것이 곧 비혁명적인 것은 결코 아니다. 그녀는 현 사회를 변혁할 가능성을 잊지 않고 있다. 그녀는 나이가 들어갈수록 비극적인 것, 영웅적인 것 그리고 어두운 형식에서 벗어나고 있다."

게다가 그녀는 자기 주변의 비참한 삶을 위해서만 투쟁했던 것은 아니었다. 중국이 그녀에 대해 냉담했던 것처럼 중국에 대해서 냉담하지 않았다. 1931년 1월 여섯 명의 청년 작가가 죽임을 당한 뒤 전 세계 진보적 예술가와 문인들이 연맹하여 항의했을 때에 그녀도 서명에 참여한 사람 가운데 하나였다. 중국식으로 따져보면 그녀 나이 일흔이다. 비록 지면에 한계가 있지만 이 책을 출판함으로써 그녀를 위한 작은 기념으로 삼을 수 있을 것이다.

이 선집에 수록된 작품은 모두 21폭이다. 원본을 탁본한 것이 주를 이루고 나머지는 1927년 영인본 『화첩』에 실린 것을 복제한 것이다. 다음은 아베나리우스와 딜Louise Diel의 해석에 근거하여 내 견해를 약간 덧붙인 작품 목록이다.

(1) 「자화상Selbstbild」. 석판. 제작 연대 미상이나, 『작품집』에 실린 순서를 보면 1910년경 제작. 원판 탁본. 원작 크기 34×30cm. 이것은 작가가

여러 자화상 중에서 중국에 소개하기 위해 직접 고른 것이다. 은연중에 그녀의 연민과 분노, 자애로움이 느껴진다.

(2) 「가난Not」: 석판. 원작 크기 15×15cm. 원판 탁본. 다음 다섯 폭도 같다. 이것은 그 유명한 「방직공의 봉기Ein Weberaufstand」 중 첫 번째 작품으로 1898년 작이다. 1844년 슐레지엔의 삼베 방직 노동자 봉기에서 그 소재를 가져온 하우프트만의 희곡 「방직공들」이 4년 전 베를린의 극장에서 처음 공연되었고, 이 작품에서 콜비츠가 영향을 받았을 수 있으나 깊이 따질 필요는 없다. 하나는 극본이고 하나는 판화이기 때문이다. 이 작품을 통해 우리는 가난한 집 춥고 허름한 방 안에 들어선다. 한쪽 구석에 어떤 방법도 없는 무력한 아비가 아이를 안은 채 앉아 있고, 어미는 근심에 싸여 두 손으로 머리를 감싼 채 위독한 아이를 지켜보고 있다. 그녀 곁에 베틀이 소리 없이 놓여 있다.

(3) 「죽음Tod」: 석판, 22×18cm. 「방직공의 봉기」 두 번째 작품. 역시 얼음처럼 차가운 방 안에 어미가 피로로 지쳐 잠이 들어 있다. 아비는 속수무책인 양 방 안에 선 채로 이 같은 처지를 두고 깊이 생각에 잠겨 있다. 탁자 위의 촛불 빛이 가물거리는데 어느새 다가온 "죽음"이 앙상한 손을 내밀어 연약한 아이를 끌어안는다. 아이는 눈을 크게 뜨고 우리를 응시하고 있다. 아이는 살고 싶다. 아이는 죽어가면서도 사람들이 운명을 개혁할 힘이 있기를 바라고 있다.

(4) 「의논Beratung」: 석판, 원본 크기 27×17cm. 세 번째 작품. 앞 두 작품의 침묵의 인내와 고뇌에 이어 생존을 위하여 싸우는 모습이 나타났다. 어둠 속 탁자 하나, 잔 하나, 사람 둘이 보인다. 하지만 그들은 짓밟힌

운명을 떨쳐내기 위해 의논을 하고 있다.

(5) 「방직공의 대오Weberzug」 : 동판. 원작 크기 22×29cm. 네 번째 작품. 대오가 모여 자신들의 고혈을 빨아먹는 공장으로 향하고 있다. 손에는 지극히 보잘 것 없는 무기를 단단히 틀어쥔 채다. 손과 얼굴이 비쩍 말라 있다. 표정도 생기가 없다. 늘 굶주려 있었기 때문이다. 대열 중에 여인이 있는데 그녀 또한 지친 나머지 몸을 제대로 가누지 못한다. 콜비츠가 묘사한 대중 속에는 대개 여성이 있다. 여인은 등에 아이를 업고 있다. 아이는 어깨에 머리를 기댄 채 잠들어 있다.

(6) 「돌격Sturm」 : 동판. 원작 크기 24×29cm. 다섯 번째 작품. 공장의 철문은 이미 굳게 잠겨 있다. 방직공들은 힘없는 손과 가련한 무기로 철문을 부수려 하고 돌멩이를 던진다. 여자들은 떨리는 손으로 땅바닥에서 돌멩이를 파내는 등 싸움을 돕는다. 아이가 운다. 아마 오는 길에 잠들었던 그 아이인가보다. 이것은 여섯 폭의 연작 중 가장 훌륭한 평을 받은 작품이다. 때로는 이 작품을 들어 작가의 '방직공'이 도달한 예술적 수준을 입증하기도 한다.

(7) 「결말Ende」 : 동판, 원작 크기 24×30cm. 「방직공의 봉기」의 여섯 번째 작품. 우리는 결국 방직공과 함께 다시 그들의 집으로 돌아왔다. 소리 없이 멈춰 있는 베틀 옆에 두 구의 시신이 누워 있고 여인 하나가 고개를 떨구고 있다. 문으로 또 다른 시신이 들려 들어온다. 이것이 1840년대 생존을 추구했던 독일 방직공들이 맞이한 결말이었다.

(8) 「그레트헨Gretchen」 : 1899년 작, 석판. 『화첩』에서 복제. 원작 크기 미상. 괴테의 『파우스트』에서 파우스트는 그레트헨을 사랑하여 그녀를 유혹하여 아이를 갖게 한다. 그레트헨은 우물가에서 친구로부터 이웃의

여인이 정인에게 버림받았다는 이야기를 듣고 자신의 처지를 생각한다. 그러다 성모마리아에게 헌화하며 자신의 일을 고백한다. 콜비츠의 작품은 이 가련한 소녀가 좁디좁은 다리를 건너다가 환각에 빠져 강물에 비친, 미래의 자신의 모습을 보고 있는 것을 묘사했다. 괴테의 희곡 속에서 그레트헨은 나중에, 자기와 파우스트 사이에서 낳은 아이를 강물에 던져 죽게 하고 옥에 갇힌다. 원작 석판은 파손되고 없다.

(9) 「단두대 주위에서의 춤Tanz Um Die Guilloine」: 1901년 작, 동판. 『화첩』에서 복제. 원작 크기 미상. 프랑스대혁명 시기의 한 장면이다. 단두대가 세워지자 사람들이 이를 둘러싸고 목소리 높여 '우리에게 카르마뇰 춤을 추게 하라Dansons La Carmagnole!'를 부르며 춤을 춘다. 한 사람이 아니었다. 같은 목적을 위해 함께 무섭게 변해버린 수많은 군중이었다. 주변의 낡은 집들이 마치 삶의 고통을 쟁여놓은 절벽처럼 서 있고, 그 위로 하늘이 있다. 성난 군중의 팔뚝들이 정죄淨罪하는 화염처럼 어둠을 비춘다.

(10) 「쟁기질하는 사람Die Pflueger」: 원작 크기 31×45cm. 역사를 소재로 한 유명한 연작 판화 「농민전쟁Bauernkrieg」의 첫 번째 작품. 모두 일곱 폭으로 1904년에서 1908년 사이에 창작되었으며 동판화다. 원본 탁본을 영인한 것이다. '농민전쟁'은 근대 독일의 가장 큰 사회개혁 운동의 하나로, 1524년경 독일 남부에서 시작되었다. 그때 농민들은 노예적 상황에 놓여 귀족의 봉권 특권에 착취당하고 있었다. 마르틴 루터가 신교를 제창하면서 자유주의적 복음이 전파되었고, 이에 농민들이 각성하기 시작하여 봉건 영주의 가혹한 관행 폐지를 요구했다. 선언문을 발표했으며 교회를 불태우고 지주를 공격하며 전국을 뒤흔들었다. 그러나 이때, 루터가 오히려 이를 반대하면서 이런 파괴적 행위는 인도주의에 크게 위배되니 반

드시 진압해야 한다고 했다. 제후들이 이에 마음 놓고 토벌하면서 잔혹한 복수를 자행했다. 이듬해, 농민들은 패배했고 더욱 비참한 처지에 놓인다. 훗날 사람들은 루터를 '거짓말 박사'라고 부르게 되었다. 이 작품에서 두드러지는 것은 태양이 없는 하늘 아래 형제로 추정되는 두 농부가 밭을 갈고 있는데 밧줄을 어깨에 메고 쟁기를 끌고 있는 모습이다. 마치 소와 말처럼 땅을 기다시피 하면서 앞으로 나아가고 있다. 그들이 흘리는 땀, 그들이 헐떡거리는 숨소리를 보고 듣는 느낌이다. 그 뒤에 한 여인이 쟁기를 밀고 있다. 아마 그들의 어미일 것이다.

(11) 「능욕Vergewaltigt」 : 「농민전쟁」의 두 번째 작품이다. 원작 크기 35×53cm. 남자들의 고난이 아직 변란으로 격양되지 않았다. 그러나 농민 아녀자가 치욕스러운 능욕을 당했다. 그녀는 두 손이 결박된 채 누워 있다. 턱이 하늘을 향하고 얼굴은 보이지 않는다. 죽었는지, 정신을 잃은 것인지 알 수 없다. 주변의 풀이 어지러운 걸로 보아 몸싸움이 있었다는 것을 알 수 있다. 조금 떨어진 곳에 작고 가녀린 해바라기 꽃이 서 있다.

(12) 「낫을 갈다Beim Dengeln」 : 「농민전쟁」의 세 번째 작품. 원작 크기 30×30cm. 온갖 고난을 겪은 여인이 굵고 거친 손으로 숫돌에 커다란 낫을 갈고 있다. 그녀의 작은 눈은 극도의 증오와 분노로 가득하다.

(13) 「아치 안에서의 무장Bewaffnung In Einem Gewoelbe」 : 위 연작 판화의 네 번째 작품. 원작 크기 50×33cm. 사람들이 어두운 아치형 문 아래에서 무장을 갖추었다. 모두 좁은 고딕식 계단을 우르르 올라간다. 목숨을 건 농민 군중이다. 빛은 위로 갈수록 어두워진다. 독특하게 명암을 반 정도 넣었는데 사람들의 표정이 음산해 보인다.

(14) 「반항Losbruch」 : 「농민전쟁」의 다섯 번째 작품. 원작 크기 51×

50cm. 풀밭 위로 누구라 할 것 없이 목숨 걸고 전진한다. 맨 앞에 소년이 앞장서고 소리치며 지휘하는 자는 뜻밖에 한 여인이다. 전체적으로 복수를 향한 분노로 가득하다. 그녀의 온몸에는 힘이 넘친다. 팔 휘두르고 발 구르는 모습이 보는 이로 하여금 전진할 용기를 샘솟게 한다. 하늘의 구름도 쩌렁쩌렁한 외침에 산산이 조각난 것 같다. 그녀의 모습은 모든 명화 가운데서 가장 힘이 넘치는 여성 중 하나일 것이다. 「방직공의 봉기」에서와 마찬가지로 비상사태에는 늘 여성이 참여하며, 아주 굳건하다. 이것이 바로 "장부 기질이 넘치는 여인"의 정신이다.

(15) 「싸움터Scblachtfeld」: 「농민전쟁」의 여섯 번째 작품. 원작 크기 41×53cm. 농민이 패배했다. 그들은 관군을 이기지 못했다. 전장에 남겨진 것은 무엇인가? 흐릿하여 보이지 않는다. 어렴풋이 시체가 덮인 칠흑 같은 밤에 한 여인이 보인다. 노동으로 잔뜩 옹이가 박인 손으로 죽은 자의 얼굴을 살피는 손을 램프로 비춰보고 있다. 빛은 이 작은 램프에 집중되어 있다. 여기, 어쩌면 그의 아들일지도 모르겠다. 그리고 이곳이 바로 그가 전에 쟁기를 밀었던 그곳일지도 모르겠다. 그러나 지금 여기 흐르는 것은 땀방울이 아니라 붉은 피다.

(16) 「포로Die Gefangenen」: 「농민전쟁」의 일곱 번째 작품. 원작 크기 33×42cm. 화면에는 사로잡힌 사람들이다. 어떤 사람은 맨발이고 어떤 사람은 나막신을 신었다. 모두 씩씩한 사내들이지만 아이도 있다. 모두 손이 뒤로 결박지어진 채 동아줄에 옭아매어져 있다. 그들의 운명은 짐작할 수 있다. 절망하는 자, 여전히 굽히지 않고 분노에 차 있는 자, 깊은 생각에 혼자 빠져 있는 자, 제각각의 표정들이다. 그렇지만 위축되거나 굴종적인 모습은 찾아볼 수 없다.

(17)「실업Arbeitslosigkeit」: 1909년 작. 동판. 『화첩』에서 복제. 원작 크기 44×54cm. 이제 그는 할 일이 없어졌다. 그녀의 침대 옆에 앉아서 곰곰이 생각해보지만, 별다른 도리가 없다. 어미와 함께 잠든 아이의 모습이 아름답고 숭고하다. 작가의 작품 중에서 아주 보기 드문 장면이다.

(18)「부인, 죽음에 사로잡히다Frau Vom Tod Gepackt」:「죽음과 여인Tod Und Weib」이라고도 불린다. 1910년 작, 동판. 『화첩』에서 복제. 원작 크기 미상. 그녀 자신의 그림자로부터 출현한 '죽음'이 등 뒤에서 그녀를 덮쳐 결박한다. 어린아이가 자애로운 어미를 붙들어보지만 소용없다. 순식간에 눈앞에 이승과 저승이 놓여 있다. '죽음'은 세상에서 그 누구도 대적할 수 없는 가장 출중한 무사이며, 죽음은 현 사회에서 가장 깊은 울림을 주는 비극이지만 이 부인은 모든 작품 가운데서 가장 위대한 사람이다.

(19)「어미와 아들Mutter Und Kind」: 제작 연대 미상, 동판. 『화첩』에서 복제. 원작 크기 19×13cm. 『케테 콜비츠 작품집』에 실린 182폭 중 즐거운 분위기를 띠는 작품은 불과 네다섯 편에 불과한데 이 작품이 바로 그중 하나다. 아베나리우스는, 아가의 천진난만해 보이는 얼굴 측면을 환하게 처리하여 부각시킨 이 작품을 보면 웃음을 머금지 않을 수 없다고 했다.

(20)「빵!Brot!」: 석판, 제작 연대 미상이나, 유럽대전(제1차 세계대전) 이후의 작품으로 보인다. 원작 탁본에서 복제. 원작 크기 30×28cm. 굶주림에 시달린 아이가 먹을 것을 달라고 보채는 것은 어미로서 가슴이 찢어지는 것 같은 고통이다. 이 작품에서 아이들은 슬픈, 그러면서도 뜨거운 바람이 담긴 눈길을 보내지만 어미는 힘없이 허리를 구부릴 뿐이다. 어미의 어깨가 들썩이는 것은 사람 눈을 피하여 울음을 삼키고 있는 게다. 그녀가 등을 보이고 있는 까닭은 도와줄 생각이 있는 사람은 그녀와

「희생」, 독일 판화가 콜비츠의 작품으로 루쉰이 인용하여 소개했다.

마찬가지로 무력하고 힘이 있는 사람은 도와줄 생각이 없기 때문이다. 또한, 자신에게 남아 있는 어미로서의 사랑이 고작 이렇다는 것을 아이들에게 보이고 싶지 않아서다.

(21) 「독일 아이들이 굶주리고 있다!Deutschlands Kinder Hungern!」 : 석판. 제작 연대가 분명치 않으나 유럽대전 이후의 작품으로 추정. 원작 탁본에서 복제. 원작 크기 43×29cm. 아이들이 빈 공기를 받쳐 들고 누군가를 바라보고 있다. 메마르게 야윈 얼굴의 큰 눈망울에는 뜨거운 열망이 불꽃처럼 활활 타오른다. 누가 손을 내밀어줄 것인가? 알 길이 없다. 이 작품은 원래 플래카드로, 지금 슬로건이 된 구절이 적혀 있었다. 아마 당시 모금을 위해 만든 포스터였을 것이다. 나중에 간행할 때에 그림 부분만 남겼다. 작가에게는 또 「더 이상 전쟁은 안 된다!Nie Wieder Krieg!」라는 제목의 석판화가 있다. 이보다 약간 이른 시기에 나온 작품인데 아쉽게도 손에 넣지 못했다. 그런데 그때 그 어린이들이 지금 살아 있다면 벌써 스무 살 넘은 청년이 되었겠지만, 또 전쟁의 먹잇감으로 내몰렸을 것이다.

1936년 1월 28일, 루쉰

_『루쉰 전집』 제6권 『차개정잡문말편』

덧붙이는 말

루쉰이 말하는 시의 적敵, 그리고 시인에 대한 찬미

시는 철학과 지식에 의지하여 인식할 수 없다. 그래서 감정이 이미 메말라 버린 사상가는 시인에 대해 종종 그릇된 판단을 내리거나 엉뚱한 야유를 퍼붓기도 한다. (…) 무릇 과학을 바탕으로 하는 인사들은 (…) 조금은 제한된 시야 안에서 세밀하게 연구하기 때문에 시인이 인간사와 세상에 대해 느끼는 다양한 감정과 천국의 즐거움, 지옥의 엄청난 고통과 번뇌의 정신을 결코 이해하지 못한다.

_『집외집습유』「시의 적詩歌之敵」

그는 선전하는 자도, 선동하는 자도 아니다. 그는 그저 꿈을 꾸고 순수하고 넓은 마음을 갖고 있으며, 불행한 자들을 위해 탄식하는 자다.

_『역문서발집』「예로센코동화집 '호숫가' 역자부기」

작가가 인간 세상에 대해 철저히 안다는 것은 모든 것에 대한 사랑이며 사랑할 수밖에 없는 슬픔이다. 그리고 내가 그를 표현하는 것은 그의 동심과 아름다움과 진실한 꿈이다. 이 꿈은 어쩌면 작가가 가진 비애의 베일일지도 모르겠다. 그렇다면 나 역시 지나치리만치 꿈을 꾸겠다. 그러나 나는 작가가 이 동심의 아름다운 꿈에서 벗어나기를 원치 않는다. 그리고 작가가 사람들이 이 꿈 속으로 들어와 그 진심의 무지개를 볼 수 있도록 해주었으면, 우리가 결코 몽유환자somnambulist가 아니라는 것을 알게 해 주었으면 좋겠다.

_『역문서발집』「예로센코동화집 서」

세상의 경계가 그의 꿈을 제한할 수 없다. (…) 그의 이 러시아식 광야의 정신은 (…) 내가 세파에 시달리고 나서 보니 인류 가운데 이렇게 어린아이와 같은 순수한 마음을 잃지 않은 사람과 저작이 있다는 것에 깊이 감사한다.

광대하도다, 시인의 눈물이여. (…)

_『역문서발집』「예로센코동화집 '비좁은 바구니' 역자부기」

루쉰이 말하는 목판예술

몇 개의 조각칼로 목판 위에 수많은 예술품을 만들어내어 대중에게 널리 유포하는 것이야말로 현대의 목판예술이다.

목판예술은 중국에 있는 고유한 것으로 오랫동안 지하에 매몰되어 있었지만, 새로운 생명을 가득 담아 지금 다시 부활해야 한다.

새로운 목판예술은 강건하고 분명하다. 새로운 청년의 예술이다. 훌륭한

「루쉰상」, 자오옌넨趙延年 작품. 이 그림은 루쉰의 모든 초상화 중에서 가장 우수한 작품 가운데 하나로 여겨지는 것이다.

대중의 예술이다.

_『집외집습유보편』『무명의 목각집無名木刻集』 서序

이른바 창작 목판화란 모방하지 않고 복각復刻하지 않으며 작가가 조각칼을 들고 나무판에 바로 조각해나가는 것이다. 송대 사람이었을 것이다. 아마 소동파였으리라. 어느 사람이 그에게 "내게 좋은 비단 한 필이 있으니 여기에 붓을 들고 일필휘지로 그려주십시오"라며 매화 그림과 시를 요청해왔다. 이런 식으로 칼을 들고 거침없이 한 번에 조각하는 것이야말로 창작 판화의 필수 조건이다.

_『집외집습유』『근대목각선집1』 소인小引

힘이 넘치는 작가와 감상자가 있어야 비로소 '힘'의 예술이 탄생할 수 있다. '붓놀림이 곧고 힘이 넘치는' 그림은 어쩌면 퇴폐적이고 교활함이 넘치는 이 사회에서 살아남기 어려울지도 모르겠다.

_『집외집습유』『근대목각선집2』 소인小引

기빙스Robert Gibbings는 영국 목판 예술가 가운데 다양한 주제로 풍부한 저작을 남긴 작가다. 그가 지닌 흑백에 대한 관념은 항상 의미심장하고 독창적이었다. 매터스E. Powys Mathers의 「붉은 지혜」라는 삽화는 빛나는 흑백 대비 안에서 부드러운 동양적 아름다움과 정교한 백색 선의 율동이 있다. 사람을 즐겁게 만드는 그의 「한가로이 앉아」라는 작품은 의미 있는 형식 안에 흑백 대비를 드러낸다.

_『집외집습유』『근대목각선집2』 부기附記

우리가 보기에 러시아 목판화는 프랑스의 섬세함, 독일의 호방함과는 다르다. 이 작품들은 진지하나 고집스럽지 않고, 아름다우나 요염하지 않고, 유쾌하나 광적이지 않으며, 힘차나 거칠지 않다. 또한 정적이지 않아서 일종의 울림을 느끼게 한다. 이 울림은 흡사 견실한 보폭으로 한 걸음 한 걸음, 견실하고 드넓은 흑토를 밟으면서 건설을 향하여 매진하는, 커다란 우군의 발자국 소리와 같다.

_『차개정잡문말편』「소련 판화 전시회에 부쳐」

루쉰은 어떻게 현대 중국 회화예술을 고찰하는가

그는 새로운 형태, 특히 새로운 색으로 그 자신의 세계를 묘사해냈지만,

그 속에는 여전히 살아숨쉬는 중국의 영혼—글자의 뜻이 허황됨으로 흐르지 않게 한다면 바로 민족성—이 담겨 있다.
그는 결코 '지호자야之乎者也'식의 옛 상투어 표현을 빌어 말하는 사람이 아니다. 왜냐하면 그는 새로운 형태와 새로운 색을 사용하고 있기 때문이다. 또한 그는 중국인이기 때문에 'Yes'나 'No'로 이야기하지 않는다. 그리고 루쉰은 현대인이기 때문에, 미터자를 쓸 수도, 한대의 여지척慮俿尺이나 청대의 영조척營造尺을 사용할 수도 없다. 여치척은 후한 장제章帝 건초建初 6년에 제작한 일종의 구리자이며 영조척은 청나라의 공부工部가 건축 공정에 사용하던 자이며 당시 표준적인 길이 단위로 사용했었다. 생각건대, 반드시 현재에 존재하면서 세계적인 사업에 참여하고자 하는 마음속 잣대로 재어야 비로소 그의 예술을 이해할 수 있을 것이다.

_『이이집』「타오위안칭 군의 회화 전시회 때」

쉬서우창許壽裳이 루쉰의 '미술 제창提唱美術'을 논한 글

교육부 장관 차이제민蔡孑民(차이위안페이) 선생이 취임 후 '미美로써 종교를 대체'할 것을 제창했다. 미적인 것은 보편성을 갖고 있어 사람들이 가진 편견을 타파할 수 있으며, 또한 초월성을 갖고 있어 생사를 건 이해관계를 초월할 수 있으므로 교육적으로 특히 중시했다. (…) 당시 이러한 교육방침에 대해 깨달은 자가 그리 많지 않았으나 루쉰 선생만이 그 본질을 깊이 이해하고 있었다. 차이 선생도 루쉰이 미학과 교육에 대해 연구하고 있다는 것을 알고 있었고, 이에 대해 느낀 바가 있어 루쉰에게 사회교육사社會敎育司 제1과의 과장을 맡아 도서관, 박물관, 미술관 등과 관련된 일을 해줄 것을 부탁했다. 이에 루쉰은 민원교육부에서 여름방학 강연회

「살로메」의 "고조高潮", 비어즐리Aubrey Vincent Beardsley의 작품으로 루쉰이 인용하여 소개했다.

를 실시하여 미술에 대한 심오한 내용을 알기 쉽게 강연했다. (…) 루쉰은 예술을 사랑했다. 어렸을 적부터 연극을 좋아하고 삽화를 보는 것을 좋아했다. 중년에 이르러서는 한대漢代의 초상화를 연구했고 만년에는 판화를 제창했다. 그가 다루었던 범위는 광대하지만 간단히 몇 가지로 말하자면, 첫째는 한, 위, 육조시대의 석각을 수집하여 문자에 대한 것뿐 아니라 그림과 도안에 대한 연구도 진행했다. 이는 고시대를 연구하는 고고학자와 감상가들이 당시 미처 연구하지 않았던 것들이었다. 그는 내게 이런 말을 한 적이 있다. "한대의 그림은 너무도 아름다워 일본 예술가들이 빼앗아 갔다. 설령 작품 몇 점에 지나지 않지만 이미 서양의 유명 인사들이 일본의 그림이 어떻게 이렇게 대단할 수가 있단 말인가 하며 찬탄했다. 그렇지만 본래 그것은 중국 한대의 그림이었다." 둘째는 근대 목판화를 수집하고 그것을 발행한 것이다. 『베이핑 전보北平箋譜』 등이 대표적이다. 셋째는 중국 청년 목판화가들을 장려하고 발탁한 일이다. 목판 강습회를 열고 직접 통역을 하여 사람들이 배울 수 있도록 했을 뿐만 아니라 각국의 명화 전시회를 열어 관람할 수 있도록 했다. 중국 신진작가들의 작품에 대해 격려하고 비평함에 있어 솔직하고 정확하게 했다. 넷째는 『케테 콜비츠 판화선집』과 같이 외국의 진보 작가들의 판화를 소개하고 인쇄한 일이다.

_ 쉬서우창, 『친구 루쉰을 기리며』 「미술을 제창하다提倡美術」

제 3 편

루쉰을 읽다 II

눈을 크게 뜨고 보다

우리는 앞서 루쉰의 내면세계를 들여다보았다.
이제 우리는 루쉰이 어떻게 현실을 마주했는지,
어떻게 20세기 중국과 중국의 역사에 대해
자신의 독특한 관찰과 견해를 드러냈는지 살펴보자.
그것은 영감으로 가득하며 심지어 예언적이기까지 하다.
그렇기 때문에 이 작품들은 오늘의 중국에 대한 루쉰의 견해로 볼 수 있으며
우리는 작품을 통해 그와 함께 보다 심층적인 대화를 나눌 수 있다.
어쩌면 독서 과정에서 점차 우리도 모르는 사이에
이미 관성에 젖어버린 사유방식, 심미관,
말하는 방식 등에 변화가 생길지도 모른다.
이것이 바로 루쉰이 중국과 우리 모두에게 던지는 의미다.

길잡이 글

아이가 태어나 눈을 뜨면서 이 세상을 '바라본다'. 루쉰은 20세기 중국에 대해 관찰하면서 중국의 수천 년 전의 역사를 거슬러 올라가 고찰했다. 이것이 바로 '눈을 크게 뜨고 바라보고자' 하는 기본적인 상식에서 출발한 것이다.
그러나 중국에서 상식을 실천한다는 것은 진정으로 하늘에 오르기보다 더 어려운 일이었다. '중국의 문인은 인생에 대해, 적어도 사회의 현상에 대해 직시할 수 있는 용기가 그리 많지 않았기 때문'이었다. 게다가 루쉰이 볼 때 중국의 문학 전통은 사람들에게 어떻게 '눈을 감을 것인지'를 가르치고 있었다. 그래서 문제가 없고, 결점이 없고, 불평이 없었기에 해결할 것도 없고, 개혁할 것도 없었으며, 반항도 없었다. 이러한 전통의 가르침 밑에서 중국인은 '속고 속이는 늪에 빠져 이제는 자각조차 하지 못하는 상태가 되었다. 이것은 루쉰이 중국 사회와 전통, 중국인과 중국 문인(지식인)을 관찰한 후 처음으로 자각한 것이었고, 가장 근본이 되는 것이었으며 충격과 전율을 느낀 것이었다.
그러므로 중국이라는 땅 위에서 생활은 루쉰에게 항상 공포의 환각을 느끼게 했다. "백주대낮"에 "시끌벅적하고 왁자지껄함"의 "높은 벽 너머, 건물 사이에" (…) "놀랍도록 새카만 어둠이 가득했다." 어두운 밤이 되어서야 '자기도 모르게 인조 가면과 옷을 천천히 벗어던지고 적나라하게 이 가없는 어둠의 덩어리 같은 대지를 감싸 안고 나서야 비로소 인간은 진실을 느낄지도 모른다.' 루쉰은, "어둠을 사랑하는 사람"이 있어야 하며 "어둠을 듣는 귀와 어둠을 보는 눈"이 있어야 한다고 말했다. 이것이 루쉰이 우리에게 주고자 했던 거짓 속에 진실을 들을 수 있는 귀와 감춰진 것 가운데 진실을 볼 수 있는 두 눈이다.

눈을 똑바로 뜨고 볼 것에 대하여

쉬셩 선생이 쓴 시사단평 가운데 「우리는 여러 방면을 직시할 용기가 있어야 한다」는 글이 있다(『멍진猛進』 19기). 물론 직시할 용기가 있어야 생각, 말, 일에 있어 대담할 수 있고 감당할 수 있는 것이다. 직시할 용기가 없다면 이후 어떤 결과를 만들어낼 수 있으랴. 그러나 불행히도 이런 용기는 우리 중국인에게 가장 부족한 것이다.

지금 내가 생각하고 있는 것은 또 다른 방면에 있어서의 문제다.

중국 문인 대부분은 지금까지 인생에 대해, 적어도 사회 현상에 대해 직시할 수 있는 용기가 없다. 우리의 성현들은 일찍부터 '예禮가 아닌 것은 보지 말라'고 가르쳤는데, 이 '예'라는 것이 매우 지엄하여 '직시'하는 것은 고사하고 '건너다보거나' '비스듬히 바라보는 것'도 허용하지 않았다. 오늘날 청년들의 정신은 어떠한지 아직 모르겠으나 체질을 보면 태반이 등과 허리가 굽고 머리를 숙여 순종하는 모양새가 고루한 애늙은이 같은 자제들이며 말 잘 듣고 착한 백성인 것 같다. 그러면서 대외적으로는 큰 힘을 가지고 있다고 하는데 이는 최근 한 달여간에 나온 새로운 설이므로 도대체 어떠한지 아직 알 수 없다.

다시 '직시'의 문제로 돌아가자. 우선 감히 대담할 수 없으면 그 다음은 직시할 수 없고, 그런 다음에는 자연히 보지 않게 되고 보이지 않게 된다. 고장난 자동차가 길에 멈춰 있을 때 숱한 사람이 빙 둘러서서 멍하니 쳐다본다면 결국 아는 것은 그것이 새까맣고 반들반들 윤이 나는 물건이라는 것에 지나지 않을 것이다. 그러나 자신의 모순이나 사회적 결함으로 인한 고통은 직시하지 않아도 몸소 겪게 된다. 문인이란 어찌됐든 민감한 사람들이다. 그들의 작품을 보면 일부 사람은 확실히 벌써부터 이에 대해 불만을 느끼고 있다. 그러나 결함이 드러날 위기일발의 순간에 다다르면 그들은 얼른 '그런 일 없다'고 말하면서 눈을 감아버린다. 이렇게 눈을 감으니 모든 것이 완전무결해 보이며 당면한 고통은 '하늘이 그 사람에게 큰일을 맡기려 할 때 반드시 먼저 그의 마음을 괴롭히고 그의 살과 뼈를 단련시키고 그의 배를 굶주리게 하고 몸을 허약하게 함으로써 그의 행동거지를 바로잡으려는 것'에 불과한 것이 된다. 그렇기 때문에 아무런 문제도 되지 않으며 결함도 없고 불평도 없다. 따라서 해결도 없고 개혁도 없으며 반항도 없다. 만사가 다 '원만'할 것이므로 우리가 안타까워할 필요도 없다. 마음 놓고 차나 마시고 잠이나 자면 대길이다. 군소리를 더하면 '세태에 어긋난다'는 힐책이 돌아올 것이고 분명 대학 교수들에게 지적을 받을 것이다. 쳇!

나는 실험을 해본 적은 없지만 때로는 이런 생각을 한다. 오랫동안 집 구석에 박혀 있던 늙은 나리를 오뉴월 한낮 뙤약볕 아래 끌어내놓든지 규방에서 나오질 않는 귀한 집 아씨를 캄캄한 광야 허허벌판에 끌어내 놓으면, 아마 어쩔 수 없이 눈을 감을 것이다. 그러면 잠시나마 꾸던 꿈이 계속되겠지. 그러면 이미 전혀 다른 현실에 놓였더라도 어둠이나 빛을 분간할 수 없을 것이다. 중국의 문인도 이와 마찬가지다. 만사에 눈을 감고 자신과 남을 속인다. 그 방법은 감추고 기만하는 것이다.

중국의 혼인 방식의 결함에 대해서는 재자가인才子佳人[1] 소설가들이 일찍부터 잘 알고 있었다. 그래서 그들은 소설에 한 재자가 벽에 시를 지으면 한 가인이 와서 화답하여 그로부터 연모의 정이 생겨—지금 말로는 연애라고 한다—'백년가약'을 맺게 한다. 그러나 가약을 맺은 다음에는 곧 난관에 부딪치게 된다. '사사로이 백년가약을 맺는' 일이란 시나 희곡 혹은 소설에서는 그래도 미담이 되겠지만(물론 끝내 장원급제하는 남자와 백년가약을 맺는 경우에 한한다) 실제로는 세상이 용납하지 않고 마침내 헤어지고 만다는 것을 모두가 알고 있다. 명나라 말기의 작가들은 눈을 감고 이 문제도 해결했다. 즉 유능한 젊은이가 급제한 후에 황제의 성지를 받아 혼사를 이룬다고 했다. 그래서 '부모의 명命과 중매인의 말'이 이런 큰 감투에 눌려 반 푼어치도 못 되게 되어버렸으며 문제도 전혀 없게 되었다. 만일 문제가 있다면 젊은이가 장원급제를 하느냐 못하느냐에 달린 것이지 혼인제도의 좋고 나쁨에 있는 것은 절대 아니다.

(최근에 어떤 사람들은 신시新詩를 쓰는 시인이 시를 지어 발표하는 것은 잘난 척하고 이성의 주목을 끌기 위한 것이라고 하면서 신문잡지에서 이런 시들을 함부로 실어준다고 노여워하기까지 했다. 그들은 설령 신문이 없어도 벽은 '옛날부

1 출중한 남자와 아름다운 여인 — 옮긴이

터 있었으며' 일찍부터 발표기관이 되어왔다는 것을 모르는 듯하다. 『봉신연의封神演義』에 따르면 주왕紂王은 일찍이 여와의 묘 벽에 시를 썼다고 하니 그 기원은 실로 오래되었다고 할 수 있다. 신문에서 백화문白話文이나 단시들을 싣지 않을 수 있으나 벽은 다 허물어버릴 수 없으며 말려낼 수도 없다. 가령 모두 검은 칠을 한다 해도 사금파리로 새길 수도 있고 분필로 쓸 수도 있으니 실로 말릴 재주가 없을 것이다. 시를 지어서는 목판에 새겨 명산에 숨겨두지 않고 수시로 발표하니 비록 폐단이 많기는 하지만 완전히 근절하지는 못할 것이다.)

『홍루몽紅樓夢』의 그 자그마한 비극은 사회에 흔히 있는 일인데, 저자가 비교적 대담하게 사실대로 썼으며 그 결과도 그리 나쁘지는 않다. 물론 가씨네 가업이 다시 일어나고 후손들이 출세를 했고 가보옥賈寶玉 자신도 붉은 융단으로 된 장삼을 두른 중이 되었다. 중은 많지만 이렇게 화려한 융단을 두른 중이야 몇이나 되겠는가. 그러니 가보옥이 이미 '속세를 벗어난 것'만은 의심할 여지가 없다. 그 외 인물들은 소설 안에서 벌써 운명이 다 결정되어 있으며 결말은 필연적 귀결(죽음)에 지나지 않는 것이다. 이는 문제를 마무리 짓는 것이지 시작이 아니다. 독자들은 읽으며 초조함을 느끼지만 결말을 이해하고는 어찌할 수 없음을 느낀다. 그렇지만 나중에 계속 쓰거나 개작함으로써 죽은 넋을 불러 살리지 않으면 저승에서 달리 짝을 맺게 하고 '남자와 여자가 만나 원만한 결말을 맺도록' 하고서야 마음을 놓는데, 이것은 자기와 남을 속여야 하는 강한 강박 때문이다. 그러므로 소소한 속임에는 성이 차지 않아서 기어이 눈을 감고 한바탕 거짓말을 해야 후련함을 느낀다. 헤켈E. Haeckel은 사람과 사람의 차이가 때로는 유인원과 원시인의 차이보다 클 때가 있다고 말했다. 『홍루몽』의 개작자를 원작자와 비교해보면 이 말이 대체로 옳다는 것을 수긍할 것이다.

'착한 일을 하면 복을 받는다'는 옛말에 대해 육조六朝 때 사람들은 이미 의심을 가졌다. 그래서 그들은 묘지명에 '선덕을 쌓았으나 보답을 못 받았으니 결국은 속고말았구나'라는 말을 써넣었던 것이다. 그런데 후세의 멍청이들은 또 속아 넘어가기 시작했다. 원나라 때 유신이 철모르는 세 살짜리 아이를 화로에 집어넣고 복을 빌었다는 기록이 『원전장元典章』에 있으며 「장 서방이 아들을 불태워 어머니를 구하다」라는 극본에는 어머니를 살리려 아이를 태우려 했다고 나오는데, 어머니도 구하고 아이도 죽지 않았다고 했다. 『성세항언醒世恒言』에는 고질병으로 신음하는 남편을 시중하던 아내가 결국에는 같이 자살했다고 했는데, 개작한 사람은 약탕관에 뱀이 들어가서 남편이 그 약을 먹고 병이 나았다고 했다. 무릇 결함이 있는 것이면 저자가 손을 대어 그 후반부를 본래와는 딴판으로 만듦으로써 독자들로 하여금 터무니없는 허위 속에 빠지게 하여 세상은 사실상 광명으로 가득하다 여기게 하고, 누군가의 불행은 자기가 지은 죄 때문에 죄 값을 받는 것이라 생각하게 만든다.

때로는 관우와 악비의 피살과 같은 숨길 수 없는 명백한 사실에 맞닥뜨리는데 이럴 때는 다른 속임수를 쓸 수밖에 없다. 하나는 악비의 경우와 같이 전생에 정해진 숙명이라고 하는 것이고, 다른 하나는 관우의 경우와 같이 저승에 가서 신이 되게 하는 것이다. 숙명은 벗어날 수 없는 것이며 신이 된 것은 적선의 보답이니 더욱 사람들을 흡족하게 해준다. 그러므로 살인자도 질책할 것이 없고 피살자도 슬퍼할 것이 없으며 저승에서 그들을 각기 제가 가야 할 곳에 보내주므로 다른 사람이 애쓸 필요가 없다는 것이다.

중국인은 모든 사태를 직시하려들지 않아서 속이고 기만하는 방식으로 교묘히 빠져나갈 길을 만들어두고는 이것이 바른 길이라고 여긴다. 이런 길 위에서 국민성의 나약함, 나태함, 교활함이 드러난다. 그날그날 현실에 만족하는 것은 하루하루 뒤처지는 것이지만 오히려 날로 영광이 더한다고 생각한다. 사실상 나라가 한 번 망하면 그때마다 나라에 몸을 바친 충신이 몇 명씩 생기는데 나중에 가서 잃었던 옛 광영을 회복하려들지 않고 그 몇몇 충신만 찬양한다. 그리고 난을 겪을 때마다 절개를 꺾지 않은 열녀들을 탄생시키는데 그 후 난을 주도한 무리를 징벌하거나 스스로를 지킬 생각은 하지 않고 그 열녀들만 찬양하기에 여념이 없다. 마치 나라가 망하고 난을 겪는 것이 중국인이 '천지간의 옳은 기운'을 뽐내는 좋은 기회로 여겨 가치를 드높이는데, 최선을 다해 그것을 행함에 근심과 슬픔이 부족함이 없는 것처럼 한다. 물론 이 이상 더 하려야 할 것이 없다. 왜냐하면 우리는 이미 죽은 사람을 이용하여 최고의 광영을 얻었기 때문이다. 상하이·한커우漢口 열사추도회[2]에서 경배해야 하는 위패 아래에서 산 사람들이 서로 때리며 욕하는 일이 있었는데 이 역시 우리의 선조들과 같은 길을 걷고 있는 것을 보여준 것이다.

문예는 국민정신이 발산해내는 불꽃이며 국민정신의 앞길을 인도하는 등불이다. 이 두 가지는 마치 참기름이 참깨에서 짜낸 것이지만 거기에 깨를 담그면 더욱 진한 기름이 되는 것 같이 서로 인과관계에 있다. 만일 기름만 만든다면 더 말할 필요가 없지만, 그렇지 않다면 물이나 소금을 넣을 수도 있다. 중국인은 예로부터 인생을 똑바로 볼 용기가 없었기 때

2 1925년 상하이 5·30 참살사건이 있은 후 6월 11일 한커우에서 일어났던 제국주의 반대 군중투쟁 역시 영국과 후베이성 독군督軍 소요남蕭耀南에게 탄압되었다. 6월 24일 베이징에서 각계 인사 수십만 명이 시위 행진을 하고 톈안먼에서 상하이·한커우 열사 추도회를 열었다. — 옮긴이

문에 어쩔 수 없이 감추고 기만하는 일을 해왔고 이로부터 거짓되고 기만하는 문예가 생겨났다. 이런 문예는 중국인을 감추고 속이는 심연 속에 더욱 깊이 빠져들게 하여 심지어는 그것을 자각할 수도 없게 만들었다. 세상은 날로 변하고 있다. 우리 작가들이 가면을 벗어던지고 진실하고 깊이 있고 대담하게 인생을 관찰하고 그 피와 살을 써내야 할 때는 이미 왔었다. 우리에게는 일찍이 새로운 문예의 진지가 있어야 했고 마땅히 씩씩한 맹장들이 있어야 했다!

지금은 세태가 변했는지 음풍영월의 노래 소리가 들리지 않는다. 대신 철과 피를 찬양하는 소리가 들린다. 그러나 만일 기만적인 마음과 입으로 논하는 것이면 A와 O를 말하든 Y와 Z를 말하든 그것은 다 같은 허위이며 다만 이전에 음풍영월을 비속한 것이라고 하던 소위 비평가들의 입이나 막음으로써 중국이 이제 곧 중흥하게 된다고 생각하면서 만족하게 할 뿐이다. 가련하게도 그들은 '애국'이라는 허울 좋은 모자를 쓰고는 다시 눈을 감아버렸다. 혹은 본래부터 감고 있었을지도 모른다.

모든 구습과 이에 매인 사상을 타파하며 진격할 수 있는 장수가 없다면 중국에는 진정한 새로운 문예가 있을 수 없을 것이다.

1925년 7월 22일

_『루쉰 전집』 제2권 『무덤』

밤의 송가

밤을 사랑하는 사람은 고독한 자이며 한가한 자, 싸우지 못하는 자, 광명을 두려워하는 자다.

사람의 언행은 대낮과 한밤, 태양 아래와 등불 앞에서 종종 다른 모습을 보인다. 밤은 조물주가 짠 어둡고 심원한 하늘의 옷이다. 이것은 모든 사람을 덮어주므로 따뜻하고 편안함을 느끼게 해 사람들이 저도 모르게 인위적인 가면과 옷을 벗어던지게 한다. 그리고 적나라한 모습으로 가없는 검은 솜 같은 커다란 덩어리 속에 싸여들게 된다.

컴컴한 밤이지만 명암明暗이 있다. 어슴푸레함도 있고, 어둑어둑함도 있고, 손을 뻗었을 때 손바닥이 보이지 않을 정도의 어두움도 있고, 칠흑같이 새카만 어둠도 있다. 밤을 사랑하는 사람은 어둠을 듣는 귀와 밤을 보는 눈이 있기를 원한다. 그래서 어둠 속에서도 자유롭고 모든 어두움을 보고자 한다. 군자들은 전등불에서 벗어나 불꺼진 침실로 들어가면서

'쉰迅'자를 새긴 인장. 루쉰이 생전에 직접 새겼다.

늘어지게 기지개를 켜고, 연인들은 달빛 아래서 나무 그늘 속으로 들어가며 돌연 다른 눈빛을 띤다. 밤의 강림은 애걸하고 비위맞추고 거짓말하고 속이고 허풍 떨고 수작 부리는 야기夜氣만을 남긴 채, 모든 문인학사의 백주대낮에 눈부신 백지에 쓴 초연하고 순박하고 황홀하고 왕성하고 찬란한 문장을 지워버린다. 그리고 탱화에 나오는 것처럼 찬란한 금빛 아우라로 학식을 가진 자의 두뇌를 뒤덮는다.

밤을 사랑하는 사람은 그리하여 밤이 베푸는 광명을 받아들인다.

하이힐의 모던 걸은 대로변 가로등 아래 또각또각 신나게 걷지만 코끝에 번들거리는 기름땀은 그녀가 풋내기 멋쟁이임을 증명한다. 만약 장시간 그렇게 자신을 뽐내다보면 그녀는 '몰락'의 운명과 마주하게 될 것이다. 줄줄이 문을 닫은 상점의 어둠이 그녀의 어깨에 들어간 힘이 풀리게 하여 걸음걸이가 느슨해질 것이다. 긴 숨을 내뱉을 때에야 비로소 심폐에 스며드는 시원한 밤바람이 느껴질 것이다.

밤을 사랑하는 사람과 모던 걸은 그리하여 동시에 밤이 베푼 은혜를 받아들인다.

밤이 다하면 사람들은 다시 조심조심 일어나 밖으로 나온다. 남편과 아내의 용모도 대여섯 시간 전과 어찌나 달라졌는지. 이때부터는 시끌벅적, 왁자지껄해진다. 그러나 높은 담 뒤편, 빌딩 한복판, 깊은 규방 안, 어두운 감옥 안, 거실 안, 비밀기관 안에는 여전히 놀랄 정도로 진짜 거대한 암흑으로 가득하다.

지금 백주대낮의 흥청거림은 바로 이 어둠의 장식이자 인육이 든 장독의 황금 뚜껑이자 귀신 면상에 발라놓은 로션이다. 오로지 밤만이 진실한 셈이다. 나는 밤을 사랑하고 밤새 「밤의 송가」를 쓴다.

6월 8일

_『루쉰 전집』 제5권 『준풍월담』

길잡이 글

중국의 통치자와 이를 돕고 아첨하는 자들과 그 수하들로서 지식인들이 온 힘을 기울여 감추고자 하는 것, 심지어 중국인 자신조차 서로 속고 속이며 회피하고자 하는 것은 대체 어떤 진실인가? 루쉰은 이 문제에 대해 끊임없이 물었다.

「등불 아래 끄적이다燈下漫筆」에서 루쉰은 "문명이 생긴 이래로 지금까지 있어온 크고 작은 수많은 인육의 주연酒宴의 장에서 사람들은 잡아먹고 잡아먹힌다. 그 흉악하고 무지몽매한 환성에 약자의 비참한 외침이 묻혀버린다. 여자와 어린아이의 목소리는 더 말할 것도 없다"고 적고 있다. 루쉰 최초의 부르짖음은 일찍이 「광인일기狂人日記」 안에서 '인의도덕'으로 가득한 중국 역사책과 문자 사이에서 '식인'이라는 두 글자를 찾아냈다. 쉬서우창에게 보내는 서신 가운데 "중국인은 예로부터 사람을 잡아먹는 민족이었다"고 분명히 말하고 있으며 "이런 종류의 견해는 예로부터 지식인이 거의 없다는 것과 깊은 관계가 있다"라고 밝히고 있다. '식인'의 함의는 다양한 측면에서 해석할 수 있으며 여러 독자가 서로 다르게 이해할 수도 있다. 물론 어떤 이는 루쉰의 이런 정리에 대해 동의하지 않을 수도 있다. 그러므로 사유는 각자의 몫이다. 여기서는 그저 어떤 견해를 소개할 뿐이다. '식인'은 두 가지 측면에서 의미를 가진다. 하나는 사람의 생명을 소중히 여기지 않고 도륙하는 것과 정말로 사람을 먹는다는 의미다. 이것은 루쉰이 「토끼와 고양이兎和貓」라는 글 안에서도 언급하고 있다. 중국인의 생명은 '너무 많이 만들어지고 있기 때문에' 자연히 '그것을 훼손하는 것도 아무렇게나 행해지고 있다'고 말이다. '식인'은 일종의 상징으로 그 의미는 사람의 생명권을 함부로 침범하고 박탈하는 것이며, 각종 새로운 술수와 명목하에 사람을 노예로 부리고 핍박하는 것이다. 문제는 중국에서 행해지는 이러한 핍박과 노역, 살육에 이르는 것들이 늘상 어둡고 혼란한 상황을 감추는 춤과 노래의 잔치 속에 진행되는 것이다. 바로 이 "무지몽매한 환성"이 "약자의 통곡소리"를 감추는 것이다. 특히 신분제 사회 구조의 최하층에 있는 여성과 아이들은 슬프게 흐느껴 운다. 이 모든 것이 바로 "어린 사람을 본위로 삼고, 약자를 본위로 삼을 것"을 견지하는 루쉰이 가장 공포스럽게 여기는 바다.

중국의 역사와 현실 속에서도 광명한 일면이 있다. 「중국인은 자신감을 잃어버렸나中國失掉了自信力了嗎」라는 글에서 루쉰은 "옛날부터 우리에게는 머리를 파묻고 힘들게 일을 하는 사람, 온 힘을 다해 힘든 일을 하는 사람, 백성을 위해 청원하는 사람, 제 몸을 아끼지 않고 진리를 추구하는 사람도 있었다." 그렇기 때문에 중국인이 자신감을 잃었다고 하는 것은 근거 없는 것이다. 그러나 문제는 이런 사람들이 중국의 역사와 현실 속에 박해받고 살해당하며 어둠 속에서 사라져간 것을 모두가 모르고 있을 뿐이며, 심지어 피로 얼룩져 씻을 수 없는 "죄명"이 더해졌다는 데 있다. '중국의 기둥'에 대한 은폐, 말살과 모독은 루쉰에게 더욱 공포감을 주었다.

루쉰은 "진정한 용사는 용감히 참담한 인생을 직면하고 흥건한 선혈을 직시할 수 있어야 한다. 이것은 얼마나한 슬픔이고 행복인가?"라고 말했다.(「류허전 군을 기억하며紀念柳和珍君」) 여기서 말하는 '직시'는 마땅히 다음과 같은 두 가지 측면에서 이루어져야 한다. 사람을 노예삼고 핍박하고 잔인하게 살상하는 '식인'의 피비린내를 용감히 폭로해야 하고 우리가 딛고 선 민족의 '근골과 척추'를 꿰뚫어봐야 하며, 그들을 위해 얼룩진 피를 용감하게 지워내야 한다. 이것이야말로 진정으로 역사와 현실의 진실에 접근할 수 있다. 이러한 진실을 마주하는 것은 용기를 필요로 한다. 왜냐하면 막중한 부담을 져야 하고 거대한 슬픔과 고통을 겪어야 하기 때문이다. 그러나 그는 확실히 진정으로 행복한 사람이다. 왜냐하면 그는 진정한 사람처럼 살아갈 수 있었기 때문이다.

등불 아래에서 끄적이다
(제2절)[1]

그러나 중국의 고유한 문명을 찬양하는 사람이 많아지고 있고 외국인들까지 여기에 가세하고 있다. 나는 늘 이런 생각을 한다. 중국에 오는 사람이 이맛살을 찌푸리고 고개를 저으며 중국을 싫어한다면 나는 감히 내 진정한 감사의 마음을 바칠 것이다. 왜냐하면 그는 분명 중국인의 고기를 먹을 생각이 없기 때문이다!

쓰루미 유스케[2] 씨는 「베이징의 매력北京的魅力」에서 1년 동안 중국에 체류할 작정으로 중국에 왔던 한 백인이 5년이 지났는데도 다시 돌아가기 싫다며 베이징에 눌러 앉은 이야기를 기록하고 있다. 어느 날 그 둘이

---

1 「등불 아래에서 끄적이다燈下漫筆」의 전문은 모두 두 개의 절로 구성되어 있으나 본문에는 두 번째 절을 발췌하여 수록한다.—엮은이

2 쓰루미 유스케鶴見祐輔(1885~1972)는 일본의 평론가다. 루쉰은 그의 수필집 『사상·산수·인물』을 번역했다. 「베이징의 매력」은 그 수필집에 수록된 글이다. — 옮긴이

함께 저녁식사를 하게 되었다.

복숭아나무로 만든 둥근 식탁에 앉아 끊임없이 들여오는 온갖 산해진미를 먹으며 골동품, 그림, 정치에 대한 화제로부터 이야기를 시작했다. 전등은 지나식支那式 등갓이 씌워져 있었고 부드러운 빛이 골동품이 전시된 방 안을 비추고 있었다. 무산계급이니 프롤레타리아트니 뭐니 하는 것은 흡사 아득한 곳에서 들리는 바람소리에 지나지 않았다.

나는 중국식 생활의 분위기 속에 도취된 한편 외국인에게 '매력'적인 그것을 깊이 사색해보았다. 원나라 사람들이 일찍이 중국을 정복했으나 종국에는 한족漢族이 가진 생활의 매력에 굴복하고 말았으며, 만주족滿族 역시 중국을 정복했으나 한족의 생활 매력에 굴복하고 말았다. 지금 서양인들도 마찬가지다. 입으로는 민주주의니 뭐니 하고 말하지만 오히려 중국인들이 6000년을 두고 이뤄놓은 생활의 매력에 매료되었다. 베이징에 살아본 사람은 누구나 그 매력적인 맛을 잊지 못한다. 세찬 바람에 몇 길씩 일어서는 티끌도, 석 달에 한 번씩 일어나는 독군督軍[3]이 일으키는 전쟁 놀음도 이 중국 생활의 매력을 없애지 못한다.

나는 이 글을, 그리고 그를 부정할 수 없다. 우리의 옛 성현들은 옛것을 잘 보존하고 낡은 것을 잘 지키라는 격언을 우리에게 남겨주었고 정복자를 위해 인민과 그들의 재산으로 정성껏 차린 잔칫상도 마련해놓았다. 중국인의 인내와 많은 인구 역시 그 잔칫상의 재료로 희생되었는데도 지금

---

3 중국의 민국 시기 성급省級 최고군사장관을 말한다. — 옮긴이

까지 우리의 애국자들은 그것을 자랑스럽게 여기고 있다. 서양 사람들이 처음 중국에 들어왔을 때에는 오랑캐라고 불리는 통에 모두들 이맛살을 찌푸리지 않을 수 없었으나 우리가 일찍이 북위, 금나라, 원나라와 청나라에 차려 바치던 성대한 잔칫상을 이제 서양인들에게 바치게 되었다. 그들이 문을 나서면 자동차가 기다리고 있고, 길을 가면 호위병이 따른다. 통행이 금지되어도 그들은 자유자재로 다닌다. 쑨메이야오孫美瑤[4]가 관군이 함부로 발포하지 못하도록 서양인을 납치하여 자신의 군대 앞에 세워두도록 한 적이 있었는데, 이 일로 보상을 받아내고야 말았다. 하물며 화려한 방 안에서 잔칫상을 받는 것이야 말해 무엇하랴. 그들이 성찬을 즐기니 자연스레 중국 고유 문명을 칭찬한다. 그러나 우리의 일부 낙관적인 애국자들은 어쩌면 서양인들이 중국에 동화되기 시작했다고 생각하면서 흐뭇해할지도 모르겠다. 옛사람들은 여인들을 이용해 일시적인 안일을 도모하는 방패로 삼으면서 그것을 자기 기만적인 '화친和親'이라고 고상하게 부르며, 지금 사람들은 또 노예가 되어 자손들과 재물을 갖다 바치면서 그것을 '동화同化'라고 아름답게 일컫는다. 만일 외국인 누군가가 이미 잔치에 참가할 자격을 얻고 나서도 우리를 위해 중국의 현 상태를 혹독히 꾸짖는 사람이 있다면 그야말로 양심적이며 진정 탄복할 만한 사람일 것이다!

그러나 우리 자신은 벌써부터 귀천, 대소, 상하의 구분을 다 해놓았다. 그래서 자기 자신이 다른 사람에게서 능욕과 천대를 받으면서 그 자신도

---

4 쑨메이야오(1898~1923)는 산둥자치군총사령관山東建國自治軍山總東司令으로 관군과 대치하던 중 기차에 타고 있던 서양인들을 납치해 관군과 협상을 벌인 바 있다. — 옮긴이

다른 사람을 능욕하고 천대할 수 있으며 자기가 다른 사람에게 잡아먹히면서도 그 자신도 다른 사람을 잡아먹을 수 있다. 이렇게 한 단계씩 통제하고 있으니 움직일 수도 없고 또 움직이려고도 하지 않는다. 왜냐하면 움직여서 좋은 점도 있겠지만 폐단도 있기 때문이다. 옛사람들의 훌륭한 법과 아름다운 뜻을 보기로 하자.

> 날짜에는 열흘이 있고 사람에게는 열 등급이 있다. 그래서 아랫사람이 윗사람을 섬기고 윗사람은 신을 위하는 것이다. 그렇기 때문에 왕은 공公을 신하로, 공은 대부大夫를 신하로, 대부는 사士를 신하로, 사는 조皁를 신하로 조는 여輿를 신하로 여는 예隸를 신하로, 예는 요僚를 신하로, 요는 복僕을 신하로, 복은 대臺를 신하로 삼는다.(『좌전左傳』 소공昭公 7년)

그런데 '대臺'만이 신하를 가지지 못하니 너무 야박하지 않은가? 그러나 근심할 필요는 없다. 그에게는 자기보다 더 낮은 등급인 아내가 있고 더 약한 아들이 있다. 뿐만 아니라 그의 아들도 희망이 있다. 앞으로 커서 '대'가 되면 자기보다 더 낮고 약한 처와 그 아들이 있어서 부려먹을 수 있다. 이렇게 고리가 물려 있어 각각 정당한 자리를 차지하고 있다. 그 누가 이러니저러니 하고 시비를 걸다가는 본분을 지키지 않는다는 죄명을 쓰게 된다!

그것은 오랜 일로서 소공 7년은 아득한 옛날이라고는 하나 '복고가復古家'들은 비판할 필요가 없다. 태평성대가 지금 우리 앞에 펼쳐져 있다. 말하자면 전쟁이 빈번하고 홍수와 가뭄이 그칠 줄 모르지만 그 누가 아우성을 들은 적이 있는가? 싸우는 놈은 싸우고 죽이는 놈은 죽이지만 벼슬도 없는 초야의 선비가 나와 논란을 일으키고 시비하는 것을 보았는가? 국민에 대해서는 전횡을 일삼고 외국인에 대해서는 그처럼 비굴 무능하니 이것이 사회의 등급과 차이가 남겨놓은 기풍이 아니고 무엇인가? 사실 중국의 고유한 정신문명은 결코 공화共和라는 두 글자에 의해 매몰되지 않았다. 다만 이전과 달라진 것은 만주인이 물러갔다는 것뿐이다.

그렇기 때문에 우리는 오늘도 각양각색의 연회를 볼 수 있다. 고기를 굽기도 하고 상어지느러미를 먹는 연회도 있고 일반적인 연회도 있고 서양식 연회도 있다. 그러나 오두막 안에서는 시래기죽을 먹고 길가에는 먹다 남은 음식 찌꺼기가 있고 들에는 굶어죽은 시체가 있다. 고기 굽기를 즐기는 고귀한 세력가가 있는가 하면 굶어죽게 되어 1근에 8문으로 팔리는 어린아이도 있다.(『현대평론現代評論』「제21세기」를 보라.) 이른바 중국의 문명이란 부자들을 위하여 마련한 인육 연회에 불과하며 중국이란 이 인육연회를 마련하는 주방에 불과하다. 이것을 모르고 찬송하는 자는 영원히 저주를 받아 마땅할 것이다!

외국인들 중에서 모르고 찬송하는 자는 용서할 수 있다. 또 높은 지위를 차지하고 부와 사치를 향유하여 매혹되어 우매하나 진심으로 찬송하는 자도 용서할 수 있다. 그리고 이 외에도 두 가지 부류가 더 있다. 하나는 중국인은 열등 인종이므로 옛 모양 그대로가 제격이라고 생각하여 일부러 중국의 낡은 것을 찬양하는 자들이며, 또 하나는 세상 사람들의 다양성이 자신의 여행에 대한 흥미를 더해주길 바라며 중국에 와서는 변발을, 일본에 가서는 게다를, 고려에 가서는 갓을 구경하는 사람들인데, 가는 곳마다 복식이 똑같다면 아무 재미도 없을 것이라는 생각에 아시아의 유럽화를 반대하는 부류다. 이러한 자들은 가히 증오스럽기 짝이 없다.

러셀이 항저우杭州 시후西湖에서 가마꾼轎夫이 미소 짓는 것을 보고 중국인을 찬양한 것은 아마 다른 의미가 있어서였을 것이다. 그러나 만일 가마꾼이 가마 타는 사람을 향해 웃어 보이지 않을 수 있었다면 중국은 애초에 지금 모습이 아니었을 것이다.

이 문명에 외국인들이 도취되었을 뿐만 아니라 일찍이 모든 중국인도 도취되어 미소를 짓지 않는 경우가 없었다. 왜냐하면 고대로부터 지금까지 전해오는 수많은 차별이 사람들을 각각 분리시켜 다른 사람의 고통을 더 이상 느낄 수 없도록 했기 때문이며, 게다가 스스로 다른 사람을 노예로 부리며 다른 사람을 잡아먹을 수 있다는 가능성으로 인해 자기 자신 또한 남의 노예가 되고 잡아먹힐 앞날이 있다는 것을 잊기 때문이다. 그리하여 문명이 생긴 이래로 지금까지 있어온 크고 작은 수많은 인육의 주연酒宴의 장에서 사람들은 잡아먹고 잡아먹힌다. 그 흉악하고 무지몽매한 환성에 약자의 비참한 외침이 묻혀버린다. 여성과 어린아이의 목소리는 더 말할 것도 없다.

지금도 이 인육의 주연이 열리고 있으며 많은 사람이 지속적으로 이런 자리를 마련코자 한다. 이 식인자들을 소탕하고 연회를 쓸어버리고 주방을 부숴버리는 것이야말로 오늘날 청년의 사명이다!

1925년 4월 29일

_『루쉰 전집』 제1권 『무덤』

중국인은 자신감을 잃어버렸나

다음의 공개된 글을 한번 보자. 2년 전 우리는 '광활한 땅덩이와 풍부한 물자'라는 말로 스스로를 자랑스러워했다는 말은 사실이다. 그러나 그런 자기 자랑은 오래가지 못했고 국제연맹에 희망을 걸었는데 이 역시 사실이다. 지금은 자기를 칭찬하지도 국제연맹을 믿지도 않는다. 그저 신에게 빌고 불상에 절을 올리며 과거를 그리워하고 현재를 슬퍼하게 된 것도 사실이다.

이에 어떤 사람은 '중국인이 자신감을 상실했다'고 한탄했다.

그저 이 현상만 두고 본다면 자신감은 일찍이 상실한 것이다. 처음에는 '땅'과 '물자'를, 그 다음에는 '국제연맹'을 믿었으니 한 번도 '스스로를' 믿어본 적이 없었다. 이것도 '믿음'이라 할 수 있다면 중국인은 '타신력他信力'이 있었다고 말할 수밖에 없다. 국제연맹에 실망한 후에는 이 타신력마저도 없어져버렸다.

타신력을 잃고 회의를 느끼고 오로지 자기 자신만 믿을 수 있게 되어버리는 것이 오히려 새로운 길이었는데 불행히도 점점 허황되게 변해버렸다. '땅'과 '물자'를 믿는 것은 그래도 현실적인 것에 기대는 것이고 국제연맹을 믿는 것은 좀 뜬구름 잡는 것 같지만, 이내 이런 것에 의지하는 것이 견실하지 못하다는 것을 깨달을 수 있게 된다. 신과 부처를 찾으면 허무맹랑한 것이 되어버린다. 득이 되는지 해가 되는지 한순간에 분명히 알 수 없거니와 더욱 오랜 시간 스스로를 무감각하게 만들 수 있다.

중국인은 지금 '자기기만력'을 발전시키고 있다.

'자기기만' 역시 결코 새로운 것이라 할 수 없지만 현재 온 세상을 지배하고 있다는 것이 점차 명확하게 드러나고 있을 뿐이다. 그러나 이렇게 기만이 모든 것을 지배하고 있을 때 우리에겐 자신감을 상실하지 않은 중국인이 있다.

옛날부터 우리에게는 머리를 파묻고 힘들게 일을 하는 사람, 온 힘을 다해 힘든 일을 하는 사람, 백성을 위해 청원하는 사람, 제 몸을 아끼지 않고 진리를 추구하는 사람도 있었다……. 제왕, 장군, 재상을 위해 만든 계보나 다름없는 이른바 '정사正史'에서도 이들의 빛을 가리지 못했다. 이는 바로 중국의 기둥이었다.

이런 사람들이 지금이라고 없겠는가? 그들은 확신이 있고, 스스로를 기만하지 않는다. 그들은 차례차례 끊임없이 투쟁하지만 그저 한쪽에서 늘 박해받고 살해당하며 어둠 속에서 사라지는 것을 모두가 알지 못할 뿐이다. 중국인이 자신감을 잃어버렸다는 말로써 일부 사람들을 지칭할 수 있지만, 모든 사람을 두고 그렇게 말한다면 이는 그야말로 중상모략이다.

중국인에 대해 말하고자 한다면 자기와 남을 속이는 겉으로 그럴싸한 꾸밈에 놀아나지 말고 그의 근골과 척추를 눈여겨봐야 한다. 자신감이 있고 없고를 말함에 있어 장원과 재상의 글을 근거로 삼기는 부족하다. 자기가 딛고 선 발 아래를 바라볼 일이다.

9월 25일

_『루쉰 전집』 제6권 『차개정잡문』

길잡이 글

루쉰은 우리가 감히 '눈을 크게 뜨고 보기'를 원했을 뿐만 아니라 '볼 수 있는' 두 눈을 갖기를 원했다. 여러 방면에 있어서 그는 아주 풍부한 경험을 갖고 있다.

그는 일찍이 스스로에 대해 이렇게 말한 적이 있다. "나는 어떤 일을 아주 세밀하게 따져본다" "중국의 내부 사정에 대해 너무나 분명히 파악하고 있다."(「쉬광핑에게致許廣平」, 1925년 3월 31일)

다시 말해 그는 깊이 파고들어 자세히 따져보고 그 '보이지 않는 내부 사정'을 탐구하여 찾아보기를 좋아했다. 그리고 관심을 가지고 전심전력으로 밝혀내고자 한 것이 바로 사람들이 은폐한 것, 심지어 자신조차도 완전히 자각하지 못한 심리적 상태였다. 「'타마더!'에 대하여論'他媽的!'」라는 글에서는 모든 사람이 말하고, 듣는, 심지어 그 누구도 깊이 생각하지 않았던 '나랏욕'의 배후에 봉건적인 등급과 문벌제도가 만들어낸 왜곡되고 비열하기 짝이 없는 반항적 심리가 있음을 간파하고 다음과 같은 판단을 내리고 있다. "중국인들은 지금까지도 무수한 '등급'을 가지고 있고, 가문에 의지하고 조상에 기대고 있다. 만약 고치지 않으면 영원히 무성無聲과 유성有聲의 '타마더'가 존재할 것이다." 오늘날 아직 마비되지 않은 중국인이 여기까지 읽었다면 필히 얼굴이 붉어지고 가슴이 두근거릴 것이다. 루쉰은 중국인의 심리적 약점을 실제로 분명히 꿰뚫어보고 있다. 그리고 이런 심리는 사람들이 생각하기 싫고, 원치 않고 게다가 드러내놓고 말하기 불편해하는 것이지만, 루쉰은 아주 독하게 이야기를 한다. 이런 '날카로운 눈'과 '독기 서린 붓끝'은 많은 이가 싫어하고 두려워하는 것이다.

루쉰은, 문제를 더 한층 깊이 바라보기 때문에 통상적인 사유방식을 넘어 재기발랄한 방식으로 완전히 새로운 사고방식을 이끌어내는 것이다. 어떤 사람이 신문에 「사람을 잘못 죽였다殺錯了人」라는 글을 발표하여 위안스카이가 혁명당원을 해치지 말았어야 할 것을 꾸짖었는데 이는 일반적인 사람들의 생각으로 공론을 이루었었다. 그러나 루쉰은 이와는 '다른 의견'을 내놓으며 "위안스카이 측에서 보면 전혀 잘못 죽인 것이 아니다. 왜냐하면 그가 바로 거짓 혁명을 한 반反혁명가이기 때문이다"라고 했다. 여기서 매우 중대한 결론을 도출할 수 있다. 그것은 바로 "중국 혁명이 이 지경에 이른 것은 결코 그들이 '사람을 잘못 죽여'서가 아니라 우리가 사람을 잘못 보았기 때문"이다. 루쉰의 이러한 판단과 분석은 항상 독자의 습관적 사유방식에 도전해온다. 그러나 조금 더 자세히 곱씹어보면 그 안에 깃든 폐부를 찌르는 예리함과 설득력을 인정하지 않을 수 없다.

루쉰은 또 이렇게 말했다. "우리가 타성에 젖어드는 것은 좋지 않다. 매번 표면적인 사태에 대해 그냥 믿으려 해서는 안 된다. 항상 '의심'해야 한다"(「쉬광핑에게」, 1925년 4월 8일) 이것은 역사 속 피의 교훈이 그를 가르친 것이다. 루쉰은 여러 차례 다음과 같이 언급했다. 중국은 "거짓 꾸밈"에 능한 민족이며, "무대 뒤에서는 이렇게 하고 무대 앞에서는 저렇게 한다."(『화개집속편』 「마상즈일기馬上支日記」) 더욱이 '문자 유희의 나라'(『차개정잡문이집』 「도망逃命」)다. 그러며 말하길 '우리가 매일 접하는 글'은 모두 그리 단순하지 않은 것들이다. "실천하겠다고 분명히 말하는 것은 사실 하지 않겠다는 것이고, 하지 않겠다고 분명히 말하는 것은 사실 하겠다는 것이다. 이렇게 하겠다고 분명히 말하는 것은 저렇게 하겠다는 것이고, 본인이 이렇게 하겠다고 하는 것은 다른 사람들이 이렇게 해야 한다고 말하는 것이다. 아무런 말도 하지 않았다면 이미 저지른 것이기 때문이다"라고 했다. 루쉰은 또, 젊은이들이 "자세한 내막을 알지 못한다면 겉으로 드러난 글의 내용을 쉽게 믿어 속게 된다." 그리고 "어떤 때는 정말이지 목숨마저 내놓기도 한다"라고 말하고 있다.(「샤오쥔, 샤오훙에게致蕭軍蕭紅」, 1934년 12월 10일」) 그래서 루쉰은 '추배도推背圖'처럼 '글의 내용 반대로 읽기'를 제창했다. 예를 들어 "요 며칠 [이 글은 1933년 4월 2일에 쓴 것이다] 신문에 실린 주요 뉴스를 보라: '1. ××× 군 ××혈투에서 적 ××××인을 사살. 2. ××담화: 결코 일본과 직접 교섭하지 않는다. 변함없이 초심을 잃지 않고 끝까지 저항한다.' 만약 이 글을 뒤집어본다면 너무나 끔찍하다. 이는 사람들이 전력을 다해 가리고자 하는 진실이다"라는 구절이 있다. 루쉰은 우리에게 신문은 "'추배'할 필요 없는 진실의 기록도 실으며" 이렇게 진실과 거짓이 혼재된 것이 믿게도, 못 믿게도 하는데 이것이야말로 '선전'효과를 발휘한다는 것과 우리 역시 판단력이 흐려지게 된다는 것을 일깨워주고 있다. 신문 기사의 진실과 거짓을 판별하는 것도 쉽지 않은 일이다.

결론적으로 '새롭게 보는 눈'(즉 사람들이 말하는 '제3의 눈')으로 바라보아야 한다. 이것이야말로 배후에 은폐된 것을 바라볼 수 있게 한다.

'타마더'에 대하여

누구든 중국에서 살다보면 '타마더他媽的'(니미럴)[1] 또는 그와 비슷한 류의 입버릇처럼 달고 다니는 말을 항상 듣게 된다. 이 말은 중국인이 있는 곳이라면 어디든 있는 것 같다. 쓰이는 횟수도 아마 정중한 표현인 '안녕하십니까'보다 많을 것이다. 정말이지 누군가의 말처럼 모란이 중국의 '나라꽃'이면 이 말은 중국의 '국민욕'이라 할 수 있을 것이다.

나는 저장浙江의 동쪽에서 나고 자랐는데 그곳은 시잉西瀅 선생이 말했던 '모적某籍'이라는 곳이다. 그곳에서 흔히 사용하는 '국민욕'은 매우 간단하다. 오로지 '에미媽'라는 말에 한정되어 있을 뿐 그 외 사람들은 결코 입에 오르내리지 않는다. 나중에 각지를 두루 돌아다니면서 이 나라욕의

1 우리말 욕 '니에미' 혹은 '니미럴'과 비슷한 중국 욕. 본문에서는 맥락에 따라 '타마더'라고 쓰기도 하고 '니에미' 혹은 '니미럴'이라는 말로 적절히 바꾸어 번역했다. — 옮긴이

광대한 범위와 정교함에 놀라게 되었다. 위로는 조상, 옆으로는 여자형제, 아래로는 자손에까지 미치며, 동성同性에까지 그 영향을 미치는데 그야말로 "마치 은하수처럼 끝이 없다." 게다가 이 말은 사람뿐 아니라 짐승에게도 쓴다. 지지난해이던가, 석탄을 싣고 가는 수레 한쪽 바퀴가 길가 구덩이에 빠진 것을 보았다. 마부는 잔뜩 화가 나서 수레에서 뛰어내려 있는 힘껏 나귀를 때리면서 "니미럴!" "니미럴!"이라고 했다.

다른 나라에서는 어떤지 모르겠다. 노르웨이인 크누트 함순의 『기아』라는 소설 속에는 거친 말투가 좀 많기는 하지만 '타마더'와 비슷한 류의 말을 본 적은 없다. 고리키의 소설 속에는 불한당과 같은 인물이 많은데, 내가 읽은 바에 의하면 역시 그런 욕설은 없다. 유독 아르치바셰프Artzybashev의 『노동자 셰빌로프』에 나오는 무저항주의자 야라체프가 '니에미!'라는 욕을 했다. 그러나 그때 그는 이미 사랑을 위해 희생하겠다고 다짐한 터이므로 우리는 그의 자기모순을 비웃을 용기를 잃게 된다. 이 욕을 중국어로 번역하는 것은 아주 쉬운 일이겠지만 다른 외국어로는 어려운 것 같다. 독일어 번역본에는 '나는 너의 엄마를 사용한 적이 있다'로 되어 있고 일본어 번역본에는 '네 엄마는 내 암캐다'로 되어 있다. 정말이지 난해하다. 적어도 내 관점에서 볼 땐 그렇다.

러시아도 그런 욕이 있지만 중국처럼 전문적으로 널리 쓰이지 않는다. 그렇기 때문에 아무래도 욕에 있어서만큼은 제일 뛰어나다는 말은 중국이 차지할 것 같다. 어찌되었든 무슨 대단한 영광도 아니므로 다행히 그들이 그렇게까지 항의하진 않을 것이다. '적화赤化'처럼 공포스럽지도 않으므로 중국의 부자들, 유명인들, 지위가 높은 사람들도 그리 놀라지는 않을 것이다. 그러나 비록 중국에서 그 말을 쓰는 사람은 유독 '마부'와 같은 이른바 '하등인'이며 '사대부' 부류의 상등인은 결코 그 욕을 입에 올리지 않는다. 더구나 글로 표현하는 책에서는 더욱 더 사용하지 않는다. '본인이 좀 늦은 태생'인 탓에 주대周代에 태어나지 못했고 사대부도 아니었고 벼슬도 지낸 적 없으니 원래는 붓을 내려놓고 시원스레 욕을 말할 수 있었겠지만, 결국 말하는 형식을 바꿔서 '국민욕'에서 동사와 명사를 없애고 다시 이인칭을 삼인칭으로 고쳐 불렀다. 이는 아마 한 번도 수레를 끌었던 적이 없었으므로 그나마 '약간의 고상한 기질'이 있기 때문이었을 것이다. 그 욕의 쓰임이 일부 사람에 국한되어 있으니 그들이 그 말을 사용한다고 해서 '국민욕'으로 삼을 수는 없을 것 같다. 그러나 그렇다 하더라도 높은 분들이 감상하는 모란이라고 해서 하등인들이 또 언제 '꽃 중의 제왕'이라고 여긴 적이 있었는가?

이 '타마더'라는 욕의 유래는 무엇이고 어느 조대부터 시작되었는지 잘 모르겠다. 경서와 역사서에 나오는 욕을 따져본다면 그저 '천한 놈' '종놈' '죽일 놈' 정도에 불과하다. 좀 심한 욕일 경우는 '늙은 개' '오랑캐 놈'이 있고 더 심하면 선조를 욕하는 경우인데 역시 '너의 에미는 종년이다' '더러운 환관 놈의 양자 무리'인 정도다. 무슨 '니 에미' 어쩌고 하는 것은 아직 본 적이 없으니, 어쩌면 사대부들이 꺼려하며 기록하지 않은 것이다. 그러나 『광홍명집廣弘明集』 권7에 북위北魏 때의 형자재邢子才가 여자들을 못 미덥게 여긴다는 기록이 있다. 형자재가 "경은 어째서 성이 왕王씨인가?"라고 묻자 원경元景의 안색이 변했다. 형자재가 "나 역시 어찌하여 형邢씨란 말인가? 이 성이 다섯 대代를 유지해올 수나 있었을까?" 여기서 미루어 짐작할 수 있는 부분이 꽤 있다.

진대晉代에 이르러 이미 가문을 중히 여겼는데 그 정도가 지나칠 정도였다. 높은 신분은 대물림되었고 관직도 쉽게 얻을 수 있었다. 술독에 빠져 살고 밥만 축내는 인간이라 할지라도 그 고귀한 품위를 잃지 않을 수 있었다. 북방의 강토를 척발씨拓拔氏[2]에게 빼앗겼으나 선비들은 오히려 더욱 광적으로 집요하게 문벌을 따지고 신분의 구별을 엄히 했다. 서민 중 뛰어난 인재가 있다 하더라도 대단한 가문 출신과는 어깨를 나란히 할 수 없었다. 좋은 가문 출신들은 사실 조상 덕에 업적을 빌어 거만하게 굴고 실속은 없어도 잘난 척하니 당연히 사람들은 참을 수 없었다. 그런데 사대부들이 조상의 이름을 팔아 보호받고 있는 한 압박받던 서민들은 그자들의 조상을 원수같이 여기게 되었다. 형자재의 말이 분노에 의한 것인지는 알 수 없지만 가문을 앞세워 살아가는 사람들에게는 치명적 타격을 입힌 것은 분명하다. 원래 권세와 지위라는 것이 '조상'이라는 이 유일한 방패막이에 의존한 것이므로, 일단 '조상'이 무너지면 모든 것이 무너지고 만다. '조상 덕'에 의지해온 것의 필연적 결과다.

같은 의미로 형자재와 같은 글재주가 없는 하등인의 입에서 곧장 나오는 말이 바로 '타마더!'다.

만약 높은 신분의 고귀한 가문 사람들의 견고하고 오래된 보루를 공격하기 위해 그의 혈통을 공격하는 것은 전략적으로 훌륭한 방책이다. '타마더'라는 이 말을 최초로 발명한 사람은 비열한 천재이긴 하나, 분명 천재라 할 수 있다.

당唐대 이후 좋은 가문임을 내세워 뽐내는 기풍은 점차 사라졌다. 금

---

2 고대 선비족鮮卑族의 한 갈래. 386년 척발규拓拔珪는 스스로 위왕魏王이 되었고, 이후 더욱 강성해져 황허강 이북의 땅을 점령했다. 389년 핑청(지금의 다퉁大同)에 도읍을 정하고 황제로 칭하고 연호를 정했는데 역사에서는 이를 북위北魏라고 한다. — 옮긴이

원金元대에 이르러 오랑캐를 제왕으로 삼고 백정이나 장사꾼을 높은 관직에 봉한다 해도 이상할 것이 없었으니 '등급'의 높고 낮음을 구분함이 이때부터 어려워졌을 것이지만, 그래도 기를 쓰고 '상등'이 되고자 하는 사람들이 있었다. 유시중劉時中의 곡曲에 이런 말이 있다. "가소롭게도 저 시정의 무식한 필부匹夫들은, 제멋대로인데다 거칠기도 하다. 세상 사람들 너나할 것 없이 발음은 같되 글자는 저속하지 않은 것으로 재빨리 자호나 관명을 지어 서로를 불러주었네. 내가 하나하나 자세하게 열거해볼 테니 들어들 보시라. 쌀 파는 사람을 자량子良, 고기 파는 사람을 중보仲甫, 밥장사 하는 사람을 군보君寶, 밀가루 빻고 체 굴리는 사람을 덕부德夫라 부르니, 어찌 더 말하겠는가!"(『악부신편양춘백설樂府新編陽春白雪』 권3) 이것이 바로 당시 벼락부자의 추태였다.

'하등인'이 아직 벼락부자가 되기 전에 당연히 수없이 '타마더'라는 욕을 입에 달고 살았지만 어떤 우연한 기회로 한 자리를 차지하고 글자깨나 알게 되면 점잖아진다. 아호雅號라는 것도 쓰고 신분도 높아진다. 그리고 족보를 고치며 조상을 하나 만들어내는데 이름난 학자 아니면 유명한 벼슬아치다. 이때부터 '상등인'이 되고 이전의 상등인이 그랬던 것처럼 말과 행동 모두 온화하고 고상하게 한다. 그렇지만 어리석은 백성 중에도 어쨌든 똑똑한 사람이 있어 벌써부터 이런 엉터리 농간을 꿰뚫어봤기 때문에 '입으로는 인의예지를 논하고 속으로는 비열하고 저속한 생각을 한다'라는 속담이 생겨났다. 그들은 다 알고 있는 것이다.

그리하여 그들은 반항하며 '타마더!'라고 욕한다.

그러나 사람들이 나와 다른 사람이 조상 덕을 이용하는 풍조를 멸시하거나 쓸어버리지 못하고 기어이 다른 사람의 조상이 되려고 한다면 어쨌든 그것은 분명 비열한 일이다. 이따금 이른바 '니에미'라고 욕을 먹는 사람들에게 타격을 가하기도 하지만 그것은 대체로 우연한 기회에 그렇게 하는 것이지 계획적으로 그런 것이 아니므로 어쨌든 이 또한 비열한 짓이다.

중국인들은 지금까지도 무수한 '등급'을 가지고 있고, 가문에 의지하고 조상에 기대고 있다. 만약 고치지 않으면 영원히 무성無聲과 유성有聲의 '타마더'가 존재할 것이다. 그 '국민욕'은 위아래 사방을 둘러싸고 태평의 시대에도 계속될 것이다.

다만 가끔 예외적인 용법도 있다. 놀람을 나타내거나 감복을 나타내기도 한다. 나는 고향에서 시골의 농부 부자가 함께 점심을 먹는 것을 본 적이 있다. 아들이 음식을 가리키면서 "이거 맛있어요, 니미럴, 드셔보세요!"라고 아버지에게 말했다. 아버지는 "난 안 먹는다. 니미럴, 네가 다 먹어라"라고 말했다. 이 경우 타마더라는 말은 이미 순화되어 요즘 유행하는 '내 사랑하는' 하고 상대를 부를 때 쓰는 말로 바뀐 것이다.

1925년 7월 19일

_『루쉰 전집』 제1권 『무덤』

「사람을 잘못 죽였다」에 대한 이의

차오쥐런曹聚仁 선생의 「사람을 잘못 죽였다殺錯了人」를 읽고 아주 통쾌했다. 그런데 돌이켜 생각해보니 아무래도 격분하여 나온 토론에 지나지 않는다는 생각이 들어서 몇 마디 이의異議를 제기하려고 한다.

위안스카이袁世凱는 신해혁명 후 당원들을 대대적으로 학살했다. 위안스카이 측에서 보면 조금도 잘못 죽인 것이 아니다. 왜냐하면 그가 바로 거짓 혁명을 한 반反혁명가이기 때문이다.

잘못된 것은 혁명가들이 위안스카이가 눈 깜박할 사이 북양대신에서 혁명가로 변했다고 철석 같이 믿고 동지들을 끌어들여 그들의 피로 위안스카이를 총통의 보위에 올린 것이다. 2차 혁명 당시 마치 그는 다시 한 번 순식간에 손바닥을 뒤집듯 '국민의 신하公僕'에서 흡혈귀로 변신한 것처럼 보였다. 실은 그게 아니라 그의 본 모습을 드러낸 것뿐이었다.

그리하여 죽이고, 죽이고, 또 죽였다. 베이징에 있는 음식점과 객잔客棧

이 모두 첩자로 가득했다. 또 '군정집행처軍政執法處'에는 혐의를 받아 끌려 들어온 청년들이 있었는데 살아서 걸어나간 자가 없었다. 그리고 『정부공보政府公報』에 날마다 탈당 광고를 볼 수 있다. 그것은 지난날, 친구들에게 끌려가 잘못 입당했지만 이제 어리석었음을 깨달았고 앞으로 여기서 벗어나 개과천선하여 좋은 사람이 되겠다는 내용이었다.

머지않아 위안스카이가 사람을 잘못 죽인 것이 아니었음이 입증되었다. 그는 황제가 되고자 했던 것이다.

이 일이 있고나서 눈 깜빡할 사이에 20년이 흘러갔다. 당시 젖먹이였던 아이들이 지금 스무살 즈음의 젊은이가 되었으니, 시간이 어찌나 빠른지.

그런데 위안스카이는 자신이 황제가 되고 싶어했으면서 어째서 그의 진정한 적인 이전의 황제를 남겨두었던 것일까? 이것에 대해서는 이런 저런 논의할 필요 없이 최근에 벌어지고 있는 군벌의 혼전을 보면 알 수 있다. 그들은 불구대천의 원수처럼 너 죽고 나 살자고 싸움을 벌이다가도 나중에 한쪽이 '하야'하기만 하면 곧바로 정중해진다. 그런데 혁명가에 대해서는 어떠한가. 설령 서로 싸운 적이 없더라도 결코 한 사람도 그냥 놓아주는 법이 없다. 그들은 너무나 분명히 알고 있는 것이다.

내 생각에 중국 혁명이 이 지경이 된 것은 결코 그들이 '사람을 잘못 죽여서'가 아니라 우리가 사람을 잘못 보았기 때문이리라.

마지막으로 "나이가 중년을 넘어선 사람을 더 많이 죽이라"는 주장에 대해서도 나는 할 말이 많지만 내 나이가 '중년'을 훌쩍 넘겼기에 혐의를 피하기 위해서라도 그저 바닥이나 쳐다보고 있어야겠다.

4월 10일

(내 기억에 원래 원고에는 '정중해진다'라는 말 다음에 '어쩌면 외국을 나갈

때 환송회를 크게 열지도 모른다'라는 문장이 있었는데 나중에 삭제되었다.)

4월 12일에 쓰다.

_『루쉰 전집』 제5권 『거짓자유서』

추배도推背圖

내가 여기에서 사용하는 '추배'라는 말은 다른 일면을 생각함으로써 미래의 상황을 예측한다는 의미다.

지난 달 『자유담自由談』에는 「글의 내용 반대로 읽기」라는 글이 실렸다. 이것은 머리털이 쭈뼛 서는 듯한 느낌을 주는 글이다. 왜냐하면 이 결론을 얻기에 앞서 반드시 수많은 고통스러운 경험을 하고 수많은 불쌍한 희생자를 보았을 것이기 때문이다. 본초가는 '비상은 치명적인 독이다'라고 기록했다. 단 몇 글자에 불과하지만 그는 비상이 몇몇 생명을 앗아갔음을 분명히 알고 있었던 것이다.

항간에 이런 우스갯소리가 있다. 갑이라는 자가 은 30냥을 땅에 파묻고는 사람들이 알아챌까봐 그 위에 "이곳에는 은 30냥이 없다"라고 쓴 나무판을 세웠다. 이웃에 사는 아얼이 이것을 꺼내고서는 발각될까봐 나무판의 한쪽에 "이웃 아얼이 훔치지 않았다"라고 써넣었다. 이것이야말로

'글 내용 거꾸로 보기'를 가르쳐주고 있는 것이다.

그런데 우리가 날마다 보는 글은 이렇게 단순하지 않다. 실천하겠다고 분명히 말하는 것은 사실 하지 않겠다는 것이고, 하지 않겠다고 분명히 말하는 것은 사실 하겠다는 것이다. 이렇게 하겠다고 분명히 말하는 것은 저렇게 하겠다는 것이고, 본인이 이렇게 하겠다고 하는 것은 다른 사람들이 이렇게 해야 한다고 말하는 것이다. 아무런 말도 하지 않았다면 이미 저지른 것이다. 그럼에도 말한 대로 행하는 경우도 있다. 난점은 바로 여기에 있다.

요 며칠 신문에 실린 주요 뉴스를 예로 들어보자.

1. ××× 군 ××혈투에서 적 ××××인을 사살.
2. ××담화 : 결코 일본과 직접 교섭하지 않는다. 변함없이 초심을 잃지 않고 끝까지 저항한다.
3. 소식에 따르면 오시자와의 중국 방문은 사적인 일 때문이라고 한다.
4. 공산당이 일본과 연합, 만주국 정부는 이미 간부 ××를 일본으로 파견하여 교섭했다.
5. ××××……

만약 이 모든 것을 거꾸로 본다면 정말 깜짝 놀랄 것이다. 그러나 지면상에는 '모간산로에서 띠짚배 100여 척에 큰 화재 발생' '××××단 4일대 바겐세일' 등 대개 '추배'할 필요가 없는 기사도 있다. 이에 우리는 또 혼란스러워진다.

듣자하니 「추배도」는 본래 영험했으나 어느 왕조의 황제가 인심을 미혹시킬까 두려워 가짜 내용을 그 안에 첨가했다. 이로 인해 「추배도」는 예지 능력을 상실했고 반드시 사실로 입증되고서야 사람들이 비로소 불현듯 상황을 깨닫게 되었다고 한다.

우리도 사실이 확인될 때까지 기다리는 수밖에 없다. 다행히도 그다지 오래 걸리지 않을 것이다. 어쨌든 올해는 넘기지 않을 것이다.

4월 2일

_『루쉰 전집』 제5권 『거짓자유서』

길잡이 글

“영웅에게 멸망당하는 특이한 비극을 가진 사람은 드물다. 오히려 지극히 평범한 일상 속에서 소멸되거나 거의 아무 일도 일어나지 않는 비극을 가진 자가 더 많다.” 이 역시 루쉰의 말이다. 루쉰은 또, “중국 현재의 일을 사실처럼 묘사한다 해도 다른 나라 사람이나 미래의 훌륭한 중국인들이 보았을 때 어쩌면 아주 그로테스크(황당하고 기괴함)하다고 느낄지도 모른다”(『화개집속편의 속편華蓋集續編的續編』「‘아Q정전’을 집필한 이유阿Q正傳的成因」)고 말했다. 우리가 습관처럼 봐와서 이상하게 여기지 않는 일상생활 현상의 배후로부터 ‘거의 아무 일도 일어나지 않는’ 비극과 희극을 발견하고 폭로했다. 이 역시 ‘새롭게 보는 눈’을 필요로 하는 것이다.

예를 들어 큰길 거리에 나가보면 사람이 많이 몰리고, 밀치고, 넘어지고, 부딪히고, 충돌하는 등의 모습을 어디서나 볼 수 있다. 신문에서도 이로 인해 야기되는 각종 ‘사회적 뉴스’를 항상 보도하고 있다. 그러나 사람들은 마치 보아도 보이지 않는 것처럼, 들어도 들리지 않는 것처럼 행동한다. 잡문을 쓰는 사람으로서 루쉰은 이를 자세히 관찰하고 깊이 사고하여 ‘현장에 있는 것 같으면서도 거기서 거리를 두는 듯한 사색’의 수많은 결과물을 낳았고 “스스로 느끼기에도 냉철했다.”(『삼한집』「비필 세 편匪筆三篇」) 이른바 ‘현장에 있는 것 같다’는 말은 거리에서의 장면들을 생생히 관찰하고 그것을 바탕으로 묘사와 사고의 출발점으로 삼은 것이다. 그러나 또 ‘현장과 거리를 두듯 하는 것’은 그것으로부터 수많은 비슷한 현상을 끄집어내고 더욱 심층적인 측면까지 꿰뚫으며 그 내부의 황당함과 잔혹함을 끄집어내는 것이다. 그는 이런 생활에서 접하는 현상들이 사회의 고질적 병폐의 상징이 될 수 있음을 ‘냉철하고 적나라하게’ 써냈다. 그래서 「밀치기推」「‘밀치기’에 대한 여담推的餘談」「발로 차기踢」「넘어짐과 부딪힘爬和撞」「충돌沖」 등의 잡문을 남겼다. 이는 모두 『준풍월담準風月談』에 수록되어 있으며 여기 소개된 「밀치기」는 그중 한 편이다.—우리는 바로 이 가운데서 루쉰 잡문의 사유와 필법을 배울 수 있다.

「현대사現代史」에서 쓰고 있는 것도 ‘길거리에 일어나는 일’인데 그것을 빌어 다른 것을 연상하는 사유는 매우 독특하다. 장엄한 ‘현대사’와 사람을 속이는 ‘마술’ 이 둘은 ‘전혀 연관성이 없는 것’이지만 루쉰의 교묘한 필치로 서로 어떤 연관성을 띠었고 한 편의 기이하면서도 독특한 글이 탄생했다. 처음 한 번 읽을 때는 당황스럽지만, 자세히 곱씹으며 생각하면 ‘오묘하고 깊이 있음’에 절로 탄복할 것이다. 이것이 바로 루쉰 잡문의 매력이다.

사람들은 매일같이 신문을 읽고 어떤 소식을 아는 것으로 끝난다. 루쉰은 우리에게 신문에 실린 명문名文을 세밀하고 꼼꼼하게 곱씹으며 읽어보기를 권하고 있다. “정말 감람 열매처럼 진한 뒷맛의 울림이 있다"고 말이다. "중국에서 골계를 찾으려거든 이른바 골계문이라고 하는 것을 읽어서는 안 된다. 오히려 진지하고 엄중한 사건을 찾아서 살펴봐야 한다. 그리고 반드시 자세히 생각해봐야 한다."—우리는 사고에 게으른 나머지 신문 읽기의 수많은 즐거움과 잡문의 좋은 재료들을 놓치고 있다.

또 한 편의 독특한 루쉰의 잡문이 있다. 신문의 원문을 베껴 쓰면서 거기에 조금의 평론을 덧붙인 이른바 '증거로 남기는 사실의 기록'이다. 이는 '생활' 자체가 스스로 진상을 드러내게 하는 것이며 역사의 날 것 그대로의 형태를 남기는 것이다. 「쌍십절 회고雙十懷古」에서 그가 베껴놓은 것은 1931년 10월 3일에서 10일에 이르는 신문의 보도 제목들이다. 오늘날 우리가 그것을 읽는 것은 20년 전의 '오래된 사진'을 들여다보는 것과 같다. 자세히 읽다보면 그 사이에서 세상사의 비애와 즐거움을 느낄 수 있다. 이것이야말로 현재와 과거가 상통하는 것이다.—잡문은 이런 점 때문에 '역사적 문헌'으로서도 작용한다. 물론, 이것이 루쉰이 말한 역사의 진면목을 더욱 부각해낼 수 있는 '야사野史'다.

아무 일도
일어나지 않는 비극

중국 독자에게 고골Nikolai Gogol의 이름이 점차 알려지고, 그의 명저 『죽은 혼』의 번역본도 이미 제1부의 절반이 발표되었다. 비록 번역이 훌륭하진 않지만, 그래도 읽어보니 2장부터 6장까지 모두 다섯 지주의 전형성에 대해 쓰고 있는데 아주 풍자적이지만 노파와 인색한 프뤼시킨을 제외하고는 각자 나름의 미워할 수 없는 부분이 있음을 알게 되었다. 농노에 대해서는, 진심으로 귀족들을 돕지만 도움은커녕 오히려 해를 끼치는 것처럼 묘사하고 있다. 고골 자신은 지주였다.

그러나 당시 귀족들은 불만이 많았는데 소설 속에 그려진 전형성에 대한 어느 정도의 관례적인 비난이었고 대부분은 고골에 대한 것이었다. 고골 역시 대러시아 지주의 상황에 대해 잘 몰랐었던 것이다. 고골은 우크라이나인이고 그가 가족과 주고받은 서신 속 내용이 소설 속 지주들의 모습과 상당히 유사한 것으로 보아 고개가 절로 끄덕여졌다. 그러나 그가 대러시아 지주의 상황을 모른다고 하더라도 창조해낸 인물은 생동감이 넘쳐서 지금도 시대와 나라는 다르지만 우리가 마치 친숙한 인물들을 만나고 있는 듯한 느낌을 준다. 풍자 솜씨에 대해서는 여기서 언급하지 않겠으나 일상적인 사건과 말투를 사용해 당시 지주들의 생활을 치밀하게 묘사하고 있다는 점은 말해두고자 한다. 예를 들어 제4장에 나오는 노즈드료프는 지방의 악독한 지주로 떠들썩하게 노는 것과 도박을 좋아하며 사기 치는 것을 일삼고 아첨을 잘하는 사람인데 사람들에게 매를 맞는 것도 개의치 않는다. 그는 술집에서 치치코프를 만나자 자신의 귀여운 강아지를 과시하며 억지로 치치코프에게 강아지의 귀를 쓰다듬게 한 뒤 코를 만져보게 했다.

> 치치코프는 노즈드료프에게 호의를 표시하려고 그 강아지의 귀를 쓰다듬었다. "그렇군요. 아주 훌륭한 개예요"라고 그는 말했다.
> "차가운 코를 또 만져봐요, 손을 내밀어서요!" 그의 흥을 깨고 싶지 않아서 치치코프는 또 개의 코에 손을 대어보고 말했다. "보통 코가 아니네!"

우악스럽고 우쭐거리기 좋아하는 지주와 세상사에 정통한 손님간의 이러한 능수능란한 응대 방식은 우리가 지금도 언제 어디서나 마주칠 수 있는 장면이다. 어떤 사람들은 이것이야말로 한 시대를 대표하는 처세술이라 생각한다. "보통 코가 아니네"라는 말은 대체 어떤 코란 말인가? 분명하게 말할 수 없지만, 듣는 자는 그런 반응만으로도 충분하다. 그러고 나서 그들은 함께 노즈드료프의 장원에 가서 그의 소유지와 물건을 두루 구경했다.

그러고 나서 크리미아산 암캐를 보러 갔다. 그 개는 이미 눈이 멀었는데 노즈드료프의 말로는 곧 쓰러져 죽을지도 모른다고 했다. 2년 전에는 멀쩡했었다고 한다. 많은 사람이 이 암캐를 보러 왔는데 그 개는 정말로 앞을 보지 못했다.

이때 노즈드료프는 거짓말을 하지 않았다. 그는 눈이 먼 암캐를 칭찬했다. 보니까 분명히 눈이 먼 암캐였다. 이것이 사람들과 무슨 관계가 있나. 그러나 세상의 어떤 사람들은 이런 일에 대해 떠들어대고 칭찬하고 과시하며 또 온 힘을 다해 보여주고 싶어한다. 바쁘고 성실한 사람일지라도 그렇게 생애를 보낸다.

이처럼 극히 평범하고 혹은 실로 아무 일도 일어나지 않는 비극은 소리없는 아우성과 같아서 시인이 그려내는 형상이 아니고서는 상당히 알아채기 어렵다. 하지만 영웅에 의해 멸망당하는 특이한 비극을 가진 사람은 드물다. 오히려 지극히 평범한 일상 속에서 소멸되거나 거의 아무 일도 일어나지 않는 비극을 가진 자가 더 많다.

고골의 이른바 '눈물을 머금은 미소'[1]는 그의 나라에서는 이미 쓰이지 않는 말이 되었다. 대신 건강한 미소라는 말이 이를 대체하게 되었다. 그러나 눈물을 머금은 미소는 다른 지역에서 여전히 유효하다. 왜냐하면 그 말 가운데 생생히 살아 숨쉬는 수많은 사람의 모습이 들어 있기 때문이다. 더구나 건강한 웃음은 바라보는 사람 쪽에서는 비극이다. 고골의

---

1 이는 푸시킨이 고골의 소설을 논하면서 한 말로 1836년에 쓴 「"디카니카 근교 농촌 야화"를 평함」에 들어 있다. — 옮긴이

'눈물을 머금은 미소'가 독자의 얼굴에서 피어난다면 그 역시 바람직한 일이 될 것이다. 이것이 『죽은 혼』의 위대한 점이며, 작가의 입장에서 비애를 느끼는 지점이다.

7월 14일

_『루쉰 전집』 제6권 『차개정잡문이집』

밀치기推

두세 달 전 신문에 이런 뉴스가 실렸던 것 같다. 내용인즉, 신문 파는 아이가 신문 값을 받으러 전차의 발판에 올라서다가 내리는 손님의 옷자락을 잘못 밟았는데 남자가 크게 화를 내며 아이를 있는 힘껏 밀어버렸다. 아이는 그대로 전차 아래로 떨어졌고, 막 움직이기 시작한 전차가 급정거를 하지 못하는 바람에 죽고말았다는 것이다.

아이를 밀쳐낸 사람은 일찌감치 자취를 감췄다. 그런데 옷자락이 밟혔다고 하는 것으로 보아 장삼을 입었을 터였다. 이는 '상류층 중국인'이 아니더라도 어쨌든 상층부에 속하는 사람이었을 것이다.

상하이에서 길을 걷다보면 맞은편이나 앞쪽의 행인에게 조금의 양보도 없이 줄곧 자기 갈 길만 가는 두 종류의 사람을 종종 맞닥뜨리게 된다. 한 부류는 두 손을 사용하지 않고 곧고 긴 다리만으로 마치 아무도 없는 빈 곳을 지나가는 양 저벅저벅 걸어오는데 비켜주지 않으면 상대방의 배나 어깨를 밟고서라도 지나갈 태세다. 이들은 서양 나리인데, 모두 '고등'인으로 중국인과 달리 사람의 높고 낮음을 구분하지 않는 사람들이다. 다른 한 부류는 두 팔을 구부린 채 손바닥을 바깥으로 향하게 하여 흡사 전갈의 두 집게처럼 휘적휘적 밀치고 지나가는데 자신에게 떠밀려 진흙탕이나 불구덩이에 빠져도 신경쓰지 않는다. 이들은 우리의 동포이지만 '상등'인이다. 그들은 전차를 타도 이등석을 개조한 삼등석을 타려하고, 신문을 보아도 전문적으로 흑막을 파헤치는 내용을 실은 소형 간행물을 앉아서 침을 꼴깍꼴깍 삼켜가면서 본다. 그러다 걷기 시작하면 또 밀쳐대기 일쑤다.

이 사람들은 차를 타고, 입구에 들어서고, 표를 사고, 편지를 부칠 때에도 밀쳐댄다. 문을 나서고, 차에서 내리고, 화를 피하거나 도망갈 때에도 밀치기를 한다. 여성이나 아이들이 비틀거릴 정도로 밀친다. 넘어져 나동그라지면 산 사람을 밟고 지나가고 밟혀 죽으면 시체를 밟고 지나간다. 밖으로 나온 그들은 혀로 자신의 두꺼운 입술을 쓱쓱 핥을 뿐 그 무엇에도 무감각하다. 음력 단옷날 한 극장에서는 불이 났다는 헛소문으로 인해 사람들끼리 밀치는 일이 발생하여 힘이 약한 10여 명의 소년이 밟혀 죽었다. 시신을 공터에 가지런히 눕혀놓았는데 이를 구경하기 위해 수많은 인파가 또 밀어대며 인산인해를 이루었다고 한다.

그렇게 밀어대며 희희낙락 떠들어대길,

"아이고, 잘됐다!"

상하이에 살면서 밀어내고 밟히는 상황을 피하기란 불가능에 가깝다. 게다가 그것도 심하면 심했지 강도를 약하게 하지 않는다. 하등 중국인 가운데서도 어린이와 노약자들을 모두 밀어 넘어뜨리려 하고, 모든 하등

「포효하라, 중국이여!」, 리화李樺의 작품, 1935

중국인을 밟아버리려고 한다. 그러고 나면 고등 중국인만 남아 축하하고 있을 것이다.

"아이고, 잘됐다. 문화의 보전을 위해 어떤 것들이 희생된다고 해서 그것을 안타깝게 여겨서는 안 될 일이지. 그런 것들이 뭐가 중요하겠는가!"

6월 8일

_『루쉰 전집』 제5권 『준풍월담』

현대사

내가 기억하는 때부터 지금까지, 내가 가본 지역의 공터에서 늘 '요술' 혹은 '마술'이라고 부르는 것들을 보았다.

마술에는 대략 두 가지가 있다.

하나는 가면을 쓰고 옷을 입은 원숭이가 창을 돌리고 양을 타고 몇 바퀴 돌거나 또 희멀건 죽만 먹여 키워 뼈에 가죽만 남은 비쩍 마른 흑곰이 재주를 넘는 것이다. 마지막에는 사람들에게 돈을 요구한다.

다른 하나는 돌덩이를 집어넣은 상자를 천으로 왼쪽을 가렸다, 오른쪽을 가렸다 하다가 흰 비둘기가 나오게 하는 것이다. 종이를 입에 틀어넣고 불을 붙이면 입가와 콧구멍에서 연기와 불을 내뿜는 것도 있다. 그런 다음 사람들에게 돈을 요구한다. 돈을 달라고 한 뒤 돈이 적다고 불평하고 거드름을 피우며 마술 부리기를 안 하려고 하면 어떤 사람이 와서 그를 달래며 관중들에게 다섯 푼을 더 내자고 한다. 아니나 다를까 누군가가 돈을 던지자, 다시 네 푼, 세 푼……을 던진다.

던져진 돈이 충분히 모이면 마술은 다시 시작된다. 이번에는 작은 아이를 주둥이가 작은 항아리 속으로 변발만 남기고 집어넣고는 다시 빠져나오게 한다면서 또 돈을 요구한다. 충분히 돈이 모이면 무슨 영문인지 어른은 예리한 칼로 아이를 찔러 죽이고 뻣뻣하게 누운 아이에게 이불을 덮어주고 그를 살린다고 하면서 또 돈을 요구한다.

"집에서는 부모에게 의지하고 집 나오면 친구에게 의지한다네…… Huazaa! Huazza!"

마술사는 돈을 뿌리는 손짓을 하며 엄숙하고도 슬프게 말한다.

다른 아이가 가까이 다가가 자세히 보려고 하자 그는 말을 듣지 않으면 때릴 것이라고 욕을 늘어놓는다.

아니나 다를까 많은 사람이 Huazza한다. 그렇게 외치는 횟수가 기대했던 만큼 나오면, 그들은 돈을 주우면서 주변 정리를 한다. 죽은 아이도 스스로 일어나더니 같이 줄행랑을 놓는다.

구경꾼들도 얼이 빠진 듯 흩어진다.

이 공터에 잠시 고요가 찾아온다. 얼마 지나면 또 이런 놀이가 시작된다. '마술은 누구나 할 줄 알고 저마다 색다른 요령이 있다'라는 속담이 있다. 사실 이렇게 여러 해 늘 같은 놀이임에도 늘 보는 사람이 있고 늘 Huazza를 외치는 사람이 있다. 그런데 모름지기 그 사이에는 적막한 며칠이 지나야 한다.

내가 할 말은 여기까지이고 의미하는 바도 깊지 않다. 사람들에게 한바탕 Huazza Huazza 한 뒤 며칠 조용히 지내다가 다시 이 놀음을 하는 것에 불과하다.

여기까지 와서야 나는 비로소 제목을 잘못 붙였다는 생각이 들었다. 이 글은 정녕 '죽은 것도 산 것도 아닌' 것이 되고 말았다.

4월 1일

_『루쉰 전집』 제5권 『거짓자유서』

'골계'에 대한 예와 설명

세계문학을 연구하는 사람들의 말에 따르면 프랑스인은 창작에 능하고 러시아인은 풍자를 잘하며 영미인은 유머에 뛰어나다고 한다. 사회적 상황에 따라 달라진다고 하더라도 이 말은 대체로 정확한 것 같다. 린위탕林語堂 대사가 '유머'를 진흥시킨 후부터 이 말이 널리 통용되었다. 그런데 보편화와 동시에 위기를 배태하고 있었다. 마치 군인이 스스로 불자를 칭하고 고관이 느닷없이 염주를 걸고 불법으로 열반에 이르려는 것처럼 말이다. 만약 교활, 경박, 외설 등을 모두 '유머'라는 이름으로 덮어씌워버리는 것은 마치 '새로운 놀이'가 '어떤 세계'로 들어가면 반드시 '문명극'이 되는 것과 마찬가지다.

이런 위험은 지금껏 중국에서 유머라는 것이 별로 없었기 때문이다. 다만 골계가 있었는데 이 역시 유머와 큰 차이가 있다. 일본인이 '유머'를 '정감 있는 골계'로 번역하여 단순한 '골계'와 구분한 것은 바로 이러한 연유에서다. 그렇다면, 중국에는 그저 골계의 글만 찾을 수 있다는 말인가? 결코 그렇지 않다. 중국인이 골계문으로 생각하는 것은 교활하거나 경박하거나 외설적인 이야기로서 진짜 골계와는 구분된다. '살쾡이를 태자로 바꾼 이야기[1]'에서 핵심은 이전부터 올바르고 진지한 언론과 사실이라고 여겨졌던 것이 말을 전하는 재담꾼이 많아지면서 사람들이 그것을 대수롭지 않게 여기게 되었고, 교활한 술수나 이야기 등을 골계라고 오해하게 된 것이다.

중국에서 골계를 찾으려거든 골계문이라 불리는 것을 찾아보지 말고 이른바 진지한 사건이라 할 만한 것을 살펴보아야 한다. 그렇지만 반드시 깊이 생각해봐야 한다.

이런 이름 난 글들은 어디서나 건질 수 있다. 예컨대 신문에 실린 진지하게 쓰인 제목, 무슨 '중일교섭이 점차 점입가경이다'라든지, '중국은 어디로 가는가'라는 것이 모두 이런 것들이다. 이것들을 곰곰이 곱씹어보면 정말 감람 열매처럼 진한 뒷맛이 있다.

신문에 실린 광고에도 보인다. 우리가 아는 어떤 신문에서 '여론계의 새로운 권위' '우리는 사람들이 말하고 싶지만 하지 못하는 말을 한다'라고 자칭하는 한편, 다른 간행물에 대하여 '오해를 선언하고 유감을 표시하'면서도 '생각건대 쌍방이 모두 사회적으로 명성이 자자한 간행물이므로 스스로가 서로 비방하는 일은 없어야 한다'라고 말한다. '새로운 권위'

---

1 송대의 진종 때 유비는 태감과 짜고 살쾡이의 가죽을 벗겨 진비가 낳은 태자와 바꿔치기 했는데, 이로 인해 진비가 매를 맞고 냉궁에 갇혀 죽었다. 이후 인종이 즉위하고 포공(포청천)이 이를 밝혀 진비의 원한을 풀어준 이야기. 이 이야기는 본래 원대의 잡극에 나온 이야기였으나 훗날 명청대 소설 『포공안包公案』과 『삼협오의三俠五意』에 수록되어 민간에 널리 퍼지게 되었다. — 옮긴이

가 있음에도 '오해'를 잘하고, '오해'를 했음에도 '명성이 있다'고 하니 '사람들이 말하고 싶어도 하지 못하는 말'이란 오해와 사과인 셈이다. 이것이 우습지 않다면 모름지기 사고할 줄 모르는 것이다.

신문의 단평을 보면 이런 골계가 넘친다. 예컨대 9월에 『자유담』에 게재한 「등용술 첨언登龍術拾遺」에서 말한 부잣집 사위의 '등용'하는 기술에 대해 오래 지나지 않아 반박문이 올라왔는데, 그 글의 첫마디는 바로 이렇다. "여우가 포도를 먹지 못하자 포도가 시다고 말하고, 부자 아내를 얻지 못하는 자는 부자 처가를 둔 모든 사람을 질투한다. 질투의 결과는 공격으로 나타난다." 이 역시 생각을 안 할 수 없다. 한번 생각해본 것의 '결과'는, 분명 이 필자가 '부자 처가'를 둔 그 맛이 쏠쏠한 것임을 증명하고 있는 것이다.

우리는 번지르르한 공문에서도 이러한 기발한 류의 글을 자주 접한다. 더군다나 만화화한 것이 아니라 그 자체가 원래부터 만화다. 『논어論語』가 출판되고 1년 동안 나는 '고향재古香齋'라는 칼럼을 가장 즐겨보았다. 예를 들어 쓰촨四川 잉산營山의 현장縣長이 장삼 금지령을 내리면서, "의복은 몸을 가리면 족하다는 것을 알아야 한다. 어째서 앞에도 끌리고 뒤에도 늘어지게 하여 옷감을 낭비하는가? 게다가 국가 정세도 쇠약해지는 마당에…… 시절의 곤궁함을 살펴보면 후환을 어찌 상상이나 할 수 있겠는가?"라고 말했다. 또 다른 예로, 베이핑 사회국에서 여성의 수캐 양육 금지 공문에서 이렇게 운운했다. "계집이 수캐와 함께 사는 곳을 조사해보면 건강에 해로울 뿐만 아니라 수치심이 없다는 더러운 소문이 나기도 쉽다. 생각건대 예의지국인 우리나라에서는 마땅히 이러한 습속은 허용되지 말아야 하므로 삼가 훈령으로 엄금하되…… 무릇 여성들이 기르는 수캐는 모조리 잡아 죽여 단속하기 바란다!" 이런 것들이 어찌 골계 작가들이 터무니없이 써낼 수 있는 것이겠는가?

그런데 '고향재'에 수록된 기발한 글은 자주 기괴함으로 치우치는 경향이 있다. 하지만 골계는 평범한 것이 낫다. 평범하기 때문에 훨씬 더 골계답게 된다. 이러한 기준에서 나는 '단 포도설'을 추천한다.

10월 19일

_『루쉰 전집』 제5권 『준풍월담』

쌍십절 회고: 민국 22년에 19년 가을을 돌이켜보다

雙十懷古: 民國二二年看十九年秋

머리말

'쌍십절'이라는 관례적인 글을 쓰려면 먼저 자료부터 찾아야 한다. 자료를 찾는 방법은 두 가지가 있는데 머릿속의 기억에서 찾는 것과 책을 참고하는 것이다. 내 방법은 후자다. 그런데 『묘사자전描寫字典』을 펼쳐봐도 없었고 『문장작법文章作法』을 찾아보아도 없었다. 다행히 '운 좋은 사람은 하늘이 돕는다'는 말처럼 폐지 속에서 한 묶음 찾아냈다. 중화민국 19년(1930) 10월 3일에서 10일까지 상하이의 각종 대형, 소형 신문에서 발췌한 것들이었다. 올해로부터 이미 3년이나 지난 것들인지라 어디에 쓰려고 오려 붙여놓았는지 이제는 기억이 잘 나지 않는다. 오늘 글감을 제공하기 위해서는 분명 아니었다. 그러나 이왕 이렇게 된 바에야 여기에 목록을 베껴두기로 한다. '폐품 활용'인 것이다. 그렇지만 길이를 줄이기 위하여 광고, 기사, 전보의 구분은 명시하지 않고 신문 이름도 생략하기로 한다.

무엇에 쓰이기 위한 것이냐고? 그러고 보니 할 말이 없다. 만약 나더러 꼭 말하라고 한다면 3년 전의 내 사진을 보는 것에 비유할 수 있겠다.

10월 3일

강변 경마

중국 적십자회 후난湖南, 랴오닝성 등에서 후원금 모금

중앙군 천류陳留를 점령하다

랴오닝遼寧 쪽 부사령부 조직 편성 준비

리현澧縣에서 비적 떼 양민 학살

6세 여아가 임신하다

심프슨[1]이 치명적 부상을 입다

왕징웨이汪精衛 타이위안太原 도착

루싱방盧興邦[2] 투항 교섭

장시贛 지역 공산당 토벌을 위한 군대를 증편하다

상품통과세[3] 감면 내년 1월까지 연장하다

멕시코에서 교포 거부, 56명 귀국하다

---

1 심프슨Bertram Lenox Simpson(1877~1930). 영국인, 중국 닝보 출생. 부친은 닝보 중국 해관에서 일했다. 스위스에서 유학하여 영어 외에 프랑스어, 독일어, 중국어를 구사했다. 중국으로 돌아와 해관에서 일하다 1902년부터 신문 사업에 투신했다. 1922년부터 1925년까지 장쭤린의 고문을 겸했으며, 이 기간 베이징 최대의 영자신문 『둥팡시보東方時報』(The Faur Eastern Times)를 창간하기도 했다. 1930년 옌시산의 해관 접수에 협조했다가 같은 해 11월 암살당했다. 일생의 대부분을 중국에서 보냈으며 극동 문제에 관한 많은 저서를 냈다. — 옮긴이

2 루싱방盧興邦(1880~1945). 토비였다가 군벌이 된 인물. 1931년 가을 난징 국민정부의 홍군 토벌에 주도적으로 참여했다. — 옮긴이

3 상품통과세는 만청 정부의 재정적 곤란함을 해결하기 위해 만들어진 세금으로 각 성마다 이금국厘金局을 두어 통과세를 거두었으며 1931년까지 시행되었다. — 옮긴이

무솔리니가 예술을 제창하다

탄옌카이譚延闓[4] 일화

전사사戰士社, 사원을 대신하여 공개구혼을 하다

10월 4일

치톈齊天 대극장, 야심차게 개편한 걸작 「서유기西遊記」 중추절 개막

진취적이며, 민족주의적인, 유일한 문예 간행물 『첸펑월간前鋒月刊』 창간호 쌍십절 출간

공군, 융邕[5] 지방 재폭격 계획

비적 토벌 소리 속 흥미로운 역사

10월 5일

장 주석이 전보를 보내 국민정부에 정치범 사면을 요청하다

청옌추程艷秋[6]의 성공적인 무대 등장

웨이러위안衛樂園[7]의 보증금

---

4 탄옌카이譚延闓(1880~1930). 저장성 항저우 출생. 1907년 후난헌정공회를 조직하여 입헌파의 지도자가 되었고, 1912년 베이징 정부에서 후난도독湖南都督에 임명되었다. 1928년 2월에는 난징 국민정부 주석에 임명되었으며 이후 행정원 원장 등을 지냈다. 1930년 9월 22일 난징에서 병사.

5 융邕은 광시廣西 난닝현南寧縣의 다른 이름이다. — 옮긴이

6 청옌추程艷秋(1904~1958)는 만주족으로 이후 한족의 성씨인 청으로 바꾸었다. 경극에서 여성 주인공 역을 맡았다. 1925년부터 1938년 사이는 그의 황금기이자 청파程派 예술의 성숙기다. 창작, 감독, 배우의 1인 3역을 한 실력가다. 당시 진보적 사상의 영향을 받아 애국주의와 민족주의 사상이 담긴 희곡을 창작했다. — 옮긴이

7 웨이러위안衛樂園은 상하이 타이안로泰安路에 위치하며 사방이 강으로 둘러싸여 있다. 이곳에 무대를 만들어 공연했기 때문에 '웨이러위안'이라는 이름이 생겼다. 1924년 대륙은행이 투자하여 영국, 프랑스, 스페인 등의 건축 양식을 모방한 서양식 건물을 지었으며, 이후 웨이러위안은 상하이 서쪽의 고급주택 지구 중 하나가 되었다. 금융계의 상층인사, 고급관리 등이 거주했다. — 옮긴이

10월 6일

반데르벨데[8] 강연에 대한 짧은 기록

제군들 여기까지 읽고 삼가 나무아미타불……을 노래하기 바란다

모두가 틀렸다, 중추절은 이달 6일이다

자오다이원趙戴文[9] 재산 압수수색 및 압류의 문제

후베이성 당부에서 쉬창, 카이펑의 탈환을 축하하다

민간이 국민당 깃발을 함부로 사용하는 것을 단속하다

10월 7일

정부의 청렴운동에 호응하다

진푸철도津浦鐵道[10] 전 노선 곧 개통

베이징·톈진 당부 곧 회복

프랑스 증기선에서 발생한 창고 직원 폭행치사 사건 교섭

왕스전王士珍[11] 임종기

펑위샹, 옌시산 부대 전원 해산

후베이 라이펑현, 모종에서 이삭이 쌍으로 나오다

---

8 벨기에의 사회주의자. — 옮긴이

9 자오다이원趙戴文(1867~1943). 산시성 우타이 출신. 민국의 정치인, 육군상장을 지냄. 일본 유학 시절 동맹회에 가입했다. — 옮긴이

10 진푸철도津浦鐵道는 1908년 건설을 시작하여 1912년에 전 노선이 완공되었다. 톈진에서 장쑤성 푸커우까지 연결된 철도다. — 옮긴이

11 왕스전王士珍(1861~1930). 베이양 군벌 지도자. 위안스카이를 좇아서 베이양군을 만들었다. 1916년 위안스카이 사후 돤치루이 내각에서 참모총장을 지냈으며 군벌 혼전 시기에 베이양 원로 신분으로 즈리계, 환계, 펑톈계 군벌 사이의 모순을 조정하기도 했다. — 옮긴이

원혼에 극심히 시달리니 그 약혼자가 인명을 수색하다

귀신이 사람 뒤에서 공격을 가하다

10월 8일

푸젠성閩省에서 전투가 여전히 격렬히 진행중이다

팔로군, 류저우柳州의 도로를 봉쇄하다

앤더슨 고고학팀이 멍구蒙古에서 베이핑北平으로 돌아오다

국내에서 제작한 의상을 전시하다

남양南洋을 뒤흔든 샤오신암蕭信庵 사건

학교는 국어를 중시해야 한다.

정저우鄭州 비행기 납치사건 후기

탄씨가譚宅의 만장 대련 가운데 우수한 문장

왕징웨이의 갑작스러운 실종

10월 9일

시베이군이 이미 해체되었다

외교부, 영국의 경자년 배상금을 돌려받는 교환각서 발표

베이징 위수부가 범인을 총살하다

심프슨 차츰 기력 회복

국산 의상 전시회

상하이, 획기적인 댄스연예대회를 개최하다

10월 10일

거국적으로 쌍십절을 경축하다

반역 평정, 전국의 국경일 경축, 장 주석 어제 개선하여 성전에 참석

진푸철도, 한시적 구간별 운행

수도에서 공범 9명 총살

린다이林埭, 비적에 의해 전부 약탈

라오천웨이老陳圩, 비적에 의한 참혹한 피해

해적이 평리를 어지럽히다

청옌추程艷秋가 국경일을 경축하다

장리사蔣麗霞의 잊지 못할 쌍십절

난창시 맨발을 금지시키다

부상병, 쑨쭈지孫祖基에 대해 분노와 비난 표출

이전보다 더욱 경축할 만하고 기쁜 올해의 쌍십절

결어

나 역시 "올해 쌍십절은 예전보다 더욱 기쁘고 경축할 만하다"라고 말하기로 한다.

10월 1일

부기

이 글은 출판되지 못했다. 누군가에 의해 삭제된 모양이다. 아마도 쌍십절이라는 성대한 의식에 대하여 '지금의 세태를 안타까워하는 것'은 물론 어렵거니와 '이전의 일을 회고하는 것'도 쉬운 일은 아니다.

10월 13일

_『루쉰 전집』 제7권 『준풍월담』

덧붙이는 말

등불 아래서, 밤을 사랑했던 사람

건물 전체가 조용해지자 창밖도 고요해졌다. 루쉰 선생이 일어나 책상에 앉았다. 그리고 그 녹색의 스탠드 아래서 글을 쓰기 시작했다.

쉬 선생이 말하길, 루쉰 선생은 닭이 울고 길거리에 자동차 경적 소리가 울리기 시작할 때까지 앉아 있는다 한다. 어느 때인가 쉬 선생은 잠에서 깨어 창밖의 빛이 희끄무레해져 환했던 등불이 빛을 발하지 못할 때까지 바라보고 있노라면, 한밤중 짙고 크게 어둠을 드리웠던 루쉰 선생의 뒷모습도 점차 어둠이 걷힌다고 했다. 루쉰 선생은 뒷모습의 잿빛 그림자를 드리운 채 오랫동안 그곳에 앉아 있곤 했었다.

_ 샤오훙, 「루쉰 선생을 기억하며」

한번은 새벽 두 시가 되었을 때 나는 루쉰 선생이 살고 있는 건물 아래를 지나게 되었다. 그의 방 창가에만 불이 켜져 있었는데 푸르스름한 빛이었다. 칠흑 같은 어둠 속에서 단 하나의 창문이 밝게 빛을 발하고 있었는데 그것은 달빛이 아니라 푸른색 등갓을 투과하고 나오는 빛이었다. 그때 루쉰 선생이 마치 달빛 안에 들어 있었다는 생각이 들 정도였다. (…) 환하지만 슬프고 차가운 그 달빛 속에서 그는 민족의 장래를 주시하고 있었던 것이다.

_ 마쓰다 쇼, 「루쉰 선생에 대한 인상」

루쉰이 건네는 깊은 밤의 느낌들

밤 아홉 시가 지나면 모두 제 갈 곳으로 돌아가버리고 거대한 양옥집에 나 홀로 남겨졌다. 나는 고요히 침묵했다. 고요의 농도는 술처럼 진해지고 가벼운 취기마저 느끼게 했다. 뒤편의 창으로 바라보면 우뚝 솟은 바위산에 숱한 하얀 점이 보인다. 무덤들이다. 외따로 노란 불빛이 보이는 것은 난푸퉈사南普陀寺의 유리등이다. 앞쪽에 펼쳐진 바다처럼 드넓은 하늘이 어슴푸레해지면 어둑어둑한 밤의 빛깔은 나의 가슴 한켠에까지 덮쳐오는 듯하다. 돌난간에 기대어 눈은 먼 곳을 향한 채 귀로는 심장 소리를 듣는다. 아득한 사방에서 헤아릴 수 없는 비애와 고뇌와 영락과 사멸이 이 정적 속으로 뒤섞여 들어와 향기로운 술을 빚어낸다. 그리고 빛깔과 맛과 향을 더한다. 그럴 때 나는 무엇인가 끄적이고 싶다. 그러나 쓸 수 없었다. 어디서부터 써야 할까. 이 역시 내가 말했던 '침묵 속에서 느끼는 충만함이요, 입을 떼는 순간 느끼는 공허'다.

_ 『삼한집』 「어떻게 쓸 것인가: 밤에 쓴 글 1」

루쉰이 말한 중국 "굳센 젊은이" 부재의 난

다른 나라는 굳센 젊은이가 중국보다 많다. 아마도 다른 나라에서 행한 음행에 대한 형벌이 중국만큼 심하지 않았기 때문이리라. 일전에 유럽에서 예수교도들을 박해하여 죽인 기록을 찾아보았다. 그 잔인함은 실로 중국에 미치지 못했다. 죽어서도 자신의 뜻을 굽히지 않았던 자에게 역사는 그들의 이름 앞에 '성聖'자를 달아주었다. 중국에서도 불굴의 의지를 가진 청년은 항상 존재했었지만 모두 비밀에 부쳐두고 공개하지 않았다. 형을 받아 죽지 않으려면 친구를 발고하지 않으면 안 되었다. 그래서 굳세고 뛰어난 자는 멸망했고 변절자는 날로 여기저기 유랑했다. 이렇게 세월이 흘러 중국에는 훌륭한 사람이 없어졌는데, 만약 중국이 망한다면 그런 정책을 일삼은 자들 때문이다.

_「차오쥐런에게致曹聚仁」, 1933년 6월 18일

장헌충이 사람을 죽이는 심리에 대한 루쉰의 분석

『촉벽蜀碧』과 같은 책에는 장헌충張獻忠의 살인을 매우 자세히 기록하고 있다. 그런데 그 서술이 꽤나 난삽하여 읽었을 때 그가 '예술을 위한 예술'과 흡사하게 오로지 '살인을 위한 살인'을 하고 있는 것처럼 보이게 한다. 그는 사실 다른 목적이 있었다. 처음에 그는 그렇게 많은 사람을 죽임으로써 황제가 되어야겠다는 생각을 하지 않았다. 나중에 이자성이 베이징으로 진격하고 계속해서 청나라 병사가 산하이관에 들어오자 자신에게는 죽음의 길만 남았다는 사실을 알고 나서부터 살육을 저지르기 시작했다. 그는 이미 천하에 자신의 것이 남아 있지 않음을 분명히 알고 있었기에 다른 사람의 것을 파괴했던 것이다. 이것은 왕조 말기의 고귀한 황제들이 죽기 직전 조상들이나 자신이 수집한 서적, 골동품, 보물 따위를 모조리 불태우는 심정과 같다. 그에게 골동품 따위는 없었기에 사람들을 살육하고 도륙했던 것이다.

_『준풍월담』「새벽 만필」

루쉰의 잡감(발췌)

과거에 잘 살았던 사람은 과거로 돌아가려 하고, 지금 잘 살고 있는 사람은 현 상태를 유지하고자 하며 지금껏 잘 살아본 적이 없는 사람은 혁신을 원한다.
대부분 그러하다. 대부분!

기만당하지 말자.
스스로를 도둑이라 일컫는 사람에 대해서는 대비할 필요가 없으니, 오히려 그는 좋은 사람이다. 스스로 성인군자라 일컫는 사람에 대해서는 반드시 대비해야 하니, 오히려 그 사람이야말로 도둑이다.
아래층의 한 남자가 병으로 죽어가고 있는데, 그 옆집에서는 유성기를 틀어놓았고, 맞은편에서는 아이를 달래고 있다. 위층에서는 두 사람이 미친 듯이 웃고 있으며, 마작을 하는 소리도 들린다. 강물에 떠 있는 배 위에는 어머니를 여읜 여인이 통곡하고 있다.
인간의 슬픔과 기쁨은 결코 서로 통하지 않는다. 그리고 난 그저 그들이 시끄럽다고 느낄 뿐이다.

혁명, 반혁명, 불혁명.

혁명가는 반혁명가에게 죽임을 당한다. 반혁명가는 혁명가에게 죽임을 당한다. 불혁명가는 혁명가로 간주되어 반혁명가에게 죽임을 당하거나 반혁명가로 간주되어 혁명가에게 죽임을 당하거나 그 어떤 것으로도 판단되지 않은 사람들은 혁명가 또는 반혁명가에게 죽임을 당한다.
혁명, 혁혁명, 혁혁혁명, 혁혁…….

무릇 당국에 의해 '죽임' 당하는 자는 모두 '죄'지은 자들이다.

유방은 진나라의 가혹한 제도를 철폐하려고 "나이 많은 어른들에게 세 가지 법령을 약속했다."
그런데 그 후에도 여전히 멸족이 있었고 금서령을 내렸으니 진나라 법 그대로였다.
세 가지 법령이라는 것은 한 마디 말에 지나지 않는다.

_『이이집』「사소한 잡감小雜感」

2.
다르게 ‘보기’

길잡이 글

이것은 또 다른 방식의 '보기'다. 무더운 여름, 길에서 순찰하는 경찰이 갑자기 나타나 한 범죄자를 끌고 간다. 그리고 사람들 — 만두를 파는 아이, 머리가 벗겨진 늙은이, 팔을 걷어붙인 딸기코의 뚱보 — 이 사방팔방에서 모두 뛰어나와 이 범죄자를 '본다'. 그리고 그들도 범죄자의 눈에 '의해' '비춰진다'. 이렇게 서로 '보는 것'에서부터 '보기/보여지기'의 구도가 형성된다. 루쉰은 「노라는 집을 나간 후 어떻게 되었나娜拉走後怎樣」라는 글에서 다음과 같은 중요한 이야기를 한다. "군중, 특히 중국의 군중은 영원히 희극을 보는 구경꾼이다." 중국인들은 생활 속에서 부단히 스스로 연극을 하고 다른 사람에게 연기를 보여준다. 게다가 다른 사람이 하는 행위 자체를 연극으로 여기고 바라본다. 연극을 보는 것(다른 사람을 바라보는 것)과 연기를 하는 것(다른 사람에게 보여주는 것)은 중국인의 기본적 생존 방식이며 사람과 사람 사이의 기본적 관계를 형성한다. 이른바 '구경거리'는 바로 이러한 생존 상황을 은유적으로 보여준다. 매일 매 시각 사람들이 쳐다보고 있는 상황에서 자신도 시시각각 다른 사람을 훔쳐본다.

「구경거리示衆」라는 작품은 인물의 이름조차 나와 있지 않으며 이야기도 풍경이나 배경도 없이 심리 묘사만으로 이루어진 독특한 소설로, 특수한 위치를 점하고 있다. 우리는 이 작품을 루쉰 소설의 '핵심'으로 읽을 수 있다. 이러한 '보기/보여지기'의 측면에서 새롭게 「약藥」「쿵이지孔乙己」「축복祝福」「아Q정전阿Q正傳」을 읽는 것도 좋을 것이다. 분명 새로운 깨달음이 있을 것이다. 사람들(셴헝 주점의 주인장, 술객, 루전의 주민들)이 어떻게 쿵이지와 샹린 아주머니, 아Q라는 사회의 저층에 속한 약자들을 냉혹하게 '바라보는지' 그들의 진실한 고통을 자극적이고 소일거리 삼을 수 있는 '이야기'로 여기는지 어렵지 않게 발견할 수 있다. '찌꺼기'가 될 때까지 '잘근잘근 씹고난 후' '혐오하고 가치 없게 여겨 경멸한다'. 그리고는 '차갑고 날카롭게 웃는다'. 그러나 사람들(찻집에서 한가롭게 앉아 있는)은 또 어떻게 무덤덤하게 샤위와 같은 선구자를 '바라보는가'. 그들의 숭고한 신념과 투지와 희생을 '미친 발작'의 표현으로 여기고 선구자의 붉은 피에 젖은 만두를 '먹어' 뱃속에 집어넣어버린다. '보는 것과 보여지는 것'의 배후에는 바로 '먹고 먹히는 것'의 관계가 있다. 이것이야말로 사람들을 공포스럽게 만드는 것이다.

「광인일기狂人日記」가 표현하고자 하는 것은 바로 이러한 어디에나 존재하는 공포감이다. "그 자오씨네 집 개가 어떻게 나의 두 눈을 바라볼 수 있는가? (…) 자오구이 영감이 나를 보는 안색이 기괴하다. 나를 무서워하는 것 같고 나를 해하려는 것 같기도 하다. (…) 그러나 아이들은 어떠한가? 그때 아이들은 태어나지도 않았는데 어떻게 오늘 이상하게 눈을 뜨고 와서 나를 두려워하는 듯 또 나를 해하려는 듯 쳐다볼까. 이건 정말로 나를 두렵게 만들었고, 놀라우면서도 상심하게 만들었다. (…) 소작인이 (…) 껄껄 웃으며 이상한 눈을 하고 나를 쳐다본다. 나도 사람인데 그들은 나를 잡아먹고 싶은 것이다! (…) 이 생선의 눈이 희면서 딱딱하다. 입을 헤벌린 채로 있는 모양이 꼭 사람을 잡아먹고 싶어 하는 인간과 같구나." 게다가 우리는 분명히 이렇게 어느 곳에나 있는 '희고 딱딱한' 눈 역시 루쉰을 비롯해 이상을 품고 뜻을 좇는 중국의 지사들을 쫓고 있었음을 느낄 수 있다. 여기까지 생각이 미치자 루쉰 자신도(어쩌면 우리 스스로도) '머리끝부터 발끝까지 서늘함을 느꼈을 것'이다.

그래서 루쉰은 '복수'를 택했다. 길 위의 사람들은 '포옹과 살육을 구경하기 위해서' '사방에서 몰려들어' 목을 길게 빼고 기웃거리고 있는 것이 아닌가? 그리고 '생명의 펄떡거림'을 연극 따위로 여기는 것 아니겠는가? 그렇다면 우리는, 포옹도 살육도 하지 않지만 포옹이나 살육의 의지조차 들여다 보기를 거부하며 오히려 사람들의 그 '무료함'과 생명이 '사그러드는 것'만을 감상하고자 하는 그 피 한 방울 없는 대 살육전과 같은 연극을 단호히 거부해야 한다.

독자들의 눈에는 이런 '복수'가 무력함과 비참함으로 가득 차 있는 것으로 보일 것이다. 루쉰이 말한 '불행에 슬퍼하고 싸우지 않음에 분노한다'라는 말을 상기해보자. 복수의 한恨 뒤에는 뼈와 마음 속 깊은 곳에 사무치는 애정이 담겨 있다. 그렇다면 복수는 진정 효과가 있을까? 설령 우리를 핍박하는 자에 대한 복수(그것은 또 다른 성질의 복수다)라 하더라도 루쉰은 우리가 읽은 「검을 주조한 이야기」라는 작품에서 이미 그것에 대한 다음과 같은 의문을 제시했다. 진정 영원한 승리자는 아무래도 '이름도 없고 의식도 없는 살인단'이라는 '구경꾼'이 아니겠는가.(『무덤』「나의 절열관我之節烈觀」)

구경거리

이 무렵의 수이샨지구首善之區[1]의 시청西城 거리에서는 개미새끼 한 마리 얼씬거리지 않았다. 타오르는 태양이 중천에 뜨지는 않았으나 길 위의 모래는 이미 반짝이며 빛을 발했다. 푹푹 찌는 무더위가 곳곳마다 한여름의 맹위를 떨치고 있었다. 개들도 혀를 길게 빼물고 나무 위에 앉은 까마귀들도 부리를 열어 헐떡이고 있다. 자연히 예외도 있는 법. 저 멀리 은은하게 들려오는 동잔銅盞[2]이 맞부딪치는 소리는 시큼한 매실물을 떠올리게 만들며 시원함을 몰고 왔다. 그러나 느릿느릿하고 단조로운 금속음이 고요함을 더 깊은 정적 속에 잠겨들게 했다.

머리 위의 강렬한 태양에서 빨리 벗어나고 싶은 듯 묵묵히 앞으로 달

---

1 수도를 이르는 말인데 여기서는 베이양 군벌 시대의 수도 베이징을 가리킨다. — 옮긴이

2 동잔은 일종의 잔 모양의 작은 구리악기다. 예전 베이징에서 매실물酸梅湯을 팔던 상인들은 동잔 두 개를 부딪쳐 리듬감 있는 소리를 내어 손님을 끌곤 했다. — 옮긴이

「구경거리」, 딩충 작품(선퀀 여사 제공)

리는 인력거꾼의 발자국 소리만 들려왔다.

"뜨끈뜨끈한 만두요! 갓 쪄낸 만두요……"

열 살 남짓 되어 보이는 포동포동한 아이가 길가의 가게 문 앞에 서서 눈을 가늘게 뜨고 입만 달싹이며 외쳤다. 졸린 듯 갈리는 목소리는 마치 낮이 긴 여름날에 노곤한 잠을 몰고오는 듯했다.

그의 곁에 놓인 낡은 탁자 위에는 아무런 열기도 없는 스무 개 넘는 찐빵과 만두가 다 식어빠진 채 놓여 있었다.

"자! 찐빵, 만두 있어요. 따끈따끈한……"

아이가 갑자기 벽에 맞고 튕긴 고무공처럼 길 저편으로 나는 듯이 달려갔다. 그 건너편에는 전신주 옆으로 두 사람이 대로를 향해 땅에 박힌 듯 서 있었다.

한 사람은 연황색 제복에 칼을 차고 얼굴이 누렇고 빼빼 마른 순경인데, 손에는 포승줄을 쥐고 있었다. 포승줄 다른 끝에는 남색 면 저고리에 하얀 조끼를 걸친 한 남자의 팔이 단단히 매여 있었다. 그 남자는 새 밀짚모자를 쓰고 있었는데 챙이 내려와 한쪽 눈을 가리고 있었다. 그러나 키 작은 뚱보 아이가 고개를 들어 그를 바라보는 순간 그 사람과 눈이 정면으로 마주쳤다. 그 눈도 뚱보 아이의 정수리를 내려다보고 있는 것 같았다. 아이는 얼른 시선을 내려 하얀 조끼를 바라봤다. 조끼 위에는 크고 작은 글자가 한 줄 한 줄 쓰여 있었다.

순식간에 구경꾼들이 커다란 반원을 그리며 에워쌌다. 대머리 영감이 왔고 뒤이어 웃통을 벗은 딸기코 사나이가 들어서자 안 그래도 비좁았던 자리가 꽉 차버렸다. 몸집이 비대한 뚱보가 두 사람의 자리를 차지해버리니 뒤늦게 도착한 사람들은 별 도리 없이 다음 줄로 밀려났다. 그리고는 앞에 선 사람들 빈틈 사이로 머리만 빼꼼히 들이밀었다.

하얀 조끼와 대략 마주하고 서 있던 대머리 영감이 허리를 구부리고 조끼 위의 글씨를 유심히 살펴보며 읽기 시작했다.

“웡嗡, 두都, 헝哼, 바八, 얼而…….”

뚱보 아이는 하얀 조끼가 번쩍이는 대머리 영감을 유심히 들여다보고 있는 것을 보고 따라서 쳐다보았다. 대머리가 번들거리고 왼쪽 귀 언저리에 흰머리가 희끗희끗 나 있는 것 외에는 별다른 이상할 것이 없었다. 그런데 뒤편에서 아이를 안고 있는 늙은 아낙이 기회를 틈타 비집고 들어왔다. 대머리 영감은 자리를 빼앗길까 얼른 자세를 고쳐 섰다. 자세를 가다듬느라 글자를 다 읽지 못했지만 하는 수 없었다. 하얀조끼가 쓴 밀짚모자 아래로 반쯤 가려진 코와 입, 그리고 뾰족한 턱을 그저 쳐다볼밖에.

소학교 학생 하나가 머리에 흰 천모자를 한손으로 눌러 잡은 채, 마치 힘껏 벽에 던진 공이 튀어오는 것처럼 나는 듯이 내달려 오더니 또 구경꾼 속으로 파고들었다. 그러나 아이가 겹겹이 둘러싼 원의 세번째 줄, 아니 어쩌면 네 번째 줄까지 파고들다가 꿈쩍도 않는 거대한 물체를 맞닥뜨렸다. 고개를 들어 보니 남자의 남색 바지 허리춤 위로 웃통을 벗은 널따란 등판이었다. 그 등판에서 땀이 줄줄 흐르고 있었다. 할 수 없이 이 남자의 오른쪽으로 비집고 들어가려는데 다행히 머리를 들이밀어 빛이 드는 빈 공간을 발견했다. 아이가 고개를 숙인채로 파고 들려할 때, "뭐야" 라는 소리가 들리더니 그 바지춤 아래의 엉덩이가 오른쪽으로 움직이자 순식간에 빈 공간이 없어지고 말았다.

얼마 지나지 않아, 그 아이는 순경의 칼 옆으로 비집고 나왔다. 그가 의아한 눈길로 사방을 둘러보았다. 사람들이 빙 둘러 에워싼 가운데 흰 조끼를 입은 사람이 가운데 있었다. 하얀 조끼 맞은편에 웃통을 벗은 뚱보 아이가 있었고 그 뒤에 웃통을 벗은 몸집이 비대한 딸기코의 젊은이가 서 있었다. 아이는 자기를 가로 막았던 거대한 몸체가 바로 그자임을 깨닫고 신기하고 경이로운 눈빛으로 그 사내를 바라보았다. 이 소학교 학생의 얼굴을 바라보고 있던 있던 뚱보 아이 역시 그의 시선을 따라 고개를 돌리자 뚱보 사내의 통통한 젖가슴이 눈에 들어왔다. 젖꼭지 주변에 기다란 털이 몇 가닥 나 있었다.

"저 사람이 무슨 죄를 저질렀습니까?"

모두가 놀란 기색으로 쳐다보고 있을 때, 노동자처럼 행색이 거칠어 보이는 사람이 낮은 목소리로 대머리 영감에게 물었다.

대머리 영감은 아무 소리 않고 눈을 동그랗게 뜨고 그를 쳐다보았다.

그러자 그는 눈길을 다른 곳으로 돌렸다 다시 고개를 들어보니 대머리 영감이 여전히 눈을 동그랗게 뜨고 그를 쏘아보고 있었다. 다른 사람들도 눈을 동그랗게 뜨고 그를 쏘아보고 있는 것 같았다. 그는 마치 자신이 죄인이라도 된 듯 주눅이 들어 슬그머니 발길을 돌려 가버렸다. 겨드랑이에 양산을 낀 꺽다리가 그 자릴 메웠고, 대머리는 고개를 돌려 다시 하얀 조끼를 바라봤다.

꺽다리는 허리를 굽혀 아래로 밀짚모자 챙에 가려진 하얀 조끼의 얼굴을 들여다보려다 무슨 이유인지 모르게 갑자기 허리를 펴고 똑바로 섰다. 그래서인지 등 뒤의 사람들은 또 있는 힘껏 길게 목을 빼야 했다. 그중 말라깽이 하나는 고개를 늘여 빼고 쳐다보느라 죽은 농어마냥 입을 헤벌리기까지 했다.

순경이 갑자기 한 발을 들자 모두 놀라서 일제히 그의 발을 쳐다보았다. 그러나 그가 들었던 발을 다시 제자리에 갖다 놓자 다시 하얀 조끼를 바라봤다. 꺽다리가 다시 허리를 굽혀 흘러내린 밀짚모자 밑을 엿보다가 벌떡 일어서더니 한 손을 들어 올려 두피를 북북 긁어댔다.

대머리 영감은 기분이 좋지 않았다. 등 뒤가 좀 시끌벅적하다 싶었는데 귓가에 연신 쩝쩝대는 소리까지 들렸기 때문이다. 그가 미간을 찌푸리고 뒤를 돌아보니, 그의 오른쪽에 바짝 붙어 서서 고양이 상을 하고 있는 자가 시커먼 손에 커다란 찐빵 반쪽을 쥐고 입에 밀어넣고 있었다. 그 역시 아무 말 없이 하얀 조끼의 새 밀짚모자를 바라봤다,

갑자기 무언가 우레와 같이 밀고 들어왔다. 몸집 큰 뚱보 사내조차 앞으로 휘청거렸다. 동시에 그가 팔뚝과 팔목이 구분되지 않을 정도로 퉁퉁한 팔을 뻗어 다섯 손가락을 쫙악 펼친 채 뚱보 아이의 뺨을 철썩 소리

가 나게 때렸다.

"거 잘한다! 니미럴……." 뚱보 사내 뒤에서 미륵보살 같이 더 둥그렇고 살찐 얼굴을 한 이가 이렇게 말했다.

뚱보 아이는 네댓 걸음 휘청거리긴 했지만 넘어지지는 않았다. 한 손으로 뺨을 잡고 돌아서 뚱보 사내의 다리 옆 빈틈으로 뚫고 나가려고 했다. 뚱보 사내는 재빨리 서더니 엉덩이를 비틀어 빈틈을 막아버리고 사납게 물었다.

"뭐야?"

뚱보 아이는 덫에 걸린 생쥐마냥 허둥대더니 갑자기 소학생이 있는 쪽으로 뛰어가 그 아이를 밀어젖히고 냅다 뛰었다. 소학생 역시 몸을 돌려 그를 따라 뛰었다.

"허, 그 놈들 참……." 이렇게 말하는 이가 대여섯 있었다.

다시금 잠잠해지고 뚱보 사내가 하얀 조끼의 얼굴을 바라봤을 때, 하얀 조끼는 고개를 들어 그의 가슴팍을 바라보고 있었다. 그가 얼른 고개를 숙여 자신의 가슴팍을 내려다보았다. 두 젖가슴 사이로 땀이 흥건히 배어 있었다. 그는 손바닥으로 땀을 쓱 훔쳤다.

그러나 분위기가 더 조용해지긴 힘들 것 같았다. 사람들이 술렁거릴 때 아이를 안고 있던 늙은 아낙이 사방을 돌아보다가 부주의하여 까치꼬리마냥 빗어 넘긴 '쑤저우식 올림머리[3]'가 옆에 서 있던 인력거꾼 콧등을 때렸다. 인력거꾼이 그 아낙을 떠민다는 것이 그만 아이를 밀쳐버렸고,

---

3 '쑤저우초蘇州俏'는 여인들이 머리를 빗어 올리던 스타일로 쑤저우 일대에서 유행하여 이렇게 불리게 되었다. — 옮긴이

아이는 몸을 비틀어대더니 밖을 향하여 돌아가자고 떼를 썼다. 늙은 아낙이 약간 비틀거리다 몸을 바로 가누고 섰다. 아이의 자세를 돌려 하얀 조끼를 향하게 한 뒤 손가락으로 가리키며 말했다.

"자자 저것 보자! 얼마나 재미있는데……."

빈틈 사이로 갑자기 밀짚모자를 쓴 학생인 듯한 사람의 머리가 쑥 나오더니, 해바라기씨 같은 물건을 입 안에 넣고 아래턱을 위로 연신 움직여 껍질을 까서 내뱉고선 들어가버렸다. 그 자리에 얼굴에 온통 땀범벅을 하고 먼지를 가득 묻힌 길쭉한 얼굴을 한 사람이 들어왔다.

겨드랑이에 양산을 낀 꺽다리도 이미 화가 잔뜩 나서 어깨를 삐딱하니 한 채 미간을 찌푸려 등 뒤에 죽은 농어를 쏘아보고 있었다. 그 큰 입에서 뿜어 나오는 열기만 해도 견디기 어려운데 하물며 한여름이었으니 오죽하랴. 대머리는 전봇대에 고정된 붉은색 간판 위 네 개의 흰 글자를 무슨 재미있는 것마냥 올려다보고 있었다. 뚱보 사내와 순경은 늙은 식모의 갈고리처럼 뾰족한 신발 끝을 곁눈질로 살피고 있었다.

"잘한다!"

어디선가 별안간 몇 사람이 이구동성으로 외쳤다. 모두들 무슨 일이 일어났다는 것을 알고 일제히 머리를 돌렸다. 순경과 끌려온 범인도 쳐다보았다.

"막 찜통에서 나온 만두요! 자, 따끈따끈한……"

길 맞은편에는 뚱보 아이가 머리를 비틀고 꾸벅꾸벅 조는 듯 소리를 길게 뺀다.

길 위의 인력거꾼은 머리 위의 강렬한 태양에서 빨리 벗어나고 싶은 듯 묵묵히 앞으로 달리고 있었다. 모두들 실망한 것 같다. 쏟아지는 눈빛은 사방을 둘러보다 다행히 십여 채의 가옥을 지난 지점에 인력거가 세워져 있었는데 거기서 인력거꾼이 간신히 몸을 펴고 일어나는 것을 발견했다.

둥그렇게 모인 무리가 흩어지며 하나둘 씩 이쪽으로 건너왔다. 뚱보 사내는 반도 못가서 길가의 홰나무 아래서 쉬었고, 꺽다리는 대머리와 길쭉한 얼굴보다 빨리 걸어가 닿았다. 인력거에는 손님이 여전히 앉아 있었고, 인력거꾼은 거의 다 일어섰지만 여전히 무릎을 주무르고 있었다. 주위에는 대여섯 사람이 킥킥거리며 그들을 바라봤다.

"괜찮은가?" 인력거꾼이 차를 끌려고 하자 손님이 물었다.

그는 그냥 고개를 좀 끄덕이고는 인력거를 끌고 가버렸다. 모두들 실망한 눈빛으로 그를 쫓았다. 처음에는 그 차가 좀전에 넘어졌던 차였다는 걸 알 수 있었지만, 나중에는 다른 차들과 섞여 알아볼 수가 없었다.

길가는 곧 한산해졌다. 개 몇 마리만 혓바닥을 길게 빼고 헐떡이고 있을 뿐이었다. 뚱보 사내는 홰나무 그늘 아래에서 부지런히 오르내리는 개의 뱃가죽을 바라봤다.

늙은 아낙은 아이를 안고 처마 밑 그늘로 비틀비틀 사라졌다. 뚱보 아이는 고개를 비틀고 눈을 가늘게 뜨고선 소리를 길게 빼 잠꼬대 하듯 소리쳤다.

"따끈따끈한 만두요! 자! ……막 찜통에서 나왔어요……."

1925년 3월 18일

_『루쉰 전집』 제2권 『방황』

쿵이지孔乙己

루전魯鎭의 술집 구조는 다른 지역과 다르다. 거리 쪽으로 'ㄱ'자 모양의 큰 매대를 놓아 그 안에 끓인 물을 준비하여 언제든 술을 데울 수 있게 했다. 막일 하는 사람들은 점심이나 저녁 무렵 일을 마치고 동전 네 닢이면(이것도 20여 년 전의 일이라 지금은 한 사발에 열 닢까지 올랐지만 말이다) 술 한 사발을 사서 매대 밖에 기대 서서 뜨끈하게 한 잔 마시며 쉴 수 있었다. 동전 한 닢 정도 더 쓸 마음이 있다면 소금물에 삶은 죽순鹽煮筍이나 회향콩茴香豆 한 접시를 사서 안주 삼을 수 있고, 동전 10여 닢을 꺼낸다면 번듯한 고기요리도 살 수 있다. 그러나 여기 오는 손님들은 대부분 짧은 적삼을 입은 날품팔이들인지라 이 같은 호사는 누릴 수 없었다. 장삼을 입은 이들이나 가게 안쪽으로 발을 들이고 방 안에서 술도 시키고 음식도 시키며 천천히 앉아서 마실 수 있었다.

나는 열두 살 때부터 마을 입구의 셴헝鹹亨 술집에서 심부름꾼으로 일했다. 주인아저씨는 내가 너무 멍청하게 생겨서 장삼 입은 단골손님을 시중들기는 어려울 것 같으니 바깥일이나 거들라고 했다. 밖에 있는 짧은 소매의 손님들은 말을 건네기 쉬웠으나 그 가운데 잔소리나 하면서 이것저것 따지는 사람도 적지 않았다. 그들은 종종 술항아리에서 황주黃酒 퍼내는 걸 제 눈으로 보려 하고 주전자 바닥에 물이 들어 있진 않는지 확인하며 주전자를 뜨거운 물에 넣는 것까지 제 눈으로 보아야 마음을 놓았다. 이 같은 삼엄한 감시 속에 몰래 물을 섞어 넣기란 쉽지 않았다. 그래서 며칠이 지나자 주인아저씨는 내가 이 일에도 맞지 않는다면서 나를 이 집에 소개해준 사람의 얼굴을 봐서 내보내지는 못하고 술 데우는 따분한 일만 시키게 되었다. 나는 이때부터 하루 종일 매대에 서서 이 일만 맡아 했다. 딱히 실수한 적은 없지만 늘 단조롭고 무료했다. 주인아저씨는 무서운 얼굴을 하고 있고 단골손님 역시 성미가 까다로워 좀처럼 신이 나질 않았다. 그나마 쿵이지가 가게에 와야 몇 차례 웃을 일이 있었던 것이 지금도 기억난다.

쿵이지는 서서 술을 마시던 사람 중 유일하게 장삼을 입은 사람이었다. 그는 키가 크며 창백한 얼굴에는 주름살 사이로 자주 상처자국이 나고 덥수룩한 하얀 수염이 나 있었다. 장삼을 입고 있긴 했으나 더럽고 헤진 것이 10여 년도 넘게 깁지도 빨지도 않은 것 같았다.

그는 사람들과 말할 때 온통 "…진대" "…지로다" "…진저"를 입에 달고 있어 사람들은 반도 알아듣지를 못했다. 그는 성이 쿵씨였기 때문에, 사람들은 글자 연습용 습자책 첫머리에 나오는 '상대인 쿵이지上大人孔乙己'라는 알듯 말듯 한 이 말을 이름 대신 별명으로 삼아 그를 쿵이지라 부르게 되었다. 쿵이지가 가게에 나타나면 술 마시던 모든 이가 그를 보며 놀렸다.

“쿵이지, 자네 얼굴에 또 흉터가 하나 생겼구먼!”

누군가 이렇게 빈정거리자 쿵이지는 대꾸하지 않고 주인에게 “술 두 사발 데워주고 회향콩 한 접시”하고는 9전이나 되는 큰돈을 내놨다. 그들은 일부러 큰 소리로 떠들어댔다.

“자네 또 도둑질을 한 게로구먼!”

쿵이지는 눈을 부릅떴다. “당신 뭘 믿고 이리 무고한 사람을 모함하는가…….”

“무고는 무슨? 내가 그저께 자네가 허가네 책을 훔치다 붙잡혀 매질당하는 것을 두 눈으로 똑똑히 봤구먼.”

쿵이지는 얼굴이 울그락 불그락하더니 이마에 핏대를 세우며 변론했다. “책을 훔치는 건 도둑질이라 할 수 없지. 책을 훔치는 건…… 글공부하는 사람들의 일인데 도둑질이라고 할 수 있겠나?” 연이어 무슨 “군자는 궁함을 마다하지 않거늘”이니 무슨 “…하랴” 따위의 알아듣기 힘든 말들을 늘어놓자 사람들은 폭소를 터뜨렸다. 술집 안팎이 유쾌한 공기로 가득 찼다.

사람들이 뒤에서 쑥덕거리는 말을 들어보니, 쿵이지는 본래 글공부 좀 했었으나 결국 과거 급제도 못하고 밥벌이도 할 줄 모르다보니 갈수록 궁핍해져 밥을 빌어먹는 지경에까지 이르렀다 한다. 다행히 글씨는 잘 써 남을 대신하여 책을 베껴 써주는 걸로 밥 한 끼를 바꿔 먹고 있었다. 안타깝게도 그에겐 술 마시길 좋아하고 일하기 싫어하는 고약한 버릇이 있었다. 며칠 진득하게 한 곳에 붙어 있질 못했는데 사람은 물론이고 책, 종이, 붓, 벼루까지 모조리 자취를 감추는 것이었다. 이런 일이 몇 번 거듭

「쿵이지」, 딩충 작품(선쥔 여사 제공)

되다보니, 그에게 책을 베껴달라는 사람도 없어졌다. 쿵이지는 별 다른 방법이 없자 이따금씩 물건을 훔쳤다. 그런 그가 우리 가게에 있을 때는 품행이 다른 누구보다 좋아 외상 놓은 적이 없었다. 간혹 돈이 떨어져 잠시 칠판에 기록을 해놓을망정 한 달도 못 되어 어김없이 돈을 갚아 쿵이지라는 이름은 칠판에서 이내 지워지곤 했다.

술을 반 사발 정도 마시고 나니 쿵이지의 벌개졌던 얼굴색이 점차 원래 모습으로 돌아왔다. 그러자 곁에 있는 사람이 그를 또 놀렸다.

"쿵이지, 자네 정말 글을 알기나 하는 건가?"

쿵이지는 묻는 사람을 보고 대꾸할 가치도 없다는 듯한 기색이었다.

그들은 계속 말을 걸었다.

"자넨 어찌 생원자리 반쪽도 얻지 못한 건가?"

그 말에 쿵이지는 이내 의기소침하고 안절부절못한 모습을 보였다. 얼굴은 온통 잿빛이 되어 입으로 "…진대" "…지로다" "…진저" 따위의 하나도 알아듣지 못할 말들을 늘어놓았다. 그러면 사람들 역시 폭소를 터뜨리는 통에 가게 안팎이 유쾌한 공기로 가득 찼다. 그럴 때면 나도 덩달아 웃을 수 있었고, 주인아저씨도 뭐라 꾸짖지 않았다. 그리고 주인아저씨도 쿵이지를 보면 매번 이같이 묻곤 하여 사람들을 웃게 만들었다. 쿵이지는 그들과는 말이 안 통한다는 걸 알고 하릴없이 아이들에게 말을 걸었다. 한번은 내게 물었다.

"넌 글공부 해본 적 있냐?"

내가 약간 고개를 끄덕여 보이자 그가 말했다.

"글공부 좀 했단 말이지. 그럼 내가 한번 시험해보지. 회향콩의 회자는 어떻게 쓰는 것이냐?"

나는 생각했다. 구걸하는 주제에 나를 시험해보겠다고? 나는 얼굴을 돌리고 더 이상 아는 체하지 않았다.

쿵이지는 한참을 기다리더니 아주 간곡하게 말했다.

"못 쓰는 게냐? 내가 가르쳐주마. 기억하거라! 이 글자는 필히 기억해야 하는 거야. 나중에 주인 노릇할 때 장부에 올려 써먹어야지."

나는 속으로 생각했다. 내가 주인 노릇을 하려면 한참이나 걸릴 텐데. 게다가 우리 주인아저씨는 회향콩은 장부에 올린 적도 없지 않은가? 우습기도 하고 더 참을 수도 없어서 거드름 피우며 그에게 답했다.

"누가 가르쳐달랬나. 초두艸 아래 돌아올 회回자 쓰는 것 아니에요?"

쿵이지는 아주 신이 난 모습으로 손톱이 기다란 두 손가락으로 매대를 탁탁 치며 고개를 끄덕였다.

"그렇지, 그렇지!…… 그런데 회回자는 쓰는 방법이 네 가지인데. 알고 있나?"

나는 점점 받아주기가 어려워 입을 삐죽거리며 멀찌감치 피해버렸다. 쿵이지는 손톱에 술을 찍어 매대 위에 글씨를 쓰려는데 내가 도무지 열심을 내지 않자 한숨을 내쉬며 너무나 애석하다는 모습이었다.

몇 번은 동네 아이들이 웃음소리를 듣고 북적대는 곳을 구경하고자 쿵이지를 둘러쌌다. 그는 아이들 한 명 한 명에게 콩을 하나씩 나눠줬다. 아이들은 콩을 다 먹고도 돌아갈 생각을 하지 않고 접시만 바라봤다. 당황한 쿵이지는 다섯 손가락을 펴서 접시를 가리고 허리를 구부리며 말했다. "이제 없어. 나도 이젠 얼마 없어." 몸을 펴서 콩을 바라보고는 머리를 절레절레 흔들었다.

"많지 않도다, 많지 않도다. 많을 쏘냐? 많지 않노라."

그러자 아이들이 까르르 웃으며 돌아갔다.

쿵이지는 이렇듯 사람을 유쾌하게 만들었지만, 그가 없어도 사람들은 아무렇지 않게 잘 지냈다.

중추절을 이삼 일 앞둔 어느 날이었다. 찬찬히 장부를 계산하고 있던 주인아저씨가 칠판을 내리다가 느닷없이 말했다.

"쿵이지가 오랫동안 안 왔군. 열아홉 닢이나 밀렸는데!"

나도 그제서야 그가 오랫동안 오지 않았음을 깨달았다.

술 마시던 한 사람이 말했다. "그 자가 어찌 오겠나? 다리가 부러졌는데."

주인아저씨가 말했다.

"어! 그 작자 아직도 도둑질하는구먼. 이번엔 머리가 어찌 되었는지 딩丁거인擧人의 집까지 털러 갔다는데, 그 집 물건이 훔친다고 훔쳐지겠는가?"

"나중엔 어떻게 되었대?"

"어떻게 되긴. 처음에는 자술서 쓰고 나중에는 두들겨 맞았지. 한밤중까지 두들겨 맞더니 다리가 부러진 거지."

"그 다음엔?"

"그 다음엔 다리가 부러졌다니까."

"다리가 부러지고 어떻게 됐냐고?"

"어떻게 됐기는?…… 누가 알겠나? 죽었을지도"

주인아저씨는 더 이상 캐묻지 않고 변함없이 천천히 장부를 계산했다.

중추절이 지나고, 가을바람이 하루가 다르게 차가워지더니 어느덧 초겨울이 가까워졌다. 나는 하루 종일 화로 곁에 있는데도 솜저고리를 입고 있어야 했다. 어느 날 오후, 손님도 없고 하여 나는 잠시 눈을 붙이고 앉아 있었다. 별안간 소리가 들렸다.

"술 한 사발 데워줘."

목소리가 아주 낮긴 했으나 귀에 익은 소리였다. 앞을 보니 또 아무도 없었다. 일어나서 밖을 쭉 살펴보니 쿵이지가 매대 아래 문 난간을 향해 앉아 있었다. 시꺼멓고 바싹 여윈 그의 얼굴이 이미 말이 아니었다. 헤진 겹저고리를 입은 채 두 다리를 접고 앉았는데 아래엔 포대를 깔고 그것을 새끼줄로 어깨 위에 잡아 걸고 있었다. 나를 보자 다시 말했다.

"술 한 사발 데워줘."

주인아저씨도 고개를 내밀고 나와서 보더니 말했다.

"쿵이지 아냐? 자네 열아홉 닢이나 밀려 있다고!"

쿵이지는 의기소침하게 얼굴을 들어 대답했다.

"그건…… 다음에 갚겠네. 이번엔 현금이야. 좋은 술로 주라구."

사장님은 늘 그랬듯이 웃으며 그에게 말했다.

"쿵이지, 자네 또 물건을 훔쳤구먼!"

그러나 그는 이번에는 제대로 따지지 않고 그냥 한마디만 했다.

"놀리지 마쇼!"

"놀린다고? 훔치지 않았으면 어떻게 다리가 부러져?"

쿵이지는 잦아드는 소리로 말했다.

"넘어져서 부러졌소. 넘어져서, 넘어져서……"

그의 눈빛은 주인아저씨에게 더 이상 이 일을 캐묻지 말아달라고 애원하는 듯했다. 이때 이미 몇 사람이 모여들어 주인아저씨와 함께 웃어댔다.

나는 데운 술을 받쳐들고 문 난간에 놓았다. 그는 헤진 겉옷을 더듬어 동전 네 닢을 꺼내 내 손에 놓았다. 그의 손은 흙투성이였다. 알고 보니 그는 손으로 땅을 짚어 걸어온 것이었다. 얼마 안 되어, 술을 다 마신 그는 옆 사람들의 웃음소리 속에서 앉은 채 두 손을 짚어 엉금엉금 걸어갔다.

그 후 오랫동안 쿵이지를 볼 수 없었다. 새해가 되자 주인아저씨는 칠판을 들어 내리며 말했다.

"쿵이지가 아직 열아홉 닢이 밀렸네!"

이듬해 단오절이 되자 또 말했다.

"쿵이지가 아직 열아홉 닢이 밀렸네!"

중추절에는 별 말이 없었다. 다시 새해가 되어도 그를 볼 수가 없었다. 나는 지금까지도 그를 보지 못했다. 아마도 쿵이지는 죽은 모양이다.

1919년 3월

_『루쉰 전집』 제2권 『외침』

약

1.

자정이 지난 어느 가을 밤, 달은 졌지만 해는 아직 솟아오르지 않아 검푸른 하늘만 남아 있다. 밤을 헤집고 다니는 것들을 빼면 모두가 잠들어 있다. 화라오솬華老栓은 벌떡 몸을 일으키더니 성냥을 그어 겉면이 반지르르한 등잔에 불을 붙였다. 찻집의 두 칸짜리 방 안에 푸르스름한 빛이 가득 찼다.

"샤오솬小栓 아버지, 지금 가요?"

나이 든 여인의 목소리다. 안쪽 작은 방에서 한바탕 기침 소리가 또 났다.

"어."

라오솬은 기침소리에 귀를 기울이면서 대답하고는 단추를 채웠다. 그리고는 손을 내밀며 말했다.

"이리 줘봐."

화씨 부인은 베개 밑을 한참 뒤적거리다가 은전 한 꾸러미를 꺼내어 라오솬에게 건네주었다. 라오솬은 부들부들 떨리는 손으로 받아서 옷 주머니에 넣고 그 겉면을 두어 번 꾹꾹 눌러보았다. 초롱불을 붙인 다음 등잔을 훅 불어 끄더니 안쪽 방으로 걸어갔다. 그 방 안에서 색색거리는 소리가 나더니 이어서 한바탕 기침 소리가 났다. 라오솬은 아들의 기침이 잦아들자 작은 소리로 말했다.

"샤오솬…… 일어나지 말거라. 점포 말이냐? 네 엄마가 알아서 할 거야."

라오솬은 아들이 더 이상 말이 없자 편안하게 잠든 것으로 알고 문을 열고 거리로 나왔다. 컴컴하여 아무도 없는 거리에는 희끄무레한 길 한 줄기만 또렷이 보였다. 초롱불이 그의 두 발을 비추며 앞서거니 뒤서거니 걸어갔다. 이따금 개도 몇 마리 마주쳤지만 짖는 놈이 하나도 없었다. 바깥 날씨가 집 안보다 훨씬 찼지만 오히려 상쾌하게 느껴졌다. 마치 소년으로 변해 사람의 목숨을 살리는 능력 같은 신통력을 얻은 것마냥 발걸음이 이상하게 가뿐했다. 걷다보니 날도 점차 밝아지고 길도 또렷이 보였다.

길을 걷는 데만 집중하던 라오솬은 저 멀리 정丁자로 가로놓인 삼거리를 보고 흠칫 놀랐다. 그는 몇 걸음 다시 뒤돌아가다 문이 닫힌 점포 하나를 찾아서 처마 밑으로 들어가 문에 기대섰다. 그렇게 한참 동안 서 있으니 몸이 으스스했다.

"흥, 영감탱이."

"아주 신이 났군……"

라오솬은 몇 사람이 그의 앞으로 지나가는 것을 보니 다시 간담이 서

늘해졌다. 한 사람은 고개를 돌려 그를 바라보기도 했는데, 그 모습이 분명하진 않았으나 오랫동안 굶주린 사람이 먹을 것을 발견한 것마냥 두 눈을 번뜩였다. 초롱불을 들여다보니 불이 이미 꺼져 있었다. 옷 주머니를 꾹꾹 눌러보니 딱딱한 것이 아직 있었다. 고개를 들어 좌우를 살펴보니 삼삼오오 귀신처럼 배회하고 있는 괴상한 사람이 여럿 보였다. 시선을 집중하여 다시 보니 그리 괴상한 것 같지도 않았다.

얼마 지나지 않아 저쪽에서 병사 몇이 걸어오고 있는 것이 보였다. 제복 앞뒤에 붙인 큰 흰색 동그라미가 먼발치에서도 또렷이 보였다. 그의 앞으로 지나갈 때에는 계급장이 달린 옷 위에 검붉은 끝동까지 보였다. 발소리가 어지럽게 들리더니 순식간에 큰 무리 사람들이 한꺼번에 북적댔다. 삼삼오오 사람들이 갑자기 한 무리로 합쳐지더니 밀물처럼 앞으로 밀려갔다. 삼거리 어귀에 이르러 갑자기 멈추더니 반원을 그리며 둘러섰다.

라오솬도 그쪽을 바라보았으나 한 무리의 사람들 등만 보였다. 모두 목을 길게 빼고 있었는데, 마치 보이지 않는 손에 잡혀 위로 치켜진 오리 목을 방불케 했다. 마치 여러 마리 오리를 보이지 않는 손으로 꽉 쥔듯 목을 꼿꼿이 길게 늘인 채 위로 쳐들고 있었다. 잠시 잠잠하더니 무슨 소리가 난 듯 다시 술렁이기 시작했다. '쾅' 하는 소리에 다들 뒤로 물러나더니 라오솬이 서 있는 곳까지 흩어지면서 하마터면 그도 밀려서 넘어질 뻔했다.

"어이! 돈 내고 가져가!"

온몸이 시꺼먼 자가 라오솬 앞에 섰다. 그가 칼날처럼 날카로운 눈빛으로 쏘아보니 라오솬은 오금이 저렸다. 그 자는 커다란 한쪽 손을 그에게 내밀었다. 다른 손 하나는 시뻘건 찐빵을 쥐고 있었는데, 그 찐빵에서는 아직도 시뻘건 것이 뚝뚝 떨어지고 있었다.

라오솬은 허둥지둥 은전을 더듬어 부들부들 떠는 손으로 그에게 건넸으나 도무지 그의 물건은 받을 엄두가 나지 않았다. 그 자는 마음이 급한 나머지 소리쳤다.

"뭐가 무서워? 왜 안 받아!"

라오솬은 여전히 주저하고 있었다. 시커먼 자가 초롱불을 와락 잡아채더니 종이 덮개를 쭉 찢어 찐빵을 감싸고선 라오솬 품에 쑤셔 넣었다. 한 손으론 은전을 쥐고는 더듬어보더니 이내 몸을 돌려 사라졌다. 그는 입으로 흥하고 비아냥거리며 "저런 늙은이……"하고 말했다.

"이거 누구 병 고치려는 거요?"

라오솬은 누군가 그에게 이리 묻는 것을 들은 것 같았지만 대답하지 않았다. 그의 머릿속은 온통 감싸진 것에만 쏠려 있었다. 마치 몇 대 만에 얻은 독자를 안은 듯, 다른 것은 이미 뒷전으로 물러나 있었다. 그는 지금 이 종이에 싼 새 생명을 그의 집으로 옮겨 와 심은 후 수많은 행복을 거둘 것이다. 태양이 떠올랐다. 그의 앞에 집까지 이어진 커다란 길이 드러났다. 뒤편에는 삼거리 입구의 부서진 간판 위에 쓴 '고×정구古×亭口'란 희미한 금색의 네 글자를 햇살이 비추고 있었다.

2.

라오솬은 걸어서 집에 왔다. 가게는 일찌감치 말끔하게 정리되어 있었고 열 맞춰 놓인 탁자에서는 반들반들 윤이 났다. 아직 손님은 없었다.

샤오솬만 안에 놓인 탁자에 앉아 밥을 먹고 있었다. 굵은 땀방울이 이마에서 흘러내리고 겹저고리는 등에 착 달라붙어 있었다. 두 어깨뼈가 높게 울툭불툭 튀어나온 것이 꼭 숫자 '팔八'자의 모양처럼 보였다. 이 모습을 보니 라오솬의 펴졌던 미간이 절로 찌푸려졌다. 주방에서 허둥지둥 나온 그의 아내는 눈을 동그랗게 뜨고 입술을 파르르 떨며 물었다.

"구해왔어요?"

"응."

두 사람은 주방으로 들어가더니 잠시 상의를 했다. 라오솬의 부인이 밖으로 나가더니 조금 있다가 시든 연잎을 들고 돌아와 탁자 위에 펴놓았다. 라오솬은 초롱불 종이로 싼 것을 열어 그 시뻘건 찐빵을 연잎으로 다시 쌌다. 샤오솬이 밥을 다 먹어가자 그의 어머니가 다급히 말했다.

"샤오솬, 여기에 오지 말고 거기 좀 앉아 있어라."

아궁이의 불을 만지더니 라오솬이 푸르스름한 덩어리와 울긋불긋 찢긴 초롱을 함께 불 안으로 밀어넣었다. 검붉은 불꽃이 확 타오르자 야릇한 향이 가게 안에 가득 퍼졌다.

"냄새가 구수하구먼! 무슨 간식이라도 먹는가?"

이때 곱사등이 다섯째 도련님이 왔다. 이 영감은 매일 찻집에서 시간을 때우는 사람인데, 올 때는 제일 일찍 와서는 갈 때는 제일 늦게 간다. 마침 이때 길가로 놓인 구석진 탁자로 걸음을 옮겨 앉으면서 말을 걸었으나 대답하는 이가 없었다.

"쌀죽을 쑤었나?"

여전히 아무 대답이 없었다. 라오솬이 얼른 나와 그에게 차를 따라줬다.

"샤오솬 들어가거라!"

라오솬의 아내는 샤오솬을 안에 있는 방으로 들여보냈다. 샤오솬은 방 한복판에 놓인 긴 걸상에 앉았다. 그의 어머니가 시커멓고 동그란 무언가를 받쳐들고 오더니 나직이 말했다.

"먹어보거라. 병이 나을 거야."

샤오솬은 이 시커먼 것을 쥐고 잠시 바라봤다. 마치 자신의 목숨이라도 들고 있는 것마냥 말로는 형용할 수 없는 묘한 기분이 들었다. 아주 조심스럽게 비틀어 쪼개니 껍질 안에서 하얀 김이 피어올랐다. 흰 밀가루로 쪄낸 찐빵 반쪽 두 개였다. 삽시간에 이미 배 속으로 다 들어가버리니 무슨 맛이었는지 까맣게 잊을 정도였다. 앞에는 빈 접시만 덩그러니 남아 있었다. 샤오솬의 한켠에는 그의 아버지가, 다른 한켠에는 어머니가 서 있었다. 두 사람의 눈빛이 마치 그의 몸에 뭔가를 부어넣고 다시 뭔가를 꺼내려는 것만 같았다. 그는 심장이 참을 수 없이 쿵쾅거려 가슴을 누르고 한참이나 기침이 쏟아냈다.

"한숨 자거라. 자고 나면 나을 게다."

샤오솬은 어머니가 시키는 대로 쿨럭대며 잠을 청했다. 그녀는 아들의 기침이 잦아들기를 기다렸다가 누덕누덕 기워댄 겹이불을 살그머니 덮어줬다.

3.

가게 안에 손님이 많아지자 라오솬도 덩달아 바빠졌다. 커다란 구리 주전자를 들고 이리저리 손님에게 차를 따르는 라오솬의 두 눈언저리가 거무스레했다.

“라오솬. 자네 어디 불편한가? 병이라도 난 것 아닌가?”

흰 수염이 난 사람이 말했다.

“아닙니다.”

“아니라구? 농담이나 하려고 했지 원래 그렇게까지는……” 흰 수염은 하려던 말을 그만두었다.

“라오솬이 바빠서 그런 것뿐이야. 만약 아들이라도……”

곱사등이 다섯째 도련님의 말이 끝나기도 전에 갑자기 인상이 험악한 한 사내가 들이닥쳤다. 검정 무명 저고리를 걸치고 단추를 풀어헤친 채 굵은 검정 띠로 허리 부분을 아무렇게나 동여매고 있었다. 그는 문을 들어서자마자 라오솬을 보고 큰 소리로 떠들어댔다.

“먹었소? 좋아졌어? 라오솬, 자네 운이 진짜 좋았어! 내가 소식에 정통하지만 않았어도……”

라오솬은 한 손에 차 주전자를 들고 한 손을 공손히 늘어뜨리고는 싱글벙글 웃으며 듣고 있었다. 자리에 앉아 있던 사람들 역시 공손히 듣고 있었다. 라오솬의 부인 역시 거뭇해진 눈언저리에 웃음기를 띠고 찻잔과 찻잎을 가져왔다. 감람 열매까지 곁들이고 나자 라오솬이 가서 찻물을 따랐다.

“이번엔 틀림없이 나을 거유! 이번엔 달랐단 말이야. 생각해보슈, 뜨거울 때 가져오고, 뜨거울 때 먹었으니.”

그 험상궂은 사내만 떠들고 있었다.

“그러게요. 캉康씨 어르신이 수고해주지 않았더라면 어디서 그런 걸……”

라오솬의 부인도 매우 감격하며 그에게 고마워했다.

"그럼 낫고말고! 이렇게 뜨거울 때 먹었는데. 사람 피를 묻힌 찐빵은 어떤 폐병에도 용해!"

라오솬의 부인은 '폐병'란 두 글자를 듣자 얼굴색이 변하더니 기분이 상한 듯했으나 이내 웃는 얼굴을 하고는 멋쩍은 듯 그 자리를 떴다. 캉씨가 이를 알아차리지 못하고 여전히 목청을 돋우며 떠들어댔다. 그 바람에 안에서 잠을 자던 샤오솬도 깨어 기침을 시작해 더 시끄러워졌다.

"알고 보니 자네 집 샤오솬이 운이 억세게 좋구먼. 이 병도 자연히 다 낫겠네. 어쩐지 라오솬이 하루 종일 싱글벙글하더라니" 하면서 수염이 희끗희끗한 자가 캉씨 앞으로 다가가 목소리를 낮춰 물었다.

"캉씨, 내 듣자니 오늘 나온 죄인이 샤夏씨네 자식이라던데 대체 누구 자식이요? 대관절 무슨 죄로 그리 된 것이오?"

"누구긴? 샤씨네 넷째마님 아들 아니겠소? 그 녀석도 참!"

캉씨는 사람들이 귀를 쫑긋 세우고 자신의 말을 열심히 듣는 것을 보자 더욱 신이 나 험상궂은 얼굴을 실룩거리며 더욱 큰 소리로 떠들어댔다.

"그 녀석은 목숨이 아까운 줄도 몰라! 그깟 놈 죽겠으면 죽으라지. 근데 이번엔 난 조금도 좋을 게 없었어요. 벗겨낸 옷가지도 옥문지기 빨간 눈 아이阿義란 놈이 가져갔지. 제일 덕 본 사람은 이 집 라오솬이고, 두 번째는 샤씨네 셋째 영감이야. 그 영감은 스물다섯 냥 새하얀 은전을 상으로 받고도 혼자 허리춤에 차고는 한 닢도 쓰지 않았어."

샤오솬이 천천히 방에서 걸어 나오며 두 손으로 가슴을 누른 채 멈추지 않고 기침을 해댔다. 그는 주방으로 가서 식은 밥 한 그릇 퍼서 뜨거운 물에 말아 그 자리에 앉아 먹었다. 화씨의 부인이 샤오솬을 따라오더니 나직이 물었다.

"샤오숸, 좀 좋아졌니? 아직도 그렇게 배가 고픈 거야?"

"낫지, 틀림없이 낫고말고!"

캉씨는 샤오숸을 한번 흘낏 쳐다보고는 얼굴을 돌려 사람들에게 말했다.

"샤씨네 셋째 영감이 아주 약삭빠른 인물이에요. 그 영감이 먼저 관가에 고발하지 않았으면 온 집안 재산 몰수에 참형을 당했을 텐데 말야. 지금은 어떤가? 은전까지 탔단 말이거든. 근데 그 아들놈도 제대로 된 물건이 아니란 말야! 감옥에 갇혀서도 옥문지기더러 반란을 일으키라고 꼬드겼다는군."

"아이고, 그럼 끝난 거네요."

뒷줄에 앉아 있던 스물 좀 넘어 보이는 이가 격분한 모양이었다.

"빨간 눈 아이阿義가 내막을 캐물으려고 하니 녀석이 되려 수작을 걸었다는 걸 알아야 해요. 녀석이 이 대大 청나라의 천하가 우리 모두의 것이라고 말했답니다. 생각들 해보시오. 그게 어디 사람의 입에서 나올 말인가? 빨간 눈은 그 집에 늙은 어머니밖에 없는 걸 진즉 알고 있었지만 그렇게 궁핍한지는 생각도 못했다네. 기름 한 방울도 짜낼 게 없으니 잔뜩 독이 오를 대로 오르던 참인데 잠자는 호랑이 코털을 건드렸으니 따귀 두 대를 갈긴 거지."

"그 형의 손이 꽤나 묵직하니 두 대 정도면 그 녀석한텐 충분했겠네요."

구석진 곳에 있던 곱사등이가 신명이 나서 거들었다.

"그 죄인 놈이 맞아도 하나도 무서워하지 않으면서 오히려 가엾다, 가엾다 하더래."

"그깟 놈 때리면서 가여울 건 뭐야?" 하얀 수염이 한 마디 했다.

캉씨는 탐탁지 않다는 모습으로 코웃음 치며 말했다.

"당신들 내 말을 똑바로 듣기나 한 거요. 그 놈이 아이한테 가엾다고 했단 말이야."

듣고 있던 사람들의 눈빛이 갑자기 굳어지더니 말이 뚝 끊겼다. 샤오솬은 머리 위로 김이 모락모락 나고 땀을 줄줄 흘리면서 일찌감치 밥을 다 먹어치웠다.

"아이가 가엾다니. 미친 소리지. 그야말로 머리가 돈 거야."

하얀 수염이 큰 깨달음이라도 얻었다는 듯이 말했다.

"머리가 돈 거군요."

스물 넘는 젊은이도 큰 깨달음을 얻었다는 듯했다.

가게 안의 손님들은 다시금 활기를 띠며 웃고 떠들기 시작했다. 샤오솬 역시 왁자지껄한 틈 속에서 요란스레 기침을 해댔다. 캉씨가 걸어오더니 그의 어깨를 토닥이며 말했다.

"틀림없이 나을 거다! 샤오솬. 이렇게 기침을 해선 안 돼. 꼭 나을 거야!"

"돌았어."

곱사등이 다섯째 도련님이 고개를 끄덕이며 중얼거렸다.

4.

서문 밖 성벽에 인접한 땅은 본래 관가의 땅이었다. 그 사이에 구불구불 난 오솔길은 지름길로 가려던 사람들의 발끝이 닿아 만들어진 것이었다. 이 길은 자연스럽게 경계가 되어 길 왼쪽에는 사형 당하거나 옥사한 사람들이 묻혔고, 오른쪽에는 가난한 사람들의 무덤이 있었다. 양쪽 다 이미 겹겹이 묻힌 무덤들이 흡사 부자들의 생일상에 올라온 찐빵 같았다.

청명清明이 되었으나 금년 날씨는 유달리 추워서 버들가지도 좁쌀만 한 새싹을 겨우 틔워낼 정도였다. 날이 밝은 지 얼마 안 되어 라오솬의 부인은 길 오른쪽에 새로 생긴 무덤 앞에 도착하여 반찬 네 가지와 밥 한 공기를 늘어놓고 한참을 통곡했다. 지전을 태우고 땅바닥에 멍하니 주저앉아 있었다. 무언가 기다리고 있는 듯했으나 무엇을 기다리고 있는지 자신도 알 수 없었다. 불어온 산들바람에 그녀의 짧은 머리가 흩날렸다. 확실히 지난해보단 더 많이 희어졌다.

오솔길 위에 또 한 여인이 오고 있었다. 그녀 역시 머리칼은 반백이 되었고 남루한 옷차림이었다. 붉은 칠을 한 낡아빠진 둥근 바구니에 지전을 한 꾸러미 걸쳐 들고 몇 걸음 걷다 쉬며 힘겹게 걸어왔다. 땅에 앉아 자신을 바라보고 있는 라오솬의 부인을 발견하고는 잠시 머뭇거렸다. 창백한 얼굴 위에 겸연쩍은 낯빛이 감돌았다. 그러나 결국 못 본 체하며 왼쪽에 있는 무덤 앞으로 가 바구니를 내려놓았다.

그 무덤은 길을 사이에 두고 샤오솬의 무덤과 가지런히 놓여 있었다. 라오솬의 부인은 그 여인이 반찬 네 가지와 밥 한 공기를 올려놓고 서서 한참을 통곡을 하고 지전을 태우는 모습을 바라봤다. '저 무덤에 묻힌 이도 아들이구나' 하고 속으로 생각했다. 그 늙은 여인은 왔다 갔다 하며 휘 둘러보다가 갑자기 손발을 바르르 떨며 비틀비틀 몇 걸음 뒷걸음치더니 눈을 동그랗게 뜬 채 얼이 빠져 있었다.

라오솬의 부인은 그 모습을 보고 상심이 너무 큰 나머지 미쳐가나보다 싶어, 참질 못하고 몸을 일으켜 오솔길을 넘어가 나지막하게 불렀다. "부인, 너무 상심하지 마세요. 우리 이제 그만 돌아가요."

그 사람은 고개를 끄덕였으나 여전히 눈은 위를 쳐다보고 있었다. 그리고는 낮은 소리로 웅얼거리며 말했다.

"봐요, 저게 뭐로 보이오?"

그녀의 손끝이 가리키는 곳을 따라 라오솬 부인의 눈길이 앞에 있는 무덤에 닿았다. 떼를 다 입히지 않은 그 무덤은 군데군데 누런 흙이 드러나 있어 보기 흉했다. 가까이 다가가 찬찬히 살펴보니 놀라지 않을 수 없었다. 봉긋하게 솟은 무덤 머리 위에 흰색과 붉은색 꽃이 화관처럼 빙 둘러 피어 있었다.

눈이 침침해진 지도 이미 여러 해 된 그들이었지만 그 붉고 흰 꽃들은 분명하게 볼 수 있었다. 꽃이 그리 많지는 않았지만 동그랗게 원을 그린 듯 피어 있었다. 싱싱해 보이진 않아도 가지런했다. 라오솬의 부인은 서둘러 아들의 무덤과 다른 사람의 무덤을 살펴봤다. 창백하니 흰 작은 꽃 몇 송이가 추위에 아랑곳하지 않고 듬성듬성 피어 있었다. 라오솬의 부인은 어쩐지 마음이 허전하고 공허하게 느껴져 더 자세히 살펴보기가 싫어졌다. 늙은 여인은 몇 걸음 다가가 자세히 둘러보고는 혼잣말로 중얼거렸다.

"뿌리가 없는 걸 보니 저절로 핀 것 같진 않은데. 여기에 누가 왔었나. 아이들이 와서 놀진 않았을 테고 일가친척도 일찌감치 발길을 끊었는데. 이건 대체 어떻게 된 일이지?"

늙은 여인은 곰곰이 생각하다 갑자기 눈물을 흘리며 큰 소리로 넋두리를 했다.

"위얼瑜兒, 그놈들이 너를 모함했구나. 아직도 잊지 못하고 상심한 나머지 오늘 이렇게 내게 알려주는 것 아니냐?"

「약」, 딩충 작품(선쥔 여사 제공)

사방을 둘러보니 까마귀 한 마리가 앙상한 나뭇가지 위에 앉아 있는 것이 보였다. 그러더니 그녀는 계속 넋두리를 했다.

"그렇구나. 위얼, 이 가여운 것. 그놈들이 널 모함했구나. 그놈들은 언젠가 천벌을 받을 거다. 하늘도 알고 있단다. 그러니 너는 고이 눈을 감으면 된다. 네가 만약 여기 있어서 내 말을 듣고 있다면, 저 까마귀를 네 무덤 위로 날게 해서 내게 알려주려무나……."

미풍은 일찌감치 잠잠해졌다. 마른 풀들이 마치 철사처럼 곧추 서 있었다. 바람에 풀 떨리는 소리가 공기 중에 점차 가늘어져 사라져갔고 주변에는 죽음 같은 정적만 남았다. 두 사람은 마른 덤불 위에 서서 얼굴을 들어 까마귀를 바라봤다. 까마귀는 철사처럼 꼿꼿한 나뭇가지에 목을 움츠린 채 철로 만든 조각처럼 꼼짝 않고 앉아 있었다.

한참의 시간이 흘렀다. 무덤을 찾는 사람이 점점 많아지면서 무덤 사이로 몇몇 어른과 아이가 왔다 갔다 하는 것이 보였다. 라오솬의 부인은 왠지 모르겠지만 무거운 짐을 내려놓은 것처럼 이젠 그만 가야겠다는 생각이 들어 늙은 여인에게 말했다. "우리도 이제 그만 돌아갑시다."

늙은 여인은 한숨을 쉬더니 힘없이 제사 음식을 챙기기 시작했다. 그리고는 잠시 머뭇거리나 싶더니 결국 천천히 걸어갔다. 입으론 혼잣말을 내뱉었다.

"이게 대체 어떻게 된 일일까……."

그들이 스무 걸음도 채 떼지 못했는데, 갑자기 등 뒤에서 "까악" 하는 까마귀 울음소리가 들렸다. 두 사람은 등골이 오싹해져 뒤를 돌아봤다. 까마귀가 두 날개를 펴고 몸을 솟구치더니 저 먼 하늘을 향해 쏜살같이 날아갔다.

1919년 4월

_『루쉰 전집』 제1권 『외침』

광인일기

내가 지금 여기서 말하려 하는 형제 두 사람은, 이름은 밝히지 않겠지만 중학 시절의 내 친한 벗들이었다. 여러 해 떨어져 살다보니 그만 소식이 끊기고 말았다. 최근 형제 중 하나가 중병에 걸렸다는 소식을 우연히 들었다. 마침 고향으로 가는 길에 발걸음을 더해서 그들을 찾아보았더니 집에는 형밖에 없었다. 그가 말하길 병이 났던 사람은 동생이라 했다. 형은 내가 모처럼 먼 곳에서 찾아와주니 고맙기는 하지만 동생은 벌써 병이 다 나아서 어느 지방의 후보候補로 갔다고 했다. 그러고는 크게 웃고나서 일기장 두 권을 내놓았다. 그는 이 일기장을 읽어보면 아우의 병세를 잘 알 수 있다고 하면서 옛 친구들에게 보여도 좋다고 했다. 돌아와서 가져온 일기장을 읽어보니 그의 아우는 '피해망상증'에 걸렸다는 것을 알 수 있었다. 일기의 내용은 거의가 터무니없는 소리였고 두서가 없었다. 날짜도 쓰지 않았지만 먹 빛깔이 다르고 글씨체가 다른 것으로 보아 한 번에 쓴 것은 아니었다. 일기에는 맥락이 통하는 곳도 더러 있는데, 이제 그 것을 베껴 의학자들의 연구 자료로 제공하려 한다. 일기에는 잘못된 말들도 있었지만 한 자도 고치지 않았다. 그리고 여기에 나오는 사람들은 모두 세상에 알려지지 않은 시골 사람들이어서 크게 상관없겠지만 그래도 모두 이름을 고쳤다. 책 이름은 당사자가 병이 다 나은 후에 붙인 것이므로 고치지 않았다.

중화민국 7년 4월 2일

1.

오늘밤은 유난히 달이 밝다.

내가 달을 보지 못한 지도 30여 년이나 된다. 오늘밤 달을 보니 전에 없이 기분이 상쾌하다. 지난 30여 년 동안 정신이 멍했다는 것을 이제 알게 됐다. 그러나 단단히 조심해야 한다. 그렇지 않으면 저 자오趙 영감네 개가 왜 나를 노려보겠는가?

내가 겁내는 것도 당연하다.

2.

오늘밤엔 달빛이 전혀 없다. 뭔가 불길한 일이 일어날 것을 알고 있다. 아침에 조심스레 집을 나오니 자오구이趙貴 영감의 눈치가 아무래도 수상하다. 나를 무서워하는 것 같기도 하고 해치려는 것 같기도 하다. 그리고 일고여덟 명이 머리를 맞대고 귓속말로 나에 대해 이야기하며 내 눈치를 본다. 길에서 본 사람들도 다 그러했다. 그 가운데 제일 험상궂게 생긴 놈 하나가 입을 딱 벌리고 나를 보며 히죽히죽 웃었다. 나는 머리부터 발끝까지 소름이 끼쳤다. 놈들이 흉계를 다 꾸며놓았다는 것을 깨달았다.

그래도 나는 겁내지 않고 태연히 내 갈 길은 걸어갔다. 앞쪽에 여러 아이가 모여 서서 나에 관해 이야기하고 있었다. 그 아이들 눈치가 꼭 자오 영감 같았고 낯빛도 푸르뎅뎅했다. 저 녀석들이 나와 무슨 원수를 졌다고 저럴까? 나는 그만 참을 수 없어 “내게 말해봐!” 하고 큰 소리를 질렀더니 아이들이 모두 도망가버렸다.

내가 자오구이 영감과는 무슨 원수진 일이 있으며 길 가는 사람과 또 무슨 원한이라도 있단 말인가? 그저 20년 전에 구주古久 선생네 케케묵은 출납부를 밟아놓아 그 선생이 불쾌해했던 일밖에 없다. 자오구이 영감이 비록 구주 선생을 모르지만 그 소문을 듣고 그를 대신하여 화풀이를 하려는 모양이다. 그래서 길 가는 사람들과 짜고서 나와 맞서는 것인가 싶다. 그런데 그 아이들은? 그때는 그 녀석들이 태어나지도 않았는데 어찌 나를 무서워하는 것처럼 나를 해치고 싶어 하는 것처럼 오늘 그렇게 이상한 눈으로 쳐다봤을까? 나는 정말 겁이 더럭 난다. 아리송하면서도 가슴 아픈 일이다.

그렇구나. 그놈들의 아비어미가 가르쳐준 게로구나!

3.

밤에는 잠을 이루지 못했다. 모든 일은 연구를 해야만 명백해지는 법이다.

그들 가운데에는 현감에게 매를 맞고 칼을 쓰고 옥에 갇혔던 사람도 있고, 유지에게 뺨을 얻어맞은 사람도 있으며, 하급 관리에게 아내가 겁탈당한 사람도 있고, 부모들이 고리대금업자의 빚 독촉에 시달리다 못해 생죽음을 당한 사람도 있다. 그러나 그런 때에도 그들의 얼굴은 어제처럼 그렇게 무섭고 험상궂지는 않았다.

가장 이상한 것은 어제 길에서 만난 여자다. 그 여자는 자기 아들을 때리면서 "너 이 새끼! 네 놈을 잘근잘근 씹어야 속이 풀리겠다" 하고 소리쳤다. 그러면서도 그 여자는 나를 쏘아보고 있었다. 소스라치게 놀란 나는 어쩔 바를 몰랐다. 푸르뎅뎅한 얼굴에 뻐드렁니를 드러낸 자들이 으하하 웃어댔다. 천라오우陳老五가 얼른 다가오더니 억지로 나를 집으로 끌고 갔다.

집으로 끌려 들어오니 집안사람들은 짐짓 나를 모르는 체했다. 그들의 눈길도 다른 사람과 같았다. 서재에 들어가자마자 닭이나 오리를 가두듯이 밖에서 자물쇠를 덜컥 채웠다. 왜 이렇게 하는지 나는 자세한 내막을 더욱 알 길이 없다.

며칠 전에 랑즈촌狼子村에 사는 소작인 한 사람이 내 형을 찾아와서 흉년이 든 이야기를 했다. 그는 자기네 마을에 못된 놈이 하나 있었는데, 사람들이 달려들어 때려죽이고 그놈의 간을 빼내어 기름에 볶아먹었다고 했다. 그렇게 하면 배짱이 두둑해진다는 것이었다. 내가 끼어들면서 몇 마디 했더니 그 소작인과 형이 나를 흘끔흘끔 쳐다봤다. 그들의 눈길이 밖에서 만난 사람들의 눈길과 똑같다는 것을 오늘 비로소 알게 되었다.

생각만 해도 머리끝부터 발끝까지 소름이 오싹 끼쳤다.

그들이 사람을 잡아먹을 줄 아는 이상 나를 먹지 않으리란 법도 없다.

"너를 잘근잘근 씹어 먹겠다"라고 한 그 여자의 말이며 푸르뎅뎅한 얼굴에 뻐드렁니를 드러낸 자들의 웃음소리며, 그저께 소작인이 하던 말들은 다 틀림없이 무슨 암시였을 것이다. 그들의 말 속에는 독이 가득 차 있고, 그들의 웃음 속에는 칼이 숨어 있다는 것을 알게 되었다. 그들의 이빨은 희고 날카로우며 가지런했는데 사람을 잡아먹는 것들이었다.

나는 스스로를 돌아보니 비록 악인은 아니지만 구주 선생네 출납부를 밟은 뒤로는 그렇게 말할 수 없게 되었다. 그들은 딴 생각을 하고 있는 것 같았지만 나로서는 그 속내를 도무지 알아낼 수 없었다. 더구나 그들은 돌연 낯빛을 바꾸면서 멀쩡한 사람더러 죽일 놈이라 한다. 언젠가 형이 나에게 글 짓는 법을 가르쳐준 일이 있었다. 그때 어떤 사람에 대해 내가 몇 마디 반박의 말로 어찌되었건 좋은 사람이라고 주장하면 틀렸다고 동그라미로 표시해놓았고, 나쁜 사람을 변호하는 글을 지으면 형은 "신묘한 글이로다. 정녕 뭇 사람들과 다르구나" 하고 칭찬했다. 그러니 내가 어떻게 그들이 무슨 생각을 하고 있는지 알 수 있단 말인가. 그들이 사람을 잡아먹으려 할 때의 마음이야 더구나 알 수 없지 않은가.

무슨 일이나 연구해보지 않으면 알 수 없는 것이다. 예로부터 늘 사람이 사람을 잡아먹었다는 것은 나도 알고 있지만 정확히는 모른다. 그래서 역사책을 뒤져 찾아보았는데 이 역사책에는 연대도 밝혀져 있지 않고 그저 '인의도덕仁義道德'이라는 몇 글자가 장마다 삐뚤빼뚤 적혀 있을 뿐이었다. 어쨌든 잠이 오질 않아 밤중까지 열심히 책장을 들여다보았더니 마침내 자간에서 글자가 나타나는 것이었다. 책에는 '사람을 잡아먹는다食人'는 글자 천지였다!

책에는 이런 글자들이 가득 쓰여 있었고, 소작인도 이런 말을 수없이 하면서 키득거리면서 이상한 눈길로 나를 바라보고 있지 않은가.

나도 사람이다. 그들은 나를 잡아먹으려는 것이다!

4.

아침, 나는 잠시 가만히 앉아 있었다. 천라오우가 밥상을 들고 왔는데 채소 한 접시와 찐 생선 한 접시였다. 생선은 눈알이 희고 딱딱했으며 입을 쩍 벌리고 있는 것이 사람을 잡아먹으려 하는 자들과 똑같았다. 몇 젓가락 먹어보니 미끌미끌하여 생선인지 사람고기인지 알 수가 없었다. 뱃속의 창자가 다 나올 정도로 뱉어냈다.

"천라오우, 갑갑해서 죽을 지경인데 마당을 좀 거닐고 싶다고 형한테 전해주오."

천라오우는 아무 말없이 가버렸다. 그러나 좀 있으니 와서 문을 열어주었다.

나는 꼼짝도 하지 않고 그들이 나를 어떻게 하려는지 살펴봤다. 그들이 분명 나를 그냥 두고 보려고 하지 않을 것이다. 과연! 형이 웬 영감 하나를 데리고 어슬렁어슬렁 다가왔다. 그의 두 눈은 살기로 가득했다. 그는 혹여 내가 눈치 챌까 고개를 떨구고 슬금슬금 안경테 너머로 나를 살

「광인일기」, 딩충 작품(선퀀 여사 제공)

펴봤다.

형이 먼저 입을 열었다.

"오늘은 좋아 보이는 것 같구나."

"네" 하고 내가 대답했다.

형이 말했다. "네 병을 진찰하려고 허何 선생을 모셔왔다."

나는 "그렇게 하시지요!"라고 대답했다.

내가 어떻게 이 영감이 인간 백정인 줄 모르겠는가! 맥을 짚어본다는 핑계로 살이 쪘는지 말랐는지 알아보고, 그 공을 내세워 인육을 나눠 먹겠지. 비록 사람을 먹지는 않으나 그들보다 담력이 더 크니 나는 두렵지 않다. 두 주먹을 앞으로 내밀고 그들이 어떻게 손을 쓰나 지켜봤다. 영감은 앉아서 눈을 감더니 한참 맥을 짚고 한동안 생각하더니 그 못생긴 눈을 뜨고서 입을 열었다.

"잡생각을 하지 말게. 마음을 푹 가라앉히고 며칠 몸조리 하면 좋아질 거네."

잡생각을 하지 말고 마음을 푹 가라앉혀 몸조리를 잘 하라니! 살이 찐다면 그들은 자연히 고기를 더 많이 먹을 수 있겠지. 나한테 무슨 도움이 되며, 어떻게 '좋아진다'는 말인가? 저자들이 사람을 잡아먹고 싶어서 수상쩍게 행동하면서 그 속셈을 감추려고 당장 달려들지 않으니 우스워 죽을 일이다. 나는 참을 수 없어 큰 소리로 웃었다. 웃고 나니 훨씬 기분이 좋아졌다. 이 웃음 속에는 용기와 정의가 가득하다는 것을 난 알고 있다. 영감과 형은 얼굴이 새파랗게 질렸다. 내 용기와 정의에 압도된 모양이다.

그러나 내가 용기를 가질수록 그들은 내 용기를 가지고 싶어서 나를 더 잡아먹고 싶을 것이다. 영감이 문 밖으로 나가 얼마간 걷더니 형에게 목소리를 낮추며 말했다.

"빨리 잡아먹세!"

형은 머리를 끄덕였다. 알고 보니 형도 그들과 한통속이었다! 이는 뜻하지 않은 큰 발견 같지만, 또한 짐작하고 있던 바다. 작당을 해서 나를 잡아먹으려는 사람이 바로 내 형이라니!

사람을 잡아먹는 자가 내 형이다!

나는 사람을 잡아먹는 자의 동생이다!

내가 사람들에게 잡아 먹혀도 나는 여전히 사람을 잡아먹는 자의 동생이다!

5.

요 며칠 동안은 한 걸음 물러나 생각해보았다. 그 영감이 인간 백정이 아니고 진짜 의사라 해도, 여전히 사람을 잡아먹는 자다. 그들의 먼 스승인 이시진李時珍이 쓴 '본초 뭐시기'란 책에 사람의 고기를 삶아먹을 수 있다고 똑똑히 쓰여 있는데, 그 자신도 사람을 잡아먹지 않았다 말할 수 있는가?

우리 형도 하나도 억울할 게 없다. 형은 전에 나에게 글을 가르칠 때 자기 입으로 '자식을 서로 바꾸어 잡아먹었다'고 말한 적이 있으며, 또 한 번은 어떤 나쁜 인간에 대해 흉을 보니 그놈은 죽어 마땅할 뿐만 아니라 '고기는 먹고 가죽은 깔고 자야 한다'고 한 적도 있다. 그때 아직 어렸던 나는 그 말을 듣고 한나절이나 가슴이 쿵쿵 뛰었다. 며칠 전 랑즈촌 소작인이 와서 간을 빼먹었다는 말을 할 때에도 형은 조금도 이상해하지 않고 연신 고개를 끄덕이지 않았던가. 이것을 보더라도 그의 마음이 전과 다름없이 잔인하다는 것을 알 수 있다. '자식을 서로 바꾸어 잡아먹었다'고 할 수 있는 이상, 무엇이든 쉬이 바꿀 수 있는 것이며 누구든 다 잡아먹을 수 있는 것이다. 전에 형이 그런 말을 할 때에는 듣기만 하고 대충 넘어갔는데, 이제는 형이 그런 말을 할 때 그 입가에 사람의 기름이 묻어 있었을 뿐만 아니라 머릿속에 온통 사람을 잡아먹을 생각으로 가득하다는 것을 알게 되었다.

6.

칠흑같이 어두워 밤인지 낮인지 알 수 없다. 자오 영감네 개가 또 짖어대기 시작한다. 사자 같은 흉악함, 토끼 같은 비굴함, 여우같은 교활함…….

7.

나는 그들의 수작을 잘 안다. 곧바로 죽이는 것은 내키지 않을 뿐더러 후환이 두려워 또 감히 그렇게 하지도 못한다. 그래서 그들 모두가 한통속이 되어 도처에 덫을 놓고 내가 스스로 목숨을 끊게끔 몰아가고 있다. 며칠 전에 길거리의 남자들과 여자들의 모양새와 요즘에 형이 하는 행동을 잘 살펴보면 그들이 어쩌자는 것인지 십중팔구는 족히 알 수 있다. 가장 좋은 경우는 내가 허리띠를 풀어 들보에 걸고 목을 졸라매 죽는 것이다. 그러면 그들은 살인 죄명도 쓰지 않고 원하는 바를 이루게 될 테니, 하늘이 떠나갈 정도로 깔깔 웃을 것이다. 그렇지 않으면 근심 끝에 괴로워 죽는 것인데, 약간 살이 빠질 테지만 그런 대로 흡족해할 것이다.

그들은 죽은 사람의 고기밖에 먹을 줄 모른다! 어느 책에서 하이에나라는 짐승을 본 기억이 있다. 그 생김새와 눈이 아주 흉물스러운데다 죽은 짐승의 고기를 잘 먹어, 심지어 큰 뼈다귀까지 우적우적 잘게 씹어 삼킨다 했다. 생각만 해도 더럭 겁이 난다. 하이에나는 늑대와 친척지간이며 늑대는 개와 한집 식구나 같다. 그저께 자오 영감네 개가 나를 힐끔힐끔 흘겨본 걸 보아 놈들도 일찌감치 서로 짜고 공모한 모양이다. 영감의 눈이 땅만 내려다보는 체했지만 나를 어찌 속일 수 있겠는가.

가장 불쌍한 이는 내 형이다. 그도 사람인데 작당하여 나를 잡아먹는 것에 어찌 조금의 두려움도 없겠는가? 아니면 줄곧 그래 와서 잘못된 줄 모르는 건가? 아니면 양심을 잃어버려서 뻔히 알면서도 그런 못된 짓을 저지르는 건가?

나는 사람을 잡아먹는 자들을 저주해도 먼저 형부터 저주할 것이며, 사람을 잡아먹는 자들을 깨우쳐주어도 먼저 형부터 깨우쳐줄 것이다.

8.

이제는 그들도 이런 이치쯤은 깨우쳐야 하는데…….

갑자기 한 사내가 나타났다. 나이는 스무 살 안팎으로 용모는 눈에 띄지 않았으나 웃으며 내게 고개를 끄덕여 보였다. 그의 웃음도 참된 웃음 같지 않았다. 나는 그에게 물었다.

"사람을 잡아먹는 것이 옳다고 생각하나?"

그는 여전히 실실 웃으면서 대답했다.

"흉년도 들지 않았는데 어떻게 사람을 잡아먹겠어요?"

이놈도 그 자들과 한통속이며 사람고기를 먹기 좋아한다는 것을 대뜸 알아차렸다. 나는 용기백배하여 기어이 또 물었다.

"옳은 행동인가?"

"그런 걸 왜 물으십니까? 정말…… 농담도 잘 하십니다……. 오늘은 날씨가 참 좋네요."

날씨도 좋고, 달도 무척 밝다. 그래도 나는 물어봐야겠다.

"그래, 옳다고 생각하나?"

그는 그렇지 않다고 생각했던지 우물대며 대답했다.

"아…… 아니요."

"아니라고? 그럼 그들은 왜 사람을 잡아먹나?"

"그런 일 없는데요……."

"그런 일이 없다고? 랑즈촌에서는 지금도 잡아먹고 있고, 책에도 붉은 피로 시뻘겋다고 씌어 있는데!"

그는 갑자기 안색이 변하더니 시퍼렇게 질렸다. 그리고 눈을 동그랗게 뜨고 말했다.

"그야 있을지도 모르지요. 옛날부터 그랬으니까요……."

"옛날부터 그랬으니 옳단 말인가?"

"이런 말로 댁과 입씨름하고 싶지 않아요. 아무튼 그렇게 말하면 안돼요. 당신이 말한 건 다 틀린 말입니다!"

벌떡 일어나서 눈을 떠보니 그 사람은 보이지 않았다. 온몸이 땀에 흠뻑 젖어 있었다. 나이가 형보다 훨씬 어렸지만 그 역시 벌써 형과 한패거리였다. 틀림없이 부모된 자가 그렇게 가르쳤을 것이다. 그리고 그 자도 이미 자기 아들에게 그렇게 가르쳤을지 모르겠다. 그래서 아이들까지 나를 흉악한 눈으로 보는 것이겠지.

9.

사람을 잡아먹으려고 생각하면서도 또 남에게 잡아먹힐까 두려워 의심 가득한 눈길로 서로를 노려보고 있다…….

이런 생각을 버리고 마음 놓고 일하고, 나다니고, 밥을 먹고, 잠을 잘 수 있다면 얼마나 속 편할까. 여기에는 다만 문턱이 하나만, 고비 하나만 있을 뿐이다. 그러나 그들은 부자, 형제, 부부, 친구, 사제, 원수, 심지어 서로 모르는 사람들까지도 한통속이 되어, 서로 부추기고 서로 견제하면서 한사코 그 문턱을 넘어서려 하지 않는다.

10.

이른 아침에 형을 찾아갔다. 형은 문 밖에 서서 하늘을 쳐다보고 있었다. 나는 그의 등 뒤로 다가가 문을 막아서고 자못 차분하고 상냥하게 말을 걸었다.

"형님, 좀 여쭐 말이 있는데요."

"말해보렴." 형은 즉시 머리를 돌리더니 고개를 끄덕여 보였다.

"몇 마디 할 말이 있는데 입이 잘 떨어지지 않는군요. 형님, 옛날에 야만인들은 모두 사람을 잡아먹었을 겁니다. 이후에 제각기 생각하는 바가 달라지다보니, 일부는 사람을 잡아먹지 않고 노력해서 사람으로, 참된 사람으로 변했습니다. 그러나 일부는 벌레나 다름없이 계속해서 사람을 잡아먹고, 일부는 새로, 물고기로, 원숭이로 변하다 사람으로 변했지요. 일부는 노력하지 않다보니 지금까지 벌레로 남아 있습니다. 사람을 잡아먹는 자들은 사람을 잡아먹지 않는 사람에 비해 얼마나 부끄러운 일이겠습니까. 벌레와 비교하는 것을 두려워하는 자가 원숭이를 부끄러워하는 것과는 너무나 큰 차이가 있습니다.

역아易牙가 자기 아들을 쪄서 걸桀과 주紂에게 먹인 것[1]은 먼 옛날이야깁니다. 반고盤古가 천지를 개벽한 때부터 역아의 아들이 잡아먹힌 때까지, 역아의 아들이 잡아먹힌 후부터 서석림徐錫林[2]이 잡아먹힌 때까지, 서석림이 잡아먹힌 후부터 랑즈촌에서 사람을 잡아먹은 때까지 줄곧 사람을 잡아먹었는지 누가 안답디까. 지난해 성 안에서 죄인을 잡아 죽였을 때도 폐병을 앓는 사람이 죽은 사람의 피를 만두에 찍어 먹은 일이 있었거든요.

그자들이 나를 잡아먹으려고 할 때 형님 혼자서야 어쩔 수 없었겠지만 그렇다고 하필이면 그런 자들의 무리에 섞일 건 뭡니까? 사람을 잡아먹는 자들이 무슨 짓인들 못하겠습니까. 그 자들이 나를 잡아먹을 수 있는 이상 형님도 잡아먹을 수 있고, 저희들끼리도 잡아먹을 수 있을 것입

---

1 역아는 춘추시대 제나라 사람으로 요리를 잘했다. 『관자管子』 「소칭小稱」의 기록에 따르면 "역아는 공(제 환공桓公)의 요리사였는데 공이 '다른 음식은 다 먹어보았는데 젖먹이를 찐 것은 먹어보지 못했다'고 하자, 역아는 자신의 맏아들을 쪄서 공에게 바쳤다"고 한다. 걸桀과 주紂는 각기 하夏 왕조와 은殷 왕조의 마지막 군주로서 역아와 동시대 사람이 아니다. 여기서 "역아가 자기 아들을 쪄서 걸과 주에게 먹였다"고 한 것은 역시 맥락이 통하지 않는 광인의 말이다. — 옮긴이

2 서석린徐錫麟(1873~1907)을 가리킨다. 자가 백손伯蓀이고 청 말기의 혁명 단체인 광복회의 주요 구성원이다. 1907년에 추근과 함께 저장성과 안후이성에서 동시에 봉기를 일으키려 했다. 7월 6일 안후이 순경처 회반 겸 순경학당 감독의 신분으로 학당에서 졸업식을 하는 기회에 안후이 순무巡撫 은명恩銘을 죽이고 학생들을 이끌어 군계국軍械局을 공략했다가 탄알이 떨어져 체포되어 그날로 살해되었다. 이리하여 은명의 호위병들이 그의 심장과 간을 볶아 먹었다. 여기서 서석린을 서석림이라고 한 것은 역시 '광인'의 말이다. — 옮긴이

니다. 그러나 한 걸음만 돌이켜 자기 잘못을 즉각 고친다면 모든 사람이 마음 놓고 살게 될 것 아닙니까. 옛날부터 그렇게 해왔다 하더라도 오늘부터 우리가 각별히 노력해야 해요. 사람을 잡아먹으면 안 된다고 말하세요! 형님, 저는 형님이 그렇게 말할 수 있다고 믿습니다. 그저께 소작인이 와서 조세를 낮춰달라고 했을 때도 안 된다고 말했던 것처럼 말입니다."

처음에 형은 차갑게 웃기만 하더니 나중에는 눈빛이 흉악해졌다. 그들의 속내를 뚫어보고 말했더니 얼굴이 새파랗게 질린 것이다. 대문 밖에서 있던 한 무리의 사람들 중에는 자오구이 영감과 그 집 개도 끼어 있었다. 모두 흘끔흘끔 동정을 살피면서 몰려 있었다. 일부는 헝겊으로 얼굴을 가린 듯이 잘 알아볼 수 없었고, 일부는 여전히 푸르뎅뎅한 얼굴에 뻐드렁니를 드러내고 입을 삐죽거리며 웃고 있었다. 나는 그들이 한 패거리이며 사람을 잡아먹는 자들이라는 것을 알아챘다. 그러나 그들의 심보가 다 다르다는 것도 안다. 한 부류는 옛적부터 그래왔으니 당연히 사람을 잡아먹어야 한다는 쪽이며, 다른 한 부류는 사람을 잡아먹어서는 안 된다는 것을 뻔히 알면서도 여전히 잡아먹으며 다른 사람이 자기네 정체를 폭로할까 겁을 집어먹고 있는 쪽이다. 그러다보니 내 말을 듣고 부아가 잔뜩 치밀지만 그래도 입을 삐죽거리며 차갑게 웃을 뿐이겠지.

이때 형이 갑자기 험상궂은 얼굴로 소리 질렀다.

"모두들 나가요! 미친 사람 뭐 볼 게 있다고!"

이때, 나는 또 그들의 교묘한 수단을 알아차렸다. 그들은 생각을 고치려 하지 않을 뿐만 아니라 나에게 미치광이라는 누명을 씌울 준비를 일찌감치 다 손 써놓은 것이다. 나를 잡아먹으려면 아무 말썽도 없어야 할 뿐 아니라 누군가 나를 동정하는 사람이라도 생길까봐 두려운 것이다. 여럿이 달려들어 나쁜 놈을 잡아먹었다고 하던 소작인의 말은 바로 이런 방법을 말한 것이었다. 이것이 그들이 즐겨 쓰는 수법이다!

천라오우도 성이 잔뜩 나서 곧바로 들어왔다. 어떻게 내 입을 막아도 나는 그들에게 기어이 말할 것이다.

"당신들은 고칠 수 있어요. 진심으로 고쳐야 돼요! 사람을 잡아먹는 사람은 앞으로 이 세상에서 살아나갈 수 없다는 것을 알아야 합니다. 만일 당신들이 고치지 않는다면 당신들까지도 남에게 잡아먹히게 될 겁니다. 아무리 자손을 많이 낳는다 해도 참된 사람들에게 멸망당하고야 말 겁니다. 사냥꾼이 늑대를 몽땅 잡아 없애듯이! 그리고 벌레를 잡아 없애듯이 말입니다!"

천라오우가 그들을 전부 내쫓았다. 형도 어디로 가야할지 몰랐다. 천라오우는 내게 방으로 돌아가라고 했다. 방안은 온통 어둡기만 하다. 대들보와 서까래가 머리 위에서 떨리고 있다. 흔들리는가 싶더니 점점 커져 나를 짓눌러버렸다.

어찌나 무거운지 꼼짝달싹할 수가 없다. 이제 나를 죽일 모양이었다. 하지만 나는 그 무게가 거짓이라는 것을 알고 안간힘을 써서 빠져 나왔다. 온몸에 땀이 흥건히 배어 나왔다. 그렇지만 나는 기어이 말했다.

"당신들은 즉시 고쳐야 됩니다. 진심으로 고쳐야 돼요! 사람을 잡아먹는 사람은 앞으로 살아나갈 수 없다는 것을 알아야 합니다……."

11.

해도 뜨지 않고, 문도 열리지 않는다. 날마다 두 끼밖에 먹지 않는다.

젓가락을 드니 형 생각이 난다. 누이동생이 죽은 것도 전부 형 때문이라는 것을 나는 안다. 그때 누이동생은 다섯 살밖에 안 되었다. 그 귀엽고 불쌍한 모습이 아직도 눈에 밟힌다. 어머니는 하염없이 울었으나 형은 되레 어머니에게 그만 울라고 했다. 아마도 자기가 잡아먹었기 때문에 우는 것을 보니 좀 미안했던 모양이다. 만약 미안하다는 생각이 있다면…….

누이동생이 형에게 잡아 먹혔다는 것을 어머니가 알고 있었는지 나는 당최 알 수가 없다. 어머니도 알고 계셨을 것이다. 그러나 우실 때에는 아무 말도 없었다. 아마 으레 그런 법이라고 생각했던 모양이다. 내가 네댓 살 때로 기억하는데, 사랑방 앞에 나와 앉아 바람을 쐰 적이 있다. 그때 형은 부모가 병이 나면 자식 된 자로서 살을 한 점 떼어 삶아 대접할줄 알아야 좋은 사람이라고 말했다. 어머니 역시 그 말을 듣고도 그러면 안 된다는 말을 하지 않았다. 살 한 점을 먹을 수 있다면 몸뚱이 전부도 먹어치울 수 있는 것이다. 하지만 그날 어머니가 울던 모습은 지금 생각해도 가슴이 여전히 미어진다. 실로 괴상한 일이 아닐 수 없다!

12.

더는 생각 할 수 없다.

4000년을 내려오며 줄곧 사람을 잡아먹은 곳에서 나도 그 가운데 여러 해를 살아왔다는 것을 오늘에야 비로소 알게 되었다. 형이 집안일을 관리하고 있을 때 누이동생이 죽었으니 반찬에 슬그머니 그 애의 살점을 넣어 우리에게 먹였을지도 모를 일이다.

내가 모르는 사이에 누이동생의 살을 몇 점 먹었을 수도 있다. 그런데 이젠 내 차례가 되었다…….

4000년 동안 사람을 잡아먹은 이력을 가지고 있는 나는 진정한 사람을 만나는 것이 어렵다는 것을 그때는 몰랐으나 지금은 알고 있다.

13.

혹시 사람을 먹어보지 못한 아이가 아직 있을까?

아이를 구하라…….

1918년 4월

_『루쉰 전집』 제5권 『외침』

복수

대체로 사람의 피부는 반 푼도 채 되지 않는 두께인데, 그 뒷면을 따라 담벼락 빽빽이 겹겹으로 기어오르는 회화나무 자벌레보다 훨씬 촘촘한 혈관 속에서, 선홍빛 뜨거운 피가 내달려 흐르며 뜨거운 열기를 뿜어내고 있다. 그리하여 사람들은 이 열기 때문에 서로 미혹되고 선동하며 끌어당긴다. 필사적으로 서로 가까이 하려 하고 입 맞추려 하고 껴안고자 한다. 이로써 생명에 깊이 매료된 큰 기쁨을 얻는 것이다.

그러나 예리하게 날 선 칼날로 이 복숭아빛깔 얇은 피부를 한 번 찌르기라도 한다면, 선홍색 뜨거운 피는 날아가는 빠른 화살처럼 모든 열기를 살육자에게 쏘아댈 것이다. 다음에는 차가운 숨을 내쉬며 새파란 입술을 내보인 채 혼미해지면서 생명이 날아오르는 것 같은 극도의 큰 기쁨을 얻을 것이다. 그리고 그 육신은 생명이 마치 날아오르는 것 같은 극도의 기쁨 속에 영원히 가라앉을 것이다.

이리하여, 온 몸을 발가벗은 채 날카로운 칼을 쥐고 광막한 광야에 마주 선 그들이 있었다. 그들은 서로 껴안을 것이고 서로 죽일 것이다…….

행인들이 사방에서 우글우글 달려왔다. 회화나무 자벌레가 담벼락을 기듯, 개미가 마른 생선을 떼 지어 이듯. 그들은 옷은 잘 차려입었으나 손에는 아무것도 쥐지 않았다. 그리고 사방에서 달려와서는, 이들이 포옹하는 것이나 살육하는 것을 감상하고자 기를 쓰고 목을 길게 빼고 있었다. 그들은 벌써부터 일이 끝난 후에나 느낄 땀 혹은 피 맛을 미리 혀로 맛보고 있었다. 그런데 그들은 넓고 막막한 광야에서 온 몸을 발가벗은 채 날 선 칼을 쥐고 마주 서 있었다. 그러나 껴안거나 죽이지도 않았다. 심지어 그렇게 할 의도조차 없어 보였다.

그 두 사람은 이렇게 영원히 서 있었다. 생기 있던 몸이 이미 시들시들 말라갔으나 그럼에도 껴안거나 죽이려는 의도는 전혀 없어보였다. 행인들은 이제 심심해졌다. 무료함이 그들의 모공 속으로 파고 들어오는 듯했다. 무료함이 그들의 마음속에서부터 모공을 통해 뚫고나와 광야에 가득 기어다니다가 다른 사람들의 모공 속으로도 뚫고 들어갔다. 이리하여 그들은 목구멍과 입이 바싹 마르고 목도 아파왔다. 끝내 서로 슬쩍 눈치를 보다가는 천천히 흩어져버렸다. 건조함을 느끼니 심지어 재미마저 없어져버렸다.

이리하여 넓고 막막한 광야에는 오직 온 몸을 발가벗은 채 날 선 검을 쥐고 바싹 말라가며 서 있는 두 사람만 남게 되었다. 그들은 죽은 자와 같은 눈빛으로 길가의 사람들이 말라가고 있는 것을 감상하며, 무혈의 살육으로 생명이 날아오르는 것 같은 극도의 큰 기쁨 속에 영원히 빠져들어갔다.

1924년 12월 20일

_『루쉰 전집』 제2권 『들꽃』

길잡이 글

다음에 나오는 잡문들은 개혁과 민중의 관계에 대해 논한 것이다. 이것은 '구경꾼'에서 야기된 것으로 '국민성을 개조하고자' 하는 루쉰 사상의 인신引伸이자 확장이다.

루쉰은 다음과 같이 말했다. 민중 "다수의 힘은 위대하고도 중요한 것이라서 만일 개혁에 뜻을 둔 자가 민중의 마음을 깊이 헤아리고 강구하며 이들을 이끌고 개진하지 않는다면, 어떤 고매한 의론이나 로맨스·클래식이라도 민중과는 무관한 것이 되어, 그저 몇 사람만 서재에서 서로 칭찬하고 탄식하며 스스로 만족하다 끝나고 말 것이다." 이 때문에 참된 혁명가란 반드시 "민중 속으로 깊이 파고들어 그들의 풍속과 습관을 연구하고 해부하며, 장단을 구별해 존폐의 기준을 세우고, 그 존치와 폐지에 있어서 신중한 방법을 택해야 한다." 그렇지 않으면 "어떤 개혁이라도 습관이라는 암석에 깔려 부숴지거나 겉에서 일시적으로 떠돌다 말 것이다"라고 강조했던 것이다.(「습관과 개혁」)

루쉰은 스스로 민간의 풍속과 습관, 민간문학(민가, 민요, 민간희곡, 전설)으로부터 민중의 '마음'을 이해하고자 세심한 주의를 기울였다. 우리가 앞에서 읽었던 「무상無常」과 「목매 죽은 여인女吊」이 바로 고향 사람들이 가지고 있는 정서와 그들의 성정을 고찰한 작품이다. 여기에 또 다른 예가 있다. 국민당 정부가 혁명 선구자인 쑨원孫文의 능묘를 준공하고자 할 때 난징의 민간에는 "석수장이들이 어린아이의 영혼을 취해 낙성식을 마무리한다"는 소문이 떠돌았다. 또 노래 형식의 구결歌訣도 유행했는데 어린아이들이 가사 내용이 적힌 붉은 천을 메고 다니면 이 위험으로부터 벗어날 수 있다는 것이었다. 보통 사람들은 미신이려니 하고 웃어 넘겼지만 루쉰은 되레 진지하게 연구했고, 여기에서 전달하는 것이 '시민들의 견해'라고 생각했다. 즉 민중과 혁명정부의 관계, 민중이 혁명가에 대해 품고 있는 감정을 남김없이 쓴 것이라고 본 것이다. 심지어 "불러도 부를 수 없을 테니 너나 가서 무덤 돌 받쳐주어라叫人叫不著, 自己頂石墳"라는 노래 가사 열 글자가 "무수한 혁명가의 일대기와 중국 혁명사 한 권을 포괄하고 있다"고 생각했다.—이는 루쉰의 「광인일기」 「약」 등의 소설에서도 묘사되고 있는 것이며 우리가 앞에서 얘기한 적도 있다. 중국에서 일어난 무수한 혁명과 개혁들이 알고보면 백성과 아무런 관련이 없었던 것이다. 이 때문에 아무도 반응하지 않았고("불러도 갈 사람 없으니"), 혁명가나 개혁을 시도하는 자가 "스스로 무덤 돌을 받칠"수밖에 없었다. 어쩌면 소설 「약」의 샤위夏瑜처럼 민중에게 먹혀버렸을지도 모른다. 루쉰은 혁명가나 개혁을 외치는 자가 이러한 현실을 직시하지 못하고 민중과의 관계를 근본적으로 변화시키지 않는다면 중국의 개혁과 혁명에 영원히 희망이 없다고 보았다.

「잡다한 기억」에서, 루쉰은 중국의 개혁에 뜻을 품은 젊은이들에게 다음과 같이 충고하고 있다. “군중에게 있어서 그들의 공분을 불러일으키는 데에만 그치지 말고 방법을 강구하여 용기까지도 깊숙이 주입해야 한다. 그들의 감정을 고무시킬 때 명백한 이성까지도 필사적으로 함께 계발하라. 뿐만 아니라 용기와 이성에 집중하여 다년간 지속적으로 훈련해야 한다.” “그렇지 않으면 역사가 우리에게 알려줬듯이, 재앙을 부르는 쪽은 적수가 아니라 자기의 동포이거나 자손이 될 것이다.”

이 의미심장한 말들을 반드시 새겨듣지 않으면 안 된다.

습관과 개혁

체질과 정신이 모두 딱딱하게 굳어진 백성은 지극히 작은 개혁이라도 저어한다. 표면적으로는 자기에게 불편할까 해서 개혁을 두려워하는 것 같으나 실상은 자기에게 불리할까 해서다. 그럼에도 내세우는 구실은 자못 공정하고도 당당하게 보인다.

올해 들어 음력 사용을 금지한 일은 본시 작은 일일뿐 대단한 일과 무관한 것이다. 하지만 상가에선 으레 고통스럽다고 연일 아우성이다. 특별히 이곳에서만 이러는 게 아니라, 상하이의 일감 없는 뜨내기들 및 회사원까지도 이게 농부들의 경작에 있어 불편하다든가 바다에서 배가 물때를 구별하는 데 불편하다며 장탄식을 늘어놓는다. 이 때문에 그들이 아주 오랫동안 관심을 두지 않던 시골의 농부나 바다의 배들까지 염두에 두었다니 뜻밖이다. 이것은 진실로 대단한 박애정신이다.

음력 12월 23일이 되자 폭죽소리가 도처에서 펑펑 울려 퍼졌다. 내가 어떤 가게 점원에게 "금년까진 음력을 쇠어도 되지만 내년부턴 반드시 양력만 쇠어야 하겠지요?" 하고 물어보자, "내년은 또 내년 일이니 가봐야 알겠지요"라고 그가 대답했다. 그는 결코 내년에 양력만 쇨 거라고 믿지 않았다. 그렇지만 달력에는 확실히 음력이 빠져 있었고 절기만 남아 있었다. 한편 신문지상에는 '120년 양·음력 종합달력'의 광고도 등장했다. 대단하다. 그들은 증손, 현손 시대까지의 음력도 벌써 알맞게 준비해놓은 것이다. 120년이라니!

량스추梁實秋 선생의 무리는 다수를 싫어한다. 그러나 다수의 힘은 위대하고도 중요한 것이라서 만일 개혁에 뜻을 둔 자가 민중의 마음을 깊이 헤아리고 강구하며 이들을 이끌고 개진하지 않는다면, 어떤 고매한 의론이나 로맨스·클래식이라도 민중과는 무관한 것이 되어, 그저 몇 사람만 서재에서 서로 칭찬하고 탄식하며 스스로 만족하다 끝나고 말 것이다. 가령 '좋은 사람의 정부'[1]가 생겨 개혁 법령을 내놓는다 해도 얼마 지나지 못해 예전으로 되돌아가버리고 말 것이다.

진정한 혁명가에게는 독자적인 견해가 있다. 예를 들어 레닌은 풍속과 습관을 모두 문화에 포함시켰고 이것들을 개혁하는 것이 매우 힘들다고 생각했다. 나는 이러한 것들을 개혁하지 않는다면 혁명을 달성하지 못할 것이라고 생각한다. 사상누각과도 같아 경각간에 무너져버릴 것이다. 만주족을 배척했던 중국 최초의 혁명이 추종자를 쉽게 얻을 수 있었던 까닭은 그 구호가 '옛 것을 다시 찾자'였기 때문이다. 즉 '복고'였기 때문에

1 호인정부好人政府, 후스가 제창한 정치적 소견. 국내의 엘리트들이 당시 중국의 정치를 개혁하기 위해 계책을 마련하고 분투하자고 주장한 것을 가리킨다. — 옮긴이

보수적인 백성의 동의를 쉽게 얻을 수 있었던 것이다. 그러나 나중에 이르자 역사에서 개국 초에 늘 볼 수 있는 성세도 없이, 헛되이 변발만 잃어 모두들 불만스러워했다.

이후의 비교적 새롭던 개혁들도 철저히 실패했다. 개혁을 조금 하려고 하면 그에 대한 반동이 더욱 컸기 때문이다. 앞에서 말했던 것처럼 1년용 달력에 음력을 기재하지 못하게 하니 120년용 음양력합본이 생겨난 것처럼.

이러한 음양력합본은 사람들에게 굉장한 인기를 끌 수밖에 없다. 왜냐하면 풍속과 습관을 옹호하는 것이기에 그것의 후원을 받기 때문이다. 다른 것들도 마찬가지다. 만약 민중 속으로 깊이 파고들어, 그들의 풍속과 습관을 연구하고 해부하며 장단을 구별해 존폐의 기준을 세우고, 그 존치와 폐지에 있어서 신중한 방법을 택하지 않는다면, 어떤 개혁이라도 습관이라는 암석에 깔려 부숴지거나 겉에서 일시적으로 떠돌다 말 것이다.

지금은 더 이상 서재에서 책을 쳐들고 종교, 법률, 문예, 미술 등을 논할 때가 아니다. 가령 이런 것들을 논한다 해도 먼저 습관과 풍속을 알고 이것들의 어두운 면을 직시할 수 있는 용기와 의지를 가져야만 한다. 그것들을 간파하지 못한다면 개혁도 없기 때문이다. 미래의 광명만을 크게 부르는 것은 기실 게으른 자신과 게으른 청중을 기만하는 것이다.

_『루쉰 전집』 제4권 『이심집』

태평을 바라는 가요

4월 6일자 『선보申報』에 다음과 같은 기사가 있었다.

최근 난징시에는 황당무계한 요언이 돌고 있다. 머지않아 중산묘를 준공하는데 석공이 어린이의 혼을 취해다가 묘를 봉인하려 한다는 것이다. 이것이 시민들에게 일파만파로 전해지자 서로 두려워했고, 이 때문에 집집마다 어린애의 왼쪽 팔에 노래가사歌訣 4구가 적힌 붉은색 천을 둘러매고 다니며 위험을 피하고자 한다. 그 노래가사는 대체로 3종이 있다.

(1) 내 영혼을 부르는 자야, 네 스스로 감당하려므나. 불러도 불러낼 수 없을테니, 네 스스로 돌무덤 떠받들거라.

(2) 돌이 돌 화상和尙을 부르니 네 자신이나 담당하려므나. 속히 집으로 돌아가 돌무덤 받들길 모면하세.

(3) 네가 중산묘를 짓는 게 나랑 무슨 상관이랴? 불러도 내 영혼이 가지 않을 테니 네 스스로 알아서 하라! (…)

위의 노래가사 세 수는 기껏해야 모두 20자가량 되는 것들이지만, 시민과 혁명정부의 관계, 시민이 혁명가에 대해 갖고 있는 감정을 생생하고도 여실하게 쏟아냈다. 사회의 어두운 면을 예리하게 폭로하는 어떤 문학가라도 이렇게 간명하고도 깊게 표현하기는 어려울 것이다. "불러도 부를 수 없을 테니 스스로 돌무덤을 떠받들라!"는 구절은 결국 수많은 혁명가의 전기와 중국 혁명사 한 권을 포괄하고 있는 것이다.

어떤 사람들의 글을 읽다보니 지금이 '여명이 오기 전'이라고 강력하게 말하고 싶어 하는 것 같다. 그러나 시민이 이러한 시민이라면, 여명이든 황혼이든 혁명가들이 이런 시민을 짊어지고 갈 수밖에 없다. 계륵, 즉 닭의 갈비뼈는 버리기엔 아깝고 먹기엔 탐탁지 않은 것이다. 혁명가와 시민도 바로 이처럼 얽혀 있다. 50년, 100년 후에도 출로가 있을지 없을지 전혀 알 수 없다.

근자의 혁명 문학가들은 종종 어두운 면을 두려워하여 그것을 가리고 감추었지만, 시민들은 오히려 조금도 거리낌 없이 자신을 표현하고 있다. 그 교활한 재치와 이 육중한 무감각이 서로 충돌하고 있는데, 혁명 문학가들로 하여금 사회 현상을 직시하지 못하게 하고 나약하게 만들어버린다. 길조인 까치만 좋아하고 흉조인 올빼미는 혐오하며 작은 길상의 징조만 찾아내도 스스로 도취되어 시대를 초월했다고 생각한다.

영웅이여 축하한다. 당신은 앞서서 가라. 당신에게 버림받은 '현실'의 '현대'는 당신 뒤에서 당신의 깃발을 전송해주겠노라.

그러나 실상은 여전히 함께 있다. 그저 당신이 눈을 감았을 뿐. 그저 눈 한 번 감고 '돌무덤을 떠받들게' 되지 않게 된 것이 바로 당신의 '최후 승리'인 것을.

4월 10일

_『루쉰 전집』 제4권 『삼한집』

잡다한 기억
(제4절)

공자께서는 "자기보다 못한 이를 친구로 삼지 말라"고 말씀하셨다. 사실 이렇게 실리적인 안목은 지금 세상에도 여전히 많이 통용된다. 우리 스스로 본국의 정황을 살펴보면 친구 삼을 만한 나라가 없음을 알 수 있다. 어찌 친구가 없을 뿐이랴, 그야말로 대부분은 일찍이 적이었거늘. 하지만 갑이 적이 되었을 때는 을에게서 공정한 의견을 기다리고, 나중에 을이 적이 될 때는 또 갑에게서 동정을 기대한다. 그래서 단편적으로 볼 때는 마치 세계의 어떤 나라도 원수가 아닌 것 같다. 그렇지만 원수는 늘 하나씩 있게 마련인지라 1, 2년마다 애국자는 원수에 대한 원한과 분노를 불러일으켜야 한다.

이 역시 지금은 극히 일반적인 현상이다. 이 나라와 저 나라가 적이 되었을 때 먼저 수단을 동원해 국민들의 적개심을 선동해서 함께 저항하고 공격하도록 하는 것이다. 그러나 필요한 조건이 있다. 바로 국민이 용감해야 한다는 것이다. 용감해야만 용맹스레 전진할 수 있고 강한 적수와 육박전을 벌일 수 있으며 이로써 설욕할 수 있기 때문이다. 가령 겁이 많고 나약한 인민이라면 어떻게 고무시킨다 해도 강적과 대면할 결심이 서지 않을 것이다. 그렇지만 끓어오른 화는 여전하여 발설할 곳을 찾을 수밖에 없다. 동포이든 이민족이든 그 대상은 바로 그들보다 더 약해보이는 인민이다.

나는 중국인에게 쌓인 원한이 이미 충분하다고 생각한다. 물론 강자에게 유린당해 생겨난 것이다. 그렇지만 그들은 강자에게 별로 반항하지 않고 도리어 약자에게 화를 발산한다. 군인과 비적은 서로 싸우지 않는데 총 없는 백성이 군인과 비적들에게 고통을 당하고 있으니, 이게 바로 근자에 들 수 있는 명백한 증거다. 좀 더 노골적으로 말해, 이런 자들의 비겁함을 증명할 수 있는 것이다. 비겁한 사람이 만 장丈을 태울 수 있는 분노가 있다 해도 연약한 풀 외에 무엇을 태울 수 있단 말인가?

혹자는 우리가 지금 화를 발산하려는 대상이 외적이지 내국인과는 상관없어 해로울 리 없다고 말하고 싶을 것이다. 그러나 이 전환은 매우 용이하다. 설령 내국인이라 할지라도 발산하는 대상으로 삼고자 할 때 특이한 명칭을 붙여주기만 하면 마음대로 칼날을 들이댈 수 있다. 이전에 이단, 요물, 간사한 무리, 역적의 무리 등과 같은 이름이 있었고 지금은 국적國賊, 매국노, 앞잡이, 주구, 서양노예 등이라고 부를 수도 있다. 경자년에 의화단은 행인을 잡아다가 마음대로 기독교 신자라고 지목했는데, 그들이 내세운 확실한 증거라는 게 행인의 이마에 있던 '십十'자를 신통한 눈으로 알아보았다는 것이었다.

그러나 "자기보다 못한 이를 친구 삼지 말라"는 세상에서, 자기 나라 백성을 자극하여 화의 불꽃을 불러일으키게 함으로써 그 시기를 모면해내는 것 외에 또 다른 좋은 수가 있겠는가. 그러나 상술한 이유로, 이보다 더 나아가 불붙은 청년들에게 희망한다. 이것은 군중들에게 있어서 그들의 공분을 불러일으키는 데에만 그치지 말고 방법을 강구하여 용기까지도 깊숙이 주입해야 한다는 것이다. 그들의 감정을 고무시킬 때 명백한 이성까지도 필사적으로 함께 계발하라는 것이다. 뿐만 아니라 용기와 이성에 집중하여 다년간 지속적으로 훈련하라는 것이다. 물론 이 목소리가 전쟁을 선포하고 도적을 살육하자는 소리만큼 크고 넓게 미치지는 못하겠지만, 나는 이것이 더욱 긴요하고도 어렵지만 위대한 일이라고 생각한다.

그렇지 않으면 역사가 우리에게 알려줬듯이, 재앙을 부르는 쪽은 적수가 아니라 자기의 동포이거나 자손이 될 것이다. 그 결과, 적의 앞잡이가 되고 오히려 원수가 이 나라 강자란 사람들의 승리자와 약자들의 은인 노릇을 하게 될 것이다. 왜냐하면 자기네들 스스로 서로 죽여버렸으니 그 쌓인 원한이 이미 해소되어 천하도 태평성세를 이루었기 때문이다.

요컨대, 국민에게 지혜와 용기가 없는데도 이른바 '화'에만 의지하는 것은 대단히 위험한 일이라고 나는 생각한다. 지금은 더 나아가 보다 견실한 일에 착수해야 할 때다.

1925년 6월 16일

_『루쉰 전집』 제1권 『무덤』

덧붙이는 말

샹린댁과 루씨 마을의 관계

루씨댁 넷째 아저씨의 관점에서 본 샹린댁

넷째 아저씨는 미간을 찌푸렸다. 넷째 아주머니는 샹린댁이 과부라서 남편이 싫어한다는 것을 대번에 알아차렸다.

(…) 처음 그녀가 왔을 때 넷째 아저씨는 예전처럼 눈살을 찌푸리긴 했어도 여태까지 여자 일손을 구하는 데 힘들었던 터라 크게 반대하지 않았다. 다만 아내에게 은밀히 주의를 주며, 이런 사람이 불쌍하기는 하지만 풍속을 해치는 사람들이라고, 그녀를 부리는 건 괜찮지만 제사 지낼 때는 결코 손대지 못하게 하라고 했다. 모든 음식은 아내 혼자서만 해야지 그렇지 않으면 부정 타서 조상님이 음식을 드시지 않을 것이라고 일렀다.

"이르지도 늦지도 않게 꼭 하필 이때라니—그야말로 잡것일세!"

루쓰 마을 사람들의 관점에서 본 샹린댁

루쓰 마을 사람들도 여전히 그녀를 샹린댁이라고 불렀으나, 말투는 예전과 아주 달랐다. 또 그녀와 이야기는 나누지만 웃는 모습은 냉랭해졌다. 그녀는 그런 걸 전혀 알지 못했다. 그저 눈을 똑바로 뜨고 자나 깨나 잊을 수 없는 자신의 얘기를 사람들에게 말했다.

이 이야기는 자못 효과가 있었다. (…) 여인들은 그녀를 너그러이 용서했을 뿐 아니라 얼굴에서 즉시 무시하던 표정을 바꾸고 함께 따라 울기까지 했다. 거리에서 그녀의 이야기를 듣지 못한 몇몇 나이 많은 여자는 일부러 찾아가서 그녀의 이 비참한 이야기를 들으려고 했다. 그녀가 흐느끼는 대목까지 이야기를 듣고 나서는 그들도 눈가에 맺혀 있던 눈물을 흘리고 탄식을 하며 이런저런 의견들을 내놓으면서 흡족해하며 돌아갔다.

(…) 하지만 오래지 않아 모든 사람이 귀에 못이 박이도록 들어버려서 자비심이 많고 늘 염불을 외는 노부인들에게서도 더는 눈물자국을 볼 수 없었다. 뒤에는 온 마을 사람들이 그녀의 말을 외울 수 있을 정도라 그 얘기만 들어도 머리가 아플 지경이었다.

그녀는 아직 자신의 슬픈 이야기가 많은 사람의 입에 오르내리며 여러 날 동안 주전부리가 되었다가, 이미 찌꺼기로 변해 싫증나게 하는 것이 되었으며 뱉어버리는 것에 지나지 않음을 잘 모르고 있었다. 하지만 사람들의 웃음 속에서 왠지 차갑고도 날카롭다는 느낌을 받아, 자기도 더 이상 얘기할 필요가 없음을 깨달았다. 그래서 그녀는 그들을 힐끗 쳐다볼 뿐 한 마디도 대꾸하지 않았다.

상린댁의 결말

이 의지할 데 없는 상린댁은 사람들에게 있어서, 쓰레기더미 속에 던져진 싫증 난 낡은 장난감과 같은 존재였다. 잘 살아가는 사람들은 쓰레기 더미에 몸뚱이를 드러내는 그녀를 보며 저러고도 아등바등 목숨을 부지하는 이유가 뭘까 의아해하기라도 했다. 하지만 지금은 무상無常에 의해 아주 깨끗이 그녀를 잊었다. 영혼의 유무에 대해서 나는 모른다. 그러나 현세에서 살아봤자 별수 없는 자가 죽는다는 것은, 보기 싫던 자가 보이지 않는 것만으로도 남을 위해서나 자신을 위해서나 모두 좋은 일이다.

_『방황』「축복」

아Q의 생명 마지막 순간에 느낀 공포

그리하여 아Q는 갈채하는 사람들을 다시금 쳐다보았다.

찰나, 그의 머릿속에서 생각이 회오리바람처럼 몰아쳤다. 4년 전에 그는 산기슭에서 우연히 배가 고픈 늑대 한 마리를 만난 적이 있었다. 그 늑대는 가깝지도 않고 멀지도 않은 간격을 유지하며 계속해서 따라오며 그를 잡아먹으려고 했다. 그는 (…) 영원히 그 늑대의 눈을 잊지 못한다. 흉악하면서도 겁을 먹은 그 눈빛은 마치 도깨비불처럼 반짝이며 멀리서부터 그의 살가죽을 꿰뚫고 있었다. 헌데 이번에 그는 여태까지 본 적 없던 더 무서운 눈빛을 다시 보게 된 것이다. 무디면서도 예리하게, 벌써 그의 말을 씹어 먹었을 뿐만 아니라 그의 육신 이외의 것들을 씹어 먹으려고 하면서 가깝지도 멀지도 않은 간격으로 영원히 그의 뒤를 따라오는 것이었다.

그 눈빛들은 하나로 합쳐지는 것 같더니 결국 그곳에서 그의 영혼을 물어뜯었다.

"사람 살려,……"

_『외침』「아Q정전」

3.
총명한 사람과 바보와 노예

길잡이 글

루쉰이 「등불 아래에서 끄적이다」 제1절에서 중국 역사와 현실에 대해, 크게 두 가지로 내리고 있는 판단에 주목해보자. "중국인들은 이제껏 '사람'의 값을 쟁취한 적이 없으며 기껏해야 노예에 지나지 않았다"는 것과, 중국의 역사는 "노예가 되고 싶어도 될 수 없었던 시대와 노예가 되어 잠시 안정을 누린 시대"의 반복주기에 불과하다는 것이다. 기상천외한 이 두 가지 발견이 얼마나 많은 중국인을 잠에서 깨어나게 했는지 모른다.

동시에 이렇게 중대한 발견이 어떻게 이루어졌고 표현되었는지 주의 깊게 살펴보자. 이것은 사람들이 지폐를 현금으로 교환할 때 겪는 심적인 변화처럼, 일상생활 속에서 겪을 수 있는 소소한 것에서부터 시작된다. 루쉰은 이것에서 저것으로, 현실로부터 역사까지, 폭넓은 연상 작용을 거쳐 그 특유의 사상적인 관통을 통해 중국 역사의 본질을 개괄했다. 이렇게 '작은 것으로써 큰 이치에 이르는 것'이 바로 사상가이자 잡문 작가인 루쉰이 지닌, 특유의 사유방식과 표현방법이다.

루쉰이 이처럼 예리하게 문제점을 포착할 수 있었던 까닭은 그의 이상과 가치가 그 배후에 있었기 때문이다. 일찍이 20세기 초, 루쉰은 중국이 '나라를 세우기 위해서는立國 먼저 사람을 세워야立人' 하며, 사람을 세우는 일의 근본은 '개성을 존중하고 정신을 발양하는 것'이라고 했다.(『무덤』 「문화편지론」) 5·4 시기에 이르러 루쉰은 더욱 진일보한 주장을 했는데, "지금 우리에게 가장 시급한 일은 첫째 생존하는 것이고, 둘째 배불리 먹고 따뜻이 입는 것이며, 셋째 발전하는 것이다"라고 한 것이다.(『화개집』 「홀연히 생각나다忽然想到(六)」)

루쉰은 생존권이나 기본생활권, 개인의 정신을 자유롭게 발전시킬 권리는 각 사람마다 마땅히 향유해야 하는 기본권이며 사람이 사람답게 살고 있다는 기본적인 표지라고 보았다. 그러나 중국의 근본적인 문제는 바로 이러한 천부적인 인권이 각종 명목하에 침해되고 박탈되어 '당당히 서 있는 인간'이 아니라 '무릎을 꿇고 있는 노예'로 산다는 데 있었다. 더욱 비참한 것은 노예가 되고 싶어도 때때로 그조차 될 수 없었다는 사실이다. 바로 '난세'라 부르는 시기다. 어떻게 섬겨야 할지 어떻게 세금을 바칠지 어떻게 머리를 조아릴지 어떻게 송덕을 기려야 할지, 통치자가 '규칙'을 정해주면 백성이 노예의 궤도에 오를 수 있게 된다. 그리고 이를 일컬어 '태평성세'라고 불렀다. 그러나 알고보면 '노예가 되었던 시대'였을 뿐이다. 이 때문에 루쉰은 아예 노예의 시대를 벗어나 중국 역사상 미증유인, 제3의 시대를 창조하자고, 그것이 바로 오늘날 청년들의 사명이라고 소환했던 것이다.

심각히 생각해볼 문제는 사람들이 이러한 노예의 지위에 대해 갖고 있던 태도다. 이것이 바로 루쉰이 「총명한 사람과 바보와 노예」에서 말하고자 한 바다. 루쉰은 일찍이 이렇게 말한 적이 있다. "자기가 노예임을 분명히 알고, 자신의 처지를 인내하면서도, 불만을 품고 몸부림치는 한편 힘껏 벗어나고자 하는 '의도'를 실제로 실행하는 자는, 설령 잠깐 실패해 여전히 족쇄와 수갑을 차더라도 그저 단순한 노예일 뿐이다. 그런데 만약 노예생활에서 '아름다움'을 찾아내어 그것을 찬양하고 쓰다듬고 그것에 도취된다면, 그야말로 영원히 회복 불가한 노예가 되어 자기와 타인이 영원히 이러한 생활에 안주하게 하는 것이다."(『남강북조집』 「마음가는 대로」) 「총명한 사람과 바보와 노예」에서 노예는 줄곧 자신의 고충을 털어놓을 사람을 찾았고 불만을 품은 것처럼 보였다. 그러나 루쉰은 "노예가 그저 그러기만을 원했고, 또한 그럴 수밖에 없었다"라고 한 마디로 축약해버린다. 불만을 토로하기만 할 뿐이고 그걸로 끝날 뿐이었다. 이 때문에 총명한 사람이 조금 동정해주자 노예는 즉각 만족했던 것이다. 반면 '바보'가 실제로 행동을 취해 벽에 창문을 뚫자 노예는 도리어 고함을 크게 질렀다. 노예는 노역에 습관이 들었을 뿐 아니라 이러한 노예 상태에서 벗어날 수도 없었다. 심지어 그 안에서 '아름다움'마저 느꼈다. 때문에 바보를 쫓아버린 것이고, 이를 계기로 주인과 노예제도에 충성을 표현한 것이다. 노예는 단지 노예일 수밖에 없었다.

알고 보면 '총명한 사람'도 노예인 셈이다. 하지만 지식이 있고 노예체제 내에서 보통 노예들, 소위 '우민'이라고 불리는 자들의 지위보다 조금 더 높다. 이들은 루쉰이 「늦은 봄에 나누는 한담」에서 말한 바 있는 '특수지식계급'이다. 특수지식계급은 노예에게 어느 정도의 동정을 보이고 그가 당한 억울함에 완곡하게 분노해주기 때문에 노예들에게 인기가 있다. 한편 바보 식의 반항적인 행동에는 반대하며 근본적으로 '철로 만든 방'의 안정과 질서를 비호하고 있으니 자연히 주인에게 칭찬을 받는다. 이러한 '총명한 사람'은 「늦은 봄에 나누는 한담」 속에 나오는 '나나니벌'이기도 하다. 노예체제에서 그들의 기능과 작용은 노예의 영혼을 마취시켜 그들을 능히 '움직여' '복무와 전쟁의 기계'를 담당하게 하는 것이다. 뿐만 아니라 그들의 머리통을 없애버려 사고하지 못하도록 하여 스스로 반항하지 못하게 하고, "높은 분들의 지위가 영구히 보존되고 제어에도 힘을 덜 쓸 수 있게" 하는 것이다.

오직 '바보'만이 말과 실천을 행한다. 그들은 진심으로 노예제도를 철폐하고자 하며 '제3의 시대'를 창조하려는 사람이다. 이것이 바로 루쉰이 끊임없이 소환하고 있는 '반항에 뜻을 세우고 행동함에 있어서 생각하는' 정신계의 전사다.(『무덤』 「마라시력설」) 그러나 중국에서 '바보'로 보이면 주인에게 받아들여지지 못할 뿐 아니라 노예와 총명한 사람에게도 미움을 받고, '사회 공공의 적'이 된다. 여기에 루쉰 자신의 뼈아픈 경험이 포함되어 있다.

등불 아래에서 끄적이다
(제1절)

한때, 그러니까 민국 2, 3년 쯤 되던 때, 베이징의 일부 국립은행에서 발행한 지폐의 신용도가 나날이 좋아지고 있었다. '나날이 번창한다'는 말 그대로였다. 심지어 여태껏 현물로 사용하던 은銀에만 집착하던 시골 사람들까지도 지폐가 편리하고도 믿을만하다는 것을 알고 기꺼이 받아들여 사용한다고 들었다. 구태여 '특수지식계급'이 아니더라도 사물의 이치에 조금이라도 밝은 사람이라면 일찌감치 무거운 은을 가슴에 품고 다니는 수고를 스스로 찾아서 하지는 않았을 것이다. 생각건대 은에 대한 특별한 기호나 애정이 있는 사람을 제외한 모든 사람이 지폐로, 그것도 대부분은 본국에서 발행한 것으로 바꾸었을 것이다. 하지만 애석하게도 훗날 이것은 적지 않은 타격을 받게 되었다.

이 일은 위안스카이가 황제가 되려고 한 그해에 차이쑹포蔡松坡 선생이 베이징을 탈출하여 윈난에서 봉기한 일로 생겨났는데 그 여파로 중국은

행과 교통은행이 수표를 현금으로 바꿔주는 서비스를 중단한 것이다. 수표의 현금 교환이 중단되었어도 정부는 상인과 국민에게 기존의 화폐를 그대로 사용하도록 위력을 행사했다. 상인들도 고유의 장사 수완을 발휘해 '지폐를 받지 않는다'가 아니라 '잔돈을 거슬러 줄 수 없다'고 말했다. 가령 수십, 수백 원짜리 지폐를 들고 물건을 사면 어떤 일이 생길지 모르겠으나 달랑 필기류 한 개, 담배 한 갑을 사는 데 1원짜리 지폐를 내주고 거스름돈을 포기해야 한단 말인가? 그러고 싶지도 않지만 그렇게 쓸 수 있을 만큼의 지폐도 없었다. 그래서 지폐를 동전으로 바꿔달라고, 제값으로 쳐주지 않아도 된다고 하면 동전이 없다고들 말했다. 친척이나 친구에게 현금을 꾸러 가면 된다고 하겠지만 거기라고 있을까? 그렇다면 격을 낮추어 애국 따위는 따지지 말고 외국은행의 지폐면 될 것이다. 그러나 당시 외국은행의 지폐는 현물 은과 같은 것이라 만약 타인이 당신에게 이 지폐를 꾸어준다면 실제 은을 빌려준거나 마찬가지였다.

나는 당시에 중국은행, 교통은행에서 발행한 지폐 30, 40원 정도가 있었지만 돌연 가난뱅이가 되어 먹을 것을 줄여야 했고 몹시 당황스러워 했던 걸 아직도 기억하고 있다. 러시아혁명 이후 루블을 가지고 있던 부자의 심정이 아마도 이런 것이었으리라. 기껏해야 이보다 좀 더 심각한 정도였을 것이다. 나는 조금 밑지더라도 지폐를 은으로 바꿀 수 있는지 알아볼 수밖에 없었는데, 거래할 만한 곳이 없다고들 했다. 다행히도 나중에 6할 정도로 암암리에 거래할 곳이 생겼다. 나는 매우 기뻐서 수중에 지니고 있던 지폐의 절반을 재빨리 팔아치웠다. 나중에 환율이 7할로 오르자 더 신이 나서 전부 현금으로 바꾸어 수중에 두둑히 넣어두었다. 이것이 마치 내 생명의 무게라도 되는 것 같았다. 평상시 같으면 환전상이 동전 하나를 적게 주어도 절대 수표를 현금으로 바꾸지 않았을 것이다.

그러나 수중에 은을 두둑이 챙겨 안심되고 기뻐하던 무렵, 문득 다른 생각이 떠올랐다. 그것은 바로 우리가 너무나 쉽게 노예로 변해버리고 변한 후에는 매우 기뻐한다는 사실이었다.

가령 '사람을 사람으로 여기지 않는' 폭압이 있게 되면, 사람은 말과 소의 처지보다 못하게 되어 아무것도 아닌 것이 된다. 사람이 마소의 처지를 부러워하거나 '난리 통에 사람은 태평성세의 개만도 못하구나' 하는 탄식이 나올 때, 타인의 노예를 때려죽였을 경우 소 한 마리로 배상하게 하는 식의 원나라 법률처럼 사람에게 마소와 비슷한 값을 매긴다면 사람들은 기꺼이 승복하며 태평성세를 기릴 것이다. 왜 그러한가? 비록 사람까진 아니더라도 결국 마소와 같은 처지가 되었기 때문이다.

『흠정24사欽定二十四史』를 삼가 읽거나, 연구실에 들어가 정신 문명의 요체를 고찰할 필요도 없다. 아이들이나 읽는 『감략監略』을 넘겨보기만 해도 된다. 이조차 귀찮고 번거롭다면 『역대기원편歷代紀元編』만 봐도 '3000여 년의 유구한 역사를 자랑하고 있는' 중화中華가 유사 이래 해왔던 것이 고작 이 작은 장난에 불과하다는 것을 알게 된다. 그러나 최근에 편찬된 소위 '역사교과서' 같은 것에는 이것이 명확하게 드러나지 않아 마치 우리가 여태껏 훌륭하기만 했던 것처럼 말하고 있다.

하지만 사실상 중국인들은 이제껏 '사람' 취급을 받아본 적이 없었다. 기껏해야 노예 정도에 불과했고 지금도 여전히 그렇다. 하지만 노예보다 못했던 때는 자주 있어왔다. 중국의 백성은 중립이라서 전시에는 스스로도 어느 편을 들어야 할지 몰랐다. 그러나 또 어느 편이든 속해졌다. 강도가 왔을 때는 관리 쪽에 속하게 되니 당연히 강도들에게 살해되었다. 관병이 오게 되면 백성은 관방 쪽 사람인 셈인데도 또 강도 편에 속한 것처럼 여전히 강탈되고 살육되었다. 이때 백성은 고정된 주인이 있어 그들을 백성으로 삼아주길 바라게 된다. 아니 감히 백성까지 바라지도 않는다. 그들을 마소로 삼고 스스로 풀을 찾아 뜯어 먹게 두길 삼가 바란다. 그들이 어떻게 달릴지 그가 결정해주기만을 바라며.

가령 진짜 그들을 대신해 누군가 결정하여 노예 규칙을 정해준다면 응당 '황제 폐하의 성은이 하해와 같사옵니다!'라고 할 것이다. 안타까운 것은 그 잠시라도 결정할 수 있는 사람이 자주 없었다는 것이다. 대표적으로 오호십육국 시대, 황소의 난, 오대 시기, 송말과 원말 시기인데, 관례대로 부역과 공납을 바쳐도 의외의 재앙을 당해야만 했다. 장헌충張獻忠의 성미는 더욱 괴팍하여 부역과 공납을 바치지 않아도 죽였고 부역과 공납을 바쳐도 죽였으며, 그와 대적하면 죽였고 항복해도 죽였다. 노예 규칙을 산산조각 낸 것이다. 이때 백성은 노예의 규칙을 비교적 배려하는 또 다른 주인이 와서, 옛것이든 새것이든 그들을 노예의 궤도에 올려놓을 수 있는 규칙을 반포하길 바란다.

"하걸夏桀이 어느 때에 죽든 나는 너와 함께 죽으리니!"(『상서尙書』「탕서湯誓」)라는 말은 분개한 말에 불과하며 이처럼 결심하고 실행한 경우는 드물었다. 실제로는 도적 떼가 어지러이 난을 일으키고 혼란이 극에 달한 후에, 조금 강하거나 총명하거나 교활하거나 혹은 외척의 인물 등이 나와 그나마 질서 있게 천하를 수습하여 어떻게 부역을 하고 공납을 바칠지, 어떤 방식으로 머리를 조아리며 성덕을 기릴지에 대한 규칙을 개정해준 게 대부분이다. 게다가 이러한 규칙은 지금처럼 조삼모사朝三暮四격이 아닌지라 '만백성이 입에서 입으로 전하며 환호'하게 되었는데, 고사성어로 말하면 이른바 '태평천하'라 한다.

허식을 좋아하는 학자들이 어떻게 과장하든, 역사를 편찬하면서 '한족 발원의 시대' '한족 발전의 시대' '한족 중흥의 시대' 등의 멋진 제목을 붙이려는 호의는 참으로 감동적이지만 이는 지극히 에두른 표현일 뿐이다. 좀 더 직설적으로 표현하자면 아래와 같다.

1. 노예가 되고 싶어도 노예가 될 수 없었던 시대
2. 노예가 되어 잠시 안정을 누린 시대

이러한 순환이 이른바 선유先儒께서 말씀하신 '한 번 다스려지고 한 번 어지러워지다一治一亂'이다. 난을 일으킨 그 사람들은 나중의 '신민'이 볼 때, '주인'의 길을 깨끗이 닦고 물리쳐놓은 사람이다. 그리하여 '성왕을 위해 깨끗이 제거해놓았다爲聖天子驅除雲尒'라고 말한 것이다. 지금이 어떤 시대에 해당되는지는 나도 잘 모르겠다. 그러나 국학자들이 국수주의를 숭배하고 문학가들이 고유의 문명을 찬탄하며 도학가들이 복고에 열심인 걸 보면 현재 상황에 모두 불만을 가지고 있다고 생각한다. 그렇다면 우리는 대체 어느 길로 향해 가는가? 백성이 알 수 없는 전쟁을 만나자 조금이나마 부유한 자들은 조계지로 숨고 부녀와 아이들은 교회당으로 가버린다. 왜냐하면 그곳이 비교적 '안정적'이라 잠시 동안 노예가 되고 싶어도 될 수 없는 지경까지 되지는 않기 때문이다. 요컨대 복고를 따르든 피신을 하든 무지하거나 현명하든 간에, 모두 300년 전의 태평성세, 이른바 '노예가 되어 잠시 안정을 누리던 시대'에 마음이 끌리고 있는 것이다.

그러나 우리도 옛사람처럼 영원히 '옛날에 이미 있었던' 시대에 만족해야 하는가? 복고주의자와 마찬가지로 현재에 불만을 품고 300년 전의 태평성세에 마음을 두어야 하는가?

물론 현재가 불만스럽겠지만 그렇다고 되돌아볼 필요는 없다. 앞쪽에도 또 길이 있기 때문이다. 그리하여 이 중국의 역사에서 미증유인 제3의 시대를 창조하는 것이 바로 오늘날 청년들이 갖는 사명이다.

_『루쉰 전집』 제1권 『무덤』

총명한 사람과 바보와 노예

노예는 줄곧 신세 한탄할 만한 사람을 찾을 뿐이었다. 그렇게 하기만을 원했고 그럴 수밖에 없었다. 어느 날 우연히도 그는 총명한 사람을 만나게 되었다.

"선생님!" 그는 애처롭게 말했다. 눈가에 맺힌 눈물이 주르륵 흘러내렸다. "아시죠. 제가 사는 건 그야말로 사람의 삶이 아닙니다. 하루에 한 끼 먹는 것도 보장할 수 없는데 이 한 끼 식사도 수수껍데기에 불과하고 개나 돼지조차 먹으려고 하지 않는 것이지요. 이조차 작은 그릇에다……."

"그것 참 딱한 일이군." 총명한 사람도 가슴 아파하며 말했다.

"누가 아니래요." 노예는 신이 났다. "헌데 일은 밤낮으로 쉴 틈이 없습니다. 이른 아침에는 물을 길어야 하고 밤에는 밥을 지어야 합니다. 오전에는 밖에 나가서 일하고 밤에는 밀가루를 빻아야 하고요. 날이 좋으면 옷을 빨아야 하고 비가 오면 우산을 들어야 하지요. 겨울에는 군불을 때야 하고 여름에는 부채질을 해야 합니다. 한밤중엔 은목이버섯을 달여 주인님 노름 시중도 드는데 개평은 한 번도 받아본 적 없고 때로 채찍으로 맞기도 한답니다……."

"허 참……" 총명한 사람은 탄식하며 눈가가 발개졌다. 곧 눈물을 떨어뜨릴 듯했다.

"선생님! 저는 이렇게 버티며 살 수는 없습니다. 다른 방법을 찾아야만 합니다. 그런데 무슨 방법이 있을까요?

"어쨌든 자네의 형편이 나아질 거라고 생각하네……."

"그럴까요? 그렇게 되기만을 원할 뿐입니다. 그런데 선생님께 제 고충을 털어놓고 또 선생님이 걱정해주고 위로해주시니 벌써 마음이 많이 후련해졌습니다. 하늘이 무너져도 솟아날 구멍은 있나 봅니다."

그러나 며칠이 못 되어 그는 또 불평하게 되었고 여전히 신세 한탄할 사람을 찾았다.

"선생님!" 그는 눈물을 떨구며 말했다. "아시죠. 제가 사는 곳은 그야말로 돼지우리보다 더 형편없는 곳입니다. 주인님은 나를 결코 사람으로 여기지 않습니다. 주인님의 애완견에게는 몇 만 배나 더 잘 해주면서……"

"나쁜 놈 같으니라고!" 그 사람이 큰 소리로 말해 노예는 깜짝 놀랐다. 그 사람은 바보였다.

"선생님, 제가 사는 곳은 썩어 무너져가는 작은 방입니다. 축축하고 어두우며 벌레가 들끓는데 잠들면 벌레들이 정신없이 물어댑니다. 악취가 진동하지만 방 사면에 창문 하나 없어서……"

"자네의 주인에게 창문 하나 내달라고 하면 안 되겠나?"

"어떻게 그럴 수가 있겠습니까?"

"그렇다면 나를 데리고 가보게나!"

바보는 노예와 함께 그 집에 가자마자 그 몹쓸 벽을 부수기 시작했다.

"선생님, 뭐 하시는 겁니까?" 노예는 놀라 물었다.

"자네에게 창문 하나 뚫어주는 거라네."

"이건 안 됩니다. 주인님이 혼내실 겁니다."

"그 따위가 무슨 상관이야!" 그는 아랑곳하지 않고 부쉈다.

"누구 없소! 강도가 우리 집을 부수고 있어요. 빨리 와보시오. 늦으면 구멍이 날 지경이오……!" 노예는 울면서 외쳤다. 땅바닥에서 데굴데굴 굴렀다.

그 고함소리를 듣고 맨 마지막에 천천히 주인이 나왔다.

"강도가 우리 집을 부수려고 해서 제가 제일 먼저 소리를 질렀더니 다들 함께 그놈을 쫓아냈습니다." 그는 자랑스워하며 공손하게 말했다.

"아주 잘했다." 주인이 이렇게 그를 칭찬해주었다.

이날 안부를 물으러 많은 사람이 찾아왔고 그중 총명한 사람도 있었다.

"선생님, 이번에 제가 공을 세워 주인님께 칭찬을 받았습니다. 선생님이 일전에 언젠가 형편이 나아질 거라고 하셨는데 진짜 선견지명이 있으시네요……." 그는 매우 희망적인 듯 기쁘게 말했다.

"그러게나 말일세……" 총명한 사람 역시 기쁜 듯 대답했다.

1925년 12월 26일

_『루쉰 전집』 제2권 『들풀』

늦은 봄에 나누는 한담

베이징은 지금 한창 봄의 막바지인데 아마 내 성미가 너무 급한 탓인지 여름인양 느껴진다. 그러다보니 불현듯 고향의 나나니벌이 떠오른다. 그때는 아마 한여름이었을 것이다. 파리가 차일의 밧줄에 새까맣게 모여 있었고 검푸른 빛깔의 나나니벌이 뽕나무 사이나 담장 구석에 쳐진 거미줄 근처를 왔다 갔다 날아다녔다. 나나니벌은 때론 자그마한 파란 벌레를 입에 물고 가거나 때론 거미를 잡아끌었다. 파란 벌레나 거미는 처음에는 잡혀가지 않으려고 버티며 버둥댔지만 마침내 힘이 빠져 물린 채로 공중으로 떠올려졌는데 비행기에 앉아 있는 것 같았다.

선배들은 그 나나니벌이 바로 책에서 나오는 과라果蠃로서 암컷만 있고 수컷이 없어 반드시 애벌레를 잡아다가 양자로 삼아야 한다고 일러주었다. 나나니벌은 파란 새끼벌레를 둥지 안에 가둬놓고 자신은 그 밖에서 밤낮으로 두드리며 '나를 닮아라 나를 닮아라' 하고 빌다가 며칠 지나면

—확실한 기억은 아니지만 대략 49일쯤—그 파란 벌레도 나나니벌이 된다는 것이다. 그래서 『시경』은 "명령螟蛉이 새끼를 낳으면 나나니벌이 데려간다"고 한 것이다. 명령이 바로 뽕나무에 사는 작고 파란 벌레다. 거미는? 그들은 언급하지 않았다. 나는 몇몇 고증학자가 세운 다른 학설을 기억한다. 그들은 나나니벌이 실상 알을 낳을 수 있으며 파란 벌레를 잡아 둥지 안에 가둬놓는 것은 부화한 새끼 벌의 먹이로 삼기 위해서라고 본다. 그러나 내가 만난 선배들은 이 학설을 버리고 나나니벌이 유충을 데려다 딸로 삼는다고만 말했다. 천지간의 미담을 남겨두자는 취지에서 본다면 이렇게 하는 편이 더 나을 것이다. 기나긴 여름에 하릴없이 나무 그늘에서 더위를 피하려고 보면, 벌레 두 마리가 서로 끌어가려 하고 안 가려고 버티는 것을 우연히 보게 될 때가 있었다. 마치 자애로운 어머니가 딸을 가르치는 장면을 본 듯 흐뭇했고 파란 벌레가 버티고 반항하는 모습은 꼭 철모르는 계집아이 같아보였다.

하여튼 간에 오랑캐는 가증스러워서 꼭 과학 따위로 따지려든다. 과학은 우리를 매우 경이롭게 여기도록 만들기도 하는 한편 우리가 가지고 있던 여러 미몽을 헤집어놓기도 한다. 프랑스의 대 곤충학자 파브르의 면밀한 관찰 이후 유충의 새끼를 나나니벌의 먹이로 삼는다는 학설이 사실로 증명되었으니 말이다. 뿐만 아니라 이 나나니벌은 그냥 평범한 흉수가 아니었다. 매우 잔인한 데다 학식이나 기술이 매우 고명한 해부학자이기도 했다. 나나니벌은 파란 벌레의 신경구조와 작용을 알아 그 운동신경 구멍에 신기한 독침 한 방을 쏴 죽지도 살지도 않은 상태로 마비시키고 그 몸에 알을 깐 후 둥지 안에 가둬놓는다. 파란 벌레는 죽지도 살아 있지도 않은 상태이기 때문에 움직일 수 없다. 하지만 살아 있지도 죽지도 않은 상태이기 때문에 썩지도 않는다. 나나니벌의 새끼들이 부화하여 나올 때까지 이 먹이는 잡힌 당일과 마찬가지로 신선하다.

3년 전에, 신경이 예민한 러시아 작가 E군(예로센코)을 만났다. 어느 날 갑자기 그는, 미래의 과학자가 주사 한 방으로 사람이 영원히 복종하게끔 만들어 전쟁의 기계로 삼으면 어쩌냐며 걱정스럽게 말했다. 그때 나도 미간을 찌푸리며 탄식하고 짐짓 걱정하는 모양새를 띠며 '대략 동의한다'는 뜻을 내비쳤다. 그런데 중국의 성군, 현신, 성현의 제자들이 일찍이 이러한 황금세계의 이상을 꿈꾸었다는 것을 누가 알까. "오직 황제만 복을 누리고 오직 황제만 권위를 가지며 오직 황제만 귀한 음식을 먹는다唯辟作福, 唯辟作威, 唯辟食"(『상서』「홍범洪範」)는 말이 이런 것이 아닌가? "군자는 마음으로 힘쓰고 소인은 몸으로 애 쓴다君子勞心, 小人勞力"(『좌전』 양공 9년)는 말이 이것이 아니던가? "남을 다스리는 자는 남의 밥을 먹고, 남의 다스림을 받는 자는 남을 먹인다治於人者食人, 治人者食於人"(『맹자』「등문공 상滕文公上」)는 말이 이것이 아닐까? 하지만 애석하게도 이론은 탁월하나 완벽한 묘책을 발명한 건 아니었다. 권위에 순종하려면 살면 안 되고, 귀한 음식을 바치려면 죽어서는 안 된다. 통치를 받으려면 살아 있어서는 안 되는데, 통치자를 봉양하려면 또 죽어서도 안 되는 것이다. 인류가 만물의 영장으로 승격된 것은 응당 축하할 만한 일이나 나나니벌의 독침이 없으니 성군, 현신, 성현과 그 제자들로부터 지금의 부자, 학자, 교육자에 이르기까지 난처하게 되었다. 예전처럼 통치자들이 애써 각종 마비 정책을 시행해도 완벽한 효과를 거둘 수 없으니 앞으로도 나나니벌과 경쟁하게 될지 모르겠다. 황제만 놓고서 말하더라도 종종 성姓을 바꿔 왕조를 바꾸는 것을 피할 길이 없었으니 결국 '영원히 오래 가는 도'는 없는 것이다.

『24사二十四史』라는 것은 적어도 24개의 왕조가 바뀐 역사이니 이것이 바로 슬픈 증거라 할 수 있겠다. 지금은 또 다른 국면이 열린 듯하다. 세상에 소위 '특수지식계급'이라고 부르는 유학생이 등장했는데, 그들이 연구실에서 연구한 결과 의학이 발전하지 않는 것이 오히려 인종 개량에 유익하고 중국 아녀자들의 처우가 매우 평등하며 모든 이치는 이미 훌륭하고 모든 상태도 이미 충분히 좋다고 한다. E군의 걱정이 아마도 근거 없는 것은 아닌 듯하다. 그러나 러시아는 괜찮다. 왜냐하면 그들은 우리 중국과 다르기 때문이다. 이른바 위안스카이가 군주정치제도를 부활시키기 위해 '중국이 특별한 나라라고 한 사정'도 없고, 이들의 어용 집단인 '특수한 지식계급'도 없기 때문이다.

그러나 이런 작업은 결국 옛사람들처럼 완전한 실효를 거둘 수는 없을 것이다. 왜냐하면 나나니벌의 작업보다 실제로 훨씬 어렵기 때문이다. 그것은 파란 벌레를 움직일 수 없게만 하면 되므로 운동신경 구멍에 침 한 방만 쏘면 성공이다. 그러나 인간의 작업은 운동은 할 수 있되 지각을 없애야 하는 것이니 지각신경중추를 완전히 마비시켜야 하는 것이다. 그런데 지각을 잃으면 운동 또한 덩달아 주재를 잃게 되므로 귀한 음식을 바쳐 위로는 지극히 높은 분에서 아래로는 특수지식계급에 이르기까지 즐기실 수 있도록 해줄 수 없다. 노인들이 유가 경전을 전수하는 방법, 학자들이 연구실로 들어가 연구하자는 주장, 문학가와 찻집 주인이 국사를 논하지 못하게 하는 법률, 교육가들이 보지도 못하고 듣지도 못하고 말하지도 움직이지도 못하게 하자는 주장 외에, 지금으로썬 더 좋고 더 완전하며 폐단 없는 방법은 없는 듯하다. 실은 유학생의 특별한 발견이란 것도 선현들의 범위에서 그다지 벗어난 게 아니다.

'예를 잃었으면 초야를 뒤져서라도 찾아내야 한다禮失而求諸野'라고 했다. 지금은 오랑캐에게서 갖은 대책을 배우려 하니 잠시 외국이라 부르자. 외국에는 비교적 괜찮은 방법이 있는가? 애석하지만 그곳에도 없다. 있는 것이라곤 집회를 막고 말을 금하는 등, 우리 중화와 별반 다를 바 없는 것이다. 이로 보아 지극한 도道와 좋은 계책이란 사람 마음이 다 같고 이치도 같아 중화와 오랑캐의 구분이 없다는 것을 알 수 있다. 맹수는 혼자이지만 소와 양은 무리를 짓는다. 들소 떼는 뿔을 겨누어 성채로 삼아 강적을 막는다. 그러나 한 마리를 끌어당기면 음메 하며 울 수밖에 없다. 사람과 마소는 같은 부류인지라—중국에서는 마소라고 하지만 서양인은 다른 분류법으로 말한다. 이를 다스리는 도는 자연히 백성이 모이지 못하게 하는 것이다. 이 방법이 옳다. 그 다음엔 백성이 말을 하지 못하게 해야 한다.

사람은 말을 할 수 있는 것이 이미 화근인데 심지어 때때로 글까지 지으려고 한다. 그런 까닭에 창힐蒼頡이 문자를 만드니 밤에 귀신이 울었다고 한 것이다. 귀신조차 반대했는데 하물며 관료들이랴? 원숭이는 말을 할 수 없으니 원숭이 세계에는 풍파가 없다.—그러나 원숭이 세계에는 관료도 없다. 이는 또 다른 논리다.—겸허한 마음으로 원숭이의 방법을 취해 질박하고 순수한 상태로 돌아가 말을 하지 않고 문장도 자멸하게 된다면 이 방법 역시 옳은 것일 게다. 그러나 이 이야기는 이론에 불과한 것이니 아무래도 실효 여부를 말할 수는 없다. 가장 두드러진 예는 그렇게 전제적이었던 러시아도 니콜라이 2세가 '붕어'하자 끝내 로마노프 왕조가 아예 '전복되고 멸절'되더란 것이다. 요컨대 비록 굉장히 좋은 두 가지 방법이 있었으나 오히려 한 가지가 부족했다는 게 큰 결점이었다. 바로 사람들의 사상을 금지시킬 수 없었다는 것이다.

그리하여 우리의 조물주—만일 하늘에 진정 그러한 '주재'가 있다면—가 원망스럽다. 첫 번째 원망은 영원히 통치자와 피통치자를 구분 짓지 않은 것이요, 두 번째 원망은 통치자에게 나나니벌 같은 독침을 주시지 않은 것이요, 세 번째 원망은 사고 중추가 숨어 있는 머리통을 잘라버려도 움직일 수 있게—시중들 수 있게—피통치자를 만들지 않은 것이다. 셋 중 하나만 얻어도 부자의 지위는 영구적으로 안정적일 것이고, 통치와 통제 또한 영구히 힘을 덜 들이게 되어 천하는 태평하게 될 것이다. 지금은 그렇지 않아 가령 높은 곳에서 잠깐이나마 사치스럽게 살려 해도 날마다 방법을 강구하고 밤낮으로 마음을 써야만 하니 실로 억울하고 수고스럽기 그지없다.

가령 머리가 없어도 능히 복역하고 전쟁하는 기계를 만들 수 있다면 세상은 얼마나 눈에 띄게 달라질까? 이런 세상이 오면 더 이상 모자나 훈장 따위로 부자와 가난한 자를 구분 지을 필요 없이, 그저 머리가 있나 없나 슥 보기만 하면 주인인지 노예인지, 관료인지 백성인지, 윗사람인지 아랫사람인지, 귀한 사람인지 천한 사람인지 구별할 수 있다. 게다가 무슨 혁명이나 공화정, 회의 등의 난리를 부리지 않게 될 것이니, 전보 치는 일만 해도 확 줄어들 것이다. 옛사람들은 필경 지혜로웠던지라 일찌감치 형천刑天이란 괴물 같은 것을 상상해 『산해경』에 기록했다. 그는 생각할 수 있는 머리가 없는데도 살아서 '젖꼭지로 눈을 삼고 배꼽으로 입을 삼았는데'—이 지점의 상상이 매우 주도면밀하다. 그렇지 않다면 그가 어떻게 보고 먹을 수 있겠는가—실제로 본받을 만한 가치가 있다.

만일 우리 국민이 능히 이럴 수 있다면 부자들이 얼마나 안심하며 행복해할까? 그러나 형천은 '도끼를 쥐고 춤을 추었다'고 하니 죽어도 분수에 만족하지는 않았던 것 같다. 내가 전적으로 부자들의 편의를 위해 생각해본 이상적인 국민과는 또 다른 것이다. 도잠陶潛(도연명) 선생은 시에서 이르기를 "형천이 방패와 도끼를 휘두르는데, 맹렬한 투지는 여전하구나"라고 했다. 도가 트인 노은사老隱士조차 이렇게 말하는 것을 보면 머리가 없어도 맹렬한 투지는 여전하고 부자들의 천하란 게 잠시라도 태평스럽기 어렵다는 것을 알 수 있다. 하지만 '특수지식계급'이 너무나 많이 생겨버렸으니 국민에게는 예외의 희망이 있을지도 모른다. 정신문명이 매우 높아진 후에는 정신적인 머리가 앞서 날아가, 물질적인 머리가 있고 없음이 그다지 큰 문제가 되지 않을 것이니.

1925년 4월 22일

_『루쉰 전집』 제1권 『무덤』

길잡이 글

루쉰의 일본인 친구, 마쓰다 와타루增田涉가 언급하길, 루쉰에게는 그를 시시각각으로 쫓아다니는, 마음에 깊게 새겨진 '노예' 감각이 있다고 했다. 루쉰 자신도 "생각건대, 내 신경이 좀 날카로웠던 것 같다. 그렇지 않다면, 그건 정말 두려운 일이다. (…) 나는 혁명 이전에 노예였다고 생각한다. 혁명 이후에 얼마 지나지 않아 노예들의 속임에 빠져 그들의 노예가 되어버렸다"(『화개집』「홀연히 생각나다3」)라고 수차례 말한 바 있다. "그의 삶에서 이러한 현실은 종종 그의 열정을 부추겼고 그의 사고를 친친 옭아맸으며" 이렇게 "자신과 자신의 민족이 노예라고 자각한 것이야말로 바로 루쉰이 '인간'에 대해 자각한 것과 서로 연결된" 것이었다.(마쓰다 와타루, 「루쉰의 인상」) 그는 또한 바로 이 때문에 인간에 대한 자각이 결핍된 노예근성을 본능에 가깝도록 예리하게 감지했고 설령 가장 은폐되고 가장 완곡하게 표현된다 할지라도 그의 예리한 안목을 피해갈 수는 없었다. 이 자체가 우리에게 "조금의 비굴함도 없었던"(마오쩌둥, 「신민주주의론」) 루쉰의 관점을 관찰하고 이해할 수 있는 토대가 된다.

그리하여 루쉰은 중국인의 노예근성으로부터 중대한 발견을 많이 건지게 되었다. 「사진 찍기를 논하며」도 기발한 글인데, 100년 전(19세기 말) 고향 사오싱에서 있었던 '구식 사진'에 대해 이야기한 것이다. 그중에 사진의 합성기술을 이용해 제작한 '구기도求己圖'는 오만하게 앉아 있는 자기 사진과 비굴하고 가련하게 찍은 또 다른 자기 자신을 합성하여 자기를 향해 무릎을 꿇은 사진이다. 본래 장난삼아 하는 것이지만 루쉰은 그것에서 '주인이기도 하고 노예이기도 한' 자아의 이중성을 간파했다. 여기에서 나아가 삼국시대의 오나라 마지막 황제 손호孫皓를 떠올렸다. 그는 "오나라를 통치하던 때에 그렇게도 오만불손하고 잔혹한 폭군이었으나 진나라에 항복하자 그렇게도 비열하고 염치없는 노예로 전락"했었다. 이후 루쉰은 또 한 번 이렇게 개괄했다. "독재자의 반대편 얼굴은 노예다. 자신이 권력을 잡고 있을 때엔 그야말로 무소불위이지만 세를 잃어버리면 노예근성이 넘치게 된다."(『남강북조집』「속담」) 이는 매우 심도 있는 관찰이다. 중국인의 노예근성은 단독으로 존재하는 것이 아니라 '주인근성'과 병존하는 것이고 상호 전환된다. 이는 우리가 앞에서 읽었던 「등불 아래에서 끄적이다」 제2절에서 말했던 것처럼, 계급 사회였던 중국의 사회구조에서 기인한 것이다. 각 사람은 자기에게 속한 등급이 있게 마련인데 자신보다 상위계급에 속하는 사람에게는 자연히 노예가 되어 '능욕을 당하고' '먹히게' 된다. 그러나 자기보다 계급이 낮은 자에게는 주인으로 변하여 '능욕하고 학대하며' '먹을' 수 있다.

루쉰은 이로부터 중국의 전통적인 반항—농민반란—에 대한 관찰과 사고까지 이끌어 낸다. 「학계의 삼혼」에서 중국에서 발기한 농민반란의 목적이 "황제를 타도하고 자기가 황제놀이에 취하는" 것이라고 언급한 것이다. '관혼'과 '도적의 혼'은 본질상 일맥상통하는데, 자리가 있으면 관리가 되고 자리가 생기지 않으면 비적이 되니, 비적이 되는 가장 큰 목적은 관리가 되는 것으로 "관리와 비적이 한 가족"임이 조금도 이상할 게 없다. 루쉰이 "중국에서 가장 이익을 보는 장사는 역모다"라고 말한 결론은 꽤 놀라운 것이다. 아Q의 모반은 서양 화폐와 미녀를 움켜쥐고 주인이 되어 위세를 부리기 위해서가 아니었던가? 루쉰은 자신이 "결코 현대의 전신前身이 아니라 그 이후, 심지어 20~30년 이후"를 쓴 것이라 말하니 그의 우려는 넓고도 깊다. (『화개집속편』「『아Q정전』을 쓰게 된 연유」) 라고 하니 그의 우려는 넓고도 깊다.
「다시 뇌봉탑이 무너진 데 대하여」 또한 작은 것으로부터 커다란 문제를 도출해내고 있다. 시골 사람 "이 사람 저사람이 탑돌을 파가는 통에" 뇌봉탑은 점차 무너지게 되었다. 루쉰은 이로부터 '노예식의 파괴'에 대해 사고해나갔다. 그 특징은 세 가지쯤 된다. 첫째, 파괴의 원인은 '눈앞의 하찮은 자기 이익' 때문이다. 둘째, 많은 사람이 파괴했다는 것이다. 셋째, 누가 가해자인지 알기 어렵다는 것이다. 그리하여 무리에게 책임을 물을 수 없이 중간에서 흐지부지해질 뿐이다. 그러나 결과는 "기와 조각만을 남겨놓을 뿐 건설과는 무관"한 심각한 상태다. 루쉰은 이로부터 생각을 확장하여 "어찌 시골 사람들의 뇌봉탑에 대한 태도뿐이겠는가. 날마다 중화민국의 초석을 몰래 파가는 노예들이 지금 얼마나 되는지 모를 일이다!"라고 했다.

사진 찍기를 논하며
(제2절)

요컨대, 사진 찍는 것은 요술과도 같다. 함풍 연간(1851~1861)에 한 성省에서는 사진 찍을 수 있다고 했다가 마을 사람들에게 습격당해 가산이 파손된 일도 있었다. 그러나 내가 어릴 때인 30년 전, S시에는 진즉에 사진관이 있었고 사람들도 그다지 의구심을 품지 않았다. '의화단' 난리가 났을 때인 25년 전 어떤 성에서는 쇠고기 통조림을 서양 사람이 죽인 중국 아이의 고기라고 생각했던 적은 있었지만 이것은 예외적인 일이다. 만사에는 항시 예외란 게 있기 마련이다.

요약하자면, S시엔 일찍부터 사진관이 있었다는 것이다. 이곳은 내가 매번 지나갈 때마다 푹 빠져 놀고 싶던 곳이었으나 1년 중 4, 5번만 지나칠 뿐이었다. 크기나 높이가 다르고 색도 가지각색인 유리병, 번들번들하고 가시가 있는 선인장은 나에게 있어 모두 진기한 것들이었다. 또 액자 속엔 증국번曾國藩·이홍장李鴻章·좌종당左宗棠·포초包超 등의 사진이 걸려 있었다. 맘씨가 좋은 한 문중 어르신이 이것을 빌미로 나에게 가르치며 말씀하시길, 이 많은 분이 지금의 대관大官으로서 태평천국의 난을 평정한 공신이니 너도 마땅히 이 분들을 본받으라고 했다. 그때 나도 이 분들을 배우고 싶었으니 어서 다시 태평천국의 난이 발생해야만 한다고 생각했었다.

그러나 S시 사람들은 사진 찍기를 그다지 좋아하지는 않았다. 왜냐하면 사진에 정신이 함께 찍혀나가기 때문이었다. 그래서 한창 운이 좋을 때는 더더욱 사진을 찍어서는 안 되었다. 정신이란 게 일명 "위엄이 서린 빛威光"이니 말이다. 당시에 내가 알던 건 겨우 이 정도였다. 최근 들어서야 세상에는 원기元氣를 잃게 될까봐 영원히 목욕을 하지 않는 명사가 있다는 소리도 듣게 되었다. 원기는 대충 '위광'이라고 할 수 있겠다. 그렇게 하여 내가 알고 있는 바가 더 많아졌다. 중국인이 일명 위광이라고도 하고 원기라고도 하는 정신이란 것은 사진을 찍으면 뺏겨버릴 수도 있고 목욕하면 씻겨나갈 수도 있는 것이라고.

하지만 그 당시 많지는 않았더라도 사진 찍으러 찾아오는 사람이 확실히 있긴 있었다. 나도 어떤 사람인지는 모르겠으나 운이 좋지 않은 무리였거나 신당新黨 사람들이었을 게다. 다만 반신상 찍는 것만은 피했던 것 같은데 허리가 잘리는 것 같았기 때문이다. 물론 청 왕조는 이미 허리를 자르는 요참腰斬을 폐지했으나 우리는 여전히 희곡에서 포청천 나리가 포면을 작두질하는 것을 볼 수 있었다. 한 번 칼에 닿으면 두 동강나니 얼마나 무서운 것인가. 가령 국수주의자라 하더라도 역시 다른 사람이 내게 이렇게 하는 것은 원치 않을 테니 진실로 이런 사진은 찍지 않아야 했다. 그래서 그들은 대부분 전신사진을 찍었다. 옆에는 커다란 차 탁자가 놓여 있었고 위에는 모자걸이, 찻잔, 물 담뱃대, 화분을 올려놓았다. 아래에는 타구를 놓아두어 이 사람의 기관지에 가래가 꽤 있어 언제든지 연속적으로 뱉어내야 함을 보여주었다. 사람은 서거나 앉기도 하고 손에 책을 들고 있기도 하고 옷 겉자락에 커다란 시계를 걸기도 했다. 확대경을 한번 비춰보면 지금도 당시 사진 찍었던 때를 알 수 있다. 게다가 그때는 플래시를 사용할 리 없으니 밤인지 의심할 필요도 없다.

그러나 명사의 풍류가 또 어느 시대라고 없겠는가? 멋을 아는 사람은 이렇게 천편일률적인 바보들을 못마땅해 했다. 그리하여 몸을 다 드러낸 진晉나라 사람인 척 하기도 하고 비뚜름한 옷깃에 끈을 매고 X사람인 척 하기도 했지만 많지는 않다. 비교적 통용되던 것은 먼저 두 장의 자기 사진을 찍되 복장과 태도를 각각 달리 하고 찍는 것이다. 그런 다음 두 장을 한 장으로 합쳐 두 명의 나, 예를 들면 손님과 주인 혹은 주인과 종처럼 보이게 하고 그것을 이르러 '이아도二我圖'라 했다. 그런데 만약 한 사진에서는 거만하게 앉아 있고 다른 사진에서는 비열하고도 불쌍하게 또 하나의 자신에게 무릎을 꿇어 앉아 있다면 이름을 바꾸어 '구아도求我圖'라 한다. 이런 사진을 인화한 다음에는 반드시 '조기만정방調奇滿庭芳' '모어아摸魚兒' 따위의 사詞와 같은 시들을 써넣고 나서 글방에 걸어놓는다. 귀족이나 부자들은 바보 같은 부류이므로 결코 이렇게 우아한 방법을 생각해내지 못한다. 설령 특별한 행동이라 해봤자 기껏해야 자기가 중간에 앉고 슬하에 백 명의 아들, 천 명의 손자, 만 명의 증손(하략)을 죽 세우고 '가족사진'을 찍을 뿐이다.

테오도어 립스Th. Lipps는 그의 『윤리학의 근본문제』에서 다음과 같은 의미심장한 말을 했다. 무릇 주인이 되어본 사람은 노예로도 쉽게 변할

『무덤』의 속표지. 루쉰의 디자인

수 있다는 것이다. 왜냐하면 주인 노릇을 할 수 있다면 당연히 노예 노릇도 가능하다는 걸 인정하기 때문이다. 그래서 권력을 잃으면 고분고분 새 주인 앞에서 귀를 떨어뜨리고 순종하게 된다. 안타깝게도 그 책은 내 수중에 없고 대강만 기억하고 있을 뿐인데 다행히도 중국에 책이 번역되어 나와 있다. 비록 발췌본이라 해도 이 말은 당연히 있을 것이다. 이 이론을 실제로 증명할 수 있는 가장 극명한 예가 바로 손호孫皓다. 그는 오나라의 왕일 때에 교만하고 잔혹하던 폭군이었던 만큼 진晉에 투항하자 매우 비열하고 뻔뻔한 노예가 되었다. 중국의 속담에 아랫사람에게 오만한 자일수록 윗사람에게 아첨한다는 말 또한 이 이치를 간파한 것이다. 하지만 가장 투철하게 표현한 것은 '구아도'만한 게 없다. 훗날 중국에 『윤리학의 근본문제』 그림판이 출간된다면 가장 위대한 풍자화가마저도 미처 생각지도, 그려낼 수도 없는 가장 좋은 삽화가 될 것이다.

그러나 지금 비열하고 가련하게 무릎 꿇고 있는 사진이 이미 사라져버려, 무엇을 기념하려는 무리 혹은 어떤 사람의 상반신을 확대한 늠름한 사진만을 볼 수 있을 뿐이다. 나는 종종 이런 사진들이 반쪽짜리 '구기도求己圖'처럼 보이는데, 이것이 내 기우이길 바란다.

1924년 11월 11일

_『루쉰 전집』 제1권 『무덤』

학계의 삼혼

『징보부간京報副刊』을 읽다가 장스자오章士釗가 물론 잘못했지만 장스자오에 반대하는 '학계의 도적學匪'들도 마땅히 타도해야 한다는 글이 『국혼國魂』에 실렸었다는 걸 알게 되었다. 대의가 실제로 내가 기억하는 대로인지 아닌지는 잘 모르겠다. 하지만 그건 별로 상관없다. 왜냐하면 그것은 내가 제목을 착상해내는 데만 영향을 줬을 뿐 그 원문과 상관이 없기 때문이다. 말하고자 하는 바는 이렇다. 중국의 옛말에, 사람에게 본래 세 개의 혼魂과 여섯 혹은 일곱 개의 백魄이 있다고 했으니, 나라의 혼國魂도 이러해야 한다는 것이다. 그렇게 볼 때 나라의 3혼 중 하나는 '관리의 혼官魂'이고 또 하나는 '도적의 혼匪魂'일듯 싶다. 또 다른 하나는 무엇일까? 확실히 결정할 수는 없지만, 아마도 '백성의 혼民魂'이 아닐까. 내 견문이 협애한 까닭에 감히 중국 사회 전체를 세세히 다룰 수는 없으니, 범위를 '학계學界'로 좁혀 삼혼에 대해 말할 수밖에 없겠다.

중국인은 관직에 대한 집착이 실로 깊다. 한대에는 효렴孝廉을 중시하여 입을 줄여 어머니를 봉양하기 위해 산 아이를 파묻고, 나무로 어머니상을 조각하여 섬기는 일이 있었다. 송대엔 이학을 중시하여 높은 모자를 쓰고 낡은 신을 신었으며 청대에는 팔고문의 첩괄帖括을 중시하여 '차부且夫'나 '연즉然則'이란 말을 사용했다. 요컨대 관혼이란 것은 세를 부리고 관리 말투를 늘어놓고 관리의 말官話을 쓰는 것이다. 황제를 떠받들고 꼭두각시 노릇을 하면서 관리에게 밉보이면 황제에게 죄를 짓는 것이라 하니, 이런 사람들은 '비적'이라는 우아한 호를 얻게 되었다. 학계에서 관리의 말을 사용하기 시작한 것은 지난해부터다. 장스자오에 반대하는 모든 사람이 '토비' '학비學匪' '학계의 건달'이란 칭호를 얻었다. 하지만 누구의 말인지 여전히 알 수 없으니 유언비어에 불과하다.

그러나 이것으로 작년에 학계가 아주 엉망이었음을 알 수 있는데 이전에 결코 없었던 학계의 도적이란 게 생겨났으니 말이다. 좀 더 크게 국사國事로 비교해보자. 태평성대에는 도적이 없었다. 도적떼가 무수히 많을 때의 역사를 보면 반드시 외척·환관·간신·소인이 나라를 차지했던 시기이고 관리의 말을 한차례 사용해보자면 "오호애재라嗚呼哀哉"다. 그런데 이 "오호애재라"라고 말하기 전에 백성들 대부분이 도적이 되어버린다. 때문에 나는 "표면적으로 그저 토비나 강도로 보이는 자들이 실제로는 농민혁명군이다"(『국민신보부간』)라는 위안쩡源增 선생의 말을 믿는다. 그렇다면 사회는 진보한 것이 아닐까? 결코 그렇지 않다. 나 역시 '토비'라는 시호를 받은 사람 중 하나지만, 선배들을 위해 결코 아닌 것을 꾸미거나 잘못을 덮고 싶지 않다. 농민은 정권을 쟁취하기 위해 온 게 아니라 위안쩡 선생이 또 말했듯이, "서너 명의 열심 있는 자들이 황제를 타도하게 맡겨두고 자기는 황제 노릇에 심취하고" 있는 것이다. 하지만 이때 도적은 황제라 칭해지고 유로遺老를 제외한 문인과 학자들은 모두 황제에게 존경을 표하며 그를 반대하는 자들은 비적이라 불리게 된다.

그러므로 중국의 국혼엔 크게 관리의 혼과 비적의 혼 2개가 있어왔다 할 수 있다. 이는 결코 나와 같은 무리를 국혼에 쑤셔 넣어 교수나 유명인의 혼에 오르려는 게 아니다. 그저 사실이 이렇다는 것이다. 사회 각양각색의 사람들이 『쌍관고雙官誥』를 좋아하고 『사걸촌四傑村』도 즐겨 읽는다. 편벽한 파촉巴蜀에 안거하는 유현덕(유비劉備)이 성공하길 바라고, 남의 집을 덮쳐 약탈하는 송공명(송강宋江)도 득세하길 바란다. 적어도 관의 은혜를 입을 때는 관료를 흠모하지만 관의 핍박을 받을 때는 도적의 무리를 동정하는 것이다. 그러나 이 또한 인지상정이니 만일 이러한 반항심조차 없다면 영원히 회복될 수 없는 노예가 되지 않겠는가.

그러나 국정이 다르면 국혼 또한 다르다. 일본에서 유학하던 시절에 학우 몇 명이 중국에서 가장 이윤을 남길 수 있는 장사가 뭐냐고 물어봤을 때 내가 '반역'이라고 답했던 게 기억난다. 그들은 대경실색했다. 세세토록 왕권이 바뀌지 않았던 나라에서, 황제를 발로 차서 쫓아낼 수 있다는 당시 나의 말은 마치 부모를 몽둥이로 때려죽일 수 있다고 하는 말처럼 들렸으리라. 일부의 신사 숙녀들이 기꺼이 탄복하는 리징린李景林 선생은 이 말의 뜻을 깊이 이해할 것이다. 만약에 신문에 전해진 소식이 거짓이 아니라면 말이다. 오늘자 『징보京報』에는 그와 모 외교관의 담화가 게재되었다. 그는 "나는 음력 정월 즈음에 당신과 톈진에서 회담을 나눌 수 있을 것이라고 예상합니다. 만약에 톈진 공격에 실패한다면 3, 4월 즈음에 권토중래할 것으로 계획하고 있습니다. 만약 다시 실패한다면 잠시 토비에 투항하여 서서히 병력을 키워내 기회를 노리겠습니다"라고 말했다. 그러나 그가 황제가 되고자 한 건 아닐텐데, 중화민국이 되었으니 말이다.

소위 학계라 하는 것은 비교적 신생계급이니 낡은 영혼을 씻어낼 수 있는 희망이 있다 하겠다. 그러나 '학계의 관리'가 늘어놓는 관리적 말투와 '학비'라는 새로운 명칭을 듣다보니 여전히 옛 길을 걷고 있는 듯하다. 그렇다면 이 역시 타도되어야 한다. 그들을 타도하는 것은 '백성의 혼'으로 제3의 국혼이다. 예전에는 그다지 발양하지 못하여 한 번 봉기한 후 결국 스스로 정권을 쟁취하지 못했고 다만 '서너 명 열심 있는 자들에게 황제를 타도하게 하고 스스로 황제 노릇에 심취하곤' 했었다.

오직 백성의 혼만이 보배롭고 귀하며, 오직 그것이 발양되어야 중국에 진정한 진보가 있다. 그러나 이 학계조차 거꾸로 옛길을 걷고 있는 마당에 어찌 백성의 혼이 수월하게 발휘될 수 있겠는가? 혼란스럽고 어지러운 세태 속에서, 관리가 말하는 '도적'과 백성이 말하는 '도적'이 있다. 그리고 관리가 말하는 '백성'과 백성이 말하는 '백성'이란 게 있다. 관리가 생각하는 '도적'이란 사실상 진짜 백성이다. 관리가 생각하는 '백성'은 사실상 그 졸개이거나 호위병들이다. 그러므로 '백성의 혼' 같아도 때로 '관리의 혼'일 수 있다. 이것은 영혼을 감별하는 자가 매우 주의해야 할 것이다.

말이 또 멀리 갔으니, 본 주제로 돌아가자. 지난해에 장스자오가 "학풍을 정돈하자"는 간판을 내걸고 교육부 장관을 역임하면서 학계에는 관료적인 분위기가 만연했다. 그를 따르는 자는 형통했고 반대하는 자는 '도적'이 되었으며 관리 억양과 관리 말투의 여파는 지금까지도 지속되고 있다. 그러나 다행히도 이 때문에 학계의 정황이 명확히 밝혀졌다. 장스자오만이 관혼을 대표하는 게 아니었고, 그 위에 '국가의 변고로 반찬 수를 줄이는減膳' 집정자가 있었던 것이다. 장스자오는 기껏해야 일개 관혼에 지나지 않고 지금 그는 "서서히 병력을 키워내 기회를 노리고" 있다. 나는 『갑인甲寅』을 보지 않아서 무슨 말을 해야 할지 모르겠다. 관리의 말인지, 도적의 말인지, 백성의 말인지, 졸개나 호위병의 말인지를…….

1월 24일

_『루쉰 전집』 제3권 『화개집속편』

다시 뇌봉탑이 무너진 데 대하여

충쉬안從軒[1] 선생의 통신문(『징보부간』 2월호)에서 알게 된 이야기다. 그는 여객선에서 여행객 둘이 나누는 대화를 통해 항저우의 뇌봉탑이 무너진 이유를 듣게 되었는데, 시골 사람들이 탑의 벽돌을 자기 집에 갖다놓으면 만사가 평안하고 뜻대로 이루어지며 흉한 일을 만나도 길해진다는 미신을 가지고 있었기 때문에 이 사람도 저 사람도 돌을 퍼가다가 결국 탑이 무너지게 되었다는 것이다. 한 여행객은 시후西湖호의 십경十景 하나가 없어지는구나 하며 연거푸 탄식했다고 한다.

하지만 이 소식에 나는 좀 후련했다. 비록 남의 불행에 기뻐하는 것이 신사답지 않다는 것을 익히 알고는 있으나, 본래 신사도 아닐뿐더러 신사인 체할 수도 없으므로.

---

1 혁명가 후예핀胡也頻을 말함 — 옮긴이

우리 중국인 중에서 많은 이—나는 여기서 특별히 정중하게 밝혀둔다. 결코 4억 동포 전체를 포함하지 않았다—의 대부분은 '십경병十景病' 내지 '팔경병八景病'을 앓고 있다. 병세가 심각해진 때는 아마도 청대일 것이다. 일 개 현지縣志만 보아도 종종 십경 내지는 팔경이 있다. '벽촌의 밝은 달' '한적한 암사의 맑은 종소리' '옛 연못의 깨끗한 물' 등이다. "십" 바이러스는 일찌감치 혈관에 침투해 전신에 퍼져버려 망국을 탄식하는 "느낌표(!)" 바이러스보다 우세해졌다. 간식에는 십양금十樣錦이 있고 요리로는 십완十碗이 있으며 음악으로는 십번十番이 있고 염라대왕은 십전十殿이 있으며 약에도 십전대보탕이 있다. 손으로 하는 벌주놀이에도 열 손가락을 쓰는 전복수全福手, 복수전福手全이 있다. 사람의 나쁜 행실이나 죄상을 선고할 때조차 마치 아홉 가지 죄를 저질렀을 때 절대 손을 씻지 못하기라도 하듯, 대체로 십 조항을 읊는다. 그런데 지금 시후호의 십경 중 하나가 없어졌다는 것이다. "무릇 천하를 다스리는 데는 9경經이 있다"(『중용』)고 했는데, 분명 예부터 9경經이 있어왔음에도 9경景을 보기는 드물다는 것이 바로 10경병에 대한 따끔한 경고인 것이다. 최소한 십경병 환자들로 하여금 비정상임을 깨닫게 하고 어느덧 자신의 귀여운 고질병 중 10분의 1이 달아났음을 알게 하는 것이다.

하지만 그 이면엔 비통함이 있다.

사실 어쩔 수 없는 파손도 부질없고, 내가 이를 후련해하는 것도 무의미한 자기 기만에 불과할 뿐이다. 고상한 사람이나 신자信士, 전통을 중시하는 대가는 반드시 고심하여 교묘한 말로 다시 십경을 채울 것이다.

파괴가 없으면 새로운 건설도 없는 게 대체로 사실일 게다. 그러나 파괴가 있다고 해서 반드시 새로운 건설이 생기는 것은 아니다. 브란데스의 말을 빌리면 루소, 슈티르너, 니체, 톨스토이, 입센 등은 '궤도軌道 파괴자' 들이다. 사실 이들은 파괴할 뿐 아니라 제거하고 고함치며 앞으로 나아가, 거치적거리는 옛 궤도의 선로나 조각들을 쓸어내고 비웠다. 게다가 고물상에 팔려고 폐철 조각이나 낡은 벽돌 조각을 들고 돌아가려 하지 않았다. 중국에는 이런 부류의 사람이 매우 적다. 설령 있다 해도 사람들이 뱉은 침에 덮여 죽을 것이다. 공자 선생은 확실히 위대하다. 무당과 귀신의 세가 그토록 왕성하던 시대에 태어났는데도 세속을 따라 귀신을 논하지 않았으니 말이다. 그러나 애석하게도 지나치게 똑똑하여 "조상에게 제사 지낼 때에는 조상이 생존해 있는 듯이 하고, 신에게 제사 지낼 때에는 신이 앞에 있는 듯이 하라"고 하며 『춘추』를 편찬할 때 썼던 그 방법으로 '~한 듯如'이란 글자를 써서 '세련되고도 매정한' 뜻을 내포했는데, 이로써 사람들을 한동안 헷갈리게 하고 그의 심중에 반대의 뜻이 있음을 간파하지 못하게 한 것이다. 그는 자로에게 맹세는 했어도 귀신에게는 선전포고하려 하지 않았다. 일단 선전포고하면 평화가 깨지고 쉬이 타인을 욕하는 죄—기껏해야 귀신을 욕하는 데 불과한 죄—를 저지르게 되기 때문이다. 즉 「형론衡論」(『신보부전晨報副鐫』, 1월)의 작가 TY 선생처럼 훌륭한 사람이 있다면 귀신을 대신해 다음과 같이 공자를 조롱할 것이다. 명예를 위해서인가? 사람을 욕하면 명예를 얻을 수 없으므로. 이익을 위해서인가? 사람을 욕하면 이익을 얻을 수 없으니까. 여인을 유혹하고 싶어서인가? 치우蚩尤(고대 중국 동쪽 부족의 수령으로 황제黃帝와 맞서 싸우다 패했다는 신화 속의 인물)의 얼굴도 글에 새길 수는 없다. 그러니 뭐가 좋다고 그것을 하고자 하겠는가?

공자는 세상물정에 정통한 노선생인지라 얼굴에 새기는 문제 말고는 대체로 마음이 깊어 공공연한 파괴자가 될 필요가 없었기에 귀신에 대해 말하지 않았을 뿐이고 결코 욕하지 않았다. 그리하여 엄연히 중국의 성인이 된 것이다. 도道가 크다는 것은 포용하지 않는 것이 없다는 것이다. 그렇지 않았다면 현재 사당에서 기려지는 대상은 아마도 공씨가 아닐 것이다.

연극 무대 위에서일 뿐이나 비극은 인생에서 가치가 있는 것을 파괴하여 사람들에게 보여주고 희극은 무가치한 것을 찢어 부수어 사람들에게 보여준다. 풍자 또한 희극의 변형된 지류에 지나지 않는다. 그러나 비장함悲壯과 해학滑稽은 모두 십경병의 원수다. 비록 파괴하는 영역이 각자 다르긴 하지만 모두 파괴성이 있기 때문이다. 만일 중국에 십경병이 여전히 존재한다면 루소 무리와 같은 미치광이가 결코 생겨나지 않을 뿐 아니라 비극작가나 희극작가, 풍자시인조차 탄생하지 않을 것이다. 있는 것이라곤 희극적 인물이거나 희극도 비극도 아닌 인물이 모조해낸 십경 속에서, 그저 각각의 십경병을 지니고 생존하는 것뿐이다.

그렇지만 완벽하게 머물러 있는 삶은 매우 드물다. 그래서 파괴자가 오는 것이다. 그러나 결코 스스로 먼저 깨달은 자가 파괴자로 오는 게 아니라 광포한 강도나 외부의 오랑캐가 왔다. 일찍이 험윤玁狁(흉노족)이 중원에 왔었고 오호五胡가 왔었으며 몽골족도 왔었다. 동포인 장헌충은 사람을 풀 베듯 죽였지만 만주 병사의 화살을 맞고 숲속으로 들어가 죽었다. 어떤 이는 중국을 논하며 말하길, 만약 신선한 피를 가진 야만족의 침입이 없었더라면 그 자신이 어느 정도까지 부패할지 진정 모를 일이라고 했다. 이것은 물론 극단적으로 악랄한 빈정거림이지만 우리 역사를 들춰볼 때 부끄러워 진땀이 나는 건 어쩔 수 없다. 외부의 적이 침입하면 잠시 동안 혼란을 겪다가 결국 그를 주인으로 모시고 그의 무력 아래 옛 법을 손보았다. 내부의 적이 생겨도 잠시 동안 혼란스럽다가 마침내 그를 주인으로 모신다. 혹은 다른 주인을 모시고 자기의 기와 조각 부스러기 속에서 옛 법을 손질했다. 현의 지리지를 보면 병란이 일어날 때마다 열부와 열녀의 성씨, 이름이 추가되는 것을 알 수 있다. 최근의 전쟁을 보더라도 아마 여인의 절개를 대거 칭송하는 일투성일 게다. 그 많은 남자는 어디로 가버렸단 말인가?

무릇 이러한 강도식의 파괴는 결과적으로 기와 조각만 남길 뿐 건설과는 무관할 수밖에 없다.

그러나 태평한 시대 그러니까 옛 법을 수정하는 시기는, 결코 도적이 없는, 즉 나라에 잠시나마 파괴가 없는 때인가? 그런 것도 아니다. 그때는 노예식의 파괴 작용이 계속해서 활동하고 있는 때다.

뇌봉탑의 탑돌을 파간 것은 지극히 비근한 예에 불과할 뿐이다. 룽먼龍門의 석불石佛은 사지가 대부분 온전치 못하고, 도서관의 서적과 삽화도 반드시 찢어가지 못하도록 예방해야 하니 무릇 공공기물이나 주인 없는 물건이 움직일 수 없는 것이라면 온전한 경우가 드물다. 그러나 그것이 훼손되는 이유는 혁신자들의 개혁을 위함도 아니요 도적의 단순한 약탈 때문도 아니다. 단지 목전의 지극히 작은 이익 때문에 온전한 기물에 남몰래 상처를 내는 것이다. 사람이 많으니 상처는 자연스레 커지고 무너진 후에는 가해한 사람이 대체 누구인지 알 수 없게 된다. 마치 뇌봉탑 도괴 이후 우리가 단지 시골 사람들의 미신 때문이라고만 알고 있는 것과 같다. 공공의 탑이 사라졌는데, 시골 사람들이 얻은 것이라곤 벽돌 한 장에 불과하다. 이 벽돌은 장차 또 다른 자기 이익을 추구하는 사람에 의해 소장될 것이고 결국에는 파괴될 것이다. 만일 백성이 먹고 살만 한 태평성대라면 십경병이 또 도져 새로운 뇌봉탑이 생겨나게 될 것이다. 그러나 앞으로 그것이 맞을 운명도 미루어 짐작할 수 있지 않은가? 만약 시골 사람들이 여전히 이러한 시골 사람이라면 오랜 관습도 여전히 오래된 관습이리라.

이러한 노예식의 파괴는 결과적으로 기와 조각만 남길 수 있을 뿐, 건설과는 무관하다.

어찌 시골 사람들의 뇌봉탑에 국한된 것이겠는가. 매일 매일 중화민국의 초석을 몰래 파가는 사람이 현재 얼마나 되는지 모르겠다.

기와 조각이 뒹구는 마당은 그래도 슬퍼할 게 아니다. 기와 조각 마당에서 낡은 관습을 고치는 일이야말로 비참한 것이다. 우리는 혁신적인 파괴자를 원한다. 왜냐하면 그들의 마음속에는 빛나는 이상이 있기 때문이다. 우리는 마땅히 혁신가와 도적, 노예를 구별해야 하며 자신이 후자 2종으로 전락하는지를 마땅히 조심해야 한다. 이 구별은 결코 복잡하지 않다. 타인을 관찰하고 자신의 언행과 생각을 성찰하면서, 앞에서 아무리 선명하고 보기 좋은 깃발을 흔들고 있던 간에 이를 빌미로 이기적인 징조가 있으면 도적이요, 눈앞의 작은 이익에만 급급해하면 노예인 것이다.

1925년 2월 6일

_『루쉰 전집』 제1권 『무덤』

길잡이 글

다음의 두 편은 한층 더 깊이 있는 문제를 다루고 있다. 전제정권 체제에서 노예를 부리는 것은 몸을 잔인하게 학대하는 데 그치지 않고 정신에 심각한 손상을 입힌다. 심지어 잔혹함은 잔혹함을 낳도록 하여 노예정신의 병리적 현상을 야기한다는 것이다. 「수감록 65」에서 언급하고 있는 '폭군의 신민'이 '피를 갈망하는 욕구'라든가, "폭정이 타인의 머리에 떨어지기만을 바라고 도리어 자신은 즐겁게 구경하면서 '잔혹'으로 오락을 삼는 것"이 바로 이 경우다. 「우연히 쓰다」에서도 "가혹한 교육은 가혹한 것을 보고도 더 이상 가혹하다고 느끼지 못하게 만들고" "노예들은 '혹형' 교육을 익히 받아온 터라 사람한테는 응당 혹형을 써야 한다고만 알고 있다"고 언급했다. 그래서 결국에는 사람들이 "폭력으로써 폭력을 제압하는" 괴이한 악순환에서 벗어나지 못하는 것이다. 이것은 지금까지 인류가 해결하지 못한 난제다.

수감록65:
폭군의 신민

청대 왕조의 기록에서, '군신 백관'이 엄중히 죄를 선고하고자 하나 '성상聖上'이 이를 경감해주던 몇몇 중대 사안을 읽은 적이 있다. 아마도 황제가 어질고 덕이 두텁다는 미명을 만들고자 이런 수작을 부리겠거니 했다. 나중에 다시 곰곰이 생각해보니 전혀 그런 것이 아니었다.

폭군 치하의 신민들이 대체로 폭군보다 더 포악했던 것이다. 때로는 폭군의 폭정이 폭군 치하에 사는 백성의 욕망을 채워주지 못했다.

중국을 거론하지 않아도 되겠다. 외국의 예를 들자면, 작은 것으로는 고골의 희곡 『검찰관』을 들 수 있다. 군중은 금지하려 했지만 러시아의 황제가 오히려 공연할 수 있도록 허락했다. 큰 것으로는 총독이 예수를 석방하려 했으나 군중이 도리어 그를 십자가에 못 박으라고 요구한 경우를 들 수 있다.

폭군의 신민은 폭정의 난폭함이 타인의 머리에 떨어지기만을 원하고 그것을 보면서 도리어 기뻐한다. '잔혹'을 오락거리로 삼고 '타인의 고통'을 볼거리로 삼아 위안을 얻는 것이다.

그저 스스로 터득한 요령이라곤 '다행히 나는 면했네'라는 것뿐이다.

'다행히 나는 면했네'라고 생각하는 무리 속에서 또 희생자를 뽑아내, 폭군 치하 신민들의 피에 굶주린 욕망을 채워주고 있는데, 누구도 이 사실을 이해하지 못한다. 죽는 이는 '아야' 소리를 내고 살아 있는 자는 기뻐하면서.

_『루쉰 전집』 제1권 『열풍』

우연히 쓰다

9월 20일자 『선보申報』에 자산嘉善 지역의 소식이 있는데, 발췌하자면 다음과 같다.

본 현 다야오향大窯鄉의 선허성沈和聲과 그 아들 린성林生은 비적 스탕샤오디石塘小弟에게 납치당해 금품 3만 위안을 내놓으라는 협박을 받았다. 선씨 일가는 중류층의 가산을 지니고 있기에 머뭇거리며 결정을 내리지 못하고 있었다. 그러자 비적 일당은 딩펑丁棚 북쪽의 베이탕탄北蕩灘에서 선씨 부자와 장쑤蘇境에서 납치한 인질들을 잔혹하게 고문했다. 그들은 등에 헝겊 조각을 붙여 생옻칠을 바른 후 마른 다음 떼어내 등가죽까지 벗겨냈다. 통증이 폐부를 찌르자 비명을 지르며 살려달라고 애원하는데 차마 눈뜨고 볼 수 없을 정도였다. 이 지역의 주민들이 이를 목도하고 괴롭고도 불쌍하여 이 참상을 선씨 가문에 고해 속히 돈을 가지고 오지 않으면 그들이 살아돌아가지 못한다고 일렀다고 한다. 비적떼의 잔혹한 수단은 실로 혀를 내두를 정도다.

'혹형'에 대한 기사는 각 지방의 신문에서 수시로 볼 수 있는 것이다. 그러나 우리는 볼 때만 '잔혹하다'고 느낄 뿐 오래 지나지 않아 잊어버리게 된다. 실제로 기억하려야 할 수도 없다. 그러나 혹형의 방법은 결코 갑작스레 발명된 것이 아니라 반드시 그것을 전수한 스승이나 조상이 있게 마련이다. 예를 들어 스탕샤오디가 차용한 방법도 옛날에 사용하던 것인데, 사대부들은 구태여 보려 하지 않지만 아랫사람들은 대부분 알고 있는 『설악전전說嶽全傳』, 일명 『정충전精忠傳』을 보면 나온다. 이것은 진회秦檜가 악비嶽飛에게 '매국노'임을 시인하라며 고문할 때 사용한 방법이다. 다만 그가 사용한 재료는 마 조각과 물고기 부레였다. 내 생각에 생 옻칠이라고 한 게 그다지 정확하지 않은 것 같다. 그게 쉽게 마르지 않는 것이기 때문이다.

'혹형'을 발명하고 개량한 사람은 다른 사람이 아니라 잔혹한 관리와 폭군이다. 이것이 그들의 유일한 사업이며 이것을 위해 시간을 들여 연구하기도 한다. 이것은 백성을 위협하고 간신을 제거하기 위한 것이다. 하지만 노자老子가 "되나 말을 만들어 용량을 재고자 했더니, 그마저 훔쳐버리니……"(『장자』 「거협胠篋」에서 인용한 것이므로 장자라고 해야 맞음—엮은이)라고 말한 것이 딱 맞다. 혹형을 당할 자격이 있는 이들조차 '도용'하니까 말이다. 명대의 농민 봉기 영수였던 장헌충이 사람 가죽을 벗긴 것은 놀랄만한 일이 아니었는가? 그러나 장헌충 이전에도 이미 '반역한 신하' 경청景淸의 가죽을 벗긴 영락제가 있었다.

노예들은 '혹형'이라는 교육을 충실히 받고서 사람에게는 응당 혹형을 베풀어야 한다고만 알고 있다.

그러나 혹형의 효과에 대해 주인과 노예들은 다른 의견을 가지고 있다. 주인 및 그 수하들은 대부분 지식인들이라 적에게 혹형을 베풀 때 어찌 해야 충분히 고통스럽게 할 수 있을지 추측할 수도 있었다. 그리하여 고심하고 계획하여 진보를 거두었다. 노예들은 틀림없이 우매한 자들이라 '자신을 돌아봐 타인을 헤아리기'는커녕 '몸소 공감할' 수도 없었다. 그들에게 그럴 권한만 있다면 기성의 방법을 사용하는 게 당연하겠지만 그들의 의도는 지식인들이 헤아린 것만큼 그렇게 참혹한 것이 아니었다. 알렉산드르 세라피모비치는 『철鐵의 흐름』에서 농민이 어느 귀족의 어린 딸을 죽인 이야기를 썼다. 그 어머니가 처연하게 울자 농민은 이상하게 여기며 왜 우냐고, 우리는 수없이 많은 어린아이를 죽였어도 조금도 울지 않았노라고 말한다. 그는 잔혹한 게 아니었다. 여태껏 인명이 그렇게 귀한 것인지 몰랐기 때문에 되레 그것을 이상하게 여긴 것이다.

노예들은 개돼지처럼 취급당하는 데 익숙해져서 그저 사람도 개돼지와 별반 차이가 없다고 알고 있다.

노예를 부리거나 반노예를 부렸던 행복한 사람들은 줄곧 '노예의 반란'을 두려워했는데 진정 이상할 게 못 된다.

'노예의 반란'을 예방하고자 '혹형'을 더욱 가하니 이 때문에 혹형은 더욱 말로에 이르게 되었다. 지금 시대에 총과 칼은 이미 신기할 것이 못 된다. 효수하고 시체를 내거는 것도 잠시 동안 군중의 감상거리가 될 수 있을 뿐 겁탈, 납치, 난동이 줄지 않고 비적의 떼조차 다른 이에게 혹형을 베푸니 말이다. 잔혹함의 교육은 사람들이 잔혹함을 보고도 무감각해지게 만든다. 예를 들어 무단으로 몇 사람을 죽였다면 예전에는 모두 소리쳤겠지만 지금은 다반사처럼 여긴다. 사람들이 철면피처럼 길들여져서 감각이 없는 문둥병자같이 되었다. 그러나 문둥이의 피부가 되어버렸기 때문에 잔혹한 전진을 할 수 있으니, 이 또한 잔혹한 관리나 폭군이 예상치 못한 바다. 설령 예상했다 할지라도 어찌할 방법이 없을 것이다.

9월 20일

_『루쉰 전집』 제4권 『남강북조집』

덧붙이는 말

루쉰이 논한 각양각색의 '총명한 사람'

정인군자

경서를 읽는 사람들의 양심을 눈으로는 볼 수 없지만 그들은 대체로 똑똑한 사람들이라 할 수 있다. 그러나 이 총명함은 경서와 고문을 읽는 데에서 얻은 것들이다. 일찍이 문명을 이루었으나 훗날 몽골인과 만주인의 통치를 떠받들었던 우리나라에는 고서가 많아도 너무 많다. 미련한 소가 아닌 이상 조금만 읽어도 어떻게 설렁설렁 얼버무릴지, 어찌 구차하게 살며, 어떻게 아부할지, 어떻게 권세를 부릴지, 자기의 사욕을 채울지, 그러면서도 대의를 빌려 미명을 훔쳐낼 수 있을지 알 수 있다. 여기에서 더 나아가 중국인들이 잘 잊는다는 사실을 깨달을 수 있다. 언행이 일치하지 않든, 명목상의 것과 실제의 것이 부합하지 않든, 앞뒤가 모순되든, 거짓을 말하고 요언을 만들어내든, 파리와 개처럼 구차하게 빌붙어 살든, 모두 중요치 않다. 얼마간의 시간이 지나면 자연스레 깨끗이 잊어버린다. 전통을 수호하는 글을 조금 남기기만 해도 장래에 '정인군자'라고 간주될 수 있다.

_『화개집』「민국 14년의 '경서를 읽다'」

아인雅人

어떤 총명한 사대부들은 피의 호수에서도 여전히 넓고 쾌적함을 찾을 수 있다. (…) 이것은 참으로 굉장한 능력이 아닐 수 없다.

책을 내려놓고 눈을 감고 누운 채로 이 능력을 배울 수 있는 방법을 생각해보았다. (…) 명상의 결과, 태극권 두 수 정도로 추려내보았다. 첫째는 세상사를 "유심히 보지 않고 수박겉핥기로 보는 수"다. 언제든 잊어버리고 명료하게 이해하지 않으며 관심 있는 척하지만 간절하지 않는 식이다. 둘째는 현실을 볼 때 "모든 것을 자세히 보고 들으려 하지 않는 수"다. 마비되고 냉정하여 감정이 없는 것은 처음에는 노력해야 하나 나중에는 자연스러워진다. (…) 또 하나 작은 지름길이 있는데, 그것은 서로 거짓말을 해대서 자신과 타인을 속이는 것이다.

_『차개정잡문』「병치레 후의 잡담4」

은사隱士

태산이 무너지고 황하가 흘러넘쳐도 은사들은 눈으로 보지 않고 귀로 듣지 않는다. 그러나 만약 의론이 생겨 본인들이나 혹은 그의 무리에게 여파가 미치면 천리 밖에 있어도, 반 마디 미미한 것이라도 또렷이 듣고 밝게 본다. 마치 그 사건의 중대함이 우주의 멸망보다도 큰 것처럼 분연히 들고 일어나는 것도 이 때문이다.

_『차개정잡문』 2집 「은사」

얼처우二醜

얼처우의 요령은 다르다. 그는 어느 정도 상류층 인사의 모양새를 지녀서 거문고, 바둑, 서예와 그림을 이해하고 벌주놀이나 수수께끼도 할 줄 알기에 권세가들을 믿고 백성을 멸시한다. 누가 핍박을 받으면 몇 마디 냉랭한 조소를 내뱉으며 통쾌해 하고, 누가 모함을 받아 어려운 처지에 몰리면 겁박하는 말을 몇 마디 하기도 한다. 하지만 그의 태도가 항상 이런 것만은 아니다. 고개를 돌려 무대 아래에 있는 관객들을 향해 고개를 가로저으며 익살스런 표정을 지은 채, "이 사람 좀 보시오. 이번엔 된통 당해야 하는 데 말이오"라며 그가 모시는 공자의 결점을 꼬집는다.

이 최후의 수단이 바로 얼처우의 특색이다. 얼처우는 충성스러운 종처럼 우직하지 않고 악한 종처럼 단순하지도 않다. 그는 지식계급이다. 그는 자신이 의지하고 있는 대상이 얼음산이니 결코 오래 갈 수 없고 이다음엔 다른 집에 가서 빌붙어 살아야 한다는 것을 잘 알고 있다. 그래서 권세가에 빌붙어 권력을 나눌 때조차도 자신이 그와 다른 부류인 척하는 것이다.

_『준풍월담』 「얼처우의 예술」

건달流氓

고금을 막론하고, 무릇 정해진 이론이 없거나 주장의 변화에 아무런 실마리도 찾을 수 없는데도, 수시로 각종 각파의 이론을 가져다가 무기로 삼는 사람들을 건달이라고 부른다. 예를 들어 상하이의 건달들은 시골 남녀 한 쌍을 보면서 이렇게 말한다. "어이, 너희 모양새가 풍속을 해치고 있어. 법을 어겼다고!" 그는 중국법을 사용한 것이다. 만약 길가에 소변을 보는 시골 사람을 본다면 그는 또 이렇게 말한다. "이봐, 이건 금지된 거야. 법을 어겼어. 감옥에 들어가야겠어!" 이때는 외국법을 사용한 것이다. 그러나 결국 법이든 불법이든 상관없다. 그저 돈 몇 푼 뜯어내면 끝나는 일이니.

_『이심집』「상하이 문예의 일별」

총명은 세상을 지탱할 수 없다
세상은 도리어 어리석은 사람이 만드는 것이고 총명한 사람은 세상을 지탱할 수 없다. 특히 중국의 총명한 사람은.

—『무덤』「『무덤』의 뒷면에 쓰다」

쉬광핑이 루쉰의 '바보스러움'에 대해 말하다

선생님이 베이징에서 바보처럼 필사적으로 사람들을 도우시니 저희가 뵙기에도 민망했으나 감히 말을 꺼낼 수가 없었습니다. 사실 이건 별 게 아닐 거예요. 우리 부모님은 일평생을 그렇게 바보처럼 사셨으니 말입니다. 아무 것도 남기지 않고 돌아가셔서 자식들이 빈궁하게 살고 있지만 저희는 부모님을 존경하고 사랑하며 의롭게 서로 돕고 삽니다. 그래서 저는 외지에서도 공부를 하고 마침내 졸업까지 할 수 있었습니다. 천지간에는 바보가 있어야 하고 서로 바보짓을 해야만 사회가 올바로 설 수 있는 것입니다.

_『양지서』「루쉰에게」(1926년 11월 27일)

청년들은 선생님과 중도에서 헤어지거나 혹은 적이 되어 돌아서거나 심지어 모함하기도 했습니다만 선생님은 시종일관 변함이 없으셨습니다. 선생님은 긴 강처럼 그들이 남든 흘러가든 그다지 마음에 담아두지 않고 새로 오는 이를 계속 받아주며 정성으로 대했습니다. 어떤 이들은 "그만해도 되지 않는가?"라면서 기운을 아끼라고 충고했으나, 선생님의 답은 "한 사람이 도적이 되었다고 해서 전체를 의심할 수는 없네"였습니다.

누군가 '세상의 연고' 때문에 선생님이 늙는다고 말하지만, 저는 선생님이 단지 '타의 추종을 불허할 만큼 바보 같다'고 생각할 따름입니다.

선생님은 "오직 이익만을 추구하는 사회에서 바보 몇 명 쯤 있다는 건 좋은 것이다"라고 말했습니다. 선생은 스스로가 바보임을 알고 있었고 종종 바보같이 구셨습니다. 그는 "나처럼 구는 청년이 몇 있다면 중국은 더 나아질 것이고 지금 같지는 않을 것이다"라고 말씀하셨습니다.

_『흐뭇한 기념』「루쉰과 청년들」

'진정한 지식계급'에 대해 말하다

알고 보면 러시아의 지식계급은 중국과 다르다. (…) 그들은 평민을 위해 불만을 품고 그들의 고통을 대중에게 말할 수 있는 사람들이기 때문이다. (…) 그는 평민과 가깝거나 그 자신이 평민이다. (…) 동일하게 평민의 고통을 느낄 수 있으니 평민의 고통을 평민의 언어로 속 시원히 적어낸다. (…) 지식계급은 어떠해야 하는가? 지휘하는 칼 아래서 명령을 듣고 행동해야 하는가? 아니면 백성의 편에 서서 주장해야 하는가? 생각하는 바가 무엇이든 주장하라. 진정한 지식인은 이해관계를 따지지 않는다. 이해관계를 생각한다면 가짜이며 지식인을 사칭한 것이다. 가짜 지식인은 그저 수명이 조금 길 뿐이다. 오늘은 이런 주장을 했다가 내일은 다른 말을 하니 그들의 사상이 날마다 진보하는 것 같으나, 진정한 지식인이라면 결코 이처럼 빠르지 않다. 그들은 사회에 영원히 만족할 수 없기에, 영원히 고통을 느끼고 영원히 결함을 감지한다. 그들은 장래에 닥칠 희생을 예비하고 있고 이들이 있기 때문에 사회가 시끄럽다. 그러나 지식인 본인은 항상 심신이 고통스럽다.

_『집외집습유보편』「지식계급에 대해」

鲁 迅 精 選

제 4 편

루쉰을 읽다 Ⅲ

생명의 길

루쉰의 기본적인 문학 명제와 사상 명제들을 이해했으니,
이제 대화의 화제를 '루쉰과 청년'으로 바꿔보자.
이것은 사실상 앞의 '아버지와 아들'에서 다루었던 바를
확대 내지 연장·심화한 것이다.
그러므로 '그'와 '나(우리)'의 관계를 다루게 될 것이다.
이것이 우리가 루쉰을 읽는 시작점이자 귀결이다.

1.
생명의 길

길잡이 글

루쉰은 5·4 시기에 가졌던 중국 사회에 대한 책임감을 평생 이행하면서 살았다. "스스로 인습의 무거운 짐을 짊어지고 암흑의 수문水門을 어깨에 메고" 젊은 세대를 "보다 넓고 밝은 곳으로 가도록 하여, 이다음에 그들이 행복하게 지내고 합리적인 사람 노릇을 하도록" 놓아주었다. 루쉰과 청년의 관계에서 체현된 것이 바로 이러한 정신이다.

이 때문에 그는 청년의 '스승 노릇'을 거부했다. 이것은 현대의 민주와 평등 정신을 체현한 것이기도 하고 나아가 루쉰 식의 각성이라고도 할 수 있다. 그는 "분명코 나는 시시각각으로 타인을 해부한다. 그러나 더 많은 경우, 더욱 가차 없이 나 자신을 해부한다"라고 말했다. '업고 있는 옛 망령' 벗어버리고자 그조차 길을 찾으며 '어느 길이 좋은지 알지 못하는데' 어찌 청년의 길을 인도할 수 있단 말인가? 그는 "진화의 연쇄사슬 속에서" 본인은 일개 '중간물'에 지나지 않음을 깨닫게 되었다. "마땅히 세월과 함께 지나가고 점차 소멸해야 하므로 기껏해야 교량 가운데의 나무 하나, 돌 하나에 지나지 않는 자신이 결코 앞길의 목표나 본보기 따위가 될 수 없다"고 한 것이다.

이러한 이유 때문에, 루쉰이 청년세대에게 하고 있는 가장 중요한 훈계는 다음과 같다. 타인에게 운명을 의탁하지 말 것이니 "어찌 금칠한 간판을 내건 스승을 찾아야 한단 말인가?" 자신의 생명의 길을 스스로 파악하고 만들어내 "친구를 찾아 연대하여 생존의 방향으로 함께 나아가라." "무엇이 길인가? 그것은 바로 길이 없던 곳을 밟아 길을 만들어낸 곳이다. 가시덤불만 있던 곳을 개척하여 만들어낸 곳이다."

만약 "진정 살아가고자 한다면" "먼저 과감하게 말하고 웃고 울고 화내고 욕하고 때려라. 이 저주할 만한 곳에서 저주할 만한 시대를 공격해야만 한다."

스승

최근 청년에 대해 말하는 것이 꽤 유행이라서 입만 열고 닫아도 청년이란 말을 하고 있다. 그러나 청년이라고 해서 어찌 다 같다고 말할 수 있겠는가? 깨어 있는 자도 있고, 잠들어 있는 자도 있고, 어리둥절해 하는 자도 있고, 누워 있는 자도 있고, 놀고 있는 자도 있다. 이 밖에도 많다. 물론 전진하고자 하는 자도 있다.

전진하고자 하는 청년들은 대개 스승을 찾고 싶어 한다. 그러나 나는 그들이 영원히 스승을 찾을 수 없다고 감히 말하고 싶다. 찾지 못하는 편이 오히려 운이 좋은 것이다. 스스로를 아는 사람은 자신의 부족함을 알고 사양하는데, 과연 스스로 잘 안다고 자부하는 이는 길을 알기나 하는 걸까? 무릇 스스로 길을 안다고 생각하는 이는 모두 '이립而立(30세)'의 나이를 넘겼고 희끗희끗하며 나이 든 테가 난다. 원숙할 따름인데 자기가 길을 알고 있다고 잘못 알고 있다. 진실로 길을 안다면 스스로 일찍이 자신의 목표로 나아갔지 어찌하여 스승이 되려는 상태에 머물러 있겠는가? 불법佛法을 설파하는 중이나 선약仙藥을 파는 도사도 곧 백골과 '똑같은 처지가' 되는데, 사람들이 지금 그들에게서 서방 정토의 대법大法을 듣고 승천하는 비법을 구하고자 하니 어찌 우습지 않단 말인가!

그러나 내가 감히 이 사람들을 모두 없애고자 하는 것은 아니다. 그들과 거리낌 없이 대화를 나눌 수는 있다. 말하는 자는 말할 수 있을 뿐이고 글을 쓰는 자는 글을 쓸 수 있을 뿐이다. 다른 사람이 그에게 권법을 바란다면 잘못된 것이다. 만약 그가 권법을 할 수 있었다면 일찌감치 했을 것이다. 그러나 그때 또 다른 이가 공중제비하라고 할지도 모른다.

깨달은 청년도 있는 것 같다. 일찍이 청년필독서에 대한 『징보부간京報副刊』의 견해가 분분하자 한 청년이 "믿을 건 자신밖에 없네요"라고 불평했던 것을 나는 기억한다. 좀 매정하지만 지금 나는 과감히 한 구절을, 이렇게 바꾸고 싶다. "자신조차 믿을 수 없다."

우리는 모두 기억력이 그다지 좋지 않다. 이것은 이상한 일이 아니다. 인생에는 고통스러운 일이 너무나 많고 특히나 중국에서는 더욱 그러하니까. 기억력이 좋으면 아마도 고통의 무게에 압사될 것이다. 기억력이 나쁜 사람만이 적자생존하고 희희낙락 살아갈 수 있다. 그러나 우리는 결국 어느 정도의 기억력을 지니고 있어서 '오늘은 맞고 어제는 틀렸다'라든가, '겉과 속이 다르다'라든가, '오늘의 나와 어제의 내가 싸운다'라고 회상하면서 말하곤 한다. 우리는 배가 고파 죽겠는데 아무도 보지 않는 곳에 차려진 밥상을 보았다든가, 돈이 쪼들릴 때 아무도 보지 않는 곳에 떨어져 있는 돈을 발견했다든가, 성욕이 들끓을 때 이성을, 그것도 매우 아름다운 이성을 보게 되는 경우에 처해보지 않았다. 생각건대 너무 일찍부터 확신에 차 큰소리친다고 좋을 건 없다. 그렇지 않으면 이다음에 기억나 부끄럽게 될 것이다. 어쩌면 여전히 자신을 그다지 믿지 못하겠다는 자가 비교적 믿을 만한 자일 게다. 청년이 또 어찌 금칠한 간판을 내건 스승을 찾아야만 한단 말인가? 친구를 찾아 연대하여 생존의 방향으로 함께 가는 것만 못하다. 청년들은 생기와 힘이 많으니 깊은 숲을 만나면 개척하여 평지로 만들 수 있고, 광야를 만나면 나무를 심을 수 있으며, 사막을 만나면 샘을 파낼 수 있다. 뭣 하러 가시덤불로 막힌 옛길을 묻고 뭣 하러 오염되고 시커먼 스승을 찾는단 말인가.

5월 11일

_『루쉰 전집』 제3권 『화개집』

수감록66:
생명의 길

인류의 멸망은 매우 외롭고도 슬픈 일이라고 생각한다. 그러나 몇몇 사람의 멸망은 결코 외롭거나 슬프지 않다.

생명의 길은 진보하는 것이다. 항시 무한한 정신이라는 삼각형의 빗면을 따라 올라가니 어떤 것도 그를 방해할 수 없다.

자연이 인간에게 부여한 부조화는 여전히 많다. 인간 스스로 시들고 타락하고 퇴보한 것도 여전히 많다. 그러나 생명은 결코 이 때문에 돌아보지 않는다. 인간의 절박하고 완벽한 잠재력은 어둠이 몰려와 대세를 막아도 비참함이 사회를 습격해도 죄악이 사람의 도를 더럽히더라도 항상 이런 철가시를 즈려밟고 앞으로 나아간다.

생명은 죽음을 두려워하지 않는다. 죽음의 면전에서 웃으며 뛰며, 멸망하는 사람들을 뛰어넘어 앞으로 나아간다.

무엇이 길인가? 바로 길이 없던 곳을 밟아 길을 만들어낸 곳이다. 가시덤불만 있던 곳을 개척하여 만들어낸 곳이다.

이전에도 길이 있었으니 이후에도 영원히 길이 있을 것이다.

그러니 인류는 외로울 리 없다. 왜냐하면 생명이 향상적이고 낙천적이기 때문이다.

어제, 내 친구 L에게 이렇게 말했다. "한 사람이 죽으면 죽은 그 자신이나 그의 집안 식구들에게는 슬픈 일이겠지. 그러나 한 마을, 한 진鎭의 사람들이 보기에는 별로 대수로운 것이 아니지. 그렇다면 한 성省, 한 국가, 한 종種의 입장에서 본다면……."

L은 매우 불쾌해하며 말했다. "그건 Nature의 입장이지, 사람은 그렇지 않아. 자네 좀 조심해야겠네."

나는 그의 말도 틀리지 않다고 생각한다.

_『루쉰 전집』 제1권 『열풍』

홀연히 생각나다
(제5절)

나는 너무 일찍 태어나, 캉유웨이康有爲 무리가 '공거상서公車上書(1895년 일본과 맺은 마관조약에 반대하여 거인들이 조약 거부와 천도, 변법을 요구하며 광서제에게 올린 상서)'를 올렸을 때도 꽤 나이를 먹은 상태였다. 정변 이후, 문중의 소위 어르신이라는 분이 내게 훈계하며 "캉유웨이는 왕위를 찬탈하고 싶은 거야. 그래서 이름이 유위有爲이지. '유有'는 부유해져 천하를 갖는다는 뜻이고, '위爲'는 부귀해져 천자가 된다는 뜻이니까. 음모를 꾀한 게 아니고서야 뭣 하러 궤도를 벗어났겠어?"라고 말씀하셨다. 나는 '과연 그렇군. 참으로 악독하군'이라고 생각했다.

어르신들의 가르침은 나에게 이렇게 강력했다. 그래서 나도 독서인 집안의 가르침을 매우 충실히 따랐다. 숨을 죽이고 머리를 숙였으며 결코 경거망동하지 않았다. 두 눈을 내리깔아 황천을 바라보았다. 하늘을 바라보는 것은 오만한 행동이기 때문이다. 얼굴 가득 죽을상을 지었는데 말하고 웃는 것은 방자한 것이기 때문이다. 물론 나는 응당 그래야만 하는 것으로 여겼지만 가끔씩 마음속에서 약간의 반항심도 일었다. 마음의 반항이라고 해봤자 그때는 범죄랄 것도 아니었으니, 마음의 동기를 판단하는 것이 지금같이 엄하지는 않았던 듯하다.

그러나 이런 반항심도 어른들이 잘못 인도해서 생겨난 것이다. 왜냐하면 어른들 스스로는 종종 아무렇게나 크게 말하고 크게 웃으면서 유독 아이들만 그러지 못하도록 금했기 때문이다. 백성이 진시황의 휘황찬란함을 보았을 때, 말썽꾸러기 항우項羽는 "저놈의 자리를 대신 차지하겠다!"라고 말했고, 변변찮은 유방劉邦은 "대장부가 응당 저래야 하지 않겠는가?"라고 했다. 나도 변변찮은 부류인지라 어른들이 마음대로 말하고 웃는 게 부러워 가능하면 빨리 어른이 되길 바랐다. —비록 이 밖에 다른 이유들이 있었지만.

'대장부가 되어서 저래야 하지 않겠는가'라는 생각은 나에게 있어서 그저 죽을상을 짓기 싫었기 때문에 생긴 것이고 그조차 그다지 깊게 열망한 것은 아니었다.

기쁘게도 나는 이제 어른이다. 이것은 어떠한 괴이한 논리를 갖다 붙인다 해도 누구도 부인할 수 없을 것이다. 그러므로 나는 죽을상을 버리고 마음대로 웃고 이야기하기 시작했다. 그러나 뜻밖에 그 즉시 점잖은 분들의 방해를 받았다. 그들은 내가 실망스럽다고 말했다. 물론 나는 예전이 노인들의 세상이었고 지금은 소년들의 세상이란 걸 안다. 하지만 이상하게도 세상의 주인이 바뀌었는데 웃고 말하는 걸 막는 건 여전하다. 그렇다면 내가 죽을상을 계속 지어야 한다는 것인데, 이렇게 죽은 척하며 살다가 '죽은 후에나 그만두게' 되니 어찌 슬프지 않겠는가.

그러자 나는 너무 늦게 태어난 것을 원망했다. 어째서 20년 일찍, 그 어르신들이 웃고 떠들 수 있던 시대에 태어나지 않은 걸까? 진실로 '나는 시기를 못 맞춰 태어나' 저주할 만한 시대에, 저주할 만한 곳에 살고 있다.

존 스튜어트 밀은 전제정치가 사람들을 냉소적으로 만든다고 말했다. 헌데 어쩐 일인지 우리는 천하태평하고 냉소적이지도 않다. 생각건대, 폭군의 전제정치가 사람들을 냉소적으로 만든다면, 우민의 전제정치는 사람들에게 죽을상을 강요하는 것 같다. 모두가 점점 죽어가고 있는데도 스스로는 도를 잘 지키고 있으며 그렇게 해야 차츰 점잖은 사람에 가까워진다고 여긴다.

그럼에도 이 세상에서 진정 살아내고자 한다면, 먼저 과감하게 말하고 웃고 울고 화내고 욕하고 때려라. 이 저주할 만한 곳에서 저주할 만한 시대를 공격해야만 한다.

4월 14일

_『루쉰 전집』 제3권 『화개집』

길잡이 글

루쉰은 일평생 젊은 세대라는 '흙'을 즐겨 배양했다. 대다수 교육가가 청년들에게 앞 다투어 '천재'가 되라고 고무하던 때였지만, 루쉰은 베이징사범대학 부속중학교의 강연에서 청년과 학생들에게 오히려 이렇게 말했다. "천재가 나와야 한다고 요구하기 전에 먼저 천재를 키워낼 민중이 되어야 합니다. 큰 나무가 있길 바라고, 아름다운 꽃을 보고 싶다면 반드시 좋은 흙이 있어야 하는 것처럼 말입니다. (…) 사실 흙이 나무나 꽃보다 더 중요하며, 천재는 대부분 하늘에서 내는 것이지만 천재를 키워내는 흙 정도는 모두가 될 수 있다고 나는 생각합니다"라고 말했다.

더 나아가 루쉰은 '흙 정신'을 제창했다. 그 요점은 두 가지다. 첫째, "정신을 확장시켜 새로운 사조를 받아들이고 옛 틀로부터 벗어나" 자기가 먼저 현대적인 중국인이 되는 것이다. 둘째, "작은 일을 한다고 두려워하지 않고 현재를 꼭 붙들고 땅에 꼭 붙어" 착실하고 진지하며 전심으로 몰두하되 "꼴찌를 부끄러워하지 않는" 것이다.

우리가 이미 읽었던 「중국인은 자신감을 잃었는가?」에서 루쉰은 "옛날부터 우리에게는 전심으로 몰두하는 사람, 죽을힘을 다해 일을 추진하는 사람이 있었다"라고 말했다. 그는 또 이런 말도 했다. "착실하게 땅을 밟으며 중국인들의 생존을 위해 지금 피 흘리며 싸우는 사람들을 동지로 삼아야 하며 스스로 이것을 영광으로 여깁니다"(「트로츠키가 보낸 편지에 답하여」)라고 말한 적도 있다. 역사로부터 현실에 이르기까지 실제로 존재해왔던 이러한 흙 정신은 이미 전통이 되었고, 루쉰은 청년세대들이 이 정신적인 계보를 이어나갈 수 있길 명백히 기대하고 있다.

천재가 아직
나타나지 않았다고 하기 전에

나는 스스로 내 강연이 제군들에게 유익하거나 흥미로울 리 없다고 생각합니다. 왜냐하면 나는 실제로 잘 모르는 사람이기 때문입니다. 하지만 강연해달라는 부탁을 끌어온 지 오래된 터라 끝내 여기에서 몇 마디 하지 않을 수 없게 되었습니다.

제 생각에, 지금 많은 사람이 문예계에 바라는 목소리 중에는 천재가 있어야 한다는 요구가 가장 크지 않을까 싶습니다. 이로써 다음 두 가지를 뚜렷하게 반증할 수 있습니다. 첫째, 지금 중국에 천재가 없다는 것입니다. 둘째, 모두들 현재의 예술에 염증을 느끼고 무시하고 있다는 것입니다. 천재는 과연 있는 걸까요 없는 걸까요? 아마도 있겠지요. 하지만 우리나 다른 사람들이 보지 못한 것입니다. 보고 들은 바로 생각한다면 없다고도 말할 수 있습니다. 천재뿐 아니라 천재를 키워낼 수 있는 민중도 없습니다.

베이징사범대학에서 강연하는 루쉰. 1932년 11월 27일(저우링페이 제공)

천재는 결코 혼자 깊은 숲이나 황량한 광야에서 태어나 자라는 괴물이 아닙니다. 천재가 성장할 수 있는 민중에게서 태어나 길러지는 것입니다. 그러므로 이러한 민중이 없다면 천재도 없는 것입니다. 언젠가 나폴레옹이 알프스산을 넘으며 "내가 알프스산보다 더 높다!"라고 말했습니다. 이 얼마나 영웅다운 말인가요. 그러나 나폴레옹의 뒤를 따르던 수많은 병사를 잊어서는 안 될 것입니다. 병사들이 없었다면 저 산, 저쪽의 적들에게 사로잡히거나 쫓겨서, 나폴레옹의 행동거지나 언사는 모두 영웅의 것이 아니라 미치광이의 것으로 치부될 것입니다. 그래서 나는 천재가 나와야 한다고 요구하기 전에 천재를 낳고 기를 만한 민중이 먼저 되어야 한다고 생각합니다. 비유하자면 큰 나무가 있길 바라거나 예쁜 꽃을 보고 싶다면 반드시 좋은 토양이 있어야 하는 것과 같다고 할 수 있습니다. 흙이 없다면 꽃과 나무도 없는 것입니다. 그러므로 꽃과 나무보다 더 중요한 건 바로 흙입니다. 꽃과 나무는 반드시 흙이 있어야만 하는데, 그것은 마치 나폴레옹에게 훌륭한 병사가 없으면 안 되는 것과 같습니다.

그러나 지금 사회적인 논조나 추세는 진심으로 천재를 요구하면서도, 한편으론 천재를 죽이려고도 하고, 심지어 미리 준비된 흙조차 쓸어버리고자 합니다. 예를 몇 가지 들어보겠습니다.

첫째는 후스胡適가 제창했던 '국고國故 정리'입니다. 새로운 사조가 중국에 유입된 이후 과연 제대로 힘을 가졌던 적이 있었습니까? 그런데도 나이 든 이들과 젊은이들이 벌써부터 기진맥진해 중국 고유의 문화·학술만 주장합니다. 그들은 "예부터 전해온 중국의 좋은 것들을 정리하고 보존하지 않은 채 새로운 것을 취하려 들면 조상의 유산을 버리는 것과 마찬가지로 불초한 것이다"라고 말합니다. 조상을 추켜세우는 설법은 물론 지극히 위엄 있는 것입니다. 하지만 나는 낡은 마고자를 깨끗이 빨고 잘 개기 전에는 새로운 마고자를 만들 수 없다고 하는 말을 좀처럼 믿지 않습니다. 현 상태에 적용해서 말하겠습니다. 본래 일이란 각자가 자기 목적을 따라 하면 되는 것이니 노선생이 국고를 정리하고 싶으면 남쪽 창문 아래에서 죽은 책에 몰두하시면 되고, 청년들은 살아 있는 학문과 새로운 예술을 추구하여 각자가 할 일을 하면 되는 겁니다. 그러나 국고를 정리하자는 깃발을 가지고 외쳐댄다면 중국은 영원히 세계와 단절될 것입니다. 만약 모두가 이렇게 해야 한다고 여긴다면 더더욱 황당무계한 말이 아닐 수 없습니다. 골동품상과 대화하면 자신이 보유한 골동품이 얼마나 대단한지 자랑하는 이야기를 자연히 듣게 될 겁니다. 하지만 자기 조상을 잊었다느니 하면서 그가 농부나 화가, 예술 장인 등을 맹렬히 욕하지는 않습니다. 실제로 골동품상이 국학자들보다 훨씬 지혜롭습니다.

둘째는 '창작 숭배'입니다. 표면적으로 볼 때, 이것은 천재를 요구하는 방식과 흡사해 보이지만 사실은 그렇지 않습니다. 그 정신 속에 외래 사상과 이국 정서에 대한 배척이 포함되어 있어 이 또한 중국을 세계의 흐름에서 격리시킬 수 있는 것입니다. 많은 사람은 톨스토이, 투르게네프, 도스토예프스키 등의 이름을 이미 질리게 들었다고 합니다. 그러나 그들의 어떤 작품이 중국에 번역되어 있습니까? 나라 안으로 시야를 가둬두어, 피터나 존을 들먹이면 싫어하고 반드시 장씨나 이씨張三李四여야만 한다고 합니다. 이런 창작가가 나오긴 했으나 솔직히 말하면 좋은 것도 외국 작품의 기술이나 정신, 문필, 아름다움을 차용한 것에 불과할 뿐이고 사상도 번역 작품에 미치지 못합니다. 심지어 여기에 전통 사상까지 얹어 중국인의 오랜 입맛에 맞추니 독자는 그 굴레 안에 갇혀 점점 더 시야가 좁아지고 다 낡아빠진 올가미 안으로 들어가고자 합니다. 작가와 독자가 서로 원인과 결과가 되어 외국의 것을 배척하고 국수주의를 떠받드니 어찌 천재가 나올 수 있겠습니까? 설령 생겨난다 해도 살아남을 수 없을 겁니다.

이러한 기풍을 가진 민중은 재이지 흙이 아닙니다. 이런 곳에서는 아름다운 꽃이나 교목이 자라날 수 없습니다.

또 다른 하나는 악의적인 비평입니다. 모두가 비평가의 출현을 바란 지도 이미 오래되었고 지금은 많은 비평가가 생겼습니다. 하지만 애석하게도 그들 중에는 비평가답지 않은, 적지 않은 '불평가'가 있습니다. 작품이 면전에 오면 사납게 먹을 갈며 즉각 고명한 결론을 내리고 이렇게 말합니다. "아, 유치하기 짝이 없군. 중국에는 천재가 나타나야 할 텐데!" 나중에는 비평가가 아닌 이조차 이렇게 외치게 되었습니다. 그들이 들은 겁니다. 사실 천재라 하더라도 보통 아이들과 마찬가지로, 태어날 때 가장 먼저 울음을 터뜨리지 결코 좋은 시를 읊어내지 않습니다. 유치하기 때문에 당장 혹독하게 상처를 준다면 말라죽을 수도 있습니다. 나도 비평가들에게 혹평을 듣고 진저리를 치는 몇몇 작가를 직접 보았습니다. 물론 그 작가들이 대체로 천재는 아니었습니다만, 나는 평범한 사람도 남겨두길 바랍니다.

악의적인 비평가는 연약한 싹이 돋아 있는 땅 위에서 말을 타고 달리는 격인데, 그게 물론 굉장히 통쾌한 일이겠지만 화를 입는 것은 연약한 싹—보통의 싹과 천재의 싹—입니다. 유치함과 노련함의 관계가 흡사 어린아이와 노인의 관계인양 결코 수치스러워 할 게 아닌 것처럼, 작품 역시 처음에 유치했다고 해서 부끄러워할 필요가 없습니다. 왜냐하면 만약에 해를 입지 않았다면 생장하고 성숙하여 노련해질 수 있기 때문입니다. 오직 노쇠하고 부패한 것만이 도리어 어떤 약을 써도 살릴 수 없는 것입니다. 나는 어린 사람이든, 나이든 사람이든 유치한 마음을 가졌다면 유치한 말을 한다고 생각합니다. 다만 자기가 하고 싶은 말을 했다면 그 말을 한 후, 기껏해야 인쇄되어 나온 후에 자기의 소임을 다한 것이라고 봅니다. 깃발을 펄럭이는 어떤 비평에도 신경 쓸 필요가 없습니다.

자리에 앉아 있는 제군들은 십중팔구 천재가 나타나길 바라고 있겠지요. 그러나 상황이 이렇다보니 천재의 탄생은 어려울 뿐 아니라 천재를 길러낼 흙이 되는 것조차 어렵습니다. 천재는 대부분 하늘에서 내는 것이지만 천재를 키워내는 흙 정도는 모두가 될 수 있다고 나는 생각합니다. 흙이 되는 역할을 감당하는 것은 천재를 바라는 것보다 더 실효를 거둘 수 있습니다. 그렇지 않다면 설사 천 명, 백 명의 천재가 있다 해도 흙이 없기 때문에 마치 녹두의 싹이 흙이 아닌 접시에 담겨 있는 것처럼 자라나지 못하게 될 것입니다.

흙이 되려면 정신을 확장해야 합니다. 그래야만 새로운 사조를 받아들이고 구습을 벗어버리며 능히 장차 탄생할 천재를 용납하고 이해할 수 있습니다. 또한 작은 일이라도 두려워하지 말고 하십시오. 다시 말하자면, 창작할 수 있는 이는 물론 창작해야겠지만 그게 아니더라도 번역하는 일, 소개하는 일, 감상하는 일, 읽는 일, 보는 일, 소일거리도 모두 좋습니다. 문예를 소일거리로 삼는다고 말하면 좀 우습지만 그래도 천재에게 상처 입히는 것보다 낫습니다.

흙은 천재에 비교했을 때 당연히 비교도 할 수 없이 하찮습니다. 그러나 강하고 꿋꿋하게 견뎌내지 않는 자라면 이 또한 감당하기 쉽지 않을 듯합니다. 그러나 일은 사람이 하기에 달려 있는 법이니 하릴없이 하늘이 낸 천재만 기다리는 것보다야 더 가능성이 있습니다. 바로 이것이 흙에게 보이는 위대하고 희망적인 지점입니다. 게다가 보상도 있습니다. 예를 들면 예쁜 꽃이 흙에서 나올 때 물론 보는 이가 기쁘게 감상할 테지만 흙 자신도 기쁘게 감상할 수 있는 것처럼 꼭 꽃 자신이 되어야만 뿌듯해지는 것이 아닙니다. 만약 흙에도 영혼이 있다면요.

1924년 1월 17일 베이징사범대학 부속중학 교우회 강연
_『루쉰 전집』 제1권 『무덤』

이것과 저것
(제3, 4절)

3. 일등과 꼴찌

『한비자』에서 경마의 묘책을 말한 바 있다. “가장 앞에 서려 하지 말고, 꼴찌가 되는 것을 부끄러워하지 말라”다. 우리 같은 경마의 문외한들이 보기에도 이 말은 이치에 맞는 것 같다. 왜냐하면 가령 시작부터 온 힘을 다해 달리면 말이 쉽게 기진맥진해지기 때문이다. 그러나 저 첫 구절은 경마에만 적용되는 말인데, 불행하게도 중국인은 인간 처세의 금언으로 떠받들고 있다.

중국인은 ‘선동자가 되지 않으려’ 하고 ‘화근의 실마리가 되지 않으려’ 할 뿐 아니라 심지어 ‘복을 얻는 데도 남의 미움을 받을까봐 앞장서지 않으려’ 한다. 그래서 모든 일에서 개혁을 시도하기가 쉽지 않다. 선구자나 돌격대장은 대체로 누구도 하려고 하지 않는다. 그러나 사람의 성정이란 게 어찌 도가에서 말하는 것처럼 그렇게 아무런 욕심이 없을 수 있겠는가? 도리어 얻고자 하는 게 많은 법. 기왕에 즉각 앞서서 얻지 못할 바에야 음모와 수단을 사용하는 수밖에 없다. 이로써, 사람들은 나날이 비겁하게 되었고, "맨 앞에 서지 않으려" 하니, 자연스레 "마지막이 되는 것을 부끄러워하지 않게 될" 수도 없게 되었다. 그래서 여러 사람이 모여 있어도 조금이라도 위기가 느껴지면 "새떼나 짐승처럼 뿔뿔이 흩어지게" 되었다. 만약 간혹 어떤 이가 물러서려 하지 않았기 때문에 해를 입으면, 여럿이 입을 모아 한 목소리로 바보라고 부른다. "중도에 포기하지 않고 끝까지 해내는 사람"에게도 똑같이 대한다.

나는 이따금씩 학교 운동회를 보러 간다. 이런 경쟁은 본래 원수진 두 나라가 전쟁을 벌여 원한을 품는 것과 다른 것인데도, 경쟁 때문에 욕을 하기도 하고 끝내 싸움이 벌어지기도 한다. 그러나 이 일은 별개의 논의로 치자. 달리기할 때 대체로 가장 빠른 서너 명이 결승점에 도달하면 나머지는 흩어진다. 몇 명은 예정된 바퀴수를 완주할 용기를 잃는 지경에 이르러 중도에 구경꾼들 사이로 비집고 들어가기도 하고, 어떤 이는 넘어진 체하며 적십자대가 사용하는 들것에 실려 들려나가기도 한다. 꼴찌를 하더라도 끝까지 뛰는 경우가 간혹 있지만, 사람들은 끝까지 뛴 사람을 비웃는다. 아마도 그가 똑똑하지 않아 "꼴찌가 되는 걸 부끄러워할 줄 모른다"고 여기기 때문일 게다.

이리하여 중국에는 여태껏 실패한 영웅도, 강인하게 반항하며 버틴 적도, 용감히 단신으로 악전고투한 무인武人도, 반역자를 울며 달래는 조문객도 드물었던 것이다. 승리할 조짐을 보면 빽빽이 몰려들고 실패할 조짐이 보이면 뿔뿔이 도망갔던 것이다. 그리하여 전쟁의 도구가 우리보다 정교한 서구인들, 우리보다 그다지 정교할 것 없는 흉노, 몽골, 만주인들도 마치 아무도 없는 곳인양 쳐들어왔던 것이다. 흙이 무너지고 기와가 무너진다는 뜻의 '토붕와해土崩瓦解'란 네 글자는 참으로 우리 자신을 정확히 알고 형용한 것이다.

"꼴찌가 되는 것을 부끄러워하지 않는" 사람이 많은 민족은 어떤 일을 하든지 단번에 토붕와해되지는 않을 것이다. 나는 매번 운동회를 볼 때마다 종종 이렇게 생각하곤 한다. 우승자도 물론 존경할 만하지만, 뒤처졌더라도 종점까지 포기하지 않고 달리는 선수, 그리고 이런 선수를 비웃지 않고 진지하게 보는 사람들이야말로 진정 중국 미래의 척추라고 말이다.

4. 유산流產과 단종斷種

요즘 청년들의 창작에 대해 갑자기 '유산'이라는 악의적인 시호가 내려졌고, 이에 너도 나도 호응하는 무리가 생겼다. 나는 지금, 이 말을 처음 사용한 사람에게 무슨 악의가 있던 게 아니며, 우연히 말한 것에 불과하다고 믿고 있다. 함께 동의했던 사람들도 그럴 만한 이유가 있었을 것이다. 왜냐하면 세상사란 본래 대체로 이러하기 때문이다.

다만 내가 이해가 가지 않는 것은, 중국인들이 왜 옛 일에는 그렇게 평온하고 온화한 태도를 보이면서도, 비교적 새로운 일에는 그렇게도 골머리를 앓으며 이맛살을 찌푸리는가다. 이미 생겨난 형국에는 그렇게 융통적인 태도를 보이면서도, 처음 시작되는 일에는 그렇게 완벽함을 요구하며 책임을 따지고 드는지 말이다.

지식이 드높고 안목이 원대하신 선생님들께서 우리를 다음과 같이 지도하고 있다. 성현, 호걸, 천재를 낳을 게 아니라면 낳지 말라고. 불후의 걸작을 쓸 게 아니라면 쓰지 말라고. 단숨에 극락세계로 변화시킬 수 없다면 개혁하지 말라고. 혹은 적어도 내게 더 많은 이익을 줄 수 없는 것이라면 절대로 움직이지 말라고…….

그렇다면 그는 보수파인가? 그들의 말에 따르면, 결코 그렇지도 않다. 그가 바로 혁명가란다. 오직 그만이 공평하고, 정당하며, 온건하고, 원만하며, 평화롭고, 폐단이 없는 개혁법을 쥐고 있다. 지금 연구실에서 한창 연구하고 있는데, 다만 아직 연구가 다 진행되지 않았을 뿐이라는 것이다.

언제 연구가 끝날 것인가? 확실치 않다고 대답한다.

걸음마를 배우는 아이가 첫 발을 뗄 때, 어른들이 보기에는 아주 유치하고 위험하며 볼품이 없다. 그야말로 우스울 뿐이다. 그러나 아무리 어리석은 어머니라도 도리어 간절하게 희망을 품고, 그가 첫발을 떼서 걸어가는 모습을 지켜보지, 그의 걸음걸이가 유치하다고 해서 부자들의 길에 방해될까봐 아이를 사지로 몰아넣지 않는다. 또한 아이를 침대에 가두어 놓고, 날듯이 뛰어다닐 수 있을 때까지 누워서 연구하게 하고 나서 땅을 밟게 하지 않는다. 왜냐하면 만약 이렇게 했다가는 100살이 되어도 아이가 걸을 수 없다는 것을 어머니가 알고 있기 때문이다.

옛날이 바로 이와 같았다. 소위 독서인이라고 하는 자들이 확연하거나 아니면 간판만 살짝 바꾼 족쇄로 후학들을 옴짝달싹 못 하게 했다. 요즘에는 좀 더 예의를 갖추어, 누가 나선다 하면 대체로 학자나 문인들이 "잠시 앉으세요!" 등으로 막는다. 그러고는 조사한다든지, 연구한다든지, 퇴고해야 한다든지, 수양해야 한다든지 등의 말로 도리를 늘어놓는다. 그 결과 늙어 죽을 때까지 원상태에 머물러 있다. 그렇지 않으면 '말썽꾸러기'라는 칭호를 붙인다. 나도 일찍이 지금의 청년들마냥, 이미 돌아가셨거나 아직 살아계신 스승님들께 가야 할 길을 여쭌 바 있다. 그들은 하나

같이 동쪽 혹은 서쪽 혹은 남쪽 혹은 북쪽으로 가선 안 된다고 했다. 그러나 동쪽이나 서쪽, 남쪽, 북쪽으로 가야 한다고 말한 적은 없다. 마침내 내가 그들의 마음에 쌓여 있는 바를 발견했으니, 그것은 "가지 말라"는 것에 지나지 않았다.

앉아서 평안하길 기대하고 전진하길 기다리는 것이 만약에 가능하다면, 물론 정말 좋은 일이다. 그러나 걱정되는 것은 늙어 죽을 때까지 기다려도 기다림이 끝나지 않는다는 것이다. 아이를 낳지 않고 유산하는 일도 없이 위대한 아이가 태어날 수 있다면 정말 좋겠다. 하지만 끝끝내 아무것도 생기지 않을까 염려스럽다.

만약 발군의 빼어난 아이를 얻을 수 없다면 차라리 단종되는 게 낫다고 생각하는 거라면 할 말이 없다. 그러나 만약 우리가 영원히 인류의 발소리를 듣고 싶다면, 나는 낳지 않는 것보다 결국은 유산이 더 희망적이라고 생각한다. 왜냐하면 그것은 명백히 아직 생산할 수 있다는 것을 증명해주니까 말이다.

12월 20일

_『루쉰 전집』 제3권 『화개집』

길잡이 글

루쉰은 자신의 많은 글이 "나의 동료들과 나보다 어린 청년들의 피를 보고 쓴 것이다"(「『무덤』 뒤에 쓰다」)라고 말한다. 그에게 있어서 글이란 것은 피의 경험을 가지고 젊은 세대를 교훈하는 것이며, 이 역사의 반복을 최대한 피하고자 하는 생존자로서의 책임이었다. 비록 그는 이미 너무나도 많은 '반복'을 지켜봐왔는데 그 원인은 중국인이 너무 쉽게 잊기 때문이었다.

「홀연히 생각나다」의 제10절과 「공백 메우기」 제3절은 모두 5·30 운동 후에 쓴 것이다. 루쉰이 5·30 운동에서 얻은 가장 큰 교훈으로 여기는 것은 바로 타국의 '문명'이란 것을 믿고 '정의'에 자기 민족의 운명을 맡겨선 안 된다는 것이다. "세상에 정의와 무력이 하나로 합쳐진 문명은 아직 출현한 적이 없었다." 이 때문에 중국의 문제는 스스로 해결할 수밖에 없고, 끊임없이 "방법을 더욱 강구하여 국민의 힘을 증강해야 하며, 영원히 이렇게 해나가야 하는 것이다." 루쉰은 이로써 중요한 전략적인 사상을 제안했다. "지금 각성한 청년들의 연령을 평균 잡아 20세라고 하고, 또 중국인이 쉽게 노쇠한다는 점을 감안해 계산한다면, 적어도 30년간 공동으로 싸우고 개혁하며 분투할 수 있다. 이것으로도 부족하다면 다음 세대, 그다음 세대도 싸우자……." 여기에서 제안하고 있는 중국의 장기적인 '항거와 개혁'은 반드시 몇 세대의 '분투'적인 사상을 거쳐야 하고, 중국의 특수하고 복잡하며 어려운 문제들을 뚜렷이 인식한 바탕 위에서 건립해야만 한다. 루쉰이 이 말을 했던 1925년에서 현재까지 근 80년간 분투해왔다.(루쉰은 최소한 30년간 싸워야 한다고 했었지만 이를 훨씬 뛰어넘은 시간이다.) 그러나 '기만과 속임수'라는 큰 못에서 걸어나와 "제3의 시대를 창조해야 한다"며 루쉰이 말했던 당초의 투쟁 목표는 여전히 아득하다. 정녕 "다음 세대, 그다음 세대"가 투쟁해나가야 할지도 모르겠다.

바로 이렇게 '장기적으로 분투하려는' 전략에서 출발하여 루쉰은 '끈기 있는 전투'를 제창했다. 그는 '성실한 학생들'의 '커다란 착오'를 비판했다. "시작할 때부터 스스로에게 대단한 신력이 있고 마음먹은 대로 성공을 거둘 수 있다고 생각하는 것이다. 아주 높게 날고자 꿈꾸다보면 현실로 떨어질 때 유달리 더 다치는 법이다." 이런 식의 '5분 동안의 열정'에 대해 루쉰은 청년들에게 다음과 같이 훈계했다. "스스로 어떤 구호를 정해놓고 이행한다고 해보자. 7일간 식음을 전폐하거나, 한 달간 통곡하면서 이 구호를 시행하느니, 공부도 하면서 5년을, 연극도 보면서 10년을, 이성친구도 찾으면서 15년을, 연애도 하면서 100년을 시행하는 편이 낫다." 일시적인 성공이나 세상을 놀라게 할 행동을 추구하는 게 아니라, 이런 식의 분투를 일상생활 속의 지속적이고도 꾸준한 노력으로 바꾸어 끝까지 포기하지 않고 목표를 달성할 때까지 멈추지 말라는 것이다. 오직 이렇게 끈기 있는 생명력을 지녀야만 진정한 '강자'가 될 수 있다.

「헛된 이야기」는 3·18 참사에서 희생된 젊은이들(그중엔 우리가 익히 아는 '시종일관 미소를 지으면서 상냥했던' 류허전도 포함되어 있다)의 생명과 바꾼 혈서다. 루쉰은 다음과 같이 말했다. "오직 시신이 주는 침중沈重함을 알고 있는" 민족과 전사만이 희망이 있다. 아울러 그 침중함을 알고 있는 자는 반드시 '다른 식의 전투'를 선택해야 한다. 더 이상 '맨 몸으로 전쟁터에 나가지 말고' '참호를 활용해 전쟁하는 방식'을 배워야 한다. "전사의 생명은 고귀한 것인데, 전사가 부족한 곳에서 이 생명은 더욱 고귀하다." 자신의 적수에 대해 보다 잘 알아야 하고, "친구와 함께 있을 때는 옷을 벗어도 되지만, 전쟁에 나갈 때에는 반드시 갑옷을 입어라." 반드시 자신을 잘 보호할 줄 알아야 하고 또한 전략적으로 연구하여 필요한 타협을 알아 우회하기도 하며 과감하게 꾀를 부릴 수 있어야 한다. "싸울 때 무엇보다도 먼저 군영과 보루를 지켜내야 하는 것이니, 무턱대고 적진에 돌격하다가는 오히려 전멸한다. 그러므로 무모한 용기는 결코 참된 용기가 아니다."(「류화사에게」, 1933년 6월 20일)

홀연히 생각나다
(10절)

누구를 막론하고 억울함을 항변하는 위치에 놓인다면 해명 여부를 떠나 이미 억울하다. 하물며 실제로 큰 손해를 입은 후인데도 해명을 해야 할 경우라면.

우리 시민이 상하이 조계의 영국 순경에게 총살되었는데도 반격은커녕 희생자의 죄명을 벗기는 데 급급해하고 있다. 다른 나라의 선동을 받지 않았기 때문에 결코 '적화'된 게 아니며 모두 빈손이었고 무기가 없었으니 '폭도'가 아니었다고 말한다. 내가 이해할 수 없는 것은, 중국인이 실제로 중국을 적화시켰든, 중국에서 폭동을 일으켰든 왜 영국 순경의 사형을 받느냐는 것이다. 기억컨대, 신생 그리스인도 무기를 써서 그리스에 있던 터키 사람들에게 대든 적이 있었다. 그러나 결코 폭도라고 불리지 않았다. 러시아는 분명 이미 적화된 지 오래된 나라임에도 다른 나라가 총을 들어 징벌하지 않는다. 오직 중국인만이 시민이 피살된 후에도, 자신의 억울함을 항변하느라 급급해하며 원망 가득한 눈으로 세계를 향해 눈 뜬 채 정의를 갈구하고 있는 것이다.

사실 그 이유는 쉽게 이해할 수 있다. 바로 우리가 결코 폭도도 아니고 공산화되지도 않았기 때문이다.

이 때문에 우리는 억울하다고 느끼고, 큰 소리로 '위선적인 문명의 폭로'라고 외쳐대는 것이다. 그러나 문명이란 것은 원래부터 이러했다. 결코 지금에 와서 가면을 벗은 게 아니다. 그저 이러한 손해를, 이전에 다른 민족이 받았다는 것을 우리가 모르고 있었거나 혹은 우리도 원래 여러 차례 받았으나 지금은 모두 잊어버렸기 때문일 게다. 세상에 정의와 무력이 하나로 합쳐진 문명은 아직 출현한 적이 없다. 아마도 몇몇 선구자와 몇몇 압박 받는 백성의 머릿속에서만 싹이 텄을 것이다. 그러나 스스로 힘을 갖게 되면, 정의와 무력은 으레 갈라져 둘이 되었다.

하지만 그래도 영국에는 진실한 문명인이 존재한다. 오늘, 우리는 각국의 무당파無黨派 지식계급노동자들이 조직한 국제노동자후원회가 중국에 크게 동정을 보인, 「중국 국민에게 드리는 선언」을 보았다. 열거된 이름 중 영국의 버나드 쇼가 있다. 세계문학에 관심 있는 중국인들은 대체로 그의 이름을 알고 있을 것이다. 프랑스에는 바르뷔스Henri Barbusse가 있다. 중국에도 일찍이 그의 작품이 번역되었다. 그의 어머니는 영국인이라던데 혹자는 이 때문에 그에게도 실리적인 소질이 다분하며 그의 작품에는 프랑스 작가들이 흔히 가지고 있는 향락적인 분위기가 조금도 없다고 말한다. 지금 그들이 나서서, 중국의 억울함을 호소하고 있는 것이다. 그러므로 나는 영국인들의 품성에 아직은 배울 만한 게 많다고 생각한다. 그러나 물론 순경 우두머리, 상인, 학생들이 시위하는 것을 옥상 위에서 박수치면서 조롱했던 여인들은 제외한다.

나는 결코 우리가 '적을 친구처럼 사랑해야 한다'고 말하는 게 아니다. 우리가 지금 누구를 적으로 삼아야 할지 전혀 모르고 있다는 것을 말하는 것이다. 최근의 글 중 간혹 "적을 분명히 알자"는 식의 말이 있지만, 그것은 글을 과격하게 쓰는 나쁜 버릇에서 나온 것이다. 적이 있다면 진즉 칼을 뽑아 "피로써 피를 갚노라"고 요구했을 것이다. 헌데 지금 우리가 요구하고 있는 것은 무엇인가? 억울함을 항변한 다음 약간의 보상을 받으려 할 뿐이다. 비록 10여 개 조항을 요구했다고 하나 내용을 요약해보면, 그저 "서로 왕래하지 않겠다" 정도이며 "길에서 지나치는 사람"이 되자는 식이다. 본래 아주 친했던 친구에게도 이렇게 하지는 않을 것이다.

그러나 사실을 말하자면, 바로 정의를 바라는 마음과 그것을 지킬만한 힘을 함께 갖지 못했는데도, 우리가 정의를 바라는 마음만 붙들고 있기 때문에, 모두가 친구 같아 보이는 것이다. 설령 그들이 더 마음대로 살육을 저지른다 해도.

만약 우리가 영원히 그저 정의에 대한 열망만 가지고 있다면, 영원히 억울하다고 항변하는 데 힘쓰느라 평생 헛되이 분주할 것이다. 요 며칠 벽에 쪽지가 붙었는데, 일본인이 발간한 『순톈시보順天時報』를 읽지 말라고 하는 내용인 것 같다. 나는 좀처럼 이 신문을 읽어본 적이 없지만 "외국을 배척하기" 때문이 아니라 실제로 그것의 호오好惡에 대한 가치관이 나의 것과 종종 달랐기 때문이다. 그러나 간혹 그것이 들어맞을 때도 있었는데, 중국인 스스로 하려 하지 않는 말을 하기 때문이었다. 대략 2, 3년 전쯤, 아마 애국운동이 한창때였을 것이다. 우연히 그 신문의 사설을 보았는데 대의는 다음과 같았다. 한 나라가 쇠락할 즈음, 의견이 다른 두 부류의 사람이 생기게 마련이라는 것이다. 하나는 민기론자民氣論者인데 국민의 기개를 중시하는 쪽이다. 다른 하나는 민력론자民力論者로서 국민의 힘을 중시하는 쪽이다. 전자가 많으면 나라는 끝내 점차 쇠약해지고 후자가 많으면 강해진다. 나는 이것이 꽤 그럴싸한 말인데다 우리가 시시각각 기억해야 할 말이라고 생각한다.

애석하게도 중국은 유사이래, 유독 민기론자가 많았고 지금도 그렇다. 만약에 이런 현상이 계속되어 변치 않는다면 "한 번 북을 쳐서 기운을 북돋지만, 두 번째 북을 치고서는 쇠약해지고, 세 번째 북을 치고서는 힘이 빠진다"는 말처럼, 앞으로 억울함을 항변하려는 힘조차 없어질 것이다. 그러므로 부득이하게 빈손으로 백성의 용기를 고무할 때는, 방법을 더욱 강구하여 국민의 힘도 동시에 증강해야 하며, 영원히 이렇게 해나가야 한다.

이 때문에 중국 청년들은 다른 나라의 청년들보다 몇 배나 더 되는 무겁고도 번거로운 짐을 지게 되었다. 왜냐하면 우리의 옛사람들이 대체로 현학적이고 허황된 곳에, 평온한 곳에, 원활한 데에 정신력을 온통 다 써버렸기 때문이다. 그리하여 어렵고 절실한 일을 남겨두어 후대 사람들이 메우도록 했으니, 한 사람이 두세 사람, 네댓 사람, 열 사람, 백 사람의 일을 해야 한다. 지금이 바로 맞닥뜨려야 할 때다. 적수 또한 강력한 영국인이니 타산의 좋은 돌로 삼아, 이를 계기로 잘 연마할 수 있겠다. 지금 각성한 청년들의 연령을 평균 잡아 20세라고 하고, 또 중국인이 쉽게 노쇠한다는 점을 감안해 계산한다면, 적어도 30년간 공동으로 싸우고 개혁하며 분투할 수 있다. 이것으로도 부족하다면 다음 세대, 그 다음 세대도…….

이러한 수치가 개인으로 볼 때 두려운 것일 테지만, 만약 이것이 두렵다면 구제할 방법이 없으니 그저 달갑게 멸망하는 수밖에 없다. 왜냐하면 민족의 역사 속에서 이것은 지극히 짧은 시간에 불과하고, 사실 이보다 빠른 지름길도 없기 때문이다. 우리는 더 이상 주저하지 말고 오직 자기를 점검하고 스스로 생존을 도모하며, 누구에게도 악의를 품지 말고 나아가야 한다.

그러나 이 운동의 지속을 파멸하게 할 위기는 현재로서 세 가지가 있다. 하나는 주야로 표면적인 선전에 치중하여 다른 일은 무시하는 것이다. 둘째는 동료에게 너무 성급히 굴다가 조금이라도 의견이 일치하지 않으면 나라의 적, 서양의 노예라고 호도하는 것이다. 셋째는 허다한 교활한 자들이 도리어 기회를 악용하여 자기 목전의 이익을 챙기는 것이다.

6월 11일

_『루쉰 전집』 제3권 『화개집』

공백 채우기
(제3절)

5·30 사건이 일어난 지 40일이 지났는데도 베이징의 정황은 5월 29일과 같다. 총명하신 비평가(량치차오를 가리킴)께서는 비이성적이고 충동적이었기 때문에 혁명적인 분위기가 오래가지 않는 것이라며, 예의 그 "5분 동안의 열정"론을 내놓으실 게다. 일찍이 교육총장 탕얼허湯爾和 선생의 대문을 "북을 치듯, 자그만치 '15분' 동안이나 두드리며" 모금에 참여해달라고 간청한 예외적인 일이 있었는데도 말이다.(6월 23일자 『천바오晨報』를 보라.) 몇몇 학생도 종종 "5분 동안의 열정"론으로 스스로를 경계하곤 하는데, 마치 일찌감치 깨달은 것 같다.

그러나 중국의 노선생들은—스무 살 내외의 노선생들까지 포함하여—어찌된 일인지 항상 모순된 견해를 지니고 있다. 바로 여자와 아이를 매우 무시하는 동시에 지나치게 우러르기도 하는 점이다. 여자와 아이는 고상한 자리에 낄 수 없다. 그러나 한편으론 재녀를 숭배하고 신동을 떠받든다. 심지어 이를 빌미로 높으신 친척과 왕래하여, 자기도 함께 벼락 출세하고 싶어 한다. 목란木蘭이 아버지를 대신해 종군하여 나라에 큰 공을 세운 일이나, 제영緹縈이 아버지의 죗값을 대신해 관노로 자청한 일을 신나게 떠들어대니, 도리어 자기가 제 구실을 못하는 멍청이임을 드러내 보이는 것이다. 학생에 대해서도 마찬가지다. 그들에게 "국사를 논하지 말라"고 하면서도 외적을 물리쳐달라고 요구하기도 한다. 그렇지 못하면 그들이 쓸데없다고 조롱한다.

만약 교육이 보급된 나라라면 국민의 9할이 학생일 것이다. 그러나 중국에서 학생은 여전히 특수한 부류다. 비록 특수한 부류라고 할지라도, 결국은 "상투 튼 소생"이니, 당연히 "삼두육비三頭六臂"와 같은 신통한 능력이 있을 리 없다. 그들이 할 수 있는 것이라곤 연설이나 시위, 선전 같은 일이다. 불꽃마냥 민중의 마음에 불을 붙이고 그들이 타오르게 하여 나라의 정세에 조금이나마 전환점을 마련하는 것이다. 만약에 민중에게 전혀 가연성이 없다면 불꽃은 그저 스스로를 태우고 만다. 마치 큰 길에서 종이로 만든 사람과 가마, 말을 태우는 것처럼 잠시 몇 사람이 심심풀이로 보되 끝내 아무 상관이 없고, 그 소동도 기껏해야 "문을 두드리는" 정도로 지속되다 끝날 뿐이다. 누구도 움직이지 않는데 설마 '소생'들이 스스로 총을 쏘고 대포를 만들며, 군함을 제조하고, 비행기를 만들고, 외국의 장수를 생포하고, 외국을 평정할 수 있겠는가? 그러므로 이 '5분 동안의 열정'은 풍토병이지 학생병이 아닌 것이다. 이것은 학생의 수치가 아니라 전 국민의 치욕인 것이다. 만약 활기 넘치고 생기발랄한 나라에서였다면 일이 이 지경에 이르지는 않았을 것이다. 외국인을 탓할 게 아니라 사태가 종식된 후 비웃었던 본국의 울적한 민중, 권세가, 방관자들이 참으로 제 부끄러운 줄 모르며 어리석다.

하지만 바라는 바가 따로 있는 총명한 사람은 논외로 두고, 진지했던 학생들에 대해 이야기해보자. 나는 그들에게도 큰 잘못이 있다고 본다. 마치 방관자가 바라기만 할 뿐 냉소적인 것과 꼭 같이, 자신에게 처음부터 대단한 '신력'이 있고 마음먹은 대로 성공할 수 있다고 생각한 점이다. 아주 높게 날고자 꿈꾸다보면 현실로 떨어질 때 유달리 더 다치는 법이다. 너무 힘을 써 달리다보면 쉴 때 몸을 움직이기가 어렵기 마련이다. 일반적인 방법을 쓰거나 자기가 가진 바가 '인력'에 불과하다는 것을 알아도 괜찮으니, 도리어 이것이 비교적 현실적이고 믿을 만할 것이다.

지금 몇몇 뜻 있는 자는 공부하는 것에서부터 '이성 친구와 연애하는 것'까지 사사건건 책망하고 있는 것 같다. 그러나 나는 사람을 지나치게 책망하는 것도 바로 "5분 동안의 열정"이 갖고 있는 근본적인 병폐라고 본다. 예를 들면 스스로 영국제, 일본제를 사지 말자고 구호를 정해놓고 이행한다고 해보자. 7일간 식음을 전폐하거나, 한 달간 통곡하면서 이 구호를 시행하느니, 공부도 하면서 5년을, 연극도 보면서 10년을, 이성친구도 찾으면서 15년을, 연애도 하면서 100년을 시행하는 편이 낫다. 일찍이 한 비자가 가르쳤던 경마의 비법을 떠올려볼 때, 그 하나는 "꼴찌가 되는 것을 부끄러워하지 말라"다. 가령 늦되더라도 쉬지 않고 달리면 설령 뒤처지고 실패한다 해도 반드시 그가 지향하는 목표에 도달할 수 있을 것이다.

7월 8일

_『루쉰 전집』 제3권 『화개집』

헛된 이야기
(3절)

개혁에는 종종 유혈사태를 피할 수 없는 일이 생기기 마련이지만, 유혈사태가 곧 개혁인 건 아니다. 피를 쓰는 것은 돈 쓰는 것과 같아, 인색해서도 물론 안 되지만 낭비해서도 큰 손해다. 나는 이번(3·18 참사)의 희생자들에 대해 매우 애도한다.

다만 이제 이런 식의 청원이 여기서 멈추길 바란다.

어느 나라를 막론하고 청원은 항상 있어온 것이지만 죽음에 이를만한 일은 아니다. 하지만 우리는 중국의 경우가 예외라는 것을 이미 알고 있다. 당신이 "빗발치는 총탄"을 없앨 수 있다면 몰라도. 정상적인 전술도 적수가 영웅이어야지 사용할 수 있는 것이다. 한대漢代 말기는 아무래도 사람들의 심성이 순수했었나보다. 내가 소설에 나온 전고를 사용해도 용서 바란다. 허저許褚는 맨 몸으로 전장에 나갔다가 화살 몇 발을 맞았다. 그러자 김성탄金聖嘆이 그를 비웃으며, "누가 당신더러 갑옷 없이 나가라고 했던가?"라고 말했다.

지금처럼 많은 무기가 발명된 시대에, 병사들은 모두 참호를 활용해 전쟁을 벌인다. 이것은 결코 생명에 인색해서가 아니라 생명을 헛되이 버리지 않으려 함이다. 왜냐하면 전사의 생명이 귀하기 때문이다. 전사가 많지 않은 곳에서는 이 생명이 더욱 귀해진다. 소위 귀한 것이란 결코 '집에다 잘 모셔두는' 게 아니라, 적은 자본으로도 극대한 이윤을 얻을 수 있어야 하고, 적어도 본전은 건질 수 있는 것이라 하겠다. 많은 피를 흘려 적군 한 명을 적시고, 동포의 시체로 구덩이 하나를 메운다는 말은 이미 진부한 말이 되어버렸다. 최신 전술이라는 시각으로 가늠해봤을 때 이것은 너무나 큰 손실이다.

이번에 죽은 자들이 후세에 남긴 공은 많은 놈의 가면을 찢어버려 상상도 못할 만큼 악독한 그 마음을 드러내준 것이다. 계속 싸워나갈 자들에게 청원 외의 다른 방법으로 싸우라고 가르쳐준 것이다.

4월 2일

_『루쉰 전집』 제3권 『화개집속편』

길잡이 글

어떻게 보면 「나그네」는 루쉰 생명철학의 결론이다. 그 중심에 '앞쪽에 무엇이 있는가?'라는 문제를 놓고 토론하고 있는 것인데 극 중의 세 사람은 각자 다른 대답을 하고 있다. 여자아이는 앞쪽에 아름다운 정원이 있다고 말한다. 이것은 아마 젊은 사람들이 미래에 갖는 동경과 신념을 대표하는 것일 테다. 그러나 늙은이는 앞쪽에 무덤이 있다고, 어차피 무덤이니 앞으로 갈 필요가 없다고 말한다. 그러나 나그네는 앞쪽에 무덤이 있는 걸 분명히 알고도 굳이 가야 한다고 말한다. 훗날 루쉰은 그것을 개괄하여 '절망에 반항하는' 철학이라 했고 "나는 절망하면서도 반항하는 사람이 고되다고 생각한다. 희망하며 싸우는 자보다 더욱 용맹스럽고 더욱 비장하기 때문이다"(「자오치원趙其文에게」, 1925년 4월 11일)라고도 말한 바 있다.

더 나아가 질문을 던져보자. 왜 앞쪽에 무덤이 있다는 것을 알고도 구태여 떠나려 하는가? 나그네는 "저 앞쪽의 목소리가 나에게 가라고 한다"고 말한다. 이것은 나그네에게 내재된 생명의 절대명령이 '앞으로 가라'고 말하고 있는 것이다. 늙은이도 이런 음성을 들은 적이 있다. 하지만 부름에 응하지 않자 목소리도 더 이상 소리를 내지 않게 되었다. 그러나 나그네는 이 목소리를 거절하지 못한다. 모든 것을 의아해하면서도 조금은 의심을 내려놓고 앞으로 나아간다. 어떻게 가야 하는가, 가면 어떤 결과가 있는가와 같은 이러한 질문들에 모두 의문을 제기할 수 있지만 어느 정도는 토론할 수 없는 문제이기에, 반드시 앞으로 가야만 하는 것이다. 이것이 생명의 최저선이고 이 지점은 반드시 지켜내야 하는 것이다!

이것이 바로 루쉰이 젊은 세대들에게 품고 있는 가장 기본적인 기대다. 어떠한 때든 '저 앞쪽 목소리'의 부름을 경청하고 어떠한 상황에서든 '앞으로 가려는' 노력을 포기하지 않는 것이다.

나그네

때 어느 날의 황혼녘

장소 어느 곳

인물 노인(70세 가량, 백발 수염과 머리카락, 검은색 긴 두루마기 차림), 여자아이(10세 가량, 보랏빛 머리카락, 검은 눈동자, 흰 바탕에 검은색 격자무늬의 저고리 차림), 나그네(30~40세 가량, 몹시 피곤하나 고집이 세 보이고 침울한 눈빛, 검은 수염에 헝클어진 머리카락. 검은색 짧은 상의와 바지는 모두 낡아 찢어졌고 맨발에 낡은 신을 신었으며 옆구리 아래에 보퉁이 하나를 끼고, 키만 한 대나무 지팡이를 짚고 있음)

동쪽에는 잡목 몇 그루와 돌조각들이 있고, 서쪽에는 황량하고 망가진 합장묘가 있다. 그 사이에 길인 것 같기도 하고 아닌 것 같기도 한 흔적이 하나 있다. 한 작은 흙집 문이 이 흔적을 향해 열려 있고 문 옆에 고목 그루터기가 놓여 있다.

(지금 막 그루터기에 앉아 있는 노인을 여자아이가 부축하여 일으키고 있다.)

노인 얘야, 아니, 얘야! 왜 꼼짝하지 않는 게냐?

아이 (동쪽을 바라보며) 누가 오고 있어요. 좀 보세요.

노인 그 사람 볼 것 없다. 내가 들어가도록 부축해다오. 해가 저물려고 하는구나.

아이 저는……, 좀 보세요.

노인 아, 이 녀석도 참. 날마다 하늘을 보고 땅을 보고 바람을 보는데 그래도 볼 게 마땅찮단 말이냐? 이런 것들보다 더 볼만한 것들은 없어. 너는 하필 사람을 보려고 하는구나. 해질 무렵 나타나는 것들은 네게 그다지 좋을 게 없단다……. 들어가자꾸나.

아이 그래도 벌써 가까이 왔는걸요. 아, 거지네요.

노인 거지라고? 그럴 리가.

(나그네가 동쪽편의 잡목 사이에서 비틀거리며 나오고 있다. 잠깐 주저하더니 천천히 노인에게 다가온다.)

나그네 어르신, 안녕하십니까?

노인 흠, 덕분에 그렇다오. 그쪽은 어떻소?

나그네 어르신, 매우 외람된 말씀이오나 물 한 잔 얻어 마시고 싶습니다. 걷다보니 목이 무척 탑니다. 이 지역에는 연못이나 물웅덩이가 하나도 없군요.

노인 그럼요, 괜찮지. 좀 앉으시오. (아이에게) 얘, 잔을 깨끗이 씻어 물 좀 담아오렴.

(아이는 조용히 흙집으로 들어간다.)

노인 나그네 양반. 앉으시오. 내가 뭐라 불러야 하나?

나그네 절 부르실 이름이요? 잘 모르겠습니다. 기억할 수 있는 나이였을 때부터 저는 혼자였습니다. 본래 제가 어떻게 불렸는지 모릅니다. 길을 가던 중에 만난 사람들은 때로 편하게 저를 부르며 갖가지 이름을 붙였지만 저도 다 기억할 수 없습니다. 심지어 같은 호칭으로 두 번 불린 적도 없으니까요.

노인 하하. 그렇다면 어디서 오셨소?

나그네 (조금 머뭇거리다) 잘 모르겠습니다. 기억이 나는 때부터 저는 이렇게 걷고 있습니다.

노인 그렇지, 그럼 어디를 가고 있냐고 물어도 되겠소?

나그네 물론 물어보셔도 되지요. 그러나 잘 모르겠습니다. 기억이 나는 때부터 저는 이렇게 걸어왔고 한 곳으로 가고 있었는데, 그곳은 바로 앞쪽입니다. 그저 엄청 많이 걸어서 지금은 이곳에 왔다는 것만 기억납니다. 저는 계속해서 저 방향으로 갈 겁니다. (서쪽을 가리키며) 앞쪽으로요.

(여자아이가 조심스레 물 한잔을 들고 나오고 나그네에게 건넨다.)

나그네 (잔을 받으며) 정말 고마워요. 아가씨. (두 모금에 물을 다 마시고 잔을 돌려준다.) 정말 고마워요. 진정 보기 드문 호의를 베푸시네요. 어떻게 감사를 표해야 할지.

노인 그렇게까지 고마워할 필요 없소. 댁에게 그리 좋을 것 없소.

나그네 그렇습니다. 내게 좋을 게 없지요. 그래도 지금 기력을 좀 되찾았으니 앞으로 가야겠습니다. 어르신은 아마 여기에 오래 머무신 것 같은데 앞쪽에 무엇이 있는지 알고 계십니까?

노인 앞쪽에? 앞쪽에는 무덤이 있소.

나그네 (의아해하며) 무덤이라고요?

아이 아니에요. 아닌데. 아니에요. 거기엔 들백합, 들장미가 많이 있어요. 제가 자주 가서 놀고 꽃도 보는 걸요.

나그네 (서쪽을 보며, 미소를 짓듯) 훌륭하군. 나도 들백합과 들장미가 지천으로 피어 있는 그런 데에 자주 놀러가거나 보러 간 적이 있었지. 그래도 그건 무덤이야. (노인을 향해) 어르신, 그 무덤에 가고 난 다음엔 뭐가 있나요?

노인 가고 난 후에? 그건 나도 모르지. 나도 가본 적이 없으니.

나그네 모르신다고요?!

아이 저도 몰라요.

노인 나는 남쪽, 북쪽, 동쪽, 그러니까 이녁이 지나쳐온 길만 안다오. 그게 내가 가장 잘 아는 곳이고 아마 당신네에겐 가장 좋은 곳일 거요. 내 말이 많다고 흉보지 마시오. 내 보기에 당신은 벌써 지쳐 있으니 아무래도 되돌아가는 게 좋을 것 같소. 그대가 앞으로 계속 간다고 해도 끝까지 갈 수 없을지 모르기 때문이오.

나그네 끝까지 다 못 갈 수 있다고요?…… (말없이 생각에 잠겼다가 갑자기 놀라며) 그건 안 됩니다. 가야만 합니다. 그곳으로 되돌아가도 구실이 없는 곳, 지주가 없는 곳, 추방과 억류가 없는 곳, 가식적인 미소가 없는 곳, 눈물이 없는 곳이 없단 말입니다. 저는 그것들을 증오하기에 돌아가지 않을 것입니다.

노인 그건 꼭 그렇지도 않지. 자네도 마음속에서 우러나오는 눈물을 본 적이 있겠지. 자네를 위해 슬퍼하는 눈물 말이오.

나그네 아니요. 저는 그들 마음속의 눈물을 보고 싶지도 않고 저를 위해 슬퍼해주는 것도 원치 않습니다.

노인 그렇다면, 자네 (고개를 내저으며) 그냥 가는 수밖에 없겠군.

나그네 네. 저는 그저 갈 수밖에 없습니다. 게다가 앞쪽에 항상 저를 재촉하는 소리가 있습니다. 나를 부르고 쉬지 못하게 합니다. 한스러운 건 걷다가 벌써 발이 부르터서 상처가 많이 나고 피도 많이 흘리고 있다는 겁니다. (발을 들어 노인에게 보여준다.) 그 때문에 피가 부족합니다. 저는 피를 마시고 싶습니다. 그런데 피가 어디에 있단 말입니까? 허나 한편으로 누구 피든 마시고 싶지 않습니다. 그저 물을 마셔서 피를 보충할 수밖에요. 길을 걷다보면 항상 물이 있게 마련이고 결코 뭐가 부족하다고 생각하지 않습니다. 그저 기력이 너무 떨어졌어요. 핏속에 물이 너무 많은 까닭이겠지요. 오늘은 작은 물웅덩이조차 만나지 못해서 덜 걷게 된 것입니다.

노인 그렇게까지 할 필요가 있소? 내 생각에 나처럼 조금 쉬었다 가는 것이 좋겠소.

나그네 그러나 저 앞쪽의 목소리가 나더러 가라고 합니다.

노인 알고 있소.

나그네 아신다고요? 어르신도 그 목소리를 아신다고요?

노인 그렇소. 그 목소리는 예전에 나를 부른 적도 있다오.

나그네 그것이 지금 나를 부르고 있는 목소리일까요?

노인 그건 모르오. 그 목소리는 나를 몇 번 부른 적이 있으나 내가 모른 척하니 곧 더 이상 부르지 않더군. 나도 기억이 자세히 나지 않는구려.

나그네 흠, 못 들은 척했다……. (깊이 생각하다 돌연 깜짝 놀라며 귀담아 듣는다.) 안 돼! 저는 아무래도 가는 게 좋겠어요. 쉴 수 없습니다. 까지고 다친 발이 한스럽구나. (길 떠날 채비를 한다.)

아이 가지세요. (천 조각 하나를 건네며) 발의 상처를 싸매세요.

나그네 정말 고마워요. (받으며) 아가씨. 정말이지…… 보기 드문 친절을 베푸는군요. 이걸로 더 많이 걸을 수 있겠네요. (부서진 벽돌 조각에 앉아 천을 발에 감으려고 하다가) 그래도 안 돼! (힘들여 일어나며) 아가씨, 돌려드릴게요. 아무래도 천을 사용하지 못하겠어요. 이렇게 큰 친절은 갚을 길이 없네요.

노인 그렇게까지 고마워할 필요 없네. 자네에게 좋을 게 없어.

나그네 그렇겠죠. 제게 좋을 게 없어요. 하지만 이런 친절이 가장 훌륭한 것이죠. 보세요. 제 몸에 이런 친절이 가당키나 한지.

노인 그렇게만 생각하지 마시게.

나그네 하지만 그럴 수밖에요. 저는 두렵습니다. 누군가 나에게 친절을 베풀 때, 마치 시체를 발견한 독수리처럼 그 근처를 배회하며 그가 죽는 걸 직접 보고 싶어할까 봐. 아니면 제가 저주받아야 마땅하기 때문에 그를 빼고 나를 포함한 모든 이가 없어지길 바랄까봐. 그러나 제겐 이런 기력이 없습니다. 있다 한들 그들이 그런 처지가 되길 원치 않을 테니 저도 그러길 바라지 않습니다. 아무래도 이게 가장 좋겠네요. (아이에게) 아가씨, 당신이 준 이 천 조각은 정말이지 굉장히 좋은 거예요. 그런데 좀 너무 작아서 되돌려줄게요.

아이 (놀라며, 물러선다.) 싫어요. 가져가세요.

나그네 (웃는 듯) 하하, 내가 가졌던 것이라서?

아이 (고개를 끄덕이며 보퉁이를 가리킨다) 거기에 담아 가져가요.

나그네 (기죽어 물러서며) 하지만 이걸 몸에 짊어지고 어떻게 가겠어요?

노인 쉬지 않으면 짊어질 수도 없다오. 조금 쉬어가는 게 뭐 대단한 것도 아니네.

나그네 맞아요. 쉬는 건……. (잠잠히 생각하다가 갑가지 깜짝 놀라며 귀기울여 듣는다.) 아닙니다. 그럴 수 없어요. 저는 아무래도 가는 게 낫겠습니다.

노인 안 쉬고 싶소?

나그네 쉬고 싶습니다.

노인 그럼 좀 쉬시오.

나그네 그러나 그럴 수 없습니다.

노인 그대는 항상 아무래도 가는 게 낫다고 생각하시오?

나그네 그렇습니다. 아무래도 가는 게 낫겠어요.

노인 그렇다면 가는 게 낫겠소.

나그네 (허리를 펴며) 네, 작별을 고해야겠군요. 두 분께 감사드립니다. (여자아이에게) 아가씨, 이걸 돌려줄게요. 거두어주세요.

(여자아이는 두려워하며 손을 거두고 흙집으로 들어가 몸을 숨긴다.)

노인 가져가시오. 너무 무겁다면 언제고 무덤가에 버려도 된다오.

아이 (앞쪽을 향해) 음, 그건 안돼요.

나그네 그래요. 그건 안 되죠.

노인 그렇다면 들백합과 들장미에 걸어두면 되겠구려.

아이 (박수치며) 하하, 좋아요.

나그네 오…….

(짧은 시간 침묵이 흐른다.)

노인 그렇다면 잘 가시오. 안녕히 가시게. (일어서며 아이를 향해) 얘야, 안으로 들어가게 부축해다오. 봐라, 해가 벌써 떨어졌구나. (문 쪽으로 몸을 돌리며)

나그네 정말 감사합니다. 안녕히 계십시오. (배회하고 생각에 잠겼다가 갑자기 깜짝 놀란다.) 그래도 할 수 없어. 나는 가야만 해. 아무래도 가는 게 나아. (곧 머리를 들고 결연히 서쪽으로 간다.)

(여자아이는 노인을 부축해 흙집으로 들어가고 곧 문을 닫는다. 나그네는 들쪽으로 비틀거리며 나간다. 밤빛이 그의 뒤를 따르고 있다.)

1925년 3월 2일

_『루쉰 전집』 제2권 『들꽃』

덧붙이는 말

'중간물'(루쉰이 스스로 매긴 자기 위치)

내 작품을 유독 좋아하는 독자들은 때때로 나의 글이 진실한 말을 하고 있다며 비평하곤 한다. 솔직히 이 말은 과찬이다. (…) 물론 내가 남을 크게 속이고 싶었던 건 아니지만 마음속 말들을 곧이곧대로 풀어낸 적도 없었다. (…) 나는 분명 시시각각 타인을 해부하긴 하지만 더 많게는 냉정히 내 스스로를 해부하는데, 조금만 드러내 보여도 따뜻함을 좋아하는 사람들은 냉혹하다 느낄 것이니, 내 피와 살을 전부 드러낸다면 그 말로가 어찌 될지 진정 모르겠다. 즉시 방관자를 쫓아버리고 싶을 때도 있다. 그때도 나를 버리지 않는 사람이라면 올빼미, 뱀, 귀신, 요괴라 할지라도 나의 친구일 것이며 이들이야말로 진정한 벗이다. 만약 이조차 없다면 나 혼자일지라도 그대로 가련다. (…)

중국에는 대체로 청년들의 '선배'니 '스승'이니 하는 사람이 많은 것 같다.

하지만 나는 아니며 그들을 믿지도 않는다. 내가 확실히 알고 있는 종점이 하나 있다면 그것은 무덤이다. (…) 문제는 지금부터 무덤까지 가는 여정이다. 물론 길이 하나만 있지 않다. 지금도 가끔씩 길을 찾고 있으나 나는 정녕 어느 길로 가야할지 모르겠다. 찾는 여정 속에서 내 미숙한 열매가 내 열매를 유달리 사랑해주는 사람들을 독살할까봐 두렵다. (…) 3, 4년 전의 일을 아직도 기억하고 있다. 어떤 학생이 내 책을 사러 와서는 주머니에서 돈을 꺼내 내 손에 올려놓았다. 돈에는 그의 체온이 그대로 묻어 있었다. 그 체온이 내 마음에 낙인을 찍어놓았는데, 지금까지도 글을 쓸 때면 이런 청년들을 독살할까 두려워 주저하면서 펜을 들지 못하곤 한다. 내가 조금의 거리낌도 없이 글을 쓸 날은 아마도 올 것 같지 않다.

스스로는 정작 이러한 낡아빠진 귀신들을 업은 채 벗어버리지 못하니 종종 답답하여 마음이 가라앉곤 한다. (…) 모든 사물은 진화하는 과정에서 얼마간의 중간물이 있다. 동물과 식물의 사이, 무척추동물과 척추동물 사이에는 모두 중간물이 있다. 진화의 연쇄사슬에 있는 모든 것은 다 중간물이라고 할 수 있겠다. 문장 개혁을 해나가는 초기에 몇몇 형편없는 작가가 생기는 것은 당연한 일이며 그럴 수밖에 없을 테고 또 그래야만 한다. 그의 임무는 자신이 느낀 경각심들을 새로운 목소리로 외치는 것이다. 또한 구 진영에서 나왔기 때문에 비교적 분명하게 정황을 볼 수 있어 한 번만 반격해도 구 진영의 스러져가는 운명을 쉽게 제압할 수 있다. 하지만 세월과 함께 점차 소멸해야 한다. 기껏해야 교량의 나무, 돌멩이 한 조각에 불과한 것이니 앞길의 목표나 모범이 아닌 것이다.

_『무덤』「『무덤』 위에 쓰다」

"현재를 꼭 붙들고 땅에 꼭 붙으라"에 대하여

옛날을 앙모하는 자는 옛날로 돌아가라! 세상을 떠나고 싶은 자는 빨리 세상을 떠나라! 하늘로 오르고 싶은 자는 빨리 하늘로 오르라! 영혼이 육체를 떠나고자 하는 자는 빨리 떠나가라! 현재의 땅에는 현재를 붙들고 땅에 꼭 붙은 사람들이 살아야 한다.

_『화개집』「잡감」

내가 보기에 모든 이상주의자는 '지난 날'을 그리워하거나 '미래'를 동경하고 있습니다. 하지만 '현재'라는 이 제목에 어느 누구도 묘수를 내놓을 수 없는 까닭에 모두가 백지 답안을 내버린 것입니다. 가장 훌륭한 묘수라고 해봤자 결국엔 '미래를 희망한다'는 이것뿐입니다.

_『양지서』「쉬광핑에게」, 1925년 3월 18일

사람이 일단 마비된 상태에서 벗어나게 되면 고통이 심해집니다. 뿐만 아니라 생각할 수 없으니 "미래를 희망"한다고 말하는 것은 한낱 자위적인 혹은 그야말로 자기기만의 방법일 뿐입니다. 소위 '현실에 순응'한다는 사람들도 마찬가지입니다. 마비시키려면 '미래'를 생각할 수 없게 할 뿐더러 '현재'도 알 수 없도록 해야 합니다. 이래야만 중국의 시대적인 환경에 부합합니다. 하지만 일단 지식이 생기면 이 상태로 다시 되돌릴 수 없습니다. 내가 바로 이전 편지에 썼던 것처럼 "불평을 품지만 비관하지 않거나" 방금 온 편지에서 썼듯 "힘을 잘 기르고 있다가 적시에 행동하는" 방법밖에는 없습니다.

_『양지서』「쉬광핑에게」, 1925년 3월 23일

우리는 종종 지극히 가까운 곳에 시선을 두고 자신만 바라보거나 혹은 지극히 먼 곳에 두어 북극이나 하늘 밖까지 바라보곤 합니다. 그러나 이 둘 사이의 권역에는 결코 주의를 두지 않습니다. (…)
중국에서 사람 노릇을 하려면 이렇게 하지 않으면 살아갈 수가 없습니다. 예를 들어 당신이 개인주의를 주장하거나 혹은 원대하게 우주의 철학, 영혼의 유무에 대해 말하는 것은 무방합니다. 그러나 사회문제를 들먹이면 곧 말썽이 생겨나게 될 것입니다. (…)
문학도 이와 같습니다. 가령 흔히 신변소설이라고 부르는 것으로 '고통스러워, 가난해, 나는 그녀를 사랑하는데 그녀는 나를 사랑하지 않아' 따위를 말하면 그것은 매우 타당합니다. 그러나 만약 중국 사회를 언급하고 압제와 피지배에 대해 말한다면 곧 문제가 됩니다. 하지만 당신이 만약에 좀 더 멀리, 저 파리나 런던 따위를 거론하거나, 더 나아가 달세계나 하늘 끝에 대해 말한다면 위험하지 않습니다. (…)
"진지해져봅시다" "시선을 크게 두지 않는 것도 안 될 일이지만, 너무 크게 두어서도 안 됩니다." 이 두 마디는 평범한 말에 지나지 않지만, 내가 이 말을 확실히 깨달은 것은 무수한 생명이 죽은 다음이었습니다. 역사의 허다한 교훈은 모두 지대한 희생과 바꿔 얻어낸 것들입니다.

_『집외집습유』「오늘의 두 가지 감상」

문지방(부분 발췌)

한 치 앞도 안 보이는 안개는 싸늘한 냉기를 내뿜고 있다. 얼어붙는 것 같은 냉기의 흐름과 함께 건물 내부로부터 크지 않은 목소리가 느릿느릿 울려 퍼진다.

“오오, 너는 그 문지방을 넘고 싶은가본데 무엇이 너를 기다리고 있는지, 너는 알고 있느냐?”

“알고 있습니다.” 처녀가 대답한다.

“추위, 굶주림, 증오, 조소, 멸시, 모욕, 감옥, 질환 그리고 나중에는 죽음이라는 것을 아느냐?”

“알고 있습니다.”

“아무도 만날 수 없는 몸서리치는 고독, 그래도 좋으냐?”

“알고 있습니다…… 각오는 되어 있습니다. 어떠한 고통, 어떠한 채찍질도 참아내겠습니다.”

“그것도 원수들만이 아니라 육친과 친구들까지 그렇다면?”

“네…… 그것도 알고 있습니다.”

“좋다. 너는 희생할 각오가 되어 있다는 거지?”

“네”

“무명의 희생이라도 좋으냐? 네가 파멸한다 해도 누구 하나 어떤 자의 명복을 빌어주어야 할지 기억하지도 못할 텐데!”

“저한테는 감사도 동정도 필요 없습니다. 이름 같은 것도 필요 없습니다.”

“죄를 지을 각오도 되어 있느냐?”

처녀는 고개를 떨구었다…….

“죄도 각오하고 있습니다.”

목소리는 다음 질문까지 잠시 사이를 두었다.

“너는 알고 있느냐” 이윽고 목소리는 다시 계속 되었다.

“지금 네가 믿고 있는 신념에 환멸이 올지도 모른다는 것을, 그것은 기만이었다. 공연히 젊은 생명을 파멸시켰구나 하고 깨달을 때가 올지도 모른다는 것을."

"그것도 알고 있습니다. 그래도 역시 저는 들어가고 싶습니다."

"들어가라!"

_ 투르게네프, 『문지방』

2.
스스로 주인이 되어 자신의 말을 하라

길잡이 글

청년과 학생은 한창 교육을 받으며 인생을 준비하는 시기에 놓여 있다. '어떻게 독서하고 글을 쓰느냐'는 중대한 문제인데, 현대 문학의 큰 스승인 루쉰의 의견을 들어보면 매우 흥미로울 것이다.

루쉰이 강조하는 것은 독서의 범주이지만 사실상 인간 정신에 관한 것이기도 하다.

예를 들어, 루쉰은 '기호를 위한 독서', 즉 "스스로의 마음에서 우러나고, 전혀 강제성이 없으며, 이해관계를 떠난" 독서를 주장했다.— 심지어 "독서가 도박과 같다"고 절묘하게 비유했다. "내키는 대로 읽기" 식의 독서도 제안했다. 사실상 이것은 공리를 초월한 자유롭고 재미있는 생활을 주장한 것이다. '학창시절'의 매력은 본래 여기에 있다. 인생의 긴 여정 중에서 상대적으로 학창시절에만 이런 경지에 도달할 수 있기 때문이다. 일단 사회에 발을 디디면 생계를 위해 고군분투해야 하고 사회적인 책임도 많이 떠안게 되므로 공리를 초월한 이런 자유와 취미를 갖기 어렵다. 바로 이러한 관점에서 볼 때, 우리의 교육이 학생들이 독서하는 자유와 즐거움을 박탈한다면 그것은 바로 청소년이 마땅히 누려야 할 천부적인 권리를 침해한 것이라고 할 수 있다.

루쉰은 "책을 즐겨 읽는 청년들은 전공 이외의 책을 읽어보는 게 좋다"고 했다. 그는 한 문학청년에게 쓴 편지에서 다음과 같이 말하며 특별히 강조하기도 했다. "문학책만 보는 것 역시 좋지 않습니다. 예전의 문학청년은 수학, 물리와 화학, 역사와 지리, 생물학 등을 싫어했고 이런 것들이 별로 중요한 것이 아니라고 여겼습니다. 그러더니 나중에는 상식마저 사라져 문학 연구에도 이해력이 부족할 뿐더러 글을 쓰고자 해도 두서가 없었습니다. 그러므로 나는 여러분이 과학을 포기하고 애오라지 문학만 파고들지 않기를 바랍니다."(「엔리민에게」, 1936년 4월 5일) 이렇듯 문학과 이학의 융합을 강조한 것은 곧 합리적인 지식구조를 새로이 구축하여, 일생의 정신 발전을 위한 넓은 시야를 개척하고 두터운 기초를 쌓게 하려는 것이다.

그러므로 루쉰은 "스스로 사색하고, 스스로 주인이 되라"고 주장했고 "자신의 눈으로 세상이라는 이 살아 있는 책을 읽으라"고 강조했다. 이것은 독서의 범위를 초월하여 '인간답게 사는' 근본에 관한 것이 되었다.

독서잡담

제가 오늘 이 자리에 제군 여러분과 마주한 까닭은 즈융知用중학의 선생님들이 내 강연을 청해주셨기 때문입니다. 하지만 저라고 해서 뭐 이렇다 할 말이 있는 건 아닙니다. 학교가 책 읽는 곳이라는 생각이 갑자기 떠올랐기에, 독서에 대해 자유롭게 얘기해보고자 합니다. 내 개인적인 의견이므로 제군들에게 잠깐의 참고가 될 수 있을 뿐, 사실 뭐 강연이라고 할 것도 없겠습니다.

독서라고 하면 매우 간단한 일인 것 같습니다. 그저 책을 들고 읽으면 되는 것이죠. 그러나 결코 이렇게 간단하기만 한 것은 아닙니다. 적어도 두 가지 종류의 독서가 있습니다. 하나는 직업적인 독서이고, 다른 하나는 취미로 하는 독서입니다. 직업적인 독서라는 것은 학생이 진학을 위해 교사가 수업 준비를 위해 하는 것처럼, 독서자가 책을 읽지 않으면 위험해집니다. 좌중에 있는 제군들도 틀림없이 이런 경험을 했으리라 생각합니다. 어떤 사람은 수학을 싫어하고 어떤 사람은 박물博物을 싫어하는데 하는 수 없이 공부를 해야 합니다. 그렇지 않으면 졸업할 수 없고, 진학할 수 없으니 장래의 생계에 지장이 생깁니다. 저도 그렇습니다. 가르치기 위해 때로 보기 싫은 책도 읽어야만 합니다. 그렇지 않으면 오래 지나지 않아 먹고 사는 데 지장이 생길 것입니다. 우리는 흔히 독서라고 하면 고상한 일로 생각하곤 하지만 사실 이러한 독서는 목수가 도끼를 벼리거나 재봉사가 바늘과 실을 매만지는 것과 별다를 게 없습니다. 꼭 고상하다고만 볼 수 없고 때로는 고통스럽고 불쌍하기까지 합니다. 좋아하는 일은 기어이 할 수 없고 하기 싫은 일은 한사코 해야만 합니다. 이것은 직업과 취미가 결코 일치할 수 없기 때문입니다. 만약 모두들 좋아하는 일을 해도 각자 먹고 살 수 있다면 얼마나 행복할까요. 그러나 현재의 사회에서 아직은 이럴 수 없기 때문에, 독서자들이 가장 많이 하고 있는 독서는 아마도 억지로 고통스럽게 읽어야 하는 직업적인 독서일 것입니다.

이제 취미로 하는 독서에 대해 이야기해봅시다. 그것은 스스로 원해서 하는 것이라 억지가 없고 이해관계를 떠난 것입니다. 내 생각에 취미로 하는 독서는 마작 놀이에 빠진 것 같아 날마다 치고 밤마다 하고도 계속 하러 가고 경찰에게 잡혀 들어가더라도 풀려나면 또다시 치는 것과 같습니다. 제군들은 마작하는 사람들의 진짜 목적이 결코 돈을 따는 데 있는 게 아니라 재미있어서임을 알아야 합니다. 나는 문외한인지라 마작이 얼마나 재미있는지는 잘 모르겠습니다. 그러나 마작 애호가에게 듣기론 패를 한장 한장 만질 때마다 매번 새로운 게 묘미라고 합디다. 무릇 취미로 독서를 하면서 손에서 책을 뗄 수 없는 이유도 바로 이와 같다고 생각합니다. 독서자는 책 한 쪽 한 쪽에서 깊은 재미를 맛보는 것입니다. 물론 생각이 넓어지고 지식이 증대되지만 이런 것을 염두에 둔 것이 아닙니다. 그것을 염두에 둔 것이라면 돈을 따려고 마작하는 사람과 같으니 이는 마작패들 중에서도 하수에 해당하는 셈입니다.

하지만 나는 결코 제군들이 공부를 그만두고 자기가 좋아하는 책을 읽으라고 말하는 게 아닙니다. 그러한 때가 아직 도래한 것도 아니지만 끝내 올 것 같지도 않습니다. 기껏해야 장래에 사람들이 반드시 해야만 하는 일을 비교적 재미있게 할 수 있도록 강구할 수 있을 뿐입니다. 지금 내가 말하고자 하는 것은, 독서를 즐기는 청년은 학업 이외의 책, 즉 과외의 책을 많이 읽을 수 있으니 학업과 관련된 책만 껴안고 있지 말라는 것입니다. 그러나 오해하지는 마십시오. 나는 국어 시간에 서랍 안에 『홍루몽』과 같은 책을 두고 몰래 읽어야 한다고 말하는 게 아닙니다. 내가 말하고자 하는 것은 해야 할 공부를 마친 뒤 여가 시간에 이런 책들을 읽어야 한다는 말입니다. 가령 본업과 전혀 상관이 없더라도 그 범위를 넓혀야 합니다. 예를 들면, 이과를 공부하는 학생들은 반드시 문학서적을 읽어야 하고 문학을 공부하는 학생들은 과학서적을 읽어야 합니다. 다른 영역에서 연구되는 것이 대체 무엇인지 봐야 한다는 것입니다. 이렇게 해야만 다른 사람과 다른 일에 대해 더 깊이 이해할 수 있습니다. 지금 중국의 큰 병폐는 대부분의 사람이 자기가 공부하는 분야만이 최고이며 중요하다는 것이고, 다른 영역은 쓸모없고 말할 가치도 없다고 보는 것입니다. 또한 가치 없는 일을 하는 사람들이 장차 굶어 죽어야 한다고 생각하는 것입니다. 사실상 세상은 이렇게 단순하지 않고 학문은 모두 제각기 쓸모 있으며 무엇이 으뜸이라고 결정하기도 어렵습니다. 다행히도 사람들은 각양각색입니다. 가령 세상에 문학가만 있어 도처에서 '문학의 장르'

나 '시의 구조'만을 논한다면 도리어 무료하기 짝이 없을 겁니다.

그러나 위에서 말한 것은 부수적으로 얻은 효과입니다. 취미로 읽는 독서에서 독서자는 당연히 그런 것들을 계산하지 않습니다. 마치 공원에서 한가로이 노는 것처럼 마음대로 하는 것입니다. 마음대로 하는 것이기 때문에 힘이 들지 않고, 힘이 들지 않기 때문에 재미를 느낄 수 있는 것입니다. 만약에 책 한 권을 손에 들고 '나는 책을 읽고 있어'라거나 '나는 공부하고 있어!'라고 의식적으로 생각한다면 쉽게 피로해져서 흥미가 감소되거나 괴로운 일로 변하게 될 겁니다.

내가 보기에 지금의 청년들 중에는 재미 때문에 책을 읽는 이도 있고 나도 종종 독서에 관한 여러 질문과 만나곤 합니다. 이제 내가 생각하고 있는 바를 좀 말하고자 합니다. 그러나 문학 쪽에 국한하고자 하는데 다른 영역은 내가 잘 모르기 때문입니다.

첫째, 종종 문학과 글文章을 구분하지 못하고 있습니다. 심지어 이미 비평하는 글을 쓰기 시작한 사람조차 이런 병폐에서 벗어나지 못하고 있습니다. 범박하게 말하자면 쉽게 구별할 수 있습니다. 글의 역사나 이론을 연구하는 사람은 인문학자 또는 학자입니다. 시를 짓거나 희곡, 소설 쓰는 사람은 글을 짓는 사람으로 즉 예부터 문인이라 칭하는 사람이며 요즘은 창작가라고 부릅니다. 창작가는 문학사나 이론을 몰라도 무방합니다. 문학가 역시 시 한 구절 짓지 못해도 괜찮습니다. 그렇지만 중국 사회는 소설 몇 편을 쓰면 반드시 소설개론을 알아야 하고, 신시 몇 수를 지으면 시의 원리를 말해야 한다고 오해하고 있습니다. 나는 소설을 쓰고 싶어 하는 청년이 먼저 소설작법과 문학사부터 사보는 것을 자주 봅니다. 내 생각에는 이런 책들을 너덜너덜하도록 읽는다 해도 창작과는 아무런 관계가 없으리라고 봅니다.

실제로 지금 몇몇 글 쓰는 사람 중 이따금씩 교수 노릇하는 사람이 확실히 있긴 합니다. 그러나 이것은 중국에서 창작하는 것이 그다지 돈이 되지 못해 먹고 살기가 어렵기 때문입니다. 듣자하니 미국에서는 조금 유명한 작가의 중편소설 한 편이 시가로 2000달러가 된다고 합니다. 다른 사람의 경우는 모르지만 중국에서 나의 단편을 큰 서점에 맡기면 매 편당 20위안을 받습니다. 당연히 다른 일을 찾아야겠지요. 예를 들어 가르치는 일, 문학을 강의하는 것입니다. 연구는 이성의 지혜를 사용하는 것이니 냉정해야 합니다. 그러나 창작은 정감을 사용해야 하니 적어도 항상 뜨거워야 합니다. 그리하여 차가웠다가 갑자기 뜨거워지니 머리가 어지럽게 됩니다. 이것도 직업과 취미가 서로 일치하지 못하는 고충이라 하겠습니다. 괴로운 것은 그렇다 치지만 결과적으로 그 어떤 것도 제대로 하지 못하게 됩니다. 세계문학사를 펼쳐볼 때 작가와 교수를 겸했던 자가 없는 것이 그 증거라 할 수 있습니다.

또 다른 단점을 든다면 가르치는 자는 거리낌을 피할 수 없다는 것입니다. 교수는 교수 나름의 허세가 있게 마련이라 하고픈 말을 시원하게 할 수 없습니다. 혹자는 이것을 반박하고자 할지도 모르겠습니다. 그렇다면 당신이 하고픈 말을 마음껏 하면 되는 것이지 뭐 그렇게 소심하게 굴 필요가 있냐면서. 하지만 이것은 사전事前에 말하는 비아냥거림일 뿐 일단 일이 생기면 자신도 모르게 여론에 따라 공격하게 될 것입니다. 게다가 교수 자신이 설령 스스로는 대범하게 군다고 하더라도 무의식 속에서 좀처럼 교수 허세에서 벗어나기 어렵습니다. 그래서 외국에서 '교수소설'이라는 것이 적지 않게 있으나 좋다고 하는 사람이 많지 않고, 적어도 골치 아프게 만드는 현학적인 구석이 있음을 피할 수 없습니다.

그래서 저는 문학을 연구하는 것과 글을 쓰는 것이 다른 영역이라고 생각합니다.

둘째, 나는 항상 이런 질문을 받곤 합니다. 문학을 하려면 어떤 책을 읽어야 하냐고. 실제로 이것은 매우 대답하기 어려운 문제입니다. 예전에도 몇몇 선생이 청년들에게 방대한 도서목록을 열거한 적이 있습니다. 그러나 내가 볼 때 이것은 별로 소용없는 짓이라 생각합니다. 왜냐하면 나는 그 도서목록들이 그 선생들 자신이 보고 싶어 하던 책들이거나 구태여 볼 필요가 없는 것들이라 생각하기 때문입니다. 내 생각에 옛 것들을 보고자 한다면 일단 장지둥張之洞의 『서목문답書目答問』을 참고로 하여 다른 책들로 확장해보는 게 좋다고 봅니다. 만약 새로운 문학을 연구하고자 한다면 스스로 여러 소책자를 살펴보십시오. 예를 들어 혼마 히사오本間久雄의 『신문학개론』, 구리야가와 하쿠손廚川白村의 『고민의 상징』, 보론스키 등의 『소련의 문예논전』과 같은 것들을 본 다음 자기 스스로 사색하며 그 범위를 넓혀가는 겁니다. 왜냐하면 문학의 이론은 2 곱하기 2가 반드시 4가 되는 수학과는 달라, 이론이 분분하기 때문입니다. 예를 들어 『소련의 문예논전』은 러시아의 두 파가 벌이는 논쟁입니다. 한 마디 덧붙이자면, 근래 마치 러시아의 '러'자만 봐도 놀라는 듯, 러시아의 소설 또한 읽는 사람이 많지 않다고 들었습니다. 사실 소련의 새로운 창작물을 소개한 사람은 결코 없었고 지금 번역된 몇 권도 모두 러시아 혁명 전의 작품들인지라 그 작가들 역시 그쪽에서는 반혁명으로 간주되었습니다. 만약 문예작품을 보고자 한다면 우선 유명작가의 몇몇 모음집을 읽고 그중에서 누구의 작품이 가장 좋은지 생각해보세요. 그런 다음 이 작가의 전집을 읽는 겁니다. 그 후 문학사에서 이 사람의 지위를 살펴봅니다. 만약에 더 자세히 알고 싶다면 이 작가의 전기 한두 권을 읽습니다. 그러면 대략적으로 이해할 수 있지요. 만약에 다른 사람의 의견을 묻는 데만 치중한다면 각자 기호가 달라 항상 들어맞지 않을 것입니다.

셋째, 비평에 대해 몇 마디 하겠습니다. 지금 출판물이 너무나 많기 때문에—사실 뭐가 있겠습니까마는, 그래도 독자들은 책들이 많아 감당할 수 없기에 비평을 갈망하게 되고 비평가도 여기에 부응하여 속속들이 생겨나게 되었습니다. 비평이란 것은 독자에게 있어서 적어도 비평가의 취지에 근접한 독자들에게는 유용한 것입니다. 그러나 지금의 중국에 이것은 별개의 논의로 두어야 할 듯합니다. 종종 사람들은 비평가가 창작의 생사여탈권을 쥐고 문단에서 최고의 지위를 차지한다고 오해하여 갑자기 비평가로 변해 그의 영혼에 칼을 내걸고 있습니다. 하지만 자신의 입론이 주도면밀하지 못할까봐 주관적이라 하면서도, 때로 자신의 관찰을 다른 사람들이 존중하지 않을까봐 객관적이라 주장합니다. 때로 자신이 온통 동정심을 품고 비평한다고 말하면서도 때로는 교열한 사람을 일고의 가치도 없다면서 욕합니다. 나는 중국의 모든 비평문을 읽을 때마다 항상 애매모호하다고 여깁니다. 만약에 이 비평문을 사실로 여긴다면 갈 길이 없습니다. 인도 사람들은 이를 일찍부터 알고 있는지, 잘 알려진 비유 하나를 들었습니다. 한 노인과 아이 하나가 나귀 한 마리에 물건을 싣고 팔러나갔는데 다 팔고 난 후, 아이가 나귀를 타고 노인이 곁에서 걷게 되었습니다. 그러자 행인이 아이를 나무라며 노인을 걷게 한다며 철이 없다고 말했습니다. 노인과 아이는 자리를 바꾸었습니다. 그랬더니 다른 행인이 노인더러 나쁘다고 하는 겁니다. 노인은 서둘러 아이를 안아 안장 위에 올려놓고 같이 탔습니다. 나중에 이를 본 행인들은 그들이 잔혹하다고 했습니다. 그래서 둘 다 나귀에서 내려 걷게 되었고, 얼마 지나지 않아 사람들이 또 그들을 비웃었습니다. 비어 있는 나귀를 그냥 놀리고 타지 않으니 바보라고 하는 것입니다. 그러자 노인은 아이에게 탄식하며 남은 방법이라곤 우리 둘이 나귀를 짊어 메고 걷는 방법밖에 없다고 했답니다. 어떤 것을 읽든 어떤 글을 쓰든, 다른 사람의 말을 너무 많이 듣다보면 결국엔 나귀를 짊어 메고 걷는 꼴이 될 수 있습니다.

하지만 나는 결코 비평을 읽지 말라고 말하는 게 아닙니다. 그저 비평되고 있는 책을 읽어본 후 스스로 사색하고 스스로 주관적인 생각을 가져보라고 말하는 것뿐입니다. 다른 책을 읽는 것도 이와 같습니다. 스스로 사색하고 관찰하십시오. 만약 책을 읽는 데만 그친다면 책벌레로 변해버릴 것입니다. 설령 본인이 흥미를 느꼈다 해도 그 흥미는 사실상 차츰 굳어져갈 것이고 차차 죽어버릴 것입니다. 지금까지 몇몇 학자가 아직도 이것을 나의 죄상 중 하나로 여기고 있습니다만, 내가 예전에 청년들에게 연구실로 숨어들어가지 말라고 했던 것도 바로 이 뜻에서였습니다.

듣자 하니 영국의 버나드 쇼는, 세상에서 가장 쓸모없는 것이 독서가인데 그가 다른 사람의 사상과 예술을 볼 수 있을 뿐 자신을 사용하지 않기 때문이라고 말한 적이 있다고 합니다. 남이 말을 달리도록 자신의 뇌를 내맡긴 거라고 했던 쇼펜하우어의 말도 바로 이런 취지입니다. 독서가보다 더 나은 것은 사색가입니다. 왜냐하면 자신의 생활에서 얻은 힘을 활용할 수 있기 때문입니다. 그러나 공상을 면하기는 어려우니, 이보다 더 나은 것은 관찰자라고 할 수 있습니다. 그는 자신의 눈으로, 세상이라는 이 살아 있는 책을 읽기 때문입니다.

이것이 확실한 것입니다. 실제로 경험한 것이 보고, 듣고, 공상한 것보다 더욱 확실합니다. 예전에 말린 리츠荔枝, 통조림으로 만든 리츠, 오래 묵혀둔 리츠를 먹어본 적이 있습니다. 그러면서 이것들로 신선하고 맛있는 리츠가 어떤 맛일까 추측해보았습니다. 이번에 먹어보니 내가 상상하던 맛과 달랐습니다. 광둥에 와서 먹어보지 않았다면 영원히 이 맛을 몰랐을 것입니다. 그러나 앞서 버나드 쇼가 한 말에다가 기회주의적인 의견을 곁들여보고자 합니다. 쇼는 아일랜드 사람이라 그의 주장에 다소의 과격함이 묻어납니다. 만약 광둥 시골의 경험 없는 사람을 골라 상하이나 베이징으로 보냈다고 가정해봅시다. 그다음 그에게 관찰한 것을 물어본다면 그의 견식이 아마도 제한적일 거라고 생각합니다. 왜냐하면 그가 관찰력을 연습하지 않았기 때문입니다. 그러므로 관찰하려면 먼저 사색하고 독서를 해야 한다는 것입니다.

요컨대 내가 하고자 하는 말은 매우 간단합니다. 우리 스스로 하는 독서, 즉 취미로 하는 독서는 다른 사람의 조언을 구해도 무용지물입니다. 먼저 폭넓게 읽고 난 후 골라 자기의 마음에 드는 비교적 전문적인 한 분야나 몇 가지를 정하고 읽어가는 수밖에 없습니다. 그러나 전문도서도 병폐가 있으므로 반드시 실제 사회와 접촉하면서 우리가 읽어가는 책들을 살아나게 해야 한다는 것입니다.

7월 16일 광저우의 지용중학에서의 강연

_『루쉰 전집』 제3권 『이이집』

마음대로
뒤적거리며 읽기

나는 내가 소일거리로 삼는 독서—마음대로 뒤적거리며 읽기—에 대해서 이야기하고자 한다. 그러나 잘못 했다가는 손해를 볼지도 모르겠다.

내가 최초로 책을 본 곳은 사숙이었는데, 처음 읽은 책은 『감략鑒略』이었다. 책상 위에 이 책과 습자용 글씨본, 대련(이것은 시를 쓰기 위해 준비한 것이다) 교재를 제외하고 다른 책은 올려놓을 수 없게 했다. 그러나 급기야 나중에 천천히 글자를 알게 되었고, 글자를 알게 되자 책에 흥미가 생겼다. 그리하여 집에 낡아빠진 책들이 들어 있던 두세 상자를 꺼내 슬슬 읽어보게 되었는데, 중요한 목적은 그림을 찾아서 보기 위한 것이었고 나중에는 글자도 읽게 되었다. 이렇게 하는 것이 습관이 되어 손에 책이 있으면 그것이 어떤 것이든 한번 죽 넘겨보며 읽거나 목차를 읽어보거나 내용을 몇 쪽 읽는다. 지금까지 아직도 이런 식으로, 그다지 열심히 읽거나 집중하지 않고 대충 읽는다. 작문을 하거나 꼭 봐야만 하는 책을 읽은 후

피로를 느낄 때에도 이러한 장난으로 종종 소일거리를 삼곤 한다. 게다가 이것은 피로 회복에 확실히 효과가 있다.

만일 사람을 속이고자 한다면 이 방법은 박학하고 고상한 사람인 척하는 데 효과적이다. 지금 어떤 성실한 사람들은 나와 한담을 나눈 후 내가 책을 많이 읽었다고들 이야기한다. 얼핏 이야기하다보면, 나도 확실히 책을 많이 읽은 것처럼 보인다. 내가 늘 손 가는대로 책을 펼쳐 대충대충 읽는 까닭이며 결코 책을 한 권 한 권 꼼꼼히 읽지 않는다는 사실은 전혀 모를 것이다. 쉽게 손에 넣을 수 있는 비본秘本이 한 권 있으니 바로 『사고서목제요四庫書目提要』가 그것이다. 만약 이것이 번거롭다면 『간명목록簡明目錄』도 좋다. 이 책을 세심히 읽으면 마치 당신이 많은 책을 읽은 것처럼 만들어줄 것이다. 그러나 나도 일찍이 제대로 공들여 책을 읽은 적이 있다. 예를 들어 무슨 '국학'류 같은 경우는 선생님의 가르침을 청한 적도 있고 학자가 나열했던 참고서적에 관심을 가진 적도 있다. 결과는 모두 만족스럽지 않았다. 어떤 서목은 너무 많은 책을 나열하고 있어서 십여 년이 걸려야 다 읽을 수 있는 것이었다. 나는 저자 자신도 다 읽지 못한 게 아닐까 의심스럽다. 단지 몇 권만 나열한 것은 비교적 괜찮은 편이지만, 이것도 마땅히 이 서목을 제시한 선생을 살펴야만 한다. 만약 그가 엉터리라면 거론한 몇 권의 책도 반드시 엉터리일 테니 안 보는 편이 차라리 낫다. 보면 바보가 될 테니까.

나는 이 세상에 후학에게 공부를 가르쳐줄 선생이 없다고 말하는 것이 아니다. 있기는 하다. 그러나 정말 찾기 어렵다.

여기에서 내가 소일거리로 읽는 책 이야기만 하고 있으니, 일부 정통학자들은 반대하며 이렇게 하는 게 '잡스럽다'고 여길 것이다. '잡스럽다'라는 것은 지금까지도 나쁜 것을 형용하는 말이다. 그러나 나는 이것에도 좋은 점이 있다고 생각한다. 예를 들어 한 집안의 오래된 가계부에서 "두부 3문, 청경채 10문, 생선 50문, 장 1문"이 적힌 것을 보면 예전에 이 몇 푼의 돈으로 하루의 찬거리를 사서 한 가족이 먹고 살았구나 하는 것을 알 수 있다. 옛 달력에서 "외출하지 말아야 한다. 목욕해서는 안 된다. 대들보를 올리지 마라"라고 적힌 것을 보면 예전에 이렇게 금기가 많았다는 것을 알게 된다. 송대의 필기에서 "채소를 먹고 귀신을 섬겼다食菜事魔", 명대의 필기에서 "10표 5호十彪五虎"를 보면 "아, 원래 '예전에 있었던 것이구나'" 하고 알게 되는 것이다. 그러나 책 한 권을 다 읽었는데도 온통 그 시대 유명인의 일화, 모 장군이 매 끼니에 38그릇을 먹었다느니, 모 선생의 체중은 175.5근이라는 이야기이거나 기이한 풍문이나 괴상한 일들, 어느 마을에 지네 요괴에 벼락이 내리쳤다 라든가 어느 임산부가 사람 얼굴의 뱀을 낳았다는 등 백해무익한 내용일 때도 있다. 이때는 자기 주견을 갖고 이것이 식객 문사가 지은 책이라는 것을 알아야 한다. 무릇 식객 문사란 가장 나쁜 방법을 써서 독자가 가장 해롭게 시간을 보내게 할 수 있는 사람이다. 까딱하다 그에게 홀리면 함정에 빠져, 나중에는 모 장군의 식사량이나 모 선생의 체중, 지네 요괴와 사람 얼굴의 뱀 따위만 머릿속에 꽉 차게 될 것이다.

점이나 창기에 대한 책을 만날 기회가 생긴다면 혐오스러워하며 미간을 찌푸리지 말고 한 번 뒤적여보아도 좋다. 자기 생각과 반대이거나 시대에 뒤떨어진 책이라는 것을 분명히 알아도 이 책들에게 같은 방법을 써 보라. 가령 양광선楊光先의 『부득이不得已』는 청나라 초기의 저작이지만 그의 사상이 살아 있어 지금 그와 의견이 비슷한 사람이 꽤 많은 것 같아 보인다. 그러나 이것도 역시 그에게 사로잡힐 수 있기에 다소 위험하다. 방법은 많이 뒤적거리는 것이다. 이것저것 뒤적여 많이 읽다보면 비교할 수 있게 된다. 비교는 속임수에 대처할 수 있는 좋은 방법이다. 시골 사람은 황화철을 금광석으로 종종 오인한다. 그저 말로 설명해서는 알아듣지 못하고 당신이 그를 속여서 보물을 빼앗으려 한다고 의심하여 얼른 숨길 수도 있다. 하지만 진짜 조그만 금광석이라도 보게 되어, 손대중으로 무게를 재어보기만 해도 마음을 착 가라앉히고 이해하게 될 것이다.

'마음대로 뒤적거리며 읽기'는 여러 다른 종류의 광석을 비교하는 방법으로 매우 힘이 든다. 진짜 금광석을 가지고 다른 광석들과 비교하는 것보다 명료하거나 간단치 않다. 내가 보니 지금의 청년들은 종종 어떤 책을 읽어야 하냐고 묻는데, 그건 진짜 금을 눈으로 보아 황화철에 속아 넘어가지 않는 것이다. 게다가 진짜 금이 무엇인지 알게 된다면 동시에 황화철이 무엇인지도 확실히 알게 되는 것이니 일거양득일 것이다.

하지만 이런 좋은 책을 현재 중국에 있는 책들 중에서 찾아내기는 힘들다. 내 스스로 조금의 지식이라고 얻게 된 과정을 회상해보면 진실로 고되고 힘들었다. 어릴 때 나는 중국의 역사를, '반고씨가 천지를 개벽'한 후, 삼황오제가 있었고…… 송대와 원대, 명대 다음에 "우리 위대한 청대"가 있다는 정도로 알고 있었다. 스무 살 때 또 '우리'의 칭기즈칸이 유럽을 정복했으니 '우리'의 최고 전성시대라고 들었다. 스물다섯 살이 되어서야 비로소 소위 '우리'의 최고 전성시대가 사실은 몽골족이 중국을 정복한 것이었고 우리가 그들의 노예였다는 것을 알게 되었다. 금년 8월에 몇몇 옛이야기를 조사하다가 몽골 역사 세 권을 뒤적여 읽게 되었는데, 이때 비로소 몽골인이 '아라사(러시아)'를 정복하고 헝가리, 오스트리아를 침입한 것이 중국 전역을 정복하기 전이었다는 것과 그때의 칭기즈칸은 아직 우리의 칸도 아니었다는 것을 알게 되었다. 도리어 러시아 사람이 노예된 것이 우리보다 더 오래되었으므로 그들이 마땅히 "우리의 칭기즈칸이 중국을 정복했고 우리의 최고 전성시대다"라고 말해야 한다.

나는 현행 역사교과서를 읽지 않은 지 오래되어서 교과서에서 어떻게 말하고 있는지 모른다. 그러나 신문이나 잡지에서 때때로 칭기즈칸을 자랑스러워하는 글을 볼 때가 있다. 이미 지나간 일이고 원래 뭐 그렇게 큰 관련이 있는 것은 아니지만 어쩌면 큰 관련이 있게 될 수도 있으니 어쨌든 진실을 말하는 게 좋을 것이다. 그러므로 문학을 배우는 자이든 과학을 배우는 자이든 먼저 역사와 관련된 간명하고도 믿을 만한 책을 먼저 읽어야 한다고 생각한다. 그러나 만약 그가 오로지 천왕성 혹은 해왕성만 말하거나 개구리의 신경세포만을 말한다거나, 매화를 읊고 누이를 부르며 사회와 관련된 의론을 내지 않는다면 물론 역사서를 읽지 않아도 괜찮다.

나는 일본어를 조금 알기 때문에 일역본 『세계사교정』과 새로 출판된 『중국사회사』를 급한 대로 보았는데, 이 책들은 모두 예전에 읽은 역사서보다 명확하게 서술하고 있다. 앞의 책은 중국에 번역본이 있지만 앞의 한 권밖에 없고 나머지 다섯 권은 번역되지 않았다. 본 적이 없기 때문에 번역이 어떤지는 모른다. 뒤의 책은 중국에 번역되어 나왔고, 제목이 『중국사회발전사』다. 그러나 일역자의 말에 의하면 번역의 오류가 많고 누락된 것도 있어서 믿을 만하지 못하다고 한다.

나는 중국에 이 두 책이 나오기를 바란다. 또한 우르르 나왔다가 우르르 없어지는 것이 아니라 끝까지 번역해야 한다. 또한 삭제하지 말아야 한다. 삭제하고자 한다면 독자들에게 밝혀야 한다. 그러나 가장 좋은 것은 작가와 독자를 생각하면서 조심스럽고 완벽하게 번역하는 것이다.

11월 2일

_『루쉰 전집』 제6권 『차개정잡문』

길잡이 글

루쉰은 중국의 일류 문학가인지라 사람들이 종종 그에게 '작문의 비결'에 대해 조언을 구했다. 그러나 그는 '기만하는' 문장(고문과 백화문)의 비결부터 말하기 시작했으니 이는 매우 의미심장하다. 소위 '애매하게 쓰기' '이해하기 힘들게 쓰기' 등의 비결은 모두 교활한 술수를 부리는 '변검술의 눈속임 수건'이다. 이것이 바로 루쉰이 철저히 통탄하고 증오하는 "속이고 기만하는" 짓거리인 것이다. 오히려 그와 정반대의 수를 쓰는 것이 바로 루쉰이 주장하는 것인데, "진의를 담고 수식을 제거하며 덜 지어내고 으스대지 않는 것"이다. 작문이 이와 같으니 사람 노릇은 더욱 이와 같을 것이다.

가장 중요하고 결코 잊어서는 안 되는 것이 루쉰이 「소리 없는 중국」에서 외친 역사적인 소환이다.

"우리는 현 시대의 말, 스스로의 말을 해야 합니다. 살아 있는 백화문으로 자신의 사상과 감정을 솔직하게 말해야 합니다."

"청년들은 무엇보다도 먼저 중국을 소리 있는 나라로 만들어야 합니다. 대담하게 말하고 용감하게 나아가면서 모든 이해관계를 잊어버리고 옛사람들을 밀어 치우고 자기 진심의 말을 해야 합니다."

"오로지 진실한 소리만이 비로소 중국인과 세계인을 감동시킬 수 있으며 진실한 소리가 있어야만 비로소 세계인과 이 세상에서 함께 살아나갈 수 있습니다."

이 외침은 오늘날에도 여전히 유효하다.

작문의 비결

지금도 나에게 편지로 작문의 비결을 묻는 이들이 있다.

사부가 제자에게 권법을 가르칠 때면, 제자가 다 배우고 나서 자기를 때려죽이고 영웅이 될까봐 한 수를 남겨둔다는 이야기를 종종 들은 적 있다. 실제로 이런 일이 전혀 없는 건 아니었다. 봉몽逢蒙이 자신에게 활쏘기를 전수해준 스승 예羿를 죽인 일이 바로 그 선례다. 봉몽의 일은 옛날 일이지만, 그런 옛정신은 사라지지 않더니 나중에 '일등병一等病(원문은 장원벽狀元癖)'까지 추가되었다. 그래서 과거시험이 오래전에 폐지되었는데도 아직까지 '유일'하고자 다투고 '가장 먼저'가 되고자 한다. '일등병'을 가진 사람을 만나 스승 노릇을 하는 것은 위험하다. 권법을 다 가르치고 나면 왕왕 맞아 죽게 됨을 면치 못할 테니. 그러나 이 새로운 사부가 제자를 들여 가르칠 때는 자신의 스승과 자신을 전철로 삼아 반드시 한 수를 남겨놓거나 심지어 서너 수를 남겨둔다. 그리하여 권법도 '세대가 더해갈 수록 더욱 형편없게' 되는 것이다.

이러한 권법 외에도 의사에게는 비술이 있고, 요리사에게도 비법이 있으며, 제과점 주인에게는 비전秘傳이 있다. 듣자하니 자기 집안의 생계를 유지하기 위해 이것을 며느리에게만 전수하고, 딸에게는 다른 집안으로 전하지 못하도록 가르치지 않는다고 한다. '비밀'이란 중국에서 매우 보편적인 것이다. 심지어 국가의 대사와 관련된 회의조차 늘 '지극히 비밀스러운 내용인지라' 대중이 알지 못한다. 그러나 작문에는 유독 비결이란 게 없는 것 같다. 가령 있다면 작가들마다 틀림없이 자기 자손들에게 전해줄 것이나 조상 대대로 작가인 경우는 드물다. 물론 작가의 자녀들은 어릴 때부터 서적과 지묵紙墨을 보고 자라 비교적 식견이 넓을 수는 있다. 그렇다 하더라도 작가의 자녀가 반드시 글을 잘 쓰는 것은 아니다. 요즘 간행물에서 종종 '부자작가'나 '부부작가' 등의 명칭을 보게 되니, 진짜로 유언이나 연애편지를 통해 어떤 비결 같은 것을 전해줄 수 있을 것 같아 보인다. 그러나 실제로는 오글거림을 재미로 삼고 관계로 쉽게 명성을 얻고자 하여 작문을 이용한 것뿐이다.

그렇다면 작문에 진정 아무런 비결이 없단 말인가? 결코 그런 건 아니다. 내가 일찍이 고문 짓는 비결을 몇 마디 말한 적이 있는데 글 전체에 내력이 있어야 하나 옛사람이 쓴 문장 그대로여서는 안 된다는 것이다. 다시 말해 자기가 글 전체를 썼다고 해도 전부 자기가 지은 것은 아닌 것이니 사실 개인은 아무것도 말하지 않은 것이 된다. 말하자면 '일마다 내력이 있는' 것이어야 하나 '실제적인 근거는 찾을 수 없는' 것이다. 이렇게 되면 '그런대로 큰 잘못은 면했다'가 되는 것이다. 간단히 말해 "오늘 날씨는, 하하하……" 정도에 불과할 뿐이다.

위 이야기는 내용에 관한 것이다. 수사修辭에 있어서도 약간의 비결이 있다. 첫째는 애매해야 하고 둘째는 이해하기 힘들어야 한다는 것이다. 그 방법은 글자 수를 줄이고 어려운 글자를 많이 사용하는 것이다. 예를 들어보자. 진秦대의 일을 논하며 "秦始皇乃始燒書(진시황내시소서)"라는 글귀를 쓰면 좋은 문장이라고 할 수 없다. 또렷이 이해하기 어려워 반드시 번역을 해야만 하는 것이 좋은 문장이라 할 수 있다. 이럴 땐 『이아爾雅』와 『문선文選』이 유용하다. 사실 다른 사람들이 알 수 없게 하려면 『강희자전康熙字典』을 찾아봐도 괜찮다. 이 문장에 손을 좀 봐서 "始皇始焚書(진시황분서)"로 고치면 좀 더 고풍스러워진다. 여기에 "政俶燔典(정숙번전)"으로 고치면 그야말로 반고班固, 사마천司馬遷이 쓴 것 같은 느낌이 든다. 그들을 따라한다 해도 사람들은 그다지 알아채지 못할 테지만 이렇게 한 편씩 지어 한 권을 만들면 '학자'로 불릴 수 있게 된다. 나는 한나절을 고심해야 고작 한 구 지을 뿐이니 겨우 잡지 투고하는 데에나 어울린다. 우리의 옛 문학대가들은 종종 이런 장난을 즐기셨다. 반고 선생의 "紫色䵷聲, 餘分閏位(자색와성, 여분윤위)"는 네 구의 긴 구절을 여덟 자로 축약한 것이다. 양웅揚雄 선생의 "蠢迪檢柙(준적검합)"은 "動由規矩(동유규구)"라는 쉬운 네 글자를 어려운 글자로 바꾼 것이다. 『녹야선종綠野仙蹤』에는 글방의 스승이 '꽃'을 읊은 것을 "媳釵俏矣兒書廢, 哥罐聞焉嫂棒傷(식채초의아서폐, 가관문언수봉상)"이라고 기록했다. 그 뜻을 풀이해보자면, 며느리가 꽃을 꺾어 비녀로 꽂으니 예쁘기는 하나 아들이 이 때문에 공부를 게을리 할까 걱정한다는 것이고, 다음 절은 좀 어렵다. 그의 형이 꽃을 꺾었는데 화병이 없으니 사기항아리에 꽂고 꽃향기를 맡고 있었는데, 그 형수가 나쁜 싹을 아예 잘라버리려고 몽둥이로 꽃과 항아리를 모두 깨뜨렸다는 것이다. 이는 동홍冬烘 선생에 대한 조소인 셈이다. 그러나 그의 작법은 양웅이나 반고와 다를 바 없다. 다른 점이 있다면 단지 그가 고전古典이 아니라 신전新典을 쓴 것이다. 소위 이 차이가 바로 나리들과 도련님들의 심안에 『문선』 같은 책을 위엄 있게 보이도록 만들었다.

애매하게 쓰는 것이 소위 말하는 '좋은' 것일까? 대답은 반드시 그런 건 아니라는 것이다. 사실 추함을 가리는 것에 불과할 뿐이다. 그러나 "부끄러움을 아는 것은 용맹에 가깝다"고 했으니 추함을 가리는 것도 좋은 것에 가까울 수 있다. 모던걸이 머리카락을 풀어헤쳐 내리거나 중년부인이 면사포로 가리는 것은 모두 몽롱술朦朧術이다. 인류학자들은 의복의 기원을 세 가지 설로 해석한 바 있다. 첫째, 남녀가 성적인 수치심이라는 것을 알게 되었기 때문에 의복으로 가렸다는 설이다. 둘째, 도리어 의복으로 가려서 성적으로 자극하기 위해서라는 설이다. 또 다른 설은 늙은 남녀가 몸이 마르고 쇠한 꼴을 드러냄이 보기 좋지 않아 가릴 것으로 덮어 추함을 가린다는 설이다. 수사학적인 견지에서 볼 때 나는 마지막 설에 동의한다. 지금도 여전히 사륙변려체로 쓰고 있는 우아하고 형식적인 제문, 만련輓聯, 선언, 전보 등을 본다. 만약 우리가 사전을 찾고 책을 뒤적여 그 외적인 수사를 벗겨내고 백화문으로 고친다면 남는 게 어떤 것인지 보라!

난해한 것이 당연히 좋은 점도 있다. 어디에 좋다는 것일까? 그것은 바로 '난해'하다는 그 점에 있다. 하지만 우려스러운 것은 그것이 매우 추하다고 말할 수 없도록 잘 다뤄 차라리 '난해'하게 만든다는 것이다. 조금이라도 이해되면 다음엔 공을 들여 제법 더 많이 알게 되니까. 우리는 여태껏 '난해'함을 매우 숭배하는 기질을 가지고 있다. 매끼 밥 세 공기를 먹는다면 아무도 이상하게 여기지 않지만, 어떤 사람이 매 끼니에 열여덟 공기를 먹는다면 정중히 필기筆記에 써두었다. 바늘귀에 손으로 실을 꿰면 아무도 쳐다보지 않지만, 발로 실을 꿰면 천막을 치고 돈도 벌 수 있다. 평범하기 그지없는 그림 한 폭을 통 안에 넣고 구멍을 하나 뚫어 서양 만화경으로 바꾸면, 사람들이 입을 헤 벌리고 뚫어져라 보게 될 것이다. 게다가 같은 일이라도 고생을 해서 얻으면 고생 않고 얻은 것보다 더욱 값지다. 예를 들어 어떤 절에 가서 불공을 드린다고 하자. 산에 있는 절이 평지에 있는 절보다 더 값지다. 설령 같은 절에 가더라도, 그곳에 간 사람의 마음에는 삼보일배三步一拜하면서 절에 간 것이 가마를 타고 쉽게 절에 오르는 것보다 훨씬 더 값지게 느껴진다. 글쓰기의 가치가 난해함에 있는 것도 바로 독자들이 삼보일배 하게 하여 목표에 조금 닿게 하는 비법인 것이다.

여기까지 쓰고 보니, 고문을 짓는 비결뿐 아니라 사람을 속이는 고문의 비결까지 말한 것이 되었다. 그러나 생각건대 백화문 쓰는 일도 이와 크게 다르지 않다고 본다. 백화문에도 어려운 글자僻字를 섞어 쓸 수 있고 거기에다 애매하고도 알기 어렵게 해서, 변검술의 눈속임 수건을 펼칠 수 있기 때문이다. 이러한 풍조를 뒤집어보면 바로 '백묘白描'(색을 칠하지 않고 선으로만 표현하는 중국 전통 화법-옮긴이)다.

'백묘'는 결코 비결이 없다. 만약에 있다고 한다면 눈속임과 반대되는 것, 진의를 담고 수식을 제거하며 덜 지어내고 으스대지 않는 것일 뿐이다.

11월 10일

_『루쉰 전집』 제4권 『남강북조집』

소리 없는 중국

저처럼 이렇게 들을 게 없는 무료한 사람의 강연에, 또 이처럼 비가 많이 오는 때에, 이렇게나 많은 분이 와주셨으니 먼저 정중히 감사하다고 말하고 싶습니다.

제 오늘 강연의 제목은 「소리 없는 중국」입니다.

지금 저장浙江, 산시陝西 지역에는 전쟁이 벌어지고 있습니다. 그곳 사람들이 울고 있는지 웃고 있는지 우리는 알지 못합니다. 홍콩은 안전한 듯해도 그곳에 살고 있는 중국인이 편한지 그렇지 않은지 다른 곳의 사람들은 알지 못합니다.

나 자신의 생각을 표현하고 남들에게 내 감정을 알게 하려면 글로 써야 합니다. 그러나 지금 보통의 중국 사람들은 글로 자신의 뜻을 전달할 수 없습니다. 이 또한 우리 탓은 아닙니다. 왜냐하면 그 문자가 옛적에 우리 조상들이 물려주신 두려운 유산이기 때문입니다. 사람들은 오랜 시간

공을 들였지만 문자를 사용하기에 힘이 들었습니다. 어렵기 때문에 많은 사람이 그것을 내버려두게 되고 심지어 자신의 성이 장張인지 아니면 장章인지조차 가려 쓸 수 없거나 아예 쓰지 못했습니다. 혹은 chang이라고만 말했습니다. 비록 말을 할 수 있다 해도 몇 사람만 알아들 수 있을 뿐 멀리 있는 사람들은 알지 못하니, 결과적으로 소리가 없는 것과 마찬가지가 되었습니다. 한편으로는 글자가 어렵기 때문에 어떤 이들은 이를 보물로 여기고 마술 부리듯 지호자야之乎者也해대며 읊어대니 겨우 몇 사람만 알아들었습니다. 사실 진짜로 알고 있는지는 모르겠고 대다수 사람이 도리어 모르고 있으니 결과적으로 소리가 없는 것과 마찬가지입니다.

문명인과 야만인의 차이가 있다면, 첫째는 문명인에게 문자가 있어 이로써 그들의 사상과 감정을 대중과 후대에 전할 수 있다는 것입니다. 비록 중국에는 문자가 있다고 하나 현재 이미 대중과 상관없이 난해한 고문을 사용하고 진부하고 고루한 옛 사상을 이야기하고 있습니다. 그래서 모든 소리는 과거의 것이고 그저 없는 것과 마찬가지입니다. 그래서 사람들은 마치 큰 쟁반에 흩어진 모래알처럼 서로를 이해할 수 없는 것입니다.

글을 골동품으로 삼아 사람들이 알 수도 이해할 수도 없는 것을 좋아한다니 어쩌면 재미있는 일일 수도 있습니다. 그러나 그 결과는 어떻습니까? 우리는 하고 싶은 말을 이미 할 수 없게 되어버렸습니다. 우리는 손해를 입고 모욕을 당하면서도 줄곧 해야 할 말을 할 수 없게 되었습니다. 최근의 일을 예로 들어 말해보면 중일전쟁, 권비拳匪사건(1900, 의화단 사건), 민원民元혁명(1911, 신해혁명) 등의 중대한 사건이 발생한 때로부터 현재에 이르기까지, 우리에게 그럴싸한 책이 나온 적이 있습니까? 민국시대 이래로 여전히 아무도 소리를 내지 않고 있습니다. 도리어 외국에서는 항시 중국을 거론하고 있습니다만, 그것은 모두 중국인 자신의 소리가 아니라 다른 사람의 목소리인 것입니다.

말을 할 수 없는 이 병폐가 명대에는 이처럼 심각하지 않았습니다. 그들은 그래도 제법 할 말을 할 수 있었습니다. 만주인이 이민족으로서 중국에 침입하고 나서부터 역사를 논하는 사람, 특히 송말宋末의 일을 말하는 이들이 죽임을 당했고 시국에 대한 것을 말하는 자들도 죽음을 면치 못했습니다. 그래서 건륭연간에는 백성이 더욱더 감히 글로써 표현할 수 없게 된 것입니다. 소위 독서인이라고 하는 자들은 숨어서 경서를 읽고 고서를 교열하며 옛 시절의 문장, 그러니까 시대와 전혀 상관없는 글을 썼습니다. 조금이라도 새로운 생각이 허락되지 않았습니다. 한유韓愈 아니면 소식蘇軾을 배워야만 했을 뿐이었습니다. 물론 한유와 소식 같은 이들은 글로써 자기 시대에 하고 싶던 말을 한 것이니 괜찮습니다. 그러나 우리는 당송대 사람이 아닌데도 어찌 우리와 전혀 상관없는 시기의 글로 이 시대의 말을 할 수 있겠습니까? 설령 비슷하게 쓴다 해도 당송시대의 목소리요, 한유와 소식의 목소리이지 우리 시대의 목소리가 아닌 것입니다. 그러나 지금까지 중국인은 여전히 이러한 옛 놀이를 하고 있습니다. 사람은 있는데 목소리가 없어 아주 적막합니다. 사람에게 어찌 목소리가 없을 수 있겠습니까? 그럴 수 없습니다. 그렇다면 이렇게 말할 수 있겠습니다. 죽은 것이라고. 조금 더 점잖게 말하자면 이미 벙어리가 된 것이라고.

이렇게 오랫동안 소리 없던 중국을 회복시키는 것은 쉬운 일이 아닙니다. 마치 죽어버린 사람에게 '살아나라' 하고 명령하는 것과 같습니다. 비록 내가 결코 종교를 아는 건 아니지만 소위 종교에서 말하는 '기적'이 일어나기를 바라는 것과 같다고 할 수 있습니다.

이 일의 맨 처음 시도는 '5·4운동' 전년도에 후스胡適之 선생이 제창한 '문학 혁명'입니다. '혁명'이란 두 글자가 여기에서 무서운 의미인지는 모르겠지만, 어떤 곳에서는 듣기만 해도 무척 두려워하는 말입니다. 그러나 이것과 문학이란 두 글자를 결합한 '혁명'은 프랑스 혁명처럼 그렇게 무서운 것이 아니라 혁신에 불과합니다. 글자 한 개만 바꾸면 평화로워지니 우리는 '문학 혁신'이라고 부르도록 합시다. 중국 문자에는 이런 방식이 꽤 있습니다. 문학 혁신의 대의도 그다지 무서운 게 아닙니다. '힘들게 머리 써서 옛날의 죽은 사람들이 하던 말을 배우고 쓸 게 아니라, 지금 살아 있는 사람들의 말을 하자'와 '글을 골동품으로 여기지 말고 이해하기 쉬운 백화문을 사용하자'는 것에 불과합니다. 그러나 문학 혁신만으로는 불충분했습니다. 왜냐하면 부패한 사상은 고문뿐 아니라 백화문으로 지어낼 수도 있기 때문입니다. 그리하여 다음에 어떤 사람이 사상 혁신을 제창하게 된 것입니다. 사상 혁신의 결과, 사회 혁신운동이 생겨나게 되었습니다. 이 운동이 일어나자 자연스레 반동이 생겨나게 되었고 이렇게 되어 싸움이 무르익게 되었습니다…….

중국에서 막 일어난 문학 혁명에도 곧 반동이 생겨났습니다. 그러나 백화문은 차츰차츰 성행하여 별다른 방해를 받지 않았습니다. 이것은 어떻게 된 일일까요? 당시에 첸셴퉁錢玄同 선생이 한자를 폐지하고 로마자 자모로 대체하자며 주창했기 때문입니다. 이것도 본래 문자 혁신에 불과한 평범한 것이지만 개혁을 좋아하지 않는 중국인들이 듣기에는 매우 큰일이었습니다. 그리하여 비교적 평화적인 문학 혁명을 내버려두고 첸셴퉁 선생을 맹렬하게 욕했습니다. 백화문은 이 기회를 타서 운 좋게 많은 적수를 줄이고 도리어 방해받지 않고 유행할 수 있게 된 것입니다.

중국인의 성정性情은 언제나 조화로움과 절충을 즐겨했습니다. 예를 들어 당신이 이 방이 너무 어두우니 여기에 창 하나를 내야겠다고 하면 틀림없이 모두가 허락지 않을 것입니다. 그러나 당신이 천정을 뜯어버리자고 한다면 그들은 타협하려 들며 창을 내자고 할 것입니다. 더 강력한 주장이 없다면 그들은 언제나 온건한 개혁조차 하려 들지 않습니다. 당시 백화문이 시행될 수 있었던 것은 바로 중국 글자를 없애버리고 로마 자모를 사용하자는 의론이 있었던 까닭입니다.

문언과 백화의 우열을 다투는 토론은 일찌감치 지나갔어야 했지만, 중국은 뭐든 좀처럼 일찌감치 해결 짓지 못해 지금까지도 여전히 무의미한 의론이 분분합니다. 예를 들면 이렇게 말하는 사람이 있습니다. 고문의 경우 각 성 사람이 모두 알아볼 수 있지만 백화의 경우는 지방마다 달라 도리어 서로 이해할 수 없다는 것입니다. 이것은 단지 교육이 보급되고 교통이 발달하기만 하면 좋아질 것이고, 그때에는 모든 사람이 더 쉬운 백화문을 이해할 수 있다는 것을 전혀 모르고 있습니다. 게다가 각 성 사람마다 언제 고문을 이해했더란 말입니까? 한 성만 하더라도 이해할 수 있는 사람이 별로 없습니다. 또한 이렇게 말하는 사람도 있습니다. 만약에 모두가 백화문을 쓴다면 고서를 볼 수 없게 되어서 중국의 문화도 곧 멸할 것이라고 말입니다. 솔직히 지금 사람들은 굳이 고문을 볼 필요가 없으며 설령 고서 안에 진실로 좋은 것이 들어 있다고 해도 백화로 번역해낼 수 있으니 그렇게 놀라 떨 필요까지는 없다는 겁니다.

그들 중 이런 말을 하는 사람도 있습니다, 외국조차 중국책을 번역하는 걸 보면 그것이 훌륭하다는 것을 알 수 있는데 왜 우리 자신이 도리어 보려 하지 않는 거냐고요. 외국인이 이집트의 고서와 아프리카 흑인들의 신화도 번역했지만 다른 의도가 있었다는 사실을 그들은 전혀 모릅니다. 가령 번역한다 해도 그다지 영광스러운 일이 아닌 겁니다.

근래 들어 제기되는 또 다른 이야기는 사상 혁신이 긴요하고 문자 개혁은 그다음이니 쉬운 문언문으로 새로운 사상을 담은 글을 써서 반대를 줄일 수 있다는 것입니다. 이 말에도 일리는 있는 듯합니다. 그러나 긴 손톱조차 자르지 않으려 하는 사람은, 결코 변발을 자르려 하지 않는다는 것을 우리는 알고 있습니다.

우리가 옛 시대의 말, 이해할 수 없고 알아듣지 못하는 말을 하고 있으니 흩어진 모래알처럼 서로에게 상관없게 되어버린 것입니다. 우리가 살아나려면 우선 다시는 청년들이 공자, 맹자와 한유, 유종원의 말을 하지 못하게 해야 합니다. 시대가 다르고 상황도 다르니 공자시대의 홍콩은 이와 달랐습니다. 공자의 어조로 '홍콩론'을 시작할 수 없습니다. '오호라, 아득하도다. 홍콩이여!'라고 하면 우스갯소리에 불과할 것입니다.

우리는 현 시대의 말, 스스로의 말을 해야 합니다. 살아 있는 백화를 사용하여 자신의 사상과 감정을 진솔하게 표현해야 합니다. 하지만 이것도 선배 선생들의 조소를 받을 것입니다. 그들은 백화문이 비천하고 가치가 없다고 합니다. 청년들의 작품이 유치하다면서 전문가들이 비웃을 것이라고 합니다. 우리 중국에 문언을 능히 지을 수 있는 자가 얼마나 되겠습니까? 그 나머지는 모두 백화로 말할 수밖에 없는데 그렇다면 이 많은 중국인이 설마 모두 비천하고 가치 없다는 것입니까? 게다가 유치한 것은 더욱이 부끄러워 할 게 아닙니다. 마치 아이가 노인에게 전혀 부끄러워 할 게 없는 것처럼 말입니다. 유치한 것은 성장하고 성숙할 수 있습니다. 쇠로하고 부패하지만 않는다면 그것으로 괜찮습니다. 만약 성숙한 후에

라야 시작할 수 있다고 한다면, 시골의 촌부라도 이렇게 어리석지는 않을 겁니다. 그녀는 아이가 걷다가 설령 넘어지더라도 침대에 누워 있다가 잘 걷게 된 후 다시 걸으라고 하지 않으니 말입니다.

청년들이 먼저 소리 있는 중국으로 만들 수 있습니다. 대담하게 말하고 용기 있게 나아가고 모든 이해관계를 잊어버리고 옛사람들을 밀어버리고 자신의 진심을 말로 표현해내십시오. 진실하기란 물론 쉽지 않습니다. 예를 들면 태도를 진실하게 하기도 어렵습니다. 강연할 때의 나의 태도는 내 본연의 태도가 아닙니다. 왜냐하면 내가 친구들이나 아이와 말할 때는 이렇게 말하지 않기 때문입니다. 그러나 비교적 진실한 말을 할 수 있고 비교적 진실한 소리를 낼 수는 있습니다. 오직 진심을 담은 목소리만이 중국 사람들과 세계인을 감동시킬 수 있습니다. 반드시 진심이 담긴 목소리만이 세계인과 함께 이 세상에서 살아갈 수 있습니다.

자신의 목소리가 없는 민족을 생각해봅시다. 이집트인의 목소리를 들은 적이 있습니까? 베트남, 조선의 목소리를 들은 적이 있었습니까? 타고르를 제외하고 인도에서 다른 소리를 들은 적이 있었나요?

사실 우리에겐 이제 두 가지 길이 놓여 있을 뿐입니다. 하나는 고문古文을 꼭 끌어안고 죽는 것입니다. 또 다른 하나는 고문을 버리고 생존하는 길입니다.

2월 16일 홍콩청년회에서의 강연

_『루쉰 전집』 제4권 『삼한집』

덧붙이는 말

루쉰이 저작 경험을 말하다

1. 많은 일에 관심을 두고, 많이 본다. 얼핏 본 것에 대해 쓰지 않는다.

2. 잘 써지지 않을 때에 억지로 쓰지 않는다.

3. 다 쓰고 난 다음 적어도 두 차례 읽으며, 별로 중요치 않은 글자·문구·단락을 과감히 삭제하고 조금도 아까워하지 않는다.

4. 나 자신 외에 누구도 이해하기 힘든 형용사 따위를 만들어내지 않는다.

_『이심집』「북두 잡지사에 답함: 창작은 어떻게 해야 좋을까?」

(글은) 너무 기교를 부려서도 안 되겠지만 그렇다고 너무 기교를 부리지 않아도 안 되는 것이다. 큼직한 나무판 하나와 네 기둥으로 쓸 작은 나뭇가지를 가지고 걸상 하나를 만든다. 이 단계에서는 너무 조잡하기만 하니 그것을 깎아내고 윤도 내야만 한다. 그러나 온통 조각을 넣고 중간에 구멍을

판다면 이 또한 앉을 수 없어 결상이 되지 못할 것이다. 고리키가 말했듯, 대중의 언어는 미완성품이라 여기에 가공을 더해야 문학이 된다. 생각건대 이 말은 매우 정곡을 찌르는 말이 아닐 수 없다.

_『꽃테문학』「글쓰기」

편지에서 기교를 수련하는 게 최대의 문제라고 말했는데, 이는 훌륭한 견해라고 봅니다. 오늘날 많은 청년예술가는 종종 이 점을 소홀히 하고 있습니다. 그래서 그의 작품에는 표현하고자 하는 내용이 충분히 표출되지 않습니다. 글 쓰는 이가 수사에 미숙하여 그 주제를 잘 전달하지 못하는 것과 마찬가지입니다. 그러나 만약 내용의 충실함이 기교만큼 진전이 없다면 그저 기교를 유희로 삼는 깊은 구덩이에 쉬이 빠져들게 될 것입니다.

_「이화에게」, 1935년 2월 4일

루쉰이 역사 읽기에 대해 말하다

역사에는 중국의 영혼이 기록되어 있고 장래의 운명이 지시되고 있다. 다만 너무나 두텁게 발라 칠하고 쓸데없는 말도 너무 많이 하기 때문에 그 내막을 알기가 아주 힘들 뿐이다. 마치 빽빽한 나뭇잎 사이를 통과한 달빛이 이끼 표면에 투사되면 점점의 으스러진 그림자로만 보이는 것 같다. 하지만 야사와 잡기를 보면 쉽고 명료하다. 그들이야 어쨌든 사관의 허세를 거창하게 부릴 필요가 없기 때문이다.

진대와 한대는 너무 요원하여 현재와 많은 차이가 있으니 잠시 거론하지 않겠다. 원대의 저작은 드물지만 당송대와 명대의 잡사류雜事類는 현재에도 많이 남아 있다. 그리하여 오대, 남송, 명말의 정황을 기록한 것과 현재를 비교하자마자 그것이 얼마나 흡사한지 심히 놀라게 될 것이다. 마치 시간의 흐름이 유독 중국과만 무관한 것 같다. 현재의 중화민국은 여전히 오대, 송말, 명대다.

_『화개집』「문득4」

역사서는 본래 과거의 낡아빠진 장부와 같아 급진적인 용사와는 상관이 없는 것이다. 그러나 앞서 말한 것처럼 중얼중얼 읽는 옛 글에 정을 저버릴 수 없다면 뒤적여봐도 괜찮다. 우리 현재의 정황이 그 시절과 얼마나 비슷한지, 지금의 무지하기 짝이 없는 만용, 어리석은 생각들이 그 시절에도 이미 있었으며 게다가 큰 화를 불러일으켰다는 것을 알게 될 것이다. (…)
요컨대 역사를 읽으면 중국의 개혁을 더 이상 늦추어선 안 된다고 더욱 절실히 깨달을 것이다.

_『화개집』「이것과 저것·경서 읽기와 역사 읽기」

잡지사의 질문에 답하다

"가령 선생님의 면전에 한 중학생이 서 있다면, 내우외환이 교차하는 이 비상한 시국에 처한 그가 노력해야 할 게 무엇이라고 말씀하시겠습니까?"

편집자님께
어쩌면 선생께 되묻고 싶습니다. 현재 우리에게 언론의 자유가 있습니까? 만약 당신이 아니라고 한다면 내가 답을 하지 않아도 반드시 탓하지 않으리라고 알고 있겠습니다. 만약 선생이 구태여 "면전에 서 있는 중학생"이라는 명목으로 내가 대답하도록 압박한다면 나는 이렇게 말하겠습니다. 제일 먼저 언론의 자유를 쟁취하기 위해서 노력해야 한다고.

_『이심집』「중학생 잡지사의 질문에 답함」

타이완판 후기

나는 올해 하반기에 타이완 칭화대학에서 학부생 교양과목으로 루쉰을 강의하게 되었다. 이 책은 이 강의를 위해 준비한 교재다. 이제 『타이완사회연구계간臺灣社會硏究季刊』에 있는 친구가 이것을 출판하여 대중에게 공개하니 더 많은 타이완의 젊은 친구들과 만날 수 있게 되어 기쁘고 감사할 따름이다.

나는 여태껏 '루쉰을 연구하고 전수하는 것'을 나 자신의 기본 직책으로 삼아왔다. 이것은 교사, 학자로서의 본업이기도 하지만 지식인으로서 갖는 사회적 책임이었다. 일찍이 1974년에서 1976년 사이, 그 비상한 시기에 나는 당시 '민간사상에 동떨어져 있는' 대륙 젊은이들에게 루쉰을 강의했다. '문화대혁명' 종식 후, 베이징대학에서 강의를 맡을 기회가 생겨 1985년에서 2002년까지, 줄곧 17년 동안 베이징대학 학생들에게 '나의 루쉰관'을 강의했다. 2002년에 퇴직하고 나서도 2004년, 2005년에 걸쳐 내 모교이기도 한 난징사범대학 부속중학과 베이징대학 부속중학, 베이징사범대학 부속중학 학생들에게 루쉰을 가르쳐왔다. 이후에도 끊임없이 전국 대·중·소도시의 대학생, 중고등학생, 대학원생, 젊은 사회인들에게 '우리가 오늘날 왜 루쉰을 필요로 하는가'에 대해 강의해왔다. 얼마 전에 나는 루쉰의 고향인 사오싱紹興 지역의 초등학교 교사 한 분과 함께 『초등생 루쉰 독본』을 저술하기도 했다. 지금은 또 타이완에 와서 이 지역의 젊은 친구들에게 루쉰을 강의하게 된 것이다. 이 어찌 기쁘지 아니한가! 기쁘지 않을 수 있겠는가!

내가 어째서 이토록 피곤한 줄 모르고 이 일을 30년 동안이나 즐기며 오롯이 할 수 있었을까? 그것은 나의 확고한 신념으로부터 나온 것이다. 루쉰은 20세기 중국과 아시아, 동서양에서 보기 드문 문학가이자 사상가였다. 그의 저작은 중화 문명과 동양의 문명을 현대 문명으로 전환하는 길을 터주었으며, 가장 풍부한 '20세기 중국의 경험'을 응축하고 있다. 뿐만 아니라 그의 사상과 인격은 이미 '루쉰 정신'으로 응결되었는데, 이것이 바로 중국이 지난 세기에 보유한 가장 값진 정신적 자산이라 할 수 있다. 대륙에서 루쉰은 5·4 시기부터 오늘날까지 세대를 거듭하며 지식인들에게 영향을 끼쳐왔고 동시에 그를 반대하는 사람들의 존경까지 얻어왔다. 그는 20세기의 중국에서 절대로 누락할 수 없고, 에둘러 갈 수도 없는 거대한 존재다. 당신이 20세기의 중국과 중국 지식인을 알고 현대 중국인이 되고자 한다면 반드시 그의 저작을 읽어보아야 할 것이다.

또한 나는 루쉰의 사상과 문학이 미래로 통하고 있다고 확신한다. 루쉰은 보기 드문 현대문학가 겸 사상가였다. 그는 현실에 매우 강렬한 관심이 있었던 동시에 그것을 초월한 사고를 겸비하고 있었다. 사람의 존재나 인성, 중국의 국민성에 대해 오랫동안 사색하고 깊이 있게 천착함에 있어서, 현대 중국인 중 그를 따라올 자가 없다. 이 때문에 가령 21세기에 살고 있는 우리가 루쉰의 저서를 읽는다 해도 여전히 그를 '현실적인 존재'로 느낄 수 있는 것이다.

루쉰의 마음은 영원히 청년과 소통하는 것이었다. 일찍이 나는 대륙의 젊은이들에게 '루쉰과 청년'이란 주제 자체가 무궁무진한 것이라고 말한 적 있다. 살아생전이나 사망 이후에도 루쉰이 지속적으로 젊은 세대에게 지대한 호소력을 갖는 까닭은 결코 우연이 아니다. 가장 큰 이유는 루쉰이 '참된 인간'이기 때문이다. 그는 대담하게 다른 이들이 감히 말할 수 없고, 말하고 싶지 않고, 말할 수도 없는 모든 진실을 공개적으로 말했다. 루쉰은 사람들이 용기와 지혜가 부족하기 때문에 사고를 멈추고, 겉보기에만 그럴싸해 자기도 남도 속이는 상태에 만족하고 있을 바로 그 순간에, 궁극까지 파고 들어가 사상을 탐색했고 '두려운' 결론을 불러일으킬까봐 조금도 걱정하지 않았다. 바로 이 점이 젊은이들이 동경해마지 않는 대지대용大智大勇을 지닌 대장부의 기개인 것이다. 진리를 추구하는 루쉰의 철저함은 그가 독자들(젊은이를 포함한)에게 좀처럼 자기 내면의 모순과 고통, 곤혹스러움, 결함, 부족함과 실수 등을 숨기지 않았던 점, 용감하게 자신의 한계에 맞서고 냉정하게 자신을 비판한 데서 드러난다. 그는 결코 진리의 화신으로 자처하지 않았기에 '스승'이 되기를 거절했고 진실한 자아를 젊은이들 앞에 드러내놓고, 그들과 함께 진리를 토론하고 모색했다. 청년들은 그에게 모든 것을 털어놓고, 모든 것에 대해 쟁론하고, 아무런 거리낌 없이 그를 비판할 수 있었다. 심지어 그의 생각을 거절할 수도 있었다. 그는 청년의 벗이었다. 젊음의 때에 이렇게 '진실'한 어른을 알게 된다는 것은 그야말로 인생의 큰 축복이 아닐 수 없다.

게다가 루쉰은 현대 중국어의 운용에 있어서 문학 언어의 대가라 할 수 있다. 그의 언어는 입말을 기초로 하여 옛말과 외래어 및 방언을 녹여냈고, 중국어의 표의表意적·서정적 기능을 능숙하게 활용했으며 고도의 개성과 창의성도 지니고 있었다. 루쉰의 작품을 읽으면 깨달음으로 인해 정신적인 전율이 느껴진다. 뿐만 아니라 언어에 감화되고 아름다움을 만끽할 수 있다. 처음 읽을 때 어렵게 느낄 수 있으나 계속 읽어나가면 자연스레 스스로 발견하고 깨닫는 맛이 있을 것이며 읽을수록 새롭다는 것을 알게 될 것이다. 루쉰이 세워놓은 중국어의 정신세계에 머무는 것 역시 인생의 큰 즐거움이다.

내가 이토록 '분명하고도 당당하게' 많은 말을 해버렸지만, 다른 생활 조건과 사회 환경에서 태어나 성장해온 타이완의 젊은이들이 루쉰을 받아들일 수 있을지 솔직히 잘 모르겠다. 이 때문에 이 『루쉰 정선』(이 책은 대륙의 청년 대상으로 편집해서 엮은 『독본』을 기초로 약간 다듬은 것이다)을 타이완의 젊은 친구들에게 내보이며 아무래도 긴장이 되지 않을 수 없다. 이것은 새로운 검증을 필요로 하고 있다.

2009년 7월 15일

첸리췬錢理群

참고문헌

1. 루쉰의 작품

『魯迅全集』, 人民文學出版社, 2005

『魯迅作品全編·小說卷·散文卷·雜文卷』(上·下), 王得後·錢理群 編, 浙江人民出版社, 1998

『魯迅譯文全集』, 福建教育出版社, 2008

『魯迅語萃』, 錢理群·王乾坤編, 華夏出版社, 1993

『恩怨錄·魯迅和他的論敵文選』, 今日中國出版社, 1996

2. 루쉰의 전기, 생평자료, 연보

『人間魯迅』(上·下), 林賢治著, 花城出版社, 1998

『無法直面的人生: 魯迅傳』, 王曉明 著, 上海文藝出版社, 2001

『魯迅生平資料滙編』 第1輯 『魯迅在紹興·南京』 第2輯 『魯迅在日本·杭州』 第3輯 『魯迅在北京·西安』 第4輯 『魯迅在厦門·廣州』 第5輯 『魯迅在

上海』薛綏之 主編, 天津人民出版社, 1982
『魯迅年譜』(增訂本), 共4卷, 李何林 主編, 人民文學出版社, 2000

3. 회고록

『魯迅回憶錄』“專著”(三冊), 許壽裳·周作人·喬峰(周建人)·許廣平·孫伏園·馮雪峰·增田涉 等著, 北京出版社, 1999
『魯迅回憶錄』“散篇”(三冊), 蔡元培·陳獨秀·宋慶齡·柳亞子·錢玄同·林語堂·郁達夫·茅盾·巴金·胡風·曹靖華·蕭軍·蕭紅·周海嬰·內山完造·史沫特萊·斯諾 等著, 北京出版社, 1999

4. 연구 및 전문서

『吃人與禮教: 論魯迅(一)』, 李長之 等著, 河北教育出版社, 2000
『魯迅研究的歷史批判: 論魯迅(二)』, 陳涌·唐弢·李何林·王瑤 等著, 河北教育出版社, 2000
『「兩地書」研究』, 王得後 著, 天津人民出版社, 1982
『魯迅論集』, 朱正 著, 浙江人民出版社, 2001
『中國思想革命的一面鏡子: 「吶喊」「彷徨」綜論』, 王富仁 著, 北京師範大學出版社, 1986
『心靈的探尋』, 錢理群 著, 北京大學出版社, 1999
『反抗絶望: 魯迅及其文學世界』, 汪暉 著, 河北教育出版社, 1997
『魯迅的生命哲學』, 王乾坤 著, 人民文學出版社, 1999
『魯迅中期思想研究』, 徐麟 著, 湖南師範大學出版社, 1997
『魯迅與胡適: 影響二十世紀中國文化的兩位智者』, 孫郁 著, 遼寧人民出版社, 2000
『魯迅與周作人』, 孫郁 著, 河北人民出版社, 1997
『二十一世紀: 魯迅和我們』, 邵燕祥·林斤瀾·王安憶·李銳·陳思和·陳平

原·王彬彬·曠新年·郜元寶·摩羅 等著, 人民文學出版社, 2001
『魯迅』, 竹內好 著, 浙江文藝出版社, 1986
『魯迅與日本人: 亞洲的近代與"個"的思想』, 伊藤虎丸 著, 河北教育出版社, 2000
『鐵屋中的吶喊』, 李歐梵 著, 河北教育出版社, 2000
『走進魯迅世界: 魯迅著作解讀文庫』(小說卷·雜文卷·散文卷·詩歌卷·書信卷), 李文儒 主編, 高遠東·李文儒·黃喬生·孫郁·李允經 等 編著, 北京工業大學出版社, 1995
『魯迅五書心讀叢書』(五本: 『吶喊』·『彷徨』·『野草』·『朝花夕拾』·『故事新編』心讀), 王景山 編著, 首都師範大學出版社, 2002
『「吶喊」導讀』, 王得後 著, 中華書局, 2002
『魯迅作品十五講』, 錢理群 著, 北京大學出版社, 2003

역자 후기

루쉰魯迅이라는 이름은 중국 현대문학을 공부한 사람에게 유난히 친숙하다. 이뿐만 아니라, 루쉰은 한국의 일반 독자에게도 매우 친근한 작가 중 한 명이다. 실제로 루쉰의 작품은 국내에서도 이미 여러 차례 번역, 출판되었는데 그중에서도 대표작으로 꼽히는 『아Q정전阿Q正傳』이나 『광인일기狂人日記』와 같은 작품은 한국 대중 사이에도 널리 알려져 있다. 이렇듯 루쉰과 그의 작품은 한국 내에서는 상당히 익숙하다. 그러나 문득 '루쉰은 과연 어떤 사람이었나' '루쉰의 작품이 전달하는 메시지는 무엇인가'를 질문한다면 선뜻 대답하기 어려운 것도 사실이다. 이처럼 루쉰은 잘 알려져서 가까운 사이인 것 같지만 정작은 잘 모르는 작가가 아닐까 생각한다.

루쉰의 작품은 중국 현대문학을 공부하며 이미 여러 번 읽어 본 바 있다. 그러나 놀랍게도 루쉰의 글을 읽을 때마다 받는 느낌은 매번 다르다.

학생 시절 읽었던 루쉰의 작품에서 '현대 중국'의 시작점에서 격동의 시기를 몸소 체험했던 지식인의 고민과 당시 중국 사회에 대한 비판적 시각을 발견할 수 있었다면, 졸업 이후 조금 더 나이가 들어 다시 읽어보는 루쉰의 작품에서는 그 시절 깨닫지 못했던 새로운 감동과 삶의 보편적 지혜를 발견할 수 있었다. 이는 시간이 지날수록 더욱 짙은 여운을 남긴다.

그리고 이번에 『루쉰 정선』(원제: 魯迅入門讀本)을 번역하면서는, 루쉰의 작품을 또 다른 의미로 읽어내는 새로운 시선을 발견하며 마음에 울림이 일었다. 무엇보다 이 『루쉰 정선』이 특별한 이유는, 오랜 시간 루쉰을 연구한 학자이자 당대 중국의 대표적인 비판적 지식인인 첸리췬 선생이 기록한 독서 감상이 함께 수록되어 있기 때문이다. 루쉰의 작품에 대한 첸리췬의 짤막한 기록 혹은 해제는 우리가 미처 발견하지 못했던 루쉰 작품의 속뜻을 한층 더 깊게 이해하는 데 여러 실마리를 제공하는 동시에, 루쉰의 작품이 우리의 삶에서 지니는 현시적 가치를 다시금 곱씹게 만든다. 무엇보다 근래에도 중국 현대사를 비롯해 지식인으로서 자아에 대한 끈질긴 성찰을 이어 나가고 있는 첸리췬의 시선에서 루쉰의 작품을 함께 읽어보는 경험은 색다른 묘미와 감동을 선사한다.

첸리췬은 베이징대학 중문과에서 교수로 재직하면서, 문학가이자 사상가로서의 인간 루쉰에 대한 지극한 애정을 갖고 연구와 집필에 많은 노력을 기울인 바 있다. 『루쉰 정선』에서는 루쉰의 수많은 작품 가운데 첸리췬이 여러 편을 골라 주제별로 새로 모았고, 여기에 독자를 위한 길잡이 글을 곁들인 것이다. 선별한 작품은 잡문에서부터 일기, 산문시, 단편소설에 이르기까지 루쉰의 뛰어난 예술성과 통찰력을 두루 담고 있다.

루쉰은 다양한 문체를 통해 열정과 고뇌, 비판과 방황 등 지식인의 삶과 정신을 담아냈으며 인간과 사회를 향한 통렬한 외침 뒤에 연민과 쓸쓸함을, 또는 그 이면의 따스한 정을 드러내기도 한다. 그래서 다양한 독자층의 공감을 이끌어낼 수 있으며 100년이 지난 이 시점에도 살아있는 시대정신의 등불로 역할을 하기에 손색이 없다.

『루쉰 정선』을 번역하며 루쉰의 작품을 다시 읽는 과정은 참으로 설레고 재미있는 일이었다. 아마도 루쉰을 바라보는 이러한 다양한 해석과 감상을 이유로 근 100년이라는 시간 동안 루쉰은 한국에서 가장 사랑받는 중국 작가로, 작품은 한국 내에서 가장 많이 번역된 중문 작품으로 존재하는지 모른다. 그러나 '번역은 또 다른 창조'라는 말처럼 결코 쉽지 않은 작업이었다. 더욱이 중국 현대문학을 전공한 사람이라면 체감하겠지만, 루쉰의 글은 자간과 행간 곳곳에 작가가 죽을 때까지 고민했던 치열한 사상적 고뇌의 흔적이 집약적으로 담겨 있다. 그렇기에 루쉰의 작품을 완벽하게 이해하고 그 의미를 정확하게 번역한다는 것은 결코 쉬운 일이 아니다. 아울러 중문학 전공자로서 중국어로 된 작품을 직접 읽고 이해하는 것과는 또 달리, 그것을 다시 한 번 우리글로 다듬어 표현하는 작업이 여간 고민스러운 부분이 아니었다. 그러나 루쉰의 작품이 지니는 매력과 탐독의 욕구가 있었기에 여전히 아쉬운 점들이 남지만, 이런 고된 작업을 무사히 마무리할 수 있었다.

끝으로 『루쉰 정선』의 번역본이 나오기까지 애써주신 여러 선생님께 감사의 인사를 드리며, 무엇보다 부족한 번역본을 여러 차례 읽고 수정해 주신 글항아리 편집자 선생님, 그리고 이 책이 출판될 수 있게 도움 주신 대표님께 다시 한 번 감사의 인사를 드린다. 조금 욕심을 내보자면 부디

『루쉰 정선』을 통해 독자들이 더욱 다양한 루쉰의 작품을 접하고 그 속에 담긴 '섬광의 지점亮點'을 발견하기를, 그리고 루쉰의 작품이 '지금' 우리의 삶에 전하는 자그마한 위로의 메시지를 찾아내기를 바라는 바다.

2023년 6월

역자 일동

루쉰 × 정선

첸리췬이 가려뽑은 루쉰의 대표작

초판인쇄 2023년 7월 10일
초판발행 2023년 7월 26일

지은이 루쉰
엮은이 첸리췬
옮긴이 정겨울 박혜정 송연옥 신동순 고윤실
펴낸이 강성민
편집장 이은혜
기획 노승현
마케팅 정민호 박치우 한민아 이민경 박진희 정경주 정유선 김수인
브랜딩 함유지 함근아 박민재 김희숙 고보미 정승민
제작 강신은 김동욱 이순호

펴낸곳 (주)글항아리 | **출판등록** 2009년 1월 19일 제406-2009-000002호

주소 10881 경기도 파주시 심학산로 10 3층
전자우편 bookpot@hanmail.net
전화번호 031) 955-8869(마케팅) 031) 941-5161(편집부)
팩스 031) 941-5163

ISBN 979-11-6909-133-6 03800

www.geulhangari.com